张少康文集

第九卷

文心雕龙注订语译（下）

北京大学出版社
PEKING UNIVERSITY PRESS

图书在版编目(CIP)数据

张少康文集. 第九卷, 文心雕龙注订语译. 下 / 张少康著. —北京: 北京大学出版社, 2024.5

ISBN 978-7-301-34742-3

Ⅰ. ①张… Ⅱ. ①张… Ⅲ. ①《文心雕龙》—文集 Ⅳ. ①I-53

中国国家版本馆 CIP 数据核字（2024）第 006105 号

书　　名 张少康文集·第九卷：文心雕龙注订语译（下）
ZHANG SHAOKANG WENJI · DI-JIU JUAN：WENXIN DIAOLONG ZHUDING YUYI（XIA）

著作责任者 张少康　著

责任编辑 沈莹莹

标准书号 ISBN 978-7-301-34742-3

出版发行 北京大学出版社

地　　址 北京市海淀区成府路 205 号　100871

网　　址 http://www.pup.cn　新浪微博：@ 北京大学出版社

电子邮箱 编辑部 dj@pup.cn　总编室 zpup@pup.cn

电　　话 邮购部 010-62752015　发行部 010-62750672
编辑部 010-62756694

印 刷 者 涿州市星河印刷有限公司

经 销 者 新华书店

650 毫米 × 980 毫米　16 开本　28.5 印张　409 千字

2024 年 5 月第 1 版　2024 年 5 月第 1 次印刷

定　　价 129.00 元

第九卷说明

第八卷及本卷收入新作《文心雕龙注订语译》,本卷为《文心雕龙注订语译(下)》。

目　录

《神思》篇

古人云:“形在江海之上,心存魏阙之下[1]。”神思之谓也[2]。文之思也,其神远矣。故寂然凝虑,思接千载;悄焉动容,视通万里[3]。吟咏之间,吐纳珠玉之声;眉睫之前,卷舒风云之色:其思理之致乎!故思理为妙,神与物游[4]。神居胸臆,而志气统其关键[5];物沿耳目,而辞令管其枢机[6]。枢机方通,则物无隐貌;关键将塞,则神有遁心。是以陶钧文思,贵在虚静[7]。疏瀹五藏,澡雪精神[8]。积学以储宝,酌理以富才,研阅以穷照,驯致以绎辞[9]。然后使玄解之宰,寻声律而定墨[10];独照之匠,闚意象而运斤[11]。此盖驭文之首术,谋篇之大端[12]。

夫神思方运,万途竞萌。规矩虚位,刻镂无形[13]。登山则情满于山,观海则意溢于海[14];我才之多少,将与风云而并驱矣。方其搦翰,气倍辞前,暨乎篇成,半折心始。何则?意翻空而易奇,言征实而难巧也[15]。是以意授于思,言授于意,密则无际,疏则千里[16]。或理在方寸,而求之域表;或义在咫尺,而思隔山河[17]。是以秉心养术,无务苦虑;含章司契,不必劳情也[18]。

人之禀才,迟速异分;文之制体,大小殊功[19]。相如含笔而腐毫[20],扬雄辍翰而惊梦[21],桓谭疾感于苦思[22],王充气竭于思虑[23],张衡研《京》以十年[24],左思练《都》以一纪[25];虽有巨文,亦思之缓也。淮南崇朝而赋《骚》[26],枚皋应诏而成赋[27],子建援牍如口诵[28],仲宣举笔似宿构[29],阮瑀据案而制书[30],祢衡当食而草奏[31];虽有短篇,亦思之速也。若夫骏发之士,心总要术[32],敏在虑前,应机立断。覃思之人[33],情饶歧路,鉴在疑后,研虑方定。机敏,故造次而成功[34];虑疑,故愈久而致绩[35]。难易虽殊,并资博练[36]。若学浅而空迟,才疏而徒速,以斯成器[37],未之前闻。是以临篇缀虑[38],必有二患:理郁者苦贫,辞溺者伤乱[39]。然则博闻为馈贫之粮,贯一为拯乱之药[40]。博而能一,亦有助乎心力矣[41]。

若情数诡杂,体变迁贸[42]。拙辞或孕于巧义,庸事或萌于新意[43]。视布于麻,虽云未费[44]。杼轴献功,焕然乃珍[45]。至于思表纤旨,文外曲致;言所不追,笔固知止。至精而后阐其妙,至变而后通其数[46]。伊挚不能言鼎,轮扁不能语斤[47],其微矣乎!

赞曰:神用象通,情变所孕[48]。物以貌求,心以理应[49]。刻镂声律,萌芽比兴。结虑司契,垂帷制胜[50]。

简析:

本篇论文学的创作构思,为下编二十五篇最重要篇章,类似于上编之《原道》。刘勰在这篇中提出了很多重要的文学创作理论问题。"神思"概念的提出具有十分重要的理论意义和实践意义。刘勰认为文艺创作过程中,作家的思维活动具有明显的特殊性,是和一般思维活动不同的神妙思维活动。在文艺创作中最早涉及这个问题的是司马相如的"赋心"论,《西京杂记》记载司马相如曾说:"赋家之心,苞括宇宙,总揽人物,斯乃得之于内,不可得而传。"就是指的艺术思维的特征,但是没有直接接触"神思"概念。王充《论衡》中说的"用神思虑"指的是以精神思考,曹植《宝刀赋》中说:"规圆景以定环,摅神思而造像。"及东晋诗人孙绰在《游天台山赋序》中说到其创作过程是:"驰神运思，昼咏宵兴。”接触到“神思”，不过此“神”指精神活动。到南朝刘宋时代的宗炳则在《画山水序》中明确提出绘画创作中思维活动特征，说在画家内心和外境相互融合时，使“峰岫峣嶷，云林森眇，圣贤映于绝代，万趣融其神思”。这应该就是刘勰提出“神思”的来源，他把宗炳的“神思”说由绘画发展到文学创作，并使之成为文艺创作思维特征的一个普遍规律，突出了“神思”是不同一般思维的神奇特色。首先他指出艺术思维中的想象活动可以超越时空局限，虽然这是陆机等已经讲过的，而刘勰的创造则在于提出了“神与物游”的重要理论命题，最早指出艺术思维的特点是思维过程始终与客观物象紧密结合，这是和抽象的理性思维完全不同的。也就是说，艺术思维是具体的、感性的、形象的，是和现实生活中的自然和社会事物紧密联系在一起的。他不是理性的、抽象的、概念的逻辑思维，而是生动具体的形象思维。他和一千多年后西方维柯、别林斯基、克罗齐的形象思维论的基本精神是一致的。这是刘勰一个非常了不起的理论发现和创造。他还强调进行这种“神与物游”的艺术思维的基本前提是虚静的精神状态，同时又要有广博知识学问、擅长理论分析、经验阅历丰富、善于驾驭文辞。虚静论本是老庄全面深刻认识世界的基本方法，后来被应用于文学创作，强调作家必须有虚静精神境界，方能充分洞悉复杂的现实事物，从而进行创作构思。陆机《文赋》首先运用虚静来论述创作构思，然后刘勰大力发展了这种思想，作为“神思”运行的必要条件。但是刘勰并没有像老庄那样把虚静和知识学问对立起来，反而是同时强调知识学问的重要性。同时他还强调了丰富经验阅历，以及熟练驾驭文字能力的重要。刘勰在“神与物游”说的基础上，指出艺术意象的构成是主体的心与客体的物之融合，发展了宗炳的“心目相应”说。“意象”也是刘勰首先提出的美学范畴，不过在《神思》篇中他没有对“意象”作充分发挥。但他指出“意翻空而易奇，言征实而难巧”，构思中意象容易奇特，而落实到语言文字往往不能完全如愿，是由于思、意、言三者之间复杂关系，“意授于思，言授于意”，从而造成其两两之间不能完全一致，甚至或者“密则无际”，或者“疏则千里”，这也是和

"言不尽意,圣人所难"直接相关的。刘勰在对言意关系认识上是肯定"言不尽意"的,他说:"思表纤旨,文外曲致;言所不追,笔固知止。"但他又认为要努力促使言能尽意,尽量做到思、意、言两两之间相互密合,这是文学创作所要解决的问题。解决这个问题的根本办法,需要养气保神顺乎自然。这和宗炳《画山水序》说的"闲居理气"说是一致的。后面在《养气》篇中有进一步论述。他还分析了创作过程中各个作家因天赋秉性不同,构思有迟有速,然而都可以写出优秀作品,而从作品方面说,也和篇幅大小不同有关,然而不管是"崇朝而赋《骚》""援牍如口诵",还是"研《京》以十年""练《都》以一纪",都必须具备广博学识和善于掌控使之纲举目张的能力,做到"博而能一"。最后阐明创作过程是要把丰富多彩的生活现象提炼加工,创造出生动鲜明的典型艺术形象,亦即"杼轴献功,焕然乃珍"的过程。说明文学创作是从具体现实生活中提炼出来的,由原始素材经过苦心经营,对现实生活经过提炼加工,构成完美的意象和意境,而后才能成为艺术精品。《神思》是《文心雕龙》创作论中的领军之作,理论深刻、创意新颖、论说完美、精妙绝伦,值得我们深入探讨。

语译:

古人说:"身躯形体处于江湖之上,而心灵深处则眷恋着朝廷官职。"这就是神思的意思(形神可以分离)。当文学创作思维活动展开时,精神活动(指艺术想象)可以远离人的躯体而飞驰到遥远的任何地方。凝神静思,则其精神境界瞬间即可与千百年间的所有事物相衔接,古往今来无所不到。思维活动的展开而出现容貌表情上的细微变化,使作家的视线可通达四面八方无边无际无所不在。吟咏诗句之间,吐纳金玉珠宝声音;眼前展现的是,风云卷舒斑斓景象。这就是神思妙理的极致。作家思维活动的神妙之处,即是主体精神与客体物象在一起遨游。精神思虑深藏在胸臆之中,由志气(亦即在旺盛生命活力下所具有的意志、感情、欲望)统帅是神思活动能否顺利进行的关键;外界物象通过人的耳目器官感知,(而后用语言文辞表达出来)所以辞令是其掌管枢纽。只有语言文辞的枢机畅通无阻,事物的容貌就无从隐藏;如果意志感情堵塞停滞,那么精神活动也就会隐遁逃逸。文学创作构思过程中意象的营造,贵在作家具备一种虚静的精神境界,洗濯自己的五脏六腑,清洁自己的精神状态。积累学问丰富知识宝库,斟酌事理增强创作才华,精研阅历穷尽事物观照,顺应情致熟练驾驭文辞。然后使善于妙悟的心灵,按照文辞声律的自身规则写成美好文章;有独到见解的工匠,遵循构思形成的意象特点描绘生动境界。这就是驾驭文学创作的首要技巧,进行具体写作的基本条件。

艺术构思运行过程中,外界千景万象纷纷呈现于眼前,在空虚渺茫的想象中营造艺术意象,在广阔无形的意念之中刻画妙境。欲登山则情感充满于山林峰峦,欲观海则心意溢荡于辽阔海洋,我才华的多少,将会和风云共相驰骋。刚开始执笔写作时,无比心高气傲超出往时,可是篇章写作成功时,常常仅得开始写作时所想的一半,为什么会这样?是因为想象中对意象的营造容易奇特鲜艳,而具体落实到语言文字就很难那么生动巧妙了。意象来源于思维活动,语言来源于构想意象。意和思、言和意两两之间可能密合无际,也可能疏之千里,或者思理就在寸心之内,却到外界四方去探求;或者含义近在咫尺,而思维却远隔山河。运用心思掌握技术,无需进行苦思苦想。驾驭文章蕴涵文采,不必过于劳累情思。

人的才能决定于自然禀赋,或快捷或迟缓各不相同。文章体制纷纭复杂,篇幅大小各具特殊功用。司马相如因长久含笔思考笔毛开始腐烂,扬雄停笔研思梦见五脏都呕了出来,桓谭刻苦思虑过度劳累得了重病,王充潜心著述思虑艰苦耗尽气血,张衡写作《两京赋》整整用了十年时间,左思撰述《三都赋》历经一纪方才完成;虽然都是鸿文巨作,但也算是文思迟缓的代表了。淮南王刘安作《离骚传》一个早上就完成了,枚皋一接到诏书就把辞赋写好,曹植执笔写作有如随意口诵一般,王粲拿笔就写好像前晚构思成功,阮瑀骑在马上写完书信,祢衡边吃边写撰成奏章;虽然他们的篇章比较短小,但也是真够迅速的了。凡是文思快捷的文人,善于驾驭各种写作要领方法,在细致思考之前已经敏锐地知道应该怎么写，能够当机立断地马上下笔。文思比较缓慢的人，心情细密深沉思考许多复杂状况，在解决疑难鉴别明白后，经过研虑才最后写定。文思敏捷故在很短时间内即能获得成功，鉴别疑虑故时间愈久方能收获丰硕。艰难和容易虽然很不相同，但都需要学识广博和技巧熟练。若是学识浅薄而一味延迟，才华疏略而徒事捷速，以此而成就业绩，则从未听说过。所以撰写文章运行构思时，常常会有两种病患：一是说理抑郁不畅苦于学识贫乏，二是辞藻沉溺泛滥原于杂驳混乱。故而广博的见识是弥补学识贫乏的粮食，贯通一致是拯救辞藻混乱的良药。学识广博又清晰贯一，可以帮助心灵构思顺利进行。

作家的情理思路非常诡杂，文章的体制变化极为众多，所以笨拙的文辞里可能孕育着巧妙的含义，平庸的叙事里也可能萌芽新颖的意味。布是麻所织成其质地还是麻，并没有增加花费什么，但是经过穿梭纺织织成的布，则焕然一新具有光彩美丽的姿态。至于思维以外所没能表述的微妙之处，文辞描写难以达到的曲折情致，是语言所无法说清楚，笔头也只能停止不前。思维最精微的人才能懂得其妙处，全面通晓变化方能掌握其中术数。好像商代伊尹很难清楚说明鼎中的变化情状，轮扁不能详细阐述斧头砍下去如何把握好轻重缓急。

总论：神思藉助物象体现，文情变换孕育生化。物象感触容貌相求，心灵妙悟应答无暇。刻镂雕琢文字声律，萌芽比兴意象称霸，凝聚思虑构想完美，垂帷读书致胜天下。

注订：

(1)《庄子·让王》篇："中山公子牟谓瞻子曰：身在江海之上，心居乎魏阙之下，奈何？"成玄英疏："瞻子，魏之贤人也。魏公子名牟，封中山，故曰中山公子牟也。公子有嘉遁之情而无高蹈之德，故身在江海上而隐遁，心思魏阙下之荣华，既见贤人，借问其术也。""魏阙"，指朝廷，皇宫门阙巍巍高大，故称魏阙。其意为身虽隐居江湖，心实系于朝廷。刘勰从这两句话中引申出形与神可以分离的含义，说明神思的特征是神不受形的限制,而可以离形而自由飞翔,艺术思维是不受时间和空间束缚的。这种形神分离的思想本是佛学的基本思想,它也有传统思想的影响,庄子重神不重形,《齐物论》说:“形固可使如槁木,而心固可使如死灰乎?”《养生主》:“指穷于为薪,火传也,不知其尽也。”王先谦注曰:“形虽往而神常存。”薪火之喻后来成为佛教中神不灭论的重要论据。而形神分离正是“神思”论的思想基础。

(2)“神思“之说,首见于王充《论衡·卜筮篇》“夫人用神思虑”,曹魏时代曹植《宝刀赋》中曾说:“规圆景以定环,摅神思而造像。”此后,“神思”运用遂多,如孙绰《游天台山赋》中说:“驰神运思,昼咏宵兴。”而直接对刘勰产生影响的,可能是刘宋时代宗炳的《画山水序》所说“峰岫峣嶷,云林森渺,圣贤映于绝代,万趣融其神思”。《神思》篇的很多观点和宗炳是一致的。

(3)陆机《文赋》:“其始也,皆收视反听,耽思傍讯,精骛八极,心游万仞。”

(4)“思理”,指文学创作的艺术思维的原理。这里刘勰明确地指出:文学创作的思维活动特点是整个思维过程不脱离外界的物像,主体的精神意识始终是和客体的自然、社会生活景象紧密地结合在一起的。这也就是艺术思维不同于一般理性思维的地方。黄侃《文心雕龙札记》说:“此言内心与外境相接也。内心与外境,非能一往相符会,当其窒塞,则耳目之近,神有不周;及其怡怿,则八极之外,理无不浃。然则以心求境,境足以役心;取境赴心,心难于照境。必令心境相得,见相交融,斯则成连所以移情,庖丁所以满志也。”“思理为妙,神与物游”,是一个十分重要的理论命题,它说明了文学艺术思维不同于理论思维的特点所在。文学艺术思维始终不脱离生动的具体物象,这就是西方后来所说的形象思维,而刘勰的表述则是非常正确、生动、形象的,他称之为“神与物游”,这是和理论思维、逻辑思维完全不同的,是对文学艺术思维特征的深刻阐述,至今仍具有无穷的生命力。

(5)“志气”,志是人心所思念怀虑的内容,气是人的生命力。《孟子·公孙丑上》:“夫志,气之帅也;气,体之充也。夫志至焉,气次焉。

故曰：'持其志，无暴其气。''既曰志至焉，气次焉，又曰持其志，无暴其气者，何也？'曰：'志壹则动气；气壹则动志也。今夫蹶者趋者是气也而反动其心。'"汉代赵岐注云："志，心所念虑也。气，所以充满形体，为喜怒也。志帅气而行之，度其可否也。志为至要之本，气为其次焉。暴，乱也。言志所向，气随之。当正持其志，无乱其气，妄以喜怒加人也。丑问暴乱其气云何。孟子言壹者，志气闭而为壹也。志闭塞则气不行，气闭塞则志不通。蹶者相动，今夫行而蹶者，气闭不能自持，故志气颠倒。颠倒之间，无不动心而恐矣，则志气之相动也。"《管子·心术》："气者，身之充也。"《枢言》："有气则生，无气则死，生者以其气。"《淮南子·原道训》云："气者，生之充也。"气是人的志的生理基础，没有气也就没有了志；而志又是气的统帅，缺少了志，气也就无所依托。所以两者是互相促进的，志壹则动气，气壹则动志。故而"志气"就成为一个名词。

（6）"枢机"，关键。《周易·系辞上》："言行，君子之枢机。"韩康伯注："枢机，制动之主。"孔颖达《正义》："枢，谓户枢；机，谓弩牙。"《国语·周语下》："夫耳目，心之枢机也。"志气不旺盛，则神思活动就无法进行下去，掌握了丰富的语言辞汇，物象就难以隐藏其真实面貌。黄侃《文心雕龙札记》："词足以达，故无隐；志气将闭，则神无所居。"

（7）"陶钧文思"，指文学创作构思过程中意象营造情状。"陶"，瓦器。"钧"，制作瓦器用的圆转器。《史记·邹阳列传》："是以圣王制世御俗，独化于陶钧之上。"裴骃《集解》引《汉书音义》曰："陶家名模下圆转者为钧，以其能制器为大小，比之于天。"司马贞《索隐》："张晏云：'陶，冶；钧，范也。作器，下所转者名钧。'韦昭曰：'陶，烧瓦之灶。钧，木长七尺，有弦，所以调为器具也。'崔浩云：'以钧制器万殊，故如造化也。'""虚静"，是指老子和庄子所提倡的一种认识论和精神境界。《老子》第十六章："致虚极，守静笃。"《庄子·天道》篇："圣人之静也，非曰静也善，故静也。万物无足以铙心者，故静也。水静则明烛须眉，平中准，大匠取法焉。水静犹明，而况精神？圣人之心静乎，天地之鉴也，万物之镜也。夫虚静恬淡，寂寞无为者，天地之平，而道德之至，故帝王圣人休焉。”成玄英疏：“夫圣人之所以虚静者，直形同槁木，心若死灰，亦不知静之故静也。若以静为善美而有情于为静者，斯则有时而动矣。妙体二仪非有，万境皆空，是以参变同尘而无喧挠，非由饬励而得静也。夫水，动则波流，止便澄静，悬鉴洞照，与物无私，故能明烛须眉，清而中正，治诸邪枉，可为准的，纵使工倕之巧，犹须仿水取平。故《老经》云：‘上善若水。’此举喻言之义。夫圣人德合二仪，智周万物，岂与夫无情之水同日论邪！水静犹明烛须眉，况精神圣人之心静乎！是以鉴天地之精微，镜万物之玄赜者，固其宜矣。此合譬也。虚静，恬淡，寂漠，无为，四者异名同实者也。叹无为之美，故具此四名，而天地以此为平，道德用兹为至也。息虑，故平至也。”虚静之运用于文学构思，始于陆机《文赋》：“伫中区以玄览。”继之在宗炳《画山水序》中，提出“澄怀味象”说，刘勰此处是对陆机、宗炳说的继承和发展，以后成为艺术创作构思的首要条件。

(8)“疏瀹”，疏通洗涤。“五藏”，即五脏。《白虎通论·五脏六腑主性情》：“五脏者何也，谓肝心肺肾脾也。”《庄子·知北游》：“老聃曰：‘汝齐(斋)戒，疏瀹而心，澡雪而精神。’”成玄英疏：“疏瀹犹洒濯也，澡雪犹清洁也。”没有任何杂念异想，一心一意专注于艺术构思。

(9)“穷照”，穷尽对客观事物的观察研究。“驯致”，顺应情思旨趣。“绎辞”，寻绎合适文辞，指驾驭语言文字的能力。黄叔琳本作“怿辞”。

(10)“玄解之宰”，善于妙悟主宰一切的心灵，指有精通文学创作技巧的作家。玄解，即县解。《庄子·养生主》：“安时而处顺，哀乐不能入也，古者谓是帝之县解。”成玄英疏：“安于生时，则不厌于生；处于死顺，则不恶于死。千变万化，未始非吾，所适斯适，故忧乐无错其怀矣。帝者，天也。为生死所系者为县，则无死无生者县解也。夫死生不能系，忧乐不能入者，而远古圣人谓是天然之解脱也。”林希逸《庄子口义》：“帝者，天也。知天理之自然，则天帝不能以死生系著我矣。言虽天亦无奈我何也，故曰帝之悬解。”县，同悬。《经典释文》：“县音玄。”“声律”，借指一定的文学创作原则。“定墨”，《礼记·玉藻》篇：“卜人定龟，史定墨。”即审定绳墨，指写成文章。

(11)“独照之匠”,有深刻独到见解的工匠,亦即精通文学创作技巧的作家,与“玄解之宰”同。《淮南子·俶真训》:“冥冥之中,独见晓焉;寂漠之中,独有照焉。”范文澜《文心雕龙注》:“《庄子·天道》:‘轮扁曰:斫轮徐则甘而不固,疾则苦而不入,不徐不疾,得之于手而应于心,口不能言,有数存焉于其间。臣不能以喻臣之子,臣之子亦不能受之于臣,是以行年七十而老斫轮。’‘独照之匠’语本此。”“闚”,即“窥”。“意象”,这里刘勰首次提出这个概念,其意指构思过程中所形成的意象,即意想中的形象,还不是已经落实为语言文字的意象。《韩非子·解老》:“人希见生象也,而得死象之骨,案其图以想生也;故诸人之所以意想者皆谓之象也。”意象的概念来源于《周易·系辞》的“圣人立象以尽意”,受“易象”的启发而产生,然而,《周易》的“易象”是抽象的符号,而文学中的“意象”是具体的形象,两者有根本的不同。“运斤”,指构思过程中对意象的刻画。《庄子·徐无鬼》:“郢人垩慢(一作漫)其鼻端,若蝇翼,使匠石斫之。匠石运斤成风,听而斫之,尽垩而鼻不伤。”

(12)“驭文”“谋篇”同义,均指文章写作。

(13)苏轼《次韵吴传正枯木歌》:“东南山水相招呼,万象入我摩尼珠。”(摩尼珠是佛学术语,谓如意宝珠,即人的心)艺术想象在虚无寂静中进行,才生于内心,景存于外境,心与物融为一体,内心和外境和谐结合,正是文学作品产生的情状。明代方士庶《天慵庵笔记》中说:“山川草木,造化自然,此实境也。因心造境,以手运心,此虚境也。虚而为实,是在笔墨有无间。故古人笔墨具见山苍树秀,水活石润,于天地之外别构一种灵奇。即或率意挥洒,亦皆炼金成液,弃滓存精,曲尽蹈虚揖影之妙。”正是说的“规矩虚位,刻镂无形”之妙。

(14)宗炳《画山水序》:“夫以应目会心为理者,类之成巧,则目亦同应,心亦俱会,应会感神,神超理得,虽复虚求幽岩,何以加焉!”故山水均以人之感情载体出现。

(15)“意翻空”两句,指文学创作中做到心手完全合一极为不易,亦即陆机所说“意不称物,文不逮意”。这是创作中的一个普遍现象,范晔《狱中与诸甥侄书》:“文章精进,但才少思难。每于操笔,其所成篇,殆无全称者。”苏轼《答谢氏师书》:“求物之妙,如系风捕影,能使是物了然于心者,盖千万人而不一遇也,而况能使了然于口与手乎?”唐代书法家张怀瓘《书断序》:“心不能授之于手,手不能受之于心。”黄侃《文心雕龙札记》:“半折心始者,犹言仅乃得半耳。寻思与文不能相传,由于思多变状,文有定形。”

(16)刘勰这里所说的思、意、言关系和陆机《文赋》小序中所说的物、意、文关系是一致的。刘勰的“思”,是从构思中“神与物游”的“神”的方面来说的;陆机的“物”是从构思中“神与物游”的“物”的方面来说的,实际上艺术思维过程中的“神”与“物”是不可分割的,紧密结合的。所以,不论是“思”,还是“物”,都是指“神与物游”的统一体,指思维中的创作对象。清代的郑板桥在题画竹中说:“江馆清秋,晨起看竹,烟光日影雾气,皆浮动于疏枝密叶之间。胸中勃勃,遂有画意。其实胸中之竹,并不是眼中之竹也。因而磨墨展纸,落笔倏作变相,手中之竹,又不是胸中之竹也。”从文学创作来看,“思”(或“物”)即是郑板桥所说的“眼中之竹”,“意”是“胸中之竹”,“言”(或“文”)是“手中之竹”。意与思、言与意,两两之间,或者密合无际,或者疏离千里。但是刘勰着重是讲“疏则千里”,下四句都是讲“疏则千里”的具体状况。

(17)“方寸”,指心,心处胸中方寸间。葛洪《抱朴子·嘉遁》:“方寸之心,制之在我,不可放之于六遁也。”情理本在心内,却反要到域外去寻求;文义就在附近咫尺之地,而思虑却似乎与之远隔山河。

(18)《诗经·小雅·小弁》:“君子秉心,维其忍之。”郑玄笺:“秉,执也。言王之执心,不如彼二人。”又《诗经·鄘风·定之方中》:“秉心塞渊。”毛传:“秉,操也。”《周易·坤卦》六三:“含章可贞。”王弼注:“含美而可正,故曰含章可贞也。”孔颖达《正义》:“章,美也。既居阴极,能自降退,不为事始,唯内含章美之道。”陆机《文赋》:“意司契而为匠。”李善注:“取舍由意,类司契为匠。”

(19)陆厥《与沈约书》:“一人之思,迟速天悬;一家之文,工拙壤隔。”

（20）《西京杂记》卷二：“司马相如为《上林》《子虚赋》，意思萧散，不复与外事相关，控引天地，错综古今，忽然如睡，焕然而兴，几百日而后成。”班固《汉书·枚皋传》：“（皋）为文疾，受诏辄成，故所赋者多。司马相如善为文而迟，故所作少而善于皋。”

（21）“辍翰”，停笔。《金楼子》：“扬雄作赋有梦肠之谈，曹植为文有反胃之论，言劳神也。”

（22）桓谭《新论·祛蔽》篇：“余少时见扬子云之丽文高论，不自量年少新进，而猥欲逮及。尝激一事而作小赋，用精思太剧，而立感动发病，弥日瘳。子云亦言：成帝时，赵昭仪方大幸。每上甘泉，诏令作赋，为之卒暴（突然），思虑精苦，赋成遂困倦小卧，梦其五脏出在地，以手收而内之。及觉，病喘悸，大少气，病一岁。由此言之，尽思虑，伤精神也。”

（23）“思虑”，《事文类聚》《群书通要》、《山堂肆考》引作“沉虑”。《后汉书·王充传》：“著《论衡》八十五篇，二十余万言。年渐七十，志力衰耗，乃造《养性书》十六篇，裁节嗜欲，颐神自守。”《论衡·对作》篇：“愁精神而忧魂魄，动胸中之静气，贼年损寿，无益于性，祸重于颜回，违负黄老之教，非人所贪，不得已故为《论衡》。”王利器据《事文类聚》等引，改为“沉虑”。

（24）《后汉书·张衡传》：“时天下承平日久，自王侯以下莫不踰侈。衡乃拟班固《两都》作《二京赋》，因以讽谏。精思傅会，十年乃成。”

（25）《昭明文选》左思《三都赋序》李善注引臧荣绪《晋书》曰：“左思，字太冲，齐国人。少博览文史，欲作《三都赋》，乃诣著作郎张载访岷邛之事。遂构思十稔，门庭藩溷，皆着纸笔，遇得一句即疏之。赋成，张华见而咨嗟，都邑豪贵，竞相传写。”“一纪”，十二年。

（26）荀悦《前汉纪·孝武皇帝纪》：“初安（淮南王刘安）朝，上使作《离骚赋》，旦受诏，食时毕。”

（27）《汉书·枚皋传》：“枚皋上书北阙，自陈枚乘之子。上得之，大喜。拜为郎。着从行，上有所感，辄使赋之。为文疾，受诏辄成。”

(28)“援牍”,执笔持牍。牍,木简,即纸。杨修《答临淄侯曹子建笺》:“尝亲见执事握牍持笔,有所造作,若成诵在心,借书于手,曾不斯须少留思虑。”

(29)“宿构”,早就写好的。《三国志·魏书·王粲传》:“粲字仲宣,善属文,举笔便成,无所改定,时人常以为宿构。”

(30)“鞌”,元本、弘治本作“案”。王惟俭本作“鞌(即鞍)”,今从。梅庆生谓:“疑作鞍。”《三国志·魏书·王粲传》注引《典略》曰:“太祖尝使瑀作书与韩遂。时太祖适近出,瑀随从,因于马上具草。书成呈之,太祖揽笔欲有所定,而竟不能增损。”

(31)范文澜《文心雕龙注》:“《后汉书·祢衡传》:‘刘表尝与诸文人共草章奏,并极其才思。时衡出,还见之,开省未周,因毁以抵地。表怃然为骇。衡乃从求笔札须臾立成,辞义可观。表大悦,益重之。’《衡传》又曰:‘黄祖长子射,时大会宾客,人有献鹦鹉者,射举卮于衡曰:“愿先生赋之,以娱嘉宾。”祢览笔而作,文无加点,辞采甚丽。’案草奏为一事,当食作赋为又一事,刘勰说‘当食草奏’,是合两事而言也。”

(32)“骏”,疾也。《说文》:“总,聚束也。”

(33)“覃思”,深思熟虑。《三国志·魏书·王粲传》:“然正复精意覃思,亦不能加也。”

(34)“造次”,仓促,突然。《论语·里仁》:“造次必于是。”何晏注引马曰:“造次,急遽。”邢昺疏:“郑玄云:‘仓卒也。’皆迫促不暇之意,故云急遽。”

(35)“致绩”,获得成绩。

(36)“博练”,广博渊深的知识学问和精湛熟练的艺术技巧。

(37)“成器”,成才。

(38)“缀虑”,构思。本书《风骨》篇:“缀虑裁篇。”即构思写作。

(39)“理郁”,事理不明。“苦贫”,苦于学识浅薄贫乏。“辞溺”,淹没在辞藻里,泛滥成灾。“伤乱”,混乱不清,没有头绪。

(40)“博闻”,何焯校改为“博见”。“馈”,进食,增加知识学问以弥补浅薄的弊病。“贯一”,有一个明确的中心,纲举目张。

(41)“心力”,作家的心灵运思。

(42)“情数诡杂,体变迁贸”,当源于陆机《文赋》:“其为物也多姿,其为体也屡迁。”情数之诡杂其根本在于为物多姿,思虑随客观物象之纷纭多态而诡杂不定。

(43)“拙辞或孕于巧义,庸事或萌于新意”,当源于陆机《文赋》:“或言拙而喻巧,或理朴而辞轻。”指拙辞中孕育着巧义,庸事中萌生有新意,“巧义”和“新意”往往以“拙辞”“庸事”的形式出现。当以黄侃理解较妥,“于”字只起中介作用,亦可省略。重点是在“巧义”和“新意”,目的是说明“巧义”和“新意”也可以“拙辞”和“庸事”的面目出现,不一定都以新辞奇事来体现。若训“于”字为“在”,则成拙辞孕育在巧义中,庸事萌生在新意之中,重点变成了“拙辞”和“庸事”,强调“巧义”中可出“拙辞”,“新意”中可见“庸事”,这显然不妥,恐非刘勰原意,也和陆机之意相左。

(44)“虽云未费”,元本、弘治本无“云”字,此据王惟俭本、梅庆生本。“费”,梅庆生本作“贵”。杨明照《增订文心雕龙校注》说:“按织麻为布,其质仍是麻,故云‘未费’。”又云:“徐𤊹校‘费’作‘贵’,《喻林》引作‘虽未足贵’,皆非。”

(45)“杼轴”,纺织工具。“焕然”,明亮而有光辉。“杼轴献功”是一个重要的理论命题,其含义是强调神思中的艺术典型化过程,以由麻到布的纺织成功,比喻文学创作构思如何把观察到的生活素材,经过作家的概括、提炼,凝聚成富有典型性的艺术形象。这个“杼轴献功”的过程,“情数诡杂,体变迁贸”,也就是说,情理演绎诡奇复杂,文体风格变化无常,所以构成的意象往往有出人意料的状况,其结果往往会“拙辞或孕于巧义,庸事或萌于新意”。“情数诡杂,体变迁贸”,说的是构思中的状况,尚未形诸语言文字,而“拙辞”两句则是讲的已经形成语言文字后的状况。所以“杼轴献功”包括了从构思到文字的全过程。

(46)《周易·系辞上》:“是以君子将有为也,将有行也,问焉而以言。其受命也如向,无有远近幽深,遂知来物。非天下之至精,其孰能与于此？参伍以变,错综其数,通其变,遂成天地之文。极其数,遂定天下之象。非天下之至变,其孰能与于此?”《广雅·释言》:“数,术也。”

(47)《吕氏春秋·本味》篇:“汤得伊尹,明日设朝而见之,说汤以至味,曰:鼎中之变,精妙微纤,口弗能言,志弗能喻。”《庄子·天道》篇:“轮扁谓桓公曰:以臣之事观之,斫轮徐则甘而不固,疾则苦而不入,不徐不疾,得之于手而应于心,口不能言,有数存焉于其间。”陆机《文赋》小序:“至于操斧伐柯,虽取则不远;若夫随手之变,良难以辞逮。”《文赋》:“是盖轮扁所不得言,亦非华说之所能精。”

(48)“神用象通”的提法受佛教在佛寺雕塑佛像时所说的“触像而寄”的影响发展而来,神佛借佛像来显灵,也就是“神用象通”。这是讲的文学创作中的美学原则,主体的心和客体的物的互相吸引,创作主体的情理和外界客体的物貌,互相融入对方,然后才会有艺术意象的产生。

(49)“理应”,元本、弘治本、王惟俭本作“理胜”,非是。此据梅庆生本、张松孙本、黄叔琳本。

(50)“结虑”,即缀虑,构思。“司契”,主持契合,引申为规则之意。“垂帷”,下帷。《史记·儒林列传》:“下帷讲诵。”束皙《读书赋》:“垂帷帐以隐几,披纨素而读书。”强调认真读书丰富知识学问,是使文学创作获得优异成果的关键。

《体性》篇

夫情动而言形，理发而文见，盖沿隐以至显，因内而符外者也[1]。然才有庸儁，气有刚柔，学有浅深，习有雅郑[2]，并情性所铄，陶染所凝，是以笔区云谲，文苑波诡者矣[3]。故辞理庸俊，莫能翻其才；风趣刚柔，宁或改其气；事义浅深，未闻乖其学；体式雅郑，鲜有反其习[4]。各师成心，其异如面[5]。若总其归途，则数穷八体[6]：一曰典雅，二曰远奥，三曰精约，四曰显附，五曰繁缛，六曰壮丽，七曰新奇，八曰轻靡。典雅者，镕式经诰，方轨儒门者也[7]；远奥者，复采曲文，经理玄宗者也[8]；精约者，核字省句，剖析毫厘者也[9]；显附者，辞直义畅，切理厌心者也[10]；繁缛者，博喻酿采，炜烨枝派者也[11]；壮丽者，高论宏裁，卓烁异采者也[12]；新奇者，摈古竞今，危侧趣诡者也[13]；轻靡者，浮文弱植，缥缈附俗者也[14]。故雅与奇反，奥与显殊，繁与约舛，壮与轻乖，文辞根叶，苑囿其中矣[15]。

若夫八体屡迁，功以学成，才力居中，肇自血气[16]；气以实志，志以定言，吐纳英华，莫非情性[17]。是以贾生俊发，故文洁而体清[18]；长卿傲诞，故理侈而辞溢[19]；子云沉寂，故志隐而味深[20]；子政简易，故趣昭而事博[21]；孟坚雅懿，故裁密而思靡[22]；平子淹通，故虑周而藻密[23]；仲宣躁竞，故颖出而才果[24]；公幹气褊，故言壮而情骇[25]；嗣宗俶傥，故响逸而调远[26]；叔夜俊侠，故兴高而采烈[27]；安仁轻敏，故锋发而韵流[28];士衡矜重,故情繁而辞隐[29]。触类以推,表里必符。岂非自然之恒资,才气之大略哉[30]!

夫才有天资,学慎始习,斫梓染丝,功在初化,器成綵定,难可翻移[31]。故童子雕琢,必先雅制,沿根讨叶,思转自圆[32]。八体虽殊,会通合数[33],得其环中,则辐辏相成。故宜摹体以定习,因性以练才[34],文之司南[35],用此道也。

赞曰:才性异区,文体繁诡[36]。辞为肤根,志实骨髓[37]。雅丽黼黻,淫巧朱紫[38]。习亦凝真,功沿渐靡[39]。

简析:

本篇论文学风格与作家个性的关系。刘勰论文学风格的篇章甚多,如二十篇文体论中有很多论到作家作品风格,《定势》篇专论文体风格,《时序》篇论及时代风格,《才略》篇论及作家风格等等,涉及文学风格理论各个方面,而《体性》篇所论是最为重要的,专论作家不同个性气质对作品风格的决定性影响。本篇首先指出文学创作过程是由隐到显、由内到外的,所以外在的风格是内在的个性气质之体现。而决定作家个性气质的因素有才、气、学、习四个方面,并详细分析了这四个方面的特点及其形成原因,明确提出才、气是属于先天的自然禀赋,学、习则是后天的努力结果,因此作家个性气质既是情性之展现,也是陶染之产物。而且后天学问知识的深浅厚薄和环境习俗的熏陶感染,还可以弥补先天禀赋的不足。强调人为努力的重要作用,这是和荀子的人性论有密切关系的。荀子认为人性有“性”和“伪”(人为)两个方面,也就是先天的本性和后天的人为两个部分,虽然人性本恶,但可以通过学习使之变善。刘勰正是用这种人性论观点来看待作家个性气质特点的,尽管作家个性气质为先天禀赋所决定,但是也受后天学习状况和环境习俗的深刻影响,甚至后者可以潜移默化地改变前者。这是刘勰对曹丕论风格(“文以气为主”)只重先天气质的重要补充和极大发展。

刘勰把文学风格归纳为八种基本类型,并指出它们是两两相对的四组八种风格,这明显是受《周易》八卦的影响而提出的。八卦就是两两相对的四组八种符号,代表了宇宙间的八种基本事物。文学反映自然社会,与八卦符号象征宇宙万物,是相类似的。当然文学的基本风格是否一定总结为八种,是可以探讨的,然而刘勰之所以这样归纳也是有他的道理的,不是随意任性提出的。他既提出八种基本风格,又不认为文学只有八种风格,认为具体的千变万化的文学风格乃是"八体屡迁,功以学成"的结果。他对八种基本风格特色做了定义般的理论概括,也是非常精准的。例如"典雅"是"镕式经诰,方轨儒门",具有儒家特色;"远奥"是"复采曲文,经理玄宗",具有道家风范等。学界关于刘勰对这八种风格的最后两种"新奇"和"轻靡",是否具有贬意有不同看法。我们认为刘勰在这里是根据创作实际所作的客观分析,并无专门贬低这两种的意思。至于他喜欢什么样的风格则是另一回事,需要另作研究。刘勰精确地列举了十二位重要作家的个性和风格,作为典范例子,说明他们的文学风格正是他们个性气质之体现。这里值得我们注意的是,他没有把其中任何一位作家的风格纳入八类中的某一类,说明八种基本类型是在研究无数文学风格后的归纳总结,而每一个作家的风格都是有独特性的,他可能含有八种基本类型中的好几类,是融合多种风格因素而最后定型的。

本篇最后他对才和学的关系做出了十分深刻的论述:"才有天资,学慎始习。"进一步强调人的天赋才性虽然是无法改变的,但是后天的学和习是可以自己把握的,所以学和习显得特别重要,"习亦凝真,功沿渐靡"。同时,作家在创作中,应该根据自己的才性特点去学习研究,这样就可以收到事半功倍的效果,为此他提出了"摹体以定习,因性以练才"的重要思想。作家应该根据自己的特长去选择合适的风格,这样才能取得事半功倍的效果。

语译:

文学创作是作家感情激动而以语言呈现出来,思想理念要藉助文辞来展示,这是一个由隐藏于心灵到显现于眼前,由内在的变成外在的过程。才能有聪慧和平庸的差异,气质(个性)有刚劲与柔和的不同,学识有深刻和浅薄的分别,习染有雅正与鄙俗的悬殊。这都是人天赋本性的闪现,也是后天环境感染所凝聚成的。无韵之笔区域里云彩诡谲纷繁复杂,有韵之文范围内波浪翻滚变化莫测。辞藻义理的平庸或英俊,都不会和作家才华相违逆;作品风格的刚劲或柔和,岂能和作家气质(个性)不一致;事义内容的深邃或浅薄,自然不会与其学识高下有差异;文章体式的雅正或俚俗,也绝不会和环境习俗成背反。各人创作都师法自己心情容貌,就像各人面孔都不相同一样。假如总结归纳各种不同风格的途径,可以分为八种基本类型:一是典雅,二是远奥,三是精约,四是显附,五是繁缛,六是壮丽,七是新奇,八是轻靡。典雅的特点是:镕铸经典诰训体式,模仿儒家法则规矩。远奥的特点是:辞采深隐文意曲折,经营整理玄学宗派。精约的特点是:精要简约核字省句,剖析细致务减繁滥。显附的特点是:文辞直率含义畅达,事理切合心意满足。繁缛的特点是:比喻广博辞采丰富,枝叶繁茂色泽绚烂。壮丽的特点是:议论高超识见宏肆,光辉四溢辞采纷呈。新奇的特点是:厌弃古制竞为今体,追求险僻趣味诡奇。轻靡的特点是:轻浮淫靡软弱无力,飘渺不实附和世俗。故而典雅和新奇是相反的,远奥和显附是殊异的,繁缛和精约是舛悖的,壮丽和轻靡是乖违的。大大小小各类作品的根茎枝叶,都生长在这个文学园地之中。

八种基本文学风格相互之间经常发生交叉影响,最终的结果还是要依靠深入学习来完成。才华发自内心起着决定作用,它来源于人的天赋血气个性,血气充实了内心意志,内心意志决定了语言文辞,文章吐露英华才气,正是作家本身情性的体现。所以贾谊气质英俊奔放,故其作品文辞洁净体式清峻;司马相如性格高傲夸诞,故其作品情理奢侈文辞繁溢;扬雄为人深沉寂静,故其作品志趣隐奥趣味深长;刘向人品宽简平易,故其作品情趣昭晰事理广博;班固性情文雅温和,故其作品体裁绵密思致周全;张衡好学深博通达,故其作品思虑周到文辞严密;王粲性情烦躁锐利,故其作品锋芒毕露才思果断;刘桢个性急遽狭隘,故其作品言辞壮阔情思惊骇;阮籍倜傥落拓不羁,故其作品音响高逸格调悠远;嵇康为人英俊豪侠,故其作品兴致高昂辞采激烈;潘岳轻敏近趋势利,故其作品锋芒外露音韵流畅;陆机儒雅庄重矜持,故其作品情思繁富文辞深隐。按照这些事例来加以推想,外表和内里必然是符合一致的。难道不是自然禀赋的资质,才华气性的大概情况吗?

才能虽然依赖天资禀赋,而后天学习从一开始就要十分谨慎。犹如工匠制作木器、织女染色丝绸,决定其功效在初始之时,如若木器制成、丝绸染好,要想改变就很困难了。初学者的撰写作品,必须先从雅正体制开始,由根到叶逐步发展,才能思路圆转灵活运用。八种基本风格虽然各不相同,但可以融会变通合乎规矩法则,有如庄子所说把握了车轮中间的轴心,则众辐辏聚即可运转自如,适应无穷无尽的变化。所以要模仿某种风格体制来确定写作习惯,适应自己个性特点来发挥才华。这才是写作文章的指南针,是正确的道路与方法。

总论:才能性情各不相同,文辞风格纷纭奇诡。语言辞藻肌肉皮肤,心意情志精神骨髓。典雅华丽白黑青赤,朱紫杂汇淫声越轨。勤奋学习补足才气,逐渐浸润功效始美。

注订:

(1)“情”,指文学作品的内容;“言”,指文学作品的形式。“形”,呈现。《诗大序》:“情动于中而形于言。”“中”,指心。情隐于内,而言形于外。《文心雕龙·情采》篇:“五情发而为辞章。”《文心雕龙·知音》篇:“夫缀文者情动而辞发。”

(2)“儁”,同“俊”,才智聪慧。“习”,环境习染。“雅郑”,雅俗。《论语·卫灵公》:“郑声淫。”《论语·阳货》:“恶郑声之乱雅乐也。”

(3)“铄”,《说文》:“销金也。”与“烁”通,熔化之意。“笔区”“文苑”,均指文学创作领域,此处用当时区分文笔的意思,有韵者为文,无韵者为笔。“云谲”和“波诡”同,指文和笔的领域的变化都极其纷繁复杂。

(4)“辞理”,文学作品的形式和内容。王叔岷《文心雕龙缀补》:“案‘风趣’犹风格,风格之刚柔,由人之气质而定。”“气”,作家的气质个性。《文心雕龙·事类》篇:“据事以类义,援古以证今。”“事义”,指作品所写的具体内容。“体式”,作品的体制格式。古代文论中的“体”有两方面的含义:一是体裁,二是风格。这两句是说文章体式的雅俗和作家生活环境的习染有关。

(5)“成心”,《庄子·齐物论》:“夫随其成心而师之,谁独且无师乎?”郭象注曰:“夫心之足以制一身之用者,谓之成心。”成玄英疏:“夫域情滞着,执一家之偏见者,谓之成心。”周振甫《文心雕龙注释》:“犹个性。”牟世金《文心雕龙译注》:“本性,指作者的才、气、学、习。”林云铭《庄子因》:“成心,谓人心之所至,便有成见在胸中,牢不可破,无知愚皆然。”

(6)“总”,综合。“归途”,形成不同特点风格的途径。“穷”,尽。基本的风格类型是否一定归纳为八种,这是可以探讨的。例如中唐皎然在《诗式》中分诗的风格为十九种,晚唐司空图《二十四诗品》分诗的风格为二十四种不同境界。刘勰之所以分为八种基本风格,是参照《周易》八卦而来的。他认为八卦代表了宇宙间八种基本事物,而宇宙万物正是从这八种基本事物演化而来。文学作品是表现宇宙万物的,它的多种多样正是从宇宙万物的纷繁复杂而来的,如陆机《文赋》所说:“体有万殊,物无一量。”所以,文学作品的风格虽然千变万化,但是也可以归纳为八种基本的风格类型。下面对每一种均有具体分析。

(7)“镕式”,熔铸取法,融会参照。“经诰”,指儒家经典。王叔岷《文心雕龙缀补》:“案‘方轨’犹‘并驾’。《战国策·齐策一》:‘车不得方轨。’”《史记·苏秦列传》:“车不得方轨,骑不得并行。”《文心雕龙·定势》篇:“模经为式者,自入典雅之懿。”《文心雕龙·诏策》篇:“潘勖《九锡》,典雅逸群。”

(8)“复采曲文”,原作“馥采典文”。范文澜《文心雕龙注》:“‘馥’,当作‘复’。《总术》篇云:‘奥者复隐。’”刘永济《文心雕龙校释》:“疑‘馥’当作‘复’,‘典’当作‘曲’,皆字形之误。复者,隐复也;

曲者，深曲也。谈玄之文，必隐复而深曲，《征圣》篇论《易经》有'四象精义以曲隐'可证。舍人每以复、隐、曲、奥等词连用，如《原道》篇'繇辞炳曜''符采复隐'，《练字》篇'复文隐训'，《征圣》篇'精义曲隐'，《总术》篇'奥者复隐'，《隐秀》篇'隐以复意为工'，又'深文隐蔚，余味曲包'，《序志》篇'或有曲意密源，似近而远'，皆可证此篇所谓'远奥'之义。"按：刘说甚是。"经理"，治理、经营。"玄宗"，道家玄学之宗派支流。黄叔琳改"玄宗"为"元宗"，系清人避康熙讳。

(9)《昭明文选》张衡《西京赋》："剖析毫厘，擘肌分理。"

(10)《文心雕龙·事类》篇："综学在博，取事贵约，校练务精，捃理须核。"《文心雕龙·诸子》篇："辞约而精，《尹文》得其要。"《小尔雅·广诂》："附，近也。""厌心"，即餍心。《汉书·王莽传》："克厌上帝之心。"颜师古注："厌，满也。"

(11)"酿采"，刘永济《文心雕龙校释》："按'酿'疑'醲'误。醲，酒厚也，与博义相应。《时序》篇有'澹思醲采'句，是其证。"王利器同。刘说可作参考。《文心雕龙·议对》篇："文以辨洁为能，不以繁缛为巧。"《文心雕龙·定势》篇："断辞辨约者，率乖繁缛。"

(12)杨明照《增订文心雕龙校注》："'卓'疑'焯'之误。《文选》扬雄《羽猎赋》：'隋珠和氏，焯烁其陂。'李注：'焯，古灼字。'(《汉书·扬雄传上》颜注："焯烁，光貌。")左思《蜀都赋》：'符采彪炳，辉丽灼烁。'(刘注："灼烁，艳色也。")嵇康《琴赋》：'华容灼烁，发采扬明。'《古文苑》宋玉《舞赋》：'珠翠灼烁而照曜兮。'(章注："灼烁，鲜明貌。")张衡《观舞赋》：'光灼烁以发扬。'并其证。"按："卓烁"亦通，谓闪烁卓越也。

(13)《文心雕龙·定势》篇："自近代辞人，率好诡巧，原其为体，讹势所变，厌黩旧式，故穿凿取新，察其讹意，似难而实无他术也，反正而已。故文反正为乏，辞反正为奇。效奇之法，必颠倒文句，上字而抑下，中辞而出外，回互不常，则新色耳。"

(14)"弱植"，懦弱无所建树。颜延之《和谢监灵运》："弱植慕端操，窘步惧先迷。"秦观《春日杂兴》诗之三："志士耻弱植，卷迹甘饥寒。”

(15)刘勰把八体分为互相对立的四组,也是从《周易》八卦而来的。八卦也是互相对立的四组。“苑囿”,园林,指文学园地。

(16)“屡迁”,经常发生交叉变化。陆机《文赋》:“其为物也多姿,其为体也屡迁。”“功以学成”,指篇章最终的成功还是依靠学力深广。《文心雕龙·事类》篇:“才自内发,学以外成。”“居中”,居于心中。《朱子全书·性理》:“气一也,主于心者,则为志气;主于形体者,则为血气。”“血气”,人的先天气质个性。

(17)“志”,即是“情性”,也即作者的思想感情。《左传》昭公九年:“味以行气,气以实志,志以定言,言以出令。”杜预注:“气和,则志充。在心为志,发口为言。”孔颖达《正义》:“调和饮食之味以养人,所以行人气也。气得和顺,所以充人志也。志意充满,虑之于心,所以定言语也。详审言语,宣之于口,所以出号令也。”《礼记·乐记》:“和顺积中,而英华发外。”孔颖达《正义》:“谓思念善事日久,是和顺积于心中。言词声音发见于外,是英华发于身外。”

(18)“贾生”,贾谊。黄侃《文心雕龙札记》:“《史记·屈贾列传》:‘廷尉乃言贾生年少,颇通诸子百家之书,文帝召以为博士。是时贾生年二十余,最为少。每诏令议下,诸老先生不能言,贾生尽为之对。’此俊发之征。”《文心雕龙·才略》篇:“贾谊才颖,陵轶飞兔,议惬而赋清,岂虚至哉!”《文心雕龙·哀吊》篇:“自贾谊浮湘,发愤吊屈,体周而事和,辞清而理哀。”

(19)司马相如,字长卿。黄侃《文心雕龙札记》:“《文选》谢惠连《秋怀诗》注引嵇康《高士传赞》曰:‘长卿慢世,越礼自放。犊鼻居市,不耻其状。托疾避官,蔑此卿相。乃赋《大人》,超然莫尚。’此傲诞之征。”《文心雕龙·诠赋》篇:“相如《上林》,繁类以成艳。”《文心雕龙·才略》篇:“相如好书,师范屈宋,洞入夸艳,致名辞宗,然覆取精意,理不胜辞。故扬子以为文丽用寡者长卿,诚哉是言也。”

(20)“沉寂”,或作“沈寂”。扬雄,字子云。黄侃《文心雕龙札记》:“《汉书·扬雄传》曰:‘默而好深湛之思,清静亡为,少嗜欲。’此沈寂之征。"《文心雕龙·才略》篇:"子云属意,辞人最深,观其涯度幽远,搜选诡丽,而竭才以钻思,故能理赡而辞坚矣。"《文心雕龙·诠赋》篇:"子云《甘泉》,构深伟之风。"《文心雕龙·练字》篇:"扬、马之作,趣幽旨深。"

(21)刘向,字子政。黄侃《文心雕龙札记》:"《汉书·楚元王传·刘向传》曰:'向为人简易,无威仪,廉靖乐道,不交接世俗。'此简易之征。"《文心雕龙·才略》篇说:"《新序》该练。"

(22)班固,字孟坚。黄侃《文心雕龙札记》:"《后汉书·班固传》:'及长,遂博贯载籍,九流百家之言无不穷究。性宽和容众,不以才能高人。'此雅懿之征。"《文心雕龙·封禅》篇:"《典引》所叙,雅有懿乎?"《文心雕龙·诠赋》篇:"孟坚《两都》,明绚以雅赡。"《文心雕龙·杂文》篇:"班固《宾戏》,含懿采之华。"《后汉书·班固传论》:"固文赡而事详。若固之序事,不激诡,不抑抗,赡而不秽,详而有体,使读之者亹亹而不倦。"

(23)张衡,字平子。黄侃《文心雕龙札记》:"《后汉书·张衡传》:'通五经,贯六艺,虽才高于世,而无骄尚之情。常从容淡静,不好交接俗人。'此淹通之征。"《文心雕龙·杂文》篇:"张衡《七辨》,结采绵靡。"

(24)王粲,字仲宣。"躁竞",原作"躁锐"。范文澜《文心雕龙注》:"按《程器》:'仲宣轻脆以躁竞。'此'锐'疑是'竞'字之误。《三国志·魏书·杜袭传》:'(王)粲性躁竞。'此彦和所本。"杨明照《增订文心雕龙校注》:"按以《程器》篇'仲宣轻脆以躁竞'验之,'锐'疑为'竞'之误。《三国志·魏书·杜袭传》:'魏国既建,为侍中,与王粲、和洽并用。粲强识博闻,故太祖游观出入,多得骖乘;至其见敬,不及洽袭。袭尝独见,至于夜半。粲性躁竞,起坐曰:不知公对杜袭道何等也?洽笑答曰:天下事岂有尽邪!卿昼侍可矣。悒悒于此,欲兼之乎?'此则'锐'应作'竞'必矣。""躁竞",急噪好胜。《三国志·魏书·王粲传》:"善属文,举笔便成,无所改定,时人常以为宿构。然正复精意覃思,亦不能加也。"《文心雕龙·才略》篇:"仲宣溢才,捷而能密。文多兼善,辞少瑕累,摘其诗赋,则七子之冠冕乎?”《文心雕龙·神思》篇:“仲宣举笔似宿构。”

(25)刘桢,字公幹。黄侃《文心雕龙札记》:“《三国志·魏书·王粲传》注引《典略》载桢平视太子夫人甄氏事。谢灵运《拟邺中集诗序》曰:‘桢卓荦偏人。’此气褊之征。”谢灵运《拟魏太子邺中集刘桢诗序》曰:“卓荦偏人,而文最有气,所得颇经奇。”曹丕《典论·论文》说:“公幹壮而不密。”《文心雕龙·才略》篇:“刘桢情高以会采。”锺嵘《诗品》评刘桢诗:“仗气爱奇,动多振绝,真骨凌霜,高风跨俗,但气过其文,雕润恨少。”

(26)阮籍,字嗣宗。黄侃《文心雕龙札记》:“《三国志·魏书·王粲传》:‘籍才藻艳逸,而倜傥放荡,行己寡欲,以庄周为模。’此俶傥之征。”《文心雕龙·明诗》篇:“阮旨遥深。”《晋书·阮籍传》:“籍容貌瑰杰,志气宏放,傲然独得,任性不羁,而喜怒不形于色。”锺嵘《诗品》说:“《咏怀》之作,可以陶性灵,发幽思,言在耳目之内,情寄八荒之表,洋洋乎会于风雅,使人忘其鄙近,自致远大,颇多感慨之词,厥旨渊放,归趣难求。”《昭明文选》阮籍《咏怀诗》李善注引颜延之曰:“嗣宗身仕乱朝,常恐罹谤遇祸,因兹发咏,故每有忧生之嗟。虽志在刺讥,而文多隐避,百代之下,难以情测。”

(27)嵇康,字叔夜。黄侃《文心雕龙札记》:“《三国志·魏书·王粲传》:‘康文辞壮丽,好言老庄而尚奇任侠。’注引《康别传》曰:‘孙登谓康曰,君性烈而才俊。’此任侠之征。”《文心雕龙·明诗》篇:“嵇志清峻。”《文心雕龙·书记》篇:“嵇康《绝交》,实志高而文伟矣。”《三国志·魏书·王粲传》注引嵇喜《嵇康传》:“家世儒学,少有俊才,旷迈不群,高亮任性,不修名誉,宽简有大量,学不师授,博洽多闻。长而好老庄之业,恬静无欲。”

(28)潘岳,字安仁。黄侃《文心雕龙札记》:“《晋书·潘岳传》曰:‘岳性轻躁趋世利,与石崇等谄事贾谧,每候其出,辄望尘而拜。构愍怀文,岳之辞也。’此轻敏之征。”《昭明文选》潘岳《籍田赋》李善注引臧荣绪《晋书》:“岳总角辩慧,摛藻清艳。”《文心雕龙·才略》篇:“潘岳敏给，辞自和畅。”《晋书·潘岳传》：“岳美姿仪，辞藻艳丽，尤善为哀诔之文。”《世说新语·文学》篇刘孝标注引《续文章志》：“岳为文，选言简章，清绮绝伦。”

(29)陆机，字士衡。黄侃《文心雕龙札记》：“《晋书·陆机传》曰：‘机服膺儒术，非礼不动。’此矜重之征。”《文心雕龙·才略》篇：“陆机才欲窥深，辞务索广，故思能入巧而不制繁。”《文心雕龙·镕裁》篇：“士衡才优，而缀词尤繁。……及云之论机，亟恨其多。”《文心雕龙·哀吊》篇：“陆机之《吊魏武》，序巧而文繁。”

(30)以上共十二例，均说明作家的个性决定了他的作品风格特色。上句言作家个性，下句言其作品风格。骆鸿凯《文选学》：“上句斥其材性，下句证以其人之文体。”《周易·系辞上》：“引而伸之，触类而长之。”《淮南子·精神训》：“外为表而内为里。”“自然之恒资”，指作家的天生秉赋之自然本性。黄侃《文心雕龙札记》：“才气之大略，此语甚明，盖谓因文观人，亦但得其大端而已。”

(31)“才有”，范文澜注谓“有当作由”，无据。“斫梓”，砍伐木材，制作器具。《尚书·梓材》：“若作梓材，既勤朴斫，惟其涂丹雘。”孔安国传：“为政之术，如梓人治材为器，已劳力朴治斫削，惟其当涂以漆丹以朱而后成。以言教化亦须礼义然后治。”“染丝”，《墨子·所染》：“子墨子言，见染丝者而叹曰：‘染于苍则苍，染于黄则黄，所入者变，其色亦变。五入必，而已则为五色矣，故染不可不慎也。’”五入，染五次。必，读若毕。

(32)《法言·吾子》：“或问吾子少而好赋？曰然，童子雕虫篆刻。俄而曰：壮夫不为也。”陆机《文赋》：“或因枝以振叶，或沿波而讨源。”

(33)《周易·系辞上》：“圣人有以见天下之动，而观其会通。”孔颖达《正义》：“观看其物之会合变通。”“合数”，合乎正确的法则和规律。

(34)“环中”，车轮中空之轴心。《庄子·齐物论》：“枢始得其环中，以应无穷。”蒋锡昌《庄子哲学·齐物论校释》：“‘环’者乃门上下两横槛之洞，所以承受枢之旋转者也。枢一得环中，便可旋转自如，而应无穷。此谓今如以无对待之道为枢,使入天下之环,以对一切是非,则其应亦无穷也。”《庄子·则阳》篇:“冉相氏得其环中以随成,与物无终无始,无几无时。”郭象注:“居空以随物,物自成。”也就是说,一切任乎自然则能无为而无不为。“辐辏”,辐,车轮中直木,它集中于轴心车毂上叫“辏”。《汉书·叔孙通传》:“四方辐辏。”颜师古注:“辏,聚也,言如车辐之聚于毂也。”此意基本风格虽只八种,但是掌握了它们的基本特色后,即可以灵活运用,使之互相交叉融合,则可产生千变万化的无数有特色风格。骆鸿凯《文选学》:“学古人文,宜取性之所近,斯可收事半功倍之效。若性质恬旷而务求华艳,才情绮丽而强拟沈郁,始虽效颦,终失故步。”

(35)《韩非子·有度》:“故先王立司南以端朝夕。”

(36)葛洪《抱朴子·外篇·勖学》:“才性有优劣。”“文体”,梅庆生本、黄叔琳本等作“文辞”。

(37)“肤根”,或谓当作“肌肤”。王利器《文心雕龙校证》:“‘肌肤’原作‘肤根’。范注:‘肤根,根当作叶。’按当作‘肌肤’。《附会》篇:‘事义为骨髓,辞采为肌肤。’以‘骨髓’与‘肌肤’对文,与此正同,今据改。《辨骚》篇亦云:‘骨鲠所树,肌肤所附。’”杨明照《增订文心雕龙校注》:“《汉书·礼乐志》:‘夫乐本性情,浃肌肤而藏骨髓。’《淮南子·原道训》:‘不浸于肌肤,不浃于骨髓。’《抱朴子·外篇·辞义》:‘属笔之家,亦各有病;其浅者,则患乎妍而无据,证援不给,皮肤鲜泽,而骨鲠迴弱也。’皆用人体为喻,以‘肌肤’‘皮肤’与‘骨髓’或‘骨鲠’对举,表其浅深之异。则此亦当如是。”王、杨说有一定道理,可参考,然无版本根据,各本皆为“肤根”。“肤根”,即指“肌肤”。“辞”与“志”对举,表示作品的形式和内容,“肤根”与“骨髓”对举,表示深浅轻重的不同。

(38)“雅丽黼黻”和“淫巧朱紫”是对立的。前者为典雅正色,后者为淫乱邪色。詹锳《文心雕龙义证》:“《情采》篇:‘五色杂而成黼黻。’‘黼黻’,古礼服上绣饰之文。白与黑相间叫做黼,黑与青相间叫做黻。”又曰:“《正纬》篇赞:‘世历二汉,朱紫腾沸。’《论语·阳货》:

‘恶紫之夺朱也，恶郑声之乱雅乐也。’朱注：‘朱，正色；紫，间色。’按‘朱紫’谓间色乱正色。《后汉书·陈元传》：‘夫明者独见不惑于朱紫。’此句意谓巧丽过分，便会造成‘紫之夺朱’。”

(39)“习亦凝真”，范文澜《文心雕龙注》：“真者才气之谓，言陶染学习之功，亦可凝积而补成才气也。”《孔子家语》卷九：“孔子曰：‘然少成则若性也，习惯若自然也。’”《文心雕龙·时序》篇：“盖历政讲聚，故渐靡儒风者也。”《汉书·淮南衡山济北王传赞》：“此非独王也，亦其俗薄，臣下渐靡使然。”颜师古注：“靡谓相随从。”

《风骨》篇

诗总六义，风冠其首[(1)]，斯乃化感之本源，志气之符契也[(2)]。是以怊怅述情，必始乎风[(3)]，沉吟铺辞，莫先于骨[(4)]。故辞之待骨，如体之树骸，情之含风，犹形之包气。结言端直，则文骨成焉；意气骏爽，则文风清焉。若丰藻克赡，风骨不飞，则振采失鲜，负声无力[(5)]。是以缀虑裁篇，务盈守气，刚健既实，辉光乃新，其为文用，譬征鸟之使翼也[(6)]。故练于骨者，析辞必精，深乎风者，述情必显。捶字坚而难移，结响凝而不滞[(7)]，此风骨之力也。若瘠义肥辞，繁杂失统，则无骨之征也[(8)]。思不环周，索莫乏气，则无风之验也[(9)]。昔潘勖《锡魏》，思摹经典，群才韬笔，乃其骨髓峻也[(10)]；相如赋仙，气号凌云，蔚为辞宗，乃其风力遒也[(11)]。能鉴斯要，可以定文，兹术或违，无务繁采[(12)]。

故魏文称"文以气为主，气之清浊有体，不可力强而致[(13)]"，故其论孔融，则云"体气高妙[(14)]"；论徐幹，则云"时有齐气[(15)]"；论刘桢，则云"有逸气[(16)]"。公幹亦云，孔氏卓卓，信含异气，笔墨之性，殆不可胜[(17)]。并重气之旨也[(18)]。夫翚翟备色，而翾翥百步，肌丰而力沈也[(19)]。鹰隼乏采，而翰飞戾天，骨劲而气猛也[(20)]。文章才力，有似于此。若风骨乏采，则鸷集翰林，采乏风骨，则雉窜文囿，唯藻耀而高翔，固文笔之鸣凤也[(21)]。

若夫镕铸经典之范，翔集子史之术[(22)]，洞晓情变，曲昭文体[23],然后能莩甲新意,雕画奇辞[24]。昭体故意新而不乱,晓变故辞奇而不黩[25]。若骨采未圆,风辞未练[26],而跨略旧规,驰骛新作,虽获巧意,危败亦多[27],岂空结奇字,纰缪而成经矣[28]。《周书》云:“辞尚体要,弗惟好异[29]。”盖防文滥也。然文术多门,各适所好,明者弗授,学者弗师[30]。于是习华随侈,流遁忘反[31]。若能确乎正式,使文明以健[32],则风清骨峻,篇体光华[33]。能研诸虑,何远之有哉[34]!

赞曰:情与气偕,辞共体并[35]。文明以健,珪璋乃聘[36]。蔚彼风力,严此骨鲠[37]。才锋峻立,符采克炳[38]。

简析:

本篇论文学风清骨峻的艺术美。历来对风骨的解释极为分歧,其中有代表性的说法是黄侃说的“风即文意,骨即文辞”,或者是这种说法的修正,如周振甫说“风是对作品内容方面的美学要求”,“骨是对作品文辞方面的美学要求”。然而这并不符合刘勰全书和《风骨》篇的有关“风”与“骨”的论述。刘勰在《文心雕龙》各篇中对“风骨”的论述均是指作品的内容而言,如《宗经》篇说的“文章之骨髓”,即指“恒久之至道”。《辨骚》篇说的“骨鲠所树”,即指“取镕经意”,等等。“风骨”和“辞采”构成对立的两个方面。《风骨》篇的中心是说明风骨和辞采的主次关系,强调必须以风骨为主,辞采为辅。两者均为必需要素,“风骨乏采”“采乏风骨”都是不好的。这和锺嵘《诗品序》中说的诗歌要“干之以风力,润之以丹彩”是一致的。对“风骨”的含义理解,应当联系《征圣》篇“文能宗经,体有六义”的前四项来研究,即“一则情深而不诡,二则风清而不杂,三则事信而不诞,四则义贞而不回”,这里包含着作品内容的主体因素和客体因素。“情深”“风清”是作品内容的主体因素,也即是“风”之所指;“事信”“义直”是作品内容的客体因素,即是“骨”之所指。他们和作品的形式(文辞、声韵即“六义”之“五则体约而不芜,六则文丽而不淫”)统一为完整整体。以人体来比喻,就如《附会》篇所说“情志为神明,事义为骨髓,辞采为肌肤,宫商为声气”。“风”的含义是指作品中创作主体所具有纯正深沉的强烈感情和精神气貌。“骨”的含义是指作品中客体事义所表现的义正辞严的思想力量。所以“风”离不开“情”,具备雅正清纯之感情状貌;“骨”离不开辞,(事义骨骼)需要刚劲有力的文辞来体现。风骨与辞采相结合,“藻耀而高翔”,方是“文笔之鸣凤”。“风骨”和“辞采”之间,必须以“风骨”为主导,“辞采”为辅助,这个关系不可以颠倒。这一点不仅刘勰和锺嵘完全一样,也和六朝绘画理论批评中所说的“神韵气力”和“精微细谨”的关系,“风力”“气力”和“精彩”“综彩”的关系,完全一样。也和书法批评中“骨力”和“媚趣”的关系,“骨”和“肉”的关系,完全一样,都是主从关系,属于精神气貌和具体画法、笔法的关系。“风骨”是刘勰对文学作品艺术美的基本要求,也是最高要求,“风清骨峻”是刘勰所提出的文学审美理想。刘勰认为他所说的“风骨”和曹丕等人的重“气”(主要是清气)是一致的,气作为作家的气质个性精神风貌,也是呈现在客观事物的描写之中的,也需要文辞来传达。锺嵘在《诗品》中论刘桢诗歌说“骨气奇高,辞采华茂”,即是就“风骨”和“辞采”两方面说的。《风骨》篇对此已经说得十分明确:“夫翚翟备色,而翾翥百步,肌丰而力沈也。鹰隼乏采,而翰飞戾天,骨劲而气猛也;文章才力,有似于此。若风骨乏采,则鸷集翰林,采乏风骨,则雉窜文囿,唯藻耀而高翔,固文笔之鸣凤也。”

同时,“风骨”之美是对文学传统的继承和创新,所以要“镕铸经典之范,翔集子史之术”,然后“洞晓情变,曲昭文体”,“孚甲新意,雕画奇辞”。刘勰对风骨的重视和他提出的“风清骨峻”审美理想,和中国的文化传统中所表现的主要精神,有十分密切的关系。在中国古代文化传统中我们可以看到,在先进知识分子的精神品格上有非常可贵的一面,这就是:建立在“仁政”“民本”思想上的,追求实现先进社会理想的奋斗精神和在受压抑而理想得不到实现时的抗争精神,也就是“为民请命”“怨愤著书”和“不平则鸣”的精神,它体现了我们中华民族坚毅不屈、顽强斗争的性格和先进知识分子的高风亮节、铮铮铁骨。

“风骨”正是这种奋斗精神和抗争精神在文学审美理想上的体现。中国传统知识分子重视“骨气”的人格理想,反映在对文学作品艺术美的要求上就是强调要有“风骨”美,具备“风清骨峻”的风貌特征。后来,唐代李白所说:“蓬莱文章建安骨,中间小谢又清发。”(《宣州谢朓楼饯别校书叔云》)杜甫所说:“清新庾开府,俊逸鲍参军。”(《春日忆李白》)也都是说的“风清骨峻”的风骨之意。

有关“风骨”的论述,众说纷纭,莫衷一是,我们这里只是从分析刘勰《文心雕龙》全书的相关论述,提供一种看法。大家可以参考其他解释,再作深入研究。

语译:

《诗经》包含“六义”,首先就是“风”,是文学以情感感化人心(如和风滋润万物)的本源,是体现人的志气之征验。所以惆怅激荡恳切述情,必然要从昂扬蓬勃的精神风貌开始;深沉凝思铺写辞藻,必然先要有事义严正的强劲骨干。文辞等待依附骨体主干,好像形体生成必先树立骸骨,感情萌生含有风势,犹如形体包藏声气。文辞阐述严正端直,事义真实的骨鲠就形成了;意气充沛峻切爽朗,清新纯正的文风就产生了。假若文章辞藻丰赡,而没有挺拔飞扬的风骨,则丰美辞藻即失去鲜艳光泽,而声音也变得软弱无力了。所以运思谋篇撰写文章,必须保持生命力旺盛的充沛气势,具有刚健笃实的清峻风骨,才会光彩绚烂焕然一新,所以风骨在文章中的作用,有如迅猛翱翔的禽鸟挥煽刚劲有力的翅膀。善于冶铸义正辞严刚劲有力的事义骨骼,其文辞剖析运用必然精练得当,能够具备深切纯正饱满充沛的精神风貌,其感情抒发表达必然鲜明强烈。文辞锤炼坚定有力不可更替,声律凝聚深沉厚重而不滞涩,这就是风骨的力量。假若内容浅薄贫乏而文辞繁富华艳,繁杂混乱失去统一条理,就是缺少文骨的证明。如果文思不能充沛周全,萧索寂寞而没有生气,就是没有文风的征验。潘勖为曹操封魏公写的《册魏公九锡文》,文思模仿经典,所有贤才都觉得无法与之相比而停笔,是由于骨格峻峭挺拔;司马相如撰写《大人赋》羡慕仙境，气势壮阔飘飘凌云，堪称文章的典范，是由于文风遒劲清爽。明白这个要领，可以写定完美文章，如果不懂得风骨的重要，就不必去追求辞采繁缛丰赡了。

所以曹丕《论文》强调："文章当以体现作家个性气质为主，作家个性气质有清浊刚柔之不同，这是天生禀赋，不能以主观意志去强力改变。"他论孔融时说："风貌气质十分高妙。"论徐幹则说他："常常有齐人舒缓习气。"论刘桢则说他："有俊逸挺拔的气势。"刘桢也说："孔融作为文人卓越高超，含有特异的气质个性，落笔撰文所展现的才性，绝非一般人可以与之争胜。"这些都是重视气质个性的意思。野鸡、山鸡具备五彩的鲜艳羽毛，飞得不高最多不过百步，是因为肌体丰满而骨力软弱。鹰隼猛禽缺乏美丽文采，但可高飞上天，是因为骨骼强劲气势刚猛。文章的才华气力，与此十分相像。假若有风骨而缺乏辞采，好像鹰、隼一类的猛禽聚集文苑；假若有辞采而缺少风骨，则如野鸡、山鸡窜入诗坛，如果既有美丽辞采又能风骨高飞，则如同百鸟之首的凤凰一般，是文场笔囿最精彩的典范之作。

若能融合儒家经典的优秀范例，汇聚吸收子史著作的精华技巧，深入洞察知晓文情的变化，详尽明白各种文体的特点，然后方能萌芽新颖意象，刻画雕饰奇特文辞。文体昭晰明白故含义新颖而不混乱，洞悉通晓变化故文辞奇特而不浮滥。若骨力文采不够圆满，风气辞藻不够熟练，就想超越原有规范，驰骋新颖创作，虽然也能获得一些巧妙新意，但是必然会有很多失败之处。文章岂能靠凭空连接一些冷僻奇诡辞句，而把谬误的东西凑成雅正著作呢？《尚书》曾说："文辞贵在精确体现内容要领，而不是喜好追求新颖奇异。"这是为了防止文辞的淫滥。然而文章的内容特点、体裁风格、写作方法多种多样，作家各有自己的不同才能与爱好，深明创作原理的人难以随意传授给别人，虚心学习的人也无法完全师法懂得创作原理的人。于是沿袭追随浮华侈靡的文风，一直流荡不止忘记返回优良传统。如果能正确保持雅正体式，使文章明晰强健，那么就能做到风气清新骨骼峻伟，通篇光彩辉耀绚烂华美。若能懂得风骨为主辞采为辅的种种关键要害，那么距离“风清骨峻”的美学理想也就不远了。

总论:抒发情感气势共携,文体刚劲言辞骨鲠。文章明晰强健有力,珪璋特达朝聘有请。意气骏爽风力茂盛,义正辞严文骨彪炳。才华锋芒峻拔挺立,文采质地辉映成景。

注订:

(1)本篇开始即阐明的“风”的含义是从《诗经》中的“风”引申发展而来的。《毛诗大序》:“风,风也,教也,风以动之,教以化之。……故诗有六义焉:一曰风,二曰赋,三曰比,四曰兴,五曰雅,六曰颂。上以风化下,下以风刺上,主文而谲谏,言之者无罪,闻之者足以戒,故曰风。”毛传:“风化、风刺皆谓譬喻,不斥言也。”孔颖达《正义》:“风之所吹,无物不扇,化之所被,无往不沾,故取名焉。”又曰:“风者,若风之动物,故谓之譬喻,不斥言也。”

(2)“化感”,即感化,指儒家的政治教化。儒家的政治教化自《诗经》始,故孔子曰:“兴于诗,立于礼,成于乐。”(《论语·泰伯》)志气,参见《神思》篇注(5)。“符契”,券约、凭信。这里指“风”是体现人“志气”的凭证。曹学佺《文心雕龙序》:“风者,化感之本原,性情之符契。诗贵自然,自然者,风也。辞达而已,达者,风也。”又曰:“岂非风正则本举,风微则末坠乎?故《风骨》一篇,归之于气,气属风也。”范文澜《文心雕龙注》:“本篇以风为名,而篇中多言气。《广雅·释言》:‘风,气也。’《庄子·齐物论》:‘大块噫气,其名为风。’《毛诗大序》:‘风以动之。’盖气指其未动,风指其已动,《国风》所陈,多男女饮食之事,故曰‘化感之本源,志气之符契’。”风作为化感之本源,是和作品中的情紧密地联系在一起的。

(3)《文心雕龙·明诗》篇:“怊怅切情。”《楚辞·九辩》:“然怊怅而无冀。”王逸注:“怊怅,恨貌也。”《集韵》:“怊怅,失意。”“风”,指作品中创作主体所具有的纯正深沉的强烈感情和精神风貌。

(4)“沉吟铺辞”,写作中反复思考、低声吟咏的情状。此指进入具体写作时,必先有真实正直的事义作为骨干,然后文辞才有所依附。

"骨",指作品中客体事义所表现的义正辞严的思想力量。

(5)文章中"辞"和"骨"的关系,就像人的形体和骨骸的关系,人体如果没有一个骨架,肌肉、皮肤就无所依附。文章中"情"和"风"的关系,就像人的形体和声气的关系,形体如果没有声气就是死的,情若不能感化人,也就没有存在的意义了。《文心雕龙·宗经》篇讲"六义"有"事信而不诞""义直而不回",即指"骨峻";讲"情深而不诡""风清而不杂",即指"风清"。刘勰在《风骨》篇始终把风骨和辞采作为对立的两方面,而强调要以风骨为主、辞采为辅。

(6)《周易·大畜·彖辞》:"大畜,刚健笃实,辉光日新。"刘勰借《周易》之说,强调风骨是内在的,文辞是外在的,只有具备风骨之美,才能使文辞发出灿烂光辉。"征鸟之使翼",指猛禽振翅,刚劲有力,气势迅猛。这里比喻文章有风骨之美,可以显示出清俊挺拔的风貌。范文澜《文心雕龙注》:"《礼记·月令》:'季冬之月,征鸟厉疾。'《正义》曰:'征鸟,谓鹰隼之属也。时杀气盛极,故鹰隼之属取鸟捷疾严猛也。'此以征鸟气盛为喻。"

(7)《文心雕龙·原道》篇:"林籁结响,调如竽瑟。"黄侃《文心雕龙札记》:"结响凝而不滞者,此缘意义充足,故声律畅调。凝者,不可转移。声律以凝为贵,犹捶字以坚为贵也。不滞者,由思理圆周,天机骏利,所以免于滞涩之病也。"

(8)杜牧《答庄充书》:"苟意不先立,止以文彩辞句绕前捧后,是言愈多而理愈乱,如入阛阓,纷纷然莫知其谁,暮散而已。"《文心雕龙·诠赋》篇:"繁华损枝,膏腴害骨。"《文心雕龙·议对》篇:"及陆机断议,亦有锋颖,而腴辞弗剪,颇累文骨,亦各有美,风格存焉。"

(9)"环周",环旋周全。"索莫",寂寞、枯寂。"索莫",元本、弘治本、王惟俭本作"索课","气"作"风"。梅庆生据杨慎改"课"为"莫",改"风"为"气",此据梅本。"气",生气,指旺盛的生命力。这里的"气"着重指"风"。张立斋《文心雕龙考异》:"索莫者,萧索寂寞也,'莫'通'寞'。'风'字连用犯重,作'气'是。"

(10)潘勖字元茂,建安十八年(213)汉献帝策命曹操为魏公,加九锡,命潘勖作《册魏公九锡文》,今存《文选》卷三十五,文章模仿经典,历数曹操护卫皇室、平定各路诸侯叛乱、统一天下的功绩,文辞典雅而有力量,故说是“骨髓峻也”。《文心雕龙·诏策》篇:“潘勖《九锡》,典雅逸群。”《文心雕龙·才略》篇:“潘勖凭经以骋才,故绝群于《锡命》。”“韬笔”,搁笔,停笔不写。

(11)《汉书·扬雄传》:“往时武帝好神仙,相如上《大人赋》,欲以风,帝反缥缥有陵云之志。繇是言之,赋劝而不止,明矣。”陵云,即凌云。梅庆生《文心雕龙音注本》:“《史记》:司马相如拜为孝文园令。天子既美子虚之事,相如见上好仙道,因曰:上林之事,未足美也。尚有靡者。臣尝为《大人赋》,其辞曰云云。相如既奏《大人之颂》,天子大悦,飘飘有凌云之气,似游天地之间意。《西京杂记》:相如将献赋,未知所为,梦一黄衣翁谓之曰:可为《大人赋》。遂作《大人赋》,言神仙之事以献之,赐锦四匹。”

(12)刘勰强调文章必须以风骨为主,如无风骨,华丽的文辞也就失去意义了。范文澜《文心雕龙注》:“风骨并善,固是高文;若不能兼,宁使骨劲,慎勿肌丰;瘠义肥辞,所不取也。”

(13)曹丕《典论·论文》:“文以气为主,气之清浊有体,不可力强而致。”“气”,指文章中所体现的作家气质个性。曹丕认为这种气是天赋的,生而有之,每个人都不同。“气”的类型大致说则有清、浊之别。清气,是指像建安风骨那样的慷慨悲壮之气,如刘桢的“逸气”(《与吴质书》);浊气,是指像徐幹的“齐气”,即齐俗性格舒缓之气。

(14)孔融(153—208)字文举,鲁国(今山东曲阜)人。“体气”,指其文的风貌气度。“高妙”,高雅脱俗。

(15)徐幹(170—217)字伟长,北海(今山东寿光)人。班固在《汉书·艺文志》中说齐国文士“多好经书,矜功名,舒缓阔达而足智”。王充《论衡·率性篇》说楚越之人处齐国日久,“变为舒缓,风俗移也”。李善《文选》注说:“言齐俗文体舒缓,而徐幹亦有斯累。”曹丕《与吴质书》说他“怀文抱质,恬淡寡欲,有箕山之志”,其《中论》则“辞义典雅”,“成一家言”。

(16)刘桢(？—217)字公幹,东平(今山东宁阳)人,擅长写诗。曹丕《与吴质书》说:“公幹有逸气,但未遒耳。”这就是指“壮而不密”,有壮阔气势而少文辞雕饰,也就是后来锺嵘《诗品》所说的“气过其文,雕润恨少”之意。此引刘桢的话已无可考。

(17)“孔氏”,即指孔融。“异气”,即曹丕所说的“体气高妙”。“笔墨”两句,李曰刚《文心雕龙斠诠》曰:“用笔布墨所表现之才性,绝非常人所可争胜。”

(18)刘勰认为曹丕、刘桢等所推崇的气,其主旨也正是提倡风骨。所以,黄叔琳评说:“气是风骨之本。”纪昀在评语中则更进一步认为:“气即风骨,更无本末。”

(19)“翚”,野鸡。“翟”,山鸡。“备色”,具备五彩的鲜艳羽毛。“翾翥”,小飞,不能飞得很高。《说文》:“翾,小飞也。”又曰:“翥,飞举也。”翚翟比喻文章辞采丰美而风骨不飞。

(20)“鹰隼”,均为猛禽,隼亦鹰类而较小者。“翰飞”,高翔。“戾”,至。鹰隼比喻文章风骨骏健而辞采不美。刘勰认为文章写作中作家的才力也可以由此得到启发,首先需要能高飞戾天,但同时也要求有五彩的羽毛。

(21)“鸷”,猛禽。“翰林”,指文苑。“雉”,野鸡、山鸡之类。“文囿”,文坛。“藻耀而高翔”,既有高飞戾天的风骨,又有色彩鲜艳的辞藻,而且主次配合恰当。“鸣凤”,禽鸟之王,比喻文坛上最美的佳作。“文笔”,王利器据《御览》改为“文章”,非。

(22)“镕铸“,融化,陶冶。“范”,典范。即《文心雕龙·体性》篇:“镕式经诰,方轨儒门。”“翔集”,本义为鸟飞回旋而后停下。《论语·乡党》:“色斯举矣,翔而后集。”朱熹《四书章句集注》:“言鸟见人之颜色不善则飞去,回翔审视而后下止。人之见几而作,审择所处,亦当如此。”刘勰认为对子史这类著作要有细致认真的辨别和挑选,取其精华去其糟粕。“术”,指子史类书的写作方法和技巧。

(23)“洞晓”,通达。“情变”,文学创作过程中感情丰富复杂的变化。陆机《文赋》:“若夫丰约之裁,俯仰之形,因宜适变,曲有微情。”

《文心雕龙·明诗》篇:“故铺观列代,而情变之数可监。”沈约《宋书·谢灵运传论》:“若夫平子艳发,文以情变,绝唱高踪,久无嗣响。”

(24)“孚甲”,浮现、萌生。《后汉书·章帝纪》:“方春生养,万物莩甲。”莩、孚相通。

(25)“不黩”,不滥,不滥用辞语,“黩”指文辞运用上的污点。

(26)“骨采”,和“风辞”同义,都是指有风骨的文辞。

(27)“跨略”,超越、越出、忽略。“旧规”,旧的规范,此指传统的体制。“驰骛”,驰骋、追逐。“新作”,新的创作,指当时流行的创作倾向。这是说仿效当时流行的风气,虽然具有不同以往的新意,但是从总体方面来说,却违背了传统,所以多数是失败的。

(28)“空结奇字”,片面追求新奇的文辞。“奇字”,冷僻、奇诡的辞句。“纰缪”,错误,“缪”同“谬”。“纰缪而成经”,把错误当成正常的。范文澜《文心雕龙注》:“经,常也,言不可为常道。矣字疑当作乎。”“经”,元、明各本作“轻”,何焯改作“经”。王利器《文心雕龙校证》:“‘经’,佘(诲)本、黄注本、张松孙本作‘经’;他本皆误,何校作‘经’。”王说是也。杨明照《增订文心雕龙校注》:“按‘轻’字是,‘经’则非也。‘空结奇字,纰缪成轻’,殆即《体性》篇所斥‘轻靡’之‘轻’。‘矣’字亦未误。此文句式,与《序志》篇‘岂取驺奭之群言雕龙也’同。‘岂’犹其也(见《经传释词》卷五)。寻绎文意,实非疑问语气。”杨说不妥,非是。

(29)《尚书·毕命》:“政贵有恒,辞尚体要,不惟好异。”孔安国传:“政以仁义为常,辞以理实为要,故贵尚之。若异于先王,君子所不好。”孔颖达《正义》:“为政贵在有常,言辞尚其体实要约,当不惟好其奇异。”王叔岷《文心雕龙缀补》:“惟犹在也。《物色》篇:‘吟咏所发,志惟深远;体物为妙,功在密附。’惟、在互文,惟与在同义。”

(30)范文澜《文心雕龙注》:“‘明者弗授,学者弗师’,即《神思》篇所云:‘伊挚不能言鼎,轮扁不能语斤。’”

(31)《昭明文选》张衡《东京赋》:“若乃流遁忘反,放心不觉。”李善注:“《淮南子》曰:‘凡乱之所由生,皆在流遁。’《广雅》曰:‘遁,去也。'"

(32)《周易·同人·彖辞》:"文明以健,中正而应。"王弼注:"行健不以武,而以文明用之,相应不以邪,而以中正应之,君子正也。"

(33)"风清骨峻",是刘勰对文章风骨的要求,也是其审美理想的集中体现。

(34)"诸虑",当指上述有关风骨及其和辞采关系的种种考虑。杨明照《增订文心雕龙校注》:"《易·系辞下》:'能说诸心,能研诸侯之虑。'王弼《周易略例·明爻通变》篇、李鼎祚《周易集解序》,并引作'能研诸虑'。舍人此语,当用《易·系》,是所见本亦无'侯之'二字也。"《论语·子罕》:"子曰:未之思也夫?何远之有哉!"《左传》昭公二十一年:"死如可逃,何远之有!"

(35)杨明照《增订文心雕龙校注》:"按《礼记·乐记》:'事与时并,名与功偕。'舍人语式步此。"

(36)"聘",梅庆生本、曹学佺批本、黄叔琳本作"骋"。杨明照《增订文心雕龙校注》:"骋,元本、弘治本、活字本、汪本、佘本、张本、两京本、王批本、胡本,训故本、谢钞本、文津本作'聘'(文溯本剜改为'骋')。按《礼记·聘义》:'以圭璋聘,重礼也。……圭璋特达,德也。'郑玄注:'特达,谓以朝聘也。'孔颖达《正义》:'行聘之时,唯执圭璋特得通达。'据此,则作聘者是也。又本赞上四句用劲韵,下四句用梗韵;若作'骋',其韵虽与梗韵通用(骋在静韵),然'并'字则羁旅无友矣。"

(37)"蔚",丰硕茂盛。"严",严峻有力。《文心雕龙·檄移》篇说:"陈琳之檄豫州,壮有骨鲠。"《文心雕龙·诔碑》篇说:"观杨赐之碑,骨鲠训典。"《文心雕龙·奏启》篇说:"陈蕃愤懑于尺一,骨鲠得焉。"

(38)《文心雕龙·宗经》篇:"符采相济。"《文心雕龙·诠赋》篇:"丽词雅义,符采相胜。"《昭明文选》左思《蜀都赋》:"符采彪炳。"李善注:"符采,玉之横文也。"

《通变》篇

夫设文之体有常，变文之数无方[1]。何以明其然耶？凡诗、赋、书、记，名理相因，此有常之体也[2]；文辞气力，通变则久，此无方之数也[3]。名理有常，体必资于故实[4]；通变无方，数必酌于新声[5]：故能骋无穷之路，饮不竭之源。然绠短者衔渴，足疲者辍途[6]，非文理之数尽，乃通变之术疏耳。故论文之方，譬诸草木，根干丽土而同性，臭味晞阳而异品矣[7]。

是以九代咏歌，志合文则[8]。黄歌《断竹》，质之至也[9]；唐歌《在昔》，则广于黄世[10]；虞歌《卿云》，则文于唐时[11]；夏歌《雕墙》，缛于虞代[12]；商、周篇什，丽于夏年[13]：至于序志述时，其揆一也[14]。暨楚之骚文，矩式周人[15]；汉之赋颂，影写楚世[16]；魏之篇制，顾慕汉风[17]；晋之辞章，瞻望魏采[18]。搉而论之[19]，则黄、唐淳而质，虞、夏质而辨，商、周丽而雅[20]，楚、汉侈而艳[21]，魏、晋浅而绮[22]，宋初讹而新[23]。从质及讹[24]，弥近弥澹，何则？竞今疏古，风末气衰也[25]。

今才颖之士，刻意学文，多略汉篇，师范宋集[26]，虽古今备阅，然近附而远疏矣。夫青生于蓝，绛生于蒨[27]，虽踰本色，不能复化。桓君山云："予见新进丽文，美而无采；及见刘、扬言辞，常辄有得[28]。"此其验也。故练青濯绛，必归蓝蒨[29]；矫讹翻浅，还宗经诰。斯斟酌乎质文之间[30]，而隐括乎雅俗之际[31]，可与言通变矣。

夫夸张声貌，则汉初已极，自兹厥后，循环相因[32]，虽轩翥出辙，而终入笼内[33]。枚乘《七发》云："通望兮东海。虹洞兮苍天[34]。"相如《上林》云："视之无端，察之无涯，日出东沼，入乎西陂[35]。"马融《广成》云："天地虹洞，固无端涯，大明出东，月生西陂[36]。"扬雄《校猎》云："出入日月，天与地沓[37]。"张衡《西京》云："日月于是乎出入，象扶桑与蒙汜[38]。"此并广寓极状，而五家如一。诸如此类，莫不相循，参伍因革[39]，通变之数也。

是以规略文统，宜宏大体：先博览以精阅，总纲纪而摄契[40]；然后拓衢路，置关键，长辔远驭[41]，从容按节，凭情以会通[42]，负气以适变[43]，采如宛虹之奋鬐，光若长离之振翼[44]，乃颖脱之文矣[45]。若乃龌龊于偏解，矜激乎一致[46]，此庭间之回骤，岂万里之逸步哉[47]！

赞曰：文律运周，日新其业[48]。变则其久，通则不乏[49]。趋时必果[50]，乘机无怯[51]。望今制奇，参古定法[52]。

简析：

本篇论文学的继承和创新。刘勰认为：文学创作，也包括所有文章的写作，都有通的方面，也有变的方面。所谓通，是指文学创作中有一些基本的原则与方法，是代代相因，必须继承的，违背了这些基本原则和方法，文学创作就会离开正路而走上邪道。所谓变，是指文学创作过程中对这些基本原则和方法，如何根据不同历史时代的具体情况来灵活运用和发挥创造，这是可以而且也应该因时而异、因人而别的。故而说："设文之体有常，变文之数无方。"他又对"有常之体"作了具体解释："凡诗、赋、书、记，名理相因，此有常之体也。"而这"有常之体"是在文学创作传统中逐渐形成的，"名理有常，体必资于故实"。而所谓"无方之数"则是指"文辞气力，通变则久"。这是在不断革新中所必然出现的，"通变无方，数必酌于新声"。没有变，就没有新的特色、新的创造，会使文学发展停滞而僵死。因此，通和变的关系从某个角度讲,也就是古和今的关系,其中也包括了正和奇的关系、体和势的关系。刘勰的基本思想是既要通,又要变,在不违背基本原则前提下,特别注重文学创作的独创性。通变思想贯穿《文心雕龙》全书,例如前五篇枢纽论中,前三篇论通,后两篇论变。各篇文体论中也都贯穿了通变思想。而《通变》篇则是对文学创作的"通变"原则之理论概括。刘勰在论述通变的过程中,其主要着眼点是在论变。这一点是容易被人忽略的,其实,变才是刘勰所论的主旨所在。因为要强调变,所以就有一个怎么变的问题。要怎么变才是正确的呢?他认为必须在通的基础上求变,而不是随心所欲的任意的变。强调变是刘勰那个时代的潮流,如葛洪《抱朴子·钧世》篇中明确指出:"且夫古者事事醇素,今则莫不雕饰,时移世改,理自然也。"萧子显在《南齐书·文学传论》中说:"习玩为理,事久则渎,在乎文章,弥患凡旧,若无新变,不能代雄。"然而,如果不在继承传统基础上讲变,就有可能走上错误道路。所以刘勰强调"变",又指出必须在"通"的前提下"变"。不过,他在《通变》篇中所举出的枚乘、司马相如、马融、扬雄、张衡辞赋描写的例子,并不是很妥当,具有较多因袭模拟的痕迹。他在论述文学发展过程中通变的状况,则是比较符合实际的。尤其是总结出各个时代文学特色虽然不同,但是本质上都是"序志述时",这对我们认识文学的本质特征是很有参考意义的。

他在赞语中所提出的通变原则:"望今制奇,参古定法。"具有十分重要的理论意义。说明文学创作既要站在今天立场上主"变",又要参考古代传统,来确定创新的正确原则方法,这是非常辩证和精确地处理古今通变的重要思想。他在《史传》篇中说:"开辟草昧,岁纪绵邈,居今识古,其载籍乎!"所谓"居今识古"的"居今",说的就是要站在现代人的立场上、根据现代人的需要去研究历史;"识古"则正是要总结那些对今天有重要参考价值的历史经验教训,从古人的成败得失中认识到今天应当怎样更好地治理现代社会,制定什么样的社会制度、方针政策。"望今制奇,参古定法",就是要"居今识古"。所以,通变一定要以变为基础,但又不是只讲变,怎么变又必须参考前人的创作经验,吸收传统的有益成果,在去粗取精的前提下,来进行新奇的变革。强调“今”不能离开“古”,并不是要求现代因袭古典;“今”决不是“古”的重复,而是“古”的更新。“古”之精华所以在“今”还有生命力,正是因为它按照现代的需要进行了改造,从而使它内在的合理因素在现代得到复活和重生。《周易·系辞上》中说:“爻者,言乎变者也。”又说:“日新之谓盛德,生生之谓易。”宇宙间的事物就是日新月异地变化着的,在变化中使传统不断地得到更新发展,从而让古代有生命活力的部分在现代新的形式中进一步发扬光大。“参古定法”和“望今制奇”是不能分开的。“望今制奇”时不能忘记“参古定法”,“参古定法”时要懂得其目的是为了“望今制奇”。以变为中心是六朝文学思想发展突破儒家思想局限的重大特点,孔子强调“述而不作,信而好古”,“克己复礼为仁”,汉代在经学统治下有十分浓厚的复古模拟倾向,王充批评这种倾向,特别提倡“作”的地位,《对作篇》:“汉家极笔墨之林。书论之造,汉家尤多。阳城子张作《乐》,扬子云造《玄》,二经发于台下,读于阙掖,卓绝惊耳,不述而作,材疑圣人,而汉朝不讥。”至西晋的葛洪则在《抱朴子·尚博》篇中突出地讽刺了崇古轻今思想:“俗士多云:今山不及古山之高,今海不及古海之广,今日不及古日之热,今月不及古月之朗。……重所闻,轻所见,非一世之所患矣。”强调了事物是发展变化、不断前进的。《抱朴子·外篇·钧世》:“若舟车之代步涉,文墨之改结绳,诸后作而善于前事,其功业相次千万者,不可复缕举也。”南朝时期,萧统在《文选序》中说:“若夫椎轮为大辂之始,大辂宁有椎轮之质;增冰为积水所成,积水曾微增冰之凛。何哉?盖踵其事而增华,变其本而加厉。物既有之,文亦宜然。随时变改,难可详悉。”萧子显说已见上引。不过,他们重视“变”,却往往又忽略了“通”。刘勰的通变思想是在他们基础上的发展,在讲“变”的同时,特别指出不可忽视“通”的重要性,这又是对当时文风偏向的一种纠正。

语译：

设置文学体制格式是有一定常规的，而文学气势风貌的变化则是没有规律的。为什么这样说呢？因为凡是诗、赋、书、记等不同体裁，每一种文体都有自己的名称和基本写作原理代代相因，这就是文学创作的有常体制；每篇作品的文辞气力（气势、风貌、骨力），需要通晓变化不断更新才能长久，这是没有固定规则可循的。名称和创作原理有一定规则，所以体制格式必须借鉴以往的创作；通晓变化没有专门方法，技巧方法必须斟酌于当代的新颖创作。这样才能驰骋于无穷无尽的广阔新路，饮用永不枯竭的充沛水源（使创作不落旧的俗套屹立于时代前沿）。井绳太短就不能汲水井中故而无法解渴，腿脚疲劳就不能长途跋涉只能停止前进。（文人之所以停笔不能顺畅写下去）这不是文章义理方法已经穷尽，而是欠缺通晓变化的能力（不懂得如何在继承的基础上去创新）。论说文章创作的方法，有如草木之生长，根干都深植于泥土之中有同样本性，因吸收阳光雨露差别故有不同气味花色并形成不同品类。

所以黄帝、唐尧、虞舜、夏、商、周、汉、蒨、晋九代诗歌，其情志表达都符合文学创作法则。黄帝时代传说的《断竹》歌，质朴至极而无文采。唐尧时代的《在昔》歌，比黄帝时代更为广大充实。虞舜时代的《卿云》歌，比唐尧时代的歌谣更有文采。夏代的《雕墙》歌（《五子之歌》），比虞舜时代更加繁缛华丽。商周时代篇章的艳丽文采远超夏代。但从阐述内心情志、表现时代特色来说，是始终如一的。楚国以《离骚》为代表的《楚辞》作品，是参考周代《诗经》标准来创作的；汉代的辞赋颂赞，都有楚国作品的影子；以建安文学为代表的曹魏时代的文学，则是回顾羡慕汉代风貌而有新的发展。两晋时代的诗赋散文，则瞻望曹魏的文采风流。概括起来论述，黄帝、唐尧时期的文风淳朴而质实，虞舜、夏朝的文风质朴而明辨，殷商、西周时代文风雅正而华丽，楚国、汉代的文风奢侈而美艳，魏晋时代的文风浅薄而轻绮，刘宋时代的文风诡讹而新奇。从质朴到诡讹，愈到近代愈加淡薄，为什么呢？竞逐当代怪奇而疏远古代雅正，文学创作风气趋向衰败没落。

当今有才华的文人，刻意学习文学创作，大多忽略学习汉代名家篇章，而喜欢师法当今刘宋时代作品，虽然他们对古今作家作品有过全面的阅读研习，但更倾向于近代风尚而往往疏远古代传统。青色是从蓝草中提取的，赤色（绛色）是从蒨草（蒨草根茎红色）中提取的，青色、绛色虽然都超越了生成它们的蓝草、蒨草本色，但已不可能再产生变化。桓谭说："我看见新进的华丽文章，虽美而无可吸取；及见刘歆、扬雄言辞，常常觉得很有收获。"这就是善于学习"汉篇"的验证。所以提炼青色、绛色一定要用蓝草、蒨草，要矫正讹浅风气，还是要强调宗经学习典诰，必须斟酌于质朴和文华之间，又要平衡典雅和通俗关系，这样才可以讨论通变问题。

文学中对声音容貌的夸张描写，在汉初辞赋中已经达到极点。自此以后，循环往复相依相承，虽然想奋飞越出旧的格局，而最终还是落入原来范围。枚乘《七发》写道："放眼望去直达东海，天水相连混茫一片。"司马相如《上林赋》则云："乍看起来茫无止境，仔细审察不见边涯，早晨太阳从东陂池升起，晚上太阳由西陂池降落。"马融《广成赋》描写："宽广的池水混茫无边，看不到水池起始和终端边涯，太阳出自'宏池'东边，月亮在'宏池'西边升起。"扬雄《校猎赋》谓："太阳月亮在此升降，天地相合杳邈混茫。"张衡《西京赋》："宽广的昆明池日月出入其中，好像太阳从扶桑神树升起降入蒙汜西涯。"以上的描写都是广为设喻，极尽夸张之能事，于此五家都是一致的。类似的状况非常之多，各家描写都是相互因循，各自参照继承创新，这就是通变方法的灵活运用。

所以规划文章的全局，必须具有宏伟架构把握基本体式。首先要有开阔广博的视野和精致细密的观察，善于抓住总体纲领深刻把握要点；然后开拓出广阔的文章思路，安置好各个关键部分，好像以长短适宜的缰绳自如驾驭骏马，从容掌控快慢节拍向远方驰骋。凭借表达思想感情需要去融会贯通前人创作，按照自己气质个性进行合适的创新变化，其文采犹如弯曲彩虹高悬天空，其光芒犹如朱雀灵鸟展翅飞翔，这才是脱颖而出的杰作。如果眼光短浅偏狭，局限于自以为是的一得之见，那就像骑马在狭窄的小庭院里来回转圈，而不是在辽远的宽敞大道上飞马奔驰了。

总论：文律运行周而复始，日新月异优化功业。通晓变化持久不衰，继承传统充实不乏。适应潮流创造成果，抓住机会毫无胆怯。立足当今创造新奇，参考古代定法融洽。

注订：

(1)文之“体”，在古代有两种含义：一为文章体裁，如诗、赋、铭、诔之类；另一为文章风格，如典雅、绮丽等。有的“体”包含两方面含义，有的“体”只指其中一方面含义。此处之“体”则指体裁，如下文所说诗、赋、书、记等。体裁有一定规格，即所谓“设文之体有常”，每种体裁都有自己的特点，而和其他体裁相区别。但是每一种体裁的作品，其风貌形态的变化都是各不相同的，所以说“变文之数无方”。“方”，指方法、规则；“无方”，无常。即同一体裁的每一篇作品其变化是没有定规的。《礼记·檀弓上》：“左右就养无方。”郑玄注：“方，犹常也。”

(2)诗、赋、书、记等不同体裁，每一种都有自己的名称和写作原理、规则，例如诗、赋等韵文是押韵的，书、记等文章就不押韵。诗一般每句有固定字数，如三言、五言、七言，自然也有杂言体，赋每句字数就比较一定，或四四六六，或四六四六，或其他，有较长句子，但一般都有对偶特点。这就是“有常之体”。“名理”乃魏晋人常谈之内容。《晋书·孙波传》：“子畴，字王乔，少有美誉，善谈名理。”《南齐书·张融传》：“张融字思光，吴郡吴人也。……永明中，遇疾，为《门律》自序曰：‘吾文章之体，多为世人所惊，汝可师耳以心，不可使耳为心师也。夫文岂有常体，但以有体为常，政当使常有其体。’”

(3)“文辞气力”，气力，谓气势、风貌与骨力，此指文章的风范气质、文辞的风格特征。“通变则久”，指文辞气力需通晓变化方能流传久远，这就是“无方之数”。《周易·系辞上》：“易与天地准，故能弥纶天地之道。……范围天地之化而不过，曲成万物而不遗，通乎昼夜之道而知，故神无方而易无体。……参伍以变，错综其数，通其变，遂成天下之文；极其数，遂定天下之象。非天下之至变，其孰能与于此？"刘勰的通变思想来源于《周易·系辞》。

(4)"资"，依赖。"故实"，古人已有的有规范成果。《国语·周语上》："必问于遗训，而咨（资）于故实。"韦昭注："故实，故事之是者。"《昭明文选》吴质《在元城与魏太子笺》："赋事行刑，资于故实，抑亦懔懔有庶几之心。"《昭明文选》颜延年《三月三日曲水诗序》："施命发号，必酌之于故实。"

(5)"数"，术数，方法。"新声"，具有创新意义的时代新作。《史记·乐书》："（卫）灵公曰：'今者来，闻新声，请奏之。'"《史记·佞幸列传》："（李）延年善歌，为变新声，而上方兴天地祠，欲造乐诗歌弦之。"《昭明文选》陆机《文赋》李善注引臧荣绪《晋书》："（张）华呈天才绮练，当时独绝，新声妙句，系踪张、蔡。"嵇康《琴赋》："进御君子，新声憀亮（声清彻貌）。……拊弦安歌，新声代起。"潘岳《笙赋》："新声变曲，奇韵横逸。"《古诗十九首》："弹筝奋逸响，新声妙入神。"陆云《与兄平原书》："屡视诸故时文，皆有恨文体成尔。然新声故自难复过。"又曰："兄诗赋自与绝域，不当稍与比校。张（华）公昔亦云兄新声多之不同也。"又曰："古今之能为新声绝曲者，无又过兄。"锺嵘《诗品》评谢灵运："名章迥句，处处间起，丽典新声，络绎奔会。"此可见刘勰对文学创作十分重视在继承基础上之创新，这是他论通变的核心内容。

(6)《荀子·荣辱篇》："况夫先王之道，仁义之统，《诗》《书》《礼》《乐》之分乎！彼固天下之大虑也，将为天下生民之属长虑顾后而保万世也。其流长矣，其温厚矣，其功盛姚远矣，非孰修为之君子莫之能知也。故曰：短绠不可以汲深井之泉，知不几者不可与及圣人之言。"王先谦注"姚与遥同"，"绠，索也。几，近也"。

(7)《论语·子张》："譬诸草木，区以别矣。""丽"，根植，依附。《周易·离卦》彖辞："离，丽也。日月丽乎天，百谷草木丽乎土。""晞阳”,《诗经·小雅·湛露》:“湛湛露斯,匪阳不晞。”毛传:“阳,日也。晞,干也。”《左传》襄公八年:“季武子曰:‘谁敢哉!今譬于草木,寡君在君,君之臭味也。’”杜预注:“言同类。”此处以草木生长之不同状况比喻文章写作之原理,说明人的才华高下和对通变的认识与掌握,决定了作品水平的高下。

(8)“九代”,指以往历代,即黄帝、唐尧、虞舜、夏、商、周、汉、魏、晋,下文涉及之楚当属周,宋为当代,不入历代。“志合文则”,即下文“序志述时,其揆一也”。王利器《文心雕龙校证》:“‘则’原作‘财’,梅(庆生)据许延祖改,徐(𤊙)校同。”“文则”,与下文“文律”同义。

(9)《吴越春秋》载陈音曰:“古者人民朴质,饥食鸟兽,渴饮雾露,死则裹以白茅,投于中野。孝子不忍见父母为禽兽所食,故作弹以守之,绝鸟兽之害。故歌曰‘断竹,续竹,飞土,逐害’之谓也。于是神农皇帝弦木为弧,剡木为矢。”沈德潜《古诗源》引《弹歌》“逐害”作“逐宍”,注曰:“宍,古肉字。”黄叔琳注:“按所歌者本黄帝时《竹弹谣》。”或称《弹歌》,其时代可能早于黄帝,刘勰谓“黄歌《断竹》”,可能是泛指炎黄时代之歌谣。

(10)《在昔》,不知何歌,或刘勰之时有此,今佚。唐尧时代歌谣,见伏生《尚书大传》:“讙然乃作《大唐之歌》,乐曰:‘舟张辟雍,鸧鸧相从。八风回回,凤皇喈喈。’”然无“在昔”之词。或谓(郭晋稀说)“昔”乃“蜡”之讹,此指伊耆氏之蜡祝辞,《礼记·郊特牲》:“伊耆氏始为蜡,……曰:‘土反其宅,水归其壑,昆虫毋作,草木归其泽。’”郑玄注:“伊耆氏,古天子号也。”又曰:“或云即帝尧是也。”按:伊耆氏之蜡祝辞非歌谣。

(11)《卿云》,歌见《尚书大传·虞夏传》:“维十有五祀,舜为宾客,禹为主人。……还归二年,而庙中苟有歌大化大训六府九原,而夏道兴。于时俊乂百工,相和而歌《卿云》。帝(舜)乃倡之曰:‘卿云烂兮,糺缦缦兮(瑞气缭绕),日月光华,旦复旦兮。’八伯咸进,稽首曰:‘明明上天,烂然星陈,日月光华,弘于一人。’帝乃载歌旋持衡曰:‘日月有常，星辰有行，四时从经（变化有常），万姓允诚（恭敬诚信）；于予论乐，配天之灵，迁于贤圣，莫不咸听；鼚（鼓声）乎鼓之，轩乎舞之（翩然起舞），菁华已竭（精力已衰），褰裳去之（撩衣隐退）。'""则"字，各本无，此系徐（𤊹）校增补。

（12）"夏歌《雕墙》"，即指《尚书·五子之歌》："太康（启的儿子）尸（主）位以逸豫（不勤），灭厥德，黎民咸贰（有二心），乃盘游无度。畋（田猎）于有洛之表，十旬弗反。有穷（国名）后羿，因民弗忍，距于河；厥弟五人，御其母以从，徯（待）于洛之汭，五子咸怨；述大禹之戒以作歌。其一曰：'皇祖有训，民可近，不可下。民惟邦本，本固邦宁。予视天下，愚夫愚妇，一能胜予。一人三失，怨岂在明，不见是图。予临兆民，凛（危貌）乎若朽索之驭六马。为人上者，奈何不敬！'其二曰：'训有之：内作（为也）色荒（迷乱），外作禽荒。甘酒嗜音，峻宇雕墙。有一于此，未或不亡。'其三曰：'惟彼陶唐，有此冀方（冀州四方）。今失厥道，乱其纪纲，乃底（至）灭亡。'其四曰：'明明我祖，万邦之君，有典有则，贻厥子孙。关石和钧（用关通衡石使赋税均衡），王府则有，荒坠厥绪（坠毁古制），覆宗绝祀（颠覆祖宗基业）。'其五曰：'呜呼！曷（何）归！予怀之悲。万姓仇予，予将畴依（何所依归）。郁陶乎予心，颜厚（色愧）有忸怩（羞惭貌）。弗慎厥德，虽悔可追。'"

（13）"商、周篇什"，指《诗经》。范文澜、张立斋等以为"商、周篇什"指《诗经》之雅、颂，恐不妥。当指全部《诗经》，故其华丽文采超越虞夏。

（14）自黄帝时代到商周，文学（主要指诗歌）的发展是由质到文的过程，也就是社会文明越发达，诗歌文学越多华美文采。然而，作为诗歌文学的基本特征（"序志述时"）是一样的。"揆"，指度量、尺度、标准。刘勰在这里提出了一个非常重要的文学理论问题，认为文学的本质就是"序志述时"，他既是传达作家内心情志的，又是展现时代社会面貌的，既是主观的心的体现，又是客观的物的反映。这和他对心物关系的认识是直接相联系的，也可以和本书《时序》篇相参照。

（15）"矩"，规矩，法则、标准。本书《辨骚》篇中可以看出《楚辞》

和《诗经》的关系，其中说《楚辞》有“同于风、雅”之四事，即是“通”，可以看出它对《诗经》的继承；而其“异乎经典”的四事，即是“变”，则是它的创新发展。

(16)“汉之赋颂”，指汉代的赋颂是对《楚辞》的新发展，屈原的作品后代亦称“屈原赋”，刘勰在《时序》篇中说：“爰自汉室，迄至成、哀，虽世渐百龄，辞人九变，而大抵所归，祖述《楚辞》，灵均余影，于是乎在。”汉赋在内容的讽谏方面是继承《楚辞》的，在形式上字句的不规整，和长篇结构等方面，也是继承了《楚辞》的，但是汉赋比《楚辞》更加散文化，并且繁琐铺叙，大量运用对偶方式，后来逐渐演变为四六骈文，这是它不同于《楚辞》的创新特色，由此成为一种新的文体。这是从《楚辞》到汉赋的通与变。

(17)“篇”，元本、弘治本作“荐”，此据梅庆生本，谓：“元作荐，许无念(延祖)改。”黄叔琳本改“篇”为“策”。“魏之篇制”包括两个方面：一是诗赋，二是散文。建安的五言诗十分繁荣，然而它是对汉代五言诗，特别是《古诗十九首》和汉代乐府民歌的继承和发展。《古诗十九首》时代应为东汉后期，六朝时期不止十九首，锺嵘《诗品》说：“《去者日以疏》四十五首……旧疑是建安中曹(植)、王(粲)所制。”或其中有建安时人的作品。建安的辞赋自然是继承汉赋而来，但它出现了很多抒情小赋，又是其新发展，然东汉已有小赋出现，如赵壹《刺世疾邪赋》。散文方面如陈琳、阮瑀的章表书记、徐幹的《中论》等等，各种散文文体形式之成熟皆出自汉代。

(18)“晋之辞章”，锺嵘《诗品序》：“太康中，三张、二陆，两潘、一左，勃尔复兴，踵武前王，风流未沫，亦文章之中兴也。”前王，当指曹氏父子(曹操、曹丕)、平原兄弟(曹植、曹彪)。

(19)“搉”，扬搉，略述概要。王利器《文心雕龙校证》：“‘搉’原作‘确’，王惟俭本、黄注本及崇文本作‘搉’，今从之。”

(20)商周文风主要指《诗经》。

(21)东周、汉代的文风则奢侈而艳丽，是指《楚辞》和汉赋都有“惊采绝艳”、繁缛巧丽的特色，在形式美方面超过《诗经》。本书《宗经》篇:“楚艳汉侈。”

(22)“魏、晋浅而绮”,曹魏时代的建安文学还不能说是“浅而绮”,本书《明诗》《时序》均有论述,虽文采绮丽而有“风骨”特色,但是到正始时代由于玄学思想影响,产生浮浅之风。《明诗》:“及正始明道,诗杂仙心,何晏之徒,率多浮浅。”而西晋开始则其特色为“轻绮”,此即“浅而绮”。《明诗》:“晋世群才,稍入轻绮,张、潘、左、陆,比肩诗衢,采缛于正始,力柔于建安,或析文以为妙,或流靡以自妍,此其大略也。”陆云《与兄平原书》:“文章当贵轻(原作“经”,误)绮,如谓后颂(云之《登遐颂》)语如漂漂,故谓如小胜耳。”

(23)“宋初讹而新”,《定势》篇:“自近代辞人,率好诡巧,原其为体,讹势所变。厌黩旧式,故穿凿取新。察其讹意,似难而实无他术也,反正而已。”此“近代”当指南朝刘宋时代。

(24)“从质及讹”,从文学发展看,刘勰是充分肯定创新的,但主张在继承传统的基础上创新,而不是抛弃传统一味追求新变。

(25)王利器《文心雕龙校证》:“‘末’原作‘味’,徐(𤊹)云:‘味字误,当作末。’梅六次本、张松孙本改作‘末’。”

(26)《梁书·庾肩吾传》载萧纲《与湘东王书》:“吾既拙于为文,不敢轻有掎摭。但以当世之作,历方古之才人,远则扬、马、曹、王,近则潘、陆、颜、谢,而观其遣辞用心,了不相似。若以今文为是,则古文为非;若昔贤可称,则今体宜弃。俱为盍各,则未之敢许。又时有效谢康乐、裴鸿胪文者,亦颇有惑焉。何者?谢客吐言天拔,出于自然,时有不拘,是其糟粕;裴氏乃是良史之才,了无篇什之美。是为学谢则不届其精华,但得其冗长;师裴则蔑绝其所长,惟得其所短。谢故巧不可阶,裴亦质不宜慕。”沈约《宋书·谢灵运传论》:“爰逮宋氏,颜、谢腾声。灵运之兴会标举,延年之体裁明密,并方轨前秀,垂范后昆。”刘勰所谓“汉篇”亦即萧纲所说“扬、马、曹、王”,而“宋集”当指潘、陆、颜、谢等。《梁书·文学传》:“伏挺字士标。……好属文,为五言诗,善效谢康乐体。”《南史·王籍传》:“籍好学,有才气,为诗慕谢灵运。至其合也,殆无愧色。时人咸谓康乐之有王籍,如仲尼之有丘明，老聃之有严周。”《南史·颜延之传》：“延之与陈郡谢灵运俱以辞采齐名，而迟速县绝。……是时议者以延之、灵运自潘岳、陆机之后，文士莫及，江右称潘、陆，江左称颜、谢焉。”

(27)“夫青生于蓝”，借以说明宋代文学虽是从古代文学演变而来，但是宋代文学已经失去传统特色而不可能再回到原来传统了。《荀子·劝学篇》：“青取之于蓝，而青于蓝。”《尔雅·释草》：“茹藘，茅搜。”郭璞注：“今之蒨也，可以染绛。”邢昺疏：“今染绛蒨也，一名茹藘，一名茅搜。《诗·郑风·东门之墠》：‘茹藘在阪。’”《诗经》郑玄笺：“茹藘，茅搜，蒨草也。”阪，硗薄之地。

(28)桓谭，字君山。此处所引桓谭语已佚。刘、扬，范文澜谓指刘歆、扬雄。杨明照谓本书《诸子》《体性》《时序》《才略》等篇均以刘向、扬雄并举，此当指刘向、扬雄。然范指系据《后汉书》本传而言。《后汉书·桓谭传》：“桓谭字君山，沛国相人也。父成帝时为太乐令。谭以父任为郎，因好音律，善鼓琴。博学多通，遍习五经，皆诂训大义，不为章句。能文章，尤好古学，数从刘歆、杨雄辩析疑异。”故当以范说为是。

(29)“绛”，元本、弘治本、王惟俭训诂本等作“锦”，非。杨明照《增订文心雕龙校注》：“按此为回应上文‘夫青生于蓝，绛生于蒨’之辞，作‘锦’非是。”“练”“濯”，有炼成、染成之意。此谓青、绛虽是从蓝草、蒨草中提炼出来，然而追溯本源必然还要回归蓝、蒨。

(30)关于“质文”论述，可参见本书《情采》篇“质待文”“文附质”等论述。

(31)“隐括”，王惟俭本作“檃括”。按：“檃”同“隐”。“檃括”原指原指矫正邪曲的器具，引申指修正、概括。《荀子·性恶篇》：“故枸木必将待檃栝、烝、矫然后直，钝金必将待砻、厉然后利；今人之性恶，必将待师法然后正，得礼义然后治。”王先谦《集解》：“枸，读为钩，曲也。”又曰：“檃栝，正曲木之木也。烝，谓烝之使柔；矫，谓矫之使直也。”《淮南子·修务训》：“木直中绳，揉以为轮；其曲中规，隐括之力。”

（32）这是以声音容貌的夸张描写为例，来具体说明创作中的通与变。“相因”，相承，互相依托。陆机《拟古诗》：“寒暑相因袭，时逝忽如颓。”

（33）“轩翥”，高飞，参见本书《辨骚》篇注（3）。汉初之夸张声貌当以枚乘、司马相如、王褒、扬雄的辞赋作品为代表，本书《诠赋》篇：“枚马同其风，王扬骋其势。……相如《上林》，繁类以成艳。……子渊《洞箫》，穷变于声貌。”本书《夸饰》篇专门以司马相如、扬雄的夸张描写为例论夸饰。

（34）枚乘《七发》：“秉意乎南山，通望乎东海。虹洞兮苍天，极虑乎崖涘。”李善注：“《尔雅》曰：秉，执也。虹洞，相连貌也。《庄子》曰：出于厓涘。毛苌《诗传》曰：涘，涯也。”

（35）司马相如《上林赋》：“于是乎周览泛观，缜纷轧芴，芒芒恍忽。视之无端，察之无涯。日出东沼，入乎西陂。”杨明照《增订文心雕龙校注》：“（月生西陂）按当依《上林赋》作‘入乎西陂’。此盖写者涉下《广成颂》‘月生西陂’而误。”李善注：“孟康曰：缜纷，众盛也。轧芴，致密也。郭璞曰：（芒芒恍忽）言眼乱也。张揖云：日朝出苑之东池，暮入于苑西陂中。善曰：汉宫殿簿曰：长安有西陂池、东陂池。”

（36）马融《广成颂》：“（皇上）栖迟乎昭明之观，休息乎高光之榭，以临乎宏池。……天地虹洞，固无端涯，大明生东，月朔西陂。”马融，东汉著名经学家、辞赋作家。广成，汉代宫殿名。《后汉书·马融传》：“四年，拜为校书郎中，诣东观典校秘书。……元初二年，上《广成颂》以讽谏。其辞曰：‘……天地虹洞，固无端涯，大明生东，月朔西陂。……’”章怀太子注：“朔，生也。《礼记》曰：‘大明生于东，月生于西。’郑注曰：‘大明，日也。’言池水广大，日月出于其中也。”此“大明出东，月生西陂”，谓太阳生于“宏池”（巨大无比的水池）东边，月亮生于“宏池”西边，非泛指东方、西方。王利器《文心雕龙校证》：“‘固’原作‘因’，梅（庆生）按颂文改。”“大明出东”，杨明照《增订文心雕龙校注》：“按《后汉书·马融传》作‘大明生东，月朔西陂’。李注：‘朔，生也。’此引‘生’为‘出’、‘朔’为‘生’，非缘舍人误记，即由写者涉上下文而误。”

(37)《昭明文选》扬雄《羽猎赋》:“章皇周流,出入日月,天与地沓。”王利器《文心雕龙校证》:“梅(庆生)云:‘校当作羽。’《文通》二一作‘羽’。”李善注:“章皇,犹彷徨也。周流,周匝流行也。出入日月,言其广大,日月似在其中出入也。张晏曰:‘日出扶桑,入汤谷。’应劭曰:‘沓,合也。’”“沓”,《汉书·扬雄传》作“杳”。杨明照《增订文心雕龙校注》:“按‘沓’当依《汉书·扬雄传上》作‘杳’。颜注云:‘(章皇周流,言匝遍也)谓苑囿之大,遥望日月皆从中出入,而天地之际杳然县远也。说者反以杳为沓,解云重沓;非惟乖理,盖已失韵。’今此作‘沓’,写者盖依《文选》改也。”然王先谦《汉书补注》谓:“《(文)选》‘杳’作‘沓’。应劭曰:‘沓,合也。’据应说,则所见本作‘沓’。孙志祖云:《楚辞·天问》:‘天何所沓?’王逸注:‘沓,合也。言天与地会合何所?’子云盖祖屈原之说。”

(38)“与”,原作“于”。杨明照谓:“按‘于’字不可解,盖涉上句而误者。当依《西京赋》作‘与’。”张衡《西京赋》:“乃有昆明灵沼,黑水玄阯。……日月于是乎出入,象扶桑与蒙汜。”李善注:“小渚曰阯。”又曰:“《汉书》曰:武帝穿昆明池。黑水玄阯,谓昆明灵沼之水沚也。水色黑,故曰玄阯也。”又曰:“言池广大,日月出入其中也。《淮南子》曰:‘日出旸谷,拂于扶桑。’《楚辞》曰:‘出自阳谷,入于蒙汜。’”《汉书·武帝纪》:“发谪吏穿昆明池。”颜师古注引张瓒曰:“(昆明池)在长安西南,周回四十里。”“扶桑”,神树,日出之处。“蒙汜”,蒙水边涯,谓日落之处。

(39)《周易·系辞上》:“参伍以变,错综其数,通其变,遂成天地之文。”孔颖达疏:“‘参伍以变’者,参,三也;伍,五也。或三或五,以相参合,以相改变。略举三五,诸数皆然也。‘错综其数’者,错谓交错,综谓总聚,交错总聚其阴阳之数也。‘通其变’者,由交错总聚,通极其阴阳之变也。‘遂成天地之文’者,以其相变,故能遂成就天地之文。”文章之写作亦如天地之文之生成,皆有赖通变之术也。

(40)《文选》陆机《文赋》:“意司契而为匠。”五臣刘良注:“司,理。契,要。匠,宗也。”又曰:“立意以理要为宗。”

(41)《文选》孙楚《为石仲容与孙皓书》:“长辔远御(御、驭古今字),妙略潜授。”五臣刘良注:“长辔远御谓有长远之策也。”

(42)《周易·系辞上》:“圣人有以见天下之动,而观其会通。”孔颖达疏:“既知万物以此变动,观看其物之会合变通。”

(43)《周易·系辞下》:“《易》之为书也不可远,为道也屡迁,变动不居,周流六虚(六位也),上下无常,刚柔相易,不可为典要,唯变所适。”

(44)“长离”,朱雀鸟,谓类似凤凰的灵鸟也。《昭明文选》张衡《思玄赋》:“前长离使拂羽兮。”五臣吕延济注:“长离,南方朱鸟凤也。”

(45)《史记·平原君列传》:“毛遂曰:‘臣乃今日请处囊中耳。使遂蚤得处囊中,乃颖脱而出,非特其末见而已。’”“颖脱”,何焯校作“脱颖”,非是。说明写文章应该有宽广胸怀,远大视野,而不能只在一己小圈子的偏见隅识里落笔写作。

(46)张衡《西京赋》:“独俭啬以龌龊。”李善注:“《汉书》注曰:龌龊,小节也。”司马相如《难蜀父老》:“委琐喔龊(或作龌龊)。”李善注:“应劭曰:喔啮,急促之貌也。”《汉书》颜师古注:“喔龊,局陋也。不拘微细之文,不牵流俗之议也。”左思《吴都赋》:“龌龊而算,顾亦曲士之所叹也。”李善注:“龌龊,好苛局小之貌。”《文选》鲍照《放歌行》:“人自龌龊。”吕延济注:“龌龊,短狭貌。”“矜激”,骄傲偏激。“一致”,一得之见。《抱朴子·外篇·辞义》:“夫才有清浊,思有修短,虽并属文,参差万品,或浩瀁而不渊潭,或得事情而辞钝,违物理而言功,盖偏长之一致,非兼通之才也。”

(47)《楚辞》严忌《哀时命》:“骋骐骥于中庭兮,焉能极夫远道。”王逸注:“言骐骥一驰千里,乃骋之中庭促狭之处,不得展足以极远道也。”“逸步”,快速自如的步伐。

(48)陆机《文赋》:“普辞条与文律。”张凤翼《文选纂注》:“辞条,辞之条干也。文律,文之纪律也。”

(49)“变则其久”，梅庆生本谓：“（其）疑作可。”王利器《文心雕龙校证》：“吴校作‘堪’，今据改。”按：元、明各本均为“其”，当从之。“其”与“堪”意义基本一致，无需改也。《周易·系辞上》：“富有之谓大业，日新之谓盛德。”孔颖达疏：“圣人以能变通体化，合变其德，日日增新，是德之盛极，故谓之盛德。”强调新变的同时，不能放弃吸收前人成果。

(50)《周易·系辞下》：“刚柔者，立本者也。变通者，趣时者也。”孔颖达疏：“言刚柔之象，理在其卦之根本也。……其刚柔之气，所以改变会通，趣向于时也。”

(51)“怯”，梅庆生天启本作“跲”，黄叔琳谓“一本作跲”，元本、弘治本等作“法”，何（允中）本、凌（云）本、合刻本、梁（杰）本、崇文本等作“怯”。当以“怯”为是。

(52)“望今制奇”两句，这是刘勰论通变的关键思想，也是一个有关古与今、继承与创新的十分重要的原则。它的意思是说这不仅指文学，而是指所有文化思想发展的基本立场皆当如此。

《定势》篇

夫情致异区，文变殊术[1]，莫不因情立体，即体成势也[2]。势者，乘利而为制也。如机发矢直，涧曲湍回，自然之趣也。圆者规体，其势也自转；方者矩形，其势也自安：文章体势，如斯而已[3]。是以模经为式者，自入典雅之懿[4]；效《骚》命篇者，必归艳逸之华[5]；综意浅切者，类乏酝藉[6]；断辞辨约者，率乖繁缛[7]。譬激水不漪，槁木无阴，自然之势也。

是以绘事图色，文辞尽情，色糅而犬马殊形，情交而雅俗异势[8]。镕范所拟，各有司匠[9]，虽无严郛，难得逾越[10]。然渊乎文者，并总群势[11]：奇正虽反，必兼解以俱通；刚柔虽殊，必随时而适用。若爱典而恶华，则兼通之理偏，似夏人争弓矢，执一不可以独射也[12]；若雅郑而共篇，则总一之势离，是楚人鬻矛誉楯，两难得而俱售也[13]。

是以括囊杂体，功在铨别，宫商朱紫，随势各配[14]。章、表、奏、议，则准的乎典雅[15]；赋、颂、歌、诗，则羽仪乎清丽[16]；符、檄、书、移，则楷式于明断[17]；史、论、序、注，则师范于核要[18]；箴、铭、碑、诔，则体制于弘深[19]；连珠、七辞，则从事于巧艳[20]：此循体而成势，随变而立功者也[21]。虽复契会相参，节文互杂[22]，譬五色之锦，各以本采为地矣。

桓谭称："文家各有所慕，或好浮华而不知实核，或美众多而不见要约[23]。"陈思亦云："世之作者，或好烦文博采，深沉其旨者；或好离言辨白，分毫析厘者。所习不同，所务各异[24]。”言势殊也。刘桢云：“文之体指实强弱，使其辞已尽而势有余，天下一人耳，不可得也[25]。”公斡所谈，颇亦兼气。然文之任势，势有刚柔，不必壮言慷慨，乃称势也。又陆云自称：“往日论文，先辞而后情，尚势而不取悦泽，及张公论文，则欲宗其言[26]。”夫情固先辞，势实须泽，可谓先迷后能从善矣[27]。

自近代辞人，率好诡巧[28]，原其为体，讹势所变，厌黩旧式，故穿凿取新。察其讹意，似难而实无他术也，反正而已。故文反正为乏，辞反正为奇[29]。效奇之法，必颠倒文句，上字而抑下，中辞而出外，回互不常，则新色耳。夫通衢夷坦[30]，而多行捷径者，趋近故也；正文明白，而常务反言者，适俗故也。然密会者以意新得巧[31]，苟异者以失体成怪。旧练之才，则执正以驭奇；新学之锐，则逐奇而失正。势流不反，则文体遂弊。秉兹情术，可无思耶！

赞曰：形生势成，始末相承[32]。湍回似规，矢激如绳。因利骋节，情采自凝。枉辔学步，力止寿陵[33]。

简析：

本篇论文学的文体风格，可与《体性》篇联系考察。如果说刘勰在《体性》篇中着重分析文学风格形成的主观因素的话，那么他的《定势》篇是比较集中地探讨文学风格形成的客观因素，研究不同的文体形式由于其内容和形式的特点而决定了它有不同的风格特色的问题。刘勰根据文学创作的过程，提出了“物→情→体→势”这样一个重要规律：情是由外界事物的感发而产生的，“情因物兴”；而体则是遵循情的需要而确立的，“因情立体”；而势则又是随体式差别而产生的，“即体成势”。每种文学体裁在历史发展的过程中，都形成了自己特有的“势”，代代相沿而成习。不过，对于具体作品的“势”，也和作家气质个性有不可分割的联系，然而《定势》篇主要研究不同文体类型对

"势"的影响,偏重讲"势"形成的客观原因。特别强调"势"的自然本性,它是事物客观规律的体现,也是文学作品的内容和形式特点所形成的自然态势,和"机发矢直,涧曲湍回"一样是"自然之趣""自然之势"。"势"原本的含义是指事物内在的客观态势,它是随着事物的差别而各不相同的,如《周礼·考工记》所说"审曲面势,以饬五材",即指工匠需要考察各种材质的特点和态势。《管子》有《形势》篇,唐代尹知章注云:"自天地以及万物,关诸人事,莫不有形势焉。夫势必因形而立,故形端者势必直,状危者势必倾。"这就是刘勰所说的"机发矢直,涧曲湍回"。事物不同的"形",决定了它不同的"势",这反映在文学中就是所谓的"体势",故而刘勰说"形生势成"。"势"在文艺创作中的运用,最早见于书法理论,蔡邕有《篆势》,西晋卫恒有《四体书势》,唐代孙过庭说王羲之有《笔势十章》,讲的都是书法的各种态势。中国的传统书画创作都讲究"立意"和"取势"。但是《文心雕龙·定势》篇主要是探讨文学创作的"体"和"势"关系。

刘勰把文章主要体类依据其内容和形式特征,区分为六大类型,分别指出其体势特点。"是以括囊杂体,功在铨别,宫商朱紫,随势各配。章、表、奏、议,则准的乎典雅;赋、颂、歌、诗,则羽仪乎清丽;符、檄、书、移,则楷式于明断;史、论、序、注,则师范于核要;箴、铭、碑、诔,则体制于弘深;连珠、七辞,则从事于巧艳:此循体而成势,随变而立功者也。"这是十分精确、深刻,并具有重要理论意义的,说明不同文体各有特殊的风格。不过,文学作品的"势"范围比较宽广,它的最后形成有多方面的原因,除文体因素外,例如作家的个性气质、才能特点、时代思潮、社会政治等等也都有深刻影响,不过这些在《体性》《时序》《才略》等其他篇中已经论述过了,《定势》篇重点在说文体特点不同对"势"的形成之作用。刘勰对桓谭、曹植、刘桢、陆云有关"势"的论述之剖析,尤其是关于"势"和"气"的关系阐述,就是进一步补充说明"势"的形成,不仅有文体差别的客观因素,也有作家个性爱好的主观因素。他十分欣赏陆云研究张华文论后,对自己"先辞后情,尚势而不取悦泽"的自我批评,认为"情固先辞,势实须泽",才是正确的创作途径。刘勰特别强调“势”的运用必须要区别“正势”和“讹势”的不同,强调“势”的确立必须“执正以驭奇”,而坚决反对“逐奇而失正”,对当时追逐奇诡创作的倾向进行了尖锐的批评。学术界对“势”的含义有不同论说,值得我们去深入探讨,并加以鉴别。

语译:

文章的情致趣味各有不同特点,而创作技巧方法也变化多端。文学创作莫不按照情理内容而确立应有的体式,因不同的体式形成特殊的体势风格。什么是“势”?就是顺应(与自己特点相符合的)有利状况而形成特殊的体制态势。例如机弩射出的箭的线路必然是笔直向前的,溪涧水流则随着地面的高低不平而回旋曲折流动,这是一种自然的趋势。圆的器物呈球状形体,其势必然会滚动旋转;方的器物呈矩状形体,其势必然岿然不动。文章的“体势”,也是这样的。模仿经典体式风格的,自然就会进入典雅美懿范围;仿效《楚辞》创作风格的,必然归入华艳飘逸领域;立意浅薄切近的,大多缺乏含蓄蕴藉趣味;措辞明辨简约的,一般都和繁缛富赡乖违。犹如湍急的流水不会形成涟漪,枯槁的树木没有浓密树荫,这是一种自然的态势。

所以绘画讲究色彩分布,文章在于充分表达思想感情,色彩相互糅合则狗马各具不同形态,感情交会绵密则雅俗均有体势差异。陶冶镕铸心中意象,各有经营构思路子(工匠各有司契之方),虽然其间并无严格的界限,但也很难有所逾越。然而熟悉和深谙文学原理的人,必定善于掌握和融会各种文章态势:新奇和雅正虽然是相反的,必定能够相互融会贯通各取所长;刚劲与柔和虽然是对立的,必定能够根据实际情况合适运用。只爱典雅而厌恶华丽,必然会偏离兼解俱通的原则,好像夏朝人争执于弓和箭,如果只顾一端是不能把箭射出去的。假如使高雅和低俗共处于一篇之中,那就没有一个完整统一的态势,好像楚国人既要称扬矛又要赞誉楯,当然就不可能同时把矛和楯都卖出去。

作家要包罗总括各种不同的特色风格,其功力就在善于铨别他们各自特点与相互差别，犹如音乐上的宫商角徵，绘画上的朱紫蓝白，需要按照特定态势进行适宜配合。章、表、奏、议，要以典雅严正为准则；赋、颂、歌、诗，要以清新秀丽为表率；符、檄、书、移，要以明确果断为楷模；史、论、序、注，要以核实切要为典范。箴、铭、碑、诔，要以弘润深远为体式；连珠、七辞，则以艳丽巧妙为特色：上述各类文体风格都是依据其体制特点而形成独特态势，随顺其错综变化而建立不朽功绩的。虽然由各种因素交会参和，节奏文理杂糅互配，好像五彩的锦缎花色错综，但都有其不同本色作为基础底色。

桓谭说："文家各有自己所羡慕的风格特色，或者爱好虚浮华艳而不知道确切核实，或者喜欢繁缛富赡而看不见简洁要约。"曹植说："当世作家，或者喜好文辞烦冗藻采丰博，旨意深沉情趣远奥的作品；或者喜好剖析同异辨别坚白，厘毫不差阐述细致的作品。都是由于各自研习不同，各人致力差异而造成的。"他们说的就是"势"的差别。刘桢说："文章的体势实有强弱差异，文辞表达已到极致而气势仍使人回味无穷者，可能就是天下第一了，这是很难达到的。"刘桢所说，颇亦兼有曹丕论"气"的含义，然而文学创作必定要随顺各自自然之势，所以"势"有刚劲、柔和之差别，不必说只有刚劲才是"势"。又陆云说："过去论文，往往先重视辞而后才注意情，崇尚势的选择而不重视光泽和美，及至听说张华论文言词，才觉得需要按照张公的见解去做。"文章写作确实应该把感情放在文辞之前，文章的态势也需要润泽方有悦目色彩，说明他是先前迷茫失去方向而后能改正错误走上正确的道路。

自近代文人都爱好追求诡异奇巧的态势，追溯这种文章体势的来源，乃是由"讹势"演变出来的，由于厌恶腻味旧的传统体势，所以穿凿附会寻求新奇体势，考察他们的怪讹体势，看起来似乎很难而实际上并没有什么新的技巧，不过就是简单的违反正规传统而已。字违背常态把"正"反过来就变成"乏"（"乏"的篆体像"正"字反写），行文措辞违背常态变成新奇。仿效"奇"的方法，一定是颠倒文句顺序，本来是前面的字故意把它放到后面，本来是句中的字故意放到句首或句尾，如此颠倒反复，就是所谓"新色"。大路平坦宽阔，而偏要贪图捷径,是为了抄近道;正规的文章明明白白,而偏要寻求反常语言,是为了投合世俗的爱好。构思细密者善能在新颖意境中获得巧妙成功,而追逐新异者往往因失去正体而变得怪异诡诈。经验丰富久经历练的文才,懂得必须在把握正规的前提下驾驭新奇;而初学锐进的近代文人,则往往因追逐新奇而失去正道。由于这种风气不正的文学潮流积重难返,遂使文章体势造成严重弊病。秉持这种趋向的情致文术,难道不值得大家深思吗?

总论:形体产生构成态势,体势相承首尾共飞。山涧流水迂回曲折,矢箭激射绳直呈威。因势利导进行创作,情采凝聚自成光辉。热衷讹势邯郸学步,寿陵余子无力返归。

注订:

(1)“情致”,风情趣味、思理兴致。《世说新语·文学》篇:“谢镇西(谢尚,镇西将军)经船行,其夜清风朗月,闻江渚间估客船上有咏诗声,甚有情致;所诵五言,又其所未尝闻,叹美不能已。即遣委屈讯问,乃是袁(宏,小字虎)自咏其所作《咏史诗》。因此相要,大相赏得。”刘孝标注:“《续晋阳秋》曰:‘虎少有逸才,文章绝丽,曾为《咏史诗》,是其风情寄托。’”风情,即指其情致也。《世说新语·赏誉》篇:“殷中军(殷浩)道韩太常(韩伯,字康伯)曰:‘康伯少自标置,居然是出群器,及其发言遣辞,往往有情致。’”刘孝标注:“《续晋阳秋》曰:‘康伯清和有思理,幼为舅殷浩所称。’”“清和有思理”即其“情致”也。《颜氏家训·文章》篇:“《诗》云:‘萧萧马鸣,悠悠旆旌。’毛传云:‘言不喧哗也。’吾每叹此解有情致。”说的就是《诗经·小雅·车攻》。

(2)刘勰这里所说的“因情立体”“即体成势”,是对文学创作基本规律的概括和总结。既是说的创作过程,又是说的创作特征,这就是“势”,它是因人而异的。这里的“体”和陆机《文赋》中的“体”是一样的,它有两个含义:一是体裁,二是风格。而“势”则是形态、规律,每个人都有自己的“势”,它是由不同的“情”,所选择的各异的“体”,而形成的特殊的“势”。这个文学上“势”的提出,是对曹丕“文以气为主”

的“气”的发展。

(3)由此说明“势”虽然各不相同,但都是有其客观的内在自然规律的,而不是随意形成的。刘勰所说的是文学创作的势,它和自然界事物的势是一致的,即把自然事物的势运用到文学创作中。中国最早开始提出“势”的概念是《周礼·考工记》:“或审曲面势,以饬五材,以辨民器。”郑玄注引郑司农云:“审曲面势,审察五材曲直方面形势之宜以治之及阴阳之面背是也。《春秋传》曰:‘天生五材,民并用之。’谓金、木、水、火、土也。”这个“势”就是指五材的态势,也就是特定事物客观存在的内在自然规律。整治五材需要顺应其各自的内在态势。文学上的“势”,就是自然事物的“势”在文学创作中之运用。《孙子·计》篇:“计利以听,乃为之势,以佐其外;势者,因利而制权也。”王皙注:“势者,乘其变者也。”势,就是懂得权变的规律,指战争中形势千变万化,必须掌握其中合乎自然规律的变化态势。文学创作也是如此,需要懂得其中瞬息万变的演化态势。《孙子》有《势》篇,其曰:“乱生于治,怯生于勇,弱生于强。治乱,数也。勇怯,势也。强弱,形也。”勇、怯即是不同的态势,是兵力强弱、政治治乱的必然趋势。又曰:“战势不过奇正,奇正之变,不可胜穷也。奇正相生,如循环之无端,孰能穷之?”“势”是和“变”相关的,奇正之变无穷,而皆有其自然态势,所以“势”就是指事物的不同内在自然规律。文学创作也是变化无穷的,也各有其自然态势。《孙子·势》又曰:“激水之疾,至于漂石者,势也。鸷鸟之疾,至于毁折者,节也。是故善战者,其势险,其节短,势如彍弩,节如发机。”这就是刘勰所说的:“如机发矢直,涧曲湍回,自然之趣也。”《孙子·虚实》篇:“夫兵形象水,水之形,避高而趋下;兵之形,避实而击虚。水因地而制流,兵因敌而制胜。故兵无常势,水无常形;能因敌变化而取胜者,谓之神。”正如“兵无常势”一样,文学创作也无常势,但又必须顺应其自然之势,方能立于不败之地。不同事物有不同的“势”,犹如《孙子·势》所说:“故善战者,求之于势,不责于人,故能择人任势。任势者,其战人也,如转木石。木石之性,安则静,危则动,方则止,圆则行。故善战人之势,如转圆石于千仞之山者,势也。”《淮南子·原道训》:“两木相摩而然,金火相守而流,员者常转,窾(空隙、洞穴)者主浮,自然之势也。”每一个作家、每一个作品,都有自己特殊的“体”,也就决定了有特殊的“势”,这是客观规律所决定的,主要在于作家是否懂得正确地把握自然之“势”,它是文学创作成败的关键所在。《昭明文选》嵇康《琴赋》中说:“若论其体势,详其风声。器和故响逸,张急故声清。间辽(弦间辽远)故音庳(短),弦长(徽阔弦长)故徽鸣。性絜静以端理,含至德之和平。”

(4)“模经为式者”,如《诗经》,特别是《雅》《颂》部分。又如扬雄的《太玄》《法言》之类。即《体性》篇所说“镕式经诰,方轨儒门”者,如潘勖《九锡文》等。

(5)“效《骚》命篇者”,如汉赋中枚乘、司马相如、王褒、扬雄的作品,以及后来的骚体作品和骈文等。

(6)“综意浅切者”,如袁宏、孙绰、许询等人玄言诗作品。“酝藉”,杨明照《增订文心雕龙校注》:“按‘酝藉’又作‘温藉’‘蕴藉’或‘缊藉’,其‘藉’字无作‘籍’者。两京本等作‘籍’,误。《汉书·薛广德传》:‘广德为人,温雅有酝藉。’服虔曰:‘宽博有余也。’”

(7)“断辞辨约者”,如《周易》中的卦辞、爻辞。“断”,或作“斷”,非是。本书《比兴》篇:“断辞必敢。”上述四例说明“因情立体”“即体成势”,各自有自己的“势”,不同的文体、不同的作品,必然会有不同的风格。

(8)王叔岷《文心雕龙缀补》:“刘永济云:‘“情交”各本皆如此。以文义求之,交乃驳之残字。“情驳”与上句“色糅”为类,作交无义。’案‘情交’与‘色糅’自为类,无烦改字。交与殽声义并近,《说文》:‘殽,相杂错也。’交亦杂也,……糅亦杂也。”糅、交相对,均有杂糅、交会之意。

(9)《昭明文选》王融《永明九年策秀才文》:“且有后命,事资镕范。”五臣李周翰注:“镕,销;范,法也。”陆机《文赋》:“意司契而为匠。”

(10)“郛”,《说文》:“郛,郭也。”《公羊传》文公十五年:“郛者何?

恢郭也。”恢郭，城外大郭，内外之界也。

(11)《全唐文》卷六百五十四元稹《唐故工部员外郎杜君墓系铭》：“至于子美，盖所谓上薄风骚，下该沈宋，古傍苏李，气夺曹刘，掩颜谢之孤高，杂徐庾之流丽，尽得古今之体势，而兼人之所独专矣。”又如古澹闲远和沉着痛快，是两种完全不同的风貌，但是优秀的诗人应当使古澹闲远中有沉着痛快，而沉着痛快中又有古澹闲远。王士禛在《芝廛集序》中说：“见以为古澹闲远而中实沉着痛快，此非流俗所能知也。”又曰：“沉着痛快，非惟李、杜、昌黎有之，乃陶、谢、王、孟而下莫不有之。”文学风格应该是对立统一体，既有多种风格的融会贯通，又有专门特殊的统一态势，所以称为“定势”，这是刘勰论文学风格的基本理论之一。

(12)《太平御览》卷三四七引《胡非子》：“一人曰：‘吾弓良，无所用矢。’一人曰：‘吾矢善，无所用弓。’羿闻之曰：‘非弓，何以往矢？非矢，何以中的？’令合弓矢而教之射。”羿，是夏代有穷国国君，善射。

(13)《韩非子·难一》：“楚人有鬻楯与矛者，誉之曰：‘楯之坚，莫能陷也。’又誉其矛曰：‘吾矛之利，于物无不陷也。’或曰：‘以子之矛陷子之楯，何如？’其人弗能应也。”按：此又见《难势》篇，文字略有异同。

(14)《周易·坤卦》六四：“括囊，无咎，无誉。”孔颖达《正义》：“括，结也。囊，所以贮物，以譬心藏知也。闭其知而不用，故曰括囊。功不显物，故曰无誉。不与物忤，故曰无咎。”“功”，元本、弘治本作“切”，此据王惟俭本。黄侃《文心雕龙札记》：“宫商谓声律，朱紫谓采藻，观此知文质之用都无定准。”

(15)章、表、奏、议，均为政治文书，在本书《章表》《奏启》《议对》等篇中均有相关论述，可参见各篇注释。曹丕《典论·论文》：“奏议宜雅。”陆机《文赋》：“奏平彻以闲雅。”

(16)赋、颂、歌、诗，都是纯文学文体。“羽仪”，《周易·渐卦》上九：“鸿渐于陆，其羽可用为仪，吉。”孔颖达《正义》：“处高而能不以位自累，则其羽可用为物之仪表，可贵可法也。”不过，“清丽”应该是六朝文学，特别是以五言诗为代表的诗歌特征，也是文学发展到六朝的必然趋向。刘勰此说是站在六朝文学发展前沿的论述。先秦时代的歌诗，以四言为主的《诗经》还是倾向于典雅华美的，两汉的辞赋则以繁缛绚艳为特色，到了魏晋以后五言诗的繁荣发展才以“清丽”作为显著特点。本书《明诗》篇：“四言正体，则雅润为本；五言流调，则清丽居宗。”曹丕《典论·论文》中说：“奏议宜雅，书论宜理，铭诔尚实，诗赋欲丽。”又说：“文以气味主。气之清浊有体，不可力强而致。”明显强调“清气”，所以批评“徐幹时有齐气”，齐气是齐地舒缓之气，当为浊气。《与吴质书》：“公幹有逸气。”逸气当为清气。清气即为清新秀丽之气。陆机在《文赋》中：说：“诗缘情而绮靡，赋体物而浏亮。”绮丽、浏亮，即是清丽之体现。陆云《与兄平原书》：“兄文章之高远绝异，不可复称言。然犹皆欲微多，但清新相接，不以此为病耳。……《茂曹碑》皆自是《蔡氏碑》之上者，比视蔡氏数十碑，殊多不及，言亦自清美，愚以无疑不存。”又曰：“《祠堂赞》甚已尽美，……吊蔡君清妙不可言。”又曰：“省《述思赋》，流深情至言，实为清妙，恐故复未得为兄赋之最。……《文赋》甚有辞，绮语颇多。”又曰：“《祠堂颂》已得，省兄文，……皆新绮，用此已自为洋洋耳。”清妙、绮语、新绮，亦均属清丽范围。沈约《宋书·谢灵运传论》：“降及元康，潘陆特秀，律异班贾，体变曹王，缛旨星稠，繁文绮合，缀平台之逸响，采南皮之高韵。遗风余烈，事极江右。”此足可证明“清丽”实为魏晋南北朝以五言诗为中心的诗歌基本趋向。

（17）符、檄、书、移，皆为实用文体，本书《檄移》篇：“凡檄之大体，……其植义扬辞，务在刚健；插羽以示迅，不可使辞缓；露板以宣众，不可使义隐；必事昭而理辨，气盛而辞断，此其要也。……移者，易也。……及刘歆之《移太常》，辞刚而义辨，文移之首也；陆机之《移百官》，言约而事显，武移之要者也。”

（18）史、论、序、注，属于史论注释，本书《史传》篇说文章要“按实而书”，本书《论说》篇说序、注应“要约明畅”，可以参考。陆机《文赋》：“论精微而朗畅。”

(19)箴、铭、碑、诔，都是箴戒和纪念性文字，参见本书《铭箴》篇、《碑诔》篇。陆机《文赋》："碑披文以相质，诔缠绵而凄怆，铭博约而温润，箴顿挫而清壮。"

(20)连珠、七辞，则是杂驳之作，本书《杂文》篇论"连珠"："义明而词净，事圆而音泽，磊磊自转，可称珠耳。"论"七辞"："甘意摇骨髓，艳词洞魂识。"

(21)每一种文体都有其内容和形式上的特点，按照这种特点必然会产生相应的风格，这是"自然之势"，是文学创作的一个重要规律。本书《体性》篇主要说明文学风格和作家个性的关系，这是风格形成的主观因素，而《定势》篇则主要说明文学风格和文体之间的关系，这是形成文学风格的客观因素。这里比喻文学作品的风格形成，虽然融合了多种特色，但都有自己"自然之势"的本来形态，如"沉着痛快"中虽也有"古澹闲远"，但毕竟还是以"沉着痛快"为基本特色的；"古澹闲远"中虽也有"沉着痛快"，但毕竟还是以"古澹闲远"为基本特色的。说明文学风格可以吸收各家之长，但必然还是有自己的"本采"的。

(22)"节文"，王运熙、周锋《文心雕龙译注》释为音节文采，周振甫释此句为"章节互相交错"，似均不妥。此当指文章节奏文理相互糅杂。

(23)桓谭论"势"之语无考，未知是否为《新论》中文字。其《新论》全文已佚，仅有残篇及后人引用。《隋书・经籍志》："桓子《新论》十七卷，后汉六安丞桓谭撰。"《旧唐书・经籍志》："桓子《新论》十七卷，桓谭撰。"严可均《全后汉文》收集《新论》佚文较多，未见有刘勰引用者。

(24)陈思王曹植论"势"之语亦无考。王利器《文心雕龙校证》谓"白"应作"句"，举本书《声律》《章句》《丽辞》篇"叠韵离句""离章合句""析句弥密"为证，此说不妥，所举均与"离言辨白"含义不同。此"离言辨白"，系从公孙龙子分辨坚白同异而来，谓严格辨析同异也。《公孙龙子・坚白论》："视不得其所坚而得其所白者，无坚也。拊不得其所白而得其所坚，得其坚也，无白。……得其白，得其坚，见与不见离。不见离一,一不相盈,故离。离也者,藏也。”

(25)“文之体指实强弱”,黄侃《文心雕龙札记》:“细审彦和语,疑此句当作‘文之体指贵强’,下衍‘弱’字。”范文澜《文心雕龙注》:“疑公幹语当作‘文之体指,实殊强弱’。”王利器《文心雕龙校证》谓当作“文之体指,虚实强弱”,并说:“‘虚’字原脱。徐(𤊹)引谢在杭(谢肇淛)云:当作‘文之体指,虚实强弱’。按谢说是,今据补。”刘桢之语已佚,各家所说均无确证,原文意为文章体势确实有强弱不同,“刚柔”即指“强弱”。《南齐书·陆厥传》:“厥与约书曰:‘……自魏文属论,深以清浊为言,刘桢奏书,大明体势之致。……’”则刘桢确有论体势之语。此两句含义不很明白,各家说法不一。郭晋稀《文心雕龙注释》谓:“本篇论体势,指或势之音讹也,故校改。”“体指”当为“体势”之误,陆厥所说可以证明。范文澜谓当作“文之体指,实殊强弱”,刘永济谓当作“文之体势贵强”,郭晋稀谓当作“文之体势,实殊强弱”,均不妥,亦无确证。原文“实强弱”,乃指“势”有各种不同类型,故下云:“势有刚柔,不必壮言慷慨,乃称势也。”或强或弱,各各相对,指“势”态各异,甚至互相对立,然皆依自然而成,但能做到“使其辞已尽而势有余”者,天下只有一人。此一人指谁,可能刘桢原文中有所说明,今已无从考证,可能是建安文人之一。刘勰认为刘桢论“势”,颇亦兼有曹丕论“气”的含义,即是指“气有清浊”和“势”有“虚实强弱”是类似的。此点我们从陆厥所论亦可以看出,陆厥把曹丕论“气”和刘桢论“势”,连接起来说,实际意思就是说刘桢论“势”,是对曹丕论“气”的继承和发展,都是强调作家的个性差异和文体特征不同,必然形成作品的风格不同,不过,曹丕侧重前者,而刘桢侧重后者。“势”各不相同,强者有势,弱者也有势,虚者有势,实者也有势。只要有独特之势,就是最杰出的作家。

(26)陆云《与兄平原书》:“往日论文,先辞而后情,尚势而不取悦泽。尝忆兄道张公(张华)父子论文,实自欲得。今日便欲宗其言。”张华之言无可考。

(27)刘勰认为文学创作中的“辞”与“情”的关系,情是主导的,辞是服从于情的需要的,这是《文心雕龙》中一个基本思想,参见下《情采》篇论述。“势”是非常重要的,但是文辞的润色也是不可忽视的,否则就不能体现清晰的“势”。故陆云是“先迷后能从善”。可能张华之论正和刘勰说主张一致,但可惜我们找不到张华的论述了。情的确立必须先于文辞的描绘,而势如果没有精彩描绘,也很难鲜明地体现出来。

(28)此是对当时文风的批评。所谓“近代辞人”,当指南朝宋齐文坛作家,或以为指整个六朝文学家则不妥。《通变》篇曰:“宋初讹而新。”与此所说“讹势所变”,可互相参证。刘勰对魏晋文学的评价还是很高的,只是对其中的玄言诗颇多批评,此可从其《明诗》《时序》篇看出来。对宋代元嘉时期颜(延年)谢(灵运)的成就也是充分肯定的,主要是对时俗文风鄙浅很是不满。这与锺嵘在《诗品序》中对当时文风的批评是一致的。《诗品序》:“今之士俗,斯风炽矣。才能胜衣,甫就小学,必甘心而驰骛焉。于是庸音杂体,人各为容。至使膏腴子弟,耻文不逮,终朝点缀,分夜呻吟。独观谓为警策,众睹终沦平钝。次有轻薄之徒,笑曹刘为古拙,谓鲍照羲皇上人,谢朓今古独步。而师鲍照终不及‘日中市朝满’,学谢朓劣得‘黄鸟度青枝’。徒自弃于高明,无涉于文流矣。”本书《指瑕》篇:“晋末篇章,依希其旨,始有赏际奇至之言,终无抚叩酬即之语,每单举一字,指以为情。夫赏训锡赉,岂关心解;抚训执握,何预情理?《雅》《颂》未闻,汉魏莫用。悬领似如可辩,课文了不成义,斯实情讹之所变,文浇之致弊。而宋来才英,未之或改,旧染成俗,非一朝也。”本书《序志》篇:“而去圣久远,文体解散,辞人爱奇,言贵浮诡,饰羽尚画,文绣鞶帨,离本弥甚,将遂讹滥。”当时文风的偏向主要是喜好浮浅诡奇,抛弃雅正传统。

(29)“故文反正为乏”之“乏”,元本、弘治本作“之”,张松孙本、黄叔琳本谓“元作支”,不妥。此据王惟俭本,万历杨慎、曹学佺批点、闵绳初刻本。《左传》宣公十五年:“故文,反正为乏。”杜预注:“文,字。”孔颖达《正义》:“许慎《说文序》云:‘仓颉之初作书,盖依类象形,谓之文。其后形声相益,谓之字。文者,物象之本。字者,孳乳而生。’是文谓之字也。制字之体,文反正为乏。服虔曰:‘言人反正者,皆乏绝之道也。’”骆鸿凯《文选学·文选指瑕》:“观此则奇之为用,在取新色。崇贤尝于《恨赋》‘孤臣危涕,孽子坠心’注曰:‘心当云危,涕当云坠。江氏爱奇,故互文以见义。’又于《别赋》‘心折骨惊’注曰:‘亦互文也。’”刘勰对文学创作中的“奇”,并不反对,而是充分肯定的,例如他在《辨骚》篇开始说:“奇文郁起,其《离骚》哉!”但是追求“奇”,不能抛弃“正”,应该是“酌奇而不失其正”。本篇谓“奇正虽反,必兼解以俱通”,“执正以驭奇”,而此处的“新奇”,乃是“逐奇而失正”,弃旧而趋新,这是刘勰所反对的,和《离骚》的“奇”是不同的。

(30)《老子》:“大道甚夷,而民好径。”河上公注:“夷,平易也。”

(31)“密会”,严谨细密,融合会通。

(32)“形”,形体,指文学作品的形态体式。《孙子·虚实》篇:“兵无常势,水无常形。”作品由“形”是开始,到“势”完成。

(33)“枉辔学步”,《庄子·秋水》篇:“且子独不闻夫寿陵余子之学行于邯郸与?未得国能,又失其故行矣,直匍匐而归耳。”成玄英疏:“寿陵,燕之邑。邯郸,赵之都。弱龄未壮,谓之余子。赵都之地,其俗能行,故燕国少年,远来学步。既乖本性,未得赵国之能;舍己效人,更失寿陵之故。是以用手踞地,匍匐而还也。”指跟随时俗潮流,模仿错误创作倾向,不仅学不到新奇,就会连原来的一点能力也都丧失殆尽了。杨明照《增订文心雕龙校注》:“‘枉’,元本、弘治本……作‘狂’。”又曰:“何(允中)本……崇文本作‘征’。徐𤊹校‘枉’;冯舒云:‘狂,疑作枉。’按以《谐讔》篇‘未免枉辔’例之,‘枉’字是。”王利器《文心雕龙校证》:“‘寿’原作‘襄’,王惟俭本作‘寿’。谢(兆申)云:‘当作寿。’徐(𤊹)校同。”

《情采》篇

圣贤书辞，总称文章，非采而何[1]？夫水性虚而沦漪结，木体实而花萼振，文附质也[2]。虎豹无文，则鞟同犬羊；犀兕有皮，而色资丹漆：质待文也[3]。若乃综述性灵，敷写器象[4]，镂心鸟迹之中，织辞鱼网之上[5]，其为彪炳，缛彩名矣[6]。故立文之道[7]，其理有三：一曰形文，五色是也[8]；二曰声文，五音是也[9]；三曰情文，五性是也[10]。五色杂而成黼黻[11]，五音比而成《韶》《夏》[12]，五情发而为辞章，神理之数也[13]。

《孝经》垂典，丧言不文[14]；故知君子常言，未尝质也。老子疾伪，故称“美言不信[15]”；而五千精妙，则非弃美矣。庄周云“辩雕万物[16]”，谓藻饰也。韩非云“艳采辩说[17]”，谓绮丽也。绮丽以艳说，藻饰以辩雕，文辞之变，于斯极矣。研味《孝》《老》[18]，则知文质附乎性情；详览《庄》《韩》，则见华实过乎淫侈。若择源于泾渭之流[19]，按辔于邪正之路，亦可以驭文采矣[20]。夫铅黛所以饰容，而盼倩生于淑姿[21]，文采所以饰言，而辩丽本于情性[22]。故情者文之经，辞者理之纬；经正而后纬成，理定而后辞畅[23]，此立文之本源也。

昔诗人什篇[24]，为情而造文；辞人赋颂[25]，为文而造情[26]。何以明其然？盖风雅之兴，志思蓄愤[27]，而吟咏情性以讽其上，此为情而造文也。诸子之徒，心非郁陶[28]，苟驰夸饰，鬻声钓世[29]，此为文而造情也。故为情者要约而写真，为文者淫丽而烦滥[30]。而后之作者,采滥忽真,远弃风雅,近师辞赋[31],故体情之制日疏,逐文之篇愈盛[32]。故有志深轩冕,而泛咏皋壤[33];心缠几务,而虚述人外[34]。真宰弗存,翩其反矣[35]。夫桃李不言而成蹊,有实存也[36];男子树兰而不芳,无其情也[37]。夫以草木之微,依情待实;况乎文章,述志为本,言与志反,文岂足征[38]?

是以联辞结采,将欲明理[39];采滥辞诡,则心理愈翳[40]。固知翠纶桂饵,反所以失鱼[41],言隐荣华,殆谓此也[42]。是以衣锦褧衣,恶文太章[43];贲象穷白,贵乎反本[44]。夫能设模以位理,拟地以置心[45],心定而后结音,理正而后摛藻[46]。使文不灭质,博不溺心[47],正采耀乎朱蓝,间色屏于红紫[48],乃可谓雕琢其章,彬彬君子矣[49]。

赞曰:言以文远,诚哉斯验[50]。心术既形,英华乃赡[51]。吴锦好渝,舜英徒艳[52]。繁彩寡情,味之必厌[53]。

简析:

本篇论文学的内容和形式。刘勰称文学的内容和形式为“情”与“采”,或“质”与“文”。首先他认为这两者是互相依附、不能分割、缺一不可的:“文附质”,“质待文”。没有质也就没有文,没有文也就没有质,反对把文和质对立起来,而认为他们是完全统一的,这是一种全面而辩证的看法。文质问题最早是孔子提出的,《论语·雍也》篇:“质胜文则野,文胜质则史,文质彬彬,然后君子。”这里的文质是指君子的人品和文化修养。《论语·颜渊》篇还记载了子贡所说:“文犹质也,质犹文也;虎豹之鞟,犹犬羊之鞟。”后来才把文质引入文学批评,指作品的内容和形式。刘勰《情采》篇中对文质的论述,基本思想是承续《论语》的。“文附质”“质待文”,是对《论语》文质观在文学批评上的进一步发展,用他们来说明作品的“情”(内容)和“辞”(形式)。文学作品的内容和形式是互相依赖不可分割的,但是他们之间有主次之分，以情为主，以辞为辅。“辞”是为充分表达“情”服务的，但是“辞”的华美有利于更加正确、鲜明、生动地表达“情”。刘勰肯定了《孝经》和《老子》，不过他对《庄子》和《韩非子》的批评，认为他们过于艳丽藻饰，文超越质，并不很恰当，因为《庄子》和《韩非子》应该是超越了《老子》和《孝经》，是更高水平的文质并茂之作。随后刘勰提出了两种不同的创作路线：“为情而造文”与“为文而造情”，并肯定前者，反对后者。这个概括是十分重要的，具有深刻的理论意义。不仅是对文学创作发展历史的总结，也为后世文学创作指明了正确的方向。说明刘勰在对待内容和形式关系上，在强调其统一性和两者并重的同时，十分重视内容的主导性，形式必须服务于内容。然而，他认为《诗经》作者都是“为情造文”，而辞赋作者则均系“为文造情”，尽管基本倾向差不多，但也过于简单值得商榷，实际上辞赋并非都是“为文而造情”，也有不少“为情而造文”的作品，而《诗经》也有“为文而造情”之作。本篇的另一个重要思想是，认为主体的“志”与客体的“文”的统一，作家内在的主观思想和作品体现的客观思想完全一致，是衡量文学真实性的标准。“言与志反，文岂足征？”这是对《乐记》所说“惟乐不可以为伪”的发挥。音乐是人内心情思的直接体现，心和声是一致的。这是心声一元论，而不是像嵇康《声无哀乐论》所主张的心声二元论。作家的主体思想感情和文章展示的思想感情应该是相同的，人品和文品必须统一。这和西方的文学真实观形成鲜明的对立，是具有中国传统特色的基本文学理论观点。西方认为作品所写的具体内容和现实生活本质相一致，才是文学真实性标志，至于作家的真实思想和作品呈现的思想可以不一定相同，人品和文品可以是不一致的。也就是说，在“心”“文”“物”三者之中，中国古代强调“心”和“文”的统一，而西方重在“文”和“物”的统一。由此可以看出中西在对待文学真实性上有完全不同的思路。中国十分重视文学作品的主体意识，而西方的现实主义思潮则更重视作品的客体内容。刘勰还针对当时文坛的流弊，强调“情”为本，“辞”为辅，“心定而后结音，理定而后摛藻”，为文学创作的内容和形式主次关系树立了正确的原则。

语译：

圣贤的书籍、言辞，总称为文章，岂不是都有文采的缘故吗？犹如水的本性空明虚柔故凝聚为波纹沦漪，树木本体坚固结实会开放出花朵绿叶：故文采必须依附于一定质地。老虎豹子如果没有色彩斑斓的皮毛，则其皮革和狗羊就没有什么区别；犀牛兕牛有坚硬的皮革，也需要涂上丹漆才能显示美丽色彩：故一定质地必须等待文采。至于综合叙述心灵世界，铺张描写外界物象，精心构思于文字之中，编织辞句于纸张之上，形成光彩夺目篇章，即是辞采繁缛的缘故。所以构成文章的原理，按理说有三种类型：一是视觉可见色彩的形文，如五色：青、黄、赤、白、黑；二是听觉可感形象的声文，如五音：宫、商、角、徵、羽；三是感觉可以领会的情文，如五性：喜、怒、欲、惧、忧。五种颜色的杂糅融会形成锦绣绚丽的图画，五种声音的排比组合发出《韶》《夏》雅乐的正声，五种性情的萌生发挥产生优美华丽的文章。这是神明启示的自然定数。

《孝经》传下来的经典法则说，有关于丧事的言辞不能有文采，故而君子平常的言辞（丧事以外的文辞），都不是质朴无文的。老子特别厌恶虚伪做假，所以说“华美的言辞都不真实”。然而他的《老子》五千余言却十分精彩奇妙，说明它并不抛弃文辞华美。庄子说“用巧妙辩说来雕画万物”，是强调文采藻饰。韩非子说“以华艳文辞来辩驳论说”，是重视言辞绮丽。以绮丽文辞进行华艳辩说，以巧妙藻采进行雕饰辩驳，文章辞采的千变万化，已经发展到了登峰造极的地步。研究和品味《孝经》和《老子》，可见华丽与质朴皆依附于表达性情之需要；详细观看《庄子》和《韩非子》，则知其言论辩说过于淫侈华艳，超出了华实相符的正确原则。如果能正确从泾水渭水中区别清浊选择正确源头，善于辨识正规和邪僻差异而按辔驰骋于康庄大道，就可以完美地驾驭辞采华艳的恰当程度。涂眼画眉的铅粉、黛石都是装饰容貌的，而女子秋波流盼的美貌则产生于天生丽质。艳藻雕采是修饰语言文辞的，而真正的华丽美好还是出于自身情性。故而（以纺织为例)情理是文章的经线,文辞是情理的纬线,只有经线正直而后纬线才能合适搭配,情理确定了文辞才能顺利表达。这就是文章写作的根本原理。

以往《诗经》作者写的诗歌,都是为表达情感需要而运用文辞写成篇什;而辞赋作家的赋颂,则是为夸耀驰骋文辞而造作思想情感。怎么知道有“为情造文”和“为文造情”的差异呢?因为《诗经》中国风、小雅、大雅的兴起,都是诗人内心郁积了强烈的愤懑情绪渴望发泄出来,为此而吟咏情性,讽刺君上之弃德失政,所以是“为情而造文”。诸子和辞赋作家,内心并无喜悦忧愤之情积聚,而只是贪图浮华驰骋夸张,喜好沽名钓誉,所以是“为文而造情”。所以为情而写作文章简洁切要而内容真实,为文而写作文章淫靡艳丽而繁杂泛滥。此后的作者,醉心泛滥忽视真实,远远抛弃风、雅传统,一心师法近代辞赋,所以体现“为情造文”的篇什愈益稀少,而追逐“为文造情”的文章日趋繁盛。有些作家内心羡慕高官厚禄,而篇章里却空泛地歌颂隐居山水乐趣;满怀仕途攀升欲望,而虚伪地咏唱出世的高洁情操。真实心灵被隐藏抛弃,而写些完全相反的内容。桃树、李树并不说话而有很多游客到来在树下踩踏成路径,是由于有茂盛花实存在。男子种植的兰花虽美而没有香味,是因为他自身没有芬芳之情。即使是微小的草木,尚且要情实相符,更何况文章是以阐述情意志向为根本宗旨,如果语言文字表达的思想感情和作家内心的思想感情不一致甚至截然相反,这样的文章怎么经得起验证呢?

因此运用有文采的辞藻来写作文章,是为了阐明作家的内心情理,如果文采泛滥辞藻诡异,那么内心情理就反而会被遮隐掩盖以至模糊不清。故知以翡翠装饰钓绳以肉桂为鱼饵,反而钓不到鱼。犹如庄子所说“语言过于华美反而把真实意思隐藏起来了”,说的就是这个意思。所以在锦绣服装外面套上细绢单衣,是厌恶文采太过显露。贲的卦象由文饰极致而返归于白色,是贵在返回自身质朴本色。设置合适的文辞结构形式来安排情理的表达,拟定风格体裁来妥善地安置心灵内容,心灵情感安定了然后音韵顺畅恰当,思想道理端正了然后选择辞藻文采;务必不要因文华过度而损害本质,不要因博辩缛辞而淹没心灵,要使赤、青正色光芒辉耀,而把红、紫杂色屏蔽丢弃。这样才能说是雕饰辞章文质并茂,可称为彬彬君子。

总论:言有文采传之久远,文学历史久经证验。内心构思形成意象,文辞英华充沛富赡。吴地锦绣容易变色,木槿花美短暂鲜艳。辞藻华美情思寡淡,无意玩味使人生厌。

注订:

(1)"文章"之名称本身包含了彩色在内。《论语·公冶长》:"夫子之文章,可得而闻也。"何晏注:"章,明也;文,彩。形质著见,可以耳目循。"《论语·泰伯》:"(唐尧)焕乎其有文章。"何晏注:"焕,明也。"《周礼·考工记》:"画缋之事,杂五色,……青与赤谓之文,赤与白谓之章。"本书《序志》篇:"古来文章,以雕缛成体。"

(2)"沦漪",水的波纹。《诗经·魏风·伐檀》:"河水清且沦猗。"毛传:"沦,小风水成文,转如轮也。"《文选》左思《吴都赋》:"濯明月于涟漪。"五臣吕向注:"涟漪,细波纹。""花",元、明多种版本皆作"华",华,即花也。"萼",《诗·小雅·常棣》:"常棣之华,鄂不韡韡。"郑玄笺:"承华者曰鄂。"鄂,即萼也。《说文》"韡"下引《诗》作"萼",指花朵下面的绿叶片,是保护花瓣的。水、木皆是质,而沦漪、花萼皆为文。

(3)《论语·颜渊》:"子贡曰:……文犹质也,质犹文也。虎豹之鞟,犹犬羊之鞟。"何晏注:"孔曰:皮去毛曰鞟。虎豹与犬羊别,正以毛文异耳。今使文质同者,何以别虎豹与犬羊邪?""鞟"亦作"鞹"。《说文》:"鞹,去毛皮也。"从去掉毛的皮革来说,很难分出是虎豹的还是犬羊的,虎豹和犬羊的差别是由"毛文"的差异而显示出来的。"犀兕",《尔雅·释兽》:"兕,似牛。犀,似豕。"《左传》宣公二年:"宋城,华元为植,巡功。城者讴曰:'睅(出目)其目,皤(大)其腹,弃甲(皮甲)而复。于思(一云多须之貌,一云白头之貌)于思,弃甲复来。'使其骖乘谓之曰:'牛则有皮,犀兕尚多,弃甲则那?'役人曰:'从其有皮,丹漆若何?'华元曰:'去之,夫其口众我寡。'"华元是宋国的将领,和郑国打仗,失败而归,甲车丧失四百六十辆。他在城上巡行时,宋人以歌谣嘲笑他,但他让部下解释说我们有很多牛和类似牛的野兽(犀兕),可以用其皮革制甲,丧失甲车又有什么关系?宋人又笑他说:虽然可以制甲,但是还有丹漆怎么办呢?意思是丢了甲毕竟是可惜的,因为犀兕的皮革上必须要涂上丹漆才美观,并可使之更为坚固耐用。这几句和上面的"文附质"一样,都是要说明文质互相依附不可分离。《论语·雍也》:"子曰:质胜文则野,文胜质则史,文质彬彬,然后君子。"孔子和他的弟子论"文质",是为了强调君子的内在思想品质和外在文化修养应当并重,运用"文质"来说明文学的内容和形式关系,是对孔子所说的文质关系的发展。

(4)"综述",综合交错叙述组织。"性灵",即心灵、性情,指思想感情。《文心雕龙·原道》篇:"惟人参之,性灵所钟,是谓三才。"又《序志》篇:"岁月飘忽,性灵不居,腾声飞实,制作而已。"《颜氏家训·文章》篇:"至于陶冶性灵,从容讽谏,入其滋味,亦乐事也。""敷写",铺叙描写。"器象",即指外界客观物象。本书《原道》篇:"有形之器,其无文欤!"又《夸饰》篇:"形器易写。"《周易·系辞上》:"形而上者谓之道,形而下者谓之器。"

(5)"镂心",指精心构思。"鸟迹",谓文字也。许慎《说文解字序》:"黄帝之史仓颉,见鸟兽蹏迒之迹,知分理之可相别异也。初造书契。""织辞",组织文辞。"鱼网",谓纸也。《后汉书·宦者传·蔡伦传》:"伦乃造意,用树肤、麻头及敝布、鱼网以为纸。"梅庆生《文心雕龙音注本》:"杨用修云:鸟迹,字也。鱼网,纸也。"

(6)"彪炳",光采鲜艳。"缛",丰富。"彩",梅庆生本、曹学佺评本作"采"。"名",明也。《释名·释言语》:"名,明也,实使分明也。"

(7)"道",道路、途径。《礼记·乐记》:"文采节奏,声之饰也。"

(8)"五色",红、黄、蓝、白、黑。

(9)"五音",宫、商、角、徵、羽。

(10)"五性",古代对五性有不同的解释,或谓喜、怒、欲、惧、忧,如《大戴礼·文王官人》:“民有五性:喜、怒、欲、惧、忧也。”《昭明文选》曹植《上责躬应诏诗》:“形影相吊,五情愧赧。”刘良注:“五情,喜、怒、哀、乐、怨也。”或谓仁、义、礼、智、信,如《汉书·翼奉传》:“五性不相害,六情更兴废。”颜师古注:“晋灼曰:‘翼氏五性:肝性静,静行仁,甲己主之;心性躁,躁行礼,丙辛主之;脾性力,力行信,戊癸主之;肺性坚,坚行义,乙庚主之;肾性智,智行敬,丁壬主之也。’”刘勰这里所说是“情文”,重在一个“情”字,而且是泛指广义的“情”,不是专指儒家的“情”,故用《大戴礼》及《文选》五臣注,对“五性”的解释比较妥当。

(11)“黼黻”,色彩斑斓。《周礼·考工记》:“白与黑谓之黼,黑与青谓之黻。”《尚书·益稷》:“黼、黻、絺、绣。”孔安国传:“黼,若斧形;黻为尔己相背。葛之精者曰絺,物色备曰绣。”孔颖达《正义》:“孙炎云:‘黼文如斧形。’盖半白半黑似斧刃白而身黑。‘黻为尔己相背’,谓刺绣为‘己’字,两‘己’字相背也。《考工记》曰:‘黑与青谓之黻。’刺绣为两‘己’字,以青黑线绣也。”

(12)“比”,指声音的排比、组合。《韶》,舜乐。《夏》,禹乐。《汉书·礼乐志》:“舜作《招》,禹作《夏》。”颜师古注:“招,读韶。”《周礼·春官·大司乐》:“舞《大夏》以祭山川。”郑玄注:“禹治水敷土,言其德能大中国也。”

(13)“五情”,当为“五性”。但非指仁、义、礼、智、信,而是指喜、怒、欲、惧、忧,或喜、怒、哀、乐、怨。王惟俭本作“五性”。何焯等校谓:“‘情’,疑作‘性’。”“神理”,此与本书《原道》《正纬》《明诗》《丽辞》等篇所说的“神理”含义是一样的,它既是自然的定数,又是神明启示的客观真理。

(14)“垂”,流传后世。“典”,典范、典章,指经典法则。《孝经·丧亲》:“孝子之丧亲也,哭不偯,礼无容,言不文,服美不安,闻乐不乐。”邢昺疏:“有事应言,则言不为文饰。”

(15)《老子》八十一章:“信言不美,美言不信。”王弼注:“实在质也。本在朴也。”

（16）《庄子·天道》："古之王天下者，知虽落天地，不自虑也；辩虽雕万物，不自说（悦）也。"成玄英疏："谓三皇五帝淳古之君也。知照明达，龙落二仪，而垂拱无为，委之臣下，知者为谋，故不自虑也。弘辩如流，雕饰万物，而付之司牧，终不自言也。"

（17）"采"，各本皆同。范文澜注依据《韩非子·外储说左上》改为"乎"："夫不谋治强之功，而艳乎辩说文丽之声，是却有术之士，而任坏屋折弓也。"王利器同。然斯波六郎《文心雕龙范注补正》谓："案据今本《韩非子》，'艳'训歆羡之意（增韵，艳、歆羡也），应解为'人主艳辩说文辞之声'。然彦和引用此文疑系见'艳采'之'辩说'者。下文承此句谓'绮丽以艳说'可证。因是此'采'字不必为'乎'之误，宁谓所见者为《韩非子》之异文也。"

（18）"孝"，何允中本等作"李"，误。元、明各本均作"孝"，王利器谓梅庆生天启六次本作"李"，亦误，该本实作"孝"。

（19）"泾渭"，指泾水和渭水，《诗经·邶风·谷风》："泾以渭浊。"毛传："泾渭相入而清浊异。"陆德明《经典释文》："泾音经，浊水也。渭音谓，清水也。"潘岳《西征赋》："北有清渭浊泾。"杜甫《秋雨叹》："去马来牛不复辨，浊泾清渭何当分？"朱熹《诗集传》："泾浊渭清，然泾未属渭之时，虽浊而未甚见，由二水既合，而清浊益分。"传统认为泾水浊渭水清，故此以泾渭指清浊。

（20）"按辔"，即驰骋。"辔"，马缰绳。刘勰认为在对待文质、华实的态度上，应该按照本书《征圣》篇"圣文之雅丽，故衔华而佩实"的原则去写作，方是驾驭文采的正确方法。

（21）"铅"，铅粉，以涂眼影。"黛"，黛石，青黑色颜料，以画眉。均为女子脸上装饰用品。"盼倩"，美貌。《诗经·卫风·硕人》："巧笑倩兮，美目盼兮。"毛传："倩，好口辅也。盼，白黑分。"孔颖达《正义》："以言巧笑之状，故知好口辅也。"口辅，或谓即脸颊上的酒窝。

（22）"辩丽"，巧妙华丽。"情性"，指文章表达的思想感情。

（23）此处的"情"和"理"均指文章的内容，用骈文的互文见义方法，无论是"情"或"理"，都包括着"情"和"理"两方面；"文"和

"辞",都是指文辞。情、理是内容,属于经;文、辞是形式,属于纬。文学创作的根本原则就是内容和形式的和谐统一,犹经、纬交错而构成美好的布帛。《左传》昭公二十八年:"经纬天地曰文。"杜预注:"经纬相错,故织成文。"

(24)"诗人",这里专指《诗经》的作者。《诗经》的编辑,雅、颂部分每十篇为什,以第一篇的名字为名。如《小雅·鹿鸣之什》。故后世遂称诗篇为"篇什"。

(25)"辞人",这里指宋玉以下的辞赋作家。扬雄《法言·吾子》篇:"诗人之赋丽以则,辞人之赋丽以淫。"诗人之赋指屈原作品,辞人之赋指汉赋作家的作品。或谓指宋玉以下之辞赋作家,王叔岷《文心雕龙缀补》云:"案'辞人',谓宋玉以下辞赋诸子,宋玉以上则不然也。"晋挚虞《文章流别论》:"前世为赋者,有孙卿、屈原,尚颇有古诗之义。至宋玉,则多淫浮之病矣。《楚辞》之赋,赋之善者也。故扬子称赋莫深于《离骚》。贾谊之作,则屈原俦也。古诗之赋,以情义为主,以事类为佐。今之赋,以事形谓本,以义正谓助。情义为主,则言省而文有例矣;事形为本,则言当而辞无常矣。"

(26)"为情造文"和"为文造情"是两种完全不同的创作倾向,明人曹学佺《文心雕龙》批语:"诗与赋别,正在情文先后。"按:刘勰此说基本正确,但也不尽妥当,有些绝对化。《诗经》篇什也并非完全没有"为文造情"之作,辞赋作家也不是没有"为情造文"之作。

(27)《毛诗大序》:"诗者志之所之也,在心为志,发言为诗。"又曰:"国史明乎得失之迹,伤人伦之废,哀刑政之苛,吟咏情性以风其上,达于事变,而怀其旧俗者也。"司马迁《报任安书》:"《诗》三百篇,大抵圣贤发愤之所为作也。"

(28)"诸子",诸家皆以为指辞赋作家,如杨明照《增订文心雕龙校注》:"按上文以'诗人''辞人'分言,则此处之'诸子'承'辞人',非谓九流十家。"然本篇言庄子、韩非皆"华实过乎淫侈",则知"诸子"并非仅指辞赋作家,亦包括庄、韩在内。"郁陶",或忧思或喜悦之情感积聚。参见《书记》篇注(28)及《物色》篇注(5)。

(29)“苟驰”，专意贪求驰骋文辞。“鬻声钓世”，鬻，卖。声，名。钓，骗取。

(30)《文心雕龙·定势》篇：“或美众多，而不见要约。”又《论说》篇：“要约明畅，可为式矣。”“写真”，指真实抒写自己的思想感情。“烦滥”，文辞浮华而失去真实。

(31)此处所指“辞赋”或以为包括《楚辞》在内，并引《文心雕龙·宗经》“楚艳汉侈，流弊不还”为证，实际上刘勰在《辨骚》篇中对《楚辞》给予极高之评价，谓其“气往轹古，辞来切今，惊采绝艳，难与并能矣”。对其“艳”是充分肯定的，故此“辞赋”不包括《楚辞》，当指汉赋而言。《宗经》篇之“楚艳”见其篇注(43)。

(32)“体情之制”，谓体现以表达感情为主的作品。“逐文之篇”，指片面追求文辞华艳的作品。

(33)“轩冕”，古代大夫以上的官吏服冕乘轩，此指官位爵禄。《庄子·缮性》篇：“古之所谓得志者，非轩冕之谓也。”“皋壤”，水边之地，谓隐居之所。《庄子·知北游》：“山林与，皋壤与，使我欣欣然而乐与！”《文心雕龙·物色》篇：“山林皋壤，实文思之奥府。”

(34)“几务”，政治事务、世俗事务。嵇康《与山巨源绝交书》：“机务缠其心，世故繁其虑。”“人外”，人世之外、尘世以外。《后汉书·陈宠传》：“(尹勤)笃性好学，屏居人外。”

(35)“真宰”，宰指心，心为人之主宰。真宰，即真心、真情。《诗经·小雅·角弓》：“骍骍角弓，翩其反矣。”朱熹《诗集传》：“翩，反貌。”按：此可以潘岳为典型例子，他既写《闲居赋》歌颂隐居出世高洁情操，实际上又低三下四竭力攀附权贵贾谧。故后世元好问《论诗绝句》谓：“心声心画总失真，文章宁复见为人？高情千古《闲居赋》，争信安仁拜路尘！”

(36)《汉书·李广传赞》：“谚曰：桃李不言，下自成蹊。”颜师古注：“蹊，谓径道也。言桃李以其华实之故，非有所召呼而人争归趣，来往不绝，其下自然成径，以喻人怀诚信之心，故能潜有所感也。”“实”，指鲜花与果实。

(37)《淮南子·缪称训》:“男子树兰,美而不芳。”“芳”,芬芳,花的香气。男子无芬芳气息,而兰花是有浓郁香气的,以此比喻作家内心思想感情和作品所表现的思想感情不一致。

(38)“言与志反”,“言”,指作品中的思想感情。“志”,指作家的思想感情。中国古代强调文学的真实性主要体现在人品和文品的统一,真正做到“文如其人”,刘勰继承了这个传统,他提出的衡量文学真实性的标准,是“言”与“志”的统一,即作家的思想感情和作品中展示的思想感情必须一致,这和西方对文学真实性的认识很不同,西方衡量文学真实性的标准是“言”与“物”的统一,即强调作品所描写的社会生活内容必须真实反映客观现实生活。

(39)“明理”,梅庆生本、何允中本、张松孙本、黄叔琳本作“明经”,非是。此据元本、弘治本、汪一元本、王惟俭本、冯舒校本。按:此处的“理”指作品的内容,相当于“情采”的“情”,包含思想和感情两个方面。

(40)“采滥辞诡”,指文辞淫丽诡怪。“心理”,指作家的整个心灵世界。“翳”,掩盖。《方言》:“翳,掩也。”

(41)《太平御览》八三四引《阚子》:“鲁人有好钓者,以桂为饵,黄金之钩,错以银碧,垂翡翠之纶,其持竿处位则是,然其得鱼不几矣。故曰:‘钓之务不在芳饰,事之急不在辩言。’”“纶”,为钓鱼的绳子。“饵”,鱼饵。“失鱼”,比喻不能达到正确表达内容的目的。

(42)《庄子·齐物论》:“道隐于小成,言隐于荣华。”成玄英疏:“小成者,谓仁义五德,小道而有所成得者,谓之小成也。世薄时浇,唯行仁义,不能行于大道,故言道隐于小成,而道不可隐也。故老君云,大道废,有仁义。荣华者,谓浮辩之辞,华美之言也。只为滞于华辩,所以蔽隐至言。所以《老君经》云,信言不美,美言不信。”

(43)“褧衣”,用枲麻类植物纤维织布制成的单罩衣。古代女子出嫁时在途中所穿,以蔽尘土。《诗经·卫风·硕人》:“硕人其颀,衣锦褧衣。”毛传:“颀,长也。锦,文也。”郑玄笺:“褧,禅也。国君夫人翟衣而嫁,今衣锦者,在途之所服也。尚之以禅衣,为其文之大著。”孔颖达《正义》:"《玉藻》云'禅为絅',故知'褧,禅衣也'。又解国君夫人当翟衣而嫁,今言锦衣非翟衣,则是在途之所服也。锦衣所以加褧者,为其文之大著也。故《中庸》云'衣锦尚絅,恶其文之大著',是也。""絅",禅衣,罩在外面的单衣。

(44)"贲",文饰。"穷白",最终返归白色。《周易·序卦》:"贲者饰也。"韩康伯注:"物相合,则须饰以修外也。"《杂卦》:"贲,无色也。"韩康伯注:"饰贵合众,无定色也。"《周易·贲卦》上九:"白贲,无咎。"王弼注:"处饰之终,饰终反素,故任其质素,不劳文饰而'无咎'也。以白为饰,而无患忧,得志者也。"孔颖达《正义》:"处饰之终,饰终则反素,故任其质素,不劳文饰。"此谓贲卦由文饰发展到顶点而还归于白色本质,说明文章当以情性为本色,辞采是依附于情性需要的,不能过分甚至超越情性。

(45)"设模",元、明各本为"设谟",谢兆申谓("谟")"当作模",徐𤊹校本同,今据改。"设模",设置语言文辞和艺术结构模式。"位理",安排情理。"拟地",与"设模"同义。"置心",与"位理"同义。范文澜《文心雕龙注》:"地,即《定势》篇'各以本采为地'之地。"《论语·八佾》:"绘事后素。"朱熹《四书集注》:"先以粉地为质,而后施五彩。""心""理",皆指作品的思想感情和内容。

(46)"结音",结构声音,指运用文辞。"摛藻",铺陈辞藻,与"结音"均指写作文章。

(47)《庄子·缮性》篇:"心与心识知而不足以定天下,然后附之以文,益之以博。文灭质,博溺心,然后民始惑乱,无以反其性情而复其初。"郭象注:"文、博者,心质之饰也。"成玄英疏:"前既师心运知,不足以定天下,故后依附文书以匡时代,增博学而济世。不知质是文之本,文华则隐灭于素质。博是心之末,博学则没溺于心灵。惟当绝学而去文,方会无为之美也。文华既隐灭于素质,博学又没溺于心灵,于是蠢民成乱始矣,欲反其恬惔之情性,复其自然之初本,其可得乎?噫,心知文博之过!"刘勰这里不是"绝学而弃文"之意,而是强调不要因文华而损害本质,不要因博学而淹没心灵。

(48)“正采”,即正色。“朱”,赤色。“蓝”,青色。“间色”,由正色相间而成的杂色。“屏”,抛弃。《礼记·玉藻》:“衣正色,裳间色。”孔颖达《正义》:“皇氏云:正谓青、赤、黄、白、黑,五方正色也。不正谓五方间色也,绿、红、碧、紫、駵(同骝)黄是也。”

(49)“雕琢其章”,《诗经·大雅·棫朴》:“追琢其章,金玉其相。”毛传:“追,雕也。金曰雕,玉曰琢。相,质也。”孔颖达《正义》:“治宝物为器,所以可雕琢其体以为文章者,以金玉本有其质性故也。以喻文王所以可修饰其道以为圣教者,由本心性有睿圣故也。心性有睿圣,故修饰以成美言。文王之有圣德,其文如雕琢,其质如金玉,以此文章教化天下,故叹美之。”刘向《说苑》所引“追”作“雕”。《论语·雍也》:“文质彬彬,然后君子。”何晏集解引包咸曰:“彬彬,文质相半之貌。”指文章华美形式和充实内容应当并重。

(50)《左传》襄公二十五年引孔子曰:“志有之,言以足志,文以足言。不言谁知其志?言之无文,行而不远。”

(51)“心术”,心灵构思活动。《礼记·乐记》:“夫民有血气心知之性,而无哀乐喜怒之常,应感起物而动,然后心术形焉。”“英华”由丰富充实的内容而表现为在外的文采。又曰:“是故情深而文明,气盛而化神,和顺积中而英华发外;惟乐不可以为伪。”“赡”,充裕、富足。

(52)“吴锦”,苏绣,姑苏一带的锦绣。“渝”,变。“蕣英”,梅庆生本、张松孙本、黄叔琳本作“舜英”。舜、蕣同,木槿花,即木芙蓉。《诗经·郑风·有女同车》:“颜如舜华。”毛传:“舜,木槿也。”孔颖达《正义》:“陆玑《疏》:‘舜,一名木槿,一名榇,一名椴。齐鲁之间谓之王蒸。今朝生暮落者是也。’”《本草纲目》:“此花(木槿)早开暮落,故名曰蕣,犹仅荣一瞬之义。”

(53)“彩”,张松孙本、黄叔琳本作“采”。

《镕裁》篇

情理设位[1]，文采行乎其中。刚柔以立本，变通以趋时[2]。立本有体，意或偏长；趋时无方，辞或繁杂[3]。蹊要所司，职在镕裁[4]，檃括情理，矫揉文采也[5]。规范本体谓之镕，剪截浮辞谓之裁[6]。裁则芜秽不生，镕则纲领昭畅，譬绳墨之审分，斧斤之斫削矣。骈拇枝指，由侈于性；附赘悬肬，实侈于形[7]。一意两出，义之骈枝也；同辞重句，文之肬赘也[8]。

凡思绪初发，辞采苦杂，心非权衡，势必轻重。是以草创鸿笔[9]，先标三准：履端于始，则设情以位体；举正于中，则酌事以取类；归余于终，则撮辞以举要[10]。然后舒华布实，献替节文[11]，绳墨以外，美材既斫，故能首尾圆合，条贯始序[12]。若术不素定[13]，而委心逐辞，异端丛至，骈赘必多。

故三准既定，次讨字句。句有可削，足见其疏；字不得减[14]，乃知其密。精论要语，极略之体；游心窜句[15]，极繁之体。谓繁与略，适分所好[16]。引而伸之[17]，则两句敷为一章；约以贯之[18]，则一章删成两句。思赡者善敷，才核者善删。善删者字去而意留，善敷者辞殊而意显[19]。字删而意阙，则短乏而非核；辞敷而言重，则芜秽而非赡。

昔谢艾、王济，西河文士[20]，张骏以为"艾繁而不可删，济略而不可益[21]"，若二子者，可谓练镕裁而晓繁略矣。至如士衡才优，而缀辞尤繁[22]；士龙思劣，而雅好清省[23]。及云之论机，亟恨其多，而称"清新相接，不以为病"，盖崇友于耳[24]。

夫美锦制衣，修短有度，虽玩其采，不倍领袖，巧犹难繁，况在乎拙。而《文赋》以为“榛楛勿剪，庸音足曲(25)”，其识非不鉴，乃情苦芟繁也(26)。夫百节成体，共资荣卫(27)；万趣会文，不离辞情。若情周而不繁，辞运而不滥，非夫镕裁，何以行之乎？

赞曰：篇章户牖，左右相瞰。辞如川流，溢则泛滥(28)。权衡损益，斟酌浓淡。芟繁剪秽，弛于负担(29)。

简析：

本篇论文学创作的布局和剪裁。镕裁的含义就是规范文章的总体设计，安排好各个具体部分。“镕”是“规范本体”，指如何“檃括情理”，要在文意的安排上删去繁琐、重复以及于全篇无关紧要的那些部分，而把主要之点、有利于使主题思想鲜明突出的部分，摆在最紧要的地位。“裁”是“剪截浮辞”，指如何“矫揉文采”，如何从文辞上加以修饰，使之精练明白、生动流畅。镕裁包括了意和辞两方面。“规范本体”的方法就是“三准论”。这个“三准论”的核心是要使情、事、辞三者达到和谐的统一。首先，要“设情以位体”，强调文体结构的安排应当符合表达思想感情的需要。其次，要“酌事以取类”，是说要选择适合于表达思想感情的具体生活内容来加以描写，使作品的题材能够与主题思想相统一。最后，要“撮辞以举要”，情和事确定之后，应当用合适的文辞确切地表达出来。严格地遵循“三准论”，即可做到“芜秽不生”“纲领昭畅”。“剪截浮词”是在“三准”确定之后，即可对文辞进行更加深入细致的推敲、斟酌，“舒华布实，献替节文”也是很有讲究的，善于敷写的作者，文辞各不相同而含义更为鲜明；善于删削的作者，字句虽已剔去，而意思仍然留在篇中，并不因字句之删除而使意义单调薄弱。刘勰的“镕裁”说很明显是受了陆机《文赋》的影响，并在陆机《文赋》有关剪裁论述的基础上作了进一步发展的结果。《文赋》指出在创作构思完成之后，要“选义按部，考辞就班”，使“抱景者咸叩，怀响者毕弹”。不过，《文赋》对剪裁的论述多少还有点刘勰所说的“巧而碎乱”的毛病（见《序志》篇），没有刘勰那样的完整性和系统性。刘勰还举出在镕裁方面做得比较好的例子和做得比较差的例子，比如谢艾的文章繁富而不可删节，王济的文章简约而不可增补，说明它们谙熟镕裁原理而知晓繁略的要领。可是陆机的文章虽然才华横溢，却往往辞藻过于繁富；陆云的文章才思贫乏，而特别爱好文辞清省洁净，则都是在把握镕裁方面存在不足。善于运用镕裁，应当做到“情周而不繁，辞运而不滥”，这才是正确的途径。

语译：

依据情理内容来进行总体布局安排好各部分位置，然后抒文布采运行于其中。以风格的刚劲或柔和来确立本体态势，在通的基础上变以适应时代需要。设置情理确立本体，常常会有立意偏颇长短失宜的状况；适应时代需要并无一定规则，摛文布藻往往会过于繁杂。关键所在，就是把握好镕裁；善于总括情理，糅和文采。规范作品本体就是“镕”，删除剪截浮辞就是“裁”。剪裁浮辞可使芜秽不生，规划本体即能纲领明畅，好像工匠以绳墨审定木材曲直短长，运用斤斧来斫削木材制成器物。人的脚趾两个合一或手指多出一个，这从人的自然本性来说是无用的。人身上增生的包块和肿瘤，对先天秉赋的形体来说也是多余的。同一意义在文章两处出现，就是意义的“骈枝”；同一语辞在句子中重复出现，就是文辞的“肬赘”。

文学创作构思开始酝酿时，思路纷纭文辞常常繁杂众多，如果作家内心不能权衡是非，势必造成文章或轻或重、或多或少的偏差。所以要草拟规模鸿大的作品前，必须懂得要先确立三个基本标准。首先，是“设情以位体”，按照要表达的思想感情来确定作品的体式（由“情”到“体”）。其次，是“酌事以取类”，根据体式特点酌取合适事类（由“体”到“事”）。最后，是“撮辞以举要”，遵循事义需要撮举合适文辞（由“事”到“辞”）。然后抒发文采播写情实，推敲更替调节文辞。不符合规范的多余部分必须砍削，经过斤斧整治的美材方能成为美的器物，做到首尾统一融会贯通，纲领昭晰条理分明。如果创作前构思不能对“三准”有清楚的认识和安排，而是随心所欲地驱遣文辞，那么必然会思路纷乱异端丛生，“骈拇枝指”“附赘悬肬”就会纷至沓来。

在三准确立之后，其次可以讨论字句的安排和增删。如果句子有可以删削的，说明文辞确有粗疏的地方；如果一个字都不能删减，才说明文章是精练严密的。文章论述精密要言不烦，为极其简洁凝练的体式；如果思路活跃辞句纷呈，则为极其富赡繁缛的体式。繁缛和简略，随顺作家个性爱好而有所不同。如果引申发挥，则两句可以铺叙成一章；如果简约贯通，则一章可以压缩为两句。思绪富赡的善于敷演扩张，才华严谨的善于删除繁芜。善于删除的虽然字句削减而文意仍然完整保留，善于敷演的用辞不同而文意则更加显著。如果因为文字删减而文意阙失，则是短小贫乏而不是精准核要；如果文辞敷演而字句重复，则是繁杂芜秽而不是富赡丰满。

以往谢艾、王济都是西河（即陇西、西凉）文人。张骏认为谢艾的文章繁富丰赡而不可删减，王济的文章精练简约而不可增益。这两个文人，都是非常懂得镕裁的精义而特别通晓繁略用法的。至于陆机才华横溢，而文辞过分繁富；陆云才思劣于其兄，但特别喜爱清新省略。陆云论其兄之文章屡次说其过于繁多，但是又称其“清新相接，不以为病”，则是由于敬重兄弟情义所以推崇而不认为是弊病。至于文学创作犹如以美丽锦缎制成衣服，长短各有一定标准，虽然十分喜欢锦缎色彩，也不可以把衣领袖口随意扩大。一个才思巧妙的作家尚且很难做到繁华富赡，何况是才思拙劣的作家自然更不容易了。陆机《文赋》所说“丛杂恶木不必剪裁”（以待翠鸟集结而蒙上荣光），“平庸的声音不须删除可以构成完整曲调”，并非对文章需要删削繁杂没有识鉴，而是在感情上对繁文缛采不忍割爱。由上百骨节构成人体，又需精气血脉流通才能成为活生生的人，文章虽由无数心意旨趣汇聚而成，但都离不开辞和情。文章写作若能做到情意周全而不繁杂，辞藻运用顺畅而不泛滥，如果没有“镕裁”，怎么能够实现呢？

总论：文章写作犹如居室，门窗对望合理剪裁。文辞涌现水流湍急，溢出规范泛滥成灾。权衡利弊损益得失，斟酌浓淡言简意赅。剪截繁杂删除污秽，减轻负担累赘不来。

注订：

(1)“设位”，《周易·系辞上》：“天地设位，而易行乎其中矣。”孔颖达《正义》：“若以实像言之，天在上，地在下，是天地设位；天地之间，万物变化，是易行乎天地之中也。”文章写作也是如此，情理犹如天地，而文采则是变化之万物而行乎其中矣。

(2)《周易·系辞下》：“刚柔者，立本者也；变通者，趣时者也。”孔颖达《正义》：“‘刚柔者，立本者也’，言刚柔之象，立在其卦之根本者也。言卦之根本，皆由阴阳刚柔往来。‘变通者，趋时者也’，其刚柔之气，所以改变会通，趋向于时也。”“本”，指文章的基本体式架构。

(3)要解决“意或偏长”和“辞或繁杂”的主要途径，正是“镕裁”的职责。纠正偏颇精练正确地设置情理，使之分布得宜，不多不少恰到好处。同时巧妙地糅合矫正各种文采，使之充分、有力、鲜明、精准地展示情理。这样可以使情理和文采都纳入正常的规范。

(4)“蹊要”，路径、方法。《三国志·魏书·田畴传》：“虏亦遮守蹊要，军不得进。”

(5)“檃括”，元本作“隐栝”，此据弘治本及其他明本。其意谓纠正偏颇，纳入规范。《荀子·性恶篇》：“故枸木必将待檃括烝矫然后直。”杨倞注：“枸，读为钩，曲也。下皆同。檃括，正曲木之木也。烝，谓烝之使柔；矫，谓矫之使直也。”《周易·说卦》：“坎为水，……为矫輮。”孔颖达疏：“‘为矫輮’，取其使曲者直为矫，使直者曲为輮。水流曲直，故‘为矫輮’也。”

(6)“本体”，指情理内容基本结构。李曰刚《文心雕龙斠诠》：“‘立体’之本，与下文‘设情以位体’之体，词异而义通，实即‘规范本体谓之镕’之‘本体’。在此处指作品之情理，换言之，即作品之基本思想。”“剪截”，剪裁。“剪”，或作“翦”。孔安国《尚书序》：“芟夷烦乱，翦截浮辞，举其宏纲，撮其机要。”孔颖达《正义》：“若自帝喾已上三典、三坟是芟夷之文，自夏至周虽有所留，全篇去之而多者，即‘芟夷’也。‘翦截’者，就代就篇辞有浮者‘翦截’而去之，去而少者为翦截也。‘举其宏纲’即上‘芟夷烦乱’也，‘撮其机要’即上‘翦截浮辞’也。”“规范本体”两句是对镕裁所作定义性的理论概括。

（7）《庄子·骈拇》：“骈拇枝指，出乎性哉，而侈于德；附赘县（同悬）疣，出乎形哉，而侈于性。”郭象注：“夫长者不为有余，短者不为不足，此则骈赘皆出于形性，非假物也。然骈与不骈，其性各足，而此独骈枝，则于众以为多，故曰侈耳。而惑者或云非性，因欲割而弃之，是道有所不存，德有所不载，而人有弃才，物有弃用也，岂是至治之意哉！夫物有小大，能有少多，所大即骈，所多即赘。骈赘之分，物皆有之，若莫之任，是都弃万物之性也。”成玄英疏：“骈，合也；拇，足大指也；谓足大拇指与第二指相连，合为一指也。枝指者，谓手大拇指傍枝生一指，成六指也。出乎性者，谓此骈枝二指，并禀自然，性命生分中有之。侈，多也。德，谓仁义礼智信五德也。言曾史禀性有五德，蕴之五藏，于性中非剩也。”又曰：“附生之赘肉，县系之小疣，并禀形以后方有，故出乎形哉而侈性者，譬离旷禀性聪明，列之藏府，非关假学，故无侈性也。”陆德明《经典释文》：“王云：‘性者，受生之质；德者，全生之本。骈拇枝指与生俱来，故曰，出于性。附赘悬肬，形既具而德附焉，故曰出于形。’崔云：‘侈，过也；德，容也。’”此谓文章多余的意与辞，就是“骈拇枝指”和“附赘县疣”，虽然是写作过程中所不可避免的，但是不符合文章的规范要求，所以必须删除。

（8）“一意”，元本、弘治本、梅庆生本等皆作“二意”。王利器《文心雕龙校证》：“‘一’原作‘二’，两京本、王惟俭本、黄丕烈校本作‘一’，今据改。”本书《丽辞》篇：“刘琨诗（《重赠卢谌诗》）言：‘宣尼悲获麟，西狩涕孔丘。’若斯重出，即对句之骈枝也。”同一语辞在句子中出现，就是文章的“肬赘”。例如张华《杂诗》：“游雁比翼翔，归鸿知接翮。”然而，“一意两出”与“同辞重句”，如果是简单重复，当然是应该避免的，但对刘琨、张华的诗句也不可否定，有时属于意义之强调，而对类似意境以不同辞句表达，或运用意义相近的词语反复描述，也可以作为一种修辞特色来看。又如遍照金刚《文镜秘府论》之《文二十八种病》："第二十七，相重，谓意义重叠是也。或名枝指也。诗曰：'驱马清渭滨，飞镳犯夕尘。川波张远盖，山日下遥轮。柳叶眉行尽，桃花骑转新（作者及诗名不详）。'（原书小注曰：已上有"驱马""飞镳"，下又"桃花骑"，是相重病也）又曰：'游雁比翼翔，归鸿知接翮（张华《杂诗》）。'第二十八，骈拇者，所谓两句中道物无差，名曰骈拇。庾信诗云：'两戍俱临水，双城共夹河（今庾信诗中不存）。'此之谓也。"葛立方《韵语阳秋》卷一："《选》诗骈句甚多，如'千忧（念）集日夜，万感盈朝昏（谢灵运《入彭蠡湖口》）'，'万古陈往还，百代劳起伏（颜延年《始安郡还都与张湘州登巴陵城楼作》）'，'多士成大业，群贤济洪绩（卢子谅《答魏子悌》）'之类，不足为后人法。"虽然《文镜秘府论》和《韵语阳秋》都是批评这些"骈拇枝指"的，不过这是诗歌受骈文影响的缘故，有时不同文辞的"骈拇枝指"可以起到加强艺术效果的作用。

（9）"草创"，《论语·宪问》："子曰：'为命，裨谌草创之，……'"邢昺疏："裨谌，郑大夫也。命，谓政命盟会之辞也。言郑国将有诸侯之事，作政命盟会之辞，则使裨谌适草野以创制之。"王利器《文心雕龙校证》："'鸿笔'，旧本作'鸣笔'，黄（叔琳）本改。纪（昀）云：'当作"鸣"，后"鸣笔之徒"句可证。'案《封禅》篇、《书记》篇、《练字》篇皆有'鸿笔'之语，作'鸣'者误。"

（10）"履端于始""举正于中""归余于终"，即首先、其次、最后之意，源于《左传》文公元年："先王之正时也，履端于始，举正于中，归余于终。"杜预注："步历之始，以为术之端首。期之日，三百六十有六日，日月之行又有迟速，而必分为十二月，举中气以正。月有余日，则归之于终，积而为闰，故言归余于终。"孔颖达《正义》："履，步也。谓推步历之初始以为术历之端首。举月之正半在于中气，归其余分置于终末，言于终末乃置闰也。"此处刘勰把镕裁之"三准"，按创作构思过程分为三个阶段，可以用下列公式来表示：情→体→事→类→文→辞。

（11）"舒"，抒发，舒展。"华"，指华丽辞藻。"布"，陈述，铺陈。"实"，指情理，思想内容。王利器《文心雕校证》："'替'，原作

‘赞’,徐(𤊹)云:‘“赞”当作“替”,后有“献替”之句。’梅本、王惟俭本作‘替’。”

(12)“始”,各本如此,黄叔琳本改为“统”。

(13)“术不素定”,此处之“术”,当指镕裁,即“三准”之术。三准是属于构思过程的不同阶段,三准确立后,就可以进入具体的写作。

(14)“字不得减”,王利器《文心雕龙校证》:“‘字’原作‘定’,黄(叔琳)本改。”

(15)《庄子·骈拇》:“骈于辩者,累瓦结绳窜句,游心于坚白同异之间,而敝跬誉无用之言非乎?而杨墨是已。”成玄英疏:“此二人(杨朱、墨翟)并墨之徒,禀性多辩,咸能致高谈危险之辞,鼓动物性,固执是非;犹(由)如缄结藏匿文句,使人难解,其游心学处,惟在坚执守白之论,是非同异之间,未始出非人之域也。”陆德明《经典释文》:“司马(彪)云:窜句,谓邪说微隐,穿凿文句也。”按:《庄子》所说“游心”“窜句”是具有贬义的,而刘勰此处谓自由驰骋文句,并不具有贬义,只是说繁略两种不同形式,下文即可充分说明,又本书《征圣》篇指出:“故知繁略殊形,隐显异术,抑引随时,变通适会。”多家注释以为“游心窜句”两句为贬斥,对此理解有误。

(16)“适”,王惟俭训诂本、黄叔琳本作“随”,元本、弘治本等均为“适”。杨明照《增订文心雕龙校注》:“按‘适’字是。《明诗》篇‘随性适分’,《养气》篇‘适分胸臆’,并以‘适分’为言,可证。”

(17)《周易·系辞上》:“引而伸之,触类而长之。”

(18)《论语·里仁》:“子曰:‘参乎!吾道一以贯之。’”

(19)“核”,严谨、确实。“意显”,元本、弘治本、冯允中本、汪一元本、佘诲本、王惟俭本等作“义显”,非是。当据梅庆生本作“意显”,与上文意思统一。

(20)“西河”,即陇西,西凉。谢艾为张骏子前凉王张重华手下将领,司马张耽谓:“主簿谢艾,兼资文武,明识兵略。”王济,未详。或谓王浑子,引《晋书·王浑传》:“济字武子。少有逸才,风姿英爽,气盖一时。好弓马,勇力绝人,善《易》及《庄》《老》,文词俊茂,伎艺过人,有名当世,与姊夫和峤及裴楷齐名。……济善于清言,修饰辞令,讽议将顺,朝臣莫能尚焉,帝益亲贵之。”非是,此王济为山西人。

(21)“骏”,元本、弘治本作“俊”,梅庆生本谓“当作骏”,此据王惟俭本。《晋书·张骏传》:“骏字公庭,幼而奇伟。建兴四年,封霸城侯。十岁能属文,卓越不羁,而淫纵过度,常夜微行于邑里,国中化之。及统任,年十八。先是,愍帝使人黄门侍郎史淑在姑臧,左长史泛祎、右长史马谟等讽淑,令拜骏使持节、大都督、大将军、凉州牧、领护羌校尉、西平公。赦其境内,置左右前后四率官,缮南宫。刘曜又使人拜骏凉州牧、凉王。”张骏所言谢艾、王济文章写作详情均无可考。

(22)《晋书·陆机传》:“机天才秀逸,辞藻宏丽,张华尝谓之曰:‘人之为文,常恨才少,而子更患其多。’弟云尝与书曰:‘君苗见兄文,辄欲烧其笔砚。’后葛洪著书,称:‘机文犹玄圃之积玉,无非夜光焉,五河之吐流,泉源如一焉。其弘丽妍赡,英锐漂逸,亦一代之绝乎!’其为人所推服如此。”《世说新语·文学》篇:“孙兴公(绰)云:‘潘(岳)文烂若披锦,无处不善;陆(机)文若排沙简金,往往见宝。’”刘孝标注引《文章传》:“机善属文,司空张华见其文章,篇篇称善,犹讥其作文大治。谓曰:‘人之作文患于不才;至子为文,乃患太多也。’”“孙兴公云:‘潘文浅而净,陆文深而芜。’”

(23)《晋书·陆云传》:“云字士龙,六岁能属文,性清正,有才理。少与兄机齐名,虽文章不及机,而持论过之,号曰‘二陆’。”

(24)陆云《与兄平原书》:“兄文方当日多,但文实无贵于为多。多而如兄文者,人不餍其多也。”锺嵘《诗品》:“(陆机)其源出于陈思。才高辞赡,举体华美。气少于公幹,文劣于仲宣。尚规矩,不贵绮错,有伤直致之奇。然其咀嚼英华,厌饫膏泽,文章之渊泉也。张公叹其大才,信矣!”刘勰说陆机“缀辞尤繁”,既有肯定也有批评,谓其繁富但又过分。陆云《与兄平原书》:“云今意视文,乃好清省。”论兄文云:“兄文章之高远绝异,不可复称言,然犹皆欲微多,但清新相接,不以此为病耳。”又曰:“《二祖颂》甚为高伟。云作虽时有一佳语,见兄作又欲成贫俭家,无缘当致兄此谦辞,又云亦复不以苟自退耳。然意故复谓之微多,‘民不辍叹’一句谓可省。”“兄《丞相箴》小多,不如《女史箴》清约耳。”“友于”,兄弟友爱。

(25)《文赋》:“石韫玉而山辉,水怀珠而川媚。彼榛楛之勿翦,亦蒙荣于集翠。缀《下里》于《白雪》,吾亦济夫所伟。”陆机此段是讲如何“济庸音”,榛楛,丛杂恶木以喻庸音。《昭明文选》李善注:“虽无佳偶,因而留之,譬若水石之藏珠玉,山川为之辉媚也。”“榛楛,喻庸音也。以珠玉之句既存,故榛楛之辞亦美。”“言以此庸音而偶彼嘉句,譬以《下里》鄙曲,缀于《白雪》之高唱,吾虽知美恶不伦,然且以益夫所伟也。”许文雨《文论讲疏》:“按谓草木虽有丛杂滥恶,而一旦翠鸟来集,亦可增其美观。喻庸拙之文,亦添荣生色于警策之句也。翠宜解为翠鸟,张铣训为青,实不合。蔡邕《翠鸟诗》云:‘庭陬有若榴,绿叶含丹荣。翠鸟时来集,振翼修形容。回顾生碧色,动摇扬缥青。’又张翰诗云:‘青条若总翠。’‘总’亦‘集’意。皆咏集翠之美观也。”《文赋》又曰:“患挈瓶之屡空,病昌言之难属。故踸踔于短垣,放庸音以足曲。恒遗恨以终篇,岂怀盈而自足。”《昭明文选》五臣吕延济注:“挈瓶,小器也。谓小智之人,才思屡空也。昌,当。属,缀也。踸踔,迟滞也。短韵,小篇也。言迟滞于小篇,放情常音,务添足曲声也。文有音韵,故通称曲也。”

(26)王利器《文心雕龙校证》:“‘芟’,原作‘丞’,梅(庆生)改。案本赞正作‘芟繁’。”

(27)《吕氏春秋·开春》:“饮食居处适,则九窍、百节、千脉皆通利矣。”“荣卫”,指人的精气血脉。《素问·痹论》:“荣者,水谷之精气也;卫者,水谷之悍气也。”《论语·为政》:“子曰:‘人而无信,不知其可也。大车无輗(朱熹注:輗,辕端横木,缚轭以驾牛者),小车无軏(朱熹注:軏,辕端上曲,钩衡以驾马者),其何以行之哉?’”故谓“镕裁”实为文章写作之关键。

(28)《诗经·大雅·常武》:“(王师)如山之苞,如川之流。”

(29)《左传》庄公二十二年:“齐侯使敬仲为卿。辞曰:‘羁旅之臣,幸若获宥,及于宽政,赦其不闲于教训而免于罪戾,弛于负担,君之惠也,所获多矣。……’”杜预注:“弛,去离也。”

《声律》篇

夫音律所始，本于人声者也[1]。声含宫商，肇自血气[2]，先王因之，以制乐歌。故知器写人声，声非效器者也[3]。故言语者，文章神明枢机，吐纳律吕，唇吻而已[4]。古之教歌，先揆以法，使疾呼中宫，徐呼中徵[5]。夫商徵响高，宫羽声下；抗喉矫舌之差，攒唇激齿之异，廉肉相准，皎然可分[6]。今操琴不调，必知改张，摛文乖张，而不识所调[7]。响在彼弦，乃得克谐，声萌我心，更失和律，其故何哉？良由外听易为察，而内听难为聪也[8]。故外听之易，弦以手定；内听之难，声与心纷，可以数求，难以辞逐。

凡声有飞沈，响有双叠[9]，双声隔字而每舛，叠韵杂句而必睽[10]；沈则响发而断，飞则声扬不还[11]，并辘轳交往，逆鳞相比，迕其际会，则往蹇来连[12]，其为疾病，亦文家之吃也[13]。夫吃文为患，生于好诡，逐新趣异，故喉唇糺纷[14]；将欲解结，务在刚断。左碍而寻右，末滞而讨前，则声转于吻，玲玲如振玉；辞靡于耳，累累如贯珠矣[15]。是以声画妍蚩，寄在吟咏[16]，滋味流于下句，气力穷于和韵[17]。异音相从谓之和，同声相应谓之韵。韵气一定，故余声易遣[18]；和体抑扬，故遗响难契。属笔易巧，而选和至难[19]，缀文难精，而作韵甚易，虽纤毫曲变[20]，非可缕言，然振其大纲，不出兹论。

若夫宫商大和，譬诸吹籥[21]；翻回取均，颇似调瑟[22]。瑟资移柱，故有时而乖贰；籥含定管，故无往而不壹。陈思、潘岳,吹籥之调也;陆机、左思,瑟柱之和也[23]。概举而推,可以类见。又诗人综韵,率多清切[24];《楚辞》辞楚,故讹韵实繁。及张华论韵,谓士衡多楚,《文赋》亦称“知楚不易”,可谓衔灵均之声余,失黄钟之正响也[25]。凡切韵之动,势若转圜[26];讹音之作,甚于枘方,免乎枘方[27],则无大过矣。练才洞鉴,剖字钻响,疏识阔略,随音所遇。若长风之过籁,东郭之吹竽耳[28]。古之佩玉,左宫右徵,以节其步,声不失序[29]。音以律文,其可忘哉[30]!

赞曰:标情务远,比音则近。吹律胸臆,调钟唇吻[31]。声得盐梅,响滑榆槿[32]。割弃支离,宫商难隐。

简析:

本篇论文学创作语言的声音美。刘勰认为文学语言声音的艺术美和音乐乐曲的艺术美一样,都有自己的规律,而且有很多是类似的,所以可以运用音乐乐曲的艺术美规律来探讨文学作品语言的声音美规律。中国古代历来有文学作品声、义并重的传统,这是和古代诗乐合一的状况有关的。诗歌不仅可以配乐演唱,而且诗歌本身又有语言声音构成的美,不配乐的诗歌则可以通过讽诵、吟咏,使其语言声音构成抑扬顿挫之美,以传达作者和读者的强烈感情,并引起人们的共鸣。《文心雕龙·声律》篇不是论音乐的声律,而是论文学作品语言的声律。文学作品语言的声音美,很早就受到文学家和文学批评家的重视。但是对语言声音美由哪些因素构成有一个认识过程。如《西京杂记》引司马相如说:“一经一纬,一宫一商,此作赋之迹也。”即是以音乐的宫商差别说明文学作品的语言声音美。陆机《文赋》中说“暨音声之迭代,若五色之相宣”,即是指文章的语言声音应该有抑扬顿挫之美,犹如绘画的五色相杂而构成的画面。音乐是由不同的声音自然和谐呼应配合而构成的,所以嵇康《声无哀乐论》说音乐的本质就是“自然之和”,文学作品的语言声音美的规律也是这样,讲究构成语言声音的各个不同因素的自然和谐呼应配合。那么构成文学语言声音的美有哪些因素呢？中国传统论音乐有宫、商、角、徵、羽五声，主要说的是音阶高低，是以律管长度来确定不同音调的。但是实际上音乐乐曲构成不仅只是音阶高低，而且还有清浊、声调、节奏、发音部位等不同因素。刘宋时期范晔《狱中与诸甥书》说："性别宫商，识清浊，斯自然也。观古今文人，多不全了此处；纵有会此者，不必从根本中来。年少中谢庄最有其分，手笔差易，文不拘韵故也。吾思乃无定方，特能济难，适轻重，所处之分犹当未尽。""性别宫商"，指区别语言声音的音阶高低；"识轻重"，指语言声音的"清浊"，清轻浊重。他是以传统音乐的宫、商、角、徵、羽五声来说明文学语言的声音美，同时体会到其中有清浊轻重的不同。所说"特能济难"，可能也朦胧地感觉到了声调、节奏、发音部位等的不同。南齐永明年间的代表人物王融、谢朓、沈约等，由于发现了汉语有平、上、去、入四种声调差别，遂以此作为文学作品声音美的基本构成因素，"以为在昔词人，累千载而不悟，而独得胸襟，穷其妙旨，自谓入神之作"(《南史·沈约传》)。然而声调差别虽是汉语特点，而且成为后来诗歌格律形成的基础，但是文学作品的语言声音美的构成，并不只是声调一个因素，所以刘勰虽然身处四声盛行的齐梁时代，他在《文心雕龙·声律》篇中论说文学语言的声音美，却没有讲"四声"平仄，而是仍旧按传统音乐的五声来讲文学语言的声音美。因为他并不认为文学作品的语言声音美仅有声调一个因素，而是有多种因素构成的，声调差别只是其中一个方面，所以没有发现"四声"前的文学作品，同样具有语言的声音美。

刘勰对文学语言声音美的构成有自己见解，其视野之开阔、理论之深度，实质上是比沈约等人都要高出一头的。刘勰没有简单否定以"四声"为中心的声律理论，但也不随便附和他们的主张，而是深入地探讨了文学语言声音美的基本构成因素，以及其美学原理，并在继承我国古代美学思想基础上，对它作了深刻的理论概括。他首先指出文学是以语言作为工具来体现的，语言是由人的声音来表示的，音乐乐器是描写人声的，"器写人声，声非学器"，语言声音美并非由模仿乐器而来,而是发自人的内心,故而乐器的声音比较容易巧妙地表达,而人的内在构思过程中的语言声音美,则是比较难于掌握的,这就是"外听"和"内听"的区别。中国古代音乐中的"音"和"声"是不同的,"音"指音乐乐曲,"声"指构成乐曲的因素。两者均以宫、商、角、徵、羽为基础。语言声音美的形成,至少有五个方面因素:一,音阶高低(以传统的宫、商、角、徵、羽为代表)。二,声音清浊(曹丕《典论·论文》"文以气为主,气之清浊有体,不可力强而至",即以声音形成的"气"区分清浊)。三,节奏快慢(不同声音构成语言声音美其节奏有缓急快慢不同)。四,声调差异(汉语有平上去入四声区别)。五,发音部位不同(喉、牙、舌、齿、唇等各个部位声音均有特点)。不过当时还没有能清晰辨识造成语言声音美的各种因素,南齐以前也还没有发现汉语有平上去入四声声调差别,早期是用比较含混的说法,以传统"五声"来笼统地表示不同声音的交错所构成的语言声音美,故而司马相如说的"一宫一商",是指不同声音的交错,实际上可能也包括了音阶、清浊、节奏、声调等方面,应该不是只指音阶。

刘勰比前人更深刻地认识到语言声音美不只是平上去入"四声"差别,所以《声律》篇不提"四声",而借音乐"五声"来论述语言的声音美规律(声调差别形成不同文字意义,是汉语独特特点,并非所有语言都是如此。现在的以北京话为中心的普通话没有入声,古代汉语语音包括现代很多方言是有入声的)。刘勰在《声律》篇中不仅指出"商徵响高,宫羽声下",有音阶不同,并说明还有轻重清浊差别:"又诗人综韵,率多清切;《楚辞》辞楚,故讹韵实繁。及张华论韵,谓士衡多楚,《文赋》亦称:'知楚不易。'"中原语言多清音,而南方楚国多浊音。他还专门强调语言声音美和发音部位不同的关系,他说:"抗喉矫舌之差,攒唇激齿之异,廉肉相准,皎然可分。"提出喉、舌、唇、齿四个部位发音差异。当然他也懂得语言声调不同,并且讲到语言声音的"双声""叠韵"用法:"双声隔字而每舛,叠韵杂句而必睽。"他也体会到声音节奏的变化,这从他的"声有飞沈(沉,下同)"中可以清楚看出。这种种不同因素互相交错才形成了语言的声音美。因此刘勰所说声音的

“飞”和“沈”，不能等同于平仄，黄侃、范文澜、罗根泽、郭绍虞、周振甫、王运熙等均认为“飞沈”和沈约的“浮声”“切响”，即是指平仄，似尚可商榷。“飞则声扬不还”，这确有平声特点，但显然也包含有音阶高低、节奏快慢、清浊差别、发音部位不同等因素。“沈则响发而断”，确有去声、入声特点，但也有音阶高低、节奏快慢、清浊差别、发音部位不同等因素。把它们简单地说成就是后来的平仄，可能不太符合实际，也不够妥当。“飞沉”和沈约所说“浮声”“切响”含义是基本一致的。但是，刘勰与沈约在理解上还是有差别的。刘勰是综合各个因素论述语言的声音美，沈约则把其中的声调差别放在非常突出的地位，认为它是语言声音美形成的主要方面，不过他也没有把语言的声音美看成只有声调一个因素。《宋书·谢灵运传论》：“夫五色相宣，八音协畅，由乎玄黄律吕，各适物宜，欲使宫羽相变，低昂互节，若前有浮声，后须切响。一简之内，音韵尽殊；两句之中，轻重悉异。妙达此旨，始可言文。”这里用“浮声”“切响”，而不用平仄，不是前有平声，后须仄声。可见，沈约虽然以“四声”论文，但也意识到语言的声音美构成是复杂的，并非只是声调，所以其“浮声”“切响”说和刘勰“声有飞沉”说就有共同性。“浮声”属于“飞则声扬不还”，“切响”属于“沈则响发而断”。沈约的“前有浮声，后须切响”强调的是“浮声”“切响”相互交叉，构成“低昂互节”，所以还有“前有切响，后须浮声”的意思。“声”“响”是对应关系，“声”须有“响”的呼应，形成有高有低、有清有浊、有轻有重、有徐有疾、有长有短的和谐配合。刘勰的“飞沈”与沈约的“浮声”“切响”一致之处，就是不仅包括声调，也包括音阶、节奏、清浊，乃至发音部位差异等因素。

讲究文学语言的声音美，就是要使构成声音差别的各种不同因素交错相配，跌宕起伏，来体现“自然之和”，以便充分传达感情的状态。而“宫羽相变”，“飞沉”的交叉，浮声、切响的错综，都是讲的形成语言声音美的途径和特点。中古时代人们对语言声音美的各个构成因素的认识还不是非常清晰，所以在表述上可能还不够科学，但是都体会到不同因素的相互配合才能构成声音美。刘勰认为语言声音美的本质和音乐美一样是为了求得和谐,为此他的重点也就在探讨如何做到“和”“韵”之美。“异音相从谓之和,同声相应谓之韵”,语言声音美的根本原理也在于此。“异音”“同声”的音和声,都是包含了很多因素的。“和”“韵”之美,是他对文学语言声音美的理论概括,也是他说的文学作品声音美的基本美学原则。“和”,是指语言声音的各种不同因素的和谐配合;“韵”,是指语言声音的各种相同因素的彼此呼应。这个“韵”并不是单指语言的韵脚,当然也包括押韵在内。陆机《文赋》:“或托言于短韵,对穷迹而孤兴。俯寂寞而无友,仰寥廓而莫承。譬偏弦之独张,含清唱而靡应。”刘勰的“韵”和陆机的“应”是一致的,不过,陆机所说是包含声、义两方面的,而刘勰是单指声的方面。刘勰在传统有关论述的基础上有了新的发展,自然也就大大进了一步。“和”“韵”之美,也就是中国古代讲的“和”“同”之美,《国语·郑语》记载史伯曾说过“和实生物,同则不继”,认为宇宙万物都是由不同的因素结合才构成的,如果都是相同的因素,就无法产生众多的百物。“声一无听,物一无文,味一无果,物一不讲。”陆机《文赋》中也以音乐的“应”与“和”来论说文学作品的艺术美。“和”比“同”重要,也更难把握。刘勰对语言声音美的论述正是对我国传统美学思想的发挥。同时他还特别指出:要做到“同声相应”的“韵”之美是比较容易的,困难的是如何做到“异音相从”的“和”之美,“属笔易巧,而选和至难,缀文难精,而作韵甚易”,而这也是文学作品语言声音美的关键。刘勰在对当时声律派的态度上,既不像锺嵘那样完全予以否定,更不陷入对繁琐声病的纠缠,而是研究文学语言声音美的根本性美学原理,使语言声律探讨转向深入,这是他的重要贡献。

语译:

音律的产生,本源于人的声音。人的声音包含有宫、商、角、徵、羽五音,肇始于人的天生血脉气息。古代圣王依据这个道理,以语言声韵差异来制作音乐歌曲。所以乐器是模拟人声的,而不是人声仿效乐器。文字记载的言语声音,乃是文章灵魂关键,内心吐纳声音律吕,轻重高低皆在唇吻之间。古代乐官教唱歌曲,依据声音规则衡量检测,强音急呼者合乎宫调,弱音慢呼者合乎徵调。从五声音阶说,商比宫高,徵比羽高,宫比商低,羽比徵低(“声”与“响”对应交叉配合而形成乐曲。宫、商、徵、羽有“声”的高下区别,宫、商、徵、羽亦有相应的“响”的高下区别)。人在发声时放开喉咙程度、舌头伸缩曲直各不相同,口唇开合、抵激牙齿也都有差别。声音之洪亮低弱皆依音乐之曲调为标准,是否适宜极为清楚明白皎然可分。弹奏琴瑟如果乐音不调和,必定知道需要改弦更张重新操弄,撰写文章出现声律乖违不畅,却往往不懂得如何调谐和顺。乐音发生在琴瑟的弦上,而能够通过调谐使之和顺,文章声音发自人的内心,却反而常常失去流畅韵律,这是什么原因呢?实在是由于听取外在琴瑟的声音是否和谐比较容易审察,而听取内心语言声音是否和谐,则很难聪慧地辨识。音乐外听之所以容易,是因为琴弦是由手来操弄的;而内听心声之难,是因为声音与内心纷繁思绪很难谐调统一,只能依据专门的音律规则来寻求,而很难凭借文辞讲解清楚。

声音有飞扬和下沉之不同,音响有双声和叠韵之差别。双声字中间有他字隔开则读起来错舛杂乱;叠韵两字混杂句中而不相连则必定使人感到乖违拗逆。“沈(沉)”声的声音发出很响亮但是立即断寂无声,而“飞”声则声音飞扬持续逐渐远去。“飞”声和“沉”响错综使用有如运用辘轳汲水上下顺畅,又如龙之逆鳞有序紧密相连,如果“飞”“沉”错失配合机遇(导致声响不谐、双叠错乱),那就会往来遭遇艰难阻塞,形成文学创作的声韵弊病,这就是“文家之吃”,是最大忌讳。文家“口吃”弊病,产生于喜好诡诞,追逐新异怪奇,以至喉头发音、唇吻吐字纷乱纠缠,想要解除纠结,必须要以声律规则为标准刚决果断。左边障碍就寻求右边,末尾滞塞就探讨前端,那么声音圆转于唇吻,如玲玲清音生于宝玉振动;美辞充满于耳际,如累累不绝之大串明珠。文辞声音之美丑,寄托在吟咏之中;声韵滋味流荡于字句之中,气韵骨力穷尽于“和”“韵”之内。各种不同的语言声音因素交叉配合构成抑扬顿挫的美称为“和”,各种相同的语言声音因素互相呼应构成的美称为“韵”。“韵”作为相同声音美因素的呼应具有一定规则,故前后衔接比较容易安排;和声抑扬顿挫则无定数,要做到飞沉相间和谐契合非常不容易。文章写作容易巧妙,而要使文学语言声音和谐则很困难。落笔作文要精练深刻很不容易,而要做到相互照应是很容易的。虽然纤细的声韵变化曲折微妙,不能加以条分缕析叙述,然而从大体上说,不出乎“和”与“韵”的原理。

作品语言声音美的和谐流畅,犹如吹奏箫笛,回旋往复获取音韵和谐协调,颇似调弄琴瑟。琴瑟调谐要依靠转动弦柱,常会发生乖违差错;而箫笛有固定管长和孔穴,所以吹奏起来节奏旋律没有不一致的。曹植、潘岳之作,就像吹奏箫笛音调自然和谐;陆机、左思之作,杂有方音需人为努力调整,有如琴瑟之需移动弦柱。由此可以举例类推,可见运用声律之大概情状。《诗经》作者用韵,清晰准确,而《楚辞》作者多楚地方音,故而讹误音韵极为繁多。西晋张华论文学语言声音美,说陆机多楚声。陆机《文赋》也自称“要认识楚声颇为不易”。可以说是含有屈原作品多楚声之流风余韵,而失去了中原黄钟般的标准声响。故凡音韵切合,其势若盘中圆珠旋转自如,而方音窜入则音韵讹谬,其作犹如圆凿方枘而诘屈聱牙,如能避免此种圆凿方枘状况,就可以没有大的过失。才华高超、谙练声律的文人能够洞悉声律的奥妙,善于剖析字句钻研声音美技巧,而见识疏阔短浅、才华贫瘠的庸才,则只能随遇而安碰巧凑合声音美。前者若“长风之过籁”(声如天籁韵味自然),后者若“东郭之吹竽”(不懂音乐的人去吹奏竽笙而变得混乱散漫)。古代人佩戴玉饰走路摇动撞击,左边佩玉发出宫声,右边佩玉发出徵声,以此调节步伐,不失声音次序。语言声音美是调节文章节奏韵气的,怎么可以忘记忽略呢!

总论:标举情性高远深沉,排比音韵和顺贴切。律管吹奏出自胸臆,唇吻调谐声律和悦。音韵节奏咸酸得宜,声响润滑榆槿合契。支离混乱弃割妥帖,宫商雅正难以隐匿。

注订：

(1)《礼记·乐记》："凡音之起，由人心生也。"《吕氏春秋·音初》篇："凡音者，产乎人心者也。感于心则荡乎音。音成于外而化乎内。是故闻其声而知其风，察其风而知其志，观其志而知其德。"

(2)"含"，或作"合"，非是。张立斋《文心雕龙考异》："上言本于人声，故下言含。含本内发，合由外铄，从含是。"

(3)宋代马端临《文献通考》："先儒以为依人声而制乐，托乐器以写音，乐本效人，人非效乐者也。"即是来源于刘勰说。王利器《文心雕龙校证》："'效'原作'学'。梅(庆生)云：'当作效。'"《毛诗大序》："情发于声，声成文谓之音。"孔颖达《正义》："原夫作乐之始，乐写人音，人音有小大高下之殊，乐器有宫徵(读为 zhǐ，下同)商羽之异，依人音而制乐，托乐器以写人，是乐本效人，非人效乐。但乐曲既定，规矩先成，后人作诗，模摩旧法，此声成文谓之音。若据乐初之时，则人能成文，始入于乐。若据制乐之后，则人之作诗，先须成乐之文，乃成为音。"

(4)范文澜《文心雕龙注》："案'文章'下疑脱'关键'二字，言语谓声音，此言声音为文章之关键，又为神明之枢机，声音通畅，则文采鲜而精神爽矣。至于律吕之吐纳，须验之唇吻，以求谐适，下赞所云'吹律胸臆，调钟唇吻'，即其义也。《神思》篇用关键枢机字。"王利器同，刘永济谓脱"管籥"二字，徐复观谓脱"声气"二字，然皆为臆测，并无根据。元、明各本均无脱漏之说，且断句亦与黄侃、范文澜不同。今按元、明及清初各本文字重新断句。萧子显《南齐书·文学传论》："文章者，盖情性之风标，神明之律吕也。"可与刘勰说相参照。声律就是依据语言声音的变化而形成的美的规律。

(5)"古之教歌"，源于《韩非子·外储说右上》："夫教歌者，使先呼而诎之，其声反(顾广圻曰：反当作及)清徵者乃教之。一曰：教歌者先揆以法，疾呼中宫，徐呼中徵。疾不中宫，徐不中徵，不可谓教。""先呼而诎之"，谓先高呼而后改变音调。"反清徵者"，谓能返回清徵之声者。若急呼不能合乎宫调,慢呼不能合乎徵调,则不可教也。

(6)“商徵响高,宫羽声下”,王利器《文心雕龙校证》:“‘夫徵羽响高,宫商声下’,原作‘夫商徵响高,宫羽声下’。黄侃云:‘案此二句有讹字。当云宫商响高,徵羽声下。’……案黄氏摘彦和之误甚是,惟所改则非。彦和所谓宫商,即后世所谓平仄。《文镜秘府论·调声》引元兢云:‘声有五声,角徵宫商羽也。分于平仄四声,平上去入也。宫商为平声,徵为上声,羽为去声,角为入声。’”并据日本沙门了尊《悉昙轮略图钞》引《元和新声韵谱》及晚明释真空之《玉钥匙》,“谓四声之上去高而平入下也。换言之,即谓‘徵羽响高,宫商声下’也。今据改”。然张立斋《文心雕龙考异》云:“此黄侃论之甚详,宜作宫商响高,徵羽声下。且古之所谓宫商决非后世之谓平仄,分为四声则可,便称等于宫商则非矣,王校殊非。”各家说法颇为不同,而都无版本依据,然此处原文元、明、清各种版本皆同。按:五声:宫、商、角、徵、羽,本为对音阶高低的区分,而四声:平、上、去、入,则为声调的区别,五声和四声说的是不同问题,两者并无直接关系。但是南齐永明年间声律派代表人物沈约等发现文字有四声差别后,很多人往往借五声来说明四声,如《文镜秘府论》引元兢所言。刘勰在《声律》篇中并未提及“四声”仍是用“五声”来论说。沈约明白知道五声是音阶乐律和四声是声调差别,各不相同,《文镜秘府论》引其《与甄公书》说:“各有所施,不相妨废。”所以在《宋书·谢灵运传论》中说的“浮声”“切响”并不等于平仄。何九盈在《中国语言学史》中曾指出刘勰“商徵响高,宫羽声下”原文不误,“商徵”“宫羽”连用,古籍多有所见,并认为“声”与“响”有对应关系。不过,声、响同义,都是指声音,因为骈文对偶而用不同字。五声中“大不逾宫,细不过羽”,宫最浊,羽最清,商次浊,徵次清。从音阶角度说,商比宫高,徵比羽高;宫比商低,羽比徵低。声音交错配合而形成乐曲。“廉肉”,指声之鸿细,即粗大与细小。见《礼记·乐记》:“使其曲直繁瘠,廉肉节奏,足以感动人之善心而已矣。”郑玄注:“曲直,歌之曲折也,繁瘠、廉肉,声之鸿杀也。节奏,阕作进止所应也。”孔颖达《正义》:“曲谓声音回曲,直谓声音放直。繁谓繁多,瘠谓省约。廉谓廉棱,肉谓肥满。节奏,谓或作或止,作则奏之,止则节之。言声音之内,或曲或直,或繁或脊,或廉或肉,或节或奏,随分而作,以会其宜。……云‘繁瘠、廉肉,声之鸿杀也’者。鸿谓麄(粗)大,杀谓细小。”范文澜《文心雕龙注》:“抗喉矫舌,攒唇激齿,皆歌时发声之状。”这里刘勰最早提出发声部位有喉、舌、齿、唇的不同。

(7)李曰刚《文心雕龙斠诠》:“改张,犹言更张,有解开弦索重新施张之意。”王利器《文心雕龙校证》:“‘摘’原作‘摘’,何允中本、日本活字本、凌(云)本、梅(庆生)六次本、锺(惺)本、梁(杰)本、日本刊本、王谟本、张松孙本、崇文本作‘摘’,今据改。”音乐的声音发之于琴弦,听者可以从容加以分辨,而文学创作的声律则是由作者内心的语言而产生,存在于构思过程中,所以很不容易考察其是否和顺流畅,这是创作中经常发生的问题。《汉书 · 礼乐志》:“辟(譬)之琴瑟不调,甚者必解而更张之,乃可鼓也。”

(8)王利器《文心雕龙校证》:“‘由’下‘外听易为巧而’,六字原无,王惟俭本有‘外听易为□而’六字。范(文澜)云:‘案□或是巧字。’案王惟俭及范校是,今据补。然余犹疑□或是‘力’字,以《封禅》篇有‘追观易为明,循势易为力’句,与此正复相似也。”杨明照《增订文心雕龙校注》:“《喻林》八九引此文,作‘良由外听易为察,内听难为聪也’。正足以补订今本之误脱。”今据杨说。梅庆生本将元本、弘治本之“外听难为聪”之“外”改为“内”,谓“元作外,王改”。范文澜《文心雕龙注》:“内听之难,由于声与心纷,故欲求声韵之调谐,可设律数以得之,徒骋文辞,难期切合也。‘凡声有飞沈’以下,即言和谐声律之法则。”刘勰有关“外听”和“内听”的论述,是十分精到的,说明文学创作的声韵比之于音乐的调弦要困难得多,也复杂得多。

(9)刘勰把语言的声音分为“飞”“沈(同沉)”两类,包含了范晔《狱中与诸甥书》讲的宫商、清浊、轻重,乃至四声中的平仄等,故不能简单等同于平仄,因为“飞”“沈”是一种对声音的描述,包括的内容比较广,不仅仅指声调上的不同,也包括音阶的不同,浊音、清音的差异,以及节奏的高低变化,乃至发音部位的差别。四声的正式提出在南齐永明年间,《南史·陆厥传》云:“永明末,盛为文章。吴兴沈约、陈郡谢朓、琅琊王融以气类相推毂。汝南周颙善识声韵,为文皆用宫商;以平上去入为四声,以此制韵,有平头、上尾、蜂腰、鹤膝;五字之中,音韵悉异,两句之内,角徵不同,不可增减,世呼为永明体。”沈约《宋书·谢灵运传论》原文中说:“夫五色相宣,八音协畅,由乎玄黄律吕,各适物宜,欲使宫羽相变,低昂互节,若前有浮声,后须切响。”“宫羽相变”即指“前有浮声,后须切响”。从刘勰所说“声有飞沉”来看,“浮声”是一种“飞”声,“切响”是一种“沈”声。沈约理解的“浮声”“切响”,虽不等同平仄,但侧重于平仄声调差别;而刘勰的“飞沈”,则泛指音阶、节奏、清浊、声调、发音部位等因素之综合,所以并不以平上去入四声来解释“飞沈”,但“飞沈”可以包括四声在内。“响有双叠”,元刻本无“双叠”二字。杨明照《增订文心雕龙校注》:“‘双叠’,黄(叔琳)校云:‘二字脱,……谢(兆申)云:据下文,当作双叠二字。’天启梅本补‘双叠’二字。按谢校、梅补是也。刘善经《四声论》篇引,正作‘响有双叠’。”双叠是指文字的声音有双声和叠韵,相连两字声母相同称为双声,相连两字韵母相同称为叠韵。所以双声字中间有他字隔开,则读起来错乱而不流畅就不是双声;叠韵两字混杂句中而不相连,则必定使人感到乖违而不成为叠韵。

(10)“杂句”,各家以为当作“离句”,实为误解。王利器《文心雕龙校证》:“‘离’原作‘杂’,据《文镜秘府论》改。谓用叠韵字各在一句也。‘而’,《文镜秘府论》作‘其’。”张立斋《文心雕龙考异》:“‘杂’字对上句‘隔’字而言,隔离杂混也。此二句启下文,异音相从,同声相应之意也。盖双声必母子相谐,叠韵必上下相承,而后无舛睽之病也。相谐相承,必杂混相合而后成声也,且隔字睽字,亦具离义,王(利器)校从离殊非。”叠韵杂句不一定是在一句之中,亦可能是在两句之中,声律派理论一般都是指两句而言。此即“八病”中之“大韵”与“小纽”(参见拙作《中国文学理论批评史》上册181页)。黄侃《文心雕龙札记》:“双声者二字同纽,叠韵者二字同韵。一句之内,如杂用两同声之字,或用二同韵之字,则读时不便,所谓双声隔字而每舛,叠韵杂句而必睽也。”

(11)“沈则”两句,是对两种不同声音状况的描述,包括声调、音阶、节奏、清浊等在内。黄侃《文心雕龙札记》:“此即隐侯所云前有浮声,后须切响,两句之中,轻重悉异者也。飞谓平清,沈谓仄浊。”此亦以飞沉等同平仄来解释,似不妥。

(12)王利器《文心雕龙校证》:“‘连’原作‘迂’。纪(昀)云:‘当作连。’《文镜秘府论》正作‘连’,今据改。”“往蹇来连”,往来皆难。见《周易·蹇卦》六四爻辞:“往蹇,来连。”王弼注:“往则无应,来则乘刚;往来皆难,故曰往蹇来连。得位履正,当其本实,虽遇与难,非妄所招也。”孔颖达《正义》:“马云:‘连亦难也。’郑云:‘迟久之意。’”

(13)“文家之吃”,《说文》:“吃,言蹇难也。”《史记·老庄申韩列传》:“韩非者,韩之诸公子也。喜刑名法术之学,而其归本于黄老。非为人口吃,不能道说,而善著书。”范文澜《文心雕龙注》:“声律谬误,则喉唇纠纷,犹人之病口吃也。”叶长青《文心雕龙杂记》:“文家之吃——吴翌亭先生云:言音韵不调,如人之吃也。”

(14)王利器《文心雕龙校证》:“‘趣’王惟俭本作‘趋’。”“紖纷”,即纠纷。“紖”,同纠。

(15)陆机《文赋》:“音声迭代,若五色之相宣。”锺嵘《诗品序》:“余谓文制本须讽读,不可蹇碍,但令清浊通流,口吻调利,斯为足矣。”《礼记·乐记》:“故歌者上如抗,下如坠,曲如折,止如槁木,倨中矩,句中钩,累累乎端如贯珠。”孔颖达《正义》:“言声之状累累乎,感动人心,端正其状,如贯于珠。言声音感动于人,令人心想形状如此。”

(16)“声画”,即指作为人心体现之文章及其声韵。扬雄《法言》:“言,心声也;书,心画也。”“妍蚩”,即美丑、好恶,陆机《文赋序》:“妍蚩好恶,可得而言。”中国古代诗歌讲究声、义并重,意境不仅表现在文字描写上,也表现在吟咏时产生的声韵效果上。

(17)王利器《文心雕龙校证》:“‘滋味流于下句’原作‘吟咏滋味,流于下句’,梅(庆生)据商(家梅,字孟和)改‘下’为‘字’。谢(兆申)云:‘吟咏二字似衍。’梅六次本删‘吟咏’二字。案谢说是,《文镜秘府论》正作‘滋味流于下句’,今据改。”范注:“下句,犹言安句造句。”王利器《文心雕龙校证》:“‘风力’原作‘气力’,据《文镜秘府论》改。”风力、气力,含义类似,不必据改。

(18)王利器《文心雕龙校证》:“古钞本《文镜秘府论》无‘故’字。日刊本《文镜秘府论》‘故’作‘则’。”“和”“韵”是本篇的关键。“和”,即是语言声音美各种不同构成因素有规律的组合所形成的和谐美;“韵”,即是语言声音美各种相同构成因素共鸣呼应的美。“和”与“韵”是文学语言声音美的基本美学原则。它是对中国古代有关“和”与“同”的美学思想之继承与发展。根据《国语·郑语》记载,史伯曾提出“和实生物,同则不继”的命题。他认为宇宙万物都是由不同的因素结合才构成的,如果都是相同的因素,就无法产生众多的百物。“声一无听,物一无文,味一无果,物一不讲。”因此,艺术的美不只是共同方面的互相呼应,而更主要的是各种不同的方面如何和谐地配合好。《左传》昭公二十年晏子也对齐侯说:政治上也要听取不同的意见,不能只听相同的意见。“君所谓可而有否焉,臣献其否可以成其可。君所谓否而有可焉,臣献其可以去其否。是以政平而不干,民无争心。”这也是对“和”“同”美学思想在政治上的运用。这个原理也可用于艺术,音乐也要“清浊、大小、短长、疾徐、哀乐、刚柔、迟速、高下、出入、周疏,以相济也”。这种关于“和”与“同”的美学观影响很大,后来陆机在《文赋》中提出“应、和、悲、雅、艳”的要求,其中的“应”即是“同”,“和”即是《国语》中史伯等讲的“和”。要做到“同”是比较容易的,而要达到“和”则是比较难的。刘勰在《文心雕龙》中提出“和”与“韵”的问题,正是对我国古代“和”与“同”的美学思想的继承与发展。历来各家都以平仄相间解释“和”,以押韵解释“韵”,是值得商榷的。如纪昀评曰:“句末韵脚,有谱可凭。句内声病,涉笔易犯。非精究音学者不知。故往往阅之斐然,而诵之拗格。彦和特抽出另言,以此之故。”刘永济《文心雕龙校释》:“和、韵之理,舍人谓和难而韵易。盖和者,一句之中,平仄有相间相重之美也。韵者,各句之末,同用一韵之字也。用韵者，一韵既定，余句从之，如首韵用东，则余句自可用同、从、童、红等字，虽无韵书，而口吻易调，故曰易也。至于平仄相间，变化甚多，齐梁之际，四声始分，韵书未定，作者每苦不能分别，故曰难也。”纪、刘说均不可从，因“和”与“韵”均指不同声音美构成因素之配合方式，而不仅仅指平仄，亦包括音阶、清浊、节奏、发音部位等也。

(19)杨明照《增订文心雕龙校注》：“‘选’上，两京本、胡本有‘而’字。按有‘而’字，始与下‘缀文难精，而作韵甚易’相俪。”

(20)“毫”，原作“意”。王利器《文心雕龙校证》：“‘意’梅(庆生)六次本、张松孙本作‘毫’。”纪昀批语：“‘纤意’当作‘纤毫’。”杨明照《增订文心雕龙校注》：“按‘毫’字较胜。”按：当作“毫”为是，此处不是讲文意之曲变，而是讲声韵之“曲变”，故“意”字不妥。

(21)“宫商”，韵律。“大和”，自然和谐。《周易·乾卦》彖辞：“保合大和，乃利贞。”王弼注：“不和而刚则暴。”孔颖达《正义》：“纯阳刚暴，若无和顺，则物不得利，又失其正。以能保安合会大利之道，乃能利贞于万物，言万物得利而贞正也。”“籥”，管乐器，或谓排箫。《尔雅·释乐》：“大籥谓之产(郭沫若谓“产”为“笙”之讹，籥谓排箫。见《甲骨文字研究》)。”郭璞注：“籥如笛，三孔而短小。”

(22)“取均”，取韵。《昭明文选》卷十八成公绥《啸赋》：“音均不恒，曲无定制。”李善注：“‘均’，古‘韵’字也。《鹖冠子》曰：‘五声不同均，然其可喜一也。’晋灼《子虚赋》注曰：‘文章假借，可以协韵。均与韵同。’”“调瑟”，调谐弦柱。《淮南子·氾论训》：“譬犹师旷之施瑟柱也，所推移上下者，无尺寸之度，而靡不中音。”扬雄《法言·先知》：“以往圣人之法治将来，譬犹胶柱而调瑟。”胶柱，谓不转动弦柱，则不能调瑟也。

(23)范文澜《文心雕龙注》：“此谓陈思、潘岳吐音雅正，故无往而不和。士衡语杂楚声，须翻回以求正韵，故有时而乖贰也。左思，齐人，后乃移家京师，或思文用韵，有杂齐人语者，故彦和云然。”黄侃《文心雕龙札记》：“‘宫商大和’至‘可以类见’。按此谓能自然合节与不能自然合节者之分。曹、潘能自然合节者也，陆、左不能自然合节者也。”

(24)《昭明文选》刘桢《赠徐幹》诗:“拘限清切禁,中情无由宣。”五臣刘良注:“清切,犹严切也。”杨慎批:“伟长饶齐气,士衡多楚声。”

(25)黄侃《文心雕龙札记》:“案《文赋》云:‘亮功多而累寡,故取足而不易。’彦和盖引其言以明士衡多楚,不以张公之言而变。‘知楚’二字乃涉上文而讹。”王利器《文心雕龙校证》:“案黄说是。‘知楚’二字即‘取足’形近之讹,今据改。”按:元、明以来各本均为“知楚不易”,王说谓“形近之讹”不妥,此无形近可言。《文赋》中多以音乐比喻文章写作,刘勰或因此理解“取足不易”为“知楚不易”?“知楚不易”方与上文“《楚辞》辞楚,故讹韵实繁”,及下文“衔灵均之声余,失黄钟之正响”衔接一致。范文澜《文心雕龙注》:“陆云《与兄平原书》:‘张公(张华)语云云:兄文故自楚,须作文为思昔所识文。’观云诸书中论韵者,如:‘李氏云,雪与列韵,曹便复不用;人亦复云,曹不可用者,音自难得正。’(所云李氏,岂即李登与?曹或指陈思王也)又如:‘彻与察皆不与日韵,思惟不能得,愿赐此一字。’又如:‘音楚,愿兄便定之。’观此诸语,知当时无标准韵书,故得正韵颇不易也。”可知陆机确实颇多楚声,刘勰或由此而有此言。黄侃之说亦可为一家言,供参考。《文赋》:“亮功多而累寡,故取足而不易。”李善注:“言其功既多,为累盖寡。故以取足而不改易其文。”五臣注刘良曰:“信功多而累句亦少,故可自取足于一篇,亦不可改易也。”按:《文赋》此言非指音韵,是讲文章立警策之重要。“黄钟”,谓传统之标准声律。按:“声余”,杨明照《增订文心雕龙校注》:“按‘声余’当乙,始能与正响相对。上文‘余声易遣’亦与‘遗响难契’对。”“声余”,即“余声”,不必改动。

(26)遍照金刚《文镜秘府论》论“对”:“若言不对,语必徒申;韵而不切,烦词枉费。”此“切韵”与陆法言《切韵》无涉,陆著撰于隋代。“圜”,同圆。《汉书·梅福传》梅福上书:“昔高祖纳善若不及,从谏如转圜。”颜师古注:“不及,恐失之也。转圜,言其顺也。”《南史·王弘传》载:“(沈约)于御筵谓王志(王筠伯父)云:‘贤弟子文章之美,可谓后来独步。谢朓常见语云,好诗圆美流转如弹丸。近见其数首,方知此言为实。'"

(27)宋玉《九辩》:"圆凿而方枘兮,吾固知其鉏铻而难入。"五臣吕延济注:"若凿圆穴,斫方木内之,而必参差不可入。……鉏铻,相距貌。"陆机《文赋》:"或妥帖而易施,或岨峿而不安。"李善注:"岨峿,不安貌。"岨峿,即鉏铻。

(28)"疏识",黄叔琳本作"识疏",非。"长风""东郭"两句分别概括前面所写两种不同情状。一为褒嘉之语,一为贬斥之语,非为同一含义,黄侃、范文澜解释有误。"长风过籁"指《庄子·齐物论》中所言"天籁",而非詹锳《文心雕龙义证》所言"地籁"。庄子主张的是"天籁",其曰:"(南郭)子綦曰:'偃,不亦善乎,而问之也!今者吾丧我,汝知之乎?女闻人籁而未闻地籁,女闻地籁而未闻天籁夫!'子游曰:'敢问其方。'子綦曰:'夫大块噫气,其名为风。是唯无作,作则万窍怒呺。而独不闻之翏翏乎?山林之畏佳,大木百围之窍穴,似鼻,似口,似耳,似枅,似圈,似臼,似洼者,似污者;激者,謞者,叱者,吸者,叫者,譹者,宎者,咬者,前者唱于而随者唱喁。泠风则小和,飘风则大和,厉风济则众窍为虚。而独不见之调调之刁刁(刀刀)乎?'子游曰:'地籁则众窍是已,人籁则比竹是已。敢问天籁。'子綦曰:'夫吹万不同,而使其自已也,咸其自取,怒者其谁邪!'"地籁和天籁皆是"长风过籁",不过地籁要依靠"众窍",而天籁则"咸其自取",是自然而然,无需任何依据。成玄英疏:"夫天者,万物之总名,自然之别称,岂苍苍之谓哉!故夫天籁者,岂别有一物邪?即比竹众窍接乎有生之类是尔。寻夫生生者谁乎?盖无物也。故外不待乎物,内不资乎我,块然而生,独化者也。是以郭注云,自已而然,则谓之天然。故以天然言之者,所以明其自然也。而言吹万不同。且风唯一体,窍则万殊,虽复大小不同,而各称所受,咸率自知,岂赖他哉!此天籁也。故知春生夏长,目视耳听,近取诸身,远托诸物,皆不知其所以,悉莫辨其所然。使其自已,当分各足,率性而动,不由心智,所谓亭之毒之,此天籁之大意者也。""东郭",梅庆生谓:"'南'原作'东',叶循父改。"按,此说非也。黄叔琳《文心雕龙辑注》本李详《补注》:“按叶循父校改南,据《韩非子·内储说上·七术》篇改也。今检《新论·审名》篇云:‘东郭吹竽而不知音。’袁孝政注亦以齐宣王东郭处士事为释,则南郭自有作东郭者,不必定依《韩子》也。”王叔岷《文心雕龙缀补》:“案《古诗纪》《喻林》引此并作东郭,与原本同。盖《韩非子》旧本‘南郭处士’或有作东郭者。”元本、弘治本、汪一元本、活字本等并作“东郭”。王惟俭本“遇”字下有三字空格。“籁”字下有“流水之浮花□□□郑人之买椟”十三字。杨明照《增订文心雕龙校注》:“按两京本、胡本有‘流水之浮花,郑人之买椟’十字,与训故本略同。寻绎上下文意,实不应有。‘长风’‘南郭’二句皆以音喻,‘流水浮花’,‘郑人买椟’,于此颇不伦类,疑为浅人妄增。《淮南子·齐俗训》:‘若风之过箫,忽然感之,各以清浊应矣。’许注:‘箫,籁也。’”

(29)《礼记·玉藻》:“古之君子必佩玉,右徵角,左宫羽,趋以《采齐》,行以《肆夏》。周还中规,折还中矩,进则揖之,退则扬之,然后玉锵鸣也。”郑玄注:“(《采齐》)路门外之乐节也。”又曰:“(《肆夏》)登堂之乐节。”孔颖达《正义》:“路寝门外至应门谓之趋,于此趋时,歌《采齐》谓节。”又曰:“路寝门内至堂谓之行,于行之时则歌《肆夏》之乐。”

(30)“忘”,王惟俭本作“忽”。

(31)《吕氏春秋·长见》篇:“师旷欲善调钟,以为后世之知音者也。”

(32)《礼记·内则》:“堇、荁、枌、榆、免、薧、滫、瀡以滑之。”郑玄注:“谓用调和饮食也。荁,堇类也。冬用堇,夏用荁。榆白曰枌。免,新生者。薧,干也。秦人溲曰滫,齐人滑曰瀡也。”“榆”,榆树,树叶可以食用。“槿”为“堇”之假借,是一种菜。

《章句》篇

夫设情有宅，置言有位；宅情曰章，位言曰句[1]。故章者，明也；句者，局也[2]。局言者，联字以分疆[3]；明情者，总义以包体。区畛相异[4]，而衢路交通矣。夫人之立言，因字而生句，积句而为章，积章而成篇[5]。篇之彪炳，章无疵也；章之明靡，句无玷也；句之清英，字不妄也：振本而末从，知一而万毕矣[6]。

夫裁文匠笔[7]，篇有小大；离章合句，调有缓急：随变适会，莫见定准[8]。句司数字，待相接以为用；章总一义，须意穷而成体。其控引情理，送迎际会[9]，譬舞容回环，而有缀兆之位；歌声靡曼，而有抗坠之节也[10]。寻诗人拟喻，虽断章取义[11]，然章句在篇，如茧之抽绪[12]，原始要终，体必鳞次[13]。启行之辞，逆萌中篇之意；绝笔之言，追媵前句之旨[14]。故能外文绮交，内义脉注，跗萼相衔[15]，首尾一体。若辞失其朋，则羁旅而无友[16]；事乖其次，则飘寓而不安。是以搜句忌于颠倒，裁章贵于顺序，斯固情趣之指归[17]，文笔之同致也。

若夫笔句无常，而字有条数[18]，四字密而不促，六字格而非缓[19]。或变之以三五，盖应机之权节也。至于《诗·颂》大体，以四言为正，唯"祈父""肇禋"，以二言为句[20]。寻二言肇于黄世，《竹弹》之谣是也[21]；三言兴于虞时，《元首》之诗是也[22]；四言广于夏年，《洛汭之歌》是也[23]；五言见于周代，《行露》之章是也[24]。六言七言，杂出《诗》《骚》[25]，而两体之篇,成于西汉[26]。情数运周,随时代用矣。

若乃改韵从调[27],所以节文辞气。贾谊、枚乘,两韵辄易;刘歆、桓谭,百句不迁[28]:亦各有其志也。昔魏武论赋,嫌于积韵,而善于贸代[29]。陆云亦称:“四言转句,以四句为佳。”观彼制韵,志同枚、贾[30]。然两韵辄易,则声韵微躁;百句不迁,则唇吻告劳。妙才激扬,虽触思利贞,曷若折之中和,庶保无咎[31]。又诗人以“兮”字入于句限,《楚辞》用之,字出于句外。寻“兮”字承句,乃语助余声[32]。舜咏《南风》,用之久矣,而魏武弗好,岂不以无益文义耶?至于“夫惟盖故”者,发端之首唱[33];“之而于以”者,乃札句之旧体[34];“乎哉矣也”者,亦送末之常科[35]。据事似闲,在用实切。巧者回运,弥缝文体[36],将令数句之外,得一字之助矣。外字难谬,况章句欤!

赞曰:断章有检,积句不恒[37]。理资配主,辞忌失朋。环情草调[38],宛转相腾。离同合异,以尽厥能[39]。

简析:

本篇论文章章节和句子。章和句的安排都是按照表达思想内容的需要来定的。“设情有宅,置言有位;宅情曰章,位言曰句。”所以义和辞要各有合适安排,作品在表达方面都必须条理分明,脉络清楚。必使字、句、章充分发挥其应有之作用,这样才能构成精练的篇章。“篇之彪炳,章无疵也;章之明靡,句无玷也;句之清英,字不妄也:振本而末从,知一而万毕矣。”这也正是对陆机《文赋》中“选义按部,考辞就班,抱景者咸叩,怀响者毕弹”的进一步发挥。然而,文情多变,“篇有小大”,“调有缓急”,又需要作家能够“随变适会”使“其控引情理,送迎际会,譬舞容回环,而有缀兆之位;歌声靡曼,而有抗坠之节也”。这显然也是本于《文赋》提出之“因宜适变,曲有微情”,“譬犹舞者赴节以投袂,歌者应弦而遗声”而来的。刘勰还指出全篇必须前后呼应，构成一完整的整体，因此，“原始要终，体必鳞次”。使“启行之辞，逆萌中篇之意；绝笔之言，追媵前句之旨；故能外文绮交，内义脉注，跗萼相衔，首尾一体”。必须要避免因“辞失其朋”，而“羁旅而无友”；防止由“事乖其次”，而“飘寓而不安”。这也是就《文赋》所指出的“俯寂寞而无友，仰寥廓而莫承”，“言寡情而鲜爱，辞浮漂而不归”的文病，所提出的纠正方法。刘勰还指出章句并无常规，需要灵活运用，因此诗歌的句子字数亦需据需要而定，各有特殊功用。用韵也要适中，既不要频繁换韵，也不可一韵到底。他还专门考察了“兮”字的用法和文句中虚词的作用，做出了精确的概括。

语译：

文学创作要布置情理内容各有具体处所，安排语言文辞各有合适位置。情理处所的设定称为“章”，言辞位置的安排称为“句”。章的意思，就是明晰；句的意思，就是界限。界限言辞，一个个字词连接起来区分各个句子不同疆域；明晰情理，总括不同意义构成一个整体。章句疆界领域差异清楚明白，内部沟通纵横交错四通八达。所以人的立言撰文，由字词而组成句子，积累句子成为一章，累积各章成为一篇。一篇文章的光彩绚丽，在于每一章都没有瑕疵；而一章的明媚绮靡，在于每一句都没有污点；而每一句的清新英俊，在于每个字都精准而不虚妄。振动树干本体枝叶必然跟随摇荡，故可知一晓万掌握文章整体而洞晓字句末节。

撰写有韵之文与无韵之笔，篇幅大小各有不同；分为各章综合各句，语调辞气有缓有急；需要根据具体情况随机应变从而融会合宜，这是没有固定规则的。一句管辖数字，需要妥善连接才能起到作用。一章综合各句形成一个意思，需意思表达穷尽方可形成整体。全面掌控情理的表达，上下文之间送往迎来交会融合，犹如舞蹈旋转回环往复，保持完美行列队形；歌声靡嫚抑扬顿挫，合乎节拍高低有序。考察《诗经》作者模拟比喻，虽然经常断章取义，然而一篇章句安排，犹如茧之抽丝，从开始到终结，鳞次栉比体例严密。文章开篇文辞，要启发萌生中间部分意思，而文章末尾结束文辞，又需承应追接前面部分主旨；故而文章外在文辞绮丽交错，内在含义脉络贯通，犹如花瓣承接于花萼、花萼承接于萼足，首尾连贯一体。如果文辞失去朋友，就像羁旅之人孤独而没有亲友；如果叙事次序乖违，则如游子飘泊异乡而坎坷不安。筹措文句最忌字词颠倒，而裁定章节贵在次序顺当，这本是文章情趣意旨的指向和归宿，不论有韵之文还是无韵之笔都是相同一致的。

文笔句子或多或少并无定规，而句子字数则有一定条例规则。四字句紧密而不迫促，六字句宽长而不缓慢，而有时会变化为三字句和五字句，则是随机应变的权宜节制。《诗经》中《颂》的大部分，都以四言句子作为正体，只有《小雅·祈父》《周颂·维清》中的"祈父""肇禋"，是以二言为句的。考察二言一句诗歌起始于黄帝时代，谣谚《竹弹》就是二字句诗。三言之诗则兴盛于虞舜时代，《元首》之诗即是三言为主。四言诗广泛创作于夏代，例如《洛汭之歌》（即《五子之歌》）就是例子。五言诗则始见于周代，如《诗经·召南·行露》主要是五言句子。六言句、七言句均混杂出现在《诗经》《楚辞》中，完整的六言诗和七言诗则形成于西汉。诗歌发展的情况不停地运转变化，皆是随时代演变而有不同功用。

至于更换韵脚以适应语调变化，是为了调节文辞气势。贾谊、枚乘作品，四句两韵后即要转韵，刘歆、桓谭作品，则一百句也不变迁更换，也是各有自己的志向和用法。曹操论辞赋作品，嫌弃积累很久才换韵的做法（或即一韵到底的方法），而喜欢善于更换用韵的作品。陆云也说："四言转句，以四句一换为佳。"考察他的用韵方法，是和枚乘、贾谊比较一致的。然而两韵后动辄转韵，则声韵更换稍微显得急躁局促；上百句都不换韵，则过于单一会使唇吻劳累。文思高妙的作家感情激荡昂扬，虽然思虑触发中正平和，如果能在"两韵辄易"和"百句不迁"间折中调和，方可确保没有过错。《诗经》作者常把"兮"字放置在句子范围之内（句中），而《楚辞》作者的运用，则常把"兮"字放在句子范围之外（句末）。探讨用"兮"字形成句子，"兮"字只是语助词属于句子"余声"。在虞舜时代的《南风》歌里，早就已经使用"兮"字，可是魏武帝曹操不喜欢在诗句中用"兮"字，不就是因为它对文义并无增益吗？至于"夫、惟、盖、故"，都是文句起首所用虚词。"之、而、于、以"，是插入句中表示转折的常用体式。"乎、哉、矣、也"，则是句末结束时所常用的语气词。上述虚词在阐述事理角度看似乎是空闲而无实际意义的，而在表达各种不同语气和显示语义转换等方面看则是有极其切实作用的。善能巧妙回环运用虚词的作者，可以藉此圆润弥合文体各个部分，将会因数个句子之外，由一个虚词而连成整体获得极大帮助。实词以外的虚词都不可有谬误，更何况由实词构成的章句呢！

总论：章节分断固有法则，积句成章并无准绳。情理阐述切合主题，文辞搭配最忌失朋。围绕感情草拟辞调，曲折婉转飞翔翻腾，有离有合有同有异，穷尽努力发挥功能。

注订：

（1）"情"，指作家所要表达的思想感情，也就是作品的情理内容。"言"，指文学创作的语言文辞，也就是作品的形式。不同的"章"是"情"的各部分有次序的展开，不同的语言文字构成"句"，句子组合称为"章"。《说文》："宅，所托也。"段玉裁注："托者，寄也。"又曰："引申之凡物所安皆曰宅。"《说文》："位，列中庭之左右谓之位。"此言文词亦犹宫庭之臣，各有适合自己的位置。

（2）"章"，即是"明"；"明"，即是"明情"；"明情"，即是"总义以包体"，作品有不同的"章"构成整体。"句"，即是"局"；"局"，即是"局言"；"局言"，即是"联字以分疆"，区分各个字词之间不同意义形成完整句子。这些不同的"章"和"句"各有自己区域，从而构成一篇完善的文章，犹如一幅清晰的纵横交通图。

（3）《诗经 · 周南 · 关雎》："《关雎》五章，章四句。"孔颖达《正义》："句必联字而言，句者，局也；联字分疆，所以局言者也。章者，明也；总义包体，所以明情者也。"又曰："句者联字以为言，则一字不制也。"又曰："章者，积句所为，不限句数也，以其作者陈事，须有多少章总一义,必须意尽而成故也。”就是用的《文心雕龙》论述再作具体发挥。“局言”,指字词各有自己的部位构成句子,不可滥用。《礼记·曲礼》:“进退有度,左右有局,各司其局。”注:“局,部分也。”孔颖达《正义》:“‘左右有局’者,局,部分也。军之在左右,各有部分,不相滥也。‘各司其局’者,军行须监领,故主帅部分,各有所司部分也。《尔雅》云:‘局,分也。’郭云:‘谓分部也。’”

(4)“畛”,田界。

(5)“人之立言”,指文章写作程序。刘知几《史通·叙事》篇:“夫饰言者为文,编文者为句,句积而章立,积累各章积而成为篇。篇目既分,而一家之言备矣。”“为章”,梅庆生本作“成章”,杨明照《增订文心雕龙校注》:“‘成章’,元本、弘治本、汪(一元)本、佘(诲)本、张(之象)本、两京本、胡(维新)本、训故本、文津本作‘为章’(文溯本剜改为“成”)。《翰苑新书序》《唐音癸签》四引同。按作‘为章’,与下句之‘成篇’始不重出,是也。《论衡·正说》篇:‘文字有意以立句,句有数以连章,章有体以成篇。’”

(6)从一篇到各章,从一章到各句,从一句子到各字,由本到末密切相连,此谓“知一而万毕”。

(7)“匠”,本指工匠,此处引申为工匠治理器物。

(8)此言文章修饰裁剪过程。《周易·系辞下》:“《易》之为书也不可远,为道也屡迁,变动不居,周流六虚,上下无常,刚柔相易,不可为典要,唯变所适。”王弼注:“六虚,六位也。”孔颖达《正义》:“屡,数也。言易之为道,皆法象阴阳,数数迁改。……‘变动不居’者,言阴阳六爻,更互变动,不恒居一体也。”又曰:“言刚柔相易之时,既无定准,唯随应变之时所之适也。”

(9)“控引情理”四句,此言句与章都要有自己独立完整的含义,其中心思想在“控引情理,送迎际会”。文章主要是情理的表达,而情理如何正确、鲜明、生动地展示,需要作者善于全面掌控,有总体布局,并加以引申发挥,使之深刻、精准、灵活、优美。上下文之间交会融合十分妥帖。“际会”,融汇。

(10)“缀兆之位”，行列进退位置。“靡曼”，即靡嫚，优美。“抗坠”，高抗下坠，指声音高低抑扬。《礼记·乐记》：“故听其雅、颂之声，志意得广焉；执其干戚，习其俯仰诎伸，容貌得庄焉；行其缀兆，要其节奏，行列得正焉，进退得齐焉。”郑玄注：“缀，表也，所以表行列也。……兆，域也，舞者进退所至也。要，犹会也。”孔颖达《正义》：“言舞者缀表兆域，方正得其所矣。节谓曲节。奏，谓动作。言作乐，或节或奏，是依其缀兆，故行列得正，由随其节奏，故进退得齐也。”

(11)此处所言“断章取义”非为贬意，春秋时代公卿大夫出使聘问，常常先要赋诗以明意，虽然和所赋《诗经》本意不一定相同，都只是借诗中某章或某句以阐明自己的来意，以此对所要议论的事件表明己方立场态度，往往能起到积极的效果与作用，不需要和《诗经》原篇含意完全一致。《左传》襄公二十八年卢蒲癸所说：“赋诗断章，取所求焉。”是阐明断章取义的目的是为了各取所求，而不是对它的否定。

(12)《昭明文选》张衡《南都赋》：“白鹤飞兮茧曳绪。”五臣李周翰注：“犹蚕茧曳丝绪而相连。”

(13)《周易·系辞下》：“《易》之为书也，原始要终，以为质也。”孔颖达《正义》：“言《易》之为书，原穷其事之初始，乾‘初九，潜龙勿用’，是原始也。又要会其事之终末，若‘上九，亢龙有悔’，是要终也。言《易》以原始要终以为体质也。”

(14)“启行”，开始。“绝笔”，终篇。“追媵”，承接。

(15)《诗经·小雅·常棣》：“常棣之华，鄂不韡韡。”郑玄笺：“承华者曰鄂。不，当作柎，柎，鄂足也。鄂足得华之光明，则韡韡然盛。”鄂，即萼。柎，与跗同。孔颖达《正义》：“郑以为华下有鄂，鄂下有柎，言常棣之华与鄂柎韡韡然甚光明也。由华以覆鄂，鄂以承华，华鄂相承覆故得韡韡然而光明也。”

(16)“辞失其朋”的“辞”，当包含辞与句。辞与辞、句与句必须互相配合、互相补充，谓此即陆机《文赋》所说：“或托言于短韵，对穷迹而孤兴。”“俯寂寞而无友，仰寥廓而莫承。譬偏弦之独张，含清唱而靡应。”李善注：“短韵，小文也。言文小而事寡，故曰穷迹；迹穷而无偶,故曰孤兴。”“言事寡而无偶,俯求之则寂寞而无友,仰而应之则寥廓而无所承。”“言累句以成文,犹众弦之成曲。今短韵孤起,譬偏弦之独张;弦之独张,含清唱而无应。韵之孤起,蕴丽则而莫承也。”又《文赋》言:“或遗理以存异,徒寻虚以逐微。言寡情而鲜爱,辞浮漂而不归。”李善注:“漂,犹流也。不归,谓不归于实。”“《说文》曰:‘幺,小也。……’《淮南子》曰:‘邹忌一徽琴,而威王终夕悲。’许慎注曰:‘鼓琴循弦谓之徽,悲雅俱有,所以成乐,直雅而无悲则不成。’”

(17)郭璞《尔雅序》:“夫《尔雅》者,所以通训诂之指归。”邢昺疏:“言此书所以通畅古今之言,训道百物之貌,使人知其指意归乡(向)也。”

(18)“笔”,王利器《文心雕龙校证》改为“篇”:“‘篇’原作‘笔’,盖偏旁相涉而误。上文‘启行之辞,逆萌中篇之意;绝笔之言,追媵前句之旨’即以篇句为言,此文承之。”刘永济《文心雕龙校释》:“笔句,各本皆如此。‘笔’乃‘章’误,审文可知。”按:王、刘二说均无版本依据,实乃臆测。此作“笔”,各本皆如此。刘勰受当时骈文流行影响,作为笔的骈文,以四字、六字句为主。李曰刚《文心雕龙斠诠》改“字有条数”为“字数有条”,亦无据。王利器《文心雕龙校证》:“‘条’何允中本、日本活字本、凌本作‘常’。”亦不妥。

(19)“格”,宽长貌。范文澜《文心雕龙注》:“《说文》:‘格,木长貌。’是格有宽长之义。”杨明照谓“格”是“裕”之形误,无据,非是。

(20)《诗经·小雅·祈父》:“祈父!予,王之爪牙。胡转予于恤?靡所止居。祈父!予,王之爪士。胡转予于恤?靡所厎止。祈父!亶不聪。胡转予于恤?有母之尸饔。”毛传:“祈父,司马也,职掌封圻之兵甲。”《诗经·周颂·维清》:“维清缉熙,文王之典。肇禋。迄用有成,维周之祯。”朱熹注:“肇,始;禋,祀;迄,至也。此亦祭文王之诗。”参见《明诗》篇:“若夫四言正体,则雅润为本。”《诗经》的《颂》作也有一字句、三字句、五字句、六字句等,但主要是四言。《风》《雅》也是以四言为主,兼有其他各言句。

(21)《竹弹》歌参见《通变》篇注(9)。

(22)《元首》诗中去掉每句感叹词“哉”，就是三言诗。

(23)《洛汭之歌》即《五子之歌》。

(24)五言诗则始见于周代，如《诗经·召南·行露》主要是五言句子。《诗经·豳风·七月》亦有五言句：“三之日于耜，四之日举趾。”

(25)《诗经》中之六言句如《周南·卷耳》“我姑酌彼金罍”，“我姑酌彼兕觥”。《豳风·七月》：“五月斯螽动股，六月莎鸡振羽。”《小雅·雨无正》：“谓尔迁于王都，曰予未有室家。”七言句如《秦风·黄鸟》“交交黄鸟止于棘”，“交交黄鸟止于桑”，“交交黄鸟止于楚”。《豳风·七月》：“二之日凿冰冲冲，三之日纳于凌阴。”《楚辞》若去掉语助词“兮”，则很多为六言句(亦杂有七言句)，如《离骚》：“帝高阳之苗裔(兮)，朕皇考曰伯庸。摄提贞于孟陬(兮)，惟庚寅吾以降。皇览揆余初度(兮)，肇锡余以嘉名：名余曰正则兮，字余曰灵均。纷吾既有此内美(兮)，又重之以修能。扈江离与辟芷(兮)，纫秋兰以为佩。汨余若将不及(兮)，恐年岁之不吾与。朝搴阰之木兰(兮)，夕揽洲之宿莽。日月忽其不淹(兮)，春与秋其代序。惟草木之零落(兮)，恐美人之迟暮。不抚壮而弃秽(兮)，何不改乎此度？乘骐骥以驰骋(兮)，来吾道夫先路。”七言句如“朝饮木兰之坠露(兮)，夕餐秋菊之落英”，“虽不周于今之人(兮)，愿依彭咸之遗则”，“众女嫉余之蛾眉(兮)，谣诼谓余以善淫”。不过，《诗经》《楚辞》中的六言和七言都是杂陈于篇中，并非完整的六言诗和七言诗。

(26)王利器《文心雕龙校证》：“‘两’原作‘而’，谢(兆申)、梅(庆生)俱云：‘疑有脱字。’梅六次本改‘而’为‘两’，王惟俭本、冯(允中)本‘而’下空一格。今从梅六次本。”王惟俭本“而”下当缺“两”字，今补。王利器又曰：“‘西’原作‘两’，今从梅六次本、徐校本改。”完整的六言诗和七言诗则形成于西汉。任昉《文章缘起》：“六言始于谷永。”然谷永之六言诗今不传。西汉七言诗还不成熟，但是项羽《垓下歌》、刘邦《大风歌》、汉武帝《秋风辞》亦可算是七言为主，去掉“兮”字，亦有不少六言句。司马相如等文人的《郊祀歌》十九章亦有很多七言句,其中《景星》的后半十二句全为七言。汉武帝《柏梁诗》则是完整七言诗,不过,后人或以为伪作,然亦无确据。刘向父子亦有七言诗,《昭明文选》孔稚圭《北山移文》李善注:"董仲舒集,七言琴歌二首。"《昭明文选》张衡《西京赋》李善注:"善曰:刘向七言曰:博学多识与凡殊。"谢惠连《雪赋》李善注:"刘向七言曰:时将昏暮白日午。"张衡《思玄赋》及张协《杂诗》、颜延年《秋胡诗》李善注:"刘向七言曰:朅来归耕永自疏。"嵇康《赠秀才入军》李善注:"刘向七言曰:山鸟群鸣我心怀。"王粲《赠士孙文始》及谢朓《拜中军记室辞隋王笺》李善注:"刘歆《七略》曰:宴处从容观诗书。"诸葛亮《出师表》李善注:"刘歆七言诗曰:结构野草起室庐。"

(27)"从",元明清各本皆然。范文澜《文心雕龙注》:"铃木云:案'从'疑作'徙'。"杨明照《增订文心雕龙校注》:"按铃木说是。《文选》嵇康《琴赋》'改韵易调',《晋书·文苑·袁宏传》'移韵徙事',可资旁证。"按:"从调"即跟从语调变化之意,不必臆改。

(28)黄侃《文心雕龙札记》:"观贾生《吊屈原》及《鹏赋》,诚哉两韵辄易,《惜誓》及枚乘《七发》乃不尽然。彦和又谓刘歆、桓谭百韵不迁,子骏赋完篇存者惟《遂初赋》,固亦四句一转也。"然刘勰当时看到的作品可能现在已经失传。《惜誓》当非贾谊所作,而枚乘、刘歆、桓谭很多作品已不存。

(29)魏武帝曹操关于赋韵论述今已不存。此言或谓"赋"字为"诗"字。王利器《文心雕龙校证》:"'贸'原作'资',冯(允中)校云:'《玉海》作贸。'何(焯)、吴(翌凤)校亦作'贸',今据改正。《神思》篇有'迁贸'语。"

(30)陆云之言见其《与兄平原书》:"云四言转句,以四句为佳。往曾以兄《七羡》'回烦手而沈哀结'上两句为孤,今更视定,自有不应用时期当尔,复以为不快。故前多有所去。《喜霁》'俯顺习坎、仰炽重离',此下重得如此语为佳,思不得其韵,愿兄为益之。"刘勰认为陆云的四句两韵后转韵的制韵方法,是和贾谊、枚乘相同的。

(31)刘勰对四句即转韵和百句韵不变的方法都不认同,认为比较妥善的制韵方法是两者的折中。“利贞”，中正平和，见《周易·乾卦·文言》：“利者义之和也，贞者事之干也。”孔颖达《正义》引庄云：“‘利者义之和’者，言天能利益庶物，使物各得其宜而和同也。‘贞者事之干’者，言天能以中正之气，成就万物，使物皆得干济。”范文澜《文心雕龙注》：“《南齐书·乐志》永明二年尚书殿中曹奏定朝乐歌诗云：‘寻汉世歌篇，多少无定，皆称事立文，并多八句，然后转韵。时有两三韵而转，其例甚寡。张华、夏侯湛亦同前式，傅玄改韵颇数，更伤简节之美。近世王韶之、颜延之并四韵乃转，得赊促之中。颜延之、谢庄作三庙歌，皆各三章，章八句，此于序述功业详略为宜，今宜从之。’观此文知彦和所谓折之中和者，是四韵乃转也。”范说可作参考。

(32)“句限”，句子范围内。“句外”，句末。《诗经》如《邶风·绿衣》“绿兮衣兮，绿衣黄里”，“绿兮丝兮，女所治兮”，“絺兮绤兮，凄其以风”。又如《诗经·小雅·蓼莪》：“父兮生我，母兮鞠我。”不过，《诗经》很多作品的“兮”字也是在句末，如《诗经·周南·葛覃》：“葛之覃兮，施于中谷，维叶萋萋。”《诗经·周南·螽斯》：“螽斯羽，诜诜兮。宜尔子孙振振兮。”《诗经·召南·摽有梅》：“摽有梅，其实七兮。求我庶士，迨其吉兮！”《楚辞》句子字数或五字，或六字，或七字，或八字等，用“兮”字大多在句末。如《离骚》：“皇览揆余初度兮，肇锡余以嘉名：名余曰正则兮，字余曰灵均。纷吾既有此内美兮，又重之以修能。扈江离与辟芷兮，纫秋兰以为佩。”“户服艾以盈要兮，谓幽兰其不可佩。览察草木其犹未得兮，岂珵美之能当？”然《楚辞》亦多有置“兮”字于句中者，如《九歌》各篇均在句中，《东皇太一》：“吉日兮辰良，穆将愉兮上皇。抚长剑兮玉珥，璆锵鸣兮琳琅。”《诗经》与《楚辞》用“兮”字，或在句内，或在句外，都有很多，十分明显。为什么刘勰特别说《诗经》是用于句内，而《楚辞》是用于句外呢？我以为“句限”的含义，恐不仅仅是“兮”字位置在句内，而是它是诗句不可或缺的组成部分，没有它，句子就不完整，语气也不连贯了，所以“句限”是句子范围内的意思。《楚辞》之所以说在“句外”，是因为如果没有“兮”字，诗句本身不受影响，它只是“语助余声”，如上引《离骚》数句，若去掉“兮”

字，诗句和连接仍然是完整的。“兮”字也完全在韵脚之外。所以谓“字出于句外”，指“兮”字在句子范围之外。也就是说：《诗经》的“兮”字大多是在句子范围之内，而《楚辞》的“兮”字大多在句子范围之外。王利器《文心雕龙校证》：“‘字出于句外’原作‘字出句外’。谢（兆申）云：‘当作出于句外。’今定从张之象本及徐校本。谓以兮字成句，无预于六言七言之数。所谓‘语助余声’而已。”“承”，梅庆生本、黄叔琳本作“成”。

（33）“发端”，起句之助词，此下为对句中所用虚词方法的概述。

（34）“札句”，札即扎，刺入；札句，插在句中。

（35）“常科”，常规。《史通·浮词》：“夫人枢机之发，亹亹不穷，必有余音足句，为其始末。是以伊、惟、夫、盖，发语之端也；焉、哉、矣、兮，断句之助也。去之则言语不足，加之则章句获全。”王利器《文心雕龙校证》：“‘矣’，凌本作‘已’。案《史通·浮词》篇……即本此文，亦作‘矣’，凌本未可从。”又谓“乎哉矣也者”句：“‘者’字原缺，徐（𤊹）校补。案以上文句法求之，当有‘者’字，今据补。”

（36）《文镜秘府论·定位》：“故自于首句，迄于终篇，科位虽分，文体终合。理贵于圆备，言资于顺序，使上下符契，先后弥缝，择言者不觉其孤，寻理者不见其隙，始其宏耳。”

（37）“断章”，分章。“检”，检式，规格法则。《周易·丰卦》：“初九，遇其配主，虽旬无咎，往有尚。”王弼注：“处丰之初，其配在四，以阳适阳，以明之动，能相光大者也。”陆机《文赋》：“俯寂寞而无友，仰廖廓而莫承。”

（38）王利器《文心雕龙校证》：“‘草’，梅（庆生）引孙汝澄云：‘当作节。’徐（𤊹）校‘草’作‘革’。案‘草’读如《诏策》篇‘视草’，《神思》篇‘草奏’，《练字》篇‘草律’，《附会》篇‘草表’‘更草’之‘草’，自通，不烦改字。”

（39）杨明照《增订文心雕龙校注》：“‘合同’，黄校云：‘王本作同合。’元本、弘治本、活字本、汪（一元）本、佘（诲）本、张（之象）本、两京本、崇文本亦并作‘同合’。按‘合同’‘同合’，其义固无异也。”

《丽辞》篇

造化赋形，支体必双，神理为用，事不孤立[1]。夫心生文辞，运裁百虑，高下相须，自然成对[2]。唐虞之世，辞未极文，而皋陶赞云："罪疑惟轻，功疑惟重[3]。"益陈谟云："满招损，谦受益[4]。"岂营丽辞，率然对尔[5]。《易》之《文》《系》，圣人之妙思也[6]。序乾四德，则句句相衔；龙虎类感，则字字相俪[7]；乾坤易简，则宛转相承；日月往来，则隔行悬合[8]；虽句字或殊，而偶意一也。至于诗人偶章，大夫联辞，奇偶适变，不劳经营[9]。自扬、马、张、蔡，崇盛丽辞[10]，如宋画吴冶，刻形镂法[11]，丽句与深采并流，偶意共逸韵俱发。至魏晋群才，析句弥密，联字合趣，割毫析厘[12]。然契机者入巧，浮假者无功[13]。

故丽辞之体，凡有四对：言对为易，事对为难；反对为优，正对为劣。言对者，双比空辞者也[14]；事对者，并举人验者也[15]；反对者，理殊趣合者也[16]；正对者，事异义同者也[17]。长卿《上林赋》云："修容乎礼园，翱翔乎书圃[18]。"此言对之类也。宋玉《神女赋》云："毛嫱鄣袂，不足程式；西施掩面，比之无色[19]。"此事对之类也。仲宣《登楼赋》云："钟仪幽而楚奏，庄舄显而越吟[20]。"此反对之类也。孟阳《七哀》云："汉祖想枌榆，光武思白水[21]。"此正对之类也。凡偶辞胸臆，言对所以为易也；征人之学[22]，事对所以为难也；幽显同志，反对所以为优也；并贵共心，正对所以为劣也。又以事对[23],各有反正,指类而求,万条自昭然矣[24]。张华诗称:“游雁比翼翔,归鸿知接翮[25]。”刘琨诗言:“宣尼悲获麟,西狩涕孔丘[26]。”若斯重出,即对句之骈枝也。

是以言对为美,贵在精巧;事对所先,务在允当。若两事相配,而优劣不均,是骥在左骖,驽为右服也[27]。若夫事或孤立,莫与相偶,是夔之一足,趻踔而行也[28]。若气无奇类[29],文乏异采,碌碌丽辞,则昏睡耳目。必使理圆事密,联璧其章,迭用奇偶,节以杂佩[30],乃其贵耳。类此而思,理斯见也[31]。

赞曰:体植必两,辞动有配。左提右挈,精味兼载[32]。炳烁联华,镜静含态。玉润双流,如彼珩佩[33]。

简析:

本篇论文辞的对偶规则。对偶是我国古代文学特有的重要艺术表现方法,这和汉语本身的特点有密切关系。六朝的骈文和后来的近体诗是运用对偶的最突出代表,但是,对偶并不只是在骈文中才开始运用,而是我国古代文学创作中很早就有了的。对偶主要是讲究语言修辞上的对称之美,运用得好,可使诗文读起来朗朗上口,极为流畅,而且于意义的表达来说,也可以反复从不同角度深入,使读者感到十分充实。为此,刘勰对于对偶的方法是充分肯定的。他指出对偶的运用在我国有悠久的历史,有一个由不自觉到自觉的发展过程。古代汉语很早就有自然成对的现象,从汉代开始自觉地运用对偶,为辞赋创作增添了华丽光辉。魏晋之后,它开始被普遍地运用到诗歌、散文创作之中。对偶在发展中技巧愈来愈精致,特别重视工整、严密,成为和中国文字特点相联系的、具有民族特色的传统艺术表现手法。刘勰总结文学创作实践经验,提出了对偶的四种基本类型:言对、事对、正对、反对,并且对这四类对偶的特点及其相互关系作了精确阐述。言对的特点是文辞句法、格式、词类方面的对偶。事对的特点不只是语言本身的对偶，而主要是典故事义方面的对偶。反对的特点是所说情事是相反的，但所表达的心志是相同的。正对的特点是具体事件虽然不同，但情状心志是完全一样的。刘勰认为言对是比较容易的，而事对是比较困难的，因为言对只是文辞方面的对偶，而事对需要有丰富渊博的学识。正对说的是相同事理，所以比较拙劣；反对要做到理异志同，所以是比较优秀的。怎样才能把对偶的方法运用得好？刘勰认为对偶是形式问题，是为内容服务的，如果内容平庸，骨气贫乏，则对偶再好也是没有价值的。故谓若“气无奇类，文乏异采”，而徒事对偶，只能使人感到厌烦。必须努力做到“理圆事密”，方是精妙丽辞的精神灵魂；若空骋丽辞，事理不立，则成为“昏睡耳目”，没有任何意义。其次在做到“事圆理密”的前提下，又必须讲究对偶的技巧，这里最重要的是“精巧”“允当”，所以他尖锐批评了张华、刘琨诗中意义重复的对偶。六朝是对偶盛行的时代，如何正确运用对偶，刘勰对此做了深刻的理论概括。

语译：

天地造化赋予人和万物形体，人的肢体必然是成双成对的。神明天理自然妙用，任何事情都不孤立。心灵产生语言文辞，万千思虑运行裁夺，高低上下互相配合，自然形成骈俪对偶。唐尧虞舜远古时代，文辞未达文采极致，然而皋陶辅佐虞舜赞赏他说：“罪行可疑宜从轻处罚，功劳可疑宜从重奖励。”夏代的益曾为大禹陈述谋略说：“自满骄傲会招来损失，谦诚虚心会受到益处。”这岂是专门运用对偶，都是率尔之间自然成对呀。《周易》的《文言》与《系辞》，体现了圣人的微妙高深思想。《文言》叙述元、亨、利、贞四德，句句对偶衔接；《乾卦》九五爻辞阐述云龙风虎同类感应，字字骈俪成双。叙述乾卦的易知和坤卦的简能，委婉曲折互相承接；叙述日月寒暑循环相因，则是隔句相对遥遥相望。虽然句子的字数多少不一（或四字、或五字、或六字、或八字等），但其对偶用意都是一致的。《诗经》中有对偶篇章，春秋大夫朝聘、出使联辞应对，单句对偶随机应变，不须烦劳刻意经营。自从扬雄、司马相如、张衡、蔡邕，崇尚骈俪盛行文坛，犹如宋元君以“解衣般礴”论画及《吴越春秋》记载吴国冶炼名剑“干将”“莫邪”，以骈俪对偶来刻画事物形态雕镂文章法式，使骈俪辞句和深浓藻采一起流行，对偶意义和音韵逸响同时并发。到了魏晋时代大批文士，构造句子精细严密，对偶联字融合情趣，剖析毫厘十分讲究。然而只有思绪自然契合者才能巧妙无痕，而空洞浮假造作者必定毫无功效。

骈俪的体制，有四种对偶方式：言对比较容易，事对比较困难；反对较为优越，正对较为拙劣。言对是指只有语句词类的骈俪，事对是指运用人事典故的对比，反对是指事理相反而情趣一致，正对是指情事不一而意义相同。司马相如《上林赋》说：“在礼仪园圃中修饰容颜，在书籍苑囿中翱翔漫游。”这就是言对的例子。宋玉《神女赋》说：“毛嫱以衣袖遮盖容貌，赶不上神女美姿标准；西施以手掌掩饰面孔，比不上神女鲜艳色彩。”这是事对的例子。王粲《登楼赋》说：“锺仪被囚禁而弹奏楚曲，庄舄受恩宠而吟唱越歌。”这是反对的例子。张载《七哀诗》说：“刘邦怀念家乡枌榆社，刘秀思想故土白水县。”这是正对的例子。对偶文辞皆发自胸臆，故言对比较容易；骈俪字句要征引典故，故事对比较困难；幽囚显赫相异而都有思念故国的志向，所以反对比较优秀；同样贵为帝王而均具怀念家乡的心情，因此正对比较拙劣。事对又各有反对、正对，依据按此对偶类别加以推求，即使万条对偶也都可以昭晰明白了。张华诗称：“远游的鸿鸟比翼高飞，归来的大雁连翅翱翔。”刘琨诗说：“宣尼（孔子为宣尼公）悲伤鲁人获得麒麟，孔子哭泣国民西狩仁兽。”上下两句意义重复，是对偶的骈拇枝指。

言对所以优美，贵在文辞精致巧妙；事对首先讲究，运用典故合适恰当。假若对偶两事互相配合，发生优劣不均的状况，则好像双马驾车左边是优良千里马，右边是笨拙劣质马。假如事类孤独无偶，没有相配的骈俪典故，就像只有一只脚的夔，只能瘸着跳着走了。假如没有奇特气韵风骨，文辞缺乏新异色彩，那么碌碌无为的骈偶文辞，也只是昏睡耳目而已。文章必须说理圆润叙事周密，各个章节珠联璧合，迭用单行散句和骈俪对偶，妥善调节使奇偶相生有序配合，这才是最可贵的对偶运用方法。据此类推加以认真思考，则对偶的原理也就清晰明白了。

总论：天赋肢体两两相应，文辞运转骈偶相对。左右两方相互扶持，精彩美味共同相配。并蒂花开明媚鲜艳，清镜照物姿态尽显。圆润美玉成双成对，装饰左右珍贵玉佩。

注订：

（1）“造化”，自然造化，此指天地化育人和万物赋予形体。所以人的肢体有两眼、两耳、两手、两脚等，都成双成对的。“神理”，与本书《原道》篇的“神理”含义相同。

（2）“高下”，以天地为喻，天高地卑相对。“相须”，相互依赖配合。《老子》：“故有无相生，难易相成，高下相倾，音声相和，前后相随。”《诗经·小雅·谷风》：“习习谷风，维风及雨。”毛传：“风雨相感，朋友相须。”孔颖达《正义》：“由风雨相感故润泽德行，以兴良朋相亲于善友，以成其恩爱。由朋友相须，故恩得成。”

（3）“（皋陶赞）云”，王利器《文心雕龙校证》：“‘云’旧作‘文’，黄（叔琳）注本改。”《尚书·大禹谟》：“罪疑惟轻，功疑惟重。”孔安国传：“刑疑从轻，赏疑从重。”孔颖达《正义》：“罪有疑者，虽重从轻罪之；功有疑者，虽轻从重赏之。”

（4）《尚书·大禹谟》：“满招损，谦受益。”孔安国传：“自满者人损之，自谦者人益之，是天之常道。”说明骈俪对偶渊源很早，开始不是刻意经营有意识为之，是自然天成率性而出的。

（5）“对尔”，元本、弘治本、王惟俭本作“对耳”，此从梅庆生本、黄叔琳本、张松孙本。

（6）传统说法《文言》《系辞》均为孔子所作，故“圣人”当指孔子。刘勰是肯定这种说法的，不过历代学者很多怀疑是否孔子所作，或认为孔子和《易经》《易传》根本毫无关系。

（7）“序”，同“叙”。《周易·乾卦》：“乾，元、亨、利、贞。”《文言》：“元者，善之长也；亨者，嘉之会也；利者，义之和也；贞者，事之干也。

君子体仁足以长人，嘉会足以合礼，利物足以和义，贞固足以干事，君子行此四德者，故曰：'乾，元、亨、利、贞。'"又曰："九五曰：'飞龙在天，利见大人。'何谓也？子曰：'同声相应，同气相求，水流湿，火就燥。云从龙，风从虎，圣人作而万物睹。本乎天者亲上，本乎地者亲下，则各从其类也。'""句句"，元本、弘治本、王惟俭本、汪一元本、冯允中本、张之象本等作"八句"，均可通，《文言》序四德为八句。

(8)《周易·系辞上》："乾道成男，坤道成女，乾知大始，坤作成物。乾以易知，坤以简能，易则易知，简则易从；易知则有亲，易从则有功；有亲则可久，有功则可大；可久则贤人之德，可大则贤人之业。易简而天下之理得矣。天下之理得，而成位乎其中矣。"此段前十六句中，每两句构成对偶，前后文意婉转相承。又曰："日往则月来，月往则日来，日月相推而明生焉。寒往则暑来，暑往则寒来，寒暑相推而岁成焉。"此处"日月"与"寒暑"两句是隔行形成对偶，即"悬合"。韩康伯注："天地之道不为而善始，不劳而善成，故曰易简。"孔颖达《正义》："易谓易略，无所造为，以此谓知，故曰'乾以易知'也。"又曰："简谓简省凝静，不须烦劳，以此谓能，故曰'坤以简能'也。"

(9)《诗经·召南·行露》第二章和第三章是相对的："谁谓雀无角？何以穿我屋？谁谓女无家，何以速我狱？虽速我狱，室家不足！谁谓鼠无牙，何以穿我墉？谁谓女无家，何以速我讼？虽速我讼，亦不女从！""大夫联辞"，在《左传》《国语》等典籍中有很多。如《国语·晋语六》："范文子曰：'择福莫若重，择祸莫若轻，福无所用轻，祸无所用重，晋国故有大耻，与其君臣不相听，以为诸侯笑也，盍姑以违蛮夷为耻乎？'"又曰："且唯圣人能无外患又无内忧，距非圣人，不有外患，必有内忧，盍姑释荆与郑以为外患乎！"《左传》宣公三年："楚子伐陆浑之戎，遂至于洛，观兵于周疆。定王使王孙满劳楚子。楚子问鼎之大小、轻重焉。对曰：'在德不在鼎。昔夏之方有德也，远方图物，贡金九牧，铸鼎象物，百物而为之备，使民知神、奸。故民入川泽山林，不逢不若。螭魅罔两，莫能逢之。用能协于上下，以承天休。桀有昏德，鼎迁于商，载祀六百。商纣暴虐，鼎迁于周。德之休明，虽小，重也。其奸回昏乱，虽大，轻也。天祚明德，有所底止。成王定鼎于郏鄏，卜世三十，卜年七百，天所命也。周德虽衰，天命未改。鼎之轻重，未可问也。'"此则于散行文句中夹有对偶骈句，如"桀有昏德，鼎迁于商，……商纣暴虐，鼎迁于周"等。黄侃《文心雕龙札记》："明用奇用偶，初无成律，应偶者不得不偶，犹应奇者不得不奇也。"

(10)扬雄、司马相如、张衡、蔡邕，都是两汉时代的著名辞赋作家。

(11)"宋画吴冶"，元本、弘治本、王惟俭本作"宋尽吴冶"，梅庆生本改"宋画吴冶"，谓"朱(谋㙔)云'宋画吴冶，语出《淮南子》'"。何焯本、谢兆申钞本亦作"宋画吴冶"。《庄子·田子方》："宋元君将画图，众史皆至，受揖而立，舐笔和墨，在外者半。有一史后至者，儃儃然不趋，受揖不立，因之舍。公使人视之，则解衣般礴羸。君曰，可矣，是真画者也。"《吴越春秋·阖闾内传》："(吴王阖闾)请干将铸作名剑二枚。干将者，吴人也，与欧冶子同师，俱能为剑。……干将作剑，採五山之铁精，六合之金英。候天伺地，阴阳同光，百神临观，天气下降，而金铁之精不销沦流，于是干将不知其由。莫耶(干将妻)曰：'子以善为剑闻于王，使子作剑，三月不成，其有意乎？'干将曰：'吾不知其理也。'莫耶曰：'夫神物之化，须人而成，今夫子作剑，得无得其人而后成乎？'干将曰：'昔吾师作冶，金铁之类不销，夫妻俱入冶炉中，然后成物。至今后世，即山作冶，麻绖蒌服，然后敢铸金于山。今吾作剑不变化者，其若斯耶？'莫耶曰：'师知烁身以成物，吾何难哉！'于是干将妻乃断发剪爪，投于炉中，使童女童男三百人鼓橐装炭，金铁乃濡。遂以成剑，阳曰干将，阴曰莫耶，阳作龟文，阴作漫理。"《淮南子·修务训》："夫宋画吴冶，刻刑镂法，乱修曲出，其为微妙，尧、舜之圣不能及。"高诱注："宋人之画，吴人之冶，刻镂刑法，乱理之文，修饰之巧，曲出于不意也。"刘勰认为对偶的历史十分悠久，但是两汉以前都属于自然形成，只是到了辞赋繁荣的汉代，才是有意识的广泛运用，成为一种普遍的表现手法，并达到了高超成熟的艺术造诣，犹如"宋画吴冶"一般的高超水平。这里也说明了骈俪对偶的繁荣，是和辞赋创作之重视辞采、声韵之美分不开的。

(12)“割毫”，黄叔琳本依何焯校改作“剖毫”，杨明照《增订文心雕龙校注》：“《文选·西京赋》‘剖析毫厘’，即此语之所自出，不作‘割’。《体性》篇‘剖析毫厘’，亦可证。黄氏依何校改‘剖’，是也。”此可参考，作“割”本通。

(13)许文雨《文论讲疏》：“盖文章略内容而重外形，故惟以铺张为事，丽辞为主。如司马相如、扬雄辈好罗列事物，而用偶句；其后张衡、蔡邕辈，专以华富为旨，四六对偶之调渐多。柳宗元谓文章至东汉而衰，所谓八代之衰，始于此矣。曹植以旷世之逸才，专攻偶俪之文；邺下七子奋而和之，竞尚绮丽之辞；陆机、潘岳仿之，终现四六横流之世。南渡以后，文气日趋卑弱，溯其所自，则汉赋开之也。”然刘勰对两汉魏晋骈俪的运用并无批评之意，只是比较客观的叙述。

(14)“双比空辞”，指文辞句法、格式、词类、词义方面的对偶。

(15)“并举人验”，指运用具体人事典故作验证的对偶。

(16)“理殊趣合”，指对偶中义理是相反的而情趣则是一致的。

(17)“事异义同”，指对偶中具体情事虽异但内容实质是完全一样的。此是刘勰对四种骈俪文体分类和对其特点所作的理论概括。

(18)王利器《文心雕龙校证》：“‘赋’字原脱，梅补。案梅补是。《吟窗杂录》二七引正有‘赋’字。”按：不补亦可。司马相如《上林赋》：“修容乎礼园，翱翔乎书圃。”《昭明文选》李善注：“郭璞曰：礼，所以整威仪自修饰也。尚书，所以疏通知远者，故游涉之。”两句句式相同，“修容”对“翱翔”，“礼园”对“书圃”，都是词类相同对比。

(19)宋玉《神女赋》：“毛嫱鄣袂，不足程式；西施掩面，比之无色。”《昭明文选》李善注：“慎子曰：毛嫱、先施，天下之姣也。衣之以皮倛，则见者皆走，易之以玄锡，则行者皆止。先施、西施一也。”五臣刘良注：“毛嫱、西施，皆古之美妓也，昔对比神女则必鄣袂掩面不敢。程式，姿式。”此处毛嫱、西施皆为同样具体情事而形成对偶。事对也有言对因素，但是主要是以典故事件作对比。王利器《文心雕龙校证》：“‘赋’字原无，据《吟窗杂录》，何允中本、日本活字本、凌(云)本、锺(惺)本、梁(杰)本、日本刊本、王谟本、崇文本补。”按：不补亦可。

以上三例为赋，第四例为诗，各本仅宋玉《神女赋》有“赋”字，《七哀》后亦无“诗”字，或因仅书“神女”易误解，故加“赋”字。

（20）王粲《登楼赋》：“锺仪幽而楚奏兮，庄舄显而越吟。”《昭明文选》李善注：“《左氏传》（成公九年）曰：晋侯观于军府，见锺仪问曰：南冠（楚冠）而絷（拘执）者谁也？有司对曰：郑人所献楚囚也。使税之，问其族，对曰：伶人也。使与之琴，操南音。公曰：乐操土风，不忘旧也。《史记》（陈轸传）曰：陈轸适楚，秦惠王曰：子去寡人之楚，亦思寡人不？陈轸对曰：昔越人庄舄仕楚执珪（楚国高贵爵位），有顷而病。楚王曰：舄，故越之鄙细（低贱）人也，今仕楚执珪，富贵矣，亦思越不？对曰：凡人之思故，在其病也。彼思越则越声，不思越则且楚声。人往听之，犹尚越声也。今臣虽弃逐之楚，岂能无秦声者哉！”此处锺仪为郑国献给晋国的被俘囚犯，庄舄则在楚国为官荣耀无比，两人境况完全相反，但是奏乐都操故国之音，所以形成“理殊趣合”的反对。

（21）张载的《七哀》诗：“汉祖想枌榆，光武思白水。”汉祖，汉高祖刘邦。《汉书·郊祀志》：“高祖祷丰枌榆社。”颜师古注：“郑氏曰：‘枌榆，乡名也，社在枌榆。’晋灼曰：‘枌，白榆也。社在丰东北十五里。’师古曰：‘以此树为社神，因立名也。’”《昭明文选》张衡《东京赋》：“龙飞白水，凤翔参墟。”李善注：“白水，谓南阳白水县也，世祖（东汉光武帝）所起之处也。初为更始大司马，讨王郎于河北，北为参、虚分野。龙飞凤翔，以喻圣人之兴也。”此谓刘邦想念故乡丰县枌榆社，刘秀思念故乡白水县，都是同样的事情形成为正对。

（22）“征”，弘治本作“微”，今从元本作“征”（繁体作“徵”）。杨明照《增订文心雕龙校注》：“按晋宋以降，隶事之风日盛，舍人曾列《事类》一篇论之；上文亦明言‘事对为难’。由弘治本、汪本等作‘微’推之，必原是‘征’字。元本、活字本、谢钞本正作‘征’，未误。”

（23）王利器《文心雕龙校证》：“‘又言对事对’，原作‘又以事对’，今从纪（昀）说改正。”今不改。

（24）“指类而求”，当即按照上述骈俪对偶的类别相求。“万条”，指文章内不胜枚举的众多骈俪文句。

(25)张华《杂诗》见《玉台新咏》卷二:“游雁比翼翔,归鸿知接翮。”上下两句意思一样,“游雁”即“归鸿”,“比翼翔”即“知接翮”。

(26)刘琨《重赠卢谌》见《昭明文选》及《晋书·刘琨传》:“宣尼悲获麟,西狩涕孔丘。”宣尼,即孔子,两句都是说孔子因“西狩获麟”而悲泣,完全一样。《文选》李善注:“《公羊传》曰:哀公十四年春,西狩获麟。何以书?记异也。孔子曰:孰谓来哉!孰谓来哉!反袂拭面,涕泣沾袍。”麒麟,神兽,仁兽也,象征王者,却出现在乱世,被狩猎获之伤而死,乃不祥之兆,故孔子悲泣感叹世道没落,曰:“吾道穷矣。”王利器《文心雕龙校证》:“‘言’字原在‘诗’字上,梅、徐乙正。按王惟俭本、《诗纪》亦作‘诗言’。”杨明照《增订文心雕龙校注》:“‘泣’,元本、弘治本、活字本、汪(一元)本、佘(诲)本、张(之象)本、两京本、何(焯)本、合刻本、崇文本作‘涕’。按《晋书·琨传》作‘泣’,《文选》作‘涕’。舍人原作何字虽不可知,然其义固无害也。”

(27)“两事”,杨明照《增订文心雕龙校注》:“纪昀云:‘事当作言。’按纪说非是。下文‘若夫事或孤立,莫与相偶’,盖言事奇无匹,故承云:‘是夔之一足,趻踔而行也。’此云事对不均,故承云:‘是骥在左骖,驽为右服也。’”“左骖”,左边驾车的马。“服”,驾驶。“右服”,右边驾车的马。《诗经·郑风·大叔于田》:“两骖如舞。”郑玄笺:“在旁曰骖。”又《大叔于田》:“两服上襄。”郑玄笺:“两服,中央夹辕者。”

(28)《庄子·秋水》:“夔谓蚿曰:吾以一足,趻踔而行,予无如矣。”陆德明《经典释文》:“夔,求龟反,一足兽也。李云:黄帝在位,诸侯于东海流山得奇兽,其状如牛,苍色,无角,一足,能走,出入水即风雨,目光如日月,其音如雷,名曰夔。”成玄英疏:“趻踔,跳踯也。我以一足跳踯,快乐而行天下,简易无如我者。”王利器《文心雕龙校证》:“‘趻’,冯(允中)本、汪(一元)本、佘(诲)本、张之象本、王惟俭本、……作‘踸’。案‘趻’与‘踸’古通。”元本亦作“踸”。

(29)丽辞的运用属于形式技巧,必须以内容的精彩充实为前提,“气无奇类”,没有了文章的精神灵魂。“气类”,气韵风骨类型。

《三国志·蜀书·许靖传》裴松之注引《魏略》载《王朗与文休书》:“孔明等士人气类之徒。”《李严传》裴松之注引诸葛亮《又与平子丰教》:“方之气类,犹为上家。”

(30)《诗经·郑风·女曰鸡鸣》:“杂佩以赠之。”朱熹《诗集传》:“杂佩,左右佩玉也。”

(31)“斯”,或作“自”,非是。杨明照《增订文心雕龙校注》:“‘自’,黄校云:‘汪本作斯。’按元本、弘治本、活字本、佘(诲)本、张(之象)本、两京本、胡(维新)本,训诂本、谢(兆申)钞本、四库本亦并作‘斯’,是也。《章表》篇‘事斯见矣’,语意与此同,可资旁证。”

(32)《汉书·张耳陈馀传》:“夫以一赵尚易燕,况以两贤王左提右挈,而责杀王,灭燕易矣。”颜师古注:“提挈,言相扶持也。”刘永济《文心雕龙校释》:“嘉靖本‘味’作‘未’,按当作‘末’,精末,犹言精粗也。因‘末’误‘未’,‘未’又误作‘味’也。”王利器《文心雕龙校证》:“‘味’,张之象本作‘未’。按‘精味’之‘味’犹《辨骚》篇所谓‘讽味’,《附会》篇所谓‘辞味’‘道味’,《总术》篇所谓‘义味’之‘味’,作‘未’误。”

(33)《礼记·玉藻》:“古之君子必佩玉,右徵角,左宫羽,趋以《采齐》,行以《肆夏》。”郑玄疏:“比德焉。君子,士已上。玉声所中也。徵角在右,事也,民也,可以劳。宫羽在左,君也,物也,宜逸。”又曰:“(《采齐》)路门外之乐节也。(《肆夏》)登堂之乐节。”杨明照《增订文心雕龙校注》:“按《礼记·聘义》:‘昔者,君子比德于玉焉:温润而泽,仁也;……叩之,其声清越以长。’《淮南子·说山训》:‘夫玉润而泽有光,其声舒扬。’‘双流’,谓其光泽与声,以喻丽辞之须讲求藻饰及声律也。”杨说可参考。

《比兴》篇

诗文弘奥，包韫六义[1]，毛公述传，独标兴体，岂不以风通而赋同[2]，比显而兴隐哉！故比者，附也；兴者，起也[3]。附理者，切类以指事；起情者，依微以拟议。起情，故兴体以立；附理，故比例以生。比则畜愤以斥言，兴则环譬以托讽[4]。盖随时之义不一，故诗人之志有二也[5]。

观夫兴之托谕，婉而成章[6]，称名也小，取类也大[7]。关雎有别，故后妃方德[8]；尸鸠贞一，故夫人象义[9]。义取其贞，无从于夷禽；德贵其别，不嫌于鸷鸟[10]。明而未融，故发注而后见也[11]。且何谓为比[12]？盖写物以附意，扬言以切事者也。故金锡以喻明德[13]，珪璋以譬秀民[14]，螟蛉以类教诲[15]，蜩螗以写号呼[16]，澣衣以拟心忧[17]，席卷以方志固[18]，凡斯切象，皆比义也。至如麻衣如雪，两骖如舞[19]，若斯之类，皆比类者也。楚襄信谗，而三闾忠烈[20]，依诗制骚，讽兼比兴[21]。炎汉虽盛，而辞人夸毗[22]，诗刺道丧，故兴义销亡[23]。于是赋颂先鸣，故比体云构，纷纭杂遝，信旧章矣[24]。

夫比之为义，取类不常[25]：或喻于声，或方于貌，或拟于心，或譬于事。宋玉《高唐》云"纤条悲鸣，声似竽籁[26]"，此比声之类也；枚乘《菟园》云"焱焱纷纷，若尘埃之间白云"，此则比貌之类也[27]；贾生《鹏赋》云"祸之与福，何异纠缠[28]"，此以物比理者也；王褒《洞箫》云"优柔温润，如慈父之爱子也[29]”，此以声比心者也；马融《长笛》云“繁缛络绎，范蔡之说也[30]”，此以响比辩者也；张衡《南都》云“起郑舞，茧曳绪[31]”，此以容比物者也。若斯之类，辞赋所先，日用乎比，月忘乎兴，习小而弃大，所以文谢于周人也[32]。

至于扬班之伦，曹刘以下，图状山川，影写云物，莫不纤综比义[33]，以敷其华，惊听回视，资此效绩。又安仁《萤赋》云“流金在沙[34]”，季鹰《杂诗》云“青条若总翠[35]”，皆其义者也。故比类虽繁，以切至为贵，若刻鹄类鹜，则无所取焉[36]。

赞曰：诗人比兴，触物圆览[37]。物虽胡越，合则肝胆[38]。拟容取心，断辞必敢[39]。攒杂咏歌，如川之涣[40]。

简析：

本篇论传统表现技巧比兴的区别和特点。比兴自古以来论之甚多，儒家解释《诗经》中对比兴阐述，有先郑（郑众）与后郑（郑玄）的差别。刘勰在继承郑众说法的基础上有新的发展，同时开始摆脱了郑玄美刺比兴说的错误与局限。刘勰论说比兴的贡献，主要有三点：第一，他从艺术表现的不同特点上指出了比兴的区别。比和兴严格地说都是一种比喻，不过，比是较为显露的明喻；兴是较为隐蔽的暗喻。一是直接比喻，一是象征比喻。比的特点是直接比附于物，“切类以指事”，所以一看就很容易明白；兴的特点是引起人们的一种联想，“依微以拟议”，带有很强烈的暗示与象征意味。第二，刘勰在解释比兴的过程中，更进一步突出了兴的作用。他对汉代辞赋发展过程中，比的方法运用繁多，而兴的方法日渐销亡的情况，非常不满意。他认为比是一种“小”的方法，也即是说一种简单容易的方法；而兴则一种“大”的方法，也即是比较隐蔽曲折委婉的方法。他在论述比兴过程中特别重视兴的意义与作用，这对后来的影响是比较深远的。后来不少文艺家把兴作为艺术创作的重要特征来对待，是和刘勰这种观点分不开的。如王夫之说：“诗言志，歌咏言，非志即为诗，言即为歌也。或可以兴，或不可以兴，其枢机在此。”（《唐诗评选》中评孟浩然《鹦鹉洲送王九之江左》）第三，刘勰对比兴的论述能够联系艺术的形象思维特征来认识，这是他的一个重大贡献。他在《比兴》篇的赞语中提出了两个重要的命题，一是“触物圆览”，二是“拟容取心”，前者说明比兴的产生源于作家对客观事物的全面观察与研究，后者则说明比兴的本质乃在于通过对现实生活状况的客观描写以寄托作家的主观心灵情思，这就把文学创作过程中的形象思维特征和作为艺术表现手法的比兴两者紧密地联系了起来。刘勰虽然在比兴之中更重视兴，但对比的研究分析也相当细致。他总结辞赋艺术经验，指出比的类别已经非常之多：如“比喻于声，或方于貌，或拟于心，或譬于事”，还有”“以物比理”“以心比声”“以辩比响”“以物比容”等不同方法。但是，“比类虽繁，以切至为贵”，这就把比的要害一下子概括出来了。

语译：

《诗经》文辞弘深奥妙，包含蕴藏“风、雅、颂、赋、比、兴”六义，而大毛公毛亨为《诗经》各篇作传，只对兴体诗专门加以标明（其他均不加标示）。岂不是因为“风”的风化、风教意义在《风》《雅》《颂》中相通共有，而“赋”这种直陈铺叙方法则同时存在于赋、比、兴诗之内，“比”是明显譬喻，“兴”是隐蔽譬喻。比的意思，是比附事理；兴的意思，是起兴感情。比附事理需要切合相关事类指出共同特征，兴起感情需要微妙象征比拟引发特定感情。为引发感情，所以就有“兴”体确立；为比附事理，所以就有“比”例产生。比是郁积愤怒发为尖锐斥责言辞，兴是婉曲譬喻寄托深隐讽刺意旨，用比还是用兴都随当时的需要而加以选择，所以诗人表达意向往往有比兴两种不同方式。

考察兴的寄托讽喻，委婉曲折构成篇章，称引名物十分微小，而类比意义极为远大。雎鸠在沙洲上和鸣雌雄有别，象征君子淑女和睦相处以赞美后妃品德；布谷鸟（尸鸠）窃居喜鹊之巢而能坚贞专一，象征其作为诸侯夫人的高义德行。《鹊巢》只取尸鸠坚贞专一，并不介意于它是普通禽鸟；《关雎》只贵雎鸠雌雄有别而能贤淑相伴，并不嫌弃它是猛禽鸷鸟。用意虽然明显然而不够圆融,必须深入理解前贤的注释才能完全了解其含义。再说什么是比呢?就是描写事物来比附心意,以激昂言辞作切合事类的比喻。故而用金锡譬喻光明磊落的高尚品德,用珪璋譬喻优秀杰出的士民才人,以土蜂养育螟蛉类比圣王教诲子民,以夏蝉烦躁鸣声描写号呼沉湎酒色,借没有洗涤脏衣模拟心灵忧伤,以"我心匪席,不可卷也"比方意志坚固不可变更。以上各种切合物象譬喻,均为比的意思。至于像麻衣犹如积雪一样洁白,两旁驾车骏马奔驰像舞蹈那样合乎音乐节奏,这些描写也都属于比的类型。楚襄王听信谗言(放逐屈原),而屈原忠贞刚烈,仿效《诗经》而作《离骚》,讽喻手法兼有比兴。汉代虽繁荣昌盛辞赋流行,而辞赋作者多阿谀奉承迎合君意,于是像《诗经》作者那样讽刺社会政治弊端的正义之道丧失,而"兴"的"环譬托讽"意义遂逐渐销亡。铺张辞采的赋和赞美功德的颂率先繁荣发展,运用比的方法风起云涌,繁多混乱纷纭复杂,辞赋这种状况确实由来已久。

至于比的含义,常有各种不同类型:或比方声音,或模仿形貌,或拟议心灵,或譬喻情事。宋玉《高唐赋》说:"风吹纤细枝条发出悲哀声音,类似笙箫和鸣。"这是比喻声音的例子。枚乘《菟园赋》说:"群鸟飞翔纷纷绕绕光彩夺目,若点点尘埃间杂在白云之迅捷变幻中。"这是比喻容貌的例子。贾谊《鹏鸟赋》说:"祸与福相互起伏不息,犹如两股或三股绳索紧绕纠缠。"这是以事物比喻道理的例子。王褒《洞箫赋》说:"洞箫优柔和蔼温润清纯的微妙声音,犹如慈父对子女的爱护教育。"这是以声音比拟心灵的例子。马融《长笛赋》说:"繁多而相连不绝的笛声,犹如战国范雎、蔡泽之说辞。"这是以音响比喻辨说的例子。张衡《南都赋》说:"跳起郑国舞蹈,犹如蚕茧曳丝。"这是以舞者容姿比喻具体事物的例子。以上这些比的例子,都是辞赋所最先使用的,他们天天都运用比的方法写作,久而久之就遗忘了兴的手法,习惯于渺小简单的比的方法而丢弃了更加重要而意味深长的兴的方法,所以辞赋作家的作品就远逊于两周时代的诗人作品(指《诗经》和《楚辞》)。

至于汉代扬雄、班固之类大辞赋家，直到魏代曹植、刘桢及以后的辞人，图绘山川风土，描述云霞景物，没有不详细综合比的意义，以铺写华美辞采，来引人注目耸人听闻，从而达到藉助比义实现文章的功效实绩。潘岳《萤赋》说：“（萤火虫的闪光飘忽犹如水里）金粒在流沙中时隐时现。”张翰《杂诗》说：“青绿色枝条犹如聚集在一起的翠鸟。”这些较为别致的用法也都属于比类。所以比类虽然繁多，当以能充分切合事类才最为珍贵，若如刻画天鹅不成而像野鸭，则就没有可取之处了。

总论：诗人咏歌盛行比兴，观照物象周全宽广。比喻双方北胡南越，义理圆融肝胆相望。寄寓心灵托付物象，运用文辞果断刚强。会聚情思咏叹歌唱，春水丰沛流动和畅。

注订：

（1）《诗大序》：“故诗有六义焉：一曰风，二曰赋，三曰比，四曰兴，五曰雅，六曰颂。”孔颖达《正义》：“风之所用，以赋、比、兴为之辞，故于风之下即次赋、比、兴，然后次以雅、颂。雅、颂亦以赋、比、兴为之，既见赋、比、兴于风之下，明雅、颂亦同之。……然则风、雅、颂者，诗篇之异体；赋、比、兴者，诗文之异辞耳。大小不同而得并为六义者，赋、比、兴是诗之所用，风、雅、颂是诗之成形。用彼三事，成此三事，是故同称为义，非别有篇卷也。”

（2）“风通”，《毛诗大序》：“风，风也，教也，风以动之，教以化之。”这是《风》《雅》《颂》共同的特点。“赋同”，所有用“赋”“比”“兴”方法写的诗中都有赋的写法存在。如《关雎》：“关关雎鸠，在河之洲。窈窕淑女，君子好逑。参差荇菜，左右流之。窈窕淑女，寤寐求之。求之不得，寤寐思服。悠哉悠哉！辗转反侧。”虽是“兴”，也有“赋”在其中，起兴之后，即是铺陈叙述。这在赋类、比类诗中更为明显。王利器《文心雕龙校证》：“梅（庆生）六次本、张松孙本‘通’改‘异’。纪云：‘异’字是。”黄侃《文心雕龙札记》：“风通，‘通’字是也。《诗》疏曰：‘赋者，铺陈今之善恶，其言通正变，兼美刺也。’”范文澜《文心雕龙注》:"《诗大序》正义曰:'风之所吹,无物不扇,化之所被,无往不沾,故取名焉。'《五行大义》引翼奉说:'风通六情。'"杨明照《增订文心雕龙校注》:"按'通',谓通于美刺;'同',谓同为铺陈。天启梅本改'通'为'异',非是。""风通赋同"的解释各家较为纷纭,似皆不够确切,此不赘述。

(3)"故比者"四句是对比与兴不同特点的理论概括。比,是比附事理,以类似者作比喻。兴,是起兴发情,假借外物来引起情思,以象征所要描写的事和所要抒发的情。刘勰在这里对"比"和"兴"的不同特点作了清楚的说明。《诗经》孔颖达《正义》引郑司农郑众曰:"比者,比方于物,诸言'如'者,皆比辞也。"又曰:"兴者,托事于物,则兴者,起也。取譬引类,起发己心。《诗》文诸举草木鸟兽以见意者,皆兴辞也。"

(4)"畜愤",杨明照《增订文心雕龙校注》:"按'畜'当作'蓄',音之误也。《说文》艹部:'蓄,积也。'又田部:'畜,田畜也。'是二字意义各别。《情采》篇:'盖风雅之兴,志思蓄愤。'尤为切证。何(焯)本、梁(杰)本、别解本、冈(白驹)本、尚古本、王(谟)本、郑藏钞本、崇文本作'蓄',不误。何焯《钝吟杂录》评、浦铣《历代赋话续集》十四引同。当据改。""畜",亦有"积蓄"义。"托讽",原作"记讽",或作"寄讽",杨明照《增订文心雕龙校注》:"按'记讽'不辞,'寄'字亦误。当作'托'为是。此云'托讽',下云'托喻',其意一也。《汉书叙传》下《司马相如传述》:'寓言淫丽,托风(颜注:"风读曰讽。")终始。'《文选》颜延之《五君咏》:'寓辞类托讽。'并以托讽连文(《史通·序传》篇亦有"或托讽以见其情"语)。训故本作'托',未误,当据改。"此据梅庆生本作"托"。

(5)"志有二",即指比、兴二体。这里,刘勰发展了郑众的解释,并对以郑玄为代表的传统的美刺比兴说有所突破。按照郑玄对比兴的解释,比即是讽刺,兴即是赞美。他说:"比,见今之失,不取斥言,取比类以言之。兴,见今之美,嫌于媚谀,取善事以喻劝之。"后来唐代的孔颖达就一针见血地指出其荒谬,他说:"其实美刺俱有比兴者。"(见《毛诗正义》)美刺和比兴之间并无必然联系。不过,郑玄这种说法由于儒家思想定于一尊的地位，在社会上有相当大的影响。六朝时期由于儒家思想的衰落，对比兴的解释就比较复杂，并不都符合于郑玄的解释。刘勰对比兴的解释，虽然不免还有若干郑玄影响之残余，但他显然是更侧重从艺术表现方法的角度来解释，更赞成郑众的说法，没有再强调比兴即美刺了。

(6)杨明照《增订文心雕龙校注》："按《文选》曹植《七启》：'假灵蛇以托喻。''谕'与'喻'同。""托谕"，谓托物喻意。《左传》成公十四年："《春秋》之称，微而显，志而晦，婉而成章，尽而不污，惩恶而观善。"杜预注："辞微而义显。""志，记也。晦，亦微也。谓约言以记事，事叙而文微。""婉，曲也。谓曲屈其辞，有所辟讳，以示大顺，而成篇章。""谓直言其事，尽其事实，无所污曲。"兴的例子，如《古诗为焦仲卿妻作》开首的"孔雀东南飞，五里一徘徊"，本身是很简单的描述，然而象征着刘兰芝既不得不离开焦仲卿家，又极其留恋非常不愿意离开，这样十分复杂而矛盾的心理。

(7)《周易·系辞》："其称名也小，其取类也大。"韩康伯注："托象以明义，因小以喻大。"孔颖达《正义》："'其称名也小'者，言《易》辞所称物名多细小，若'见豕负途''噬腊肉'之属，是其辞碎小也。'其取类也大'者，言虽是小物，而比喻大事，是所取义类而广大也。"

(8)《诗经·周南·关雎》小序："《关雎》，后妃之德也。"《关雎》："关关雎鸠，在河之洲。窈窕淑女，君子好逑。"毛传："关关，和声也；雎鸠，王雎也，鸟挚而有别。水中可居者曰洲。后妃说乐君子之德，无不和谐，又不淫其色，慎固幽深，若关雎之有别焉，然后可以风化天下。夫妇有别，则父子亲；父子亲则君臣敬；君臣敬则朝廷正；朝廷正则王化成。"郑玄笺："挚之言至也。谓王雎之鸟，雌雄情意至，然而有别。"

(9)《诗经·召南·鹊巢》小序："《鹊巢》，夫人之德也。国君积行累功以致爵位，夫人起家而居有之，德如鸤鸠，乃可以配焉。"毛传："起家而居有之，谓嫁于诸侯也。夫人有均一之德如鸤鸠然，而后可配国君。"《鹊巢》："维鹊有巢，维鸠居之。"毛传："鸤鸠不自为巢，居鹊之成巢。"郑玄笺："鹊之作巢，冬至架之，至春乃成，犹国君积行累功，故以兴焉。兴者,鸤鸠因鹊成巢而居有之,而有均壹之德,犹国君夫人来嫁,居君子之室,德亦然。”按:《诗经·曹风·鸤鸠》:“鸤鸠在桑,其子七兮,淑人君子,其仪一兮。”毛传:“鸤鸠之养其子,朝从上下,暮从下上,平均如一。”刘勰此处主要用《召南·鹊巢》之意,而言其均一之德,恐亦兼《曹风》之意。

(10)“无从”,无舍。黄侃《文心雕龙札记》:“‘从’当为‘疑’字之误。”王叔岷《文心雕龙缀补》:“案‘从’读为‘纵’,《说文》:‘纵,一曰舍也。’‘无从’犹言‘无舍’,似无烦改字。”“夷禽”,平常的禽鸟。“鸷鸟”,即挚鸟,孔颖达《正义》:“毛以为关关然声音和美者,是雎鸠也。此雎鸠字之鸟,虽雌雄情至,犹能字自别,退在河中之洲,不乘匹而相随也,以兴情至,性行和谐者,是后妃也。后妃虽说乐君子,犹能不淫其色,退在深宫之中,不亵渎而相慢也。”又曰:“定本(《尔雅》)云‘鸟挚而有别’,谓鸟中雌雄情意至厚而犹能有别,故以兴后妃说乐君子情深,犹能不淫其色。传为‘挚’字,实取至意,故(郑玄)笺云:‘挚之言至,王雎之鸟,雌雄情意至然而有别。’所以申成毛传也。”陆玑《毛诗草木鸟兽虫鱼疏》及郭璞《尔雅注》均谓鸷鸟为猛禽,而朱熹《诗集传》以为水鸟。

(11)《左传》昭公五年:“《明夷》之《谦》,明而未融,其当旦乎。”杜预注:“融,朗也。”孔颖达疏:“融是大明,故为朗也。”刘勰对兴的解释,侧重其象征意义,而不在乎所托之物本身的价值。

(12)“且何谓为比”以下,是对比的含义之理论分析。

(13)“金锡”,《诗经·卫风·淇奥》:“瞻彼淇奥,绿竹如箦,有匪君子,如金如锡,如圭如璧。”毛传曰:“金锡练而精,圭璧性有质。”孔颖达《正义》:“此论道德既成之时,故言如圭璧已成之器。传亦金锡言其质,故释之言,此已练而精。”

(14)“珪璋”,《诗经·大雅·卷阿》小序:“《卷阿》,召康公戒成王也,言求贤用吉士也。”《卷阿》第六章曰:“颙颙卬卬,如圭如璋,令闻令望,岂弟君子,四方为纲。”毛传:“颙颙,温貌。卬卬,盛貌。”郑玄笺:“令,善也。王有贤臣,与之以礼义相切磋,体貌则颙颙然敬顺,志气卬卬然高朗，如玉之圭璋也。人闻之则有善声誉，人望之则有善威仪，德行相副。”杨明照谓：“‘秀’当作‘诱’。今本脱其言旁耳。”非是。

（15）“螟蛉”，《诗经·小雅·小宛》：“中原有菽，庶民采之。螟蛉有子，蜾蠃负之，教诲尔子，式谷似之。”毛传：“中原，原中也。菽，藿也，力采者得之。”“螟蛉，桑虫也。蜾蠃，蒲芦也。负，持也。”郑玄笺：“藿生原中，非有主也，以喻王位无常家也，勤于德者得之。”“蒲卢取桑虫之子，负持而去，煦妪养之以成其子，喻有万民不能治，则能治者将得之。”“式，用。谷，善也。今有教诲女（汝）之万民用善道者，亦似蒲芦，言将得而子也。”朱熹《诗集传》：“螟蛉，桑上小青虫也，似步屈。蜾蠃，土蜂也，似蜂而小腰，取桑虫负之于木空中，七日而化为其子。”

（16）“蜩螗”，《诗经·大雅·荡》第六章：“文王曰咨！咨女（汝）殷商，如蜩如螗，如沸如羹。”毛传：“蜩，蝉也。螗，蝘（蝉之大者）也。”郑玄笺：“饮酒号呼之声，如蜩螗之鸣。其笑语沓沓，又如汤之沸，羹之方熟。”《荡》第五章：“文王曰咨！咨女殷商。天不湎尔以酒，不义从式。既衍尔止，靡明靡晦，式号式呼，俾昼作夜。”毛传：“义，宜也。”郑玄笺：“式，法也。天不同女（汝）颜色以酒，有沉湎于酒者，是乃过也，不宜从而法行之。”“衍，过也。女既过沉湎矣，又不为明晦，无有止息也，醉则号呼相效，用昼日作夜，不视政事。”《荡》小序：“召穆公伤周室大坏也。厉王无道，天下荡荡，无纲纪文章，故作是诗也。”

（17）“澣衣”，《诗经·邶风·柏舟》：“日居月诸，胡迭而微？心之忧矣，如匪澣衣。静言思之，不能奋飞。”毛传：“如衣之不澣矣。”“澣”，同浣。“不能如鸟奋翼而飞去。”郑玄笺：“日，君象也。月，臣象也。微，谓亏伤也。君道当常明如日，而月有亏盈，今君失道而任小人，大臣专恣，则日如月然。”“衣之不澣，则愦辱无照察。”“臣不遇于君，犹不忍去，厚之至也。”

（18）“席卷”，《诗经·邶风·柏舟》：“我心匪石，不可转也，我心匪席，不可卷也。威仪棣棣，不可选也。”毛传：“石虽坚，尚可转。席虽平，尚可卷。”“君子望之俨然可畏，礼容俯仰各有威仪耳。棣棣，富而闲习也。物有其容,不可数也。”郑玄笺:“言己心志坚平,过于石席。”“称以威仪如此者,言己德备而不遇,所以愠也。”

(19)《诗经·曹风·蜉蝣》:“蜉蝣掘阅,麻衣如雪。”毛传:“掘阅,容阅也。如雪,言鲜絜。”郑玄笺:“掘阅,掘地解,谓其始生时也。以解阅喻君臣朝夕变易衣服也。麻衣,深衣。诸侯之朝朝服,朝夕则深衣也。”孔颖达《正义》:“蜉蝣之虫,初掘地而出,皆解阅,以兴昭公群臣皆麻衣鲜絜如雪也。”《诗经·郑风·大叔于田》:“大叔于田,乘乘马,执辔如组,两骖如舞。”毛传:“叔之从公田也。”“骖之与服,和谐中节。”郑玄笺:“如组者,如组织之为也。在旁曰骖。”孔颖达《正义》:“御者执辔于手,马骋于道,如织组之为,其两骖之马与两服马和谐,如人舞者之中于乐也。”

(20)“楚襄”,王利器《文心雕龙校证》:“‘楚襄’原作‘襄楚’,梅(庆生)六次本,张松孙本改作‘衰楚’。冯(允中)校云:‘襄楚当作楚襄。’何(焯)校本、黄(叔琳)注本作‘楚襄’,今从之。班固《离骚赞序》:‘至于襄王,复用谗言,逐屈原在野。又作《九章》赋以风谏。’此彦和所本。”王逸《离骚序》:“屈原与楚同姓,仕于怀王,为三间大夫。三间之职,掌王族三姓,曰昭、屈、景,屈原序其谱属,率其贤良,以厉国士。入则与王图议政事,决定嫌疑;出则检察群下,应对诸侯。谋行职修,王甚珍之。同列大夫上官、令靳尚妒害其能,共谮毁之。王乃疏屈原。屈原执履忠贞而被谗衺,忧心烦乱,不知所愬,乃作《离骚经》。……(怀王客死于秦)其子襄王,复用谗言,迁屈原于江南。……《离骚》之文,依《诗》取兴,引类譬喻,故善鸟香草以配忠贞,恶禽臭物以比谗佞,灵修美人以配于君,宓妃佚女以譬贤臣,虬龙鸾凤以托君子,飘风云霓以喻小人。”

(21)屈原《离骚》中的描写,既是兴,也是比。《辨骚》篇:“虬龙以喻君子,云蜺以譬谗邪,比兴之义也。”“讽兼比兴”,范注云:“讽当作风。楚骚,楚风也。”可作参考。

(22)汉火德,故曰“炎汉”。“夸毗”,谄媚阿谀。《诗经·大雅·板》:“天之方懠,无为夸毗。”毛传:“懠,怒也。夸毗,体柔人也。”郑玄笺:“王方行酷虐之威怒,女无夸毗,以形体顺从之,君臣之威仪尽迷乱。”孔颖达《正义》引李巡曰:“屈己卑身,求得于人,曰体柔。”

(23)“诗刺”,王惟俭本作“讽刺”。王利器《文心雕龙校证》:“‘讽’原作‘诗’,曹学佺曰:‘诗,当作讽,兴起乎风,比近乎赋,兴义销亡,故风气愈下。’按曹说是。王惟俭本正作‘讽’,谭(献)校亦作‘讽’,今据改。”按:“诗刺”可通,不必改为“讽刺”。斯波六郎《文心雕龙范注补正》:“(范注八)‘诗刺当作讽刺’。案‘诗刺’谓诗人之讽刺,不必改为‘讽刺’。依上文言‘依《诗》制《骚》’,下文言‘倍旧章矣’可知,论《诗经》之标准。又关于诗刺字之用例,《奏启》第二十三之‘诗刺谗人’。”《汉书·艺文志》:“楚臣屈原,离谗忧国,皆作赋以风,咸有恻隐古诗之义,其后宋玉、唐勒,汉兴,枚乘、司马相如下及扬子云,竞为侈丽闳衍之词,没其风谕之义。”《离骚》:“恐鹈鴂之先鸣兮,使夫百草为之不芳。”《诗经》的兴体和屈原的“讽兼比兴”被淹没了。

(24)范文澜《文心雕龙注》:“‘信’当作倍,倍即背也。”王利器《文心雕龙校证》:“案旧章谓汉以来赋颂,‘信旧章矣’犹言‘由来久矣’。《诠赋》篇:‘信兴楚而盛汉矣。’《杂文》篇‘信独拔而伟丽矣’,《议对》篇‘信有征矣’,句法与此同,范说未可从。”张立斋《文心雕龙考异》:“范注疑作倍者,因上有‘炎汉虽盛,而辞人夸毗’,又兴义销亡,比体沓杂,是反乎旧章也。故疑作‘倍’,义自可通。但王校云云,指旧章为汉以来赋颂之体,误一。‘信旧章’之‘信’,解作诚然是旧章之是从,则与上诸句不协,误二。再引《诠赋》篇‘信’字句与此句法相同,则自‘炎汉虽盛’,至‘旧章矣’,概不可通,误三。”按:张说牵强,所说三误,理据不足。“旧章”有二种理解:一为指赋颂以前的传统,如范注;二为指赋颂传统,如王校。各本皆作“信旧章”,如无确证,不宜臆改。此处专讲赋颂,据上下文,当以王说较妥。

(25)四类“比”的用法,亦可以交递使用,实际类别很多。故下文又举六例加以说明。

(26)《高唐赋》:“纤条悲鸣,声似竽籁。”《昭明文选》五臣吕向注:

“纤，细也。风吹细条似竽籁之声。竽，笙属。籁，箫也。”

(27)《梁王菟园赋》：“焱焱纷纷，若尘埃之间白云。”“焱焱”，光彩貌。《艺文类聚》《古文苑》作“疾疾”。杨明照《增订文心雕龙校注》谓当作“猋猋”，无据。王利器《文心雕龙校证》：“‘此’下原有‘则’字，以上下文例求之，不当有，今删。”王说有理。

(28)《鹏鸟赋》：“祸之与福，何异纠纆。”李善注：“《字林》曰：纠，两合绳。纆，三合绳。应劭曰：祸福相与为表里，如纠纆索相附会也。臣瓒曰：纠，绞也。纆，索也。《鹖冠子》曰：祸与福如纠纆也。”五臣吕向注：“纠缠，绳索也。两股相缠，言祸福相纠缠亦如之。”以绳索相缠比喻人之祸福无常，悬诸命运。“鹏赋”，王利器改作“鹏鸟”，其《文心雕龙校证》云：“‘鸟’原作‘赋’，顾(广圻)云当作‘鸟’。案以上下文例求之，顾校是，今据改。”按：“鹏赋”，即指《鹏鸟赋》，不烦改动。

(29)《洞箫赋》王褒原文为：“故听其巨音，则周流汜滥，并包吐含，若慈父之畜子也。其妙声，则清静厌瘱，顺叙卑迖，若孝子之事父也。科条譬类，诚应义理，澎濞慷慨，一何壮士！优柔温润，又似君子。”李善注：“《韩诗》曰：夫为人父者，必怀慈仁之爱，以畜养其子也。”“妙声，声之微妙也。厌，安静貌。曹大家《列女传注》曰：瘱，深邃也，音翳。《字林》曰：迖，滑也。”“言声之慷慨如壮士。澎濞，波浪相激之声。《说文》曰：慷慨，壮士不得志于心也。”“《大戴礼》曰：优之柔之。《礼记》曰：温润而泽。”五臣吕向注：“闻其大音，周流泛滥而广远，并包众声，吐含和乐，乃如慈父之于子也，包含仁爱以养之，吐义方以教之。巨，大。畜，养也。”“慈父之爱子也”之“爱”，杨明照《增订文心雕龙校注》：“‘畜’，元本、弘治本、活字本、汪(一元)本、佘(诲)本，张(之象)本、两京本、王批本、何(焯)本、训诂本、梅(庆生)本、凌(云)本、合刻本、秘书本、谢钞本、汇编本、王本、郑藏钞本、崇文本作‘爱’。《诗纪别集》《赋略》绪言引同。何焯改‘畜’。按梅(庆生)本有校语云：‘本赋作畜字。’是黄氏据《文选·洞箫赋》改为‘畜’也。意舍人所见本有作‘爱’者，不然，‘爱’‘畜’二字之形不近，何由致误?”

按：当据各本为“爱”，此处刘勰不是完全征引原文，而是概括其意，故不必改为“畜”。

(30)《长笛赋》：“繁缛骆驿，范蔡之说也。”骆驿，即络绎。《昭明文选》李善注：“辞旨繁缛，又相连续也。说文曰：缛，彩饰也。范睢、蔡泽，并辩士也。”五臣张铣注：“范，范睢也，说秦而为秦相。蔡，蔡泽也，说范睢而代其相位。皆辩士也。笛声繁多相连不绝，如范睢、蔡泽之说辞也。”“之说”，元本、弘治本、梅庆生本等作“说之”，以上下考察，此当从王惟俭本作“之说”，与《长笛赋》原文一致。

(31)《南都赋》张衡原文为：“坐南歌兮起郑儛，白鹤飞兮茧曳绪。”李善注：“《吕氏春秋》曰：禹行水见涂山之女，禹未之遇，而省南土，涂山之女乃令其妾往候禹于涂山之阳，女乃作歌曰：候人猗兮！实始为南音。周公、召公取风焉。高诱曰：取南音以为乐歌也。《楚辞》曰：‘二八齐容起郑舞。’王逸曰：‘郑国儛也。’白鹤飞兮茧曳绪，皆舞人之容。”舞，段玉裁《说文解字注》：“按诸书多作儛。”五臣李周翰注：“同犹蚕茧曳丝缕而相连。”范文澜《文心雕龙注》：“此云以容比物，似当作以物比容也。”范说不妥，此是以舞容比喻茧物，当是以容比物，上文已有“以物比理”例子。

(32)此处“周人”不能仅仅理解为《诗经》作者，当亦包括《楚辞》作者。黄侃《文心雕龙札记》：“自汉以来，词人鲜用兴义，固缘诗道下衰，亦由文词之作，趣以喻人，苟览者恍惚难明，则感动之功不显。用比忘兴，势使之然，虽相如、子云，未如之何也。然自昔名篇，亦或兼存比兴，及时世迁贸，而解者祗益纷纭，一卷之诗，不胜异说。九原不作，烟墨无言。是以解嗣宗之诗，则首首致讥禅代；笺杜陵之作，则篇篇系念朝廷。虽当时未必不托物以发端，而后世则不能离言而求象。由此以观，用比者历久而不伤晦昧，用兴者说绝而立致辨争。当其览古，知兴义之难明，及其自为，亦遂疏兴义而希用，此兴之所以浸微浸灭也。”论比兴而特别强调“兴”的重要及其特出地位，是刘勰对比兴解释的重大贡献，此说与锺嵘《诗品序》中对“兴”的看重是一致的，这是南朝对汉代儒家比兴说之重大发展。

(33)“纤综”，纤，谓纤细、详细。纤综，谓纤细综合。王利器《文心雕龙校证》：“‘织’原作‘纤’，何（焯）黄（叔琳）并云：‘疑作织。’案作‘织’是，《正纬》篇亦有‘织综’语，今据改。”此说可参考。

(34)潘岳《萤火赋》：“飘飘颎颎，若流金之在沙。”颎颎，同“炯炯”，明亮。《楚辞·九思·哀岁》：“神光兮颎颎。”《宋书·乐志》：“黄金络马头，颎颎何煌煌。”

(35)张翰《杂诗》中的“青条若总翠”，《说文》：“翠，青羽雀也。”“杂”，元本、弘治本、活字本、汪（一元）本、佘（诲）本、王惟俭训故本等作“春”。王利器《文心雕龙校证》：“徐（㶿）校作‘杂’，案季鹰《杂诗》，《文选》入杂诗内，诗中正有‘青条若总翠’语。作‘春’者误。”梅庆生本、黄叔琳本、张松孙本皆作“杂”。

(36)“鹄”，天鹅。“鹜”，野鸭。马援《诫兄子严敦书》：“效伯高不得，犹为谨敕之士，所谓刻鹄不成尚类鹜者也。”《史通·叙事》：“譬夫乌孙造室，杂以汉仪，而刻鹄不成，反类于鹜者也。”伯高，春秋贤士。乌孙，古代西域国名，此指乌孙人。

(37)“圆览”，和本书所说的“圆通”“圆照”“圆鉴”“圆该”等一样，都是从佛学来的说法。佛学上称性体周遍为圆，妙用无碍为通。对佛法理解能达到“圆通”的程度，即是最高之圣境，故观音菩萨又别号圆通大士。“圆览”是对周边事物的广泛接触、细致把握，这是比兴产生的基本前提。

(38)“胡越”，胡指北方，越指南方，北胡南越相距甚远。“肝胆”，肝胆相连，非常接近。《淮南子·俶真训》：“是故自其异者视之，肝胆胡越。自其同者视之，万物一圈也。”高诱注：“肝胆，喻近；胡越，喻远。”本书《附会》篇：“善附者，异旨如肝胆；拙会者，同音如胡越。”

(39)《周易·系辞上》：“圣人有以见天下之赜，而拟诸其形容，象其物宜，是故谓之象。”本书《诠赋》篇：“触兴致情，因变取会，拟诸形容，则言务纤密；象其物宜，则理贵侧附。”“拟容取心”，是对文学创作本质的重要概括。“容”，指外在客体事物的容姿形貌。“拟容”，模拟现实景物的表象,指对客观事物的生动确切描绘;“取心”,摄取主体内心情思镕铸于所描述的客体事物之中。寓“心”于“容”中,使成为完美的形象,这就是艺术创造的本质所在。这里需要注意,“拟容”是对物象的描绘,而对物象的描绘并不只限于它的外表形态,也包括它的内在精神。而“取心”则主要是取作者寓于所拟之“容”的“心”。当然作者之“心”是借物象之含义而体现出来的,而物象中所包含的现实意义虽有它的客观性,但在文学艺术中,它是作为作者主体意图的呈现者而出现的。

(40)“攒杂”,聚集。“涣”,水盛貌。

《夸饰》篇

夫形而上者谓之道,形而下者谓之器[1]。神道难摹,精言不能追其极;形器易写,壮辞可得喻其真[2]:才非短长,理自难易耳。故自天地以降,豫入声貌,文辞所被,夸饰恒存[3]。虽《诗》《书》雅言,风格训世[4],事必宜广,文亦过焉。是以言峻则嵩高极天[5],论狭则河不容舠[6],说多则子孙千亿[7],称少则民靡孑遗[8];襄陵举滔天之目[9],倒戈立漂杵之论[10]:辞虽已甚,其义无害也。且夫鸮音之丑,岂有泮林而变好[11]?荼味之苦,宁以周原而成饴[12]?并意深褒赞,故义成矫饰。大圣所录,以垂宪章[13];孟轲所云"说《诗》者不以文害辞,不以辞害意"也[14]。

自宋玉、景差,夸饰始盛[15]。相如凭风,诡滥愈甚,故上林之馆,奔星与宛虹入轩;从禽之盛,飞廉与焦明俱获[16]。及扬雄《甘泉》,酌其余波,语瑰奇,则假珍于玉树;言峻极,则颠坠于鬼神[17]。至《东都》之比目,《西京》之海若[18],验理则理无可验[19],穷饰则饰犹未穷矣。又子云《校猎》,鞭宓妃以饟屈原[20];张衡《羽猎》,困玄冥于朔野[21],娈彼洛神,既非罔两,惟此水怪,亦非魑魅[22]:而虚用滥形,不其疏乎!此欲夸其威而饰其事,义睽剌也[23]。至如气貌山海,体势宫殿,嵯峨揭业,熠耀焜煌之状,光采炜炜而欲然,声貌岌岌其将动矣[24]。莫不因夸以成状,沿饰而得奇也。于是后进之才,奖气挟声[25],轩翥而欲奋飞,腾踯而羞局步[26],辞入炜烨,春藻不能程其艳[27]；言在萎绝，寒谷未足成其凋[28]；谈欢则字与笑并，论戚则声共泣偕[29]：信可以发蕴而飞滞[30]，披瞽而骇聋矣。

然饰穷其要，则心声锋起[31]；夸过其理，则名实两乖。若能酌诗书之旷旨，翦扬马之甚泰[32]，使夸而有节，饰而不诬，亦可谓之懿也。

赞曰：夸饰在用，文岂循检[33]。言必鹏运，气靡鸿渐[34]。倒海探珠，倾昆取琰[35]。旷而不溢，奢而无玷[36]。

简析：

本篇论文学的夸张描写及其运用原则。自汉代儒家定于一尊的地位确立以来，不少儒家文艺家对浪漫主义是采取一种否定态度的，例如班固对屈原作品的批评。东汉时期，王充从古文学派立场出发反对谶纬神学迷信思想，提倡真实，反对虚伪。他对经书以外的夸张描写，一概持否定态度。这也直接影响了左思对艺术夸张的批评。刘勰的《夸饰》篇正是在这样一种文艺思想发展背景下来写的。他在《夸饰》篇中充分肯定了艺术夸张，认为自有文学以来即有夸张描写，它是文学创作中普遍存在、不可或缺的基本艺术表现方法，从哲学本体论的高度说明了“文辞所被，夸饰恒存”的道理，并对艺术夸张给以高度的赞扬，这是一种极有见地的艺术家眼光，也是对否定夸张说法的纠正。他指出夸张是为了更好地阐明事物的真相，而不是歪曲事物的本来面目，强调“壮辞可得喻其真”。艺术夸张的基本目的，是为了深入说明自己对所描写事物的褒贬态度，表达作者的思想倾向和感情色彩。故云：“且夫鸮音之丑，岂有泮林而变好？荼味之苦，宁以周原而成饴？并意深褒赞，故义成矫饰。”刘勰认为文学创作中的夸张描写，不能拘泥于字面，而必须按照孟子说的“不以文害辞，不以辞害意”的方法去加以领会。刘勰指出不能要求艺术夸张和真实实际完全一致；但是也不能太过分夸张，以致违背人们心理承受的限度，所以必须适度，做到“夸而有节，饰而不诬”，要使人感到合乎情理，恰到好处。因此，“饰穷其要，则心声锋起；夸过其理，则名实两乖”。刘勰在举例说明汉代司马相如、扬雄、班固、张衡辞赋过分夸张而失实的例子时，是不够恰当的，应该说他们这些描写从艺术上说是无可非议的，特别是从浪漫主义的角度说，这种夸张还是相当精彩的，想象力极为丰富。这说明刘勰还没有完全摆脱儒家“子不语：怪、力、乱、神”的影响，也还没有完全摆脱王充的偏激说法影响，存在一定局限性，因此他对夸张描写的肯定还是有不彻底的地方。不过，他对汉赋的夸张描写总体上说还是给予了很高的评价，他说：“至如气貌山海，体势宫殿，嵯峨揭业，熠耀焜煌之状，光采炜炜而欲然，声貌岌岌其将动矣。莫不因夸以成状，沿饰而得奇也。”同时也对后世作家对夸张描写的运用和发展，也给予了充分的肯定，认为可以“发蕴而飞滞，披瞽而骇聋”。

语译：

凡是超越具体形象之上的抽象原理称之为道，而存在于现实世界的具体物象则称为器。体现神理的道是很难摹拟表达出来的，即使用最精微的语言也不能追踪到极为深奥的至理。而具体有形器物则是比较容易描写的，运用壮伟夸饰的文辞可以展示其真实情状。这并不是作家的才能有短长，而是道理本身有难易不同。自从开天辟地以来，事物一产生就涉及声音容貌，故凡文辞所能描绘的事物，一定有夸张描写存在。虽然像《诗经》《尚书》这样的“雅言”，以其风教法规训示后世，为使其起到广泛教育作用在描绘事物时有所扩大，而文辞亦自然会有超过情事本身的夸张描写。所以言高峻则说四岳山峰的高大可直达天庭，论狭窄则说河床狭小而容不下一条小船，说福禄多多则云子孙有千亿之众，称人口稀少则说旱灾之后周代百姓几乎没有遗存，写洪水之大看去似铺天盖地一般，谈武王伐纣殷商倒戈则谓流血成河可以漂浮起杵臼。用辞虽然有过甚之处，但于意义并无损害。而且猫头鹰声音的丑陋，岂有因为在诸侯学宫（水边林中吃了桑椹）就能使声音变得善良美好呢？荼菜的苦味，难道因为生长在周代最早圣地岐山就变得甘甜了？其实这都是为了深意褒美和赞扬诸侯学宫、周初圣地，所以才故意作了十分夸张的描写。上述《诗经》两例都是大圣孔子整理后裁定记录的，这些夸张描写已经垂范后世成为法定规章。所以我们应该像孟子所说那样去理解，不以文章表面文字损害对诗歌辞句的确切理解，不以辞句字面意义去损害对诗意的全面把握。

自从宋玉、景差起，夸张描写就开始繁盛。司马相如继承了他们的夸饰风气，而诡讹繁滥远甚于宋玉、景差。例如《上林赋》形容馆阁之高，说天上的流星与彩虹都进入到轩厅之内；上林苑中飞禽茂盛众多，连传说中的神鸟飞廉和类似凤凰的焦明都可以在苑内捕获。及至扬雄《甘泉赋》，继续发展司马相如夸张余波，说瑰奇则言青葱玉树上挂满了珍宝，说高峻则言连鬼神都爬到一半就掉下来了。至于西都出现神奇比目鱼，西京海神海若游于池水深渊，这些描写要验证事理则无可验证，若说是穷尽夸饰则并未真正穷尽。又扬雄《校猎赋》写鞭打洛水神女宓妃让她为屈原馈送食物，张衡《羽猎赋》写把水神囚困在北方原野。美好的洛水神女宓妃，既不是魍魉鬼怪；而被困囚的水神玄冥也不是魑魅妖孽，而扬雄、张衡却虚假滥编说成河妖水怪，难道不是因疏忽而变成谬误了吗？这是本欲夸耀天子狩猎威严而修饰其事，结果却在意义上违背真实变得荒诞了。至于描写山海的气魄容貌，形容宫殿的宏伟体势，以“嵯峨”“揭业”“熠耀”“焜煌”来描绘其情状，则光彩辉耀似熊熊燃烧的火焰形状，声音容貌若可闻可见其飞动姿态。这些都是因为夸张而形成的容貌，沿着修饰而得到的奇景。受此影响的后世文人，醉心于夸饰风气依仗煊赫声势，思欲远腾高举而奋飞于天空青云之上，企盼腾空跳跃而羞耻于小步踟蹰不前。文辞闪耀炜烨光彩，则春天花草艳丽也不能与之相比；语言形容枯萎寒绝，则寒冷峡谷凋敝也不能与之匹配。言说欢快愉悦，则文辞与笑声并存；言说哀戚悲伤，则声音和哭泣共偕，确实可以发掘蕴藏情意使沉滞笔墨飞扬，好像盲人可睁眼看到实景、聋人能惊骇听见声响。

夸饰如能够穷尽要领，则能引起心灵强烈共鸣，如果夸张超出事物常理，那么就会和真实相乖违。如果能斟酌《诗经》《尚书》中深广旨意，削减扬雄、司马相如等的过度夸张，使夸饰运用恰到好处又有所节制，夸张而不违背真实事理，才称得上是真正美好的夸饰。

总论：文辞夸饰应用普遍，文章岂可固守恒姿？言必夸张大鹏飞翔，气势充沛鸿雁展翅。潜入海底探索俪珠，昆仑倾覆美玉乃至。思索深广而不过分，奢侈富赡瑕疵不置。

注订：

(1)《周易·系辞上》：“是故形而上者谓之道，形而下者谓之器。”孔颖达《正义》：“道是无体之名，形是有质之称。凡有从无而生，形由道而立，是先道而后形，是道在形之上，形在道之下，故自形外已上者谓之道也；自形内而下者谓之器也。形虽处道器两畔之际，形在器不在道也。既有形质，可为器用，故云‘形而下者谓之器’也。”

(2)“神道”，即是《周易·观卦·彖辞》：“观天之神道，而四时不忒，圣人以神道设教，而天下服矣。”王弼注：“统说观之为道，不以形制使物，而以观感化物者也。神则无形者也。”孔颖达《正义》：“神道者，微妙无方，理不可知，目不可见，不知所以然而然，谓之神道。”《吕氏春秋·精谕》：“有事于此，而精言之而不知。”高诱注：“精，微。”《汉书·艺文志》：“昔仲尼没而微言绝。”颜师古注：“精微要妙之言。”《周易·系辞上》：“形乃谓之器。”韩康伯注：“成形曰器。”神理幽深本来就无法清楚阐释，而具体物象有形可循故易于描述。

(3)《礼记·中庸》：“凡事豫则立，不豫则废。”朱熹《四书集注》：“豫，素定也。”说明夸饰是和天地万物同时产生、自然存在。《礼记·中庸》：“凡事豫则立，不豫则废。”朱熹《四书集注》：“豫，素定也。”

(4)“雅言”，谓雅正之言。“格”，或谓当作“俗”。斯波六郎：“‘格’盖‘俗’之误。‘风俗’谓风化俗，与‘训世’相对为句。”杨明照《增订文心雕龙校注》：“‘格’，谢(恒)钞本作‘俗’。顾广圻校作‘俗’。按‘风格训世’，义不可通，作‘俗’是也。‘风’读为‘讽’。‘风俗训世’即《诗大序》‘风，讽也，教也；风以动之，教以化之’之意。慧皎《高僧传序》：‘明《诗》《书》《礼》《乐》，以成风俗之训。’语意与此同，尤为切证。”按：斯说、杨说，非也。此“风格”是风教规格之意，与《章表》篇“风矩”，《奏启》篇“风轨”类似，不应臆改谓“俗”。张立斋《文心雕龙考异》：“范注引顾校及黄丕烈引冯本，格并作俗。风格承《诗》《书》雅言，风俗则失其指归，从俗非。”

(5)《诗经·大雅·崧高》：“崧高维岳，骏极于天。”《传》曰：“崧，高貌，山大而高曰崧。岳，四岳也。东岳岱，南岳衡，西岳华，北岳恒。”“骏，大；极，至也。”孔颖达《正义》：“言有崧然而高者，维是四岳之山。其山高大，上至于天。”

(6)《诗经·卫风·河广》：“谁谓河广，曾不容刀。”郑玄笺：“不容刀，亦喻狭小，船曰刀。”陆德明《经典释文》：“刀如字，《字书》作舠。”疏：“笺：‘小船(船)曰刀。’”

(7)《诗经·大雅·假乐》：“干禄百福，子孙千亿。”郑玄笺：“干，求也。”孔颖达《正义》：“言成王能行光光之善德，宜安民官人，以此求天之禄，则得百种之福，子孙亦勤行善德，以求天禄，则得千亿，言其多无数也。”

(8)《诗经·大雅·云汉》：“旱既太甚，则不可推。兢兢业业，如霆如雷。周余黎民，靡有孑遗。”郑玄笺：“黎，众也。旱既不可移去，天下困于饥馑，皆心动意惧，竞竞然，业业然，状如有雷霆近发于上，周之众民多有死亡者矣。今其余无有孑遗者，言又饿病也。”《孟子·万章上》：“《云汉》之诗曰：‘周余黎民，靡有孑遗。’信斯言也，是周无遗民也。”王充《论衡·艺增》篇：“《诗》曰：‘维周黎民，靡有孑遗。’是谓周宣王之时，遭大旱之灾也。诗人伤旱之甚，民被其害，言无有孑遗一人不愁苦者。夫旱甚则有之矣，言无孑遗一人，增之也。”增，即增饰、夸张也。

(9)《尚书·尧典》：“帝曰：‘咨！四岳！汤汤洪水方割，荡荡怀山襄陵，浩浩滔天。下民其咨，有能俾乂？’”孔安国传：“四岳，即上羲和之四子，分掌四岳之诸侯，故称焉。”“汤汤，流貌。洪，大；割，害也。言大水方方为害。”“荡荡，言水奔突有所涤除。怀，包；襄，上也。包山上陵，浩浩盛大，若漫天。”

(10)《尚书·武成》:“罔有敌于我师。前徒倒戈,攻于后,以北,血流漂杵。”孔安国传:“纣众服周仁政,无有战心,前徒倒戈,自攻于后以北走,血流漂舂杵。甚之言。”《孟子·尽心下》:“尽信《书》则不如无《书》,吾于《武成》取二三策而已矣。仁者无敌于天下,以至仁伐至不仁,而何其血之流杵也?”

(11)《诗经·鲁颂·泮水》:“翩彼飞鸮,集于泮林,食我桑黮,怀我好音。”毛传:“翩,飞貌。鸮,恶声之鸟也。黮,桑实也。”郑玄笺:“怀,归也。言鸮恒恶鸣,今来止于泮水之木上,食其桑黮,为此之故,故改其鸣,归就我以善音,喻人感于恩则化也。”孔颖达《正义》:“翩然而飞者,彼飞鸮恶声之鸟,今来集止于我泮水之林,食我泮宫之桑椹,归我好善之美音。恶声之鸟,食桑椹而变音,喻不善之人,感恩惠而从化。”朱熹《诗集传》:“泮水,泮宫之水也。诸侯之学,乡射之宫,谓之泮宫。其东西南方有水,形如半璧,以其半于辟廱(天子学宫),故曰泮水,而宫亦以名也。”

(12)《诗经·大雅·绵》:“周原膴膴,堇荼如饴。”毛传:“周原,沮漆之间也。膴膴,美也。堇,菜也。荼,苦菜也。”郑玄笺:“广平曰原。周之原地,在岐山之南,膴膴然肥美,其所生菜,虽有性苦者,甘如饴也。”孔颖达《正义》:“言岐山之南,周之原地,膴膴然其土地皆肥美也。其地所生堇荼之菜,虽性本苦,今尽甘如饴味然。”

(13)夸张描写有时并非事实,但其效果与目的则是好的。刘勰是相信孔子删定《诗》《书》的。

(14)《孟子·万章上》:“故说《诗》者,不以文害辞,不以辞害志,以意逆志,是为得之。”赵岐注:“文,《诗》之文章,所引以兴事也;辞,诗人所歌咏之辞;志,诗人志所欲之事;意,学者之心意也。”

(15)刘勰认为夸饰虽然渊源很早,但是它成为文学创作上的一种盛行的风气,是从战国时代楚国的宋玉、景差开始的。景差的作品都已亡佚,宋玉的作品还留存下来不少。例如《登徒子好色赋》:“天下之佳人,莫若楚国。楚国之丽者,莫若臣里。臣里之美者,莫若臣东家之子。东家之子增之一分则太长,减之一分则太短,着粉则太白,施朱则太赤,眉如翠羽,肌如白雪,腰如束素,齿如含贝。嫣然一笑,惑阳城,迷下蔡。"描写美女夸饰至极。其实屈原的作品也已经有大量的夸饰存在,为什么刘勰只说宋玉、景差,而不提屈原,也不说《楚辞》呢?这是因为它对辞赋的过度夸饰,甚至远离真实,是不赞成的。而辞赋的这种状况在《离骚》《九歌》《九章》等主要作品中是不存在的。他认为辞赋的极度夸张铺彩,是从宋玉、景差起始的。他在《诠赋》篇中说:"及灵均唱《骚》,始广声貌。然赋也者,受命于诗人,拓宇于《楚辞》也。于是荀况《礼》《智》,宋玉《风》《钓》,爰锡名号,与诗画境,六义附庸,蔚成大国。"可与此相参证。

(16)司马相如《上林赋》:"于是乎离宫别馆,弥山跨谷。高廊四注,重坐曲阁。……奔星更于闺闼,宛虹拖于楯轩。"李善注:"郑玄《周礼》注曰:弥,遍也。""司马彪曰:廊庑上级下级皆可坐,故曰重坐。曲阁,阁道委曲也。""奔,流星也,行疾,故曰奔。如淳曰:宛虹,屈曲之虹也。应劭曰:楯,栏槛也。司马彪曰:轩,楯下版也。"五臣刘良:"拖,犹越也。言流星宛虹经越门窗栏槛之上也。""焦明",元本、弘治本等作"鹪鹏",此据王惟俭本。《上林赋》原文:"于是乎背秋涉冬,天子校猎。……椎蜚廉,弄獬豸,……捷鹓鶵,掩焦明。"李善注:"李奇曰:以五校兵出猎也。""獬豸,兽名。以其触邪,不杀之,故曰弄也。"李善注:"郭璞曰:飞廉,龙雀也,鸟身鹿头。张揖曰:獬豸,似鹿而一角,人君刑罚得中则生于朝廷,主触不直者,今可得而弄也。"五臣张铣注:"椎,击杀也。""张揖曰:焦明,似凤,西方之鸟也。善曰:《方言》曰:掩,取也。《乐汁图》:焦明,状似凤皇。宋衷曰:水鸟也。"鹓鶵,瑞鸟,似凤凰。张衡《南都赋》李善注:"《山海经》曰:南禺之山有鹓鶵。郭璞曰:凤属也。"

(17)《甘泉赋》:"翠玉树之青葱兮,璧马犀之瞵瑞。"李善注:"《汉武帝故事》曰:上起神屋,前庭植玉树,珊瑚为枝,碧玉为叶。璧马犀,言作马及犀为璧饰也。《埤苍》曰:瞵瑞,文貌也。"五臣吕向注:"翠,碧也。""瞵瑞,宝物文彩也。"《甘泉赋》:"鬼魅不能自逮兮,半长途而下颠。"李善注:"逮,及也。《尔雅》曰:颠,陨也。"五臣刘良注:

“颠，坠也。言鬼魅至神亦不及上，半途而颠坠。”

(18)“东都”，班固有《两都赋》，即《西都赋》与《东都赋》，比目出自班固《西都赋》，此言东都当为误记。《西都赋》原文：“揄文竿，出比目。”李善注：“《说文》曰：揄，引也，音头。文竿，竿以翠羽为文饰也。”“《尔雅》曰：东方有比目鱼焉，不比不行，其名谓之鲽。”张衡《西京赋》：“海若游于玄渚，鲸鱼失流而蹉跎(同跎)。”李善注：“海若，海神。鲸，大鱼。善曰：《楚辞》曰：令海若舞冯夷。又曰：临沅、湘之玄渊。薛君《韩诗章句》曰：水一溢而为渚。《三辅旧事》曰：清渊北，有鲸鱼，刻石为之，长三丈。《楚辞》曰：骥垂两耳，中坂蹉跎。《广雅》曰：蹉跎，失足也。”五臣吕延济注：“海若，海神。玄渚，池之深也。言神游深渚，鲸鱼随波而蹉跎，失流貌也。”

(19)“可验”，原文为“不验”，王利器《文心雕龙校证》：“‘可’原作‘不’，纪云：‘不验当作可验。’案纪说是，今据改。”

(20)“校”，或作“羽”。杨明照《增订文心雕龙校注》：“‘羽’，黄(叔琳)校云：‘一作校。’元本、弘治本、活字本、汪(一元)本、佘(诲)本、张(之象)本、两京本、崇文本亦并作‘校’。……以《通变》篇引‘出入日月，天与地沓’二句而标为‘校猎’证之，此当依诸本作‘校’，前后始能一律。黄氏从梅(庆生)校径改为‘羽’，非是。”张立斋《文心雕龙考异》：“‘校猎’见司马长卿《上林赋》：‘天子校猎。’又扬子云《羽猎赋序》：‘故聊因校猎，赋以风之。’此‘校猎’二字所本。且以‘羽猎’两见，故此用‘校’也，所以别下句张衡《羽猎》也。非如杨校所云，更与‘出入日月’二句无关。”扬雄《校猎赋》：“鞭洛水之宓妃，饷屈原与彭胥。”李善注：“郑玄曰：彭咸也。晋灼曰：胥，伍子胥也。皆水没也。善曰：《楚辞》曰：愿依彭咸之遗制。王逸曰：殷贤大夫自投水而死。”

(21)张衡《东京赋》李善注：“善曰：《楚辞》曰：迎宓妃于伊、洛。王逸曰：宓妃，神女，盖伊、洛之水精。”左思《吴都赋》李善注：“灵胥，伍子胥神也。昔吴王杀子胥于江，沈其尸于江，后为神，江海之间莫不尊畏子胥。……《越绝书》曰：子胥死，王使捐于大江口，乃发愤驰腾，气若奔马，乃归神大海，盖子胥水仙也。”五臣吕延济注：“屈原、彭咸、伍子胥皆贤臣故饷之，宓妃邪神故鞭之。”“饟”，即饷也。《说文》：“周人谓饷曰饟。”现存张衡《羽猎赋》不全，残文见《艺文类聚》卷六十六，无“困玄冥于朔野”之语。《左传》昭公十八年：“禳火于玄冥、回禄。”杜预注：“玄冥，水神。回禄，火神。”昭公二十九年：“水正曰玄冥。……少皞氏有四叔，曰重、曰该、曰修、曰熙，……修及熙为玄冥。”杜预注：“水阴而幽冥，其祀修及熙也。”“（修、熙）二子相代为水正。”《礼记·月令》：“孟冬之月，……其神玄冥。”郑玄注：“玄冥，少皞氏之子曰修曰熙，为水官。”扬雄《甘泉赋》李善注：“张揖曰：玄冥，北方黑帝佐也。”《羽猎赋》：“以奉终始颛顼玄冥之统。”李善注：“应劭曰：颛顼、玄冥，皆北方之神，主杀戮者。”班固《幽通赋》：“雄朔野以扬声。”李善注：“朔，北方也。”

（22）“娈彼洛神，既非罔两，惟此水怪，亦非魑魅”四句，“娈”，元本作“栾”，冯允中本、汪一元本、佘诲本、张之象本亦作“栾”。徐（𤊹）校作“娈”。斯波六郎谓：“‘娈彼洛神’据《诗·邶风·泉水》之‘娈彼诸姬’而来者。”此说是也。毛传：“娈，好貌。”元本、弘治本、王惟俭本等“罔两”亦作“魑魅”，此据梅庆生天启六次本改。“罔两”即“魍魉”。王利器《文心雕龙校证》：“‘魍魉’原作‘魑魅’，今从谢（兆申）徐（𤊹）校改。”又谓“王惟俭本、《文通》二二正作‘魍魉’”。按：王惟俭本亦作“魑魅”，王利器说误。“水怪”，亦有作“水师者”。杨明照《增订文心雕龙校注》：“‘师’，元本、弘治本、活字本、汪（一元）本、佘（诲）本、张（之象）本、两京本……崇文本作‘怪’。”“按《国语·鲁语下》：‘木石之怪，曰夔蝄蜽；水之怪，曰龙罔象。’《左传》宣公三年：‘魑魅罔两。’杜注：‘魅，怪物。’是‘怪’字未误。黄（叔琳）本作‘师’，盖据天启梅本改也。”梅庆生本作“娈彼洛神，既非罔两；惟此水师，亦非魑魅”。黄叔琳本同。

（23）“此欲”两句，元本作“此欲夸其威而其事，义睽剌也”。王惟俭本同。梅庆生本“而”下补“饰”字，并注“元脱”。杨明照《增订文心雕龙校注》：“黄（叔琳）校云：‘（饰），元脱，（其）下有阙字。’按何

（焯）本、谢（兆申）钞本有‘饰’字，梅（庆生）补是也。‘事’下加豆，文义自通，非有阙脱也。”“睽剌”，违背、乖离。《周易·睽卦》孔颖达《正义》：“睽者，怪异之名，物情怪异，不可大事。”《说文》：“剌，戾也。”徐锴注：“剌，乖违也。”王利器作“此欲夸饰其威，而忘其事义睽剌也”。

（24）此下为对辞赋恰如其分夸饰的赞美。司马相如《上林赋》：“嵯峨嶕嶫，刻削峥嵘。”李善注：“郭璞曰：言自然若雕刻也。司马彪曰：峥嵘，深貌也。善曰：嶕，音捷。嶫，音业。”五臣李周翰注：“嵯峨嶕嶫，高貌。峥嵘，直峻貌。”王延寿的《鲁灵光殿赋》：“瞻彼灵光之为状也，则嵯峨嶵嵬，峞巍嵎嶕。吁，可畏乎，其骇人也。”嵯峨、嶵嵬（同崔嵬）、峞巍（同嵬巍）、𡾰（即礧）嵎（即嵬），李善注：“皆高峻之貌。”五臣李周翰注：“言其高大之状，可畏而惊人。”《上林赋》：“高径华盖，仰看天庭。飞陛揭孽，缘云上征。中坐垂景，俯视流星。”李善注：“高径，所径高亢，上至华盖也。善曰：《楚辞》曰：登华盖兮乘旸谷。《答宾戏》曰：未仰天庭而覩白日。”“善曰：揭孽，高貌。”“言台之高，自中坐而乘日景也。《楚辞》曰：流星坠兮成雨。”五臣吕向注：“华盖，星名，谓径高此星，仰视天庭阶道也。飞者，高如鸟飞。揭孽，极高貌。征，行也。言飞道极高，绿云上行，中坐俯视，下见星日。”按：揭业，同嶕嶫、揭孽。何晏《景福殿赋》：“光明熠爚，文彩璘班（五臣本“班”作“瑞”）。”李善注：“《说文》曰：熠，盛光也。爚，火光也。《埤苍》曰：璘瑞，文貌。”五臣吕延济注：“熠爚、璘瑞，光采文明貌。”潘岳《秋兴赋》：“熠耀粲于阶闼兮，蟋蟀鸣乎轩屏。”李善注：“《毛诗》曰：熠耀宵行。毛苌曰：熠耀，燐也。燐，萤火也。《毛诗》曰：蟋蟀在堂。毛苌曰：蟋蟀，蛬也。崔豹《古今注》曰：熠耀，燐也。一曰耀夜，腐草为之，食蚊蚋。又曰：蟋蟀名蛬，初秋生，得寒则鸣噪，济南谓之懒妇也。”五臣刘良注：“熠耀，萤也。粲，明也。蟋蟀，秋虫，至秋寒故就轩屏言鸣轩。阶，壁也。”《笙赋》：“烂熠爚以放艳，郁蓬勃以气出。”李善注：“熠爚，光明貌。郁蓬勃，气出貌。”五臣吕向注：“烂熠爚以放艳，声如光明而艳者。”熠耀，同熠爚。扬雄《甘泉赋》李善注：“《字书》曰：焜，煌火貌。”司马相如《上林赋》：“煌煌扈扈，照曜巨野。”李善注：“郭璞曰：言其光采之盛也。”五臣李周翰注：“煌煌扈扈，鲜明貌，言光色照曜于大野。”傅毅《舞赋》：“黼帐祛而结组兮，铺首炳以焜煌。”李善注：“祛，犹举也。”五臣张铣注：“黼，绣。祛帐，裙也。组，锦也。言绣为帐裙，结锦为帐带也。铺首，门扇锁处也。炳以焜煌，谓月色与烛光相合于门首也。”王延寿《鲁灵光殿赋》：“瀖濩燐乱，炜炜煌煌。”李善注：“采色众多，眩曜不定也。”五臣吕延济注：“皆光色乱动，目眩曜而不定也。”“然”，即燃也。潘岳《笙赋》：“泛淫氾艳，霅晔岌岌。”李善注：“泛淫氾艳，自放纵貌。霅晔，急疾貌。”五臣李周翰注：“霅晔岌岌，急疾貌。”

(25)《左传》僖二十八年：“皆奖王室，无相害也。”杜预注：“奖，助也。”《孟子·万章下》：“不挟长，不挟贵，不挟兄弟而友。”朱熹《四书集注》：“挟者，兼有而恃之之称。”

(26)《楚辞·远游》：“鸾鸟轩翥而翔飞。”王逸注：“鷤鹏玄鹤，奋翼舞也。”洪兴祖补注：“《方言》：‘翥，举也。楚谓之翥。’”《诗经·邶风·柏舟》：“静言思之，不能奋飞。”班固《典引》：“三足轩翥于茂树。”《后汉书·班固传》章怀太子注：“轩翥谓飞翔上下。”“腾掷”，元本、弘治本、汪(一元)本、佘(诲)本等作“踯”。腾掷，即腾踯，腾空跳跃。“局步”，犹豫不决，挪不开步。

(27)“炜烨”，即炜晔，光艳茂盛。张景阳《七命》：“斯人神之所歆羡，观听之所炜晔也。”李善注：“《毛诗》曰：帝谓文王，无然歆羡。《说文》曰：歆，神食气也。《方言》曰：炜，盛也。郭璞曰：炜晔，盛貌也。”《楚辞·招隐士》：“王孙游兮不归，春草生兮萋萋。”李善注“王孙游兮”：“隐士避世，在山隅也。”又注“不归”：“违背旧土，弃室家也。”注“春草生兮”：“万物蠢动，抽萌芽也。”注“萋萋”曰：“垂条吐叶，纷荣华也。”

(28)《离骚》：“虽萎绝其亦何伤兮，哀众芳之芜秽。”李善注：“萎，病也。绝，落也。”“言己所种芳草，当刈未刈，蚤有霜雪，枝叶虽蚤萎病绝落，何能伤我乎？哀惜众芳摧折，枝叶芜秽而不成也。以言己修行忠信，冀君任用，而遂斥弃，则使众贤志士，失其行也。”左思《魏都赋》：“且夫寒谷丰黍，吹律暖之也。”李善注：“刘向《别录》曰：邹衍在燕,有谷,地美而寒,不生五谷。邹子居之,吹律而温至黍生,今名黍谷。”

(29)陆机《文赋》:“思涉乐其必笑,方言哀而已叹。”《抱朴子·外篇·嘉遁》:“言欢则木梗怡颜如巧笑,语戚则偶象嚬蹙而滂沱。”

(30)“信”,元本、弘治本等作“言”,王惟俭本、梅庆生本等作“信”,以“信”为佳。

(31)以下为刘勰对正确运用夸饰的作用和运用不当的缺失之论述。扬雄《法言·问神》:“言,心声也;书,心画也。”《荀子·王制篇》:“尝试之说锋起。”杨倞注:“锋起,谓如锋刃齐起,言锐而难拒也。”

(32)“甚泰”,过甚。按:刘勰所说在原则上是对的,但是如何掌握这个“节”,可能各人有不同的认识。本篇所批评的司马相如、扬雄、张衡等的夸张描写是否过“节”,是值得研究的。其实这些夸张描写虽然比较厉害了一点,但是对于艺术创作来说,仍是可以允许的,与《诗经》《尚书》等经典中的夸张描写,并无本质上的差别,它们和后来李白的“白发三千丈”,不是一样的吗?刘勰这些批评显然还是有王充《论衡》中的错误认识影响。王充肯定经书中的夸张描写,但是对其他书籍的夸张描写,都从不真实的角度给予否定,不过他是因为反对谶纬出发的,然而对艺术夸张则缺乏正确的认识。刘勰对经书中夸张的肯定显然还是接受了王充有关论述的,对艺术夸张也没有像王充那么绝对否定,而是从基本方面给予肯定的,但是受王充影响,对辞赋的很多艺术夸张也作了否定,这是不妥当的。

(33)曹丕《典论·论文》:“譬诸音乐,曲度虽均,节奏同检。”李善注:“《苍颉篇》曰:检,法度也。”

(34)《庄子·逍遥游》:“北冥有鱼,其名为鲲。鲲之大,不知其几千里也。化而为鸟,其名为鹏。鹏之背,不知其几千里也。怒而飞,其翼若垂天之云。是鸟也,海运则将徙于南冥。”《周易·渐卦》初六:“鸿渐于干。”王弼注:“鸿,水鸟也,适进之义,始于下而升者也,故以鸿为喻之。”孔颖达《正义》:“干,水涯也。渐进之道,自下升高,故取喻。鸿飞,自下而上也。”

(35)《尚书·胤征》:“火炎崐冈,玉石俱焚。”孔安国传:“昆山出玉。”《吕氏春秋·重己》:“人不爱昆山之玉,江汉之珠,而爱己之一苍璧小玑。”高诱注:“玉,阳中之阴,故能润泽草;珠,阴中之阳,有明,故岸不枯。”《史记·李斯列传》:“斯乃上书曰:……今陛下致昆山之玉,有随、和之宝。”《文赋》:“石韫玉而山辉,水怀珠而川媚。”李善注:“孙卿子曰:玉在山而木润,渊生珠而岸不枯。”

(36)“溢”,犹过也。“玷”,玷污,缺失。

《事类》篇

事类者，盖文章之外[1]，据事以类义，援古以证今者也。昔文王繇《易》，剖判爻位，《既济》九三，远引高宗之伐[2]；《明夷》六五，近书箕子之贞[3]：斯略举人事，以征义者也。至若胤征羲和，陈《政典》之训[4]；盘庚诰民，叙迟任之言[5]：此全引成辞，以明理者也。然则明理引乎成辞，征义举乎人事，乃圣贤之鸿谟[6]，经籍之通矩也。《大畜》之象"君子以多识前言往行"，亦有包于文矣[7]。观夫屈宋属篇，号依诗人[8]，虽引古事，而莫取旧辞。唯贾谊《鹏赋》，始用鹖冠之说[9]；相如上林，撮引李斯之书[10]：此万分之一会也。及扬雄《百官箴》，颇酌于《诗》《书》[11]；刘歆《遂初赋》，历叙于纪传[12]：渐渐综采矣。至于崔、班、张、蔡，遂捃摭经史，华实布濩[13]，因书立功，皆后人之范式也。

夫姜桂同地，辛在本性[14]；文章由学，能在天资。才自内发，学以外成[15]，有学饱而才馁，有才富而学贫[16]。学贫者，迍邅于事义[17]；才馁者，劬劳于辞情[18]：此内外之殊分也[19]。是以属意立文，心与笔谋，才为盟主，学为辅佐。主佐合德[20]，文采必霸；才学褊狭，虽美少功[21]。夫以子云之才，而自奏不学，及观书石室，乃成鸿采[22]。表里相资，古今一也。故魏武称："张子之文为拙，然学问肤浅，所见不博，专拾掇崔杜小文，所作不可悉难，难便不知所出[23]。"斯则寡闻之病也。

夫经典沈深，载籍浩瀚[24]，实群言之奥区，而才思之神皋也[25]。扬班以下，莫不取资，任力耕耨，纵意渔猎，操刀能割，必裂膏腴[26]。是以将赡才力，务在博见，狐腋非一皮能温，鸡跖必数千而饱矣[27]。是以综学在博，取事贵约，校练务精，捃理须核，众美辐辏，表里发挥[28]。刘劭《赵都赋》云："公子之客，叱劲楚令歃盟；管库隶臣，呵强秦使鼓缶[29]。"用事如斯，可称理得而义要矣。故事得其要，虽小成绩，譬寸辖制轮，尺枢运关也[30]。或微言美事，置于闲散[31]，是缀金翠于足胫，靓粉黛于胸臆也。

凡用旧合机，不啻自其口出[32]；引事乖谬，虽千载而为瑕。陈思群才之英也，《报孔璋书》云："葛天氏之乐，千人唱，万人和，听者因以蔑《韶》《夏》矣。"此引事之实谬也[33]。按葛天之歌，唱和三人而已。相如《上林》云："奏陶唐之舞，听葛天之歌，千人唱，万人和。"唱和千万人，乃相如推之，然而滥侈葛天，推三成万者，信赋妄书，致斯谬也[34]。陆机《园葵》诗云："庇足同一智，生理各万端[35]。"夫葵能卫足，事讥鲍庄，葛藟庇根，辞自乐豫[36]，若譬葛为葵，则引事为谬；若谓庇胜卫，则改事失真，斯又不精之患。夫以子建明练，士衡沈密，而不免于谬；曹洪之谬高唐[37]，又曷足以嘲哉！夫山木为良匠所度，经书为文士所择，木美而定于斧斤，事美而制于刀笔，研思之士，无惭匠石矣[38]。

赞曰：经籍深富，辞理遐亘[39]。皜如江海，郁若昆邓[40]。文梓共采，琼珠交赠[41]。用人若己，古来无懵[42]。

简析：

本篇论典故的意义与运用方法。运用典故是中国传统文学创作的一个重要特点，它和对偶的广泛流行也有密切关系，促使典故运用进一步发展。正确地、恰如其分地运用典故,可以使作品的思想内容进一步深化,并且具备文辞上的丰赡之美。然而,用典过多,连篇累牍,也会造成作品的艰涩,从而丧失自然真美。锺嵘对此曾作过尖锐批评,甚至强烈反对大量用典。刘勰也认为用典要如己口出,自然顺畅,不过他不仅不反对用典,而且认为这在我国古代文学创作中有长远的历史传统,对文章写作有十分重要的积极作用。他说:“事类者,盖文章之外,据事以类义,援古以证今者也。”“明理引乎成辞,征义举乎人事,乃圣贤之鸿谟,经籍之通矩也。”刘勰并不主张用典愈多愈好,而是深入地研究如何才能用好典故,以增加文学作品的艺术美。典故的运用和作家的天资与学问有密切关系,两者缺一不可,必须互相配合。天资有决定性意义,但又必须有学问辅佐,两者紧密结合,方可称霸文坛。“属意立文,心与笔谋,才为盟主,学为辅佐。主佐合德,文采必霸;才学褊狭,虽美少功。”刘勰认为一个作家的学问必须深广,可是在创作中运用这些学问,以古证今,则必须十分精练、确切。他所提出的博、约、精、核四个字,对用典的原则和要领概括得十分全面。作家学识要广博,采用典故贵简约,选择考校须精确,义理契配应核实,这样才能达到完美的境界。他强调用典应该“理得而义要”,可使文章更有深度。他举例批评了曹植、陆机,指出他们虽然写作文章“明练”“沉密”,然而仍有用典谬误,而这类错误会使文章“千载而为瑕”。刘勰与同时代的锺嵘、萧子显等片面否定用典不同,他也反对因用典不当而使作品失去其自然流畅之美,但并不否定用典的意义和价值,而是认为既要发挥其长处,又避免其容易造成的弊端,是比较稳妥的见解。

语译:

事类指的是,在文章阐述本身情事以外,依据往昔故事来类比说明文义,援引古代事例以为论证今事之根据。以前周文王写解释《周易》卦爻的文辞,剖析每一卦六爻的位置及其意义,而在写《既济》卦九三(卦之倒数第三划为阳爻)爻辞时,引用远古武丁时代高宗伐鬼方

（西北方古国名）的典故；在写《明夷》卦六五（卦之倒数第五划为阴爻）爻辞时，引用了近代箕子装疯被囚以保持贞节的故事。以上两例皆略举人事典故，以验征所说事理的意义。至于夏代仲康元年胤奉君命征伐荒淫的羲氏、和氏，在出征前训告众将士引用了先王《政典》中的话；盘庚诏诰百姓时，叙述迟任之言以为验证。这都是引用别人现成文辞来说明道理的例子。然则阐明道理引用古人现成文辞，验证文义列举以往人事典故，这是圣贤文章的鸿大谋略，也是古代经籍的通常规则。《周易·大畜》象辞说"君子应该多多认识前贤美善言论和行为"，使之包含于文辞写作之中。考察屈原、宋玉所撰写之《楚辞》各篇，号称是依据《诗经》宗旨来创作的，然而所引的古代故事，并不摘取旧有辞句。只有贾谊《鹏鸟赋》，开始直接引用《鹖冠子》说法，司马相如《上林赋》，撮取李斯《谏逐客书》现成文句，但不过是万分之一的偶合吧。扬雄《百官箴》，颇多斟酌《诗经》《尚书》；刘歆《遂初赋》多次引用史书纪传，此后综合采用事类典故就逐渐多了。到崔骃、班固、张衡、蔡邕，就更加广泛地采掇选用经籍、史书典故，使文章的辞采和义理都得到极为丰富充实的扩展，因运用古籍典故而立功撰成杰出文章，成为后人的楷模。

生姜与肉桂皆根植于土地得到生长，但辛辣之味则是其本性所决定的；文章写作都要依靠广博学问，然而能力优劣则由作者天赋才华所决定。作家才能源自内在天生禀赋，而学问渊深要靠外在勤奋努力，有的人学识丰富但天赋不足，有的人天赋优秀而学识贫瘠。学识贫瘠的人，必然在运用典故上感到艰难滞涩；而天资羸弱者，必然在表情达意上苦于难以顺畅。这是内在天赋和外在学问不同所造成的。所以当作家立意要写好文章，心灵与笔墨一起谋划，天赋才华起着主宰作用，学问则是辅助其成功的帮手。天赋才华为主、后天学问为辅两者默契配合，那么必定能使作品文采斐然雄霸文坛；而若是天赋枯竭或学养狭隘不管那一方面有缺失，都可能使文章虽有美好构想也不能真正成功。以扬雄的杰出才华，而自称年少时不认真学习，后因观书石室（皇室藏书之石渠阁）得以博览群书，乃获得鸿懿文采成为著名学者。所以内里天资禀赋和外在渊博学识要互相依靠,这是古往今来都一样的。魏武帝曹操曾说:"张子为文拙劣,学识浅薄,闻见不广,专门拾取东汉崔骃、杜笃小文牙慧,其所作文章虽不能全加质疑,若质疑则他自己也不知道文意出于何处。"这就是孤陋寡闻的弊病。

圣人经典含义深沉,各类书籍十分浩瀚,确实是后人著书立说的丰富资源,也是驰骋作家才思的神奇土壤。自扬雄、班固以下,没有不以此为创作源泉,任意用力耕耘操作,恣意择取合适典故,故而操持利刀善能切割,必定会割下最丰硕肥美的部分。所以欲使自己才学丰满,必须有广博识见,狐皮大衣不是一小块狐腋就能做成而让人获得温暖,鸡爪是美食但需数千方能让人吃饱。综合学问需要广博渊深,而掇取事类贵在简约恰当,选择考校务须精到熟练,拮取义理必须核实正确,善于把所有优点集中起来融汇一体,才能使内在天赋外在学识充分发挥效用。刘劭《赵都赋》说:"平原君赵胜的门客毛遂,呵叱劲暴的楚王使之歃血盟誓;库臣缪贤的舍人蔺相如,迫逼强横的秦王扣缶击鼓。"像这样运用典故,可以称得上是说理得当而含义扼要了。故而运用典故若能得其要领恰到好处,虽然是一件小事而能使文章获得极大成功,犹如车轴上的机键虽只有一寸,却善能控制车轮掌握其运行;门户上的转轴(枢机)虽仅一尺,却可以转动大门使之开阖自如。如果把微妙言辞和美好事类,放在闲散的位置而不能用在紧要的关键之处,那么就好像把金玉翡翠缀挂在小腿脚跟上,把漂亮的胭脂粉黛搽在被衣服遮盖的胸部(就完全失去其意义了)。

凡是运用古旧典故而能恰到好处,如同自己脱口说出一样;而引用事类出现谬误,虽然文章能流传千古也毕竟是永远也洗刷不掉的瑕疵。陈思王曹植乃是群才中的英杰,然而他的《报孔璋书》说:"远古葛天氏的音乐,有千人演唱,万人附和,因而听众为此而蔑视尧舜时代的《韶》《夏》雅乐。"这确实是引用事类的严重谬误。葛天氏的音乐,唱和者仅有三人。司马相如《上林赋》说:"演奏唐尧的咸池之乐舞,聆听葛天氏的歌曲,有上千人随唱,上万人应和。"这是司马相如推测的夸张说法,而曹植随便把它加到葛天氏身上,于是把三人变成千万人，由于错误理解辞赋而随意书写，因此导致这样错误。陆机《园葵诗》说："庇足同一智，生理各万端（向日葵善于保护足根和人是同一智慧，而人和物的生存之理则有万千不同）。"葵能卫足是讥笑鲍庄子的，而葛藟庇根是乐豫比喻保护宗室之重要，陆机《葵园诗》咏葵却不用"卫足"而用"庇足"（把葛藟庇根当成葵之卫足），那就是引用典故的谬误；若说用"庇"字胜过用"卫"字，那就是更改典故而失去真实，这又是不够精细的弊病。以曹植的精明熟练，陆机的深沉细密，尚且不免在引用典故上有谬误。曹洪的才华远逊曹植、陆机，把绵驹处高唐误记为王豹处高唐（写成"过高唐者效王豹之讴"），也就不值得嘲笑了。山上的木材是供给优秀的工匠量度选材的，众多的经书典籍是为高水平文人用来选择捡取的，精美的木材取定于良匠刀斧的运作，丰美的事类需要天才文人的刀笔耕耘，善于精研文章写作的作者，可以无愧于庄子所说的能工巧匠（匠石）了。

总论：经籍文献深广丰富，义理辞章绵延始终。江海宽广浩瀚无边，昆仑邓林郁郁葱葱。典故良梓文人共采，琼珠宝玉交赠不穷。前人文辞如出己口，精彩相从自古无懵。

注订：

（1）所以说在"文章之外"，是因为典故所说不是文章叙述情事本身，而是借古明今，运用典故以为文章情事之佐证。杨明照《增订文心雕龙校注》："按'事类'非自已出，故曰'外'。"

（2）周文王演《易》，见《史记·周本纪》："（周文王）西伯盖即位五十年。其囚羑里，盖益《易》之八卦为六十四卦。"张守节《正义》："《乾凿度》云：'垂黄策者（伏）羲，益卦演德者文（王），成命者孔（丘）也。'《易》《正义》云伏羲制卦，文王卦辞，周公爻辞，孔十翼也。按：太史公言'盖'者，乃疑辞也。文王著演《易》之功，作《周纪》方赞其美，不敢专定，重《易》故称'盖'也。"繇《易》，即演《易》也。《左传》闵公二年："成风闻成季之繇。"杜预注："成风，庄公之妾，僖公之母也。繇，卦兆之占辞。"成季，赵衰谥号。此谓周文王演绎《周易》八卦，互相重叠而成六十四卦，剖析每一卦的六爻位置及其卦的意义，写成卦辞。《周易·既济》九三："高宗伐鬼方，三年克之，小人勿用。"孔颖达《正义》："'高宗伐鬼方，三年克之'者，高宗者，殷王武丁之号也。九三处既济之时，居文明之终，履得其位，是居衰末，而能济者也。高宗伐鬼方，以中兴殷道，事同此爻，故取譬焉。高宗德实文明，而势甚衰惫，不能即胜，三年乃克，故曰'高宗伐鬼方，三年克之'也。小人勿用者，势既衰弱，君子处之，能建功立德，故兴而复之，小人居之，日就危乱，必丧邦也，故曰'小人勿用'。"

(3)《周易·明夷》六五："箕子之明夷，利贞。"孔颖达《正义》："明夷，卦名。夷者，伤也。此卦日入地中，明夷之象。施之于人事，闇主在上，明臣在下，不敢显其明智，亦明夷之义也。时虽至闇，不可随世倾邪，故宜艰难坚固，守其贞正之德。故明夷之世，利在艰贞。"《史记·殷本纪》："纣愈淫乱不止。微子数谏不听，乃与大师、少师谋，遂去。比干曰：'为人臣者，不得不以死争。'乃强谏纣。纣怒曰：'吾闻圣人心有七窍。'剖比干，观其心。箕子惧，乃详狂为奴，纣又囚之。"微子、比干、箕子谓殷末之"三仁"。周振甫《文心雕龙注释》："明夷，明而被伤，指商纣王无道，箕子谏不听，装疯为奴仆。利贞，有利于守正。"

(4)《尚书·胤征》序："羲和湎淫，废时乱日。胤往征之，作《胤征》。"孔传："奉辞罚罪曰征。"《正义》："羲氏、和氏，世掌天地四时之官，今乃沈湎于酒，过差非度，废天时，乱甲乙，不以所掌为意。胤国之侯受王命往征之。史叙其事作《胤征》。"《尚书·胤征》篇胤于出征前告知众军将士："羲和尸厥官，罔闻知。昏迷于天象，以干先王之诛。《政典》曰：'先时者杀无赦，不及时者杀无赦。'今予以尔有众，奉将天罚。"孔颖达《正义》："此为灾异之大，群官促遽若此。羲和主其官而不闻知日食，是大罪也。此羲和昏闇迷错于天象，以犯先王之诛。此罪不可赦也。故先王为政之典曰：'主历之官，为历之法，节气先天时者杀无赦，不及时者杀无赦。'失前失后尚犹合杀，况乎不知日食，其罪不可赦也，况彼罪之大。言己所以征也。""政典"，元本、弘治本、冯允中本、王惟俭本等作“正典”。今依梅庆生本、黄叔琳本等。按:《尚书·胤征》作“政典”,当依“政”为是。

(5)《尚书·盘庚》序:“盘庚五迁,将治亳殷,民咨胥怨,作《盘庚》三篇。”孔传:“自汤至盘庚凡五迁都,盘庚治亳殷。”“胥,相也。民不欲徙,乃咨嗟忧愁,相与怨上。”《尚书·盘庚》篇:“汝曷弗告朕,而胥动以浮言,恐沈于众?若火之燎于原,不可向迩,其犹可扑灭。则惟汝众自作弗靖,非予有咎。迟任有言曰:‘人惟求旧,器非求旧,惟新。’古我先王,暨乃祖乃父,胥及逸勤;予敢动用非罚?……凡尔众,其惟致告:自今至于后日,各恭尔事,齐乃位,度乃口。罚及尔身,弗可悔。”孔颖达《正义》:“汝若不欲徙,何以不情告我,而辄相恐动以浮华之言?乃语民云:‘国不可徙,我恐汝自取沈溺于众人,而身被刑戮之祸害。’此浮言流行,若似火之燎于原野,炎炽不可向近,其犹可扑之使灭,以喻浮言不可止息,尚可刑戮使绝也。若以刑戮加汝,则是汝众自为非谋所致此耳,非我有咎过也。”“可迁则迁,是先王旧法。古之贤人迟任有言曰:‘人惟求旧,器非求旧,惟新。’言人贵旧,器贵新,汝不欲徙,是不贵旧,反迟任也。古者我之先王及汝祖汝父相与同逸豫,同勤劳,汝为人子孙,宜法汝父祖,当与我同其劳逸,我岂敢动用非常之罚胁汝乎?”

(6)《尚书·大禹谟》孔传:“谟,谋也。”《尚书·胤征》:“圣有谟训,明征定保。”孔传:“征,证。保,安也。圣人所谋之教训,为世明证,所以定国安家。”“鸿谟”,即圣人鸿大之训告谋略。

(7)《周易·大畜》象辞:“天在山中,大畜。君子以多识前言往行,以畜其德。”王弼注:“物之可畜于怀,令德不散,尽于此也。”孔颖达《正义》:“‘天在山中’者,欲取德积于身中,故云‘天在山中’也。‘君子以多识前言往行,以畜其德’者,君子则此大畜,物既大畜,德亦大畜,故多记识前代之言,往贤之行,使多闻多见,以畜积己德,故云‘以畜其德’也。”

(8)本书《辨骚》篇:“《离骚》之文,依经立义。”“虽取镕经意,亦自铸伟辞。”王逸《楚辞章句序》:“屈原履忠被谮,忧愁悲思,独依诗人之义，而作《离骚》，上以讽刺，下以自慰。”《离骚序》：“《离骚》之文，依《诗》取兴，引类譬谕，故善鸟香草，以配忠贞；恶禽臭物，以比谗佞；灵修美人，以媲于君；宓妃佚女，以譬贤臣；虬龙鸾凤，以托君子；飘风云霓，以为小人。”此可见其“虽引古事，而莫取旧辞”。

（9）《昭明文选》贾谊《鹏鸟赋》（以下括号中均为李善注释内容）：“万物变化兮，固无休息（《鹖冠子》曰：固无休息）。斡流而迁兮，或推而还（《鹖冠子》曰：斡流迁徙，固无休息）。形气转续兮，变化而嬗。沕穆无穷兮，胡可胜言（《鹖冠子》曰：变化无穷，何可胜言。沕，亡笔切）。祸兮福所倚，福兮祸所伏（《鹖冠子》曰：祸乎福之所倚，福乎祸之所伏）。忧喜聚门兮，吉凶同域（《鹖冠子》曰：忧喜聚门，吉凶同域）。彼吴强大兮，夫差以败。越栖会稽兮，句践霸世（《鹖冠子》曰：失反为得，成反为败。吴大兵强，夫差以困；越栖会稽，句践霸世）。斯游遂成兮，卒被五刑；傅说胥靡兮，乃相武丁。夫祸之与福兮，何异纠缪（《鹖冠子》曰：祸与福如纠缪也）。命不可说兮，孰知其极（《鹖冠子》曰：终则有始，孰知其极）。水激则旱兮，矢激则远。万物回薄兮，振荡相转（《鹖冠子》曰：水激则悍，矢激则远，精神回薄，振荡相转）。云蒸雨降兮，纠错相纷。大钧播物兮，坱圠无垠。天不可预虑兮，道不可预谋（《鹖冠子》曰：天不可预谋，道不可预虑）。迟速有命兮，焉识其时（《鹖冠子》曰：迟速止息，必中参伍）。”可见，李善注曾指出很多源于《鹖冠子》。

（10）司马相如《上林赋》也直接引用李斯上书中之言，如“建翠华之旗，树灵鼍之鼓”。出自李斯《谏逐客书》：“建翠凤之旗，树灵鳝之鼓。”

（11）扬雄作《十二州二十五官箴》，此云《百官箴》，范文澜《文心雕龙注》谓“百”乃“州”之误。牟世金《文心雕龙范注补正》：“案范说非是。彦和在《铭箴》篇曾说：‘至扬雄稽古，始范《虞箴》，作卿尹、州牧二十五篇。及崔、胡补缀，总称《百官》。’可证他认为《百官箴》是崔、胡等人补充扬雄之作成。史实正是如此。《后汉书 · 胡广传》云：‘初，扬雄依《虞箴》作《十二州二十五官箴》，其九箴亡阙。后涿郡崔骃及子瑗，又临邑侯刘騊駼增补十六篇，广复继作四篇，文甚典美。乃悉撰次首目，为之解释，名曰《百官箴》，凡四十八篇。'这说明'百官'之称，本非实数，而四十八篇中又以扬雄之作最多。所以《古文苑》卷十五，就以扬雄的《光禄勋箴》等，总名为《百官箴》。则原文扬雄《百官箴》未必有误。"《百官箴》云："昔在文王，经营其轨，勖于德音。而思皇多士，多士作桢，惟周以宁。国人兴让。虞芮质成。公刘挹行潦，而浊乱斯清。官掺其业，士执其经。昔圣人之绥俗，莫美于施化。"其中运用了《诗经》中的现成文辞，如《诗经·大雅·文王》："思皇多士，生此王国。王国克生，维周之桢。"《诗经·大雅·绵》："虞芮质厥成，文王蹶厥生。"扬雄《兖州牧箴》："悠悠济河，兖州之寓；九河既导，雷夏攸处；草繇木条，漆丝絺纻；济漯既通，降丘宅土。"其中运用了《尚书·禹贡》现成文辞，如："济、河惟兖州：九河既道，雷夏既泽，灉、沮会同；桑土既蚕，是降丘宅土。厥土黑坟。厥草惟繇，厥木惟条。厥田惟中下，厥赋贞。作十有三载，乃同。厥贡漆丝，厥篚织文。浮于济、漯，达于河。"

(12)刘歆的《遂初赋》颇酌取《左传》内容，其赋序曰："歆以论议见排摈，志意不得，之官（为五原太守）经历故晋之域，感今思古，遂作斯赋，以叹往事而寄己意。"周振甫《文心雕龙注释》："（刘歆《遂初赋》）哀衰周之失权兮，数辱而莫扶。执孙蒯于屯留兮，救王师于余吾（《左传》襄公十七年："卫石买、孙蒯伐曹，取重丘。曹人诉于晋。"十八年："晋人执卫行人〔外交官〕石买于长子，执孙蒯于纯〔屯〕留，为曹故也。"又成公元年："晋侯使瑕嘉平戎于王〔使周王与戎和好〕。……刘康公徼戎〔趁戎不设备加以袭击〕，……败绩〔大败〕于徐吾氏〔戎名〕"）。过下虒而叹息兮，悲平公之作台（《左传》昭公八年："今宫室崇侈，民力雕尽。……于是晋侯方筑虒祁之宫"）。背宗周而不恤（忧）兮，苟偷乐而惰怠（《左传》襄公二十九年："晋平公，杞出也〔母杞国人〕，故治杞〔给杞国筑城〕。……子大叔曰：……晋国不恤周宗〔周的宗族姬姓国〕之阙，而夏肄〔余〕是屏〔城，给夏代之余的杞国筑城〕，其弃诸姬，亦可知也已"）。"本书《才略》篇："卿、渊以前，多俊才而不课学,雄、向已后,颇引书以助文:此取与之大际,其分不可乱者也。”

(13)《汉书·艺文志》:“武帝时,军政杨仆捃摭遗逸,纪奏兵录,犹未能备。”颜师古注:“捃摭,谓拾取之。”《昭明文选》张衡《东京赋》:“声教布濩,盈溢天区。”李善注:“布濩,犹散被也。天区,谓四方上下也。言天子教爱及之。”五臣李周翰注:“濩,散也。言布散溢出区宇。”杨明照《增订文心雕龙校注》:“‘濩’,元本、弘治本、汪(一元)本、佘(诲)本、张(之象)本、两京本、胡(维新)本、训故本作‘护’。按‘护’‘濩’同音通假。”

(14)“同地”,王利器《文心雕龙校证》:“‘因’原作‘同’,《御览》五八五作‘因’,‘因’与下文‘由’对言。《韩诗外传》七:‘姜桂因地而生,不因地而辛。’语又见《新序》《杂事五》《原本书钞》三三引《宋玉集序》。此彦和所本,今据改。”按:“因”,依也。作“同”亦可,谓同样依附于土地。

(15)“天资”,《太平御览》引作“天才”,何焯改为“才”,杨明照谓:“按‘才’字是。下文屡以‘才’‘学’对言,即承此引申。”何、杨说误,此“天资”即是才,古人以为才能皆是天赋,刘勰亦如此认为。下云“才自内发”即指“才”是与生俱有的。元、明各本皆为“天资”,无误。天赋才华和学问积累两者不可缺一,但很多人往往不能兼而有之。

(16)“学饱”,元本、弘治本作“饱学”。又,“学贫”二字,元本、弘治本缺,当依王惟俭本、梅庆生本等为准。

(17)《周易·屯卦》六二:“迍如邅如。”王弼注:“屯难之时,正道未行,与初相近而不相得,困于侵害,故屯邅。”孔颖达《正义》:“屯是屯难,邅是邅回,如是语辞也。”

(18)《诗经·邶风·凯风》:“棘心夭夭,母氏劬劳。”郑玄笺:“棘,犹七子也。”毛传:“夭夭,盛貌。劬劳,病苦也。”

(19)王利器《文心雕龙校证》:“鲍本《御览》‘分’作‘方’,顾(广圻)校作‘方’。案‘分’字不误,《庄子·逍遥游》:‘定乎内外之分。’此彦和所本。”

(20)“德”,或有作“得”,非是。“合德”见《周易·系辞》:“阴阳合德而刚柔有体。”孔颖达《正义》:“‘阴阳合德而刚柔有体’者,若阴阳不合,则刚柔之体,无从而生。以阴阳相合,乃生万物,或刚或柔,各有其体。阳多为刚,阴多为柔也。”

(21)才与学的关系亦是当时文人热衷研讨的问题。《颜氏家训·文章》篇:“学问有利钝,文章有巧拙。钝学累功,不妨精熟,拙文研思,终归蚩鄙。但成学士,自足为人;必乏天才,勿强操笔。吾见世人,至无才思,自谓清华,流布丑拙,亦以众矣。”

(22)刘勰认为天资是先天禀赋,非人力所能改变,而学习则是后天勤奋的结果,故专举扬雄自述说明学习之重要。《全汉文》卷五十二扬雄《答刘歆书》:“雄为郎之岁,自奏少不得学,而心好沈博绝丽之文,愿不受三岁之奉,且休脱直事之繇,得肆心广意,以自克就。有诏可,不夺奉,令尚书赐笔墨钱六万,得观书于石室。如是后一岁,作《绣补》《灵节》《龙骨之铭》,诗三章。成帝好之,遂得尽意。”

(23)曹操之语已不可考,张子究谓何人,亦无法查证。赵仲邑《文心雕龙译注》据《三国志·魏书·邴原传》裴松之注,定为张范。按:《三国志·魏书·邴原传》注引《邴原别传》:“河内张范,名公之子也,其志行有与原符,甚相亲敬。(曹操)令曰:‘邴原名高德大,清规邈世,魁然而峙,不为孤用。闻张子颇欲学之,吾恐造之者富,随之者贫也。’”然刘勰引魏武所言“张子”,是否即《邴原别传》所言张范,亦未可确证。台湾王更生《文心雕龙读本》以为指张衡,然未言所据为何。张衡学识渊博,说他“拾掇崔、杜小文”,亦不可信,恐非曹操所指。故仍以存疑为是。范文澜《文心雕龙注》谓:“魏武语止‘难便不知所出’句。”此说可参考,然原文未见,张子无考,则自魏武语是到“谓拙”为止,还是到“不知所出”为止,亦可斟酌。

(24)“浩瀚”,元本、王惟俭训诂本等作“浩汗”,杨明照《增订文心雕龙校注》:“按‘汗’‘瀚’音同得通。”

(25)《昭明文选》张衡《西京赋》:“尔乃广衍沃野,厥田上上,寔惟地之奥区神皋。”李善注:“善曰:郑玄《周礼》注,下平曰衍。《汉书》

曰:秦地沃野千里。《尚书》雍州曰厥田惟上上。""善曰:《汉书》曰:自古以雍州积高,神明之隩,故立畤郊上帝,诸神祠皆聚之。《广雅》曰:皋,局也,谓神明之界局也。"五臣张铣注:"寔,实。奥,美也。神者,美言也。泽畔曰皋。"

(26)《汉书·何并传》颜师古注:"渔者,谓侵夺取之,若渔猎之为也。"《汉书·地理志》:"民食鱼稻,以渔猎山伐为业。""渔猎",捕鱼,捕捉。葛洪《抱朴子·外篇·钧世》:"然古书虽多,未必尽美,要当以为学者之山渊,使属笔者得采伐渔猎其中。"《汉书·贾谊传》载贾谊《陈政事疏》引黄帝曰:"操刀必割。"颜师古注:"臣瓒曰:'太公曰:"……操刀不割,失利之期。"言当及时也。'""裂",梅庆生本作"列",古多通用。

(27)《慎子·知忠》:"粹白之裘,盖非一狐之皮也。"《吕氏春秋·用众》:"善学者,若齐王之食鸡也,必食其跖(蹠)数千而后足。"《淮南子·说山训》:"天下无粹白狐,而有粹白之裘,掇之众白也。善学者,若齐王之食鸡,必食其跖,数十而后足。"高诱注:"跖,鸡足踵也,喻学取道众多然后优。"刘勰采用的是《吕氏春秋》说,鸡跖为"数千",而不是《淮南子》说的"数十",是一种夸张的说法,强调学问愈多愈好。

(28)《史记·刘敬叔孙通传》:"且明主在其上,法令具于下,使人人奉职,四方辐辏,安敢有反者!"《老子》:"三十辐共一毂。""辐辏",或作"辐凑",聚集也。"发挥",元刻本作"发辉",何焯校改为"发挥",王惟俭训诂本作"发挥"。

(29)《赵都赋》:"公子之客,叱劲楚令歃盟;管库隶臣,呵强秦使鼓缶。""歃盟",歃血而盟。《史记·平原君虞卿列传》:"秦之围邯郸,赵使平原君求救,合从于楚,约与食客门下有勇力文武备具者二十人偕。平原君曰:'使文能取胜,则善矣。文不能取胜,则歃血于华屋之下,必得定从而还。士不外索,取于食客门下足矣。'得十九人,余无可取者,无以满二十人。门下有毛遂者,前,自赞于平原君曰:……平原君竟与毛遂偕。十九人相与目笑之而未废也。毛遂比至楚,与十九人论议,十九人皆服。平原君与楚合从,言其利害,日出而言之,日中不决。十九人谓毛遂曰:‘先生上。’毛遂按剑历阶而上,谓平原君曰:‘从之利害,两言而决耳。今日出而言从,日中不决,何也?’楚王谓平原君曰:‘客何为者也?’平原君曰:‘是胜之舍人也。’楚王叱曰:‘胡不下!吾乃与而君言,汝何为者也!’毛遂按剑而前曰:‘王之所以叱遂者,以楚国之众也。今十步之内,王不得恃楚国之众也,王之命县于遂手。吾君在前,叱者何也?且遂闻汤以七十里之地王天下,文王以百里之壤而臣诸侯,岂其士卒众多哉,诚能据其势而奋其威。今楚地方五千里,持戟百万,此霸王之资也。以楚之强,天下弗能当。白起,小竖子耳,率数万之众,兴师以与楚战,一战而举鄢郢,再战而烧夷陵,三战而辱王之先人。此百世之怨而赵之所羞,而王弗知恶焉。合从者为楚,非为赵也。吾君在前,叱者何也?’楚王曰:‘唯唯,诚若先生之言,谨奉社稷而以从。’毛遂曰:‘从定乎?’楚王曰:‘定矣。’毛遂谓楚王之左右曰:‘取鸡狗马之血来。’毛遂奉铜盘而跪进之楚王曰:‘王当歃血而定从,次者吾君,次者遂。’遂定从于殿上。毛遂左手持盘血而右手招十九人曰:‘公相与歃此血于堂下。公等录录,所谓因人成事者也。’”“鼓缶”,敲击瓦器打节拍。《史记·廉颇蔺相如列传》:“蔺相如者,赵人也,为赵宦者令缪贤舍人。……秦王使使者告赵王,欲与王为好会于西河外渑池。赵王畏秦,欲毋行。廉颇、蔺相如计曰:‘王不行,示赵弱且怯也。’赵王遂行,相如从。廉颇送至境,与王诀曰:‘王行,度道里会遇之礼毕,还,不过三十日。三十日不还,则请立太子为王。以绝秦望。’王许之,遂与秦王会渑池。秦王饮酒酣,曰:‘寡人窃闻赵王好音,请奏瑟。’赵王鼓瑟。秦御史前书曰:‘某年月日,秦王与赵王会饮,令赵王鼓瑟。’蔺相如前曰:‘赵王窃闻秦王善为秦声,请奏盆缻秦王,以相娱乐。’秦王怒,不许。于是相如前进缻,因跪请秦王。秦王不肯击缻。相如曰:‘五步之内,相如请得以颈血溅大王矣!’左右欲刃相如,相如张目叱之,左右皆靡。于是秦王不怿,为一击缻。相如顾召赵御史书曰:‘某年月日,秦王为赵王击缻。’秦之群臣曰:‘请以赵十五城为秦王寿。’蔺相如亦曰:‘请以秦之咸阳为赵王寿。’秦王竟酒,终不能加胜于赵。赵亦盛设兵以待秦,秦不敢动。”

瓴，同缶，裴骃《史记集解》引《风俗通义》："缶者，瓦器，所以盛酒浆，秦人鼓之以节歌也。"

(30)《淮南子·缪称训》："故终年为车，无三寸之螛（同辖），不可以驱驰；匠人斫户，无一尺之楗，不可以闭藏。故君子行期乎其所结。"辖，《说文》："辖，键也。"楗，键也。《艺文类聚》七十一引《尸子》："无四寸之键，则车不行。"《太平御览》七百七十三引《子思子》："终年为车，无一尺之轮，则不可以驰。"

(31)"闲散"，元本、弘治冯允中本、汪一元本、佘诲本、张之象本、两京本脱"散"字。王惟俭本作"闲□"。梅庆生音注本、曹学佺评点本，均为"闲散"。

(32)《尚书·秦誓》："人之有技，若己有之；人之彦圣，其心好之，不啻如自其口出，是能容之。"孔传："人之有技，若己有之，乐善之至也。人之美圣，其心好之，不啻如自其口出，心好之至也。是人必能容之。"

(33)以下举曹植、陆机等引事谬误之例。《报孔璋书》说："葛天氏之乐，千人唱，万人和，听者因以蔑《韶》《夏》矣。"按：曹植《报孔璋书》已佚，此引言已不可考。

(34)《吕氏春秋·古乐》："昔葛天氏之乐，三人操牛尾，投足以歌八阕。"司马相如《上林赋》："奏陶唐氏之舞，听葛天氏之歌，千人唱，万人和，山陵为之震动，川谷为之荡波。"李善注："如淳曰：舞咸池也。善曰：《尚书》曰：惟彼陶唐。孔安国曰：陶唐，尧氏也。""张揖曰：葛天氏，三皇时君号也。其乐，三人持牛尾，投足以歌八曲（阕）：一曰《载民》，二曰《玄鸟》，三曰《育草木》，四曰《奋五谷》，五曰《敬天常》，六曰《彻帝功》，七曰《依地德》，八百《总禽兽之极》。韦昭曰：葛天氏，古之王者，其事见《吕氏春秋》。""郭璞曰：波浪起也。"司马相如所说有千人唱、万人和，并非指葛天氏之乐舞，而是指上林苑演奏陶唐之舞，葛天之歌，听众无数，虽然也是夸张描写，却无可厚非。曹植理解为葛天氏之乐舞有千人唱、万人和，是对《上林赋》的误解，也是他本人学识上的谬误。纪昀评曰："千人万人，自指汉时之歌舞者，不过借陶唐葛天点缀其事，非即指上二事也。子建固误，彦和亦未详考也。”“推之”，原作“接人”，梅庆生谓“疑当作‘推之’二字”。王利器《文心雕龙校证》：“崇文本作‘推之’，今据改。”

(35)陆机《园葵诗》有二首，《昭明文选》载其一，刘勰所引诗句，当为另一首，载《陆士衡集》。按：《园葵诗》李善注曰：“《晋书》，赵王伦篡位，迁帝于金墉城。后诸王共诛伦，复帝位。齐王冏谮机为伦作禅文，赖成都王颖救之免，故作此诗，以葵为喻谢颖。”此处陆机咏葵而错用葛的典故。《艺文类聚》八十二引诗原文：“翩翩晚凋葵，孤生寄北蕃。被蒙覆露惠，微躯后时残，庇足同一智，生理各万端。不若闻道易，但伤知命难。”《陆士衡集》“同”作“周”，“合异”作“各万”，范文澜注：“‘合异’当是‘各万’之误。”“葵能卫足”事见《左传》成公十七年：“秋七月，壬寅，(齐灵公)刖鲍牵而逐高无咎。……仲尼曰：‘鲍庄子之智不如葵，葵犹能卫其足。’”杜预注：“葵倾叶向日，以蔽其根，言鲍牵居乱，不能危行言孙。”鲍牵，谥庄子，齐大夫。危行言孙，谓行为正直，言语谦逊也。《论语·宪问》：“邦无道，危行言孙。”《正义》：“危，厉也。孙，顺也。言邦有道，可以厉言行。邦无道，则厉其行，不随污俗，顺言辞以避当时之害也。”

(36)“葛藟庇根”，事见《左传》文公十二年：“昭公将去群公子。乐豫曰：‘不可。公族，公室之枝叶也，若去之，则本根无所庇荫矣。葛藟犹能庇其本根，故君子以为比，况国君乎！此谚所谓庇焉而纵寻斧焉者也，必不可，君其图之。’”杜预注：“葛之能藟蔓繁滋者，以本枝荫庥之多。”“纵，放也。”

(37)“曹洪”，原作“曹仁”，当是刘勰误记，此据范文澜说改。《昭明文选》陈琳《为曹洪与魏文帝书》：“盖闻过高唐者，效王豹之讴。”李善注：“《孟子》：淳于髡曰：‘昔王豹处淇，而西河善讴。绵驹处高唐，而齐右善歌。’按：此文当过高唐者，効绵驹之歌。但文人用之误。”淳于髡言见《告子》篇，原文为：“昔者，王豹处于淇而河西善讴，绵驹处于高唐而齐右善歌。”赵岐注：“王豹，卫之善讴者。淇，水名。……卫地滨于淇水，在北流河之西，故曰处于淇而河西善讴，所谓郑卫之声也。绵驹,善歌者也。高唐,齐西邑。绵驹处之,故曰齐右善歌。”按:此处用典之误当属陈琳,而非曹洪,曹洪《与魏文帝书》实为陈琳所代写。

(38)《庄子·人间世》:“匠石之齐。”成玄英疏:“匠是工人之通称,石乃巧者之私名。”《庄子·徐无鬼》篇:“郢人垩慢(漫)其鼻端,若蝇翼,使匠石斫之,匠石运斤成风,听而斫之,尽垩而鼻不伤,郢人立不失容。”成玄英疏:“郢人,谓泥画之人也,垩者,白善土也。漫,污也。庄生送亲知之葬,过惠子之墓,缅怀畴昔,仍起斯譬。瞑目恣手,听声而斫,运斤之妙,遂成风声。若蝇翼者,言其神妙也。”“去垩慢(漫)而鼻无伤损,郢人立傍,容貌不失。”

(39)“遐亘”,深远。

(40)“皜”,同浩。“昆邓”,张衡《西京赋》:“珍物罗生,焕若昆仑。”李善注:“珍美之物,罗列布见,焕焉如昆仑之所生者。善曰:《山海经》云:昆仑之墟有珠树、文玉树。”又:“嘉卉灌丛,蔚若邓林。”李善注:“嘉,犹美也。灌丛、蔚若,皆盛貌也。善曰:《山海经》曰:夸父与日竞走,渴饮河、渭,不足,北饮大泽,未至,道渴死,弃其杖,化为邓林。”

(41)《吴越春秋》:“越王使木工伐木,天生神木一双,阳为文梓,阴为楩楠。”

(42)“懵”,同懜。《说文》:“懜,不明也。”

《练字》篇

夫爻象列而结绳移，鸟迹明而书契作[(1)]，斯乃言语之体貌，而文章之宅宇也。苍颉造之，鬼哭粟飞[(2)]；黄帝用之，官治民察[(3)]。先王声教，书必同文[(4)]；𬨎轩之使，纪言殊俗[(5)]，所以一字体，总异音[(6)]。《周礼》保氏，掌教六书[(7)]。秦灭旧章，以吏为师。及李斯删籀而秦篆兴[(8)]，程邈造隶而古文废[(9)]。

汉初草律，明著厥法[(10)]，太史学童，教试六体[(11)]；又吏民上书，字谬辄劾，是以马字缺画，而石建惧死[(12)]，虽云性慎，亦时重文也。至孝武之世，则相如譔篇[(13)]。及宣成二帝[(14)]，征集小学，张敞以正读传业，扬雄以奇字纂《训》[(15)]，并贯练《雅》《颂》[(16)]，总阅音义，鸿笔之徒[(17)]，莫不洞晓。且多赋京苑[(18)]，假借形声，是以前汉小学，率多玮字[(19)]，非独制异，乃共晓难也。暨乎后汉，小学转疏，复文隐训，臧否大半[(20)]。及魏代缀藻，则字有常检[(21)]，追观汉作，翻成阻奥。故陈思称："扬马之作，趣幽旨深，读者非师传不能析其辞，非博学不能综其理[(22)]。"岂直才悬[(23)]，抑亦字隐。自晋来用字，率从简易[(24)]，时并习易，人谁取难。今一字诡异，则群句震惊，三人弗识，则将成字妖矣。后世所同晓者，虽难斯易，时所共废，虽易斯难[(25)]，趣舍之间，不可不察。

夫《尔雅》者，孔徒之所纂[(26)]，而《诗》《书》之襟带也；《苍颉》者，李斯之所辑，而鸟籀之遗体也[(27)]。《雅》以渊源诂训[(28)]，《颉》以苑囿奇文，异体相资，如左右肩股，该旧而知新[29]，亦可以属文。若夫义训古今，兴废殊用，字形单复，妍蚩异体[30]，心既托声于言，言亦寄形于字[31]，讽诵则绩在宫商[32]，临文则能归字形矣。是以缀字属篇，必须练择[33]：一避诡异，二省联边，三权重出[34]，四调单复。诡异者，字体瑰怪者也。曹摅诗称："岂不愿斯游，褊心恶呶呶[35]。"两字诡异，大疵美篇，况乃过此，其可观乎！联边者，半字同文者也[36]。状貌山川，古今咸用，施于常文，则龃龉为瑕[37]，如不获免，可至三接，三接之外，其《字林》乎！重出者，同字相犯者也。《诗》《骚》适会[38]，而近世忌同，若两字俱要，则宁在相犯[39]。故善为文者，富于万篇，贫于一字，一字非少，相避为难也。单复者，字形肥瘠者也。瘠字累句，则纤疏而行劣[40]；肥字积文，则黯黕而篇闇[41]。善酌字者，参伍单复，磊落如珠矣。凡此四条，虽文不必有，而体例不无[42]。若值而莫悟，则非精解。

至于经典隐暧，方册纷纶[43]，简蠹帛裂，三写易字，或以音讹，或以文变[44]。子思弟子，"於穆不祀"，音讹之异也[45]。晋之史记，"三豕渡河"，文变之谬也[46]。《尚书大传》有"别风淮雨[47]"，《帝王世纪》云"列风淫雨"。"别""列""淮""淫"，字似潜移。"淫""列"义当而不奇，"淮""别"理乖而新异。傅毅制诔，已用"淮雨"；元长作序，亦用"别风[48]"，固知爱奇之心，古今一也。史之阙文[49]，圣人所慎，若依义弃奇，则可与正文字矣。

赞曰：篆隶相镕，苍雅品训[50]。古今殊迹，妍蚩异分[51]。字靡易流，文阻难运[52]。声画昭精，墨采腾奋。

简析：

本篇论文字的锤炼与常见病犯。这是和《章句》篇紧密相关的，章句部署得当之后，要使章句表达妥善，必须要重视文字的锤炼。若有一字不当，即可连累全篇。文字的创造是古代历史上的大事，所以古人有仓颉造字而“天雨粟，鬼夜哭”之说。文字的作用巨大，而文字的发展过程也相当复杂，随着时代、地域、民情风俗的不同，文字也有很大差异。古代圣王为了“官治民察”，实施“教化”，所以要“一字体，总异音”。秦始皇统一全国后，实行“书同文”，汉代太史（史官）考试学生，要背诵文字，并用六种不同文字体式来测试，包括古文（籀文）、奇字、篆书、隶书、缪篆、虫书。秦汉以来有许多文字学家，编撰了不少重要的语言文字著作，如李斯删改籀文，使小篆盛行；程邈创造隶书，废弃了古文。汉代司马相如有《凡将篇》，扬雄有《训纂篇》。到了东汉时期对文字没那么重视，出现了很多异体字和生僻字。魏代文字运用有一定规则，而晋代讲究简易。由于文字的发展，常用的即使是难字也变得容易了，而不太运用的即使是容易的字也变成难字了。文字的运用不可太过于艰深怪异，变成“字妖”，应该平易简洁，晓畅明白。但是也必须丰富多样，能够表达种种复杂的思想感情。他特别指出：“心既托声于言，言亦寄形于字。”文字既是心声之寄托，所以必须特别注意运用确切。在行文写作过程中，一定要注意防备四点：一是尽量避开诡奇怪异的字（“避诡异”），二是少用偏旁相同的字（“省联边”），三是努力权衡减少重复出现的字（“权重出”），四是不要把笔画简单的字或笔画复杂的字堆积在一起（“调单复”）。文字的精练正确，必须要克服好奇的心理，不去追逐怪异新奇，必须努力学习圣人的雅正严肃。

语译：

八卦爻象序列的发明代替了结绳记事，黄帝史官仓颉模仿鸟兽蹄爪痕迹创造文字后就有书籍文章产生，这是人类语言形态状貌的体现，也是文章所赖以存在的住宅（基础）。仓颉创造文字，（神怪不能隐遁其形迹）故鬼在夜里哭泣、上天（不能再掩藏其秘密）降落下粟米。黄帝用仓颉作为史官，使吏治清明而能详察百姓疾苦。古代圣王声威文教被于四海，书皆同文有统一文字，帝王使臣乘车巡行，收集记录各地习俗方言，使国家各地不同文字形成统一文字体系，使各种不同方言声音汇总起来形成共同语音体系。《周礼》中的官吏保氏，掌管教授贵族子弟六书。秦国毁灭旧有章程焚烧古代典籍，而以熟悉法制的官吏为师。及至丞相李斯删减史籀大篆使秦国小篆兴起，后有程邈更造隶书而古文(籀文)遂废弃。

汉初萧何草拟律法，明确规定文字法令：太史教导学童，研习六体(古文、奇字、篆书、隶书、缪篆、虫书六种不同字体)作为课试内容；官吏、百姓上书如果有错字则动辄即被弹劾。汉代石建因为上书所写"马"字少了一笔，惧怕获得死罪，虽说是过分谨慎，但也可见当时对文字确切之重视。至汉武帝时，司马相如曾作《凡将篇》。到了汉宣帝、汉成帝时代，十分重视小学研究，专门征集有关学者，如张敞以对《苍颉篇》正音释义而传授学业，扬雄收集奇字编成《训纂篇》，他们都熟练贯通《雅》《颂》，对古文音义有总体考察。历代擅长写作的鸿伟大家，没有不洞晓文字音义及其变化的。而且写作很多描写京都苑囿辞赋，假借汉字形义声音来表达富丽宏伟风光，所以西汉有不少小学著作，有很多奇玮文字，学者们不仅制作奇异文字，而且也都通晓艰深难字。到了东汉，小学逐渐疏略(对语言文字研究较为忽视)，很多形体复杂的文字和隐晦难懂的训释，大半都是因不通小学故阐述错误。曹魏时代撰写文章，文字运用有一定常规法则，追踪考察汉人著作，反而觉得深奥难懂。所以陈思王曹植说："扬雄、司马相如的作品，情趣幽远旨意深沉，读者若不是名师传授很难分析其辞藻文句，若无渊博学识则不能综述其深刻道理。"岂是仅仅才华差别悬殊，也是用字隐僻的缘故吧。自晋代以来，用字都崇尚简单平易，成为当时人们的一种普遍习惯，还有谁会去用那些艰深怪僻的文字呢？当今凡句中有一个艰深诡异的字，则会使上下数句都感到震惊，怪僻的字有三个人不认识，就将变成文字的妖怪了。后世大家所共同明白知晓的字，虽然很难识也被认为是很平易的；而当时大家所废弃的字，虽然很平易也会被认为艰涩难懂的了。所以行文措辞上需特别重视取舍，不可以不详察。

《尔雅》一书,乃孔子门徒所纂训,实为阅读《诗经》《尚书》所必备如衣服襟带一般;《苍颉》篇,则是李斯所编辑,保留了古文史籀大篆的字体。《尔雅》为古代典诰训诂之渊源,而《苍颉》则为奇特古字之苑囿,这不同体制的两种书互相补充,犹如人之左右肩膀和股肱不可或缺,文人只有熟悉古旧文字发展然后能洞晓文字的新变,方可以自如写作文章。至于文字训诂含义古今往往有所不同,兴废演变皆各有其用,字形有简单和复杂的差别,好坏美丑各有不同形态。内心声音寄托于语言,语言又藉文字形体而展现;诵读讽咏功效在于宫商五音,形诸书面的能力需依赖文字形体。在遣词造句进行写作时,必须注意谨慎选择:一是避免怪异诡谲的字,二是减少偏旁相同的字,三是权衡重复出现的字,四是调配简单和复杂的字。诡异就是字体瑰玮怪异。曹摅的诗说:“岂不愿斯游,褊心恶呶(同哅)呶。”由于“呶呶”两字诡异,使美好的诗篇有了瑕疵,何况比曹摅更为过分的使用怪字,难道还能让人观赏吗!“联边”的意思是指半字同文(很多偏旁相同的字连在一起用)。这在文学作品中描绘山川形貌时,从古至今都是常用的,然而在一般文章中用很多偏旁相同的字,往往会龃龉不安而成为瑕疵。如果没有办法避免,则最多可以连用三个,如果超出三个,就变成《字林》了。同一个字重复出现,属于相同的字互相侵犯。至于《诗经》《楚辞》是根据表达感情需要而适当运用,到了近代则特别忌讳相同重复的字,如果两字都是十分需要不可更改,则宁可重复相犯也还是会保留。所以善于写文章的人,能写出千万篇佳作,而常常因为更改一个重字感到词汇贫乏,这并不是缺少适当的字,而是因为要避免重复很不容易。汉字的单、复,就是字形有肥有瘠,很多字形简单的累积在句中,会产生稀疏空略而字行拙劣的感觉;很多字形复杂的连接在一起,又会出现昏黯沉重而篇章幽暗的印象。善于斟酌用字者,使字形简单和字形复杂的互相间隔交叉运用,则如盘中磊磊珠玉错落有致。上面四条,虽然并不是写文章时都会碰到,然而从写作体例上说都有存在的可能,假如遇到这些问题而不知如何去解决,那就算不得一个精通文字运用的人了。

经书典籍年代久远含义深隐古奥，而其简牍方册十分纷乱复杂，竹简、木简往往被蠹虫蛀蚀，帛书年久破裂损坏，经三次以上传钞书写，文字往往就有了错讹，或者因声音相近而讹，或者因文字形近而误。子思的弟子孟仲子（孟轲从昆弟），把《周颂》的"於穆不已"写成"於穆不祀"，是因为声音相近而造成的讹误。春秋时晋国史记，记载"己亥渡河"写成"三豕渡河"，是因为文字形体相近而出现的谬误。《尚书大传》中有"别风淮雨"之说，而晋皇甫谧《帝王世纪》则谓"列风淫雨"（烈风暴雨），这是因为"别"和"列"、"淮"和"淫"两两之间字形相近，于是被潜移默化地改变了。但是，用"淫"和"列"意义恰当而不觉得新颖奇特，用"淮"和"别"则从意义上说违背常理而显得十分新奇怪异。东汉傅毅创作的《靖王兴诔》，就用了"淮雨"的词；王融在他写的序中也用了"别风"的词，故而可以知道爱好奇诡的心情，古今都是一样的。古代史书有缺损可疑之处，圣人对此十分谨慎（宁可让史书阙文亦不轻下断语），若能依据文章含义而放弃奇僻怪字，则可以懂得锤炼的重要而使文字运用走上正道了。

总论：篆书隶书贯通镕合，《苍颉》《尔雅》诂训圆融。古今文字痕迹差异，美丑好恶各自不同。文字顺畅易于流传，艰深阻塞运转难通。声音字形昭晰精致，文墨浓采翻跃腾空。

注订：

（1）"爻象"，原作"文象"，刘永济《文心雕龙校释》："按各本皆如此，疑当作'爻象'。《周易·系辞下》曰：'八卦成列，象在其中矣；因而重之，爻在其中矣。'此言圣人因八卦象可治民事，故以易结绳。下句始及造文字之事，疑'文'乃'爻'字形误。"刘说是也，詹锳《文心雕龙义证》解释"文象"为"文字形象，即最初之象形文字"，是以现代人的认识去解释古人论述，显然不合适。《周易》及古人对其研究，并无"文象"之说。中国古代认为八卦是最早的文字。"爻象列而结绳移"，即以"爻象"代指文字，文字产生而取代结绳纪事。《尚书序》：

“古者伏羲氏之王天下也，始画八卦，造书契，以代结绳之政，由是文籍生焉。”孔颖达《正义》：“知‘伏牺始画八卦’者，以《系辞》云：‘包牺氏之王天下也。’后乃云‘始画八卦，以通神明之德，以类万物之情’，故知之也。知时‘造书契以代结绳之政’者，亦以《系辞》云：‘上古结绳而治，后世圣人易之以书契，盖取诸夬。’是造书契可以代结绳也。彼直言‘后世圣人’，知是伏牺者，以理比况而知。何则？八卦画万物之象，文字书百事之名，故《系辞》曰：‘仰则观象于天，俯则观法于地，观鸟兽之文与地之宜，近取诸身，远取诸物，始画八卦。’是万象见于卦。然画亦书也，与卦相类，故知书契亦伏牺时也。”许慎《说文解字叙》：“古者庖牺氏之王天下也，仰则观象于天，俯则观法于地，观鸟兽之文与地之宜，近取诸身，远取诸物；于是始作易八卦，以垂宪象。及神农氏，结绳为治，而统其事。庶业其繁，饰伪萌生。黄帝史官仓颉，见鸟兽蹏迒之迹，知分理可相别异也，初造书契。百工以乂，万品以察，盖取诸夬。”谓文字创造是受伏羲八卦的启发而完成的。

（2）刘安《淮南子·本经训》：“昔者苍颉作书，而天雨粟，鬼夜哭。”高诱注：“苍颉始视鸟迹之文造书契，则诈伪萌生。诈伪萌生，则去本趋末，弃耕作之业，而务锥刀之利。天知其将饿，故为雨粟。鬼恐为书文所劾，故夜哭也。鬼或作兔，兔恐见取毫作笔，害及其躯，故夜哭。”唐代张彦远《历代名画记》：“造化不能藏其密，故天雨粟；灵怪不能遁其形，故鬼夜哭。”

（3）《周易·系辞下》：“百官以治，万民以察。”《尚书·禹贡》：“朔南暨声教，讫于四海。”孔颖达《正义》：“言五服之外，又东渐入于海，西被及于流沙，其北与南虽在服外，皆与闻天子威声文教，时来朝见，是禹治水之功，尽加于四海。以禹功如是，故帝赐以玄色之圭，告其能成天之功也。”

（4）《礼记·中庸》：“非天子不议礼，不制度，不考文。今天下车同轨，书同文，行同伦。”孔颖达《正义》：“‘非天子不议礼’者，此论礼由天子所行，既非天子，不得论议礼之是非。‘不制度’，谓不敢制造法度，及国家宫室大小高下及车舆也。‘不考文’，亦不得考成文章书籍之名也。'今天下车同轨'者,今谓孔子时车同轨,覆上'不制度'。'书同文'覆上'不考文'。'行同伦',伦道也,言人所行之行,皆同道理,覆上'不议礼'。当孔子时礼坏乐崩,家殊国异,而云此者,欲明己虽有德,身无其位,不敢造作礼乐,故极行而虚己,先说以自谦也。"

(5)《风俗通义序》:"周秦常以岁八月,遣辅轩之使,采异代方言,藏之秘府。"刘歆《与扬雄书》:"三代周秦轩车使者遒人使者以岁八月巡路,求代语僮谣歌戏。"《说文》:"迈,古之遒人,以木铎记诗言。""辅轩",辅车,帝王使臣所乘之车。

(6)许慎《说文解字序》:"孔子书六经,左丘明述《春秋》传,皆以古文,厥意可得而说也。其后诸侯力政,不统于王。恶礼乐之害己,而皆去其典籍。分为七国,田畴异亩,车途异轨,律令异法,衣冠异制,言语异声,文字异形。"秦统一后实施"书同文"。

(7)王利器《文心雕龙校证》:"旧本'保'下俱有'章'字,黄(叔琳)注本删。案掌教六书,此《地官》保氏职,黄本删是。"按:王惟俭本无"章"字,是也。保章氏为掌星象之官,保氏才掌六书。《周礼·地官司徒》:"保氏:掌谏王恶,而养国子以道。乃教之六艺:一曰五礼,二曰六乐,三曰五射,四曰五驭,五曰六书,六曰九数。乃教之六仪。"郑玄注:"郑司农(众)云:'……六书:象形、会意、转注、处事、假借、谐声。'"

(8)"及",黄叔琳本作"乃",误。《史记·秦始皇本纪》三十四年:"臣(李斯)请史官非秦记皆烧之。非博士官所职,天下敢有藏《诗》《书》、百家语者,悉诣守、尉杂烧之;有敢偶语《诗》《书》者弃市。以古非今者族。吏见知不举者与同罪。令下三十日不烧,黥为城旦。所不去者,医药卜筮种树之书。若欲有学法令,以吏为师。"《说文解字序》:"秦始皇帝初兼天下,丞相李斯乃奏同之,罢其不与秦文合者。斯作《仓颉篇》。中车府令赵高作《爰历篇》。大史令胡母敬作《博学篇》。皆取史籀大篆,或颇省改,所谓小篆者也。是时,秦烧灭经书,涤除旧典。大发吏卒,兴役戍。官狱职务繁,初有隶书,以趣约易,而古文由此而绝矣。……(王莽摄政,甄丰等校文书)时有六书……三曰篆书，即小篆，秦始皇帝使下杜人程邈所作也。”

（9）程邈原为秦时御史，后下狱，于狱中将常用字体改为隶书。裴骃《史记集解序》：“程邈变篆为隶，楷则有常，后代作文，随时改易。”唐代张怀瓘《书断》称：“传邈善大篆，初为县之狱吏，得罪始皇，系云阳狱中，覃思十年，损益大小篆方圆笔法，成隶书三千字，始皇称善，释其罪而用为御史，以其便于官狱隶人佐书，故名曰‘隶’。”以上刘勰所述当是据《汉书·艺文志》小学部分所言：“《史籀篇》者，周时史官教学童书也，与孔氏壁中古文异体。《苍颉》七章者，秦丞相李斯所作也；《爰历》六章者，车府令赵高所作也；《博学》七章者，太史令胡母敬所作也：文字多取《史籀篇》，而篆体复颇异，所谓秦篆者也。是时始造隶书矣，起于官狱多事，苟趋省易，施之于徒隶也。汉兴，闾里书师合《苍颉》《爰历》《博学》三篇，断六十字以为一章，凡五十五章，并为《苍颉篇》。”

（10）“草律”，元本、弘治本等均作“章律”，王惟俭本作“草律”，今从之，黄叔琳本同。《汉书·艺文志》于小学部分后云：“《易》曰：‘上古结绳以治，后世圣人易之以书契，百官以治，万民以察，盖取诸夬。’‘夬，扬于王庭’，言其宣扬于王者朝廷，其用最大也。古者八岁入小学，故《周官》保氏掌养国子，教之六书，谓象形、象事、象意、象声、转注、假借，造字之本也。汉兴，萧何草律，亦著其法，曰：‘太史试学童，能讽书九千字以上，乃得为史。又以六体试之，课最者以为尚书、御史史书令史。吏民上书，字或不正，辄举劾。’六体者，古文、奇字、篆书、隶书、缪篆、虫书，皆所以通知古今文字，摹印章，书幡信也。古制，书必同文，不知则阙，问诸故老，至于衰世，是非无正，人用其私。”六书，颜师古注：“象形，谓画成其物，随体诘屈，日、月是也。象事，即指事也，谓视而可识，察而见意，上、下是也。象意，即会意也，谓比类合谊，以见指撝，武、信是也。象声，即形声，谓以事为名，取譬相成，江、河是也。转注，谓建类一首，同意相受，考、老是也。假借，谓本无其字，依声托事，令、长是也。文字之义，总归六书，故曰立字之本也。”草律，颜师古注：“草，创造之。”

(11)“六体”,《汉书·艺文志》颜师古注:“古文谓孔子壁中书。奇字即古文而异者也。篆书谓小篆,盖秦始皇使程邈所作也。隶书亦程邈所献,主于徒隶,从简易也。缪篆谓其文屈曲缠绕,所以摹印章也。虫书谓为虫鸟之形,所以书幡信也。”李曰刚《文心雕龙斠诠》谓“学童”与“校试”应倒乙,应是“太史教试,学童六体”,又据王先谦《汉书补注》谓“六体”当作“八体”,王更生说亦同,此可备一说,然刘勰当时明显据《汉书·艺文志》说为“六体”,班固系依王莽摄政时甄丰改定六体而言,许慎《说文解字序》:“及亡新居摄,使大司空甄丰等校文书之部。自以为应制作,颇改定古文。时有六书:一曰古文,孔子壁中书也。二曰奇字,即古文而异者也。三曰隶书,即小篆。秦始皇帝使下杜人程邈所作也。四曰佐书,即秦隶书。五曰缪篆,所以摹印也。六曰鸟虫书,所以书幡信也。”故此处“六体”非误。“太史学童,教试六体”,文字通顺,不必倒乙。

(12)据《汉书·万石君传》,石奋及四子为官皆二千石,故称奋为万石君。其长子石建“为郎中令,奏事下,建读之,惊恐曰:‘书“马”者与尾而五,今乃四,不足一,获谴死矣!’其为谨慎,虽他皆如是”。

(13)武帝时司马相如作《凡将篇》,无复字。元帝时黄门令史游作《急就篇》,成帝时将作大匠李长作《元尚篇》,皆苍颉中正字也。《凡将》则颇有出矣。至元始中,征天下通小学者以百数,各令记字于庭中。司马相如曾作《凡将篇》,为语言文字学(即小学)著作,全文已佚,残存三十八字。刘勰的时代可能有全篇。“譔”,同撰。

(14)“宣成”,范文澜谓当作“宣平”,系据《说文解字序》,然据《汉书·艺文志》则“宣成”无误。

(15)《说文解字序》:“孝宣时,召通《仓颉》读者,张敞从受之。凉州刺史杜业,沛人爰礼,讲学大夫秦近,亦能言之。孝平时,征礼等百余人,令说文字未央廷中,以礼为小学元士,黄门侍郎扬雄采以作《训纂篇》。”《汉书·艺文志》:“扬雄取其有用者以作《训纂篇》,顺续《苍颉》,又易《苍颉》中重复之字,凡八十九章。臣复续扬雄作十三章,凡一百二章,无复字,六艺群书所载略备矣。《苍颉》多古字,俗师失其读,宣帝时征齐人能正读者,张敞从受之,传至外孙之子杜林,为作训故,并列焉。”“正读”,正音释义,指对《苍颉篇》的训读。

(16)“雅颂”,范文澜《文心雕龙注》以为“颂”是“颉”之误,并以下文“雅以”“颉以”为证,各家均从之,独张立斋《文心雕龙注订》谓:“雅颂为三百篇略词,贯练雅颂者,犹言熟习而上本雅颂。且雅颂为通辞,范注云‘颂’是‘颉’之误。以下文‘雅以’‘颉以’为说,是误解下文也。‘雅以’者,指《尔雅》而言,‘颉以’者,指《苍颉》一篇而言,与此无涉。”范说可为参考,然张立斋说应该更符合刘勰本意。“贯练雅颂”两句当是强调张敞、扬雄极其熟练地掌握以《诗经》为代表的古代典籍之音韵字义,此确与下文所说《尔雅》《苍颉》无涉。

(17)“鸣”,王利器《文心雕龙校证》改为“鸿”:“‘鸿’原作‘鸣’,梅(庆生)据朱(谋㙔)改作‘鸿’。”张立斋《文心雕龙考异》:“鸣笔,言文之善者也。假笔墨以出辟之故曰鸣笔。韩退之曾本之为文,是征鸣字之用较鸿为长,朱改非是。”

(18)“京苑”,指京都苑囿,王叔岷《文心雕龙缀补》谓疑当作“宫苑”,不妥。

(19)“玮字”,指瑰玮奇特的文字。

(20)范文澜《文心雕龙注》:“‘复文’,谓如有长字斗字而重作马头人之长,人持十之斗。‘隐训’,谓诡僻之训,如‘屈中为虫’‘苛之字止句也’之类。”范氏所说乃据《说文解字序》:“诸生竞逐说字,解经谊,称秦之隶书为仓颉时书,云:‘父子相传,何得改易!’乃猥曰:‘马头人为长,人持十为斗,虫者,屈中也。’廷尉说律至以字断法:‘苛人受钱,苛之字止句也。’若此者甚众,皆不合孔氏古文,谬于史籀。”周振甫《文心雕龙注释》:“臧否大半:大半是不通小学的。臧否,好坏,这里当是偏义复词,指坏。”按:斯波六郎《文心雕龙范注补正》:“案‘复文隐训’要为难解之文字。所谓‘复’,所谓‘隐’,分用‘复隐’之语。如区别‘复文’与‘隐训’,则前者谓字形复杂难懂者之意,后者则字形简单,而使其意义难懂者之意。范氏解‘复文’为异体文字,解‘隐训’为诡僻之字义,其说难从。其举‘马头人之长’以下之四例于《说文解字叙》，据俗字，任何方面而言，皆是标示无稽之字义说例，与此之‘复文隐训’无关。‘臧否大半’，后汉人之文字用法，其大半皆用为非难之意。”可参考。

(21)“缀藻”，连缀辞藻，即指写作。“常检”，通常的法规。

(22)陈思王曹植的话无可考。“传”，繁体作“傳”。杨明照《增订文心雕龙校注》：“‘传’，凌(云)本、秘书本、张松孙本、崇文本作‘傅’(梅本作‘傅’)。按作‘傅’非是。《三国志·魏书·国渊传》：‘《二京赋》，博物之书也。世人忽略，少有其师，可求能读者从受之。’足与此相发。”元本、冯(允中)本、王惟俭本、梅庆生本等均作“传”。王利器《文心雕龙校证》：“冯(允中)本、汪(一元)本、佘(诲)本，‘综’误‘缥’。”元本、王惟俭本、梅庆生天启六次本等均作“综”。

(23)王利器《文心雕龙校证》：“钟(惺)本、梁(杰)本、清谨轩钞本、崇文本，‘直’误‘真’。”

(24)《颜氏家训·文章》篇：“沈隐侯(约)曰：‘文章当从三易：易见事，一也；易识字，二也；易读诵，三也。’”袁守定《占毕丛谈》：“夫字体数万，人所常用，不过三千，若摭拾古僻不可识者以炫奇，此刘舍人所谓字妖也。”

(25)王叔岷《文心雕龙缀补》：“按两‘斯’字并与‘实’同义。”《颜氏家训·书证》篇：“吾昔初看《说文》，蚩薄世字，从正则惧人不识，随俗则意嫌其非，略是不得下笔也。所见渐广，更知通变，救前之执，将欲半焉。若文章著述，犹择微相影响者行之；官曹文书，世间尺牍，幸不违俗也。”此可参考。

(26)梅庆生注：“扬雄《答郭威书》曰：‘《尔雅》，孔门游、夏之俦所记，以解释六艺也。’”王充《论衡·是应》篇：“《尔雅》之书，五经之训故。”黄晖《论衡校释》：“‘故’读‘诂’。《说文》：‘诂，训故言也。’”

(27)《汉书·艺文志》：“《苍颉》七章者，秦丞相李斯所作也；《爰历》六章者，车府令赵高所作也；《博学》七章者，太史令胡母敬所作也：文字多取《史籀篇》，而篆体复颇异，所谓秦篆者也。”“鸟籀”，梅庆生注：“鸟迹籀文。”即古文大篆也。“苍”，本篇共出现三次，元本、弘治本均为“苍”，王惟俭本全为“仓”，梅庆生本前后为“苍”，中为“仓”。按：仓、苍古通，本篇当依元本统一较妥。

(28)“诰训”，王利器《文心雕龙校证》：“‘诂’旧本作‘诰’，冯(舒)校云：‘诰当作诂。’何(焯)校本、黄(叔琳)注本改。”元本、弘治本等各本均为“诰训”，其意谓《尔雅》为古代典诰训诂之渊源，不必改为“诂训”。

(29)《论语·为政》：“子曰：温故而知新，可以为师矣。”

(30)“妍蚩”，或作“妍媸”，当依元本、弘治本等作“妍蚩”。

(31)日本兴膳宏在《〈文心雕龙〉与〈出三藏记集〉》中论《胡汉译经音义同异记》：“此文作者在论述之初先对言辞和文字所起的作用下了定义：‘夫神理无声，因言辞以写意；言辞无迹，缘文字以图音。故字为言蹄，言为理筌，音义合符，不可偏失。是以文字应用，弥纶宇宙，虽迹系翰墨，而理契乎神。’这是一种正统观念，本诸《易·系辞》传‘书(文字)不尽言(口头语言)，言不尽意’所表达的‘意—言—文字’这一公式。而《文心雕龙·练字》篇‘心既托声于言，言亦寄形于字。讽诵则绩在宫商，临文则能归字形矣’，也是与这一理论呼应的。”(载彭恩华编译《兴膳宏〈文心雕龙〉论文集》)

(32)王利器《校证》：“‘绩’旧本作‘续’，徐(𤊹)校作‘绩’，梅(庆生)六次本、黄(叔琳)注本、张松孙本、崇文本改‘绩’。”

(33)王叔岷《文心雕龙缀补》：“案‘练择’复语，‘练’借为‘柬’，《尔雅·释诂》：‘柬，择也。’字亦作拣，《广雅·释诂》：‘拣，择也。’”王利器《文心雕龙校证》：“‘拣’原作‘练’，徐(𤊹)云：‘练当作拣。’案《广博物志》二九正作‘拣’，今据改。”杨明照《增订文心雕龙校注》：“按《埤苍》：‘练，择也。’(《文选·七发》李注引)是‘练’字未误。”

(34)“重出”，元本、弘治本作“重幽”，误。王利器《文心雕龙校证》：“‘出’原作‘幽’，谢(兆申)云：‘一作出。’梅(庆生)据钦叔阳改‘出’，徐(𤊹)校同。案王惟俭本、《吟窗杂录》正作‘出’。”

(35)“曹摅”，黄叔琳本作“曹据”，误。“哅呶”，指喧哗嘈杂的声音。曹摅的诗已无可考。《晋书·良吏·曹摅传》:"曹摅字颜远,谯国谯人也。祖肇,魏卫将军。摅少有孝行,好学善属文,太尉王衍见而器之,调补临淄令。……及齐王冏辅政,摅与左思俱为记室督。……永嘉二年,高密王简镇襄阳,以摅为征南司马。"丁福保《全晋诗》卷四据《文选》及《文馆词林》辑得七首,惜无此二句。

(36)饶宗颐《刘勰文艺思想与佛教》:"如《练字》篇之言'省联边'。'联边'者,刘氏释为'半字同文者也'。此亦当时梵文之术语,僧祐曾作《梵文译经音义同异记》,谓'梵文有半字满字之分。半字者,义未具足;满字者,理乃究竟'。'半字'一辞,言悉昙者常用之。刘氏习于佛理,故无意中借梵言以著论。"三字同偏旁,如黄叔琳所举张协《杂诗》"洪潦浩方割",沈约《和谢宣城诗》"别羽泛清源"之类。五言诗一句有三个以上偏旁相同的字,如曹植《杂诗》"绮缟何缤纷",陆机《日出东南隅行》"璚佩结瑶璠",五字而联边者四,则有《字林》之讥也。至于辞赋则有更多联边者。日本兴膳宏《〈文心雕龙〉与〈出三藏记集〉》:"刘勰认为在文字使用方面必须具备四种心得,其二即'省联边'。'联边者,半字同文者也。'即把两个以上字体半边偏旁相同者连在一起,称为'联边'。下边又说:'状貌山川,古今咸用。'就是说辞赋等在描写山川等自然景色时,往往采用把若干有'山'字偏旁或'氵'字偏旁的连用的技巧。如司马相如《上林赋》中的'深林巨大,崭岩参嵯'和形容激流时的'汹涌滂湃,滭浡滵汩'等都是有'山'偏旁或'氵'偏旁的'半字同文'之例。这样自然地使用'半字'一语,虽不另加考索,倒也毫无从佛教用语转来的不协调感。而且前汉末刘向《别录》中'战国策书录'条云:'本字多脱误为半字。以赵为肖,以齐为立。'可见此语的来历直可追溯到佛教传入中国之前。尽管如此,推敲之余,认为《练字》篇中的'半字'与《同异记》中'半字'为同根所出,大概还是和事实相去不远的。"

(37)"龃龉",元本、弘治本、王惟俭本等作"钽铻",黄丕烈所校元本作"钽铻",杨明照谓"铻"乃"铻"之残误。龃龉,即钽铻。梅庆生本据朱谋㙔改"龃龉",今从梅本。《楚辞·九辩》:"吾固知其钽铻而难人。”钼铻,不相当,不安貌。

(38)“适会”,适应际会状况,指根据需要可适当运用重复的字。本书《征圣》篇:“抑引随时,变通适会。”本书《章句》篇:“随变适会,莫见定准。”

(39)纪昀评:“复字病小,累句病大,故宁相犯。”杨明照《增订文心雕龙校注》:“按《三百篇》中同字相犯者,不一而足;《离骚》如‘非世俗之所服’,‘退将复修吾初服’,‘判独离而不服’,即重出三‘服’字。”

(40)“纤疏”,稀松疏略。

(41)“黯黕”,暗淡昏黑。“黕”,元本、弘治本等作“默”,王利器《文心雕龙校证》:“‘黕’,原作‘默’,梅(庆生)据朱(谋埠)改。”张立斋《文心雕龙注订》:“嘉靖本作‘黯默’,误。范注从朱改作‘黕’,亦非。黄(叔琳)本作‘黮’,是,宜从。刘向《九叹》:‘望旧邦之黯黮兮。’注:‘黯黮,暗也。’”

(42)范文澜《文心雕龙注》:“‘而体例不无’,似当作‘而体非不无’。”张立斋《文心雕龙注订》:“‘不无’者言可存其一例也,范注非。”王更生《文心雕龙范注驳正》:“按‘例’字不误。”“所谓‘体例不无’者,即综言上列四条,缀字属篇,必须练择之意。若改作‘非’,则下承之‘若值而莫悟,则非精解’,便失去根据,故知范校不可从。”

(43)“方册”,即方策。《礼记·中庸》:“文武之政,布在方策。”郑玄注:“方,版也。策,简也。”孔颖达《正义》:“言文王武王为政之道,皆布列在于方牍简策。”

(44)葛洪《抱朴子·内篇·遐览》篇:“书字人知之,犹尚写之多误。故谚曰:书三写,‘鱼’成‘鲁’,‘虚’成‘虎’。”

(45)《诗经·周颂·维天之命》:“维天之命,於穆不已。”毛传:“孟仲子曰:‘大哉!天命治无极,而美周之礼也。’”孔颖达《正义》引郑玄《诗谱》:“子思论诗,‘於穆不已’,仲子曰:‘於穆不似。’此(毛)传虽引仲子之言,而文无不似之义,盖取其所说,而不从其读,故王肃述毛,亦为‘不已’与郑同也。”王利器《文心雕龙校证》:“‘似’原作‘祀’。孙诒让曰:‘祀当作似。……’案孙说是。《玉海》正作

‘似’,今据改。……‘似’之误‘祀’,此又音讹之异也。”王、孙说可作参考。范文澜《文心雕龙注》:“案《弘明集》刘勰《灭惑论》云:‘是以“於穆不祀”,谬师资于《周颂》。’……殆彦和所见毛传引孟仲子说作‘不祀’欤!”“於穆”,感叹赞美之辞。《诗经·周颂·清庙》“於穆清庙”,毛传:“於,叹辞也;穆,美。”朱熹《诗集传》:“於,叹词。穆,深远也。天命,即天道也;不已,言无穷也。”

(46)《吕氏春秋·察传》:“子夏之晋,过卫,有读史记者,曰:‘晋师三豕涉河。’子夏曰:‘非也,是己亥也。夫己与三相近,豕与亥相似。’至于晋而问之,则曰‘晋师己亥渡河’也。辞多类非而是,多类是而非,是非之经,不可不分。此圣人之所慎也。”“涉河”,《意林》引作“渡河”。

(47)《尚书大传》:“久矣天之无别风淮雨,意者中国有圣人乎!”

(48)傅毅的诔当指《北海王诔》,刘勰《诔碑》篇引“白日幽光,氛雾杳冥”之句,现存诔全文已残,无此二句,亦无“淮雨”之词。但陆云《九愍》有“思振袂于别风”之语。按:“元长作序,亦用‘别风’”两句,各本均无,只卢文弨《文心雕龙辑注书后》依据吴翌凤校本谓“此下(已用淮雨下)有‘元长作序,亦用别风’八字”。其《钟山札记》一“别风淮雨”条引宋本,亦有此二句,顾广圻校补此二句。今据补。然牟世金《文心雕龙译注》:“按此处文意似应有此二句始全,但可疑有三:一、卢文弨所见是何宋本?二、今存王融的序文,并无‘别风’二字;三、刘勰所论作家,止于晋末宋初,宋以后作者,他认为‘世近易明,无劳甄序’(《才略》),王融(468—494)是比刘勰生年略晚的同时人,恐难论及。”王融的序已佚无可考。牟说很有一定道理,但从骈文对偶角度,似应有此二句。明清均无提及宋本,宋辛处信注并未流传下来,不知卢文弨所说宋本何据?

(49)《论语·卫灵公》:“子曰:吾犹及史之阙文也。”何晏注引包咸曰:“古之良史,于书字有疑,则阙之,以待知者。”《正义》:“史是掌书之官也。文,字也。古之良史,于书字有疑则阙之,以待能者,不敢穿凿。孔子言我尚及见此古史阙疑之文。”纪昀评曰:“文之工拙,原不在字之奇否,沈休文三易之说,未可非也。若才本肤浅,而务于炫博以文拙,则风更下矣。”范文澜《文心雕龙注》:“纪说甚是。用字以达意晓人为主,彦和云‘依义弃奇’,诚取舍之权衡也。”

(50)“镕”,融合。“品训”,衡量训诂内容。

(51)“妍蚩”,或作“妍媸”,杨明照《增订文心雕龙校注》:“按此‘媸’字,亦当从元本、弘治本、活字本、汪(一元)本、佘(诲)本、张(之象)本、两京本、训故本、梅(庆生)本、谢(兆申)钞本等改作‘蚩’。”

(52)“易流”,原作“异流”,黄侃《文心雕龙札记》:“‘异’当作‘易’。”张立斋《文心雕龙考异》:“从‘易’是,据下‘难’字为偶,于义亦通。”

《隐秀》篇

夫心术之动远矣，文情之变深矣[1]，源奥而派生，根盛而颖峻，是以文之英蕤，有秀有隐[2]。隐也者，文外之重旨者也；秀也者，篇中之独拔者也[3]。隐以复意为工，秀以卓绝为巧[4]，斯乃旧章之懿绩，才情之嘉会也。

夫隐之为体，义生文外[5]，秘响傍通，伏采潜发[6]，譬爻象之变互体，川渎之韫珠玉也[7]。故互体变爻，而化成四象[8]；珠玉潜水，而澜表方圆[9]。【始正而末奇，内明而外润，使玩之者无穷，味之者不厌矣[10]。彼波起辞间，是谓之秀。纤手丽音[11]，宛乎逸态，若远山之浮烟霭，娈女之靓容华。然烟霭天成，不劳于妆点；容华格定，无待于裁镕。深浅而各奇，秾纤而俱妙[12]，若挥之则有余，而揽之则不足矣。

【夫立意之士，务欲造奇，每驰心于玄默之表[13]；工辞之人，必欲臻美，恒溺思于佳丽之乡。呕心吐胆，不足语穷；煅岁炼年，奚能喻苦？故能藏颖词间，昏迷于庸目；露锋文外，惊绝乎妙心。使酝藉者蓄隐而意愉，英锐者抱秀而心悦，譬诸裁云制霞，不让乎天工；斫卉刻葩，有同乎神匠矣。若篇中乏隐，等宿儒之无学，或一叩而语穷；句间鲜秀，如钜室之少珍，若百诘而色沮：斯并不足于才思，而亦有媿于文辞矣[14]。

【将欲征隐，聊可指篇：古诗之“离别[15]”，乐府之“长城[16]”，调远旨深[17]，而复兼乎比兴；陈思之《黄雀》[18]，公幹之《青松》[19]，格刚才劲，而并长于讽谕；叔夜之□□，嗣宗之

□□(咏怀),境玄思澹,而独得乎优闲;士衡之□□,彭泽之□□,心密语澄,而俱适乎□□(壮采[20])?如欲辨秀,亦惟摘句。“常恐秋节至,凉飙夺炎热[21]”,意凄而词婉,此匹妇之无聊也。“临河濯长缨,念子怅悠悠[22]”,志高而言壮,此丈夫之不遂也。“东西安所之?徘徊以旁皇[23]”,心孤而情惧,此闺房之悲极也。“朔】风动秋草,边马有归心[24]”,气寒而事伤,此羁旅之怨曲也。

凡文集胜篇,不盈十一;篇章秀句,裁可百二[25]。并思合而自逢,非研虑之所求也[26]。或有晦塞为深,虽奥非隐;雕削取巧,虽美非秀矣[27]。故自然会妙,譬卉木之耀英华;润色取美,譬缯帛之染朱绿。朱绿染缯,深而繁鲜;英华曜树,浅而炜烨。秀句所以照文苑,盖以此也[28]。

赞曰:深文隐蔚[29],余味曲包。辞生互体,有似变爻。言之秀矣,万虑一交。动心惊耳,逸响笙匏[30]。

简析:

本篇论文学的特征和基本美学原则。《隐秀》篇是全书唯一的残篇,自元至正本起,即在“澜表方圆”后至“风动秋草”前缺了一大段。不过从现存的部分看,作者对“隐秀”的基本含义和特征,及其美学内涵,已经阐说得很清楚了。明人曾对阙文作了补文,对补文的真伪学术界也有争议,但是多数认为从内容文字考察当非原文。只有詹锳先生认为是真的,主要的根据是何焯的《文心雕龙》跋语(见《何义门先生集》卷九),黄叔琳本曾抄录附注于《隐秀》篇后。何焯跋语说:“辛巳义门过隐湖,从汲古阁架上见冯已苍所传功甫本,记其阙字以归。如‘疏’‘放’‘豪’‘逸’四字,显然为不学者以意增加也。《隐秀》篇自‘始正而末奇’至‘朔风动秋草’‘朔’字,元至正乙未刻于嘉禾者即阙此一叶,此后诸刻仍之,胡孝辕、朱郁仪皆不见完书。钱功甫得阮华山宋椠本钞本,后归虞山(钱谦益),而传录于外甚少。康熙庚辰心友弟从吴兴贾人得一旧本，适有钱补《隐秀》篇全文。”据明万历己酉(万历三十七年，1609)年梅庆生刻本所附朱谋㙔(郁仪)跋语，则尚未有补文。可是天启七年(1627)冯舒校谢恒钞本所附朱谋㙔(郁仪)跋语后有钱功甫跋语一条，钱谓：“按此书至正乙未刻于嘉禾，弘治甲子刻于吴门，嘉靖庚子刻于新安，癸卯又刻于建安，万历己酉刻于南昌，至《隐秀》一篇，均之阙如也。余从阮华山得宋本钞补，始为完书。甲寅七月二十四日，书于南宫坊之新居，时年七十四岁，功甫记。”此条跋语又见《皕宋楼藏书志》一百一十八卷及《爱日精庐藏书志》三十六卷。故补文当完成于明万历甲寅，即万历四十二年(1614)。对补文真伪，詹锳曾作了细致考辨，不为无据，仍是很值得我们重视的。然而钱谦益的绛云楼失火，即使有钱功甫所钞宋本也已焚毁。因此是否确有阮华山宋本也成了疑问，而补文从文字表达语气词调等考察，似乎也和刘勰全书有些差异，故而补文真实性无法确证。

“隐秀”是刘勰在《文心雕龙》中提出的一个十分重要的理论概念，指的是具有中国民族特色的文学艺术基本美学原则。“隐秀”是对“神思”的进一步发展，是建立在神思基础上，对由神思所产生的艺术意象特征之分析概括。晚清的刘熙载和二十世纪初的黄侃，曾对“隐秀”的重要性有过非常深刻的论述。刘熙载在《艺概》中说：“《文心雕龙》以‘隐秀’二字论文，推阐甚精。”黄侃在《文心雕龙札记》中也说：“夫隐秀之义，诠明极艰；彦和既立专论，可知于文苑为最要。”《隐秀》篇残文开篇就说：“夫心术之动远矣，文情之变深矣。源奥而派生，根盛而颖峻。是以文之英蕤，有秀有隐。”“心术之动”即是“神思”活动，黄侃《文心雕龙札记》说：“然隐秀之原，存乎神思，意有所寄，言所不追，理具文中，神余象表，则隐生焉；意有所重，明以单辞，超越常音，独标苕颖，则秀生焉。”“隐秀”源于“神思”，其特点是：“隐也者，文外之重旨也；秀也者，篇中之独拔者也。隐以复意为工，秀以卓绝为巧，斯乃旧章之懿绩，才情之嘉会也。”秀，系指意象的象而言，它是具体的、外露的，是针对客观物象的描绘而言，故要“以卓绝为巧”；隐，系指意象的意而言，它是内在的、隐蔽的，是指通过对客观物象的描绘而寄寓的作家的心意情志而言的,故要"以复意为工"。刘勰说的隐,是要求文学作品的形象不仅要有从形象本身可以直接看出的意义,而且要有间接的,从形象的暗示、象征作用所体现的意义。艺术形象既要有它所表现的客观内容,而且还要有艺术形象的联想作用所能引起读者思考的内容、启发读者去想象的内容,这方面展示的意义就要比前一方面更为深广。所以说隐的特点要求艺术形象有两重意义,而不是一重意义。后一重意义又是和不同的读者的不同体会相联系的,因此又并不是十分确定的,同时也正因此具有它的生动性与灵活性。对于秀来说,它也不是一般的描绘客观事物,而是要使客观事物的面貌非常逼真地呈现在读者的面前,如亲眼目睹一般,即是说要做到"状溢目前",而且应当比现实生活中的景象更加集中、更加典型。这就是"卓绝"的首要意义。隐秀不仅反映了刘勰对文学形象特征的认识,而且也是刘勰对文学创作的一种美学要求。关于这种要求的具体内容,刘勰在《隐秀》篇中说:"或有晦塞为深,虽奥非隐;雕削取巧,虽美非秀矣。故自然会妙,譬卉木之耀英华;润色取美,譬缯帛之染朱绿。"以自然美为标准,而又不反对人为修饰美,这是他的基本美学观,也是贯穿于全书的思想。

语译:

作者思维活动辽阔悠远,文章情意变化深邃繁多。水流源头幽奥支流派生丰沛,树木根基深厚禾苗枝叶峻拔。所以英伟杰出的文章,必然有外在秀丽形态和内在隐秘意义。"隐"的意思,是在文章字面含义之外的深层隐蔽旨意(有两重含意);"秀"的意思,是篇章中秀丽独特、出类拔萃的形象。"隐"以双重曲折含义而显得精工密致,"秀"以外形描写卓绝而展示生动巧妙。这都是前人流传下来的优良传统,更是作者才华横溢的真切体现。

"隐"作为文体特征,其深刻意义产生在文字之外,心灵隐秘声响假借旁敲侧击来进行沟通,文章潜伏文采藉助委婉曲折发出光辉。犹如《周易》的"爻象"可以变为"互体",河流川泽中蕴藏着看不见的珍宝珠玉。“互体”变化爻象,可演化成“四象”(实象、虚象、义象、用象);珠玉深藏水底并不能看见,但是水面却有异样的方圆波纹。起始感觉很正常而最后才体会到奇特意味,内藏明珠而外显润泽,使鉴赏者感到意趣无穷,玩味者愈觉永不厌倦。文辞如波浪起伏于河水之间,这就是“秀”。女子纤细手臂弹出秀丽乐声,宛如飘逸的优美体态。远山烟霞缥缈,有若娈女靓丽容颜。烟霞雾霭乃自然天成,不劳人工装点修饰;婉淑容姿乃天然格调,不需要外加粉黛涂抹。烟霞雾霭或深或浅各自有奇特之处,秾丽丰腴与纤细清瘦虽有差别均具微妙体态。假若舍去人工装饰则意蕴无穷余味不竭,如果人为有意揽取反而得不到其自然真趣。

立意运思构想的文士,必有强烈欲望创造奇特境界,经常醉心于玄远静默之表;擅长驾驭辞藻的才人,一心期盼达到完美无比极致,常常思索于华美的辞藻府库。呕心沥血劳碌肝胆,不足以说明其寓意表达之穷尽;年年月月艰毅锻炼,又怎能比喻其反复推敲之劳苦?新颖隐藏于文词之间,使平庸之人迷茫昏晕;锋芒显露于文章之外,使奇妙心灵极度震惊。让喜欢蕴含不露的人因含蓄深远而情意愉快,使热爱英俊锐利的人因卓绝秀丽而心绪悦乐。好像裁制云霞,不亚于天工自然;又若斫刻花卉,雷同乎神工巧匠。篇章缺乏“隐”的特色,等同于宿儒而无真才实学,或者被一问而无言语塞;文句很少“秀”的形象,相当于世族而少珍珠宝玉,好像被咨询而神色沮丧。这都是才思不足,故有愧于文章写作。

若要征验“隐”的表现,可以举证若干诗篇:如《古诗十九首》中的“离别”(《行行重行行》),汉乐府诗中的“长城”(《饮马长城窟行》),都是情调悠远意旨遥深,又兼有比兴特色。曹植的“黄雀”(《野田黄雀行》),刘桢的“青松”(《赠从弟三首》之二),风格刚劲有力,形象鲜明俊逸,又擅长于寄托尖锐讽喻。嵇康的“□□”、阮籍的“咏怀”(《咏怀》诗),境界玄妙思致清淡,独具悠闲姿态。陆机的“□□”、陶潜的“□□”,心思缜密语意清澄,都具有壮采特色。如果要辨别“秀”的特征,亦可从一些摘录的优秀诗句中看出来。班婕妤的《怨歌行》

"常恐秋节至,凉风夺炎热"诗意凄切而文词委婉,是被遗弃的孤单妇女在怅茫倾诉。李陵《与苏武三首》之二"临河濯长缨,念子怅悠悠",展现了李陵的崇高志向和慷慨言辞,是大丈夫壮志不遂的深深感叹。汉乐府《伤歌行》"东西安所之? 徘徊以彷徨(补文作旁皇)",表现了思妇寂寞孤独又心情畏惧,身处闺房而极度悲切。王瓒《杂诗》"朔风动秋草,边马有归心",寒气阴沉而王事忧伤,此实为羁旅游子之幽怨悲曲。

作家文集中的优秀篇章,往往不足十分之一;篇章里的秀句更少,往往仅百分之一二。这些都是文思巧合自然相逢,并非作家苦思竭虑所能获得。如果晦塞艰涩以为深沉,则虽然幽奥而并非为"隐";如果雕琢刻削获取巧妙,虽然美艳而并不是"秀"。故而自然天成绝无人为痕迹,恰如草木花卉闪耀鲜艳光彩;人工润色雕琢获取秀美,犹如丝绸布匹染上红绿色彩。红绿染成丝绸布匹,则色泽深浓过于繁艳;天然花卉闪耀树木,色彩浅淡光芒四射。"秀"句之美照耀文苑,大概都是这样形成的。

总论:文义深沉隐意蔚盛,余味无穷蕴含曲包。文如易象暗藏互体,辞章隐秀有似变爻。文章诗作贵有秀句,思虑万千方得一交。惊心动魄振聋发聩,逸响飘摇共奏笙匏。

注订:

(1)"心术",指精神活动,即神思,《神思》篇:"文之思也,其神远矣。"《庄子·天道》:"本在于上,末在于下;要在于主,详在于臣。三军五兵之运,德之末也;赏罚利害,五刑之辟,教之末也;礼法度数,形名比详,治之末也;钟鼓之音,羽旄之容,乐之末也;哭泣衰绖,隆杀之服,哀之末也。此五末者,须精神之运,心术之动,然后从之者也。"成玄英疏:"本,道德也。末,仁义也。"郭象注:"夫精神心术者,五末之本也。任自然而运动,则五事之末不振而自举也。"成玄英疏:"术,能也;心之所能,谓之心术也。精神心术者,五末之本也。言此之五末,必须精神心智率性而动,然后从于五事,即非矜矫者也。"《礼记·乐记》:"是故情深而文明,气盛而化神,和顺积中,而英华发外。”孔颖达《正义》:“志起于内,内虑深远,是情深也。言之于外,情由言显,是文明也。”

(2)王更生据《吟窗杂录》改为“有隐有秀”,非是。

(3)“隐也者”四句是对“隐”和“秀”定义性的理论概括。隐是指文章在表面意思之外,还必须要有让人去领悟的文外之意,这是作者没有直接说出来的,需要读者从文字表层含义以外去体会,所以说是“文外之重旨”,亦即文学意象都有两重含义,而隐藏在内的含义是更为重要的。“秀”则是作者所创造的直接展示在眼前的精美、生动、奇特的文学形象,所以说是“篇中之独拔者”。文学形象的美学特征,就是既有外在的美的形象,又有内在的深刻意义。它所蕴含的深意需要读者通过联想去获得。这里涉及到了现代文艺理论上的阐释学问题。文学形象在表面文字意义之外所隐蔽的含义,对不同的读者来说,其理解和认识常常是不同的,而且深浅亦有差别。“隐”是埋藏在“秀”之中的,这个“秀”就是文学作品所塑造的生动形象,而作者的主体意图则隐蔽地藏在它的中间,并没有直接说出来,要读者按照自己的思想水平、教育程度等去理解和认识,所以各不相同。对一篇杰出的文学作品来说,它必定会对不同时代的读者产生新的不同的艺术魅力,因而能够不朽地永久流传后世。这是刘勰对文学作品特征十分深刻的认识,也是对古代文学理论非常重大的贡献,其影响极为深远。

(4)黄侃《补〈文心雕龙·隐秀〉篇》:“然则隐以复意为工,而纤旨存乎文外;秀以卓绝为巧,而精语峙乎篇中。”欧阳修《六一诗话》载梅尧臣所说:“必能状难写之景,如在目前;含不尽之意,见于言外,然后为至矣。”即是对刘勰“隐秀”的具体解释。《神思》篇所谓“至于思表纤旨,文外曲致;言所不追,笔固知止”。皎然《诗式·重意诗例》:“两重意已上,皆文外之旨。若遇高手如康乐公,览而察之,但见情性,不睹文字,盖诣道之极也。”即是对刘勰“隐”之发挥。

(5)所谓“义生文外”,是指它并不显示在文字表面,其实它也是隐喻在文字中的,由于需读者默契领会故曰在“文外”。“义生”,梅庆生本作“义主”,当依元本、弘治本、王惟俭本作“生”,然“义生”“义主”

含义相同。

(6)“傍通”，杨明照《增订文心雕龙校注》：“又按‘傍’当作‘旁’。《原道》篇‘旁通而无滞’，其明证也（《剡山石城寺石像碑》“妙应旁通”语）。”此说可参考。文外之义借助“秀”的描写触类旁通，其潜伏于内的精彩意蕴乃能充分发挥。

(7)“互体”，元本、弘治本、王惟俭本等均为“玄体”，王利器《文心雕龙校证》：“‘互’原作‘玄’，冯校云：‘玄疑作互。’梅（庆生）据王（一言）改。”张立斋《文心雕龙考异》：“‘玄’‘互’形近易讹，作‘互’是。下文赞曰：‘辞生互体，有似变爻。’足证。”“爻象之变互体”，《易经》中的每一个卦都有六爻。如乾卦䷀，坤卦䷁，其中每一个符号即为一爻。卦有卦辞，爻有爻辞，占卜的时候，如觉这些卦辞难以说明问题，又可以取其变化形式。根据孔颖达《周易正义》的解释，六爻之中“二至四，三至五，两体交互各成一卦，先儒谓之互体”。例如观卦是䷓，六爻中之三至五（按：由下往上数）为艮卦☶，二至四爻为坤卦☷，观卦中含有艮卦、坤卦即称互体。“爻象之变互体”说明一个卦象之中实际又隐含着别的卦象的意义。易象本身是带有象征性的符号形象，而它中间又隐藏着更深的别的卦象的象征意义。所以，易象的象征意义就有好几个层次，卦爻象本身是第一层次；而卦爻辞也是象征性的歌谣、故事等，这是第二层次；卦爻象本身的隐含互体是第三层次；互体卦爻辞的象征意义是第四层次。一层比一层更为深隐。因此，刘勰认为《周易》的主要特点便是精深曲隐。周振甫《文心雕龙注释》：“爻象之变互体：解释爻的话称爻象。每卦有六爻，如《左传》庄公二十二年‘遇观䷓之否䷋’，观卦和否卦都有六爻。观卦第四爻为--，否卦变为—，称为变象。观卦，二至四爻为坤☷，三至五爻为艮☶，观卦中含有坤卦艮卦称互体。这里指一卦的爻象含有卦，比喻含蓄的意思。”“隐秀”，如《周易》之爻象变为互体，故而象中有象，河流深处蕴藏有珠玉，则河水光彩四溢。

(8)周振甫《文心雕龙注释》：“互体变爻，而化成四象：上引‘遇观䷓之否䷋’，里面有互体，有变爻，观卦第四爻--变为否卦的—，成为两个卦,其中☷是坤,‘坤,土也’;☴是巽,‘巽,风也’;☰是乾,‘乾,天也’。‘风为天于土上’,观卦的风☴变为否卦的天☰,居于土☷上,‘山也’。‘有山之材,而照之以天光,于是乎居土上。’故曰:‘观国之光,利用宾于王。’这里☴是风,☷是土,☰是天,是实象;‘风为天于土上,山也’,是假设的象;‘有山之材,而照之以天光’,是义象;‘观国之光,利用宾于王’,是用象。根据变爻就产生四象。”

(9)按:《隐秀》篇原文自“澜表方圆”以下缺失一大段,现存“始正而末奇”至“此闺房之悲极也朔”,一般认为是明人补文(此据黄叔琳本)。然亦有不同意见,如詹锳在《文心雕龙风格学》一书的《文心雕龙的隐秀论》中认为补文是可靠的,根据明天启七年,冯舒校谢恒抄本(原铁琴铜剑楼藏,今藏国家图书馆),卷末有钱允治(功甫)跋语一条,说万历四十二年(甲寅)他从阮华山处得到宋本,有《隐秀》全文,遂补足此篇。钱功甫抄本后归钱谦益收藏。何焯从其表弟何心友处得到钱本的抄本而方补足《隐秀》篇。黄叔琳本即依何焯校本补入。詹锳说天津图书馆藏有曹学佺序和眉批的梅庆生天启二年六次校订本补全《隐秀》篇,并附有跋语一条:“朱郁仪曰:《隐秀》中脱数百字,旁求不得,梅子庾(梅庆生)既以注而梓之。万历乙卯(万历四十三年,1615)夏海虞许子洽于钱功甫万卷楼检得宋刻,适存此篇,喜而录之,来过南州,出以示余,遂成完璧,因写寄子庾补梓焉。子洽,名重熙,博奥士也,原本尚缺十三字,世必再有别本可续补者。”对各家认为补文是伪作的分析,詹锳在文中作了反驳,还是有一定说服力的。但是阮华山的宋本是否可靠,则无从证明,而天津图书馆所藏曹学佺序即眉批的梅庆生六次本的真伪无法确认,且阮华山本及钱谦益所藏钱功甫抄本,均未流传下来,故其真伪难以确考。

(10)由于原篇残文对“隐”的论述未完成,故补文继续说明“隐”之内容。锺嵘《诗品序》:“干之以风力,润之以丹彩,使味之者无极,闻之者动心,是诗之至也。”

(11)“纤手丽音”,此从黄叔琳本,徐𤊹校本和曹学佺批梅庆生六次本俱作“□乎□音”,何焯校本改“乎”为“手”,批曰:“一有‘纤丽’二字。”

(12)曹植《杂诗》:“南国有佳人,容华若桃李。”曹植《洛神赋》:“秾纤得中,修短合度。”五臣李周翰注:“秾,肥;纤,细也。”这是说“秀”和“隐”,皆出乎自然,而非由人工。“秾”,繁体为“穠”,明本补作“嬝”,黄叔琳谓:“字典无‘嬝’字,应是‘秾’字之误。”

(13)“玄默”,指静默无为。《汉书·刑法志》:“孝文即位,躬修玄默。”《淮南子·主术训》:“天道玄默,无容无则。”“隐秀”之获得在任其自然,而非克尽人工所能实现。此与下文“晦塞为深,虽奥非隐;雕削取巧,虽美非秀”相呼应。

(14)“钜”,或作“巨”。“诘”,或阙。“有”,或作“无”。

(15)《古诗十九首》:“行行重行行,与君生别离。相去万余里,各在天一涯。道路阻且长,会面安可知?胡马依北风,越鸟巢南枝。相去日已远,衣带日已缓。浮云蔽白日,游子不顾反。思君令人老,岁月忽已晚。弃捐勿复道,努力加餐饭。”李善注:“浮云之蔽白日,以喻邪佞之毁忠良。故游子之行,不顾反也。”

(16)《饮马长城窟行》:“青青河畔草,绵绵思远道。远道不可思,夙昔梦见之。梦见在我傍,忽觉在他乡。他乡各异县,辗转不相见。枯桑知天风,海水知天寒。入门各自媚,谁肯相为言。客从远方来,遗我双鲤鱼。呼童烹鲤鱼,中有尺素书。长跪读素书,书中竟何如。上言加餐食,下言长相忆。”以上两诗写出了游子离别之苦,思念家乡故人,无穷意趣,尽在言外。“胡马依北风,越鸟巢南枝”,“青青河畔草,绵绵思远道”皆为兴;“浮云蔽白日,游子不顾反”,“枯桑知天风,海水知天寒”皆为比,比兴迭用,感触幽深。

(17)“调远旨深”,冯舒校本作“词怨旨深”。

(18)曹植之诗写险恶的政治环境,为其挚友丁仪、丁廙被杀而表达了强烈的愤怒。“高树多悲风,海水扬其波。利剑不在掌,结友何须多。”其因无权无势,而受迫害之郁结怨恨之情,满溢于文字之外。

(19)刘桢的诗借寒风中坚贞挺立的松柏,歌颂了不畏强权的刚毅风骨。“亭亭山上松,瑟瑟谷中风。风声一何盛,松枝一何劲。冰霜正惨凄,终岁常端正。岂不罹凝寒,松柏有本性。”他们的诗歌讽刺当权者的寓意不言而喻,确有“文外之重旨”。

(20)关于嵇康、阮籍、陆机、陶潜的诗,各阙二字。钱功甫本阙八字,一本补入“疏、放、豪、逸”四字,谓“嵇康之疏,嗣宗之放”,“士衡之豪,彭泽之逸”,此恐非是。依据上文写法,均应为两字,指某一首诗,故阙八字是对的。徐𤊹校本和曹学佺批梅庆生六次本于“嗣宗之”后补“咏怀”两字,姑且从之。周振甫《文心雕龙注释》补为“嵇康之《入军》,嗣宗之《咏怀》”,“士衡之疏放,彭泽之豪逸”,后两句当亦为诗篇中语,而不是说的风格,故亦为臆测。此当按阙八字处理。末句“而俱适”后亦阙两字,据何焯校本云一本有“壮采”二字,姑且从之。

(21)班婕妤原诗:“新裂齐纨素,皎洁如霜雪。裁为合欢扇,团团似明月。出入君怀袖,动摇微风发。常恐秋节至,凉风夺炎热。弃捐箧笥中,恩情中道绝。”李善注:“李斐曰:纨素为冬服。范子曰:纨素出齐。荀悦曰:齐国献纨素绢,天子为三官服也。”“古诗曰:文彩双鸳鸯,裁为合欢被。”“《苍颉篇》曰:怀,抱也。此谓蒙恩幸之时也。”“古《长歌行》曰:常恐秋节至,焜黄华叶衰。炎,热气也。”《怨歌行》又称《团扇诗》。锺嵘《诗品》评班婕妤的诗说:“《团扇》短章,词旨清捷,怨深文绮,得匹妇之致。”

(22)李陵原诗:“嘉会难再遇,三载为千秋。临河濯长缨,念子怅悠悠。远望悲风至,对酒不能酬。行人怀往路,何以慰我愁?独有盈觞酒,与子结绸缪。”李善注:“夫冠缨,仕子之所服,濯之以远游。今因远游而感逝川,故增别念也。”“毛诗曰:‘绸缪束薪。’毛苌曰:‘绸缪,缠绵之貌也。’”

(23)《伤歌行》原诗:“昭昭素明月,辉光烛我床。忧人不能寐,耿耿夜何长。微风吹闺闼,罗帷自飘扬。揽衣曳长带,屣履下高堂。东西安所之,徘徊以彷徨。春鸟翻南飞,翩翩独翱翔。悲声命俦匹,哀鸣伤我肠。感物怀所思,泣涕忽沾裳。伫立吐高吟,舒愤诉穹苍。”

(24)自“风动秋草”以下为元本接上文“澜表方圆”后之原文。王瓒原诗:“朔风动秋草,边马有归心。胡宁久分析,靡靡忽至今。王事离我志，殊隔过商参。昔往鸧鹒鸣，今来蟋蟀吟。人情怀旧乡，客鸟思故林。师涓久不奏，谁能宣我心？”沈约《宋书・谢灵运传论》曾说此两句亦属于“直举胸情，非傍诗史”之作。元本、弘治本、王惟俭本无“朔”字，当是残缺所至。何允中本、梅庆生本等作“凉飚”，黄叔琳本改“朔风”，是也，当以王瓒诗为准改“朔风”。

(25)《汉书・高惠高后文功臣表》：“户口可得而数裁什二三。”颜师古注：“‘裁’与‘纔（才）’通。十分之内，纔（才）有二三也。”

(26)“求”，元本作“果”，谢兆申改“求”，梅庆生本同。王叔岷《文心雕龙缀补》：“案谢改‘果’为‘求’，是也。‘求’，隶书作‘汞’，与‘果’形近，因致误耳。”王利器谓“果”为“课”之坏文，非是。

(27)“晦塞为深，虽奥非隐”，元本、弘治本、王惟俭本等均脱。此见于冯舒校本及曹学佺批梅庆生六次本，当是据钱功甫所钞阮华山宋本补。这二句与下二句合方为全璧，对理解刘勰美学思想十分重要。此亦可说明阮华山宋本可能是真实的，而补文也许不一定是明人伪作。“晦塞为深”四句是对“隐秀”的美学特征之深刻阐述，本篇“简析”中所引刘熙载及黄侃论述，都说明“隐秀”并非一般修辞技巧，而是涉及文学特征和我国古代文艺美学传统的重要问题。我在拙作《刘勰及其〈文心雕龙〉研究》一书的“隐秀论”一节已有详细分析。

(28)文章写作当以“自然会妙”为基本目标，但也并不否定人工润色的作用，应该是两者的结合，因为实际创作还是人为的结果。在不妨害自然之美的前提下，刘勰认为也不必完全返朴归真，而应当加以适当的修饰。但是这种人为修饰不能妨害自然之美，而是应当通过润色之功，使之更好地符合自然之美的标准。由“润色取美”而达到“自然会妙”，这才是最高的水准。老庄是讲“自然”的，儒家是讲“润色”的，刘勰则主张要由“润色”而达到“自然”，这也是他文艺思想上揉合儒道之一种具体表现。从方法论上说，也是他运用“折衷”方法兼取各家之长的结果。黄侃十分重视“隐秀”，说明这一见解非常深刻，但是认为刘勰只肯定“自然会妙”，而反对“润色取美”，则并不符合刘勰本意。黄侃在《补〈文心雕龙・隐秀〉篇》中说：“故知妙合自然，则隐秀之美易致；假于润色，则隐秀之实已乖。”詹锳在《文心雕龙义证》中对黄侃论述的批评是正确的。“秀句所以照文苑”，元本、弘治本等各本同，只有詹锳据天津图书馆藏曹学佺批梅庆生六次本作“隐篇所以照文苑，秀句所以侈翰林”，则可备一说，或是据钱功甫所钞阮华山宋本，亦是《隐秀》篇补文可能非明人伪作之一旁证。

(29)“深文隐蔚”，李曰刚、王更生改为“文隐深蔚”，实为臆测，并无根据。此即指象外有象，味外有味。

(30)“笙匏”，乐器名。应劭《风俗通义·声音》：“音者，土曰埙，匏曰笙。”匏，葫芦，切成两半，可做水瓢。笙形如葫芦瓢。

《指瑕》篇

管仲有言："无翼而飞者，声也；无根而固者，情也[1]。"然则声不假翼，其飞甚易；情不待根，其固匪难[2]；以之垂文[3]，可不慎欤！古来文才[4]，异世争驱，或逸才以爽迅，或精思以纤密，而虑动难圆[5]，鲜无瑕病。陈思之文，群才之俊也，而《武帝诔》云："尊灵永蛰[6]。"《明帝颂》云："圣体浮轻[7]。"浮轻有似于蝴蝶，永蛰颇疑于昆虫[8]，施之尊极，岂其当乎[9]！左思《七讽》"说孝而不从[10]"，反道若斯，余不足观矣[11]。潘岳为才，善于哀文，然悲内兄，则云"感口泽[12]"；伤弱子，则云"心如疑[13]"。礼文在尊极，而施之下流，辞虽足哀，义斯替矣[14]。若夫君子拟人，必于其伦[15]，而崔瑗之诔李公[16]，比行于黄虞；向秀之赋嵇生，方罪于李斯[17]。与其失也，虽宁僭无滥[18]，然高厚之诗，不类甚矣[19]。凡巧言易标[20]，拙辞难隐，斯言之玷，实深白圭[21]，繁例难载，故略举四条。

若夫立之道，惟字与义。字以训正，义以理宣，而晋末篇章，依希其旨，始有赏际奇至之言，终有抚叩酬即之语[22]，每单举一字，指以为情。夫赏训锡赉[23]，岂关心解；抚训执握，何预情理？《雅》《颂》未闻，汉魏莫用，悬领似如可辨，课文了不成义，斯实情讹之所变，文浇之致弊[24]。而宋来才英，未之或改，旧染成俗，非一朝也。近代辞人，率多猜忌，至乃比语求蚩，反音取瑕[25]，虽不屑于古，而有择于今焉。又制同他文，理宜删革，若掠人美辞[26]，以为己力，宝玉大弓[27]，终非其有。全写则揭箧，傍采则探囊[28]，然世远者太轻，时同者为尤矣。

若夫注解为书，所以明正事理，然谬于研求，或率意而断。《西京赋》称中黄、育、获之俦，而薛综谬注，谓之阉尹，是不闻执雕虎之人也[29]。又《周礼》井赋旧有疋马，而应劭释疋，或量首数蹄，斯岂辨物之要哉[30]！原夫古之正名，车两而马疋，疋两称目，以并耦为用[31]。盖车贰佐乘，马俪骖服，服乘不只，故名号必双[32]，名号一正，则虽单为疋矣[33]。疋夫疋妇，亦配义也。夫车马小义，而历代莫悟；辞赋近事，而千里致差。况钻灼经典，能不谬哉[34]！夫辩疋而数首蹄[35]，选勇而驱阉尹，失理太甚，故举以为戒。丹青初炳而后渝，文章岁久而弥光[36]，若能檃括于一朝[37]，可以无惭于千载也。

赞曰：羿氏舛射，东野败驾[38]，虽有隽才，谬则多谢。斯言一玷，千载弗化[39]。令章靡疚，亦善之亚[40]。

简析：

本篇论文章写作经常出现的弊病及纠正方法。刘勰认为即使是很有才华的作家，在写作过程中也常会出现义理和文辞上的瑕疵，他举出了不少知名作家，如崔瑗、曹植、左思、向秀、潘岳等的错误例子，特别是晋宋时期追求文字表达的奇特诡异，更是必须加以防范的弊病。同时指出在注解古人作品时，更需有丰富渊博的学问，如果见识浅薄，就会闹出像薛综注《二京赋》那样的笑话，应劭注《周礼》那样的错误。文章的瑕疵，或是义理阐述乖违不顺，或是典故选择不够妥当，或是文辞表达运用不合伦常，或是体裁选择欠缺考虑，凡此等等，皆是文人创作中不可忽略的紧要之处。为此，写作文章必须仔细斟酌，反复推敲，认真修改，三思而行。此实为金玉良言也。

语译：

管仲曾说："没有翅膀而飞扬的是声音，没有根茎而坚固的是感情。"声音无需藉助羽翼，其飞扬甚为容易；感情不用依赖本根，故其坚固并不困难。我们要把自己的声音和感情写成文章，岂不是需要十分慎重对待吗？自古以来文人辈出，各在不同时代互相竞争角逐，或者才华俊逸而爽朗敏捷，或者情思精致而纤细慎密，然而思虑运行很难完全圆满，很少没有弊病瑕疵。陈思王曹植的文章，是当时文坛群雄中最为英俊突出者，可是他的《武帝诔》中说"尊灵永蛰"，《明帝诔》中说"圣体浮轻"。"浮轻"好像类似蝴蝶飞翔，"永蛰"颇被怀疑为昆虫蛰伏，用这样的文词加之于尊贵至极的父与君（说魏武帝遗体犹如昆虫永蛰，魏明帝巡行若蝴蝶般飞翔），岂能说是妥当的呢！左思的《七讽》，论说子女孝道时认为可以不必顺从父母心意，违反圣人正道如此出格，其他的就更不值得观看了。潘岳作为有才华的文人，善于撰写哀思之作，可是他在哀悼其内兄大舅的文章中，说感觉他生前口液的润泽依旧存在；悲伤幼子金鹿的夭亡之作，说心里怀疑他的魂魄还会回来。按照《礼记》的规定，极为严肃尊重的哀文是对待长辈的，而他却用在平辈和晚辈身上，文辞虽然极为哀切，但其运用意义被替换掉了。君子比拟人，必须是同类身份地位的人。可是崔瑗的《李公诔》，把李公德行比拟于黄帝、虞舜；向秀的《思旧赋》把嵇康被诛，视同于秦相李斯之被杀。从比拟的失误来看，宁可像《李公诔》的比拟过度而不要像《思旧赋》那样胡乱比拟，然而像齐国高厚的赋诗，就太不伦不类了。凡是巧妙的言词很容易引人注目，而拙劣的文辞则很难隐藏弊病，此种文章上的污点谬误，实在比白璧瑕疵还要严重。这些缺陷在文章写作中不可能一一列出，谨举上述四例作为代表。

文章写作的基本原则，无非是文字和义理的运用。文字需符合训诂方含义正确，文义需说理充分才得以宣扬。可是晋代末年的篇籍文章，常常惯用模糊疑似词句来表达意旨，开始有"赏、际、奇、至"的言辞，末尾有"抚、叩、酬、即"的词语，往往只用一个字代替两个字，来表达情意旨趣。“赏”训为赏赐给予，与心领神会有什么关系？“抚”训为掌握执持，又和情意事理有什么牵涉？这是《雅》《颂》篇什所没有的，在汉魏时代亦无所用，如果凭空悬想还可以曲折辨识，而实际考核文字全无此种含义。这都是人情伪诈所造成的变化，也是文德浇薄所产生的弊病。自南朝刘宋以来的英俊之士，对此并未有所改变，沾染旧有弊病形成习俗，已非一朝一夕之事了。近代文人才士，喜好猜疑忌讳，乃至于从谐音中挑剔毛病，从反切中寻找弊端，虽然在古代这是不屑一顾的，但在今天则是被选择运用的。如果撰写的文章有雷同于他人之处，按道理宜将其删除，如果掠夺别人美妙文辞，作为自己创作成果，那么就像春秋时杨虎窃取夏侯氏宝玉、封父大弓，虽是宝物终非自己所有。全文抄袭就像庄子所说抢走箱子的大盗，部分剽窃则如庄子所说探囊取物的小偷，虽然窃取远古时代作品实为太过轻薄行为，如果模仿同时代人文章则就更是明显的无耻罪尤。

注解古籍的著作，是为了正确明晰地阐述事理；然而有的探求研究出现谬误，或者随意妄下判断。如张衡《西京赋》说到“中黄（伯）、（夏）育、（乌）获”之类的勇士，而薛综作注错误地把“中黄之士”解释为“阉尹”（太监主管），是他不知道搏击雕虎的勇士中黄伯。《周礼·地官·小司徒》关于井田赋税的论述，原本有“疋（同匹）马”（三十家出一匹马）之说，可是应劭注释“疋”，却说是指丈量马头和计算马蹄数量，这哪里是正确辨别名物要领的注解呢！考察古代辨正事物称谓，车称为两（辆）、马称为疋（匹），其所以称疋称两，是因为骈俪成双而来的。朝祀乘车有正车和（辅佐的）副车，驾车的马骖服相对（靠车的两匹称“服”，靠外的两匹称“骖”），乘的车和驾的马都不是单一的，所以车马的名号必定是成双成对的，名号正式确定之后，那么即使是单疋（匹）马也称“疋”，单一辆车也称“两”（辆）了。（夫妻本是成双成对的）但是单个男或女也称“匹夫”“匹妇”，其义是不管是夫是妇本来都是配对为双的。像车马这些称呼上的小事，可是历代文人也有不能领悟的（指应劭对“疋”的解释）；辞赋是近代流行的创作，也产生像薛综那样的注释错误而差之千里。何况对深奥经典的钻研解释，怎么能没有谬误呢！辨别“疋”字而解为计算马首长度、马蹄数量，选择勇士却把他说成是宫中主管太监，实在是太过于不合道理，所以举出来作为后人鉴戒。绘画的颜色开始极为光鲜而时间一长则逐渐褪色变得闇淡，可是文章却岁月愈久远而更加有光辉，假如能够认真校正谬误于一时，则可以无愧于千年万代矣。

总论：后羿善射难免舛误，东野善驭亦会败下。优秀文人才华俊逸，自觉谬误愧疚惊诧。文章多变难免瑕疵，沾染一处千载难化。写成文章若无愧疚，虽非极致美善之亚。

注订：

（1）《管子·戒》：“管仲复于桓公曰：无翼而飞者，声也；无根而固者，情也；无方而富者，生也。公亦固情谨声，以严尊生，此谓道之荣。”房玄龄注：“出言门庭，千里必应，故曰：‘无翼而飞。’”“同舟而济，胡越不患异心，故曰：‘无根而固。’”“生全则万方辐凑，生尽则鸿毛不振，故曰‘无方而富’也。莫知生所在，故曰‘无方’也。”“言当固物情，谨声教，严为防御，以尊其生。”“谓此三者顺道而光荣。”

（2）“匪”，或作“非”，《说文通训定声》：“匪，假借为非。”《广雅·释诂四》：“匪，非也。”

（3）“垂文”，施之于文。

（4）《金楼子·立言》篇引“文才”作“文士”，是也，与下文“逸才”之“才”不重复。

（5）“圆”，《金楼子》引作“固”，非是。王利器《文心雕龙校证》：“‘固’疑‘周’讹。”张立斋《文心雕龙考异》：“‘圆’即‘周’，诸本作‘圆’，不误。”

（6）《武帝诔》：“窈窈玄宇，三光不入。潜闼一扃，尊灵永蛰。”（《艺文类聚》卷十三）

（7）《冬至献袜颂》曾云：“南窥北户，西巡王城。翱翔万域，圣体浮轻。”（《艺文类聚》卷七十，当为残文）此是写给明帝曹睿的，刘勰误为《明帝诔》，今存无《明帝诔》。

(8)“蝴蝶”,或作“胡蝶”,非是。“疑”,《金楼子·立言》引作“拟”。

(9)“岂其当乎”,《金楼子·立言》引作“不其嗤乎”。

(10)左思《七讽》已佚,无可考。

(11)《论语·泰伯》:“子曰:如有周公之才之美,使骄且吝,其余不足观也矣。”

(12)潘岳哀悼内兄的文章今已不存,依据《礼记·玉藻》:“父殁而不能读父之书,手泽存焉尔;母殁而杯圈不能饮焉,口泽之气存焉尔。”“口泽”之说是哀悼母亲的,用来哀悼内兄是不恰当的。

(13)潘岳的《金鹿哀辞》有云:“捐子中野,遵我归路。将反如疑,回首长顾。”依据《礼记·檀弓上》:“孔子在卫,有送葬者,而夫子观之,曰:‘善哉为丧乎!足以为法矣,小子识之。’子贡曰:‘夫子何善尔也?’曰:‘其往也如慕,其反也如疑。’”郑玄注:“慕,谓小儿随父母啼呼;疑者,哀亲之在彼,如不欲还然。”孔颖达疏:“疑者,谓凡人意有所疑,则彷徨不进,今孝则哀亲在外,不知神之来否,如不欲还然,故如疑。《问丧》云:‘其反也如疑。’郑注云:‘疑者,不知神之来否。’与此相兼乃是。”“如疑”,是用来对父母丧逝而说的,而潘岳恰用在幼子死亡上,也是很不恰当的。

(14)“替”,李曰刚《文心雕龙斠诠》:“谓义理则废灭矣。替,废灭之义。《书·大诰》:‘不敢替帝命。’旧传:‘不敢废天命。’《国语·周语》:‘令德替。’韦(昭)注:‘替,灭也。’”

(15)《礼记·曲礼下》:“儗人必于其伦。”郑玄注:“儗犹比也。伦犹类也。比大夫当于大夫,比士当于士,不以其类,则有所亵。”孔颖达《正义》:“凡欲比方于人,当以类相并,不得以贵比贱,则为不敬也。”

(16)刘勰所说崔瑗的《李公诔》已佚,无从考核。李公指谁,各家注释亦有猜测,或谓指李固(周振甫说),或谓指李合(牟世金说),但均无确证。

(17)“赋嵇生”可能就是指向秀《思旧赋》中所说:“昔李斯之受罪兮,叹黄犬而长吟。悼嵇生之永辞兮,顾日影而弹琴。”《史记·李斯列传》："二世二年七月，具斯五刑，论腰斩咸阳市。斯出狱，与其中子俱执，顾谓其中子曰：'吾欲与若复牵黄犬俱出上蔡东门逐狡兔，岂可得乎！'遂父子相哭，而夷三族。"李善注引《文士传》："嵇康临死，颜色不变，谓兄曰：'向以琴来不？'兄曰：'已来。'康取调之，为《太平引》。曲成，叹息曰：'《太平引》绝于今日邪？'"又引《嵇康别传》："临终曰：袁尼尝从吾学广陵散，吾每靳固之，不与，广陵散于今绝矣！就死，命也。"又引曹嘉《晋纪》："康刑于东市，顾日影，援琴而弹。"周振甫《文心雕龙注释》："李斯由于贪恋权位被赵高所害，嵇康由于不愿阿附司马氏被害，人格高下绝然不同，不好相比。"

(18)王利器《文心雕龙校证》："'僭'原作'降'，梅(庆生)据孙汝澄改。"梅庆生注："《左传》(襄公二十六年)：蔡声子曰：归生闻之，善为国者，赏不僭而刑不滥。赏僭则惧及淫人，刑滥则惧及善人。若不幸而过，宁僭无滥。与其失善，宁其利淫。"范文澜《文心雕龙注》："宁僭，谓崔瑗之诔李公；无滥，谓向秀之赋嵇生。……(《左传》)哀五年杜注：'僭，差也。滥，溢也。'"

(19)王利器《文心雕龙校证》："'厚'原作'原'，冯(舒)校云：'原当作厚。'黄(叔琳)注本改。"齐高厚赋诗不类，见《左传》襄公十六年："晋侯与诸侯宴于温，使诸大夫舞，曰：'诗歌必类。'齐高厚之诗不类。荀偃怒且曰：'诸侯有异志矣。'使诸大夫盟高厚，高厚逃归。"杜预注："齐有二心故。"孔颖达疏："歌古诗，各从其恩好之义类，高厚所歌之诗，独不取恩好之义类，故杜云齐有二心。刘炫云：'歌诗不类，知有二心者，不服晋，故违其令。违其令，是有二心也。'"

(20)"易标"，容易标识显露。

(21)《左传》僖公九年："君子曰：《诗》(见《诗经·大雅·抑》)所谓：白圭之玷，尚可磨也；斯言之玷，不可为也。"杜预注："言此言之缺难治，甚于白圭。""白圭"，白玉。

(22)"终有"之"有"，原作"无"，王利器《文心雕龙校证》："'有'原作'无'，铃木云：'当作有。'案作'有'义长，今据改。"黄侃《文心雕龙札记》："'赏际奇至''抚叩酬即'二语，今不知所出。"范文澜《文心雕龙注》:“此节所论,未得确解。”各家解说均不得其意。按:此或需联系下面两句来理解,可能是说以一字代替两字之意,指文章起始常用“赏”“际”“奇”“至”来替代“赏鉴”“际会”“奇趣”“极至”之意,而文章末尾常用“抚”“叩”“酬”“即”来替代“抚翼”“叩头”“酬酢”“即事”之意。向长清《文心雕龙浅释》:“开始时有‘赏’‘际’‘奇’‘至’这样的字眼,后来又有‘抚’‘叩’‘酬’‘酢’(向长清依谢兆申说,谓“即”当作“酢”)这样的语言。每单单举一字,就认为它能表示一种情理。例如‘赏’字,《世说新语》有‘于时以为名赏’;又如‘抚’字,傅季友《为宋公修张良庙教》中便有‘抚事弥深’。‘赏’字本来训为‘锡’和‘赉’,‘抚’则训为‘执’和‘握’,这和他们所谓的心解和情理又有什么关系?”郭晋稀《文心雕龙注释》:“‘单举一字’,即不言‘赏际’,单说‘赏’;不言‘抚叩’,单说‘抚’。‘指以为情’,谓用一字表达二字之义。”

(23)范文澜《文心雕龙注》:“《说文》:‘赏,赐有功也。’《广雅·释诂三》:‘抚,持也。’”《尔雅·释诂》:“锡,赐也。”“赉,予也。”

(24)《诗经·小雅·正月》:“民之讹言,亦孔之将。”郑玄笺:“讹,伪也。”孔颖达《正义》:“民之讹言,为害亦甚大。”《昭明文选》李康《运命论》:“文薄之弊,渐于灵景。”五臣李周翰注:“文德之浇薄,其弊渐生于灵王景王之时也。”

(25)“比语求蚩”,指在语音相同或相近的字词中找出缺点,如《颜氏家训·文章》篇:“梁世费旭诗云:‘不知是耶非?’殷沄诗云:‘飖扬云母舟。’简文曰:‘旭既不识其父,沄又飖扬其母。’此虽悉古事,不可用也。”此是以“耶”比为“爷”,以云母之“母”,比为慈母之“母”。“蚩”,别本或作“媸”。“反音取瑕”的意思是从字音的反切中去寻找弊病,如《文镜秘府论·论病》:“翻语病者,正言是佳词,反语则深累是也。如鲍明远诗云:‘鸡鸣关吏起,伐鼓早通晨。’‘伐鼓’正言是佳词,反语则不祥,是其病也。崔氏云:‘伐鼓反语腐骨,是其病。’”此言“伐鼓”反切为“腐”,而“鼓伐”反切为 gǔ,音近骨 gǔ。

(26)“掠”,元本、弘治本、梅庆生本等均作“排”,此据王惟俭训诂本。杨明照《增订文心雕龙校注》谓“当以作‘掠’为是”，并举《左传》昭公十四年“已恶而掠美为昏”为证，引杜预注：“掠，取也。”谓“诂此正合”。

（27）《春秋经》定公八年：“盗窃宝玉大弓。”杜预注：“盗谓阳虎也。家臣贱，名氏不见，故曰盗。宝玉，夏后氏之璜；大弓，封父之繁弱。”

（28）《庄子·胠箧》：“将为胠箧、探囊、发匮之盗而为守备，则必摄缄縢，固扃鐍，此世俗之所谓知也。然而巨盗至，则负匮揭箧担囊而趋，唯恐缄縢扃鐍之不固也。”成玄英疏：“胠，开；箧，箱；囊，袋；摄，收；缄，结；縢，绳也。扃，关钮也；鐍，锁钥也。夫将为开箱探囊之窃，发匮取财之盗，此盖小贼，非巨盗者也。欲为守备，其法如何？必须收摄箱囊，缄结绳约，坚固扃鐍，使不慢藏。此世俗之浅知也。夫摄缄縢、固扃鐍者，以备小贼。然大盗既至，负揭而趋，更恐绳约关钮之不牢，向之守备，翻为盗资，是故俗知不足可恃。”

（29）薛综注释张衡《西京赋》“乃使中黄之士，育、获之俦”，将“中黄之士”理解成“中黄门”（汉代主管太监之官），释为“阉尹”，其实“中黄”指中黄伯，他和夏育、乌获为三勇士。而薛综把“中黄”错误地理解成“中黄门”（汉代主管太监之官），而不知道“中黄”是人名，更不知道搏击雕虎的勇士中黄伯。李善注：“《尸子》曰：‘中黄伯曰：余左执泰行之獶，而右搏雕虎。’《战国策》：‘范雎说秦王曰：乌获之力焉而死，夏育之勇焉而死。’”李善是参考薛综注释的，但把他的“阉尹”之注删除了，显然是因为李善觉得这个注释是错误的。按：《汉书·百官公卿表》：“诸仆射署长，中黄门皆属焉。”颜师古注：“中黄门，奄人，居禁中，在黄门之内给事者也。”薛综当依此而谓“阉尹”。

（30）《周礼·地官·小司徒》关于井田赋税的论述，原本有“疋马”之说，疋同匹，指一匹马。郑玄注引《司马法》：“六尺为步，步百为晦，晦百为夫，夫三为屋，屋三为井，井十为通，通为匹马。”孔颖达《正义》：“三十家使出马一匹，故曰通为匹马。”按：应劭有《风俗通》，也曾说到马匹，但无“量首数蹄”之说，可能现在的《风俗通》已非原有全书。《风俗通》:“车有两轮,故称为两;犹履有两只,亦称为两。”《说文》匹字段玉裁注:“凡言匹敌匹耦者,皆于二端或两取意。凡言匹夫匹妇者,于一两成匹取意。两而成匹,判合之理也,虽其半亦得云匹也。马称匹者,亦以一牝一牡离之而云匹,犹人言匹夫也。”

(31)《论语·子路》:“子曰:必也正名乎。”何晏注:“正百事之名。”“疋两”,元本、弘治本均脱“疋”字,王惟俭本有,梅庆生本云:“元脱,杨(慎)补。”

(32)《礼记·少仪》:“乘贰车则贰,佐车则否。贰车者,诸侯七乘,上大夫五乘,下大夫三乘。”郑玄注:“贰车佐车,皆副车也。朝祀之副曰贰;戎猎之副曰佐。”杨明照《增订文心雕龙校注》:“此文淆次,当乙作‘车乘贰佐’,始能与下句‘马俪骖服’相对。‘车乘贰佐’者,谓车乘有贰车、佐车也。”此说可参考。

(33)“也”,或作“矣”,此据元本、弘治本、汪一元本、王惟俭本等。

(34)“钻灼”,古代用龟甲占卜,在龟甲上钻孔,以火烧灼钻孔,使之产生裂纹,以占卜吉凶。此借以作为钻研之意。

(35)“辩匹而数首蹄”,元本作“辨言而数蹄”,弘治本、王惟俭本等作“辩言而数蹄”,“驱”作“駈”。徐𤊹校为“疋”,梅庆生六次本改“言”为“疋”,徐𤊹校于“蹄”前加“首”,梅庆生六次本有“首”字,今从梅庆生六次本。这样此二句方为对偶文。“首蹄”或作“筌蹄”,非是。

(36)扬雄《法言·君子》:“或问:‘圣人之言,炳若丹青,有诸?’曰:‘吁,是何言与!丹青初则炳,久则渝。’”李轨注:“丹青初则炳然,久则渝变;圣人之书,久而益明。”《尔雅·释言》:“渝,变也。”

(37)《荀子·法行篇》:“且夫良医之门多病人,檃栝之侧多枉木,是以杂也。”《荀子·大略篇》“示诸檃栝”。王先谦《集解》:“檃栝,矫煣木之器也。”“无惭”,或作“无愧”,元刻本作“无惭”。

(38)有穷国君后羿误射事,见《太平御览》八十二:“羿与吴贺北游,使羿射雀左目,羿引弓射之,误中右目,羿俯首而媿,终身不忘。”东野稷败驾事见《庄子·达生》篇:“东野稷以御见庄公,进退中绳,左右旋中规。庄公以为文弗过也,使之钩百而反。颜阖遇之,入见曰:‘稷之马将败。'公密而不应。少焉,果败而反。公曰:'子何以知之?'曰:'其马力竭矣,而犹求焉,故曰败。'"成玄英疏:"姓东野,名稷,古之善御人也,以御事鲁庄公。左右旋转,合规之圆,进退抑扬,中绳之直,庄公以为组绣织文,不能过此之妙也。任马旋回,如钩之曲,百度反之,皆复其迹。姓颜,名阖,鲁之贤人也,入见。庄公初不信,故密不应焉。少时之顷,马困而败。公问颜生,何以知此?答:'马力竭尽,而求其过分之能,故知必败也。'非唯车马,万物皆然。"

(39)牟世金《文心雕龙译注》:"谢,惭愧。《文选》颜延年《赠王太常》:'属美谢繁翰。'李善注:'谢,犹愧也。'上文说没有瑕病的文章,'可以无愧于千载',这里反过来说,有了谬误,就是'千载弗化'的惭愧。"李曰刚《文心雕龙斠诠》:"言著述立言,一有瑕疵,虽千载而后,亦不能改变其缺失也。化,变化也。《荀子·正名篇》:'状变而实无别而为异者,谓之化。'"

(40)黄侃《文心雕龙札记》:"此言文章但求无病。《颜氏家训·文章》篇曰:'学为文章,先谋亲友,得其评论者,然后出手,慎勿师心自任,取笑傍人也。自古执笔为文者,何可胜言?至于宏丽精华,不过数十篇耳。但使不失体裁,辞意可观,遂称才士。要须动俗盖世,亦俟河之清乎!'"

《养气》篇

昔王充著述，制养气之篇[1]，验己而作，岂虚造哉！夫耳目鼻口，生之役也[2]；心虑言辞，神之用也。率志委和[3]，则理融而情畅；钻砺过分，则神疲而气衰[4]：此性情之数也。夫三皇辞质，心绝于道华[5]。帝世始文，言贵于敷奏[6]。三代春秋，虽沿世弥缛，并适分胸臆，非牵课才外也[7]。战代枝诈，攻奇饰说[8]；汉世迄今，辞务日新，争光鬻采，虑亦竭矣。故淳言以比浇辞，文质悬乎千载[9]；率志以方竭情，劳逸差于万里：古人所以余裕，后进所以莫遑也。

凡童少鉴浅而志盛，长艾识坚而气衰[10]，志盛者思锐以胜劳，气衰者虑密以伤神，斯实中人之常资[11]，岁时之大较也。若夫器分有限，智用无涯[12]，或惭凫企鹤，沥辞镌思[13]，于是精气内销，有似尾闾之波[14]；神志外伤，同乎牛山之木[15]。怛惕之盛疾[16]，亦可推矣。至如仲任置砚以综述[17]，叔通怀笔以专业[18]，既暄之以岁序[19]，又煎之以日时，是以曹公惧为文之伤命[20]，陆云叹用思之困神[21]，非虚谈也。

夫学业在勤，故有锥股自厉[22]。志于文也[23]，则申写郁滞，故宜从容率情，优柔适会。若销铄精胆[24]，蹙迫和气，秉牍以驱龄，洒翰以伐性[25]，岂圣贤之素心，会文之直理哉[26]！且夫思有利钝，时有通塞[27]。沐则心覆，且或反常[28]；神之方昏，再三愈黩[29]。是以吐纳文艺，务在节宣[30]，清和其心，调畅其气[31]。烦而即舍,勿使壅滞。意得则舒怀以命笔,理伏则投笔以卷怀[32],逍遥以针劳,谈笑以药勌[33],常弄闲于才锋,贾余于文勇[34],使刃发如新,腠理无滞[35]。虽非胎息之万术,斯亦卫气之一方也[36]。

赞曰:纷哉万象,劳矣千想。玄神宜宝,素气资养。水停以鉴[37],火静而朗。无扰文虑,郁此精爽[38]。

简析:

本篇论述养气保神为作家的重要自身修养,同时也是对《神思》篇的补充。黄侃《文心雕龙札记》说:"此篇之作,所以补《神思》篇之未备,而求文思常利之术也。"神思活动的开展必须要有虚静的精神状态,而虚静这种精神状态的涵养,关键在养气。清代纪昀评此篇也说:"此非惟养气,实亦涵养文机,《神思》虚静之说,可以参观。彼疲困躁扰之余,乌有清思逸志哉!"这是理解《养气》篇含义的要害所在。养气就是要保持作家心气平和、精神健旺的状态,以利于顺畅开展"神思"活动。要达到"虚静"的境界,必须屏弃一切杂念,从而能无为而无不为。气和神关系密切,气馁则神疲,气竭则神衰,气力充沛则精神高昂,气势蓬勃则神思泉涌。如果一个人精疲力尽,如何能进行活跃的艺术构思活动呢?所以"精气内销",必然"神志外伤"。如何养气?刘勰提出的原则是"率志委和",这是一个十分重要的理论思想,也就是《神思》篇说的:"秉心养术,无务苦虑;含章司契,不必劳情也。"率性自然和谐,而不以人为力量去勉强。刘勰坚决反对冥思苦想、强写硬作,认为那样是违背了人性的自然规律,会破坏纯和之气,因此也绝对写不出好作品来。他说:"志于文也,则申写郁滞,故宜从容率情,优柔适会。若销炼精胆,蹙迫和气,秉牍以驱龄,洒翰以伐性,岂圣贤之素心,会文之直理哉!"刘勰这种强调率性自然的思想,显然是和他在《原道》篇中提倡自然为最高之美的思想完全一致的,也是他受道家思想影响在创作理论方面的重要表现之一。

语译：

以往汉代王充撰写著作，曾制作“养气”的篇章，这是根据自身体验来写的，并非空虚造作。耳、目、鼻、口，乃是人维持生命所役使的器官；心、虑、言、辞，则是人精神活动的运用手段。若能心志平和顺其自然，则能文理融洽情趣畅达；若是刻意苦吟钻营过分，那就会精神疲惫而气力衰竭：这是性情本身的自然规则。伏羲、女娲、神农的三皇时代文辞质朴，从内心拒绝用华丽文辞念想。少昊、颛顼、高辛、尧、舜的五帝之世才开始讲究文采，臣下进奏注重语辞修饰。夏、商、周三代以及春秋，虽然沿袭前代而更加繁缛，但都能合适地发自胸臆直舒真情，而不是牵强地追求在自然才性以外的人工修饰。战国时代纵横家枝蔓诡诈，追求奇讹雕饰说辞；自汉朝以至当代，文辞务求日益新颖，竞为辉光卖弄文采，心力思虑几乎竭尽。以淳厚的语言和浇薄的文辞相比较，则文采质朴悬隔千年；顺乎自然心志和费心竭力思虑相比较，则劳累辛苦和悠闲安逸差之万里：所以古人创作宽裕自如，而后人则疲惫不堪也。

凡是幼童少年识鉴浅薄而志气旺盛，老年人则识鉴坚深而志气衰退，志气旺盛者思维敏捷尖锐能胜任劳累，而志气衰退者思虑严谨缜密易损伤神气，这是一般普通人常有的资质，也是年龄差别所表现的大致情况。人之才分器量是有限的，而智术运用无边无涯，好像野鸭惭愧自己腿短企望能有仙鹤的长腿，于是就呕心沥血地构思文辞，内在精力过分消耗，有如向大海泄洪的尾闾川洪波（昼夜不息地泄水而不知自己已经空虚）；外在神志十分疲劳受到损伤，如同牛山的树木因过度砍伐而变得稀疏。极度忧伤劳累而酿成疾病，亦可以由此而推想矣。至于王充在门窗、墙壁放置笔砚（于艰苦条件下）综述写作《论衡》，曹褒怀抱笔札日夜研习专攻礼仪，长年累月地消耗着精力，时时刻刻在煎熬中度过，所以曹操惧怕文章写作会伤害性命，而陆云也感叹构思艰难而导致神思困乏，这都不是空谈啊。

学业在于勤奋钻研，所以有苏秦以锥刺股自我鞭策勉励。有志于文章写作士人,则需抒写抑郁滞塞之情感,所以适宜于从容不迫地自然生情,悠闲柔和地适应时机。假如消耗精力损毁肝胆,促迫挫伤中和元气,那么就会因写作而缩短年龄寿命,由于挥洒笔墨而砍伐自然本性,这哪里是圣贤的纯真本心,也不符合文章写作的客观原理!而人之才思有锐利有迟钝,时机有通畅有阻塞。低头洗发可能使心情颠覆不稳,甚至违反平常情理思考;神思昏沉之际,愈是苦思竭虑愈加糊涂。所以文章构思写作,务必要善于节制疏导,使内心清明和顺,元气调和畅达。如有烦劳随即舍去,切勿使神气壅堵滞塞。文意充沛则当心情舒畅地提笔写作,如果义理蛰伏则当扔下笔墨卷缩怀抱(停止写作),以逍遥平和来针对辛劳,以谈笑自如来改善疲惫,常常以才华锋芒玩赏于闲暇之中,完成文章写作还有多余勇气精力,使笔尖如新近磨砺的利刃,像庖丁顺着纹理解牛而无任何滞塞。此虽然不是道家胎息(养生气功)的万全之术,也是保护自然神气的一种方法。

总论:万象众多纷纭复杂,思虑劳苦千想重叠。玄妙精神宝贵珍藏,素静元气涵养妥帖。水停不流镜鉴清澈,火静明朗万物目接。文章思虑排除干扰,精神清爽浓郁和协。

注订:

(1)王充于《论衡·自纪篇》中说:“章和二年,罢州家居。年渐七十,时可悬舆(辞官居家)。仕路隔绝,志穷无如。事有否然,身有利害。发白齿落,日月逾迈,俦伦弥索,鲜所恃赖。贫无供养,志不娱快。历数冉冉,庚辛域际,虽惧终徂,愚犹沛沛,乃作养性之书凡十六篇。养气自守,适食则酒,闭明塞聪,爱精自保,适辅服药引导,庶冀性命可延,斯须不老。既晚无还,垂书示后。惟人性命,长短有期,人亦虫物,生死一时。年历但记,孰使留之?犹入黄泉,消为土灰。”其“养性之书”当即论养气之作。养气亦为“爱精自保”,致使自己气性舒畅,有利于保养身体。刘勰借此说明文思健旺需要有平和的心态,充沛的精力,此与《神思》篇相关,养气目的是为了保神,使神思活动能够自如运行。

(2)《吕氏春秋·贵生》:“圣人深虑天下,莫贵于生。夫耳目鼻口,生之役也。”高诱注:“役,事也。”

(3)“率志委和”为养气之要领,这是刘勰提出的一个重要思想,体现了道家顺其自然的养生观念。率志,即任性随意顺乎自己心志;委和,适应符合天地之和,此源于《庄子·知北游》:“舜问乎丞曰:‘道可得而有乎?’曰:‘汝身非汝有也,汝何得有夫道?’舜曰:‘吾身非吾有也,孰有之哉?’曰:‘是天地之委形也;生非汝有,是天地之委和也;性命非汝有,是天地之委顺也;孙子非汝有,是天地之委蜕也。’”成玄英疏:“丞,古之得道人,舜师也。而至道虚通,生成动植,未知己身之内,得有此道不乎?既逢师傅,故有咨请。道者,四句所不能得,百非所不能诠。汝身尚不能自有,何得有于道耶?未悟生因自然,形由造物,故云身非我有,孰有之哉?委,结聚也。夫天地阴阳,结聚刚柔和顺之气,成汝身形性命者也。故聚则为生,散则为死。死生聚散,既不由汝,是知汝身岂汝有邪?阴阳结聚,故有子孙,独化而成,犹如蝉蜕也。夫行住食味,皆率自然,推寻根由,莫知其所。”此即《神思》篇所说的“无务苦虑”“不必劳神”之意,使创作顺乎自然,理融情畅,自然就有兴会标举之妙。

(4)《抱朴子·内篇·至理》:“身劳则神散,气竭则命终。”气与神不可分割的关系,气充则神旺,气竭则神灭。

(5)《老子》第三十八章:“夫礼者,忠信之薄而乱之首。前识者,道之华而愚之始。是以大丈夫处其厚,不居其薄,处其实,不居其华。”“道华”,以华美言辞阐述“道”。

(6)《尚书·舜典》:“五载一巡守,群后四朝,敷奏以言。”孔安国传:“敷,陈;奏,进也。诸侯四朝,各使陈进治理之言。”

(7)“牵课”,即牵强课求,僧祐《出三藏记集》有“牵课羸志”之说,日本学者兴膳宏在《〈文心雕龙〉与〈出三藏记集〉》一文的注释中说:“六朝人用‘牵课’之例可举二例如下:《韵府》谢庄《与江夏王义恭笺》有云:‘牵课尪瘵,以综所忝。’及徐陵《答族人梁东海太守长孺书》云:‘牵课疲朽,不无辞制。’”

(8)“枝诈”,两京本、胡维新本、王惟俭本、冈白驹本作“技诈”,徐𤊹校本作“谲诈”,杨明照谓当作“权诈”,当以元本、弘治本为是。周振甫《文心雕龙注释》:“枝诈,枝蔓谲诈。”

(9)“故淳言”六句,即陆机《文赋》所说的“是以或竭情而多悔,或率意而寡尤”。为此就需要养气保神,一切回归率真自然。然“文质悬乎千载”一句似与“劳逸差于万里”一句,含义略有不同。“劳逸”一贬一褒,“文质”则非一贬一褒,谓“淳言”之文质与“浇辞”之文质“悬乎千载”,而非贬文褒质也。

(10)《礼记·曲礼上》:“五十曰艾。”孔颖达《正义》:“年至五十,气力已衰,发苍白,色如艾也。”

(11)《论语·雍也》:“中人以上,可以语上也;中人以下,不可以语上也。”邢昺疏:“人之才识,凡有九等。谓上上、上中、上下、中上、中中、中下、下上、下中、下下也。上上则圣人也,下下则愚人也,皆不可移也。其上中以下,下中以上,是可教之人也。中人谓第五中中之人也,以上谓上中、上下、中上之人也。以其才识优长,故可以告语上知之所知也。”

(12)《庄子·养生主》:“吾生也有涯,而知也无涯。以有涯随无涯,殆已。”郭象注:“所禀之分各有涯也。”“以有限之性寻无极之知,安得而不困哉!”

(13)《庄子·骈拇》:“是故凫胫虽短,续之则忧;鹤胫虽长,断之则悲。故性长非所断,性短非所续,无所去忧也。”成玄英疏:“凫,小鸭也。鹤,鸧之类也。胫,脚也。自然之理,亭毒众形,虽复修短不同,而形体各足称事,咸得逍遥。而惑者方欲截鹤之长续凫之短以为齐,深乖造化,违失本性,所以忧悲。”“沥辞镌思”,滴沥语辞刻画文思。

(14)《庄子·秋水》:“北海若曰:……天下之水,莫大于海。万川归之,不知何时止而不盈,尾闾泄之,不知何时已而不虚;春秋不变,水旱不知。此其过江河之流,不可为量数。”成玄英疏:“尾闾者,泄海水之所也;在碧海之东,其处有石,阔四万里,厚四万里,居百川之下尾而为闾族,故曰尾闾。海水沃著即焦,亦名沃焦也。……春雨少而秋雨多,尧遭水而汤遭旱。故海之为物也,万川归之而不盈,沃焦泻之而不虚,春秋不变其多少,水旱不知其增减。论其大也,远过江河之流,优劣悬殊,岂可语其量数也!”陆德明《经典释文》:“尾闾:崔云:海东川名。司马云:泄海水出外者也。”

(15)《孟子·告子上》:“牛山之木尝美矣,以其郊于大国也,斧斤伐之,可以为美乎? 是其日夜之所息,雨露之所润,非无萌蘖之生焉,牛羊又从而牧之,是以若彼濯濯也。人见其濯濯也,以为未尝有材焉,此岂山之性也哉?”朱熹《集注》:“牛山,齐之东南山也。邑外谓之郊,言牛山之木,前此固尝美矣,今为大国之郊,伐之者众,故失其美耳。息,生长也。日夜之所息,谓气化流行未尝间断,故日夜之间,凡物皆有所生长也,萌,芽也。蘖,芽之旁出者也。濯濯,光洁之貌。材,材木也。言山木虽伐,犹有萌蘖,而牛羊又从而害之,是以至于光洁而无草木也。”

(16)“盛疾”,王惟俭本、梅庆生本作“成疾”,此据元本、弘治本。

(17)《后汉书·王充传》:“王充字仲任,会稽上虞人也,……好博览而不守章句。家贫无书,常游洛阳市肆,阅所卖书,一见辄能诵忆,遂博通众流百家之言。……以为俗儒守文,多失其真,乃闭门潜思,绝庆吊之礼,户牖墙壁各置刀笔。箸《论衡》八十五篇,二十余万言,释物类同异,正时俗嫌疑。”谢承《后汉书》:“王充贫无书,往市中省所卖书,一见便忆,门墙屋柱,皆施笔砚,而著《论衡》。”(载《北堂书钞》之《著述》篇)

(18)《后汉书·曹褒传》:“曹褒字叔通,鲁国薛人也。……褒少笃志,有大度,结发传充(褒父名充)业,博雅疏通,尤好礼事。常感朝廷制度未备,慕叔孙通为汉礼仪,昼夜研精,沈吟专思,寝则怀抱笔札,行则诵习文书,当其念至,忘所之适。”王利器《文心雕龙校证》:“‘叔’原作‘敬’,梅(庆生)据孙汝澄改。案王惟俭本正作‘叔’不误。”

(19)“暄”,松散,漫延。“岁序”,季节交替轮换。

(20)曹操“惧为文伤命”之论,不见记载。

(21)陆云之论见《与兄平原书》:"兄文章已自行天下,多少无所在;且用思困人,亦不事复及,以此自劳役。"

(22)何允中本、梅庆生天启六次本等,于"锥股自厉"下有"功庸弗怠,和熊以苦之人"十字,当非。此据元本、弘治本、王惟俭本等。艺术创作是一种艰苦的劳动,但它又不同于艰辛的学问研究,而有自己的特殊规律。它不需要"锥股自厉",而要求在心平气和、神情舒畅的状态下,方能从容自若,文思泉涌;如果违反了自然之性,那么就会丧失感兴,灵感不来,也就无法写好作品。《战国策·秦策》:"(苏秦)说秦王,书十上,而说不行。……归至家,妻不下纴,嫂不为炊,父母不与言。……乃夜发书,陈箧(同策)数十,得太公《阴符》之谋,伏而诵之,简炼以为《揣》《摩》。读书欲睡,引锥自刺其股,血流至足。"

(23)"志于文也",王惟俭本作"至于文也",何焯谓"志当作至"。今依元本、弘治本等作"志",作"至"亦可通。

(24)"销铄",消融。

(25)"伐性",砍伐性命。《吕氏春秋·本生》:"靡曼皓齿,郑卫之音,务以自乐,命之曰伐性之斧。"

(26)"素心",本心。陶潜《归园田居》:"素心正如此,开径望三益。""直理",自身正理。

(27)陆云《与兄平原书》:"方当积思,思有利钝。"陆机《文赋》:"若夫应感之会,通塞之纪,来不可遏,去不可止。"

(28)《左传》僖公二十四年:"晋(文公)侯之竖头须,守藏者也。……及入,求见,公辞焉以沐。谓仆人曰:'沐则心覆,心覆则图反,宜吾不得见也。'……仆人以告,公遽见之。"杜预注:"头须,一曰里凫须。竖,左右小吏。"孔颖达疏:"韦昭云:'沐则低头,故心反覆也。'"《说文》:"沐,濯发也。"

(29)"黩",昏乱。孔稚珪《北山移文》:"或先贞而后黩。"李善注:"《苍颉篇》曰:'黩,垢也。'"

(30)《左传》昭公元年:"君子有四时,朝以听政,昼以访问,夕以修令,夜以安身,于是乎节宣其气,勿使有所壅闭湫底,以露其体。"杜预注:"宣,散也。湫,集也。底,滞也。露,羸也。壹之则血气集滞而体羸露。"

(31)"调畅",别本作"条畅",今依元本、弘治本等。《文镜秘府论·论文意》:"意欲作文,乘兴便作,若似烦即止,无令心倦,常如此运之,即兴无休歇,神终不疲。"

(32)《文赋》:"理翳翳而愈伏。"《文镜秘府论·论体》:"心或蔽通,思时钝利,来不可遏,去不可留。又情性烦劳,事由寂寞,强自催逼,徒成辛苦。不若韬翰屏笔,以须后图。待心虑更澄,方事连缉。非止作文之至术,抑亦养生之大方耳。"

(33)"勌",同倦。

(34)《左传》成公二年:"齐高固入晋师,桀石以投人,禽之而乘其车,系桑本焉,以徇齐垒。曰:'欲勇者贾余余勇。'"杜预注:"贾,卖也。言己勇有余,欲卖之。"

(35)《庄子·养生主》:"庖丁曰:臣之刀十九年矣,所解数千牛矣,而刀刃若新发于硎。"陆德明《经典释文》:"硎音刑,磨石也。""腠理",元本、弘治本等作"凑理"。此据两京本、王惟俭本。凑,同腠,《吕氏春秋·先己》:"用其新,弃其陈,腠理遂通。"高诱注:"腠理,肌脉。"

(36)"胎息",古代养生气功,运用意念,屏蔽呼吸,如处胎中,以调养身体。《后汉书·方术传》:"王真、郝孟节者,皆上党人也。王真年且百岁,视之面有光泽,似未五十者。自云:'周流登五岳名山,悉能行胎息胎食之方,嗽舌下泉咽之,不绝房室。'孟节能含枣核,不食可至五年十年。又能结气不息,身不动摇,状若死人,可至百日半年。亦有室家。为人质谨不妄言,似士君子。曹操使领诸方士焉。"章怀太子注引《汉武内传》:"王真字叔经,上党人。习闭气而吞之,名曰'胎息';习嗽舌下泉而咽之,名曰'胎食'。真行之,断谷二百余日,肉色光美,力并数人。"又引《抱朴子·内篇·释滞》:"胎息者,能不以鼻口嘘噏,如在胎之中。""万术",道家羽化成仙之术。梅庆生本作"迈术",非。"万术"与"一方"相对。

(37)《庄子·德充符》:“仲尼曰:人莫鉴于流水而鉴于止水。唯止能止众止。”成玄英疏:“鉴,照也。夫止水所以留鉴者,为其澄清故也。……止水本无情于鉴物,物自照之。”“唯,独也。唯止是水本凝湛,能止是留停鉴人,众止是物来临照。”

(38)“郁”,茂盛貌。《左传》昭公七年子产曰:“人生始化曰魄,既生魄阳曰魂。用物精多,则魂魄强。是以有精爽,至于神明。”杜预注:“爽,明也。”孔颖达《正义》:“魂既附气,气又附形。形强则气强,形弱则气弱。魂以气强,魄以形强。若其居高官而任权势,奉养厚则魂气强,故用物精而多,则魂魄强也。”“此言从微而至著耳。精,亦神也;爽,亦明也。精是神之未著,爽是明之未昭,言权势重,用物多,养此精爽,至于神明也。”

《附会》篇

何谓附会？谓总文理[1]，统首尾，定与夺，合涯际，弥纶一篇[2]，使杂而不越者[3]。若筑室之须基构，裁衣之待缝缉矣。夫才量学文，宜正体制[4]：必以情志为神明，事义为骨髓，辞采为肌肤，宫商为声气[5]；然后品藻玄黄，摛振金玉，献可替否，以裁厥中[6]，斯缀思之恒数也。

凡大体文章，类多枝派，整派者依源，理枝者循干[7]，是以附辞会义，务总纲领，驱万途于同归，贞百虑于一致[8]，使众理虽繁，而无倒置之乖，群言虽多，而无棼丝之乱[9]；扶阳而出条，顺阴而藏迹[10]，首尾周密，表里一体，此附会之术也。夫画者谨发而易貌，射者仪毫而失墙[11]，锐精细巧[12]，必疏体统。故宜诎寸以信尺，枉尺以直寻[13]，弃偏善之巧，学具美之绩[14]，此命篇之经略也。

夫文变无方，意见浮杂，约则义孤，博则辞叛，率故多尤，需为事贼[15]。且才分不同，思绪各异，或制首以通尾，或片接以寸附[16]，然通制者盖寡，接附者甚众。若统绪失宗，辞味必乱；义脉不流，则偏枯文体[17]。夫能悬识腠理[18]，然后文节自会[19]，如胶之粘木，豆之合黄矣[20]。是以驷牡异力，而六辔如琴[21]；并驾齐驱，而一毂统辐[22]。驭文之法，有似于此。去留随心，修短在手，齐其步骤，总辔而已。

故善附者异旨如肝胆，拙会者同音如胡越[23]，改章难于造篇，易字艰于代句，此已然之验也。昔张汤疑奏而再却[24]，虞松草表而屡谴[25]，并理事之不明，而辞旨之失调也。及兒宽更草，锺会易字，而汉武叹奇，晋景称善者，乃理得而事明，心敏而辞当也[26]。以此而观，则知附会巧拙，相去远哉！若夫绝笔断章[27]，譬乘舟之振楫[28]；会词切理，如引辔以挥鞭。克终底绩[29]，寄深写远[30]。若首唱荣华，而媵句憔悴[31]，则遗势郁湮，余风不畅。此《周易》所谓"臀无肤，其行次且"也[32]。惟首尾相援，则附会之体，固亦无以加于此矣。

赞曰：篇统间关[33]，情数稠叠。原始要终，疏条布叶。道味相附，悬绪自接。如乐之和，心声克协[34]。

简析：

本篇论文学创作的统筹安排，构建基本框架。文学创作在开始进入具体写作之前，必须先有一个总体构想，设计好每一个具体部分放在什么位置，占有多大分量，同时也就明确了如何去取、详略，有了剪裁的标准。刘勰认为文章犹如人体，"必以情志为神明，事义为骨鲠，辞采为肌肤，宫商为声气"。所谓"附会"，就是要做到："附辞会义，务总纲领，驱万途于同归，贞百虑于一致，使众理虽繁，而无倒置之乖，群言虽多，而无棼丝之乱。"也就是说，对一篇完美的文章而言，必须使繁杂的"众理"顺畅合宜，而不会颠倒乖违；必须使众多的"群言"妥善贴切，而不会纠缠棼乱。"众理"均为总纲服务，"群言"都可晓达文义。所以附会的关键，就是要安置好部分和总体的关系，亦即一和多的关系，使之"杂而不越"，具体说就是要做到："总文理，统首尾，定与夺，合涯际，弥纶一篇。"其美学思想来源于《周易·系辞下》："其称名也，杂而不越。"韩康伯注云："备物极变，故其名杂也。各得其序，不相逾越。"同时也是受道家"无"和"有"关系影响之结果，"无"是统率众"有"的。"杂而不越"是一个重要美学原则，一篇文章、一部作品是一个整体，但是它是由许多不同部分组合而成的，如何安排这些不同部分，处理好他们的先后关系、因果关系，是构思和写作的极为要紧之关键，也是很不容易把握的问题。文章必须要“杂”，这样才会丰富多彩、层层深入，然而又不能让众多的“杂”，互相逾越干扰，所以必须调配合适，遵循好“杂而不越”的原则。文学创作有了整体全局的考虑，就像房子已经树起基本间架，其他一切具体建筑工艺，均可有条不紊地逐一展开。重视大局部署适宜，而不拘泥于局部损益，过分“锐精细巧，必疏体统”。为此，要“弃偏善之巧，学具美之绩”，宁可牺牲局部的精微细巧，也要保证整体的完美，这是刘勰对文学作品艺术结构的基本美学要求。

语译：

什么是“附会”？就是总括文章义理形成完整结构，使首尾互相统一，确定哪些要保留哪些要删除，各个部分互相连接密合无际，综合成为一篇精致的文章，使每个部分不逾越应有位置做到“杂而不越”。犹如建筑房屋需要先打好地基确立完美框架，缝制衣服要将裁定布料细致缝纫。依据才华器量学习写作文章，都要符合正规的雅正体制，以情志作为精神灵魂，以事义作为骨髓架构，以辞采作为肌肉皮肤，以宫商作为声音气息。然后可以品评辞采浓淡，调校音韵和谐，斟酌增删存其精华去其糟粕，务使各个方面都折中适宜恰到好处，这才是文章构思写作的永恒不变法则。

凡文章的大体结构，一般都有很多枝节派系组成，整顿流派需要寻找其源头，清理枝节需要遵循其主干。调和文辞融会义理，务必把握总的纲领，然后使分支流派均能殊途同归，万千思虑皆可贯通一致，各种事理虽然繁杂众多，而没有颠倒乖违之谬；言辞虽然纷纭泉涌，而不会产生丝毫棼乱。使文章写作随顺阳光而伸展枝条，沿着阴暗而藏迹不露，起首末尾周密细致，表里一致形成整体，这就是附会的基本方法。绘画者只留意于细小毫发会使整体形貌走样，善射者只注视细微毫厘会看不见整堵墙壁，过分注重精巧细微，必然会疏略整体格局。应该做到宁可委屈一寸而保留一尺，委屈一尺而保留伸展一寻，抛弃个别偏面精巧，努力实现完整全美，这才是附会的纲领大要。

文章变化众多没有一定规则，作家思绪浮泛见解繁杂，如过于简约则义理单薄，若过于广博则文辞杂乱，轻率随意容易产生很多弊病，多疑寡断则往往使文事败坏。作者的才华天分各不相同，思虑情绪亦均有差别，有的或可从头至尾通盘设计，有的则是写一段接一段临时凑合；实际上文人中能通盘考虑的很少，而大多数都是随意帮衬成文。如果文章写作失去全面统筹没有明确宗旨，那么文辞情趣意味必然混乱；义理脉络不能贯通流畅，文章就会运转失灵陷入瘫痪。若能深切认识文章内在经脉，文理节奏自然调和融畅，有如胶漆之黏粘木器，豆尊之配合黄彝成为礼器。四匹雄马一起驾车虽各自用力不同，然驾驭者运用缰辔可使如琴瑟一般和谐，让四匹马并驾齐驱，犹如车轮之三十辐共一毂行进自如。驾驭文章的方法，与此十分相似，按照作者心意决定取舍，篇幅长短任由心手操纵，好像车马能整齐步伐，就在于执辔者善于掌控。

善于附会者能够把不同意旨糅合如肝胆般亲密无间，不善于附会者就会把和谐相合部分弄成如胡越般南北远隔。文章要修改一章比创作全篇还要困难，更改一个字比造一新句还要艰巨，这是早就已经被验证了的。汉代张汤的疑难案件奏章一再被退回，虞松草拟的上表屡次遭到谴责，都是因为事理叙述不够明白，意旨调配不够妥当的缘故。后经兒宽重新起草张汤疑奏受到汉武帝的赞叹，锺会更改虞松上表的五个字受到晋景王司马师的称扬，这是由于他们的重写和改动使义理清晰而叙事明畅，心思敏捷而文辞恰当也。从上述两例可以看出，附会才能的巧善和拙劣，差别实在是太远了！文章写作断章结尾，当如乘船之聚精会神挥动船桨；融会文辞切要事理，好像驾车之执辔挥鞭策马控缰。这样才能最终达到完美的功效，可以寄托深沉情味悠远。假如文章开头部分气势蓬勃活跃生动，而到结尾部分羸弱憔悴萎靡不振，那么其未尽的气势就会抑郁阻塞逐渐湮没，而流风余韵也就难以通畅了。这就是《周易》所说的“臀部没有皮肉，那么脚步行进就很困难了”。只有首尾妥善照应相互支援，那么附辞会义的作用，自然也没有超过此点的了。

总论：统筹兼顾集辐于毂，情理稠叠安置妥帖。推源溯流有始有终，融为一体舒枝布叶。道味义理融合无间，悬浮思绪相互衔接。音韵迭配乐曲和声，心灵声音融洽和协。

注订：

（1）“文理”，文章义理。《礼记·三年问》：“壹使足以成文理，则释之矣。”孔颖达疏：“使足以成文章义理。”

（2）“弥纶”，综合阐述。《周易·系辞上》：“故能弥纶天地之道。”孔颖达疏：“弥，谓弥缝补合，纶为经纶牵引。”

（3）《周易·系辞下》：“其称名也，杂而不越。”韩康伯注：“备物极变，故其名杂也。各得其序，不相踰越，况爻繇之辞也。”“杂而不越”就是要做到多样性的统一。王元化《文心雕龙创作论》释“杂而不越”：“韩康伯注：‘备物极变，故其名杂也。各得其序，不相逾越。’焦循《易章句》说：‘杂’谓‘物相杂’，‘不越’谓‘不逾其度’。韩氏、焦氏的注疏都认为这句话是在说明《易》象万物变化之理，一方面万物万事变动不居，另方面万物万事的变化又都不能超出天尊地卑的限度。刘勰把这句话用于文学领域以说明艺术结构问题，显然已舍去了《系辞下》的本义。根据《附会》篇来看，‘杂’是指艺术作品的部份而言，‘不越’是指不超出艺术作品的整体一致性而言。‘杂而不越’的意思就是说艺术作品的各部份、各细节在表面上千差万别，彼此不同，可是实际上，它们都应该渗透着共同的目的性，为表现共同的内容主旨自然而然地结合为一个整体，使表面不一致的各部份、各细节，显示了目的方面和主旨方面的一致性。”

（4）“才量”，王利器《文心雕龙校证》：“‘才童’原作‘才量’，今据《御览》五八五引改。《体性》篇‘童子雕琢，必先雅制’，文意正与此相同。《辨骚》篇‘童蒙拾其香草’，《养气》篇‘童少鉴浅而志盛’，亦谓童子学文之事耳。”杨明照《增订文心雕龙校注》：“《御览》引‘量’作‘童’，极是，‘量’其形误也。”张立斋《文心雕龙考异》已作辩驳：“量字不误，字沿上句裁衣，与下句裁厥中而来，童量形近而讹，杨、王二氏皆非。”全书未见“才童”之辞,为何此处不用“童子”“童少”而用“才童”? 童子皆可学文,并非只有“才童”方可学文,今人注释均采用王、杨说,然为何历代版本及校勘者皆未采用《天平御览》引文? 其实“才量”说本可通,谓才华器量,人虽各有自己的才华器量,但是学习文章写作皆需符合雅正体制,这样可能更符合刘勰原意。器量,汉魏六朝人常用以表示人格特征。如蔡邕《郭有道碑文序》:“器量弘深,姿度广大。”孔融《论盛孝章书》李善注:“(盛孝章)器量雅伟。”

(5)文章由神明、事义、辞采、宫商四个部分构成,主次分明,情志谓感情思想,需体现在具体描写的事物及其意义之中,从而成为作品内容;内容需藉文辞来表述,而文辞又有特定声音,从而成为作品形式,这就是文章的基本结构。杨明照谓“骨髓”,应从《天平御览》引为“骨鲠”,此说非也。

(6)《颜氏家训·涉务》:“吾见世中文学之士,品藻古今,若指诸掌。”“玄黄”,本指天地颜色,本书《原道》:“夫玄黄色杂。”此借谓藻饰浓淡。“摛振金玉”,激发优美和谐的音韵声响。《孟子·万章下》:“集大成也者,金声而玉振之也。”《尚书·大禹谟》:“惟精惟一,允执厥中。”孔颖达《正义》:“汝当精心,惟当一意,信执其中正之道。”

(7)附会的作用就像河流有很多的不同支流会合,要找出其源头;树木有很多枝节,要遵循其主干来梳理,整合一篇体大思精的文章,需要找出义理的清晰脉络,从不同部分去发现基本宗旨。这样方可使各个分部凝聚成整体,做到“杂而不越”。陆机《文赋》:“或因枝以振叶,或沿波而讨源。”《文镜秘府论·定位》:“先看将作之文,体有大小。”“体大而理多者,定制宜宏;体小而理少者,置辞必局。”

(8)《说文通训定声》:“‘贞’,假借为‘正’,为‘定’。”

(9)《左传》隐公四年:“臣闻以德和民,不闻以乱,以乱,犹治丝而棼之也。”杜预注:“丝见棼缊,益所以乱。”陆德明《经典释文》:“棼,乱也。”

(10)《后汉书·崔骃传》载其《达旨》:“故能扶阳以出,顺阴而入。”范文澜《文心雕龙注》云:“扶阳出条,谓辞义之宜见于文者;顺阴藏迹，谓辞义之不必见于文者。”

(11)《吕氏春秋·处方》：“今夫射者仪毫而失墙，画者仪发而易貌，言审本也。”高诱注：“睎望毫毛之微而不视堵墙之大，故能中也。画者睎毫发，写人貌，仪之于象，不失其形，故曰易貌也。”《淮南子·说林训》：“画者谨毛而失貌，射者仪小而遗大。”高诱注：“谨悉微毛，留意于小，则失其大貌，仪望小处而射之，故能中，事各有宜。”

(12)“细巧”，元本、弘治本作“细乃”，此据王惟俭本、梅庆生本。

(13)《淮南子·氾论训》：“诎寸而伸尺，圣人为之；小枉而大直，君子行之。”高诱注：“寸小，尺大。枉，曲也。直，直其道也。”诎，屈也。《孟子·滕文公下》：“且《志》曰：‘枉尺而直寻。’宜若可为也。”孙奭《正义》：“枉一尺而直其一寻，宜若可以为之也。尺，十寸为尺。寻，十丈为寻也。”朱熹《集注》：“枉，屈也；直，伸也。八尺曰寻。枉尺直寻，犹屈己一见诸侯，而可以致王霸，所屈者小，所伸者大也。”

(14)“弃偏善之巧，学具美之绩”，是刘勰提出的重要美学原则，强调掌握附会技巧，就是要舍小美而取大美，不可因小失大，以确保文章的整体完美。

(15)“无方”，梅庆生本、黄叔琳本作“多方”。范文澜《文心雕龙注》：“《左传》哀公十四年：‘需，事之贼。’《释文》：‘需，疑也。’谓率尔操觚，事不经思，固多尤悔；若意见浮杂，迟疑失断，亦文之贼也。”

(16)“片接”，黄叔琳本改为“尺接”，当以元本、弘治本、王惟俭本、梅庆生本等各本为“片接”。“片接以寸附”，任意用片断勉强拼接。

(17)《列子·杨朱》：“禹纂业事仇，惟荒土功，子产不字，过门不入；身体偏枯，手足胼胝。”

(18)“悬识”，深刻认识一切事物。“悬识”含义当与《庄子》之“县解”相近，“悬”同“县”，《庄子·养生主》：“安时而处顺，哀乐不能入也，古者谓是帝之县解。”成玄英疏：“帝者，天也。为生死所系者为县，则无死无生者，县解也。”《庄子·大宗师》：“安时而处顺，哀乐不能入也。此古之所谓县解也。”成玄英疏：“处顺忘时，萧然无系，古昔至人,谓为县解。"看穿一切谓之县解。《庄子·逍遥游》:"夫知亦有之。"成玄英疏:"亦犹至言妙道,唯悬解者能知。"此即刘勰所谓"悬识"。"腠理",弘治本作"凑理",此当依元本,源于《史记·扁鹊仓公列传》:"扁鹊过齐,桓侯客之,入朝见曰:君有病在腠理,不治将深。"借人体血脉贯通的肌肉纹理比喻文章内部结构。

(19)各家于此段有很多不同说法,谓"文节"当作"节文",然考元本、弘治本、王惟俭本、梅庆生本等各种版本,均作"文节",则改动不妥。"文节",谓文章文理节奏,与"节文"之意不同。

(20)"豆之和黄",多家谓当作"石之合玉"(据《太平御览》引文),如范文澜、王利器、杨明照等皆然,今人注本亦皆从此说。黄侃谓"豆疑当作白"。然考元本、弘治本、王惟俭本、梅庆生本等各种版本,均作"豆之合黄",故此改动不妥。"豆之合黄",台湾李景溁《文心雕龙新解》(台湾翰林出版社1968年版)云:"豆,古食肉器也。《国语·吴语》:'觞酒豆肉。'注:'豆,肉器。'亦以为礼器,其制,以木为之,有盖,黑漆饰,朱中,盛齑醢菹酱等濡物者也,后世惟用以祭祀。黄,黄彝,或称黄目。《(周)礼·郊特牲》:'黄木郁气之上尊也。黄者,中也。目者气之清明者。'注:'黄彝也。'疏:'以黄金镂其外以为目,因取名也。'彦和以豆之配合黄彝而成礼器,喻文辞之配合义理也。"此说较善。

(21)"驷",杨明照谓当作"四",然各主要版本均为"驷"。《诗经·小雅·车舝》:"四牡騑騑,六辔如琴。"郑玄笺:"其御群臣,使之有礼,如御四马騑騑然,持其教令,使之调均,亦如六辔缓急有和也。"孔颖达疏:"如善御者,使四牡之马,騑騑行而不息,进止有度,执其六辔,缓急调和,如琴瑟之相应也。""六辔以驭四马。"古一车四马,马各二辔,其两边骖马之内辔系于车轼前,谓之軜,御者只执六辔。四牡,即驷牡。

(22)王利器《文心雕龙校证》:"'六辔如琴'句下,梅(庆生)六次本、黄(叔琳)注本、张松孙本有'并驾齐驱,而一毂统辐'二句九字,旧本俱无,《御览》亦无,今据删。"两京本、胡(维新)本、训故本、谢兆申钞本、《四库》本则有，元本、弘治本无，是否为后人所加而应删，当可斟酌。《老子》："三十辐共一毂。当其无，有车之用。"王弼注："毂所以能统三十辐者，无也。以其无能受物之故，故能以实统众也。"

(23)《庄子·德充符》："仲尼曰：'自其异者视之，肝胆楚越也。自其同者视之，万物皆一也。'"成玄英疏："万物云云，悉归空寂。倒置之类，妄执是非，于重玄道中，横起分别。何异乎胆附肝生，本同一体也，楚越迢递，相去数千，而于一体之中，起数千之远，异见之徒，例皆如是也。"

(24)《汉书·兒宽传》："兒(同倪)宽，千乘人也。治《尚书》，事欧阳生。……宽为人温良，有廉知自将(将，卫也，以智自卫护也)，善属(缀也)文，然懦(柔也)于武，口弗能发明也。时张汤为廷尉，廷尉府尽用文史(史谓善史书者)法律之吏，而宽以儒生在其间，见谓不习事，不署曹(不署为列曹也)，除为从史(但只随官僚，不主文书)，之北地视畜数年(廷尉之畜在北地者)。还至府，上畜簿(文计也)，会廷尉时有疑奏，已再见却(退也)矣，掾史莫知所为。宽为言其意，掾史因使宽为奏。奏成，读之皆服，以白廷尉汤。汤大惊，召宽与语，乃奇其材，以为掾。上宽所作奏，即时得可。异日，汤见上(汉武帝)。问曰：'前奏非俗吏所及，谁为之者？'汤言兒宽。上曰：'吾固闻之久矣。'汤由是乡(读若响)学，以宽为奏谳掾，以古法义决疑狱，甚重之。及汤为御史大夫，以宽为掾，举侍御史。""疑"，何焯校为"拟"，黄叔琳改为"拟"，杨明照及今人注同，按刘勰系以《汉书》而作"疑"，元、明各本皆为"疑"，改"拟"非是。

(25)《三国志·魏书·锺会传》："锺会字士季，颍川长社人，太傅繇小子也。……正始中，以为秘书郎，迁尚书中书侍郎。"裴松之注："《世语》曰：司马景王命中书令虞松作表，再呈辄不可意，命松更定。以经时，松思竭不能改，心苦之，形于颜色。(锺)会察其有忧，问松，松以实答。会取视，为定五字。松悦服，以呈景王，王曰：'不当尔邪，谁所定也？'松曰：'锺会。向亦欲启之，会公见问，不敢饕其能。'王曰：'如此，可大用，可令来。'……松字叔茂，陈留人，九江太守边让外孙。"

(26)“辞”,或作“词”,非是,当以元本、弘治本等作“辞”。

(27)“断章”,谓分断章节,源自《左传》襄公二十八年:“赋诗断章。”杜预注:“譬如赋诗,取其一章而已。”

(28)王利器《文心雕龙校证》:“‘譬乘舟之振楫’句下,梅(庆生)六次本、黄(叔琳)注本、王谟本、张松孙本、崇文本皆有‘会词切理,如引辔以挥鞭’二句十字,旧本俱无,今从旧本。”按:两京本、胡维新本、王惟俭训故本、天启梅庆生六次本、《四库》本均有,当亦可存疑。

(29)“底”,杨明照谓当作“厎”,然无版本依据。

(30)“寄深写远”句,元本、弘治本等作“寄在写远送”,梅庆生天启六次本据沈天启校,加“以”字,此从王惟俭本作“寄深写远”,与上句相对应。

(31)班固《答宾戏》:“朝为荣华,夕为憔悴。”

(32)《周易·夬卦》九三爻辞:“臀无肤,其行次且,厉无大咎。”孔颖达《正义》:“臀之无肤,居既失安,行亦不进,故曰‘臀无肤,其行次且’也。”

(33)“间关”,源自《诗经·小雅·车舝》:“间关车之舝兮。”《经典释文》:“舝,车轴头铁也。”舝,同辖,指穿在车轴两端孔内使车轮不脱落的铁键。毛传:“间关,设舝貌。”指以车毂统辖众辐之状。

(34)“协”,谐调,和谐。《左传》襄公十一年:“如乐之和,无所不谐。”杜预注:“谐,亦和也。”

《总术》篇

今之常言，有文有笔，以为无韵者笔也，有韵者文也[1]。夫文以足言[2]，理兼《诗》《书》，别目两名，自近代耳。颜延年以为："笔之为体，言之文也；经典则言而非笔，传记则笔而非言[3]。"请夺彼矛，还攻其楯矣[4]。何者？《易》之《文言》，岂非言文；若笔果言文[5]，不得云经典非笔矣。将以立论，未见其论立也[6]。予以为："发口为言，属笔曰翰，常道曰经，述经曰传。经传之体，出言入笔，笔为言使，可强可弱[7]。分经以典奥为不刊，非以言笔为优劣也[8]。"昔陆氏《文赋》，号为曲尽，然泛论纤悉，而实体未该[9]。故知九变之贯匪穷，知言之选难备矣[10]。

凡精虑造文，各竞新丽，多欲练辞，莫肯研术[11]。落落之玉，或乱乎石；碌碌之石，时似乎玉[12]。精者要约，匮者亦尠；博者该赡，芜者亦繁；辩者昭晳，浅者亦露；奥者复隐，诡者亦典[13]。或义华而声悴，或理拙而文泽[14]。知夫调钟未易，张琴实难[15]。伶人告和，不必尽窕槬之中；动用挥扇，何必穷初终之韵[16]。魏文比篇章于音乐，盖有征矣[17]。夫不截盘根，无以验利器[18]；不剖文奥，无以辨通才。才之能通，必资晓术，自非圆鉴区域，大判条例[19]，岂能控引情源，制胜文苑哉[20]！

是以执术驭篇，似善弈之穷数[21]；弃术任心，如博塞之邀遇[22]。故博塞之文，借巧傥来[23]，虽前驱有功，而后援难继,少既无以相接,多亦不知所删,乃多少之并惑[24],何妍蚩之能制乎!若夫善弈之文,则术有恒数[25],按部整伍,以待情会[26],因时顺机,动不失正。数逢其极,机入其巧,则义味腾跃而生,辞气丛杂而至[27]。视之则锦绘,听之则丝簧,味之则甘腴,佩之则芬芳[28],断章之功,于斯盛矣[29]。

夫骥足虽骏,纆牵忌长[30],以万分一累,且废千里。况文体多术,共相弥纶[31],一物携贰,莫不解体[32]。所以列在一篇,备总情变,譬三十之辐,共成一毂,虽未足观,亦鄙夫之见也。

赞曰:文场笔苑,有术有门。务先大体,鉴必穷源。乘一总万,举要治繁。思无定契,理有恒存[33]。

简析:

本篇论掌握文章写作技巧的重要性。对一个作家来说当然需要有创作热情和创作冲动,要有扎扎实实的生活内容,但是,如果不善"术"或弃"术",也是无法写出好作品来的。"执术驭篇,似善弈之穷数;弃术任心,如博塞之邀遇。"不论是文场还是笔苑,都需要熟练驾驭各种写作技巧。善术和弃术,是"碌碌之玉"和"落落之石"的区别所在。文学创作过程中,作家的构思是千变万化"思无定契"的,但是创作本身是有一定规律可寻的,故"理有恒存"。一篇作品按照它内容表达的需要,必然有一个总的要求,必须先认识"大体",然后才能恰如其分地运用各种具体的文术。这样,就可以做到"乘一总万,举要治繁",而不致于因过分追求具体技巧,而影响内容的充分表达。要懂得写作中"驭术"的基本原则:"圆鉴区域,大判条例",要根据文章的"大体"来判别各种文术的区域位置,明确在什么地方需要用什么样的文术。本篇中刘勰也对当时流行的文笔之争,提出了自己的看法。他并不认为"有韵之文"和"无韵之笔"的区分很科学,还特别批评了颜延之区别"言""笔"的说法,但是他还是在《文心雕龙》中沿用了文笔说，并作为文体论各篇的排列依据。文笔之争的实质是要区分广义的“文”中，哪些是文学作品，哪些是非文学的一般文章，也就是要研究和探索文学艺术的特征，以有韵、无韵来区分，是和当时创作状况有关的，因为当时戏曲和小说还没有发展起来，创作是以诗、赋、散文为主的，诗赋作为文学作品都是有韵的，而散文中有很多并不是文学作品，而是日常应用文章。但是这种区分显然是不够科学的。有韵的不一定全都是文学作品，而无韵的散文中则有不少艺术性很强的文学散文，所以稍后的萧统在《昭明文选序》和萧绎在《金楼子》中都提出了与此不同的标准。刘勰对此采取谨慎态度。其实他对文学和非文学是有自己更深刻看法的，我在《刘勰及其〈文心雕龙〉研究》一书中论刘勰的文学观一节已有详细分析。

语译：

当今人们经常说，文章可以分为文和笔两类，认为无韵的是笔，有韵的为文。文辞藻采是为了使语言的意思表达得更加充分，所以按道理说文的概念应该包括以《诗经》为代表的韵文和以《尚书》为代表的散文，区分为文和笔两个名目，是从近代晋宋以来才有的。颜延年认为：“笔作为一类文体，是有文采的‘言’。经典著作是不讲究文采的‘言’而不是‘笔’，而传记则是有文采的‘笔’而不是‘言’。”我们可以夺取颜延之的矛，来攻击颜延之的盾。为什么呢？《周易》的《文言》，难道不是有文采的“言”吗？如果笔是有文采的“言”，那么就不可以说经典不是笔。颜延之将要立论区别言和笔，可是看不到他的理论能够成立。我（刘勰）认为：心意情志由口中发出是“言”，拿起笔来撰写文章为“翰（笔）”，阐明恒久之至道是为“经”，叙述经意之作则为“传”。经传的文体，由发出的“言”转入到“笔”，“笔”是用来表达“言”的，它可以有丰富文采也可以较为简洁质朴。分别经书当以典雅宏奥不刊之作为标准，并非以“言”“笔”来区别优劣。以往陆机的《文赋》，号称对文学论说已经曲尽其妙，虽然广泛地阐述了文章写作各种细微巧妙之处，可是对文体基本原理阐述却并不完备。故写作过程中的千变万化难以阐释穷尽,即使是真正懂得写作奥妙的作者也很少能说得完善齐全。

精研思虑撰写文章,各人都希望达到新颖艳丽,所以较多考虑辞句洗练,而往往不去研究整体文章写作的技巧方法。于是珍贵稀少、光彩熠熠的宝玉,可能被乱石所混淆;普普通通、平庸无奇的石块,有时被认为是宝玉。精致巧妙的文章需要扼要简约,才识匮乏的文章往往单薄稀少;学识渊博的文章必定完善丰硕,芜杂纷乱的文章常常繁多琐碎;善于辩论的文章一定清晰昭明,内容浅薄的文章总是直白显露;深刻奥博的文章含义深沉隐蔽,诡谲怪异的文章常常典奥晦涩。或者文义华茂而声韵憔悴,或者述理拙劣而文辞润泽。由此可知要调和不同乐律的钟声是很不容易的,拨弄琴弦确定音律高低也是极为困难的。乐官告知乐器调谐和协了,实际声音大小高低不一定都恰当适宜;运用手指调拨乐器挥动琴弦,也不一定从头到尾都能穷尽韵律变化。魏文帝曹丕以音乐来比喻文章写作,确实是有道理的。如果不截断树木的盘根错节,就无法验证刀刃的锋利;不剖析文章写作奥妙,则无法辨别是否为通才。文人才士之所以称为通才,必须依靠熟练把握文章的技巧方法,如果不是圆满周全地掌控文章全局,从大的方面安排好各个部分,怎么能掌控情感的起源发展,从而写出文坛上出类拔萃的制胜之作呢?

执控文术以驾驭篇章,有如善于下棋的人能穷尽各种技巧方法;没有技巧方法一味任凭心性随意写作,就好像游戏赌博者的碰碰运气。这种像赌博一样写作文章,假如偶然获得意外成功,虽然前面立了头功,但是深入以后往往难以为继,内容少了不知如何把它接续充实,内容多了亦不知哪些是应该删除的,连多少都不知如何处置,还怎么去把握美与丑呢!如果像善于下棋那样写作文章,其技巧方法有一定的规律法则;按部就班统辖不同部分整合成篇,等待情感融会一致,顺应不同时机需要,任何变动都不失正确原则。技巧熟练达到极致,行文机遇顺利流畅,文章的趣味含义就会腾跃飞翔呈现眼前,文辞的浓郁气息随即纷纭丛杂蜂拥而至。这样的文章看起来就像五彩缤纷的锦绣织绘，听起来犹如抑扬顿挫的优美乐音，品味起来十分甘甜丰腴，佩戴起来更具芬芳香气。裁章谋篇的功绩，在这里就表现得非常突出了。

千里马虽然英俊善跑，也切忌缰绳太长，只要有万分之一的疏忽，马就会受到连累而无法日行千里。何况文章写作变化复杂文术多端，需要互相弥合融会，如果一个部分不能协调一致，必然使文章整体破碎分裂难奏功效。所以把文术掌控的各个方面都列入一篇(《总术》)之中，以为适应总体文情变化之用；譬如车轮之三十辐，聚于车轴共成一毂，虽然这还不能说得很完备，但也是我的一点浅见。

总论：有韵文苑无韵笔区，有术有门清晰昭明。掌握大局确立要领，鉴别源流穷尽根茎。以一统万纲举目张，抓住枢纽统率众情。文思多方本无定式，原理长在规则永成。

注订：

(1)“今”，弘治本作“令”，非是，今从元本及其他明本。文笔之争为六朝一个大问题，其实质是由于中国古代“文”的概念十分复杂，包含了文学和非文学的文章，当时人们想要区分什么是文学，什么不是文学，才提出了这个问题，然而以有韵、无韵来区分又是不太科学的。刘勰对此也并不赞同，但他也按照时人习俗而区分文笔，本书文体分类亦以文在前、笔在后。不过当时的文学以诗歌和散文为主要体类，那时还没有严格的小说和戏曲，所以这样区分也并不是完全没有道理。然而毕竟不是确切的理论分析，所以就有萧统《文选序》以“事出于沉思，义归乎翰藻”的“文”的标准提出。“文笔”有时候也称诗笔，如《南史·沈约传》：“谢玄晖善为诗，任彦升工于笔，约兼而有之。”比刘勰稍晚的梁元帝萧绎在《金楼子·立言》篇中说：“古人之学者有二，今人之学者有四。夫子门徒，转相师受，通圣人之经者，谓之儒。屈原、宋玉、枚乘、长卿之徒，止于辞赋，则谓之文。今之儒，博穷子史，但能识其事，不能通其理者，谓之学。至如不便为诗如阎纂，善为章奏如伯松，若此之流，泛谓之笔。吟咏风谣，流连哀思者，谓之文。……笔退则非谓成篇,进则不云取义,神其巧慧,笔端而已。至如文者,惟须绮縠纷披,宫徵靡曼,唇吻遒会,情灵摇荡,而古之文笔,今之文笔,其源又异。”是对文笔说的进一步发展,可参考。

(2)《左传》襄公二十五年:“仲尼曰:‘志有之,言以足志,文以足言。’”

(3)颜延之,字延年。颜延之的意思是散体著作还可以分为有文采的笔和没有文采的言,刘勰不赞成他的观点。颜论无考,或为《庭诰》佚文。

(4)《韩非子·难一》:“楚人有鬻楯与矛者,誉之曰:‘吾楯之坚,物莫能陷也。’又誉其矛曰:‘吾矛之利,于物无不陷也。’或曰:‘以子之矛陷子之楯,何如?’其人弗能应也。”

(5)王利器《文心雕龙校证》:“‘果’原作‘不’。黄侃云:‘“不”字为“为”字之误。’今案‘不’字乃‘果’字草书形近之误,此承颜说而为言也。故改为‘果’字。《序志》赞‘文果载心’,句法同。”王说是也,今据改。

(6)范文澜《文心雕龙注》:“颜延年谓‘经典则言而非笔,传记则笔而非言’,此‘言’字与‘笔’字对举,意谓直言事理,不加彩饰者为‘言’,如《尚书》之类是;言之有文饰者为‘笔’,如《左传》《礼记》之类是;其有文饰而又有韵者为‘文’。颜氏分为三类,未始不善,惟约举经典传记,则似嫌笼统。盖《文言》经典也,而实有文饰,是经典不必皆‘言’矣;况《诗》三百篇又为韵文之祖耶!”其实,韵文未必都是文学,而散文则包含文学与非文学,颜延之的说法是企图分辨散文中之文学与非文学,但说法又并不科学,所以刘勰的驳斥也是对的。

(7)杨明照谓:“‘属笔曰翰’当乙作‘属翰曰笔’。”周振甫同,然根据不足。《增订文心雕龙校注》:“《论衡·书解篇》:‘出口为言,集札为文。’又:‘出口为言,著文为篇。’又按以下文‘出言入笔,笔为言使’及‘非以言笔为优劣也’验之,‘属笔曰翰’,当乙作‘属翰曰笔’。”李曰刚、王更生说同。然《文选》扬雄《长杨赋》:“故藉翰林以为主人。”李善注:“韦昭曰:翰,笔也。”则无需乙也。范文澜《文心雕龙注》:“强弱,犹言质文。”

(8)“分经”，王利器《文心雕龙校证》谓“分”当作“六”：“‘六’原作‘分’。黄(叔琳)注云：‘疑有脱误。’黄侃云：‘分当作六。’案黄说是，今改。”各家皆依王说改，然古代各种版本及诸家校勘，均未有此说。范文澜《文心雕龙注》曾引黄侃说，然未改为“六”，并说：“谨案《文心》书中，屡以文笔分类，此处盖专指颜氏分经传为言笔论之。”此谓区分经书当以典奥不刊为准则，而不以言笔为优劣也。

(9)《文赋》小序云：“故作《文赋》，以述先士之盛藻，因论作文之利害所由，他日殆可谓曲尽其妙。”李善注：“委曲尽文之妙理。”《广雅·释言》：“泛，博也。”

(10)“九变之贯匪穷”，元本、弘治本作“九变之实匪躬”，王惟俭训诂本“实”作“贯”。杨慎、曹学佺批点本：“贯，元作实，杨改。穷，元作躬，孙(汝澄)改。《汉书》引逸书：‘九变复贯，知言之选。’”梅庆生天启六次本作“九变之贯匪穷”，今据改。《汉书·武帝纪》：“诗云：‘九变复贯，知言之选。’”颜师古注：“应劭曰：‘逸诗也。阳数九，人君当阳，言变政复礼，合于先王旧贯。知言之选，选，善也。’孟康曰：‘贯，道也。选，数也。极天之变而不失道者，知言之数也。’臣瓒曰：‘先王创制易教，以救流弊也，是以三王之教有文有质。九，数之多也。’师古曰：‘贯，事也。选，择也。《论语》曰“仍旧贯”，此言文质不同，宽猛殊用，循环复旧，择善而从之。瓒说近之也。’”

(11)此处所说的“术”，是刘勰十分重视的，写作必须要精细地研究各种方法和技巧，不同的文章要有不同的方法和技巧。此乃文章写作成败的关键，也是《总术》篇的要害。

(12)《老子》：“不欲琭琭如玉，落落如石。”河上公注：“琭琭喻少，落落喻多，玉少故见贵，石多故见贱，言不欲如玉为人所贵，如石为人所贱，当处其中也。”刘勰所说与《老子》文义相反，王利器《文心雕龙校证》：“案《老子》三十九章：‘不欲碌碌若玉，落落若石。’此彦和所本。《晏子春秋·内篇问下》亦云：‘坚哉石乎！落落，视之则坚，无以为久，是以速亡也。’此文‘碌碌’‘落落’，疑当互易。”杨明照《增订文心雕龙校注》：“《后汉书·冯衍传》：‘又自论曰：冯子以为夫人之德，不碌碌如玉，落落如石。'章怀注：'《老子·德经》之词也。言可贵可贱，皆非道真。玉貌碌碌，为人所贵；石形落落，为人所贱。'疑此处'玉''石'二字淆次。"王说颇有道理，刘勰此处或为运用老子所言，而有笔误。

(13)王利器《文心雕龙校证》："'芜'原作'无'(元本、弘治本为"无")，梅(庆生)据朱(谋㙔)改。徐案王惟俭本正作'芜'。"今据改。王利器《文心雕龙校证》："'曲'原作'典'，误，今改。'匮尠''芜繁''浅露''诡曲'，皆联字为义，若作'诡典'，则文不成义也。《宗经》篇、《颂赞》篇俱有'纤曲'语，曲字义与此同。《明诗》篇'清典可味'，今本'典'皆作'曲'，此本书'典''曲'二字互误之证。"刘永济《文心雕龙校释》亦同此说。按：王说有一定道理，近人皆用王说，然依原文为"典"，并非"不成文义"，前句"奥者复隐"是指经典特色，而"诡者亦典"则是说诡谲者文章似乎也有典奥特色，但是终究和经典有根本不同，故当依元、明以来各本为"典"校妥。刘勰提出"精""博""辩""奥"四种优秀作品，和"匮""芜""浅""诡"四种拙劣作品作对比，指出后四种表面有类似前四种的地方，即"尠""繁""露""典"，实际则是完全不同的两类文章。若改"典"为"曲"，解为"诡曲"，则无类似"奥"的地方，亦与前三种论述不一致了。

(14)"声悴"，与下句"文泽"相对，不仅指声韵憔悴，亦包括文辞憔悴。"文泽"，不仅指文辞润泽，亦包括声韵润泽。

(15)《吕氏春秋·长见》："晋平公铸为大钟。使工听之，皆以为调矣。师旷曰：'不调。请更铸之。'平公曰：'工皆以为调矣。'师旷曰：'后世有知音者，将知钟之不调也。臣窃为君耻之。'至于师涓而果知钟之不调也。是师旷欲善调钟，以为后世之知音者也。""调钟"，协调钟声，使律吕和谐。《汉书·董仲舒传》："窃譬之琴瑟不调，甚者必解而更张之，乃可鼓也；为政而不行，甚者必变而更化之，乃可理也。当更张而不更张，虽有良工不能善调也；当更化而不更化，虽有大贤不能善治也。""张琴"，调谐琴弦以定音。

(16)《国语·周语下》："王不听，卒铸大钟。二十四年，钟成，伶人告和。王谓伶州鸠曰:‘钟果和矣。’对曰:‘未可知也。’”“伶人”,乐官。《左传》昭公二十一年:“春,天王将铸无射,泠州鸠(周景王时乐官,或作伶)曰:‘王其以心疾死乎！夫乐,天子之职也。夫音,乐之舆也(乐因音而行);而钟,音之器也(音由器以发)。天子省风以作乐,器以钟(聚也,以器聚音)之,舆以行之(乐须音而行)。小者不窕(细不满),大者不摦(横大不入),则和于物。物和则嘉成(嘉乐成也)。故和声入于耳而藏于心,心亿(安也)则乐。窕则不咸(不充满入心),摦则不容(心不堪容),心是以感,感实生疾。今钟摦矣,王心弗堪,其能久乎！’”杜预注:“无射,钟名,律中无射。”“动用挥扇”,杨明照《〈文心雕龙〉研究中值得商榷的几个问题》中认为“用”为“角”之误,“扇”为“羽”之误,并引桓谭《新论·琴道》:“雍门周以琴见孟尝君,……雍门周引琴而鼓之:徐动宫、徵,挥角、羽;初终,而成曲。孟尝君遂歔欷而就之。”举以为证,与潘重规《讲坛一得》所说同,此可参考。刘勰此两句当是由雍门周鼓琴而来,然此句未必是“动角挥羽”,王叔岷《文心雕龙缀补》:“此承上文‘张琴实难’而言。‘动、用、挥、扇’四字叠义。《易·系辞下》:‘变动不居。’虞注:‘动,行。’《方言》六:‘用,行也。’动、用并可训行,则用亦犹动矣。《广雅·释诂一》:‘挥,动也。’《集韵》:‘扇,一曰动也。’用、挥、扇并有动义,故与动字叠用。上文言‘张琴实难’,则动、用、挥、扇琴之时,不必穷初终之韵也。”杨谓:“‘伶人告和,不必尽窕槬之中’是承‘调钟’句;‘动用挥扇,何必穷初终之韵’,则承‘张琴’句。”这是对的。“初终”,嵇康《琴赋》:“及其初调,则角羽俱起,宫徵相证。……含显媚以送终,飘余响乎泰素。”

(17)曹丕说见《典论·论文》:“文以气为主,气之清浊有体,不可力强而致。譬诸音乐,曲度虽均,节奏同检,至于引气不齐,巧拙有素,虽在父兄,不能以移子弟。”

(18)《后汉书·虞诩传》:“诩笑曰:‘志不求易,事不避难,臣之职也。不遇盘根错节,何以别利器乎?’”

(19)“圆鉴”,含有佛教“圆”的意义,佛教有圆教,圆的意思是“圆融圆满义，又圆者全也。”“圆融”谓“圆者周遍之义，融者融通融和之义。”又讲究“圆照妙觉”（均见《佛学大辞典》）。“圆鉴”与“圆照”含义相近，指圆满周全地观察事物。“区域”，牟世金解释为“体裁”，赵仲邑解释为“体例”，不合适，“圆鉴区域，大判条例”，是指的一篇著作写作中“驭术”的基本原则，也就是说，在运用各种文术的过程中，要善于懂得它们各自的不同功能与作用，要根据文章的“大体”来判别它们各自的位置，明确在什么地方需要用什么样的文术。

（20）“情源”，元本、弘治本等作“清源”，今依王惟俭本，梅庆生本谓清“当作情”。

（21）《孟子·告子上》：“今夫弈之为数，小数也。不专心致志，则不得也。”赵岐注：“弈，博也，或曰围棊。《论语》曰：‘不有博弈者乎？’数，技也。虽小技，不专心则不得。”

（22）“弃术”之“弃”，繁体为“棄”，今存元本、弘治本、王惟俭本等均作“无”。梅庆生谓“元作築”，改为“弃”。不知梅据何种元本？杨明照《增订文心雕龙校注》云：“徐𤊹云：‘“无”，一作“弃”。’以梅按‘元作築’、覆刻汪（一元）本作‘築’推之，改弃是也。何（焯）本作‘弃’。《陆士衡文集·五等诸侯论》：‘弃道任术。’句法与此相同，亦可证。”据此，改“弃”较妥。“博塞”，是古代的赌博性棋艺游戏。博，即簙。《说文》竹部：“簙，局戏也；六箸，十二棊也。”《庄子·骈拇》篇：“博塞以游。”成玄英疏：“行五道而投琼曰博，不投琼曰塞。”琼，即骰子。《汉书·吾丘寿王传》：“吾丘寿王字子赣，赵人也。年少，以善格五召待诏。”颜师古注：“苏林曰：‘博之类，不用箭，但行枭散。’孟康曰：‘格音各。行伍相各，故言各。’刘德曰：‘格五，棊行。《簺法》曰簺白乘五，至五格不得行，故云格五。’师古曰：‘即今戏之簺也。’”杨明照《增订文心雕龙校注》：“《文选·西京赋》‘不邀自遇’（薛（综）注：“不须邀遂，往自得之。”）似为‘邀遇’二字之所自出。”指未有邀请而偶然巧遇。

（23）《庄子·缮性》：“轩冕在身，非性命也。物之傥来，寄者也。”成玄英疏：“傥者，意外忽来者耳。轩冕荣华，身外之物，物之傥来，非我性命，暂寄而已，岂可久长也！”

(24)“并惑”,元本、弘治本等作“非惑”,梅庆生据许天叙校,改“非”作“并”,是也,当为形近而讹。

(25)“恒数”,指恒常习用的规则。

(26)“按部整伍”,即陆机《文赋》所说“选义按部,考辞就班”也。

(27)如《文赋》所言:“方天机之骏利,夫何纷而不理。思风发于胸臆,言泉流于唇齿。纷葳蕤以馺遝,唯毫素之所拟。”

(28)范文澜《文心雕龙注》:“‘视之则锦绘’,辞采也;‘听之则丝簧’,宫商也;‘味之则甘腴’,事义也;‘佩之则芬芳’,情志也。”王更生取其说,此可作参考。然范说将其落实谓文章四个方面,有过分解读之嫌,不如作为对驾驭文术之功用的形容更为灵活。

(29)“断章”,指分章布局。

(30)《周易·系辞上》:“故能弥纶天地之道。”孔颖达疏:“弥谓弥缝补合,纶为经纶牵引也。”

(31)《战国策·韩策三》:“段干越人谓新城君曰:‘王良之弟子驾,云取千里马,遇造父之弟子。’造父之弟子曰:‘马不千里。’王良弟子曰:‘马,千里之马也;服,千里之服也。而不能取千里,何也?’曰:‘子纆牵长。’故纆牵于事,万分之一也,而难千里之行。”高诱注:“纆牵,谓辔也。”张华《励志》:“纆牵之长,实累千里。”李善注:“千里之马,系以长索,则为累矣。”

(32)“携贰”,有二心,不相附。《左传》闵公元年:“间携贰,覆昏乱,霸王之器也。”杜预注:“离而相疑者,则当因而间之也。”

(33)此与本书《明诗》篇:“然诗有恒裁,思无定位。”本书《物色》篇:“然物有恒姿,而思无定检。”其思路是完全一样的。黄侃《文心雕龙札记》:“八字最要。不知思无定契,则谓文有定格,不知理有恒存,则谓文可妄为,救此二流,咨惟舍人矣。”

《时序》篇

时运交移，质文代变[1]，古今情理，如可言乎？昔在陶唐，德盛化钧，野老吐“何力”之谈，郊童含“不识”之歌[2]。有虞继作，政阜民暇，“熏风”诗于元后，“烂云”歌于列臣[3]。尽其美者何？乃心乐而声泰也[4]。至大禹敷土，“九序”咏功[5]；成汤圣敬，“猗欤”作颂[6]。逮姬文之德盛，周南勤而不怨；太王之化淳，《邠风》乐而不淫[7]。幽、厉昏而《板》《荡》怒，平王微而《黍离》哀[8]。故知歌谣文理，与世推移，风动于上，而波震于下者[9]。

春秋以后，角战英雄，六经泥蟠[10]，百家飚骇。方是时也，韩、魏力政，燕、赵任权；“五蠹”“六虱”，严于秦令[11]；唯齐、楚两国，颇有文学。齐开庄衢之第，楚广兰台之宫[12]，孟轲宾馆，荀卿宰邑，故稷下扇其清风，兰陵郁其茂俗[13]，邹子以谈天飞誉，驺奭以雕龙驰响[14]。屈平联藻于日月，宋玉交彩于风云。观其艳说，则笼罩《雅》《颂》，故知晔之奇意，出乎纵横之诡俗也[15]。

爰至有汉，运接燔书，高祖尚武，戏儒简学[16]，虽礼律草创，《诗》《书》未遑[17]，然《大风》《鸿鹄》之歌，亦天纵之英作也[18]。施及孝惠，迄于文、景，经术颇兴，而辞人勿用[19]，贾谊抑而邹、枚沉[20]，亦可知已。逮孝武崇儒，润色鸿业，礼乐争辉，辞藻竞骛[21]：柏梁展朝讌之诗，金堤制恤民之咏[22]，征枚乘以蒲轮[23]，申主父以鼎食[24]，擢公孙之对策[25]，叹兒宽之疑奏[26]，买臣负薪而衣锦[27]，相如涤器而被绣[28]，于是史迁、寿王之徒，严、终、枚皋之属[29]，应对固无方，篇章亦不匮，遗风余采，莫与比盛。越昭及宣，实继武绩，驰骋石渠，暇豫文会，集雕篆之轶材[30]，发绮縠之高喻，于是王褒之伦，底禄待诏[31]。自元暨成，降意图籍，美玉屑之谭，清金马之路[32]，子云锐思于千首，子政雠校于六艺[33]，亦已美矣。爰自汉室，迄至成、哀，虽世渐百龄，辞人九变[34]，而大抵所归，祖述《楚辞》，灵均余影，于是乎在[35]。

自哀、平陵替，光武中兴，深怀图谶，颇略文华[36]，然杜笃献诔以免刑[37]，班彪参奏以补令[38]，虽非旁求，亦不遐弃[39]。及明、章叠耀，崇爱儒术，肄礼璧堂，讲文虎观[40]，孟坚珥笔于国史[41]，贾逵给札于瑞颂[42]；东平擅其懿文[43]，沛王振其通论[44]；帝则藩仪，辉光相照矣。自和、安已下，迄至顺、桓，则有班、傅、三崔，王、马、张、蔡，磊落鸿儒，才不时乏，而文章之选，存而不论[45]。然中兴之后，群才稍改前辙，华实所附，斟酌经辞，盖历政讲聚，故渐靡儒风者也。降及灵帝，时好辞制，造《羲皇》之书，开鸿都之赋[46]，而乐松之徒，招集浅陋[47]，故杨赐号为驩兜[48]，蔡邕比之俳优，其余风遗文，盖蔑如也[49]。

自献帝播迁，文学蓬转，建安之末，区宇方辑[50]。魏武以相王之尊，雅爱诗章[51]；文帝以副君之重，妙善辞赋[52]；陈思以公子之豪，下笔琳琅[53]。并体貌英逸[54]，故俊才云蒸。仲宣委质于汉南[55]，孔璋归命于河北[56]，伟长从宦于青土[57]，公干徇质于海隅[58]。德琏综其斐然之思[59]，元瑜展其翩翩之乐[60]。文蔚、休伯之俦[61]，子叔、德祖之侣[62]，傲雅觞豆之前，雍容衽席之上，洒笔以成酣歌，和墨以藉谈笑[63]。观其时文，雅好慷慨，良由世积乱离，风衰俗怨，并志深而笔长,故梗概而多气也[64]。至明帝纂戎,制诗度曲,征篇章之士,置崇文之观[65],何、刘群才,迭相照耀[66]。少主相仍,唯高贵英雅,顾盼合章,动言成论[67]。于时正始余风,篇体轻澹[68],而嵇、阮、应、缪,并驰文路矣[69]。

逮晋宣始基,景文克构,并迹沉儒雅,而务深方术[70]。至武帝惟新,承平受命[71],而胶序篇章,弗简皇虑[72]。降及怀、愍,缀旒而已[73]。然晋虽不文,人才实盛:茂先摇笔而散珠[74],太冲动墨而横锦[75],岳、湛曜联璧之华[76],机、云标二俊之采[77],应、傅、三张之徒[78],孙、挚、成公之属[79],并结藻清英,流韵绮靡。前史以为运涉季世,人未尽才,诚哉斯谈,可为叹息[80]。

元皇中兴,披文建学[81],刘、刁礼吏而宠荣[82],景纯文敏而优擢[83]。逮明帝秉哲[84],雅好文会,升储御极[85],孳孳讲艺,练情于诰策,振采于辞赋,庾以笔才愈亲[86],温以文思益厚[87],揄扬风流,亦彼时之汉武也。及成、康促龄,穆、哀短祚[88]。简文勃兴,渊乎清峻[89],微言精理,亟满玄席[90];澹思酡采[91],时洒文囿。至孝武不嗣,安、恭已矣[92]。其文史则有袁、殷之曹[93],孙、干之辈[94],虽才或浅深,珪璋足用。自中朝贵玄,江左弥盛[95],因谈余气,流成文体。是以世极迍邅,而辞意夷泰,诗必柱下之旨归,赋乃漆园之义疏[96]。故知文变染乎世情,兴废系乎时序,原始以要终,虽百世可知也[97]。

自宋武爱文,文帝彬雅[98],秉文之德,孝武多才,英采云构[99]。自明帝以下[100],文理替矣。尔其缙绅之林,霞蔚而飚起:王、袁联宗以龙章,颜、谢重叶以凤采[101],何、范、张、沈之徒,亦不可胜也[102]。盖闻之于世,故略举大较[103]。

暨皇齐驭宝,运集休明[104]:太祖以圣武膺箓[105],世祖以睿文纂业[106],文帝以贰离含章[107],中宗以上哲兴运[108],并文明自天，缉熙景祚[109]。今圣历方兴，文思充被[110]，海岳降神，才英秀发，驭飞龙于天衢，驾骐骥于万里，经典礼章，跨周轹汉，唐虞之文，其鼎盛乎！鸿风懿采，短笔敢陈？扬言赞时，请寄明哲[111]！

赞曰：蔚映十代，辞采九变[112]。枢中所动，环流无倦[113]。质文沿时，崇替在选[114]。终古虽远，暧焉如面[115]。

简析：

本篇论文学发展和时代的关系。首先，从阐述先秦文学的起源和发展中，提出"歌谣文理，与世推移，风动于上，而波震于下者"。以"风"比喻时代，以"波"比喻文学，说明文学发展变化是受时代政治影响的结果。这与最后总结的论点一致："文变染乎世情，兴废系乎时序。"文学与时代两者遥相呼应。这也是对"感于哀乐，缘事而发"，即"饥者歌其食，劳者歌其事"传统的继承和发展。文学的发展是依赖时代的发展并受其制约的。全篇对文学的历史发展与变迁的论述，都是在此基本思想指导下进行的。时代对文学发展的影响，不仅可以关系到文学发展是繁荣还是萧条，而且可以直接影响到文学创作的思想内容和艺术风貌特征。这也是对孟子"知人论世"说的创造性发展，也说明刘勰善于从历史发展的角度，来分析各个时代文学的演变，并研究其特点的形成和继承创新的过程。本篇对文学的历史发展做了十分精准的概要叙述，提出了许多具有独创性的观点，例如指出《楚辞》是受战国纵横家夸诞说辞影响之产物，这是我们研究《楚辞》艺术风貌及其和《诗经》差别的重要基础。刘勰强调两汉文学发展变迁虽多，但都具有屈原的影子存在，"爰自汉室，迄至成、哀，虽世渐百龄，辞人九变，而大抵所归，祖述《楚辞》，灵均余影，于是乎在"。说明以辞赋为主要特色的汉代文学和战国文学之间有着十分密切的关系，也对辞赋的起源和繁荣发展，作出了清晰的提示。特别是对建安文学风格形成的社会原因分析得十分精彩，成为后来大家遵循引用的典范。他认为建安文学的内容和风貌特色，正是汉末政局动荡、经济凋敝、军阀割据、民生困苦的社会现实背景下产生的。他说："观其时文，雅好慷慨，良由世积乱离，风衰俗怨，并志深而笔长，故梗概而多气也。"刘勰认为时代对文学的影响有很多方面，包括政治良窳、经济盛衰、学术思想、帝王政策、文学遗产等等，说明他对文学与时代关系的理解是非常全面、非常有深度的。他深刻指出，汉代初期"高祖尚武，戏儒简学"，对文学并不重视，直至汉武帝接受董仲舒建议，"罢黜百家，独尊儒术"，才开始尊重文人学者，文学也得到繁荣发展。可是东汉光武帝热衷谶纬之学，"深怀图谶，颇略文华"，所以"磊落鸿儒，才不时乏，而文章之选，存而不论"，都是说的一个时代学术思想对文学发展的影响。而建安文学的兴起，又是和帝王的爱好和文学政策直接相联系的："魏武以相王之尊，雅爱诗章；文帝以副君之重，妙善辞赋；陈思以公子之豪，下笔琳琅：并体貌英逸，故俊才云蒸。"所以三国时期文人大多云集于曹魏。东晋时代由于盛行玄学清谈，所以枯燥的玄言诗风靡一时，"自中朝贵玄，江左弥盛，因谈余气，流成文体。是以世极迍邅，而辞意夷泰，诗必柱下之旨归，赋乃漆园之义疏"。他对各个时代文学状况的把握极为精准，对其特点分析十分深刻，确实是非常不容易的。

语译：

每个朝代时世气运迁移发展，文学也有质朴和文华不同变化，所以古今文学的情理状况，或许是可以研讨辨说的。以往唐尧时代，盛行德治教化，故田野老人有"帝力"之歌（说这样好的时代，帝王权力和我有什么关系呀），郊外儿童吐"不识"之谣（说天下太平百姓丰衣足食，不知不识，顺应自然生活）。虞舜（号有虞氏）继唐尧之后，政治宽厚百姓闲暇安乐，于是帝舜弹五弦琴而口诵"南风之熏兮"诗章，舜与群臣聚会咏唱"卿云烂兮"的歌曲。为什么能尽善尽美呢？是因为内心快乐而声音和泰也。至大禹治水成功分天下为九州，在水、火、金、木、土、谷、正德、利用、厚生九个方面采取了完善的政治措施，得到百姓称赞。殷商开国皇帝成汤即位,圣德日进,臣民作"猗欤"之歌颂扬其政绩。及至周代文王德教茂盛,故而《诗经·周南》感叹百姓勤劳王事而没有怨言;周之祖宗大王古公亶父教化淳朴,故而《诗经·邠风》显示百姓欢乐而不过分。至西周末年厉王、幽王昏聩残暴,故《诗经》中《板》《荡》之篇表现了百姓强烈愤怒,周平王东迁周室衰微,《诗经》就有《黍离》悲哀感叹。由此可知,诗歌谣谚的文辞义理,都随着时代变迁而有所变化,恰如风在水面上吹过,下面水流就会发生波动。

自春秋以后,七国英雄角逐较量,儒家六经陷入泥潭,百家学说狂飙突起。在这个时代,韩、魏两国奉行武力征伐政策,燕国、赵国钟情诡诈权谋术数;秦国禁止"五蠹"(学者儒士、言谈者、带剑者、患御者、工商之民五类人)、"六虱"(礼乐、诗书、修善孝悌、诚信贞廉、仁义、非兵羞战六件事),制定极其严格法令;只有齐国和楚国,比较重视文化学术。齐宣王在宽广的大道边建立宅第欢迎文人学士,楚襄王扩大兰台宫殿给予学人充裕讲学条件,于是孟子作客于齐国宾馆受到齐宣王接见,荀子定居楚国兰陵被楚襄王封为兰陵县令:所以齐国稷下煽起浓郁清新的治学风气,楚国兰陵形成良好茂盛的学术氛围,阴阳五行家邹衍以辩说才华被称为"谈天衍"而誉满天下,邹奭被称为"雕龙奭"而影响深远。屈原辞藻可与日月相联比美,宋玉文彩可与风云交互际会。观看他们绚烂艳丽的作品,已经笼罩超越《诗经》的《雅》《颂》,故知他们光芒炜烨的奇特构思和意象,正是战国时期纵横家说辞诡谲习俗影响的结果。

到了汉代,国运正值秦始皇焚书坑儒之后,汉高祖刘邦崇尚武功,戏弄儒生轻视学术文化。虽然曾命叔孙通制定礼仪、萧何草拟刑律,然而对《诗经》《尚书》等经典还没有时间顾及,不过他的《大风歌》《鸿鹄歌》,也是天才横溢的英伟之作。由汉高祖传承到孝惠帝,一直到文帝、景帝,经学较为兴盛,而辞人则不受重用,看贾谊被贬抑和邹阳、枚乘的沉沦,也就可以知道了。及至汉武帝才开始尊崇儒学,以宣扬润色其鸿伟业绩,于是礼乐蓬勃发展争放光辉,文章辞采藻饰竞相驰骛:(汉元封三年)武帝与群臣在柏梁台朝会宴饮赋七言联句诗(称为《柏梁诗》),为了堵塞黄河大堤决口创作了体恤民众的《塞瓠子》歌。汉武帝以蒲草裹车轮的安稳车子征召年老的枚乘,以尊贵的诸侯五鼎之食招待主父偃,在百余人的对策中擢升选拔出公孙弘为第一,又感叹赞赏兒宽为张汤修改的疑奏,朱买臣本来是个樵夫(卖薪度日后因善读《楚辞》)而官拜太守衣锦还乡,司马相如原是洗涤盘子厨佣(因为擅长辞赋创作)而为中郎将身被锦绣。于是司马迁、吾丘寿王这样的文人,严助、终军、枚皋一类作者,应对策问固然能够随机应变,篇章辞赋亦层出不穷,他们所遗留下来的风韵文采十分兴盛,是后代无法比拟的。从汉昭帝到汉宣帝,则确实继承了汉武帝的业绩。汉宣帝亲自在石渠阁藏书之处召集文士讲论经学,闲暇豫乐之际汇集文人一起聚会,不仅募集了大批有非凡才华善于雕琢的辞赋作家,而且还发出了辞赋之"辩丽可喜,辟如女工有绮縠"的美妙比喻。于是王褒之类擅长写作文章辞赋的人物,都获封高官而等待诏命供奉内廷。自汉元帝至汉成帝,都留意于经籍图书,赞美学士儒生的谈论为"玉屑",扫清赴金马门待诏之路障碍,于是扬雄文思敏锐读赋千首而后作赋,刘向细致校勘六艺典籍,遂成影响深远的美事。从汉代建立,到成帝、哀帝,差不多经历了一百来年,文人辞赋创作演变甚多,然而大致趋向归宿,都还是以《楚辞》为宗,总有屈原的影子,存在于其中。

西汉末年哀帝和平帝持续颓败衰落,直至光武帝建立东汉始有中兴气象,而刘秀崇信纬书图谶,对文采辞章颇为忽略。然而杜笃因在狱中呈献吊大司马吴汉诔文而被免去刑罚,班彪由于参与写作窦融降汉奏章而得以补授县令,尽管不是专门寻求文士,但也不远离抛弃他们。到了东汉明帝和章帝时期学术文化迭相闪耀,崇敬爱慕儒家学说,汉明帝曾率领群臣在辟(璧)雍宫、明堂宫学习施行礼仪,汉章帝会聚诸多儒生在白虎观讲论五经同异。汉明帝命班固撰写国史《汉书》,并赐予贾逵笔札撰写歌颂祥瑞的《神雀颂》,东平宪王刘苍擅长撰写美善文章,沛王刘辅则雅爱以图谶讲解经书撰写《沛王通论》。皇帝的行为典则("肄礼璧堂,讲文虎观")和藩王(刘苍、刘辅)的著作表率,辉煌光彩共相照耀。自和帝、安帝以下,一直到顺帝、桓帝,则有班固、傅毅、崔骃、崔瑗、崔寔，又有王充、马融、张衡、蔡邕，才资鸿硕学问渊博的大儒，各代都不乏其人，至于选择他们撰写的杰出文章，暂且存而不论。自从东汉光武帝中兴之后，文人才士的创作稍微改变了西汉的思路和方式，无论是内容还是形式，都注重斟酌比附经典的文辞风貌，这是因为东汉的皇帝经常聚集儒生学士讲论经术，所以使文章的写作也逐渐沾染了儒学风气。及至汉灵帝之世，常常喜好文章辞赋，造作《皇羲篇》五十章，在藏书论学的鸿都门召集辞赋及各类文章作者，然而乐松等人，还招来了一些浅陋之徒，所以杨赐批评他们是和古代驩兜、共工一样的恶臣，蔡邕把他们比作俳优戏子，他们遗留下来的风气和文章，完全是无足称道的。

(汉)献帝懦弱被军阀挟持迁徙，文学之士如飞蓬流转飘忽不定，到了建安末年曹操掌权后，天下方始安定，动乱局势有所改变。曹操以魏王丞相的尊严，而特别喜爱诗歌文章；曹丕作为魏王太子，尤其擅长辞赋写作；陈思王曹植以魏王公子的豪迈，下笔流利琳琅满目。曹氏父子都十分礼遇英俊超逸的才士，故当时各地才华横溢的文人风起云涌般聚集在曹魏门下。王粲(字仲宣)从汉南(荆州)来归顺，陈琳(字孔璋)从河北来投诚，徐幹(字伟长)从青州(北海郡)来仕宦，刘桢(字公幹)从海边(东平郡)来依附。应玚(字德琏)融会其文采，才思斐然，阮瑀(字元瑜)展示其翩翩自得的乐趣。还有路粹(字文蔚)、繁钦(字休伯)一类，邯郸淳(字子叔)、杨修(字德祖)之流，以傲岸风雅姿态出现在(曹氏父子)的宴会前，以从容大度气貌谈笑于几席之上，轻洒落笔写成酣畅歌诗，挥手和墨以助欢乐谈笑。观看曹氏父子及其周围文人当时所作诗文，都特别喜欢慷慨感怀，实由当世社会积累多年动乱流离，风俗衰颓而百姓哀怨，个个都深怀壮志文笔悠长，故梗概抑郁而多愤激之气。到魏明帝曹叡承继祖业，创作诗歌配制乐曲，征集缮写诗文之士，设置崇文馆招待群贤，于是何晏、刘劭等文人学士，相继闪耀文采光芒。魏明帝后齐王曹芳、高贵乡公曹髦、陈留王曹奂相继年少执政，唯有高贵乡公曹髦英俊风雅，顾盼之间出手成章，动辄发言皆成高论。当时由于齐王曹芳正始时期玄学风气影响，文体风貌轻浮淡泊，于是嵇康、阮籍、应璩、缪袭等，在文坛上并驾齐驱共相驰骋。

晋宣帝司马懿（晋武帝追谥其祖为宣皇帝）为晋代奠定基业，其子景帝司马师（晋武帝追谥为景皇帝）和文帝司马昭（晋武帝追谥为文皇帝）继承和扩大了司马懿的事业，他们的行迹深藏于儒雅外表之中，实际潜心权术志深于篡窃皇权。到晋武帝司马炎建立晋朝国运更新，在太平时代承受天命继承魏业，可对学校教化和文章写作，完全没有放在心上。下传到晋怀帝司马炽和晋愍帝司马邺，经八王之乱皆被奸臣所挟持只是傀儡。晋朝皇帝虽然不重视文学，但西晋文学人才却确实非常茂盛。文坛领袖张华（字茂先）摇动笔杆文字就像散落的珍珠，左思（字太冲）挥动笔墨文章犹若横陈的锦绣，潘岳、夏侯湛闪耀联璧之华美辞藻，陆机、陆云标志“二俊”的鲜艳文采。应贞、傅玄、傅咸、张载、张协、张亢之类，孙楚、挚虞、成公绥等人，都善联结辞藻清新英伟，声韵流利文采绮靡。前代史家认为由于时代正值动乱末世，文士未能充分发挥其才华，这确实是十分中肯的评论，真让人叹息不止。

东晋元帝司马睿即位，晋代得到中兴，皇上重视文教建立学校；刘隗、刁协为秉礼执法官吏而得到恩宠荣幸，郭璞文思敏捷而得到优先擢升。及晋明帝先天秉赋聪慧，特别喜好与文学之士聚会，在升为太子和登基即皇帝位后，一直孜孜不倦地讲论六艺，撰写文诰诏策谙熟练达，创作辞赋文章辞采飞扬。庾亮以笔札见长获得亲近，温峤以文章缜密受到厚待，如此褒扬提携风流名士，也可以说是当时的汉武帝了。晋成帝、晋康帝寿命不长，穆帝、哀帝在位短促。晋简文帝司马昱蓬勃兴起，为人渊深清峻虚静寡欲，言谈微妙说理精深，洋溢充满玄学讲席，思致淡泊文采浓郁，时时挥洒文学苑囿。至晋孝武皇帝司马曜没有后继之人，到晋安帝、恭帝国运完结（安帝司马德宗近乎白痴，晋恭帝司马德文刚立两年即被刘裕杀害）；其时文史方面有袁宏、殷仲文之流，孙盛、干宝之类，虽然才华有深有浅，但亦如玉器中的珪璋均可称堪用之人。自晋代中期（西晋后期）以来崇尚玄学哲理，至江左东晋更加兴盛，由于玄谈风气广泛深远，形成了新的文学风貌体式（玄言诗)。当时社会动荡时运艰难,可是文意思致平澹闲适,诗歌必称柱下史老子道家旨意,辞赋都是漆园吏庄子义理疏解。故知文学的发展变化都受到时世人情的强烈感染,文学的繁荣兴盛与颓败衰落都是时代变迁造成的,考察文学的起始及其最终的演变结果,即使经历千百年(其与社会发展关系)都是可以清楚知道的。

自从宋武帝刘裕喜爱文学,文帝刘义隆儒雅彬彬;秉承文帝的德行业绩,孝武帝多才多艺,英伟文采如云霞汇聚。自从宋明帝之后,文雅风流逐渐衰退。然而宋代士大夫阶层中,文学才士霞飘云蔚如狂飙突起。王、袁两姓宗族中文人辈出恰如龙纹迭现,颜、谢两家中数代子弟有若凤彩绚丽,何、范、张、沈诸家文士,更是多得不可胜数。他们皆以文才闻名当世,故略举大致情况如上。

到辉煌的南齐建国,国运昌明德业隆盛。南齐太祖萧道成以圣明英武受天命为皇帝,南齐世祖萧赜以睿智文雅承继帝业,文帝萧长懋(死后被追尊为文帝)以太子美质蕴含文采,高宗萧鸾以高超智慧振兴国运,他们都以天赋文雅明睿,使光辉笼罩帝业。今大齐皇国正值兴盛之际,文教光辉覆盖全域,四海五岳神明降临,文人才士英俊突出。个个如驾驭飞天神龙翱翔上空,人人都跨骑千里骏马驰骋万里,经书典籍仪礼文章,跨迈两周超越大汉,再现唐虞时代光芒,真是鼎盛之极!南齐的鸿伟风教华美文采,岂是我的拙笔敢为之陈述的呢?大声赞扬这个光辉时代,还是寄希望于今后的圣明贤哲吧。

总论:华美文采照耀十代,文风九变崇替迁延。社会枢纽持续运转,回环不倦展翅翩翩。质文演化动辄随时,兴衰更替自有因缘。茫茫远古相隔杳渺,恍恍惚惚若在眼前。

注订:

(1)班彪《北征赋》:“谅时运之所为兮,永伊郁其谁愬。”《史记·平准书》:“物盛而衰,时极则转,一质一文,终始之变也。”

(2)《说文》“陶”字下云:“《夏书》曰:‘东至于陶丘。’陶丘有尧城,尧尝所居,故尧号陶唐氏。”段玉裁注:“谓尧始居于陶丘,后为唐侯,故曰陶唐氏也。”《帝王世纪》:“帝尧之世,天下太和,百姓无事,有老人击壤而歌曰:‘日出而作,日入而息,凿井而饮,耕田而食,帝力何有于我哉!’”《列子·仲尼》篇:“尧治天下五十年,不知天下治欤,不治欤?不知亿兆之愿戴己欤,不愿戴己欤?顾问左右,左右不知。问外朝,外朝不知。问在野,在野不知。尧乃微服游于康衢,闻儿童谣曰:‘立我蒸民,莫匪尔极,不识不知,顺帝之则。’”“吐”,发出。“含”,即“吐”意。

(3)《孔子家语·辩乐解》:“舜弹五弦之琴,造《南风》之诗,其诗曰:‘南风之熏兮,可以解吾民之愠兮;南风之时兮,可以阜吾民之财兮。’”“元后”,即元首,指帝舜。《尚书·大禹谟》:“汝终元后。”孔安国传:“元,大也。大君,天子。”孔颖达《正义》:“《释诂》:‘元’训为首,首是体之大也。《易》曰‘大君有命’,是大君谓天子也。”范文澜谓“诗”疑作“咏”,多家从范说,非是。此“诗”作“作诗”解,是动词。杨明照《增订文心雕龙校注》:“按‘诗’字自通。《史记·乐书》:‘高祖过沛,诗三侯之章。’又《司马相如传》(《封禅文》):‘诗大泽之博。’其‘诗’字正作动词用也。”《尚书大传·虞夏传》:“维十有五祀……卿云聚,俊乂集,百工相和而歌《卿云》……帝乃倡之曰:‘卿云烂兮,糺缦缦兮,日月光华,旦复旦兮。’”

(4)杨明照谓“何”当连于下句,应是“何乃心乐而声泰”,不妥。当依范文澜说,“何”字属上句读。

(5)《尚书·禹贡》:“禹敷土,随山刊木,奠高山大川。”孔颖达疏:“言禹分布治此九州之土,其治之也,随行所至之山,除木通道,决流其水,水土既平,乃定其高山大川。谓定其次秩尊卑,使知祀礼所视。言禹治其山川,使复常也。”《尚书·大禹谟》:“水、火、金、木、土、谷,惟修。正德、利用、厚生,惟和。九功惟叙,九叙惟歌。”孔安国传:“言养民之本在先修六府。”“正德以率下,利用以阜财,厚生以养民,三者和,所谓善政。”“言六府三事之功有次叙,皆可歌乐,乃德政之致。”孔颖达疏:“政之所为,在于养民。养民者,使水、火、金、木、土、谷此六事惟当修治之。正身之德,利民之用,厚民之生,此三事惟当谐和之。修和六府三事，九者皆就有功，九功惟使皆有次叙，九事次叙惟使皆可歌乐，此乃德之所致。是德能为善政之道，终当不得怠惰。”“敷土”，分布治理九州之土。

（6）“圣敬”，政治圣明，祇敬神鬼。《诗经·商颂·长发》：“汤降不迟，圣敬日跻。”毛传：“不迟，言疾也。跻，升也。”郑玄笺：“降，下。”“汤之下士尊贤甚疾，其圣敬之德日进。”《诗经·商颂·那》篇首句曰：“猗与那与！置我鞉鼓。”毛传曰：“猗，叹辞；那，多也。鞉鼓，乐之所成也。夏后氏足鼓，殷人置鼓，周人县鼓。”郑玄笺：“美汤受命伐桀，定天下而作《濩》乐，故叹之多。其改夏之制，乃始植我殷家之乐鞉与鼓也。”

（7）“姬文”，周文王姬昌。《左传》襄公二十九年：“吴公子札来聘，见叔孙穆子。……请观于周乐，使工为之歌《周南》《召南》，曰：‘美哉！始基之矣，犹未也。然勤而不怨矣。’……为之歌《豳》，曰：‘美哉，荡乎，乐而不淫，其周公之东乎？’”杜预注：“《周南》《召南》，王化之基。犹有商纣，未尽善也。未能安乐，然其音不怨怒。”“荡乎，荡然也。乐而不淫，言有节。周公遭管、蔡之变，东征三年，为成王陈后稷先公不敢荒淫，以成王业。故言其周公之东乎。”《论语》：“子曰：‘《关雎》乐而不淫，哀而不伤。’”“太王”，或作“大王”，今依元本、弘治本、王惟俭本。《邠风》，即《豳风》。

（8）《诗经·大雅·板》小序：“凡伯刺厉王也。”毛传：“凡伯，周同姓，周公之胤也。入为王卿士。”《诗经·大雅·荡》小序：“《荡》，召穆公伤周室大坏也，厉王无道，天下荡荡，无纲纪文章，故作是诗也。”孔颖达《正义》：“《荡》诗者，召穆公所作，以伤周室之大坏也。以厉王无人君之道，行其恶政，反乱先王之政，致使天下荡荡然，法度废灭，无复有纲纪文章，是周之王室大坏败也。故穆公作是《荡》诗以伤之。伤者，刺外之有余哀也，其恨深于刺也。”郑玄《诗谱序》：“后王稍更陵迟，懿王始受谮亨齐哀公。夷身失礼之后，邶不尊贤。自是而下，厉也，幽也，政教尤衰，周室大坏。《十月之交》《民劳》《板》《荡》，勃尔俱作，众国纷然，刺怨相寻。”《十月之交》小序：“大夫刺幽王也。”郑玄谓刺厉王。《民劳》小序:“召穆公刺厉王也。”范文澜《文心雕龙注》:“《板》《荡》皆厉王时诗,此云幽厉,盖连类言之。”《诗经·黍离》序:“《黍离》,闵宗周也。周大夫行役至于宗周,过故宗庙宫室,尽为禾黍,闵周室之颠覆,彷徨不忍去,而作是诗也。”孔颖达《正义》:“作《黍离》诗者,言闵宗周也。周之大夫行从征役,至于宗周镐京,过历故时宗庙宫室,其地民皆垦耕,尽为禾黍。以先王宫室忽为平田,于是大夫闵伤周室之颠坠覆败,彷徨省视不忍速去,而作《黍离》之诗以闵之也。”

(9)杨明照《增订文心雕龙校注》:“郝懿行云:‘按“者”下疑有“也”字。’按郝说是。当据增。”各本均无,此说可参考。这是刘勰在研究古代歌谣和时代盛衰关系得出的结论,也是论述后来历代文学发展和时代关系的基本思想。

(10)班固《答宾戏》:“故夫泥蟠而天飞者,应龙之神也;先贱而后贵者,和隋之珍也;时暗而久章者,君子之真也。”李善注:“项岱曰:时暗,未显用时也。久,旧也。章,明也。言君子怀德,虽初时未见显用,后亦终自明达,如应龙蟠屈而升天,隋和先贱而后贵也。如此是比君子道德之真,言屈伸如一,无变也。”

(11)《韩非子·五蠹》篇:“是故乱国之俗:其学者,则称先王之道,以籍仁义、盛容服而饰辩说,以疑当世之法,而贰人主之心。其言古者,为设诈称,借于外力,以成其私,而遗社稷之利。其带剑者,聚徒属,立节操,以显其名,而犯五官之禁。其患御者,积于私门,尽货赂,而用重人之谒,退汗马之劳。其商工之民,修治苦窳之器,聚弗靡之财,蓄积待时,而侔农夫之利。此五者,邦之蠹也。人主不除此五蠹之民,不养耿介之士,则海内虽有破亡之国,削灭之朝,亦勿怪矣。”《商君书·弱民》:“农、商、官三者,国之常食官也。农辟地,商致物,官法民。三官生虱六,曰岁,曰食,曰美,曰好,曰志,曰行。六者有朴,必削。”《商君书·靳令》篇:“法已定矣,而好用六虱者,亡。……六虱:曰礼乐,曰《诗》《书》,曰修善,曰孝弟,曰诚信,曰贞廉,曰仁义,曰非兵,曰羞战。”按:六虱而言九,盖修善孝弟合一,诚信贞廉合一,非兵羞战合一。“秦令”，元本、弘治本、王惟俭本等均为“奏令”，何焯批改为“秦令”，梅庆生本为“秦令”。今依梅本。

(12)《史记·孟子荀卿列传》：“驺奭者，齐诸驺子，亦颇采驺衍之术以纪文。于是齐王嘉之，自如淳于髡以下，皆命曰列大夫，为开第康庄之衢，高门大屋，尊宠之。览天下诸侯宾客，言齐能致天下贤士也。”《文选·风赋》：“楚襄王游于兰台之宫，宋玉景差侍。”

(13)《孟子·公孙丑下》：“孟子将朝王，王使人来曰：‘寡人如就见者也。有寒疾，不可以风，朝将视朝，不识可使寡人得见乎？’”赵岐注：“孟子虽仕齐处师宾之位，以道见敬。或称以病，未尝趋朝而拜也。王欲见之，先朝，使人往谓孟子云，‘寡人如就见’者，若言就孟子之馆相见也，有恶寒之疾，不可见风，傥可来朝，欲力疾临视朝，因得见孟子也，不知可使寡人得相见否？”《史记·孟子荀卿列传》：“荀卿，赵人。年五十始来游学于齐。……齐人或谗荀卿，荀卿乃适楚，而春申君以为兰陵令。春申君死而荀卿废，因家兰陵。……推儒、墨、道德之行事兴坏，序列著数万言而卒。因葬兰陵。”“自驺衍与齐之稷下先生，如淳于髡、慎到、环渊、接子、田骈、驺奭之徒，各著书言治乱之事，以干世主，岂可胜道哉！”司马贞《史记索隐》：“稷下，齐之城门也。或云稷下，山名。谓齐之学士集于稷门之下。”

(14)《史记·孟子荀卿列传》：“驺衍之术迂大而闳辩；奭也文具难施；淳于髡久与处，时有得善言。故齐人颂曰：‘谈天衍，雕龙奭。’”裴骃《史记集解》引刘向《别录》曰：“驺衍之所言五德终始，天地广大，尽言天事，故曰‘谈天’。驺奭修衍之文，饰若雕镂龙文，故曰‘雕龙’。”

(15)《史记·屈原贾生列传》：“(屈原)其文约，其辞微，其志絜，其行廉，其称文小而其指极大，举类迩而见义远。其志絜，故其称物芳。其行廉，故死而不容。自疏濯淖汙泥之中，蝉蜕于浊秽，以浮游尘埃之外，不获世之滋垢，皭然泥而不滓者也。推此志也，虽与日月争光可也。……屈原既死之后，楚有宋玉、唐勒、景差之徒者，皆好辞而以赋见称；然皆祖屈原之从容辞令，终莫敢直谏。”张守节《史记正义》："言屈平之仕浊世，去其汙垢，在尘埃之外。推此志意，虽与日月争其光明，斯亦可矣。"宋玉之《风赋》《高唐赋》，论到"大王雄风"及云气之无穷变化。《文赋》："说炜晔而谲诳。"五臣注："炜晔，明晓也。""昞烨"，即炜晔。刘勰所说《楚辞》与纵横家说辞之关系，十分深刻。刘永济《文心雕龙校释》："'故知昞烨之奇意，出乎纵横之诡俗'二句，深得屈宋文体流变之故，与实斋章氏论战国文体出于行人辞命之说，可谓旷世同调。屈子亦近纵横家也。"

(16)《史记 · 郦生陆贾列传》："沛公麾下骑士适郦生(郦食其)里中子也，沛公时时问邑中贤士豪俊。骑士归，郦生见谓之曰：'吾闻沛公慢而易人，多大略，此真吾所愿从游，莫为我先。若见沛公，谓曰臣里中有郦生，年六十余，长八尺，人皆谓之狂生，生自谓我非狂生。'骑士曰：'沛公不好儒，诸客冠儒冠来者，沛公辄解其冠，溲溺其中。与人言，常大骂。未可以儒生说也。'""简学"，简慢儒学。

(17)《汉书 · 高帝纪》："天下既定，命萧何次律令，韩信申军法，张苍定章程，叔孙通制礼仪，陆贾造《新语》。"《汉书 · 礼乐志》："汉兴，拨乱反正，日不暇给，犹命叔孙通制礼仪，以正君臣之位。"《汉书 · 艺文志》："汉兴，萧何草律，亦著其法。"《史记 · 郦生陆贾列传》："陆生时时前说称《诗》《书》。高帝骂之曰：'乃公居马上而得之，安事《诗》《书》？'陆生曰：'居马上得之，宁可以马上治之乎？……'高帝不怿而有惭色。"

(18)《史记 · 高祖本纪》："高祖还归，过沛，留。置酒沛宫，悉召故人父老子弟纵酒，发沛中儿得百二十人，教之歌。酒酣，高祖击筑，自为歌诗曰：'大风起兮云飞扬，威加海内兮归故乡，安得猛士兮守四方！'令儿皆和习之。"《史记 · 留侯世家》："汉十二年，上从击破布军归，疾益甚，愈欲易太子。留侯(张良)谏，不听，因疾不视事。叔孙太傅称说引古今，以死争太子。上详许之，犹欲易之。及燕，置酒，太子侍。四人从太子，年皆八十有余，须眉皓白，衣冠甚伟。上怪之，问曰：'彼何为者？'四人前对，各言名姓，曰东园公、角里先生、绮里季、夏黄公。上乃大惊，曰：'吾求公数岁，公辟逃我，今公何自从吾儿游乎？'

四人皆曰：'陛下轻士善骂，臣等义不受辱，故恐而亡匿。窃闻太子为人仁孝，恭敬爱士，天下莫不延颈欲为太子死者，故臣等来耳。'上曰：'烦公幸卒调护太子。'四人为寿已毕，趋去。上目送之，召戚夫人指示四人者曰：'我欲易之，彼四人辅之，羽翼已成，难动矣。吕后真而主矣。'戚夫人泣，上曰：'为我楚舞，吾为若楚歌。'歌曰：'鸿鹄高飞，一举千里。羽翮已就，横绝四海。横绝四海，当可奈何！虽有矰缴（缴，弋射也，其矢曰矰），尚安所施！'歌数阕（曲终也），戚夫人嘘唏流涕，上起去，罢酒。竟不易太子者，留侯本招此四人之力也。"

（19）赵岐注孟子，于《题辞》中云："汉兴，除秦虐禁，开延道德，孝文皇帝欲广游学之路，《论语》《孝经》《孟子》《尔雅》皆置博士，后罢传记博士，独立五经而已。"《史记·儒林列传》："韩生（名婴）者，燕人也。孝文帝时为博士，景帝时为常山王太傅。韩生推《诗》之意而为内外传数万言，其语颇与齐鲁间殊，然其归一也。""申公者，鲁人也。……申公独以《诗经》为训以教，无传，疑者则阙不传。"《后汉书·翟酺传》："初，酺之为大匠，上言：'孝文皇帝始置一经博士，武帝大合天下之书，而孝宣论六经于石渠，学者滋盛，弟子万数。……'"章怀太子注："武帝建元五年始置五经博士，文帝之时未遑庠序之事，酺之此言，不知何据。""宣帝甘露三年，诏诸儒讲五经于殿中，兼平《公羊》《穀梁》同异，上亲临决焉。"《汉书·儒林传》："然孝文本好刑名之言。及至孝景，不任儒，窦太后又好黄老术，故诸博士具官（备员）待问，未有进者。汉兴，言《易》自淄川田生；言《书》自济南伏生；言《诗》，于鲁则申培公，于齐则辕固生，于韩则韩太傅（名婴）；言《礼》，则鲁高堂生；言《春秋》，于齐则胡毋生，于赵则董仲舒。"《汉书·司马相如传》："司马相如字长卿，蜀郡成都人也。……会景帝不好辞赋，是时梁孝王来朝，从游说之士齐人邹阳、淮阴枚乘、吴严忌夫子之徒，相如见而说之。"

（20）《汉书·贾谊传》："贾谊，洛阳人也，……文帝召以为博士。是时，谊年二十余，最为少。……于是天子议以谊任公卿之位。绛、灌、东阳侯、冯敬之属尽害之（绛，绛侯周勃也。灌，灌婴也。东阳侯，张相如也。冯敬，时为御史大夫）。乃毁谊曰：‘洛阳之人年少初学，专欲擅权，纷乱诸事。’于是天子后亦疏之，不用其议，以谊为长沙王太傅。”《汉书·贾邹枚路传》：“（邹）阳为人有智略，忼慨不苟合，介于羊胜、公孙诡之间。胜等疾阳，恶之孝王。孝王怒，下阳吏，将杀之。阳客游以谗见禽，恐死而负累，乃从狱中上书曰：……书奏孝王，孝王立出之，卒为上客。……枚乘字叔，淮阴人也，为吴王濞郎中。……汉既平七国，乘由是知名。景帝召拜乘为弘农都尉。乘久为大国上宾，与英俊并游，得其所好，不乐郡吏，以病去官。复游梁，梁客皆善属辞赋，乘尤高。”

（21）班固《两都赋序》：“大汉初定，日不暇给。至于武宣之世，乃崇礼官，考文章，内设金马石渠（金马门，宦者署。石渠，阁名，主校秘书）之署，外兴乐府协律（立乐府，李延年为协律都尉）之事，以兴废继绝，润色鸿业（发起遗文，以光赞大业）。是以众庶悦豫，福应尤盛，白麟、赤雁、芝房、宝鼎之歌（善曰：《汉武纪》曰：行幸雍，获白麟，作白麟之歌。又曰：行幸东海，获赤雁，作朱雁之歌。又曰：甘泉宫内产芝，九茎连叶，作芝房歌。又曰：得宝鼎后土祠傍，作宝鼎之歌），荐于郊庙。神雀、五凤、甘露、黄龙之瑞（善曰：《汉书宣纪》曰：神雀元年。应劭曰：前年神雀集长乐宫，故改年也。又曰：五凤元年。应劭曰：先者，凤皇五至，因以改元。又甘露元年，诏曰：乃者，凤皇至，甘露降，故以名元年。又曰：黄龙元年。应劭曰：先是黄龙见新丰，因以改元焉），以为年纪。故言语侍从之臣，若司马相如、吾丘寿王、东方朔、枚皋、王褒、刘向之属，朝夕论思，日月献纳；而公卿大臣，御史大夫倪宽、太常孔臧、太中大夫董仲舒、宗正刘德、太子太傅萧望之等，时时间作。”

（22）《柏梁诗》参见《明诗》篇注（23）。《汉书·沟洫志》：“汉兴三十有九年，孝文时河决酸枣，东溃金堤，于是东郡大兴卒塞之。其后三十六岁，孝武元光中，河决于瓠子，东南注巨野，通于淮、泗。上使汲黯、郑当时兴人徒塞之，辄复坏。……自河决瓠子后二十余岁，岁因以数不登，而梁楚之地尤甚。上（汉武帝）既封禅，巡祭山川，其明年，干封少雨,上乃使汲仁、郭昌发卒数万人塞瓠子决河。于是上以用事万里沙,则还自临决河,湛白马玉璧,令群臣从官自将军以下皆负薪窴决河。是时东郡烧草,以故薪柴少,而下淇园之竹以为揵。上既临河决,悼功之不成,乃作歌曰:'瓠子决兮将奈何?浩浩洋洋,虑殚为河。殚为河兮地不得宁,功无已时兮吾山平。吾山平兮巨野溢,鱼弗郁兮柏冬日。正道弛兮离常流,蛟龙骋兮放远游。归旧川兮神哉沛,不封禅兮安知外!皇谓河公兮何不仁,泛滥不止兮愁吾人!啮桑浮兮淮、泗满,久不反兮水维缓。'一曰:'河汤汤兮激潺湲,北渡回兮迅流难。搴长茭兮湛美玉,河公许兮薪不属。薪不属兮卫人罪,烧萧条兮噫乎何以御水!隤林竹兮揵石菑,宣防塞兮万福来。'于是卒塞瓠子,筑宫其上,名曰宣防。"

(23)《汉书·贾邹枚路传》:"武帝自为太子闻乘名,及即位,乘年老,乃以安车蒲轮(以蒲裹轮)征乘,道死(在道病死)。诏问乘子,无能为文者,后乃得其孽(庶)子皋。"

(24)《汉书·主父偃传》:"主父偃,齐国临菑人也。学长短纵横术,晚乃学《易》《春秋》、百家之言。……尊立卫皇后及发燕王定国阴事,偃有功焉。大臣皆畏其口,赂遗累千金。或说偃曰:'大横!'偃曰:'臣结发游学四十余年,身不得遂,亲不以为子,昆弟不收,宾客弃我,我阸日久矣。丈夫生不五鼎食,死则五鼎亨耳!吾日暮,故倒行逆施之。'"颜师古注:"张晏曰:'五鼎食,牛、羊、豕、鱼、麋也。诸侯五,卿大夫三。'师古曰:'五鼎亨之,谓被镬亨之诛。'"

(25)《史记·平津侯主父列传》:"丞相公孙弘者,齐菑川国薛县人也,字季。……(汉武帝)元光五年,有诏征文学,菑川国复推上公孙弘。弘让谢国人曰:'臣已尝西应命,以不能罢归,愿更推选。'国人固推弘,弘至太常。太常令所征儒士各对策,百余人,弘第居下。策奏,天子擢弘对为第一。召入见,状貌甚丽,拜为博士。"参见《议对》篇注(52)。

(26)"兒宽疑奏",《汉书·兒宽传》已有详细记载,见《附会》篇注(24)。"兒",梅庆生本等作"倪",当依元本、弘治本等作"兒"。

“疑”,元本、弘治本作“凝”,梅庆生本作“拟”,均非,当依王惟俭本作“疑”。“叹兒宽疑奏”,始与《汉书》记载符合一致。

(27)《汉书·朱买臣传》:“朱买臣字翁子,吴人也。家贫,好读书,不治产业,常艾薪樵,卖以给食,担束薪,行且诵书。……会邑子严助贵幸,荐买臣。召见,说《春秋》,言《楚词》,帝甚说之,拜买臣为中大夫,与严助俱侍中。……是时,东越数反复,买臣因言:‘故东越王居保泉山,一人守险,千人不得上。今闻东越王更徙处南行,去泉山五百里,居大泽中。今发兵浮海,直指泉山,陈舟列兵,席卷南行,可破灭也。’上拜买臣会稽太守。上谓买臣曰:‘富贵不归故乡,如衣绣夜行,今子何如?’买臣顿首辞谢。诏买臣到郡,治楼船,备粮食、水战具,须诏书到,军与俱进。”

(28)《汉书·司马相如传》:“司马相如字长卿,蜀郡成都人也。……相如与(文君)俱之临卬,尽卖车骑,买酒舍,乃令文君当卢。相如身自着犊鼻裈,与庸保杂作,涤器于市中。……居久之,蜀人杨得意为狗监,侍上。上读《子虚赋》而善之,曰:‘朕独不得与此人同时哉!’得意曰:‘臣邑人司马相如自言为此赋。’上惊,乃召问相如。相如曰:‘有是。然此乃诸侯之事,未足观,请为天子游猎之赋。’上令尚书给笔札,相如以‘子虚’,虚言也,为楚称;‘乌有先生’者,乌有此事也,为齐难;‘亡是公’者,亡是人也,欲明天子之义。故虚藉此三人为辞,以推天子诸侯之苑囿。其卒章归之于节俭,因以风谏。奏之天子,天子大说。……赋奏,天子以为郎。……是时卬、莋之君长闻南夷与汉通,得赏赐多,多欲愿为内臣妾,请吏,比南夷。上问相如,相如曰:‘卬、莋、冉、駹者近蜀,道易通,异时(往时)尝通为郡县矣,至汉兴而罢。今诚复通,为置县,愈于南夷(犍为郡、牂牁郡)。’上以为然,乃拜相如为中郎将,建节往使。副使者王然于、壶充国、吕越人,驰四乘之传,因巴蜀吏币物以赂西南夷。至蜀,太守以下郊迎,县令负弩矢先驱,蜀人以为宠。”

(29)《汉书·司马迁传》:“迁生龙门,耕牧河山之阳。……(司马谈)卒三岁,而迁为太史令,紬(缀集)史记石室金鐀之书。……迁既被刑(遭李陵之祸受宫刑)之后,为中书令,尊宠任职。"《汉书·吾丘寿王传》:"吾丘寿王字子赣,赵人也。年少,以善格五召待诏。"《汉书·艺文志》载其有儒家著作八篇,赋事物篇。严,指严助。终,指终军。《汉书·严助传》:"严助,会稽吴人,严夫子(严忌)子也,或言族家子也。郡举贤良,对策百余人,武帝善助对,繇是独擢助为中大夫。后得朱买臣、吾丘寿王、司马相如、主父偃、徐乐、严安、东方朔、枚皋、胶仓、终军、严葱奇等,并在左右。……有奇异,辄使为文,及作赋颂数十篇。"《汉书·终军传》:"终军字子云,济南人也。少好学,以辩博能属文闻于郡中。"《汉书·艺文志》载其有儒家著作八篇。《汉书·枚乘传》:"皋字少孺。……皋不通经术,诙笑类俳倡,为赋颂,好嫚戏,以故得媟黩(媟,狎也;黩,垢浊也)贵幸,比东方朔、郭舍人等,而不得比严助等得尊(高)官。……上有所感,辄使赋之。为文疾,受诏辄成,故所赋者多。……凡可读者百二十篇,其尤嫚戏不可读者尚数十篇。"

(30)《汉书·宣帝纪》昭帝始元六年,"二月,诏有司问郡国所举贤良文学民所疾苦"。甘露三年三月,"诏诸儒讲五经同异,太子太傅萧望之等平奏其议,上亲称制临决焉。乃立梁丘《易》、大小夏侯《尚书》、《穀梁》《春秋》博士"。《汉书·儒林传·瑕丘江公传》:"(宣帝)乃召五经名儒太子太傅萧望之等大议殿中,平《公羊》《穀梁》同异,各以经处是非。"《汉书·楚元王传·刘向传》:"向字子政,本名更生。……会初立《穀梁》《春秋》,征更生受《穀梁》,讲论五经于石渠。复拜为郎中给事黄门,迁散骑谏大夫给事中。""雕篆",雕虫篆刻,指儿童学习辞赋写作。扬雄《法言·吾子》:"或问:'吾子少而好赋?'曰:'然,童子雕虫篆刻。'"

(31)《汉书·王褒传》:"王褒字子渊,蜀人也。宣帝时修武帝故事,讲论六艺群书,博尽奇异之好,征能为《楚辞》九江被(姓也)公,召见诵读,益召高材刘向、张子侨、华龙、柳褒等待诏金马门。……上令(王)褒与张子侨等并待诏,数从褒等放猎,所幸宫馆,辄为歌颂,第其高下,以差赐帛。议者多以为淫靡不急,上曰:'"不有博弈者乎,为之犹贤乎已!"(《论语·阳货》)辞赋大者与古诗同义,小者辩丽可喜。

辟(譬)如女工有绮縠,音乐有郑卫,今世俗犹皆以此虞说(娱悦)耳目,辞赋比之,尚有仁义风(讽)谕,鸟兽草木多闻之观,贤于倡优博弈远矣。'顷之,擢褒为谏大夫。""底禄",致禄,得官。

(32)《汉书·元帝纪》班固赞曰:"臣外祖(金敞也)兄弟为元帝侍中,语臣曰元帝多材艺,善史书。鼓琴瑟,吹洞箫,自度曲,被歌声,分刌(切)节度,穷极幼眇(妙)。少而好儒,及即位,征用儒生,委之以政,贡、薛、韦、匡迭为宰相(贡禹、薛广德、韦贤、匡衡迭互而为丞相也)。而上牵制文义,优游不断,孝宣之业衰焉。然宽弘尽下,出于恭俭,号令温雅,有古之风烈。"《汉书·成帝纪》:"壮好经书,宽博谨慎。……阳朔二年……诏曰:'古之立太学,将以传先王之业,流化于天下也。儒林之官,四海渊原,宜皆明于古今,温故知新,通达国体,故谓之博士。否则学者无述焉,为下所轻,非所以尊道德也。"工欲善其事,必先利其器。"丞相、御史其与中二千石、二千石杂举可充博士位者,使卓然可观。'"班固《成帝纪》赞:"博览今古,容受直辞。""美玉屑之谭",元刻本、弘治本、王惟俭本等均作"笑玉屑之谏"。梅庆生本于"笑"字下注:"当作美。""谏"字下注:"当作谈。"黄叔琳本改为"谭"。金马门,汉武帝时为学士待诏处。

(33)《西京杂记》卷二:"或问扬雄为赋。雄曰:'读千首赋,乃能为之。'"《汉书·艺文志》:"至成帝时,以书颇散亡,使谒者陈农求遗书于天下,诏光禄大夫刘向校经传诸子诗赋。步兵校尉任宏校兵书,太史令尹咸校数术,侍医李柱国校方技。每一书已(毕),向辄条其篇目,撮其指意,录而奏之。""六艺",指六经。

(34)自汉高祖即皇帝位至哀帝崩,凡二百零二年。《汉书·艺文志》载有不同类型辞赋:"屈原赋"二十家,三百六十一篇;"陆贾赋"二十一家,二百七十四篇;"孙卿赋"二十五家,一百三十六篇;"客主赋"十二家,二百三十三篇等。

(35)《离骚》:"名余曰正则兮,字余曰灵均。"可参考沈约《宋书·谢灵运传论》:"自汉至魏,四百余年,辞人才子,文体三变。相如巧为形似之言,班固长于情理之说,子建、仲宣以气质为体。并标能擅美,独映当时,是以一世之士,各相慕习,源其飙流所始,莫不同祖《风》《骚》;徒以赏好异情,故意制相诡。”

(36)“陵替”,凌迟衰废。《左传》昭公十八年:“于是乎下陵上替,能无乱乎?”孔颖达《正义》:“于是在下者陵侮其上,在上者替废其位,上下失分,能无乱乎?”《后汉书·光武帝纪》:“世祖光武皇帝讳秀,字文叔,南阳蔡阳人,高祖九世之孙也,……宛人李通等以图谶说光武。”章怀太子注:“宛,县,属南阳郡,故城今邓州南阳县也。图,《河图》也。谶,符命之书。谶,验也。言为王者受命之征验也。”

(37)《后汉书·文苑传·杜笃传》:“杜笃字季雅,京兆杜陵人也。高祖延年,宣帝时为御史大夫。笃少博学,不修小节,不为乡人所礼。居美阳,与美阳令游,数从请托,不谐,颇相恨。令怒,收笃送京师。会大司马吴汉薨,光武诏诸儒诔之,笃于狱中为诔,辞最高,帝美之,赐帛免刑。”

(38)《后汉书·班彪传》:“班彪字叔皮,扶风安陵人也。……河西大将军窦融以为从事,深敬待之,接以师友之道。彪乃为融画策事汉,总西河以拒隗嚣。及融征还京师,光武问曰:‘所上章奏,谁与参之?’融对曰:‘皆从事班彪所为。’帝雅闻彪才,因召入见,举司隶茂才,拜徐令,以病免。”

(39)“旁求”,多方寻求。“遐弃”,远弃。《诗经·周南·汝坟》:“既见君子,不我遐弃。”朱熹《诗集传》:“至是乃见其君子之归,而喜其不远弃我也。”

(40)“明、章”崇儒,参见《诏策》篇注(32)。《后汉书·桓荣传》:“永平二年,三雍初成,拜荣为五更。每大射养老礼毕,(明)帝辄引荣及弟子升堂、执经,自为下说。”章怀太子注:“三雍,宫也。谓明堂、灵台、辟雍。《前书音义》曰:‘皆协天人雍和之气为之,故谓三雍。’”《后汉书·明帝纪》注:“五更,老人知五行更代事者。”《后汉书·章帝纪》建初四年诏:“诸生诸儒会白虎观,讲议五经同异,帝亲称制临决,如孝宣甘露石渠故事,作《白虎议奏》。”“虎观”,白虎观。王利器《文心雕龙校证》:“‘章’原作‘帝’。范云:‘讲文虎观,……此是章帝事。疑

“明帝叠耀”,当作“明、章叠耀”,“帝”与“章”形近而讹。’按范说是。《诏策》篇:‘明、章崇学’,今本‘章’亦误为‘帝’,与此正同。今据改。”

(41)《后汉书·班彪传》班固传:“固字孟坚。年九岁,能属文诵诗赋,及长,遂博贯载籍,九流百家之言,无不穷究。……显宗(明帝)甚奇之,召诣校书部,除兰台令史,与前睢阳令陈宗、长陵令尹敏、司隶从事孟异共成《世祖本纪》。迁为郎,典校秘书。固又撰功臣、平林、新市、公孙述事,作列传、载记二十八篇,奏之。帝乃复使终成前所著书。固以为汉绍尧运,以建帝业,至于六世,史臣乃追述功德,私作本纪,编于百王之末,厕于秦、项之列,太初以后,阙而不录,故探撰前记,缀集所闻,以为《汉书》。起元高祖,终于孝平王莽之诛,十有二世,二百三十年,综其行事,傍贯五经,上下洽通,为《春秋》考纪、表、志、传凡百篇。固自永平中始受诏,潜精积思二十余年,至建初中乃成。当世甚重其书,学者莫不讽诵焉。”

(42)《后汉书·贾逵传》:“贾逵字景伯,扶风平陵人也。……逵悉传父业,弱冠能诵《左氏传》及五经本文,以大夏侯《尚书》教授,虽为古学,兼通五家《穀梁》之说。……尤明《左氏传》《国语》,为之《解诂》五十一篇,永平中,上疏献之。显宗重其书,写藏秘馆。时有神雀集宫殿官府,冠羽有五采色,帝异之,以问临邑侯刘复,复不能对,荐逵博物多识,帝乃召见逵,问之。对曰:‘昔武王终父之业,鸑鷟在岐,宣帝威怀戎狄,神雀仍集,此胡降之征也。’帝敕兰台给笔札,使作《神雀颂》,拜为郎,与班固并校秘书,应对左右。”

(43)《后汉书·东平宪王传》:“东平宪王苍,建武十五年封东平公,十七年进爵为王。苍少好经书,雅有智思,……显宗甚爱重之。及即位,拜为骠骑将军,置长史掾史员四十人,位在三公上。……苍还国,疾病,帝驰遣名医,小黄门侍疾,使者冠盖不绝于道。又置驿马千里,传问起居。明年正月薨,诏告中傅,封上苍自建武以来章奏及所作书、记、赋、颂、七言、别字、歌诗,并集览焉。”

(44)沛王刘辅参见《正纬》篇注(23)。

(45)“和、安”，原作“安、和”，据王利器说改。班固、傅毅，二人皆为兰台令史。《后汉书·崔骃传》：“崔骃字亭伯，涿郡安平人也。……年十三能通《诗》《易》《春秋》，博学有伟才，尽通古今训诂百家之言，善属文。少游太学，与班固、傅毅同时齐名。……中子瑗。瑗字子玉，早孤，锐志好学，尽能传其父业。……瑗因留游学，遂明天官、历数、《京房易传》、六日七分。……（瑗子）寔，字子真，一名台，字元始。少沈静，好典籍。……明于政体，吏才有余，论当世便事数十条，名曰《政论》。指切时要，言辩而确，当世称之。”“王”，王充。王惟俭谓王延寿，或谓王逸，此据梅庆生说，盖刘勰此处指“鸿儒”，而王逸、王延寿皆文章家也。《后汉书·王充传》：“王充字仲任，会稽上虞人也，其先自魏郡元城徙焉。充少孤，乡里称孝。后到京师，受业太学，师事扶风班彪。好博览而不守章句。家贫无书，常游洛阳市肆，阅所卖书，一见辄能诵忆，遂博通众流百家之言。……充好论说，始若诡异，终有理实。以为俗儒守文，多失其真，乃闭门潜思，绝庆吊之礼，户牖墙壁各置刀笔。箸《论衡》八十五篇，二十余万言，释物类同异，正时俗嫌疑。”《后汉书·马融传》：“马融字季长，扶风茂陵人也，……博通经籍。……融才高博洽，为世通儒，教养诸生，常有千数。涿郡卢植，北海郑玄，皆其徒也。……注《孝经》《论语》《诗》《易》、三《礼》、《尚书》《列女传》《老子》《淮南子》《离骚》，所著赋、颂、碑、诔、书、记、表、奏、七言、琴歌、对策、遗令，凡二十一篇。”《后汉书·张衡传》：“张衡字平子，南阳西鄂人也。……衡少善属文，游于三辅，因入京师，观太学，遂通五经，贯六艺，虽才高于世，而无骄尚之情。”《后汉书·蔡邕传》：“蔡邕字伯喈，陈留圉人也。……少博学，师事太傅胡广，好辞章、数术、天文，妙操音律。……其撰集汉事，未见录以继后史。适作《灵纪》及十意，又补诸列传四十二篇，因李傕之乱，湮没多不存。所著诗、赋、碑、诔、铭、赞、连珠、箴、吊、论议、《独断》《劝学》《释诲》《叙乐》《女训》《篆势》、祝文、章表、书记，凡百四篇，传于世。”《庄子·齐物论》：“六合之外，圣人存而不论。”郭象注：“夫六合之外，谓万物性分之表耳。夫物之性表，虽有理存焉，而非性分之内，则未尝以感圣人也,故圣人未尝论之。"

(46)《后汉书·儒林传》:"昔王莽、更始之际,天下散乱,礼乐分崩,典文残落。及光武中兴,爱好经术,未及下车,而先访儒雅,采求阙文,补缀漏逸。先是四方学士多怀协图书,遁逃林薮。自是莫不抱负坟策,云会京师,范升、陈元、郑兴、杜林、卫宏、刘昆、桓荣之徒,继踵而集。于是立五经博士,各以家法教授,《易》有施、孟、梁丘、京氏,《尚书》欧阳、大小夏侯,《诗》齐、鲁、韩,《礼》大小戴,《春秋》严、颜,凡十四博士,太常差次总领焉。……论曰:自光武中年以后,干戈稍戢,专事经学,自是其风世笃焉。其服儒衣,称先王,游庠序,聚横塾者,盖布之于邦域矣。若乃经生所处,不远万里之路,精庐暂建,赢粮动有千百,其耆名高义开门受徒者,编牒不下万人,皆专相传祖,莫或讹杂。"汉灵帝自造《皇羲篇》五十章。《后汉书·灵帝纪》:"光和元年……始置鸿都门学生。"章怀太子注:"鸿都,门名也,于内置学。时其中诸生,皆敕州、郡、三公举召能为尺牍辞赋及工书鸟篆者相课试,至千人焉。"《后汉纪·灵帝纪》:"初置鸿都门生,本颇以经学相招,后诸能为尺牍词赋及工书鸟篆者,至数千(十)人。或出典州郡,入为尚书侍中,封赐侯爵。"

(47)《后汉书·蔡邕传》:"初,帝好学,自造《皇羲篇》五十章,因引诸生能为文赋者。本颇以经学相招,后诸为尺牍及工书鸟篆者,皆加引召,遂至数十人。侍中祭酒乐松、贾护,多引无行趣势之徒,并待制鸿都门下,憙陈方俗闾里小事,帝甚悦之,待以不次之位。"

(48)《后汉书·杨赐传》:"今妾媵嬖人阉尹之徒,共专国朝,欺罔日月。又鸿都门下,招会群小,造作赋说,以虫篆小技见宠于时,如驩兜、共工更相荐说,旬月之间,并各拔擢,乐松处常伯,任芝居纳言。"

(49)《后汉书·蔡邕传》:"邕上封事曰:'……夫书画辞赋,才之小者,匡国理政,未有其能。陛下即位之初,先涉经术,听政余日,观省篇章,聊以游意,当代博弈,非以教化取士之本。而诸生竞利,作者鼎沸。其高者颇引经训风喻之言;下则连偶俗语,有类俳优;或窃成文,虚冒名氏。'"《汉书·东方朔传赞》:"其流风遗书,蔑如也。"颜师古注:“言辞义浅薄,不足称也。”

(50)“播迁”,流离迁徙。“区宇方辑”,九州四方刚刚安定。《三国志·魏书·武帝纪》建安二十五年,裴松之注引《魏书》:“太祖自统御海内,芟夷群丑,……御军三十余年,手不舍书。昼则讲武策,夜则思经传。登高必赋,及造新诗,被之管弦,皆成乐章。”

(51)曹丕《典论·自叙》:“上(曹操)雅好诗书文籍,虽在军旅,手不释卷,每每定省从容,常言人少好学则思专,长则善忘,长大而能勤学者,唯吾与袁伯业耳。余是以少诵诗、论,及长而备历五经、四部,《史》《汉》、诸子百家之言,靡不毕览。”

(52)《三国志·魏书·文帝纪》:“帝好文学,以著述为务,自所勒成垂百篇。又使诸儒撰集经传,随类相从,凡千余篇,号曰《皇览》。”裴松之注引《魏书》:“帝初在东宫,疫疠大起,时人彫伤,帝深感叹,与素所敬者大理王朗书曰:‘生有七尺之形,死唯一棺之土,唯立德扬名,可以不朽,其次莫如著篇籍。疫疠数起,士人彫落,余独何人,能全其寿?’故论撰所著《典论》、诗赋,盖百余篇,集诸儒于肃城门内,讲论大义,侃侃无倦。”

(53)《三国志·魏书·曹植传》:“陈思王植,字子建。年十岁余,诵读《诗》《论》及辞赋数十万言,善属文。太祖尝视其文,谓植曰:‘汝倩人邪?’植跪曰:‘言出为论,下笔成章,顾当面试,奈何倩人?’时邺铜爵台新城,太祖悉将诸子登台,使各为赋。植援笔立成,可观,太祖甚异之。性简易,不治威仪。舆马服饰,不尚华丽。每进见难问,应声而对,特见宠爱。”裴松之注引鱼豢曰:“余每览植之华采,思若有神。”

(54)《汉书·贾谊传》:“此所以为主上豫远不敬也,所以体貌大臣而厉其节也。”颜师古注:“体貌,谓加礼容而敬之。”

(55)曹丕《与吴质书》:“仲宣独自善于辞赋,惜其体弱,不起其文;至于所善,古人无以远过也。”《三国志·魏书·王粲传》:“王粲字仲宣,山阳高平人也。……年十七,司徒辟,诏除黄门侍郎,以西京扰乱,皆不就。乃之荆州依刘表。表以粲貌寝而体弱通侻,不甚重也。

表卒。粲劝表子琮，令归太祖。……后迁军谋祭酒。魏国既建，拜侍中。博物多识，问无不对。”“委质”，敬奉托身。《左传》僖公二十三年：“策名委质，贰乃辟也。”杜预注：“名书于所臣之策，屈膝而君事之，则不可以贰也。辟，罪也。”孔颖达《正义》：“策，简策也。质，形体也。古之仕者于所臣之人，书己名于策，以明系属之也，拜则屈膝而委身体于地，以明敬奉之也。名系于彼所事之君，则不可以贰心。”“汉南”，荆州在汉水之南。

（56）“孔璋”，陈琳之字。《三国志·魏书·王粲传》附陈琳事：“琳避难冀州，袁绍使典文章。袁氏败，琳归太祖。太祖谓曰：‘卿昔为本初移书，但可罪状孤而已，恶恶止其身，何乃上及父祖邪？’琳谢罪，太祖爱其才而不咎。”曹丕《与吴质书》：“孔璋章表殊健，微为繁富。”“归命”，投顺归降。

（57）“伟长”，徐幹之字。《三国志·魏书·王粲传》：“（徐）幹为司空军谋祭酒掾属，五官将文学。”裴松之注：“《先贤行状》曰：幹清玄体道，六行修备，聪识洽闻，操翰成章，轻官忽禄，不耽世荣。建安中，太祖（曹操）特加旌命，以疾休息。后除上艾长，又以疾不行。”曹丕《与吴质书》：“伟长独怀文抱质，恬淡寡欲，有箕山之志，可谓彬彬君子矣。著《中论》二十余篇，辞义典雅，足传于后。”

（58）“公幹”，刘桢之字。《三国志·魏书·王粲传》：“（应）玚、（刘）桢各被太祖辟，为丞相掾属。玚转为平原侯庶子，后为五官将文学。桢以不敬被刑，刑竟署吏。咸著文赋数十篇。”裴松之注引《典略》谓刘桢“辞旨巧妙”：“由是特为诸公子所亲爱。其后太子尝请诸文学，酒酣坐欢，命夫人甄氏出拜。坐中众人咸伏，而桢独平视。太祖闻之，乃收桢，减死输作。”曹丕《与吴质书》：“公幹有逸气，但未遒耳。”“徇质”，献身也。

（59）“德琏”，应玚之字。参见上注。曹丕《与吴质书》：“德琏常斐然有述作意，其才学足以著书，美志不遂，良可痛惜。”

（60）“元瑜”，阮瑀之字。《三国志·魏书·王粲传》：“瑀少受学于蔡邕。建安中都护曹洪欲使掌书记，瑀终不为屈。太祖并以琳、瑀为司空军谋祭酒，管记室，军国书檄，多琳、瑀所作也。琳徙门下督，瑀为仓曹掾属。”裴松之注：“臣松之案鱼氏《典略》、挚虞《文章志》并云瑀建安初辞疾避役，不为曹洪屈。得太祖召，即投杖而起。……又《典略》载太祖初征荆州，使瑀作书与刘备，及征马超，又使瑀作书与韩遂，此二书今具存。”曹丕《与吴质书》：“元瑜书记翩翩，致足乐也。”

（61）“至俦”“之侣”，皆“之流”意。“文蔚”，路粹之字。《三国志·魏书·王粲传》：“自颍川邯郸淳、繁钦、陈留路粹、沛国丁仪、丁廙、弘农杨修、河内荀纬等，亦有文采，而不在此七人之例。”裴松之注：“《典略》曰：粹字文蔚，少学于蔡邕。初平中，随车驾至三辅。建安初，以高才与京兆严像擢拜尚书郎。像以兼有文武，出为扬州刺史。粹后为军谋祭酒，与陈琳、阮瑀等典记室。”“休伯”，繁钦之字。《王粲传》裴松之注：“《典略》曰：钦字休伯，以文才机辩，少得名于汝、颍。钦既长于书记，又善为诗赋。其所与太子书，记喉转意，率皆巧丽。为丞相主簿。建安二十三年卒。

（62）“子叔”，元本、弘治本、王惟俭本等皆作“子俶”，梅庆生本改作“于叔”，当依裴松之注引《魏略》作“子叔”。“子叔”，邯郸淳之字。《三国志·魏书·王粲传》裴松之注：“《魏略》曰：淳一名竺，字子叔。博学有才章，又善《苍》《雅》、虫、篆、许氏字指。初平时，从三辅客荆州。荆州内附，太祖素闻其名，召与相见，甚敬异之。……及黄初初，以淳为博士给事中。淳作《投壶赋》千余言奏之，文帝以为工，赐帛千匹。”“德祖”，杨修之字。《三国志·魏书·曹植传》：“植既以才见异，而丁仪、丁廙、杨修等为之羽翼。……太祖既虑终始之变，以杨修颇有才策，而又袁氏之甥也，于是以罪诛修。”裴松之注：“《典略》曰：杨修字德祖，太尉彪子也。谦恭才博。建安中，举孝廉，除郎中，丞相请署仓曹属主簿。是时，军国多事，修总知外内，事皆称意。自魏太子已下，并争与交好。又是时临菑侯植以才捷爱幸，来意投修，数与修书，……植后以骄纵见疏，而植故连缀修不止，修亦不敢自绝。至二十四年秋，公以修前后漏泄言教，交关诸侯，乃收杀之。”又曰：“《世语》曰：修年二十五，以名公子有才能，为太祖所器，与丁仪兄弟，皆欲以植为嗣。太子患之,以车载废簏,内潮歌长吴质与谋。修以白太祖,未及推验。太子惧,告质,质曰:'何患?明日复以簏受绢车内以惑之,修必复重白,重白必推,而无验,则彼受罪矣。'世子从之,修果白,而无人,太祖由是疑焉。修与贾逵、王凌并为主簿,而为植所友。每当就植,虑事有阙,忖度太祖意,豫作答教十余条,敕门下,教出以次答。教裁出,答已入,太祖怪其捷,推问始泄。太祖遣太子及植各出邺城一门,密敕门不得出,以观其所为。太子至门,不得出而还。修先戒植:'若门不出侯,侯受王命,可斩守者。'植从之。故修遂以交构赐死。"

(63)"傲雅",骄傲放诞风流儒雅。"觞豆",宴会的酒菜器具。"雍容",从容不迫温和大度。"衽席",宴会坐席。"酣歌",兴会高歌。曹丕《与吴质书》论及徐幹、陈琳、应玚、刘桢:"昔年疾疫,亲故多离其灾,徐、陈、应、刘,一时俱逝,痛可言邪?昔日游处,行则同舆,止则接席,何曾须臾相失!每至觞酌流行,丝竹并奏,酒酣耳热,仰而赋诗,当此之时,忽然不自知乐也。"

(64)"梗概",亦慷慨之意。范文澜《文心雕龙注》:"梗概、慷慨,声同通用,袁宏《咏史诗》'周昌梗概臣',亦慷慨之意。"曹植《前录序》曰:"余少而好赋,其所尚也,雅好慷慨,所著繁多,虽触类而作,然芜秽者众。"刘桢《鲁都赋》:"贵交尚信,轻命重气,义激毫毛,怨成梗概。"

(65)"纂",与缵通。《诗经·大雅·烝民》:"缵戎祖考。"毛传:"戎,大也。"郑玄笺:"戎,犹女(汝)也。"孔颖达《正义》:"当继而光大尔之祖考。""纂戎",承继祖宗基业。潘岳《杨荆州诔》:"纂戎洪绪,克构堂基。"李善注:"《毛诗》曰:纂戎祖考。"《三国志·魏书·明帝纪》:"明皇帝讳叡,字元仲,文帝太子也。生而太祖爱之,常令在左右。……(青龙四年)夏四月,置崇文观,征善属文者以充之。"裴松之注引《魏书》:"(明)帝容止可观,望之俨然。自在东宫,不交朝臣,不问政事,唯潜思书籍而已。"

(66)"何",指何晏。《三国志·魏书·曹爽传》:"晏,何进孙也。

母尹氏，为太祖夫人。晏长于宫省，又尚公主，少以才秀知名，好老庄言，作《道德论》及诸文赋著述凡数十篇。”“刘”，指刘劭。《三国志·魏书·刘劭传》：“刘劭字孔才，广平邯郸人也。……劭尝作《赵都赋》，明帝美之，诏劭作《许都》《洛都赋》。时外兴军旅，内营宫室，劭作二赋，皆讽谏焉。……正始中。执经讲学，赐爵关内侯。凡所选述，《法论》《人物志》之类百余篇。”

(67)齐王曹芳即位于正始元年(240)，高贵乡公曹髦即位于正元元年(254)，陈留王曹奂即位于景元元年(260)。《三国志·魏书·少帝纪》：“高贵乡公讳髦，字彦士，文帝孙，东海定王霖子也。正始五年，封郯县高贵乡公。少好学，夙成。齐王废，公卿议迎立公。”裴松之注：“《魏氏春秋》曰：公神明爽儁，德音宣朗。罢朝，景王私曰：‘上何如主也?’钟会对曰：‘才同陈思，武类太祖。’景王曰：‘若如卿言，社稷之福也。’”《少帝纪》评：“高贵公才慧夙成，好问尚辞，盖亦文帝之风流也；然轻躁忿肆，自蹈大祸。”“顾盼”，元本、弘治本等作“眄”，眄、盼形近，此据梅庆生本作“盼”。“合章”，日本冈白驹本作“含章”。

(68)本书《明诗》篇：“及正始明道，诗杂仙心，何晏之徒，率多浮浅。唯嵇志清峻，阮旨遥深，故能标焉。若乃应璩《百一》，独立不惧，辞谲义贞，亦魏之遗直也。”参见《明诗》注。

(69)“嵇、阮、应、缪”，指嵇康、阮籍、应璩、缪袭。《三国志·魏书·王粲传》：“应玚弟璩、璩子贞，咸以文章显。……(阮)瑀子籍，才藻艳逸，而倜傥放荡，行己寡欲，以庄周为模则，官至步兵校尉。时又有谯郡嵇康，文辞壮丽，好言老庄，而尚奇任侠。至景元中，坐事诛。”裴松之注引《文章叙录》曰：“璩字休琏，博学好属文，善为书记文。”《三国志·魏书·刘劭传》：“劭同时东海缪袭，亦有才学，多所述叙。官至尚书、光禄勋。”裴松之注引《文章志》：“袭字熙伯。辟御史大夫府，历事魏四世。正始六年，年六十卒。”

(70)《晋书·帝纪第一·宣帝》：“(宣)帝(司马懿)内忌而外宽，猜忌多权变。魏武察帝有雄豪志，闻有狼顾相，欲验之。乃召使前行，令反顾，面正向后而身不动。又尝梦三马同食一槽，甚恶焉。因谓太子丕曰：‘司马懿非人臣也，必预汝家事。’太子素与帝善，每相全佑，故免。帝于是勤于吏职，夜以忘寝，至于刍牧之间，悉皆临履，由是魏武意遂安。”《晋书·帝纪第二·景帝》：“景皇帝讳师，字子元，宣帝长子也。雅有风彩，沈毅多大略。少流美誉，与夏侯玄、何晏齐名。晏常称曰：‘惟几也能成天下之务，司马子元是也。’”《晋书·帝纪第二·文帝》：“文皇帝讳昭，字子上，景帝之母弟也。魏景初二年，封新城乡侯。正始初，为洛阳典农中郎将。值魏明奢侈之后，帝蠲除苛碎，不夺农时，百姓大悦。转散骑常侍。”范文澜《文心雕龙注》：“晋宣帝司马懿、景帝师、文帝昭，皆志深篡窃，不暇文事。”

(71)《诗经·大雅·文王》：“周虽旧邦，其命维新。”孔颖达《正义》：“周虽是旧国，其得天命，维为新国矣。”《汉书·食货志》：“平帝崩，王莽居摄，遂篡位。王莽因汉承平之业，匈奴称藩，百蛮宾服。”

(72)《礼记·王制》：“有虞氏养国老于上庠，养庶老于下庠。夏后氏养国老于东序，养庶老于西序。殷人养国老于右学，养庶老于左学，周人养国老于东胶，养庶老于虞庠。虞庠在国之西郊。”郑玄笺：“皆学名也。异者，四代相变耳。或上西，或上东，或贵在国，或贵在郊。上庠、右学，大学也，在西郊。下庠、左学，小学也，在国中王宫之东。东序、东胶，亦大学，在国中王宫之东。西序、虞庠，亦小学也，西序在西郊，周立小学于西郊。胶之言纠也，庠之言善也。”

(73)“缀旒”，喻君王为臣下所挟持，“旒”为旗帜饰物。《后汉书·张衡传》：“君若缀旒，人无所丽。”

(74)《晋书·张华传》：“张华字茂先，范阳方城人也。……华学业优博，辞藻温丽，朗赡多通，图纬方伎之书莫不详览。……华名重一世，众所推服，晋史及仪礼宪章并属于华，多所损益，当时诏诰皆所草定，声誉益盛，有台辅之望焉。……华性好人物，诱进不倦，至于穷贱候门之士有一介之善者，便咨嗟称咏，为之延誉。雅爱书籍，身死之日，家无余财，惟有文史溢于机箧。”锺嵘《诗品》评张华诗：“其体华艳，兴托不(一作多)奇，巧用文字，务为妍冶。”

(75)《晋书·左思传》：“左思字太冲，齐国临淄人也。……貌寝,口讷,而辞藻壮丽。不好交游,惟以闲居为事。造《齐都赋》,一年乃成。复欲赋三都,会妹芬入宫,移家京师,乃诣著作郎张载访岷邛之事。遂构思十年,门庭藩溷皆着笔纸,遇得一句,即便疏之。……司空张华见而叹曰:‘班张之流也。使读之者尽而有余,久而更新。’于是豪贵之家竞相传写,洛阳为之纸贵。初,陆机入洛,欲为此赋,闻思作之,抚掌而笑,与弟云书曰:‘此间有伧父,欲作《三都赋》,须其成,当以覆酒瓮耳。’及思赋出,机绝叹伏,以为不能加也,遂辍笔焉。”锺嵘《诗品》评左思诗:“文典以怨,颇为精切,得讽谕之致。”

(76)《晋书·潘岳传》:“潘岳字安仁,荥阳中牟人也。……岳少以才颖见称,乡邑号为奇童,谓终(军)贾(谊)之俦也。……岳美姿仪,辞藻绝丽,尤善为哀诔之文。”李充《翰林论》:“潘安仁为文也,犹翔禽之羽毛,衣被之绡縠。”锺嵘《诗品》:“翰林叹其翩翩然如翔禽之有羽毛,衣服之有绡縠,犹浅于陆机。谢混云:‘潘诗烂若舒锦,无处不佳。陆文如披沙简金,往往见宝。’”《晋书·夏侯湛传》:“夏侯湛字孝若,谯国谯人也。……湛幼有盛才,文章宏富,善构新词,而美容观,与潘岳友善,每行止同舆接茵,京都谓之连璧。”“联璧”,同连璧。

(77)《晋书·陆机传》:“陆机字士衡,吴郡人也。祖逊,吴丞相。父抗,吴大司马。机身长七尺,其声如钟。少有异才,文章冠世,伏膺儒术,非礼不动。……至太康末,与弟云俱入洛,造太常张华,华素重其名,如旧相识,曰:‘伐吴之役,利获二俊。’”锺嵘《诗品》:“才高辞赡,举体华美。气少于公干,文劣于仲宣。尚规矩,不贵绮错,有伤直致之奇。然其咀嚼英华,厌饫膏泽,文章之渊泉也。张公叹其大才,信矣!”《晋书·陆机传》:“(陆)云字士龙,六岁能属文,性清正,有才理。少与兄机齐名,虽文章不及机,而持论过之,号曰‘二陆’。……成都王颖表为清河内史。……所著文章三百四十九篇,又撰《新书》十篇,并行于世。”锺嵘《诗品》:“清河之方平原,殆如陈思之匹白马。于其哲昆,故称二陆。”

(78)《晋书·应贞传》:“应贞字吉甫,汝南南顿人,魏侍中璩之子也。自汉至魏,世以文章显,轩冕相袭,为郡盛族。贞善谈论,以才学称。"《晋书·傅玄传》:"傅玄字休奕,北地泥阳人也。祖燮,汉汉阳太守。父幹,魏扶风太守。玄少孤贫,博学善属文,解钟律。性刚劲亮直,不能容人之短。……玄少时避难于河内,专心诵学,后虽显贵,而著述不废。撰论经国九流及三史故事,评断得失,各为区例,名为《傅子》,为内、外、中篇,凡有四部、六录,合百四十首,数十万言,并文集百余卷行于世。……子咸嗣。咸字长虞,刚简有大节。风格峻整,识性明悟,疾恶如仇,推贤乐善,常慕季文子、仲山甫之志。好属文论,虽绮丽不足,而言成规鉴。颍川庾纯常叹曰:'虞之文近乎诗人之作矣!'"《晋书·张载传》:"张载字孟阳,安平人也。父收,蜀郡太守。载性闲雅,博学有文章。……(载弟)协字景阳,少有俊才,与载齐名。……(协弟)亢字季阳。才藻不逮二昆,亦有属缀,又解音乐伎术。时人谓载协亢、陆机云曰'二陆''三张'。……史臣曰:'……孟阳镂石之文,见奇于张敏;濛汜之咏,取重于傅玄,为名流之所挹,亦当代之文宗矣。景阳摛光王府,棣萼相辉。洎乎二陆入洛,三张减价。考核遗文,非徒语也。'"

(79)《晋书·孙楚传》:"孙楚字子荆,太原中都人也。……楚才藻卓绝,爽迈不群,多所陵傲,缺乡曲之誉。……初,楚与同郡王济友善,济为本州大中正,访问铨邑人品状,至楚,济曰:'此人非卿所能目,吾自为之。'乃状楚曰:'天才英博,亮拔不群。'"《晋书·挚虞传》:"挚虞字仲洽,京兆长安人也。父模,魏太仆卿。虞少事皇甫谧,才学通博,著述不倦。……虞撰《文章志》四卷,注解《三辅决录》,又撰古文章,类聚区分为三十卷,名曰《流别集》,各为之论,辞理惬当,为世所重。"《晋书·成公绥传》:"成公绥字子安,东郡白马人也。幼而聪敏,博涉经传。性寡欲,不营资产,家贫岁饥,常晏如也。少有俊才,词赋甚丽,闲默自守,不求闻达。……张华雅重绥,每见其文,叹伏以为绝伦。"

(80)张立斋《文心雕龙注订》:"'人未尽才'者,上文所举,晋知名之士,以世乱浮沉,多不能善终,如张、潘、二陆皆以诛死,惜长才之未尽,故结语有叹息之言也。"牟世金《文心雕龙译注》:"西晋作家中,左思、张载、张协都郁郁不得志，而退归乡里。张华、陆机、陆云、潘岳、刘琨等都被杀，挚虞则在荒乱中饿死。”

(81)《晋书·元帝纪》：“元皇帝讳睿，字景文，……沈敏有度量，……建武元年，……置史官，立太学。……泰兴元年……三月，置《周易》《仪礼》《公羊》博士。”

(82)《晋书·刘隗传》：“刘隗字大连，彭城人，楚元王交之后也。父砥，东光令。隗少有文翰，起家秘书郎，稍迁冠军将军、彭城内史。避乱渡江，元帝以为从事中郎。隗雅习文史，善求人主意，帝深器遇之。”《晋书·刁协传》：“刁协字玄亮，渤海饶安人也。……于时朝廷草创，宪章未立，朝臣无习旧仪者。协久在中朝，谙练旧事，凡所制度，皆禀于协焉，深为当时所称许。”

(83)《晋书·郭璞传》：“郭璞字景纯，河东闻喜人也。……璞好经术，博学有高才，而讷于言论，词赋为中兴之冠。好古文奇字，妙于阴阳算历。……璞著《江赋》，其辞甚伟，为世所称。后复作《南郊赋》，帝见而嘉之，以为著作佐郎。”

(84)《晋书·明帝纪》：“明皇帝讳绍，字道畿，元皇帝长子也，幼而聪哲，为元帝所宠异。……元帝为晋王，立为晋王太子。及帝即尊号，立为皇太子。性至孝，有文武才略，钦贤爱客，雅好文辞。当时名臣，自王导、庾亮、温峤、桓彝、阮放等，咸见亲待。尝论圣人真假之意，导等不能屈。……永昌元年闰月己丑，元帝崩。庚寅，太子即皇帝位。”“秉哲”，元本、弘治本作“束哲”，此据覆刻汪一元本、王惟俭本、梅庆生本等改。

(85)“升储”，立为太子。“御极”，登基即皇帝位。

(86)《晋书·庾亮传》：“庾亮字元规，明穆皇后之兄也。……中兴初，拜中书郎，领著作，侍讲东宫。其所论释，多见称述。与温峤俱为太子布衣之好。……明帝即位，以为中书监，亮上书让曰：……疏奏，帝纳其言而止。”

(87)《晋书·温峤传》：“温峤字太真，司徒羡弟之子也。父憺，河东太守。峤性聪敏，有识量，博学能属文，少以孝悌称于邦族。风仪秀整,美于谈论,见者皆爱悦之。……后历骠骑王导长史,迁太子中庶子。及在东宫,深见宠遇,太子(明帝)与为布衣之交。数陈规讽,又献侍臣箴,甚有弘益。……明帝即位,拜侍中,机密大谋皆所参综,诏命文翰亦悉豫焉。俄转中书令。峤有栋梁之任,帝亲而倚之。"范文澜《文心雕龙注》:"手诏以温峤为中书令,是练情于诰策也。《艺文类聚》九七载《蝉赋》残文,是振采于辞赋也。大宁中,复征任旭、虞喜为博士,是孳孳讲艺也。"

(88)"及成、康促龄,穆、哀短祚",成帝司马衍在位十七年,康帝司马岳在位二年,穆帝司马聃在位十七年,哀帝司马丕在位四年。

(89)《晋书·简文帝纪》:"简文皇帝讳昱,字道万,元帝之少子也。幼而岐嶷,为元帝所爱。郭璞见而谓人曰:'兴晋祚者,必此人也。'及长,清虚寡欲,尤善玄言。……帝少有风仪,善容止,留心典籍,不以居处为意,凝尘满席,湛如也。……帝虽神识恬畅,而无济世大略,故谢安称为惠帝之流,清谈差胜耳。"

(90)"函",元本、弘治本作"凾",王惟俭本等作"亟",梅庆生本作"函"。王叔岷《文心雕龙缀补》:"函凾正俗字。"

(91)"醲",梅庆生本等作"浓",今据元本、弘治本、王惟俭本等作"醲"。王叔岷《文心雕龙缀补》:"'醲''浓'古通。"

(92)《晋书·安帝纪》:"安皇帝讳德宗,字德宗,孝武帝长子也。……帝不惠,自少及长,口不能言,虽寒暑之变,无以辨也。凡所动止,皆非己出。故桓玄之篡,因此获全。初谶云:'昌明之后有二帝。'刘裕将为禅代,故密使王韶之缢帝而立恭帝,以应二帝云。……恭帝讳德文,字德文,安帝母弟也。……宋永初二年九月丁丑,裕使后兄叔度请后;有间,兵人踰垣而入,弑帝于内房。"

(93)《晋书·文苑传·袁宏传》:"袁宏字彦伯,侍中猷之孙也。父勖,临汝令。宏有逸才,文章绝美,曾为咏史诗,是其风情所寄。少孤贫,以运租自业。谢尚时镇牛渚,秋夜乘月,率尔与左右微服泛江。会宏在舫中讽咏,声既清会,辞又藻拔,遂驻听久之,遣问焉。答云:'是袁临汝郎诵诗。'即其咏史之作也。尚倾率有胜致,即迎升舟,与之谭论,申旦不寐,自此名誉日茂。"《晋书·桓玄传》附《殷仲文传》:"殷仲文,南蛮校尉觊之弟也。少有才藻,美容貌。……(桓)玄将为乱,使总领诏命,以为侍中,领左卫将军。玄九锡,仲文之辞也。……仲文善属文,为世所重,谢灵运尝云:'若殷仲文读书半袁豹,则文才不减班固。'言其文多而见书少也。"

(94)《晋书·孙盛传》:"孙盛字安国,太原中都人。……及长,博学,善言名理。于时殷浩擅名一时,与抗论者,惟盛而已。……盛笃学不倦,自少至老,手不释卷。著《魏氏春秋》《晋阳秋》,并造诗赋论难复数十篇。《晋阳秋》词直而理正,咸称良史焉。"《晋书·干宝传》:"干宝字令升,新蔡人也。……宝少勤学,博览书记,以才器召为著作郎。……著《晋纪》,自宣帝迄于愍帝五十三年,凡二十卷,奏之。其书简略,直而能婉,咸称良史。……又宝兄尝病气绝,积日不冷,后遂悟,云见天地间鬼神事,如梦觉,不自知死。宝以此遂撰集古今神祇灵异人物变化,名为《搜神记》,凡三十卷。以示刘惔,惔曰:'卿可谓鬼之董狐。'……宝又为《春秋左氏义外传》,注《周易》《周官》凡数十篇,及杂文集皆行于世。"

(95)"弥",冯舒、何焯谓当作"称",梅庆生本改"称",今从元本、弘治本、王惟俭等本。

(96)《诗品序》:"永嘉时,贵黄老,稍尚虚谈,于时篇什,理过其辞,淡乎寡味。爰及江表,微波尚传,孙绰、许询、桓、庾诸公诗,皆平典似《道德论》,建安风力尽矣。"沈约《宋书·谢灵运传论》:"有晋中兴,玄风独振,为学穷于柱下,博物止乎七篇。……自建武暨乎义熙,历载将百,虽缀响联辞,波属云委,莫不寄言上德,托意玄珠,遒丽之辞,无闻焉尔。"《南齐书·文学传论》:"江左风味,盛道家之言,郭璞举其灵变,许询极其名理。仲文玄气,犹不尽除;谢混清新,得名未盛。"《世说新语·文学》篇:"简文称许掾云:'玄度五言诗,可谓妙绝时人。'"刘孝标注引《续晋阳秋》:"正始中,王弼、何晏好《庄》《老》玄胜之谈,而世遂贵焉。至过江,佛理尤盛,故郭璞五言,始会合道家之言而韵之。(许)询及太原孙绰,转相祖尚,又加以三世之辞(佛家以过去、现在、未来为三世），而《诗》《骚》之体尽矣。询、绰并为一时文宗，自此作者悉体之。至义熙中，谢混始改。”

（97）杜预《春秋左传序》：“其文缓，其旨远，将令学者原始要终，寻其枝叶，究其所穷。”孔颖达疏：“非直解经，故其文缓。遥明圣意，故其旨远。将令学者本原其事之始，要截其事之终，寻其枝叶，尽其根本，则圣人之趣虽远，其赜可得而见。是故经无其事，而传亦言之，为此也。原始要终，及其旨远。并《易》下《系辞》文也。寻其枝叶，以树木喻也。究亦穷也，言穷尽其所穷之处也。”《论语·为政》：“其或继周者，虽百世可知也。”“知”，或作“治”，非是。

（98）《宋书·武帝本纪》：“高祖武皇帝讳裕，字德舆，小名寄奴，彭城县绥舆里人，汉高帝弟楚元王交之后也。……及长，身长七尺六寸，风骨奇特。家贫，有大志，不治廉隅。事继母以孝谨称。……（永初三年）诏曰：‘……今王略远届，华域载清，仰风之士，日月以冀。便宜博延胄子，陶奖童蒙，选备儒官，弘振国学。主者考详旧典，以时施行。’”《宋书·文帝纪》：“太祖文皇帝讳义隆，小字车儿，武帝第三子也。”《南史·宋本纪》：“（元嘉十六年）上（文帝）好儒雅，又命丹阳尹何尚之立玄素学，著作佐郎何承天立史学，司徒参军谢元立文学，各聚门徒，多就业者。江左风俗，于斯为美，后言政化，称元嘉焉。”《南史·临川王义庆传》：“上（文帝）好为文章，自谓人莫能及。”

（99）《南史·孝武纪》：“世祖孝武皇帝，讳骏，字休龙，小字道人（一作民），文帝第三子也。元嘉七年八月庚午夜生，有光照室。少机颖，神明爽发，读书七行俱下，才藻甚美，雄决爱武，长于骑射。”《诗品》：“孝武诗，雕文织彩，过为精密，为二藩（南平王刘铄、建平王刘宏）希慕，见称轻巧矣。”“秉文之德”的“文”，可以有两种理解：一是指文帝（如周振甫注），二是指“文雅”（如王运熙注）。此当指文帝之儒雅风流，兼有二义。“构”，梅庆生本等作“搆”，此依元本、弘治本等。

（100）“明”下，元本、弘治本、王惟俭本等脱“帝”字，此据梅庆生本等补。

（101）“联宗”“重叶”，含义相同，均谓宗族子弟文士繁多。王姓若王诞、王僧达、王微、王韶之、王淮之等，袁姓若袁淑、袁粲、袁敳、袁炳等。颜姓若颜延年及其子颜竣、颜测，谢姓若谢灵运、谢瞻、谢惠连、谢庄等。

（102）何姓如何长瑜、何承天、何尚之等。范姓如范泰、范晔父子。张姓如张敷、张永等。沈姓如沈达文、沈达远兄弟。刘宋时代文人众多，刘师培《中古文学史》："至于宋代，其诗文尤为当时所重者，则为颜延之、谢灵运。颜谢而外，文人辈出，以傅亮、范晔、袁淑、谢瞻、谢惠连、谢庄、鲍照为尤工。若陆展、何长瑜、何承天、何尚之、沈怀文、王诞、王僧达、王微、张敷、王韶之、王淮之、殷淳、殷冲、殷淡、江智深、颜竣、颜测、释慧琳，亦其次也。又案：宋代臣僚，若谢晦、蔡兴宗、张永、江湛、孔琳之、萧惠开、袁粲、刘勔，亦有文学。自是而外，别有鲍令晖、荀伯子、孔宁之、谢恂、荀雍、羊璿之、苏宝、王昙生、顾愿、江邃之、袁炳、卞铄、吴迈远、王素诸人。此可证宋代文学之盛矣。"王利器《文心雕龙校证》："范云：'胜字下疑脱"数"字。'王惟俭本'胜'下有'□'。案《文心》他篇，如《程器》《序志》，虽俱有'不可胜数'之文；然此文作'胜'亦通，言何、范、张、沈之徒，亦不可度越也。《风骨》篇亦云：'笔墨之性，殆不可胜。'"

（103）"大较"，大略。

（104）"驭宝"，掌握帝位。此处对南齐称呼特加"皇"字，说明《文心雕龙》之写作当在南齐末年。清人刘毓崧《通义堂文集》卷十四《书文心雕龙后》："观于《时序》篇云'暨皇齐驭宝，运集休明，……今圣历方兴，文思光被'云云。此篇所述，自唐虞以至刘宋，皆但举其代名，而特于齐上加一皇字，其证一也。魏晋之主，称谥号而不称庙号，至齐之四主，惟文帝以身后追尊，止称为帝，余并称祖称宗，其证二也。历朝君臣之文有褒有贬，独于齐则竭力颂美，绝无规过之词，其证三也。东昏上高宗之庙号，系永泰元年八月事，据高宗兴运之语，则成书必在是月以后。梁武受和帝之禅位，系中兴二年四月事，据皇齐驭宝之语，则成书必在是月以前。其间首尾相距，将及四载，所谓'今圣历方兴'者，虽未尝明有所指，然以史传核之，当是指和帝而非指东昏也。"

(105)“膺箓”，膺，当也；箓，符命之书。君主受天命为帝曰膺图受箓。张衡《东京赋》：“高祖膺箓受图，顺行天诛。”李善注：“膺箓，谓当五胜之箓。”五胜，谓金、木、水、火、土，五行相胜。

(106)“世祖”，原作“高祖”。郝懿行校本：“按‘高’疑‘世’字之讹。”范文澜《文心雕龙注》：“武帝庙号世祖，此云高祖，高是世之误。”“纂业”，继承前人基业。《尔雅·释诂》：“纂，继也。”今据改。

(107)“贰离”，指储君、太子。

(108)“中宗”，或当为“高宗”。郝懿行校本：“‘中’疑‘高’字之讹。”范文澜《文心雕龙注》：“中宗不知何帝。按明帝号高宗，岂‘中’为‘高’之误欤？”

(109)“缉熙”，《诗经·周颂·维清》：“维清缉熙，文王之典。”郑玄笺：“缉熙，光明也。”孔颖达《正义》：“言今日所以维皆清静光明无败乱之政者，乃由在前文王有征伐之法故也。”“景祚”，洪福，比喻帝业。《晋书·乐志》：成公绥《正旦大会行礼歌》：“流景祚，显万世。”王利器《文心雕龙校证》：“‘熙’原作‘遐’，梅（庆生）云：‘疑作熙。’案梅说是。……今据改。”按：王说是，元本、弘治本、王惟俭本等均作“遐”，今依梅庆生说为“熙”。

(110)“充被”，梅庆生谓“充”一作“光”，此据元本、弘治本等。《尚书·尧典》：“光被四表。”孔传：“光，充。”充被，即光被也。

(111)郝懿行《文心雕龙校本》：“刘氏此书，盖成于萧齐之季，东昏之年。故其论文，盛夸当代，而不与诠评。著述之体，自其宜也。”

(112)“十代”，指唐、虞、夏、商、周、汉、魏、晋、刘宋、南齐。“九变”，指变化多端。刘永济《文心雕龙校释》：“详审篇旨，盖除宋齐不论外，自上古至两晋，文章风气，约有九变也。”他认为唐虞为一变，夏商周三代为二变，战国至西汉为三变，东汉为四变，灵帝以后为五变，汉末建安为六变，曹魏正始为七变，西晋为八变，东晋为九变。其说可参考，然此九变，当与本篇所说“辞人九变”一致，皆为虚数，指多而言也。

(113)《庄子·齐物论》：“枢，要也。”“枢始得其环中，以应无穷。”

成玄英疏:“握道之枢以游乎环中,中,空也。是非反复,相寻无穷,若循环然。游乎空中,不为是非所役,而后可以应无穷。”此处“枢”比喻时代社会,能把握此要领,即可“得其环中”,充分认识文学发展变化的原因。

(114)“选”,因缘定数。《尚书·盘庚》:“世选尔劳。”孔安国传:“选,数也。”孔颖达《正义》:“《释诂》云:‘算,数也。’舍人曰:‘释数之曰算。’选,即算也。故训为数。”

(115)“暧”,元本、弘治本等作“暖”,梅庆生本作“旷”,此据佘诲本、汪一元本。参见《诔碑》篇注(24)。

《物色》篇

春秋代序，阴阳惨舒[1]，物色之动，心亦摇焉。盖阳气萌而玄驹步，阴律凝而丹鸟羞[2]，微虫犹或入感，四时之动物深矣。若夫珪璋挺其惠心，英华秀其清气[3]，物色相召，人谁获安？是以献岁发春，悦豫之情畅[4]；滔滔孟夏，郁陶之心凝[5]；天高气清，阴沉之志远[6]；霰雪无垠，矜肃之虑深[7]。岁有其物，物有其容[8]；情以物迁，辞以情发。一叶且或迎意，虫声有足引心。况清风与明月同夜，白日与春林共朝哉[9]！

是以诗人感物，联类不穷；流连万象之际，沉吟视听之区。写气图貌，既随物以宛转；属采附声，亦与心而徘徊[10]。故"灼灼"状桃花之鲜[11]，"依依"尽杨柳之貌[12]，"杲杲"为出日之容[13]，"瀌瀌"拟雨雪之状[14]，"喈喈"逐黄鸟之声[15]，"喓喓"学草虫之韵[16]。"皎日""嘒星"，一言穷理[17]；"参差""沃若"，两字连形[18]。并以少总多，情貌无遗矣。虽复思经千载，将何易夺。及《离骚》代兴，触类而长[19]，物貌难尽，故重沓舒状，于是"嵯峨"之类聚，"葳蕤"之群积矣[20]。及长卿之徒，诡势瑰声，模山范水，字必鱼贯[21]，所谓"诗人丽则而约言，辞人丽淫而繁句"也[22]。至如《雅》咏棠华，或黄或白[23]；《骚》述秋兰，绿叶紫茎[24]。凡摛表五色[25]，贵在时见，若青黄屡出，则繁而不珍。

自近代以来，文贵形似[26]，窥情风景之上，钻貌草木之中。吟咏所发，志惟深远；体物为妙，功在密附。故巧言切状,如印之印泥[27],不加雕削,而曲写毫芥[28]。故能瞻言而见貌,即字而知时也[29]。然物有恒姿,而思无定检[30],或率尔造极,或精思愈疏[31]。且《诗》《骚》所摽,并据要害,故后进锐笔,怯于争锋。莫不因方以借巧,即势以会奇,善于适要,则虽旧弥新矣。是以四序纷回,而入兴贵闲[32];物色虽繁,而析辞尚简[33]:使味飘飘而轻举,情晔晔而更新[34]。古来辞人,异代接武[35],莫不参伍以相变,因革以为功[36],物色尽而情有余者,晓会通也。若乃山林皋壤[37],实文思之奥府[38],略语则阙,详说则繁。然屈平所以能洞监风骚之情者,抑亦江山之助乎[39]?

赞曰:山沓水匝,树杂云合[40]。目既往还,心亦吐纳[41]。春日迟迟,秋风飒飒[42]。情往似赠,兴来如答[43]。

简析:

本篇论文学与自然的关系。刘勰认为自然界的气候、景观变化,会激荡人的心灵,诱发人的感情,人们以文辞的方式表达出来。四时物色对人和物都能产生感应作用,尤其对人的感应特别强烈,故而形成“目既往还,心亦吐纳”的主观与客观交融的状况,这是文学产生的重要原因之一。由此,刘勰提出了心物交互感应的著名论断:“写气图貌,既随物以宛转;属采附声,亦与心而徘徊。”在创作过程中人(心)物化了,物人(心)化了,主体客体化,客体主体化,两者同时进行,是两个相反相成的过程,亦即《诠赋》篇说的“情以物兴”和“物以情观”。文学创作正是在心物交互感应中产生的。这和西方著名的哲学家、美学家黑格尔在《美学》中的论断是一致的:“在艺术里,感性的东西是经过心灵化了的,而心灵的东西也借感性化而显现出来。”刘勰对心物关系的论述是对传统心物关系说的创造性发展,以《乐记》为代表的儒家古典美学著作中注重的是人心感物,即主体的客体化,物对人的诱发,人的物化一面,而没有认识到同时还有客体主体化的一面，亦即主体对客体的征服与改造，也就是物的人化一面，刘勰则强调两个不同方面的同时进行。正是在人和自然的相互感应中，创造了生动的艺术意象和意境，刘勰以《诗经》和《楚辞》为例，作了精彩的分析："'灼灼'状桃花之鲜，'依依'尽杨柳之貌，'杲杲'为日出之容，'瀌瀌'拟雨雪之状，'喈喈'逐黄鸟之声，'喓喓'学草虫之韵。'皎日''嘒星'，一言穷理；'参差''沃若'，两字连形。"这也表现在《楚辞》和汉代辞赋中，不过更加扩大了。刘勰特别重视物的人化，强调客体的主体化，是对心物关系说的重大改造和必要补充，是受道家玄学思想影响的结果，也和佛学思想有直接关系。《庄子·齐物论》："天地与我并生，而万物与我为一。"嵇康《声无哀乐论》》中提出了"心之与声，明为二物"的观点，认为音乐本身是客观的，它只有"自然之和"，并无哀乐之情；哀乐之情是人主观的，它与音乐本身无关，两者并无因果关系，"声之与心，殊途异轨，不相经纬"，所以，人们听音乐而有哀乐之感，乃是作者将主观之情借客观之声而寄托出来的结果。"夫殊方异俗，歌哭不同，使错而用之，或闻哭而欢，或听歌而戚；然其哀乐之怀均也。"也就是说，同样的声音，有人可以用它体现欢乐之情，也有人可以用它体现悲哀之情，"物"是随"心"之需要而出现的。佛教艺术重在使神佛藉"象"以显，也是很强调创作中主观方面的支配作用的。因此，我们可以说，刘勰的心物交融说，乃是对儒家的人心感物说与玄佛的寄情寄心说的综合，在此基础上从理论上加以发挥的结果。那么人心如何去驾驭物色呢？刘勰认为要做到"以少总多，情貌无遗"，必须"善于适要"，洞"晓会通"。也就是说对物色的把握需要抓住其善能体现人心的要害，以简洁的描写充分展示丰富的心灵世界。"物有恒姿，而思无定检"，又是刘勰总结出的一条创作规律。由于物象虽然众多，但它本身都有一定的恒常姿态。可是人的思绪则并无常规，始终是随时随地不断变化的，大家都写月亮，可是各人表达的情感可以完全不同；作者笔下的秋风可以是悲凉萧杀的，也可以是清爽愉悦的；描写春风可以是和润温暖的，也可以是感伤悲泣的。因此物色无尽，情思无限。为此作家要广泛观察美好的江山物色，努力借助江山美景呈现自己的精神境界，所以说“屈平所以能洞监风骚之情者，抑亦江山之助乎！”在这里也为文学地理学作出了比较早的生动理论概括。

语译：

春秋季节更换替代，阳舒阴惨回旋无穷，自然界风物景色的变动演化，必然会触发人的情感使心灵摇曳不定。春天来到阳气萌发黑蚂蚁开始出来爬行，进入秋天阴气凝结萤火虫储备过冬食物，这些微小的昆虫尚且受到季节变化感应，所以春夏秋冬四季更替对宇宙万物的感触是很深刻的。而人有珪璋美玉般聪慧心灵，绿树鲜花般清秀气质，外界物色的感召，谁能够安闲平静而不激情荡漾呢！每当新春时节春意盎然，情绪愉快高兴十分舒适安逸；转入阳光灿烂的初夏时光，心情欢乐喜悦而尚未完全畅达；进到天高气爽的辽阔清秋，阴沉愁苦的意志愈发远长；而到白雪纷飞的凛凛寒冬，矜持严肃的思虑极为渊深。每年四季都有不同景物，不同景物各有特殊容貌；感情随着物色变迁，文辞顺应感情发出。一叶飘落尚且可以兴起情意激发，小虫鸣叫也足可诱使人心激荡，更何况清风、明月共存的夜晚，朗日与春林同在的白天呢！

诗人受外界事物感触，产生无穷联想类比；构思流连徘徊于千景万象之际，视听密切接触于耳闻目见之间。书写生气描绘容貌（指撰写篇章），心灵世界随着外界物象婉转曲折；铺叙藻采模仿声音（指撰写篇章），外界物象亦随着心灵世界往复徘徊。（《诗经》）以“灼灼”形容桃花鲜艳，用“依依”写尽杨柳窈窕，以“杲杲”描绘日出容颜，用“瀌瀌”比拟雨雪茂盛，以“喈喈”仿效黄鸟鸣叫，用“喓喓”比喻草虫声韵。“皎日”“嘒星”，以一个词穷尽事物义理；“参差”“沃若”，以两个字写尽景象形貌。都是用极少文字总括丰富内容，使情理容貌展现没有遗漏。即使思考再历经千百年，又如何更易改换呢？《离骚》在《诗经》之后勃兴，触物联类引申悠长，事物形貌难以穷尽，故重沓描绘舒写状态，于是就有“嵯峨”之类描写高峻险要的辞藻共同聚集，“葳蕤”之类描写浓郁茂盛的词语一起堆积。及至司马相如之类的辞人，追求诡奇瑰丽的声势,刻意模仿描绘山水,辞藻形象连贯而出,恰如扬雄所说"诗人之赋华丽典则而文辞精约,而辞人之赋华丽过度而辞句繁琐"。至于《诗经·小雅》吟咏鲜艳花朵,有的黄色有的白色;《离骚》吟咏秋天兰花,绿色翠叶紫色花茎。描绘色彩的辞藻,贵在合适时机出现,如果青黄字眼频繁出现,那就不值得珍贵了。

自近代(晋宋)以来,文学创作偏重在外在形态的逼真描写,专门窥测风物景色的情状,钻研考察草木花卉的容貌。激情感发吟咏诗歌,志向惟求深沉悠远,微妙贴切摹写景物,功力正在密附物态。故以精巧言辞确切抒写事物状貌,有如印玺压在印泥之上,不需加以雕琢刻削,即能摹写曲尽毫发无差。故能从语辞看出容貌姿质,由文字可知季节时态。然而宇宙事物皆有恒常态势,而人的思维却没有固定格式,或者落笔瞬间妙想登峰造极,或者精细思考情意愈加疏略。而且《诗经》《楚辞》对物色的典范描写,已经掌握基本要领,后代的杰出文人,亦难以与之争锋。都只能遵循《诗经》《楚辞》已有成规运用得更加巧妙,顺应《诗经》《楚辞》的态势而借此创造新奇巧妙,善于适应创作机缘要领,则可翻旧出新化腐朽为神奇了。春夏秋冬四季纷纭变幻轮回无穷,而诗人意兴萌发贵在悠闲自在(与物色相互感应融为一体);自然物色虽然纷繁复杂,而运用文辞贵在简洁明练:务使诗味盎然轻盈缥缈,情感鲜明而日新月异。自古以来诗人辞家,代代相继接踵文坛,无不在前人基础上错综变化,有因有革从而成就伟业,之所以能做到自然物色虽有穷尽而感情抒发始终应对有余,是因为他们清晰知晓如何融会贯通。山林川泽的美丽景色,确实是引发文人丰富思绪的宝库,文辞简略则必然有所阙失,文辞丰赡则往往过于繁富,然而屈原之所以能洞察《诗经》的情趣韵味,形成《楚辞》的微妙构思,难道不是美好江山的帮助吗!

总论:山峰叠嶂流水蜿蜒,绿树丛生合云聚霞。目视心摇往还不绝,内心情思汹涌无涯。迟迟春日阳光和煦,飒飒秋风凋落翠华,情意物化赠送美景,物色人化报答无瑕。

注订：

(1)《离骚》:“日月忽其不淹兮,春与秋其代序。”王逸注:“淹,久也。”“代,更也;序,次也。言日月昼夜常行,忽然不久。春往秋来,以次相代。”《昭明文选》张衡《西京赋》:“夫人在阳时则舒,在阴时则惨,此牵乎天者也。”薛综注:“阳,谓春夏;阴,谓秋冬。牵,犹系也。”五臣张铣注:“舒,逸也;惨,戚也。言此气牵属于天。”李善注:“《春秋繁露》曰:‘春之言犹偆也,偆者,喜乐之貌也。秋之言犹湫也,湫者,忧悲之状也。’”

(2)《大戴礼·夏小正》:“玄驹也者,蚍也。”蚍,同蚁,黑蚂蚁。阴律,即阴气。《汉书·律历志》:“律有十二,阳六为律,阴六为吕。”“阴律”,即阴吕。律,是律吕通称。此以乐律代替节气。“丹鸟”,萤火虫。“羞”,储备吃食。《大戴礼记·夏小正》:“丹鸟羞白鸟。丹鸟也者,谓丹良也。白鸟也者,谓蚊蚋也。其谓之鸟者何也?重其养者也。有翼者为鸟。羞也者,进也,不尽食也。”崔豹《古今注》:“萤虫,一名丹良,一名丹鸟。”范文澜《文心雕龙注》:“按‘丹良’即‘螳螂’之转音,丹良即螳螂也。”可备一说。

(3)“珪璋”,美玉礼器。“惠心”,美好惠德之心。《礼记·礼器》:“圭璋特。”孔颖达《正义》:“‘圭璋特’者,‘圭璋’,玉中之贵也;‘特’谓不用他物媲之也。诸侯朝王以圭,朝后执璋,表德特达不加物也。”“惠心”,《周易·益卦》九五:“有孚惠心,勿问元吉。有孚,惠我德。”注:“得位履尊,为益之主者也。为益之大,莫大于信。为惠之大,莫大于心。因民所利而利之焉。惠而不费,惠心者也。信以惠心,尽物之愿,固不待问而‘元吉’。‘有孚,惠我德’也,以诚惠物,物亦应之,故曰‘有孚,惠我德’也。”《昭明文选》陆机《日出东南隅行》:“淑貌耀皎日,惠心清且闲。”此处说明外物和人类互相有内在感应。各家解说珪璋、英华,谓指珍贵人品、杰出人才,不符合刘勰原意,是不正确的。此处珪璋、英华皆系外界物色,指其对人有感应、召唤的作用。

(4)《楚辞·招魂》:“乱曰:献岁发春兮,汩吾南征。”王逸注:“献,进。”“征，行也。言岁始来进，春气奋扬，万物皆感气而生，自伤放逐，独南行也。”洪兴祖《补注》：“五臣云：‘汩，疾也。’”“悦豫”，愉悦。

（5）“孟夏”，谓初夏。《楚辞·九章·怀沙》：“滔滔孟夏兮，草木莽莽。”王逸注：“滔滔，盛阳貌也。”“郁陶”，此处所言“郁陶”与前面《书记》篇及《情采》篇所言“郁陶”，含义不全相同。《书记》篇“散郁陶”之“郁陶”，谓忧思郁结也。而《情采》篇“心非郁陶”之“郁陶”，则指情感积聚，既可为忧思之情，亦可为喜悦之情。至于此《物色》篇，“郁陶”则指喜悦之情而未畅达也。《礼记·檀弓》“人喜则斯陶”，孔颖达《正义》：“陶者，郁陶。郁陶者，心初悦而未畅之意也。……《尔雅》云：‘郁陶，繇喜也。’何胤云：‘陶，怀喜未畅意也。孟子曰：‘郁陶以思君。’’”阎若璩《尚书古文疏证》卷四第五十六条云：“《尔雅·释诂》篇：‘郁陶，繇喜也。’郭璞注引《孟子》曰‘郁陶思君’，《礼记》曰‘人喜则斯陶，陶斯咏，咏斯犹’。犹即繇也。邢昺疏皆谓欢悦也。郁陶者，心初悦而未畅之意也。”此意方可与“孟夏”相应，并与前文“阴阳惨舒”一致，春夏为阳，故舒；秋冬为阴，故惨。《汉语大辞典》释“郁陶”亦有多个义项。

（6）《楚辞·九辨》：“泬寥兮天高而气清。”王逸注：“泬寥，旷荡空虚也。”“秋天高朗，体清明也。言天高朗，照见无形。”

（7）《楚辞·九章·涉江》：“霰雪纷其无垠兮。”王逸注：“涉冰冻之盛寒。”洪兴祖《补注》：“霰，霙（雪花）也。一曰：雨雪杂。垠，畔岸也。”“矜肃”，严肃庄重。

（8）《左传》昭公九年：“事有其物，物有其容。”杜预注：“事，政令。物，类也。容，貌也。”

（9）萧子显《自序》：“若乃登高极目，临水送归，风动春朝，月明秋夜，早雁初莺，开花落叶，有来斯应，每不能已也。”锺嵘《诗品序》：“气之动物，物之感人，摇荡性情，形诸舞咏。……若乃春风春鸟，秋月秋蝉，夏云暑雨，冬月祁寒，斯四候之感诸诗者也。”

（10）这里“随物婉转”的主语是“心”，而“与心徘徊”的主语是“物”，心随物婉转，物与心徘徊，他把文学创作中的心物关系，也就是主体与客体的关系,做了非常辩证的说明。主体要依赖于客体,客体又随顺主体。心因物而起,物随心而见。作家的思想感情是受外界事物的触发而产生的,而他对外界事物的描绘又是按照自己主体的认识而进行的。“随物宛转”是强调作家在创作过程中通过描写客观现实来体现自己主观的思想感情时,必须注意到不能因主观愿望而改变客观事物的内在规律。只有在艺术表现中充分尊重了客观的“物”的内在之“势”,才能恰到好处地符合于描写对象之特点,从而使内心与外境相适应,防止创作中的主观随意性。“与心徘徊”,是指创作过程中客体的描写应当符合于表达主观情意(主体)的需要。客观事物是十分丰富的,现实生活是极为复杂的,选择什么,不选择什么,突出什么,略去什么,都是应当以如何更好地反映主观情意为转移的。这就是说,要以心为主去驾驭客观事物。“徘徊”在这里当是与“宛转”同义的词语。从这一方面说,客观的“物”,乃是经过了作家主观的“心”的改造的。但是,这并不是一种主观随意的改造,而是在“随物宛转”即不违背客观事物本身规律性的前提下的改造,所以,客观虽是服从于主体的,却又是并不丧失它本身的自然本性的。艺术的创造进入了物化的阶段,主体与客体两者是完全融合为一了,既是“随物宛转”,又是“与心徘徊”。这正像黑格尔在其《美学》中所指出的:“在艺术里,感性的东西是经过心灵化了的,而心灵的东西也借感性化而显现出来。”艺术的创造“必须是一种心灵的活动,而这种心灵的活动又必须同时具有感性和直接性的因素”。“在艺术创造里,心灵的方面和感性的方面必须统一起来。”(《美学》第一卷 46—47 页)人的审美意识也正是在这个过程中显现出来的。艺术作品也是在这个过程中创造出来的。刘勰当然不可能像黑格尔那样能从哲学和美学的高度来作出深刻的理论分析,但是,他确实是把艺术创造过程中主体与客体辩证统一的两个相反相成的进程,生动形象地展现了出来,并且对它的特点作出了具体的明确的概括,这是非常难能可贵的,也是对我国古典美学和文艺理论的一个极为重大的创造性贡献。《庄子·天下》篇:“与物宛转。”成玄英疏:“宛转,变化也。”“写气图貌”“属采附声”,均指创作作品。

(11)《诗经·周南·桃夭》:“桃之夭夭,灼灼其华。”毛传:“桃有华之盛者。夭夭,其少壮也。灼灼,华之盛也。”

(12)《诗经·小雅·采薇》:“昔我往矣,杨柳依依。”毛传:“杨柳,蒲柳也。”孔颖达《正义》:“昔出家往矣之时,杨柳依依然。”

(13)《诗经·卫风·伯兮》:“其雨其雨,杲杲出日。”毛传:“杲杲然日复出矣。”《说文》:“杲,明也。”

(14)《诗经·小雅·角弓》:“雨雪瀌瀌,见晛曰消。”毛传:“晛,日气也。”郑玄笺:“雨雪之盛瀌瀌然,至日将出,其气始见,人则皆称曰雪今消释矣。”孔颖达《正义》:“以瀌瀌,雪之盛貌。”

(15)《诗经·周南·葛覃》:“黄鸟于飞,集于灌木,其鸣喈喈。”毛传:“黄鸟,抟黍也。灌木,藂木也。喈喈,和声之远闻也。”

(16)《诗经·召南·草虫》:“喓喓草虫,趯趯阜螽。”毛传:“喓喓,声也。草虫,常羊也。趯趯,跃也。阜螽(蝗虫),蠜也。”

(17)《诗经·王风·大车》:“谓予不信,有如皦日。”陆德明《经典释文》:“皦,本又作皎。”毛传:“皦,白也。”孔颖达《正义》:“我言之信,有如皦然之白日,言其明而可信也。……皦者,明白之貌,故为白也。”《诗经·召南·小星》:“嘒彼小星,三五在东。”毛传:“嘒,微貌;小星,众无名者。三,心(心宿)。五,噣(毕星)。四更时见。”

(18)《诗经·周南·关雎》:“参差荇菜,左右流之。”毛传:“荇,接余也。流,求也。后妃有关雎之德,乃能共荇菜,备庶物,以事宗庙也。”郑玄笺:“左右,助也。言后妃将共荇菜之菹,必有助而求之者,言三夫人九嫔以下,皆乐后妃之乐。”孔颖达《正义》:“毛以为后妃性既和谐,堪居后职,当共荇菜以事宗庙。后妃言此参差然不齐之荇菜,须嫔妾左右佐助而求之。”《诗经·卫风·氓》:“桑之未落,其叶沃若。”毛传:“桑,女工之所起。沃若,犹沃沃然。”孔颖达《正义》:“毛以为桑之未落之时,其叶则沃沃然盛,以兴己色未衰之时,其貌亦灼灼然美。”“连形”,何焯改作“穷形”,黄叔琳本同,非是。当从元、明各本。

(19)《周易·系辞上》:“触类而长之,天下之能事毕矣。”《正义》:

"触类而长之者,谓触逢事类而增长之,若触刚之事类,以次增长于刚。若触柔之事类,以次增长于柔。天下之能事毕矣者,天下万事,皆如此例,各以类增长,则天下所能之事,法象皆尽,故曰天下之能事毕矣也。"

(20)《楚辞·招隐士》:"山气巃嵸兮石嵯峨。"王逸注:"嵯峨,巀嶭(山名,即嵯峨山),峻蔽日也。"洪兴祖《补注》:"五臣注:嵯峨,高貌。"《楚辞·七谏·初放》:"上葳蕤而防露兮。"王逸注:"葳蕤,盛貌。防,蔽也。"洪兴祖《补注》:"草木垂貌。"

(21)"鱼贯",游鱼之先后相续也。

(22)扬雄《法言·吾子》:"诗人之赋丽以则,辞人之赋丽以淫。""则",雅正法则。"淫",靡丽过分。《汉书·艺文志》:"大儒孙卿及楚臣屈原,离谗忧国,皆作赋以风,咸有恻隐古诗之义。其后,宋玉、唐勒,汉兴,枚乘、司马相如,下及扬子云,竞为侈丽闳衍之词,没其讽谕之义。是以扬雄悔之曰:'诗人之赋丽以则,辞人之赋丽以淫。'"

(23)刘勰"《雅》咏棠华,或黄或白",显然是指《诗经·小雅·裳裳者华》,然此谓"棠华"而非"裳华",杨明照《增订文心雕龙校注》:"据此(指《裳裳者华》),则'棠华'之'棠'原是'裳'字。王批本正作'裳',当据改。"李曰刚《文心雕龙斠诠》:"彦和'裳'作'棠',亦同音假借字。"《诗经·小雅·裳裳者华》:"裳裳者华,其叶湑兮。"毛传:"兴也。裳裳,犹堂堂也。湑,盛貌。"郑玄笺:"兴者,华堂堂于上,喻君也。叶湑然于下,喻臣也。"孔颖达《正义》:"言彼堂堂然光明者华也,在于上。又叶湑然而茂盛兮,在于下。华叶相与,共成荣茂,以兴显著者君也,在于上。美德者臣也,佐于下。"《裳裳者华》:"裳裳者华,或黄或白。"郑玄笺:"华或有黄者,或有白者,兴明王之德,时有驳而不纯。"孔颖达《正义》:"喻取其象既以黄色,兴明王德纯,故以异色喻其不纯,或有黄者,或有白者,华自有杂色与纯者,二章各举以喻,非此华本黄而变白,又非白即衰也。华一时而黄白杂色,以兴明王亦一时而善恶不纯,非先盛而后衰为不纯也。"

(24)《楚辞·九歌·少司命》:"秋兰兮青青,绿叶兮紫茎。"王逸

注:“言己事神崇敬,重种芳草,茎叶五色,芳香益畅也。”洪兴祖《补注》:“青青,茂盛也。”

(25)“摛”,舒布。《说文》:“摛,舒也。”班固《答宾戏》:“摛藻若春华。”李善注:“韦昭曰:摛,布也。”以上说明物色的描述必须恰到好处,色彩展示要适合特定时机。

(26)“近代以来,文贵形似”,锺嵘《诗品》评张华:“巧用文字,务为妍冶。”评张协:“巧构形似之言。”评谢灵运:“故尚巧似,而逸荡过之,颇以繁芜为累。”评鲍照:“善制形状写物之词。”《颜氏家训·文章》论何逊:“诗实为清巧,多形似之言。”

(27)“体物”,陆机《文赋》:“诗缘情而绮靡,赋体物而浏亮。”“印之印泥”,《吕氏春秋·适威》:“若玺之于涂也,抑之以方则方,抑之以圆则圆。”许维遹《吕氏春秋集释》:“谓其玺封之者曰泥,濡之者曰涂。……案涂即封泥。”

(28)“毫芥”,细微事物。

(29)“即字”,原作“印字”,何焯校改“即”,此据黄叔琳本改。

(30)《昭明文选》陆机《演连珠》:“动循定检。”李善注:“检,谓定检,不澜漫也。……《苍颉篇》曰:检,法度也。”“物有恒姿,思无定检”,是刘勰对客观事物和主观思维关系的重要论断,构思中的物象和思维之交互融会,是心物关系的具体体现,也是创作过程中的核心问题。客观物象的姿态是有定格的,而人对物象的认识和描绘则是没有确定法式的,带有强烈的主观色彩,可以这样认识和描写,也可以那样认识和描写,可以是全面的,也可以是部分的。也就是说客观物象被人描绘出来时,已经经过了人的主观改造,已经不完全是原来的客观形貌了。

(31)陆机《文赋》:“或操觚以率尔,或含毫而邈然。”五臣张铣注:“率尔,谓文速成。”《论语·先进》:“子路率尔而对。”朱熹《四书集注》:“率尔,轻遽之貌。”

(32)潘岳《秋兴赋》:“四时忽其代序兮,万物纷以回薄。”李善注:“《庄子》:‘黄帝曰:阴阳四时,运行各得其序。’《楚辞》曰:‘日月忽其不淹兮,春与秋兮代序。’《鹏鸟赋》曰:‘万物回薄。’”五臣吕向注:

"薄,迫也。言四时代为节序,万物递相迁迫也。"

(33)"析辞",元本、弘治本等作"折辞",误。王惟俭本作"析辞",今从王本。梅庆生本作"枏辞"。

(34)"晔晔",光彩茂盛。

(35)"接武",步履相接也。《礼记·曲礼上》:"堂上接武。"郑玄注:"武,迹也。"孔颖达《正义》:"堂上接武者,武,迹也。既不欲疾趋,故迹相接也。"

(36)《周易·系辞上》:"参伍以变,错综其数。……圣人有以见天下之动,而观其会通。"孔颖达《正义》:"参伍以变者,参,三也;伍,五也。或三或五,以相参合,以相改变,略举三五,诸数皆然也。错综其数者,错谓交错,综谓总聚,交错总聚其阴阳之数也。……谓圣人有其微妙以见天下万物之动也。……既知万物以此变动,观看其物之会合变通。"

(37)"皋壤",川泽之畔。《庄子·知北游》:"山林与!皋壤与!使我欣欣然而乐与!"

(38)"奥府",奥秘宝库。

(39)"洞监",洞鉴,洞察。刘勰"江山之助"说,成为后世文坛的习惯用语,主要说明江山胜景可以极大地触发文人情思之泉涌,有助于使之成为一代杰出文豪。

(40)"匝",回绕。曹操《短歌行》:"月明星稀,乌鹊南飞。绕树三匝,何枝可依?"

(41)"吐纳",吐出纳入。嵇康《养生论》:"又呼吸吐纳,服食养身。"李善注:"《庄子》曰:吹嘘呼吸,吐故纳新,为寿而已矣。"

(42)《诗经·豳风·七月》:"春日迟迟,采蘩祁祁。"毛传:"迟迟,舒缓也。"孔颖达《正义》:"迟迟者,日长而暄之意,故为舒缓。……人遇春暄,则四体舒泰,春觉昼景之稍长,谓日行迟缓,故以迟迟言之。"《楚辞·九歌·山鬼》:"风飒飒兮木萧萧。"飒飒,《说文》段玉裁注:"飒,风声。"

(43)"情往似赠",指人之物化。"兴来如答",指物之人化。

《才略》篇

九代之文，富矣盛矣；其辞令华采，可略而详也[1]。虞夏文章，则有皋陶六德[2]，夔序八音[3]，益则有赞[4]，五子作歌[5]，辞义温雅，万代之仪表也[6]。商周之世，则仲虺垂诰[7]，伊尹敷训[8]，吉甫之徒，并述《诗》《颂》，义固为经，文亦师矣[9]。及乎春秋大夫，则修辞聘会，磊落如琅玕之圃，焜耀似缛锦之肆[10]，薳敖择楚国之令典[11]，随会讲晋国之礼法[12]，赵衰以文胜从飨[13]，国侨以修辞扞郑[14]，子太叔美秀而文，公孙挥善于辞令[15]，皆文名之标者也。战代任武，而文士不绝[16]。诸子以道术取资，屈宋以《楚辞》发采，乐毅报书辩以义[17]，范雎上疏密而至[18]，苏秦历说壮而中[19]，李斯自奏丽而动[20]，若在文世，则扬班俦矣。荀况学宗[21]，而象物名赋，文质相称，固巨儒之情也。

汉室陆贾，首发奇采，赋《孟春》而选典诰，其辩之富矣[22]。贾谊才颖，陵轶飞兔，议惬而赋清，岂虚至哉[23]！枚乘之《七发》[24]，邹阳之上书[25]，膏润于笔，气形于言矣。仲舒专儒，子长纯史，而丽缛成文，亦诗人之告哀焉[26]。相如好书，师范屈宋，洞入夸艳，致名辞宗。然覆取精意[27]，理不胜辞，故扬子以为“文丽用寡者长卿[28]”，诚哉是言也！王褒构采，以密巧为致，附声测貌，泠然可观[29]。子云属意，辞人最深，观其涯度幽远，搜选诡丽，而竭才以钻思，故能理赡而辞坚矣[30]。桓谭著论，富号猗顿[31]，宋弘称荐，爰比相如[32]，而

《集灵》诸赋[33],偏浅无才,故知长于讽论[34],不及丽文也。敬通雅好辞说[35],而坎壈盛世,《显志》自序,亦蚌病成珠矣。二班、两刘[36],奕叶继采,旧说以为固文优彪,歆学精向,然《王命》清辩,《新序》该练[37],璇璧产于崑冈[38],亦难得而逾本矣。傅毅、崔骃,光采比肩,瑗、寔踵武,能世厥风者矣[39]。杜笃、贾逵,亦有声于文[40],迹其为才,崔、傅之末流也。李尤赋铭,志慕鸿裁,而才力沈腿,垂翼不飞[41]。马融鸿儒,思洽登高,吐纳经范,华实相扶[42]。王逸博识有功,而绚采无力。延寿继志,瑰颖独标,其善图物写貌,岂枚乘之遗术欤[43]!张衡通赡,蔡邕精雅[44],文史彬彬,隔世相望。是则竹柏异心而同贞,金玉殊质而皆宝也。刘向之奏议,旨切而调缓[45];赵壹之辞赋,意繁而体疏[46]。孔融气盛于为笔[47],祢衡思锐于为文[48],有偏美焉。潘勖凭经以骋才,故绝群于《锡命》[49];王朗发愤以托志,亦致美于序铭[50]。然自卿、渊已前,多俊才而不课学;雄、向已后,颇引书以助文[51]:此取与之大际,其分不可乱者也。

魏文之才,洋洋清绮[52],旧谈抑之,谓去植千里[53]。然子建思捷而才俊,诗丽而表逸;子桓虑详而力缓,故不竞于先鸣。而乐府清越,《典论》辩要,迭用短长,亦无懵焉[54]。但俗情抑扬,雷同一响,遂令文帝以位尊减才,思王以势窘益价,未为笃论也[55]。仲宣溢才,捷而能密,文多兼善,辞少瑕累,摘其诗赋,则七子之冠冕乎[56]!琳、瑀以符檄擅声[57],徐幹以赋论标美[58]。刘桢情高以会采,应玚学优以得文[59]。路粹、杨修,颇怀笔记之工;丁仪、邯郸,亦含论述之美:有足算焉[60]。刘劭《赵都》,能攀于前修[61];何晏《景福》,克光于后进[62];休琏风情,则《百壹》标其志[63];吉甫文理,则《临丹》成其采[64];嵇康师心以遣论[65],阮籍使气以命诗[66],殊声而合响,异翮而同飞。

张华短章，奕奕清畅，其《鹪鹩》寓意，即韩非之《说难》也[67]。左思奇才，业深覃思，尽锐于《三都》，拔萃于《咏史》，无遗力矣[68]。潘岳敏给，辞自和畅，钟美于《西征》，贾余于哀诔，非自外也[69]。陆机才欲窥深，辞务索广，故思能入巧，而不制繁[70]。士龙朗练，以识检乱，故能布采鲜净，敏于短篇[71]。孙楚缀思，每直置以疏通[72]；挚虞述怀，必循规以温雅，其品藻流别，有条理焉[73]。傅玄篇章，义多规镜；长虞笔奏，世执刚中[74]：并桢干之实才，非群华之韡萼也[75]。成公子安选赋而时美[76]，夏侯孝若具体而皆微[77]，曹摅清靡于长篇[78]，季鹰辨切于短韵[79]，各其善也。孟阳、景阳，才绮而相埒，可谓鲁卫之政，兄弟之文也[80]。刘琨雅壮而多风[81]，卢谌情发而理昭[82]，亦遇之于时势也。景纯艳逸，足冠中兴，《郊赋》既穆穆以大观，《仙诗》亦飘飘而凌云矣[83]。庾元规之表奏，靡密以闲畅[84]；温太真之笔记，循理而清通[85]：亦笔端之良工也。孙盛、干宝，文胜为史，准的所拟，志乎典训，户牖虽异，而笔彩略同[86]。袁宏发轸以高骧，故卓出而多偏[87]；孙绰规旋以矩步，故伦序而寡状[88]。殷仲文之孤兴[89]，谢叔源之闲情[90]，并解散辞体，缥缈浮音。虽滔滔风流，而大浇文意[91]。

宋代逸才，辞翰鳞萃[92]，世近易明，无劳甄序[93]。

观夫后汉才林，可参西京[94]；晋世文苑，足俪邺都[95]。然而魏时话言，必以元封为称首[96]；宋来美谈，亦以建安为口实[97]。何也？岂非崇文之盛世，招才之嘉会哉？嗟夫！此古人所以贵乎时也。

赞曰：才难然乎！性各异禀。一朝综文，千年凝锦。余采徘徊，遗风籍甚[98]。无曰纷杂，皎然可品。

简析：

本篇论作家的才能及其与创作的关系。作家才能的优劣对文章写作成败起着决定性的作用，从历史上文人的才能来看，各有自己不同的特点，因此他们的作品风格特色也千差万别。刘勰对历史上各个主要作家的才能特点做了十分细致而正确的梳理分析，并且比较了他们的差别异同。不仅善于抓住他们各自特点，并能指出其短板和不足。特别是纠正了传统评价上的不够公正之处，提出了自己更加符合实际的论断。例如他对一般人认为曹植才华比曹丕高的看法很不以为然，他认为那是人们同情曹植的窘迫遭遇，对曹丕做了皇帝压制曹植的不满所致，实际上曹丕的才能并不比曹植差。他说："魏文之才，洋洋清绮，旧谈抑之，谓去植千里。然子建思捷而才俊，诗丽而表逸；子桓虑详而力缓，故不竞于先鸣。而乐府清越，《典论》辩要，迭用短长，亦无懵焉。但俗情抑扬，雷同一响，遂令文帝以位尊减才，思王以势窘益价，未为笃论也。"应该说，刘勰的看法是正确的，做出了很客观的评价。他对很多作家才华的分析是很确切的，也是十分精彩的，例如，他说："张华短章，弈弈清畅，其《鷦鷯》寓意，即韩非之《说难》也。左思奇才，业深覃思，尽锐于《三都》，拔萃于《咏史》，无遗力矣。潘岳敏给，辞自和畅，钟美于《西征》，贾余于哀诔，非自外也。陆机才欲窥深，辞务索广，故思能入巧，而不制繁。"张华、左思、潘岳、陆机是西晋成就最高的代表性诗人，刘勰对他们的才能和创作特点的分析也是非常深刻、符合实际的。而对刘琨、卢谌、郭璞在诗歌发展中继承建安、正始传统，廓清玄言诗迷雾的作用也看得十分清楚。对玄言诗作家的不良创作倾向的批评也能击中要害。

语译：

唐、虞、夏、商、周、汉、魏、晋、宋九代的文章，十分丰富茂盛；其语言文辞的华美多采，可以总括起来详细说明。虞夏时代的文章，则有司法官皋陶阐述的六德，乐官夔校定的八音，伯益称颂大禹的赞辞，太康失国,他的五个兄弟写有《五子之歌》,这些文章歌辞温润雅正,成为后世万代的效法仪表。商朝和周朝时代,先有成汤初期的仲虺的《仲虺之诰》,成汤去世后太甲的丞相伊尹曾敷写《伊训》,周代贤臣尹吉甫等人,都曾有歌颂周宣王诗作见于《诗经》的《雅》《颂》。这些作品义理固然成为经典,文辞也足可为后代所师法。到了春秋时期的士大夫,修饰辞令参与聘问会盟,言语磊落有致有如珠宝琳琅苑圃,光彩闪烁照耀宛似锦绣丰赡市场。薳敖(孙叔敖)善于选择楚国法令典章以修明军政,随会(晋士会)注重讲解晋国礼节仪式以强化法制,晋大夫赵衰跟随公子重耳出使秦国以擅长文辞受飨盛宴,郑国大夫公孙侨(子产)以熟练修辞对付相邻强国捍卫了国家安全,晋国正卿子太叔容貌秀美又颇多文采,郑国行人公孙挥(子羽)熟悉政情又善于辞令,他们都是文才卓越而能名扬史册的人物。战国时代崇尚武力,但是杰出文士也不少。诸子以学术获得声望赞誉,屈原、宋玉以《楚辞》闪耀风采。乐毅的《报燕惠王书》明辨免身去国大义,范雎上秦昭王书叙理细密恳切至极,苏秦游说列国说辞雄壮有力切中要害,李斯的《谏逐客书》文辞典丽而富有煽动性。若是在崇尚文德的时代,可以和扬雄、班固相比配。荀卿是当时学界宗师,其状写名物说理之赋(如《礼》《知》《云》《蚕》《箴》等),文质互相辉耀,确是体现了鸿伟巨儒真实情怀。

汉代陆贾,率先发出奇特文采,撰有《孟春》等赋作三篇和文辞典诰的《新语》,他的辩说十分广博宏富。贾谊才华颖秀俊逸,文思敏捷超越骏马,议论恰当辞赋清新,这岂是虚辞滥说所能达到的呢。枚乘的《七发》,邹阳的《狱中上梁王书》,笔锋流利如有膏油润滑,气势充沛露于言语形色。董仲舒是专攻儒学名家,司马迁是纯粹史学奇才,但都有缛采华丽的文章,也就是《诗经·小雅·四月》所说的"君子作歌,维以告哀"这类作品。司马相如爱好读书,专门师法屈原、宋玉,深入发展了夸饰、艳丽文风,并知名于文坛为辞赋宗师。然而审核其精细文意,则往往情理不胜其辞藻,所以扬雄认为司马相如作品文辞华丽而缺少实用价值,这是很确切的评价!王褒构思辞采,以细密工巧为极致,模拟声音窥测物貌,轻盈飘逸可见可闻。扬雄(字子云）构意措辞，是辞人中最为深湛者，含义宽广幽远深长，选辞诡伟绚丽多姿，能够竭尽才华钻研思考，所以他的作品义理富赡而文辞坚贞。桓谭所著《新论》，其富赡号称学者中之猗顿（富甲天下的鲁人），东汉宋弘曾向光武帝推荐桓谭，说他可以和司马相如比美；然而他的《集灵宫赋》等作，偏于浅薄而毫无才情，故知他虽擅长讽刺议论，而缺乏华丽文采。冯衍（字敬通）特别爱好以文辞游说，可是身处盛世却遭遇困顿忧郁不得志，其自厉之作《显志赋》自序，则亦"蚌病成珠"（因经历坎坷而成名著）矣。班彪、班固父子和刘向、刘歆父子，都是代代相继才华出众。过去的说法认为班固文章比班彪优秀，刘歆学问比刘向精深，然而班彪的《王命论》思路清晰论理明辨，刘向的《新序》周全完备文辞精练，美玉瑞璧出于昆仑山上，难以逾越原有本质（班固之文、刘歆之学很难超出其家传本色）。东汉的傅毅和崔骃，文采光芒相互比肩，崔瑗、崔寔善能承继业绩，世代相继家传的文学风尚。杜笃、贾逵在文学方面亦有声誉，然考察他们的事迹成就，其才华只能算崔骃、傅毅以后的末流了。李尤著有《函谷关赋》《明堂铭》等，志向颇大羡慕鸿裁巨制，然而才力不足有沉湎板滞之病，如垂翼之鸟而不能高飞。马融是学识渊深的鸿儒，才思宏博周洽登高能赋，吐辞雅正满腹经纶，华实并茂相互扶持。王逸学识广博颇有成就，而绚丽文采甚觉无力。王延寿继承父志，独以瑰玮新颖拔萃出众，尤其善于图画物象描绘形貌（如《鲁灵光殿赋》），岂不是继承了枚乘流传下来的技巧吗？张衡才学渊博通达富赡，蔡邕思虑精深文辞雅正，无论文章、史学均能彬彬得体，虽隔世相望而能交互辉映。犹如青竹翠柏心性各异而同样有坚贞品质，金子美玉质地不同而皆为珍贵宝物。刘向反对外戚专权的奏议，辞旨恳切而语调宽舒；赵壹所写刺世疾邪的辞赋，文意繁杂而体制疏阔。孔融意气旺盛擅长撰写学术性政论笔札，祢衡思考锐利善于创作散文诗赋，他们才能各有自己的偏长。潘勖凭借经典驰骋才华，《九锡文》超越群才使众人绝笔；王朗抒发愤激之情以寄托志向，扬美名于序、铭之中。自司马相如、王褒以前，多自恃天赋才华而不重视经籍学问，到扬雄、刘向以后，颇多引用书籍知识以辅助创作，这是西汉和东汉构思创作取舍的大概情状，其界限区分是不可以混淆的。

魏文帝曹丕的才能，洋洋洒洒清新绮丽。可是以往的说法都对他加以贬抑，认为与曹植相比差之千里。然而曹植文思敏捷才华俊拔，诗歌瑰丽章表清逸；曹丕则思虑周详笔力舒缓，故而抢先快速完成方面难以争胜。可是他的乐府诗清新俊越，《典论》明辨要领，如能明白两人不同的长处短处，就不会有这些昏庸论说了。但世俗评论抑丕扬植，所有声音雷同一片，遂使曹丕因为做了皇帝地位尊贵而被减低才华，而曹植则因为处境窘迫受到同情而声价益高，其实这是不正确的评论。王粲才华横溢，文思敏捷又细致严密，善能兼长各种文体，运辞极少瑕疵病累，选择他的诗赋作品来看，确是七子中的最为杰出者。陈琳、阮瑀都以擅长符命、檄文写作而声誉远扬，徐幹则以写作辞赋和论说而获得美名，刘桢才情高妙而文采茂盛，应玚学识优异故文理丰赡，路粹、杨修颇具笔札书记之工巧，丁仪、邯郸淳亦有议论叙述之美懿，都是值得称道的。刘劭的《赵都赋》，足可攀上前代优秀之作；何晏《景福殿赋》，亦能以辉光照耀后进文士；应璩（字休琏）风情奕奕，《百壹》诗足可标显其远大志向；应贞（字吉甫）文理通畅，其《临丹赋》成就茂盛文采；嵇康师法心性自由论说，阮籍随其气质书写诗歌，音声不同而都构成逸响，翅膀各异而均自由飞翔。

张华篇幅短小的诗赋，神采奕奕清新明畅，他的《鷦鷯赋》寓意深远，有如韩非之《说难》。左思是奇特才士，学业渊博思虑深长，尽情锐思十年完成《三都赋》，更以出类拔萃的《咏史诗》称誉当时，可以说是勤奋创作不遗余力。潘岳才思敏捷，文辞和顺流畅，汇集美好才华于《西征赋》，又以余勇从事哀辞诔文写作，均出自内在禀赋而不外求。陆机恃仗才气欲求学识渊深，辞藻运用务求广博丰赡，虽然构思巧妙却不能抑止繁琐弊病。陆云（字士龙）爽朗干练，以识见深广抑制散乱，故能布施文采鲜明洁净，构思敏捷擅长短篇。孙楚构思作文，常常直舒胸情疏通流畅；挚虞阐述胸怀，必定循规蹈矩温文雅正，他的《文章流别论》品评作家作品，清晰而有条理。傅玄的篇章，文义较多针砭规劝可为后人借鉴；其子傅咸（字长虞）擅长笔札奏章，父子两代皆刚毅中正,具有骨干耿直的真实才华,而不是华艳百花的光鲜花萼。成公绥(字子安)撰写的辞赋时时有优美佳作,夏侯湛(字孝若)的作品具有经典规模而格局较小,曹摅(字颜远)诗歌清新绮靡善著长篇,张翰(字季鹰)诗歌明辨切实喜撰短章,他们各有自己长处。张协(字孟阳)、张载(字景阳)才华相近美盛绮丽,共同闻名于世有如孔子所说"鲁卫之政",实乃兄弟之文也。刘琨雅正壮伟颇多风骨气势,卢谌激情充沛而思理昭晰,亦都是遭遇艰难时世而形成的特色。郭璞(字景纯)诗赋艳丽俊逸,的确是晋代中兴时期的突出典范,《南郊赋》雍容华美蔚为大观,《游仙诗》云雾缭绕飘飘凌空。庾亮(字元规)的章表奏启,细腻缜密悠闲畅达;温峤(字太真)的笔札书记,循依思理清新通达,都是笔苑中之良工俊匠。孙盛、干宝皆以文才优秀而为史官,其所撰史书所标榜宗旨,志在弘扬圣人典诰训义,二人虽然师法门径不同,但笔端文采则是相同的。袁宏(字彦伯)开篇就像驰骋骏马轻松驾驭车辆,卓越出众而往往多有偏颇。孙绰撰文循规蹈矩,故条理有序而缺少描绘。殷仲文有孤高傲趣,谢混(字叔源)则闲情悠远,他们都破坏了文辞的传统体式,虚无缥缈恍惚轻浮,虽然形成滔滔不绝的清谈风气,而文意浇薄不切实际。

刘宋时代俊逸文才众多,翰墨文辞如鱼鳞集萃极其繁茂,由于已近当世大家容易明了,所以无须逐个加以甄别品评了。

考察东汉士林文人,可比西汉文坛盛况;考察晋代文苑状况,足可与曹魏邺都比美。然而曹魏文坛话语,必称汉武帝元封时代以为首要楷模;刘宋以来文苑美谈,亦以汉末建安以为敬仰话题。为什么呢?难道不是因为元封、建安都是崇尚文学的极盛时代,是朝廷招募文才的盛大聚会吗?呜呼!这就是古人珍视时机运会的原因。

总论:人才难得确乎真理,天赋性情各有异姿。有朝一日综合藻采,千载凝聚锦绣文辞。余采徘徊长久流传,遗风远播声名在斯。切莫言说纷纭复杂,品第鲜明各自有奇。

注订：

(1)《说文》:“详,审议也。”

(2)《尚书·皋陶谟》:“皋陶曰:‘宽而栗,柔而立,愿而恭,乱而敬,扰而毅,直而温,简而廉,刚而塞,强而义,彰厥有常,吉哉!日宣三德,夙夜浚明有家。日严祗敬六德,亮采有邦。’”孔安国传:“性宽弘而能庄栗。”“和柔而能立事。”“悫愿而能恭恪。”“乱,治也,有治而能谨敬。”“扰,顺也,致果为毅。”“行正直而气温和。”“性简大而有廉隅。”“刚断而实塞。”“无所屈挠,动必合义。”“彰,明。吉,善也。明九德之常,以择人而官之,则政之善。”“三德,九德之中有其三。宣,布。夙,早。浚,须也。卿大夫称家。言能日日布行三德,早夜思之,须明行之,可以为卿大夫。”“有国,诸侯。日日严敬其身,敬行六德,以信治政事,则可以为诸侯。”六德,谓九德之中有其六。

(3)《尚书·舜典》:“三载,四海遏密八音。”孔安国传:“八音:金、石、丝、竹、匏、土、革、木。”陆德明《经典释文》:“八音谓金,钟也;石,磬也;丝,琴瑟也;竹,篪笛也;匏,笙也;土,埙也;革,鼓也;木,柷敔也。”“帝曰:‘夔,命汝典乐,教胄子,……八音克谐,无相夺伦。’”

(4)《尚书·大禹谟》:“益赞于禹曰:‘惟德动天,无远弗届。满招损,谦受益,时乃天道。帝初于历山,往于田,日号泣于旻天,于父母。负罪引慝,祗载见瞽瞍,夔夔斋栗,瞽亦允若。至诚感神,矧兹有苗?’”《正义》:“禹既誓于众,而以师临苗。经三旬,苗民逆帝命,不肯服罪。益乃进谋以佐于禹曰:‘惟是有德,能动上天,苟能修德,无有远而不至。’因言行德之事:‘自满者招其损,谦虚者受其益,是乃天之常道。’欲禹修德,谦虚以来苗。既说其理,又言其验:‘帝乃初耕于历山之时,为父母所疾,往至于田。日号泣于旻天,于父母乃自负其罪,自引其恶,恭敬以事见父瞽瞍,夔夔然悚惧,斋庄战栗,不敢言己无罪。舜谦如此,虽瞽瞍之顽愚,亦能信顺。帝至和之德尚能感于冥神,况此有苗乎!’言其苗易感于瞽瞍。禹拜益受之,当言曰:‘然。’然益语也。”

(5)“五子之歌”,见《明诗》篇注(13)。

(6)“仪表”,典则,典范。

(7)《尚书·仲虺之诰》:“汤归自夏,至于大坰,仲虺作诰。”孔安国传:“为汤左相,奚仲之后。”“仲虺,臣名,以诸侯相天子。会同曰诰。”孔颖达《正义》:“汤归自伐夏,至于大坰之地,其臣仲虺作诰以诰汤,史录其言。”仲虺期汤擢用贤良,立天安命。

(8)《尚书·伊训》:“成汤既没,太甲元年,伊尹作《伊训》《肆命》《徂后》凡三篇。”孔安国传:“太甲,太丁子,汤孙也。太丁未立而卒,及汤没而太甲立,称元年。”“凡三篇,其二亡。”伊尹告诫太甲冀其承继祖业。

(9)《诗经·大雅》之《崧高》《烝民》《韩奕》《江汉》,皆为尹吉甫歌颂周宣王之作。杨明照《增订文心雕龙校注》:“按舍人明言‘吉甫之徒,并述《诗》《颂》’,则所指当非尹吉甫一人之作。黄(叔琳)、范(文澜)两家止引《诗·大雅·嵩高》《烝民》《韩奕》《江汉》四篇以注,似有未尽。据《毛诗序》:《公刘》《泂酌》《卷阿》皆召康公戒成王而作;《云汉》为仍叔美宣王而作;《常武》为召穆公美宣王而作;《駉》为史克颂鲁僖公而作。如益以刺诗,作者则更多也。”范文澜注:“‘文亦师矣’句有缺字,疑‘师’字上脱一‘足’字。”此可参考,然无据。

(10)《尚书·禹贡》:“厥贡惟球、琳、琅玕。”孔安国传:“琅玕,石而似玉。”“焜耀”,光耀明亮。《左传》昭公三年:“焜耀寡人之望。”孔颖达《正义》:“服虔云:耀,照也;焜,明也。”

(11)“蒍”,同芀。“敖”,元本、弘治本作“教”,王惟俭本作“敖”,梅庆生据曹学佺改为“敖”。《左传》宣公十二年:“随武子(士会)曰:芀敖为宰,择楚国之令典,……百官象物而动,军政不戒而备,能用典矣。”杜预注:“宰,令尹。芀敖,孙叔敖。”孔颖达《正义》:“百官尊卑不同,所建各有其物,象其所建之物而行动,军之政教不待约敕号令而自备辨也。”

(12)“随会”,姓随,即士会,随武子。《左传》宣公十六年:“晋侯使士会平王室,定王享之,原襄公相礼。殽烝。武子私问其故。王闻之,召武子曰:‘季氏,而弗闻乎?王享有体荐,宴有折俎。公当享,卿当宴,王室之礼也。'武子归而讲求典礼,以修晋国之法。"杜预注:"原襄公,周大夫。相,佐也。""武,士会谥;季,其字。""公谓诸侯。"孔颖达《正义》:"礼升殽于俎皆谓之烝,故烝为升也。郑玄《诗》笺云:'凡非谷而食之曰殽。'则殽是可食之名。切肉为殽,乃升于俎,故谓之殽烝。""若公侯来朝,王为设享,则当有体荐。荐其半体亦谓之房烝。武子谓已被王享,亦当房烝,今乃殽烝,故怪而问之。""王为公侯设享,则半解其体而荐之。为不食,故不解折,所以示其俭也。""王为公侯设宴礼,体解节折,升之于俎,即殽烝是也。其物解折,使皆可食,共食噉之,所以示慈惠也。其宴饮殽烝,其数无文。""五等诸侯总名为公,故云'公谓诸侯'。言诸侯亲来,则为之设享,又设燕也。享用体荐,燕用折俎。若使卿来,虽为设享,仍用公之燕法,亦用折俎,是王室待宾之礼也。"

(13)《左传》僖公二十三年:"他日,公(秦伯)享之(重耳)。子犯曰:'吾不如衰之文(有文辞)也。请使衰从。'公子赋《河水》,公赋《六月》。赵衰曰:'重耳拜赐。'公子降,拜,稽首,公降一级而辞焉。衰曰:'君称所以佐天子者命重耳,重耳敢不拜。'"杜预注:"《河水》,逸诗,义取河水朝宗于海,海喻秦。""《六月》,《诗·小雅》,道尹吉甫佐宣王征伐,喻公子还晋,必能匡王国。古者礼会因古诗以见意,故言赋诗断章也。其全称诗篇者,多取首章之义,他皆放此。"

(14)《左传》襄公二十五年:"郑子产献捷于晋,戎服将事。晋人问陈之罪,对曰:……仲尼曰:志有之,言以足志,文以足言。不言,谁知其志?言之无文,行而不远。晋为伯,郑入陈,非文辞不为功,慎辞哉。"郑国攻入陈国,晋伯来责问,子产做了很好的回答,晋人无语。"扞",扞卫,捍卫。

(15)《左传》襄公三十一年:"子产之从政也,择能而使之。冯简子能断大事,子大叔美秀而文,公孙挥能知四国之为,而辨于其大夫之族姓、班位、贵贱、能否,而又善为辞令。"杜预注:"(子太叔)其貌美,其才秀。""(公孙挥)知诸侯所欲为。""挥",元本、弘治本、王惟俭本、梅庆生本等皆作"翚",王利器《文心雕龙校证》:"'挥',旧本作

‘翚’，冯舒云：‘翚当作挥。’黄（叔琳）注本改‘挥’。案《左》襄二十四年、三十年、三十一年传，皆以公孙挥与子羽错举，作‘挥’者是。”

（16）战国学术繁荣，百家争鸣，孟子、荀卿为代表的儒家，庄子为代表的道家，墨子后学、韩非、李斯为代表的法家，以及名家杨朱，阴阳五行家驺衍、驺奭，纵横家苏秦、张仪等，相继迭起。

（17）《史记·乐毅列传》：“乐毅攻入临菑，尽取齐宝财物祭器输之燕。燕昭王大说，亲至济上劳军，行赏飨士，封乐毅于昌国，号为昌国君。于是燕昭王收齐卤获以归，而使乐毅复以兵平齐城之不下者。乐毅留徇齐五岁，下齐七十余城，皆为郡县以属燕，唯独莒、即墨未服。会燕昭王死，子立为燕惠王。惠王自为太子时尝不快于乐毅，及即位，齐之田单闻之，乃纵反间于燕，曰：‘齐城不下者两城耳。然所以不早拔者，闻乐毅与燕新王有隙，欲连兵且留齐，南面而王齐。齐之所患，唯恐他将之来。’于是燕惠王固已疑乐毅，得齐反间，乃使骑劫（燕将姓名）代将，而召乐毅。乐毅知燕惠王之不善代之，畏诛，遂西降赵。赵封乐毅于观津，号曰望诸君。尊宠乐毅以警动于燕、齐。齐田单后与骑劫战，果设诈诳燕军，遂破骑劫于即墨下，而转战逐燕，北至河上，尽复得齐城，而迎襄王于莒，入于临菑。燕惠王后悔使骑劫代乐毅，以故破军亡将失齐；又怨乐毅之降赵，恐赵用乐毅而乘燕之弊以伐燕。燕惠王乃使人让乐毅，且谢之曰：……乐毅报遗燕惠王书曰：‘……夫免身立功，以明先王之迹，臣之上计也。离毁辱之诽谤，堕先王之名，臣之所大恐也。临不测之罪，以幸为利，义之所不敢出也。臣闻古之君子，交绝不出恶声；忠臣去国，不絜其名。臣虽不佞，数奉教于君子矣。恐侍御者之亲左右之说，不察疏远之行，故敢献书以闻，唯君王之留意焉。’”

（18）《史记·范睢列传》：“范睢者，魏人也，字叔。……当是时，昭王已立三十六年。南拔楚之鄢郢，楚怀王幽死于秦。秦东破齐。湣王尝称帝，后去之。数困三晋。厌天下辩士，无所信。……范睢乃上书曰：‘臣闻明主立政，有功者不得不赏，有能者不得不官，劳大者其禄厚，功多者其爵尊，能治众者其官大。故无能者不敢当职焉，有能者亦不得蔽隐。使以臣之言为可,愿行而益利其道;以臣之言为不可,久留臣无为也。语曰:“庸主赏所爱而罚所恶;明主则不然,赏必加于有功,而刑必断于有罪。”今臣之胸不足以当椹质,而要不足以待斧钺,岂敢以疑事尝试于王哉!虽以臣为贱人而轻辱,独不重任臣者之无反复于王邪?且臣闻周有砥砨,宋有结绿,梁有县藜,楚有和朴,此四宝者,土之所生,良工之所失也,而为天下名器。然则圣王之所弃者,独不足以厚国家乎?臣闻善厚家者取之于国,善厚国者取之于诸侯。天下有明主则诸侯不得擅厚者,何也?为其割荣也。良医知病人之死生,而圣主明于成败之事,利则行之,害则舍之,疑则少尝之,虽舜禹复生,弗能改已。语之至者,臣不敢载之于书,其浅者又不足听也。意者臣愚而不概于王心邪?亡其言臣者贱而不可用乎?自非然者,臣愿得少赐游观之闲,望见颜色。一语无效,请伏斧质。’”此即所谓“密而至”也。

(19)《史记·苏秦列传》载苏秦游说燕、赵等国,欲联合六国抗秦,其云:“故窃为大王计,莫如一韩、魏、齐、楚、燕、赵以从亲,以畔秦。令天下之将相会于洹水之上,通质,刳白马而盟。要约曰:‘秦攻楚,齐、魏各出锐师以佐之,韩绝其粮道,赵涉河漳,燕守常山之北。秦攻韩魏,则楚绝其后,齐出锐师而佐之,赵涉河漳,燕守云中。秦攻齐,则楚绝其后,韩守城皋,魏塞其道,赵涉河漳、博关,燕出锐师以佐之。秦攻燕,则赵守常山,楚军武关,齐涉勃海,韩、魏皆出锐师以佐之。秦攻赵,则韩军宜阳,楚军武关,魏军河外,齐涉清河,燕出锐师以佐之。诸侯有不如约者,以五国之兵共伐之。’六国从亲以宾秦,则秦甲必不敢出于函谷以害山东矣。如此,则霸王之业成矣。”

(20)《史记·李斯列传》:“李斯者,楚上蔡人也。……秦宗室大臣皆言秦王曰:‘诸侯人来事秦者,大抵为其主游间于秦耳,请一切逐客。’李斯议亦在逐中。斯乃上书曰:‘臣闻吏议逐客,窃以为过矣。……夫物不产于秦,可宝者多;士不产于秦,而愿忠者众。今逐客以资敌国,损民以益雠,内自虚而外树怨于诸侯,求国无危,不可得也。’秦王乃除逐客之令,复李斯官,卒用其计谋。官至廷尉。二十余年，竟并天下，尊主为皇帝，以斯为丞相。”

(21)《史记·孟子荀卿列传》：“荀卿，赵人。年五十始来游学于齐。驺衍之术迂大而闳辩，奭也文具难施，淳于髡久与处，时有得善言。故齐人颂曰：‘谈天衍，雕龙奭，炙毂过髡。’田骈之属皆已死。齐襄王时，而荀卿最为老师。齐尚修列大夫之缺，而荀卿三为祭酒焉。齐人或谗荀卿，荀卿乃适楚，而春申君以为兰陵令。”

(22)据《汉书·艺文志》载，陆贾《春秋楚汉》九篇，《陆贾》二十三篇，又有“陆贾赋”三篇。《孟春赋》无考。《汉书·陆贾传》：“陆贾，楚人也。以客从高祖定天下，名有口辩，居左右，常使诸侯。……贾时时前说称《诗》《书》。高帝骂之曰：‘乃公居马上得之，安事《诗》《书》！’贾曰：‘马上得之，宁可以马上治乎？且汤武逆取而以顺守之，文武并用，长久之术也。昔者吴王夫差、智伯极武而亡；秦任刑法不变，卒灭赵氏。乡使秦以并天下，行仁义，法先圣，陛下安得而有之？’高帝不怿，有惭色，谓贾曰：‘试为我著秦所以失天下，吾所以得之者，及古成败之国。’贾凡著十二篇。每奏一篇，高帝未尝不称善，左右呼万岁，称其书曰《新语》。”按：“选典诰”，李详《补注》以为当作“进典语”，孙怡让《札迻》认为当作“进《新语》”，刘永济谓当作“撰典语”，皆无据，当依牟世金说是有典诰之体的《新语》解。牟世金《文心雕龙译注》：“《四库全书总目》卷九十一《新语》条说，其书‘大旨皆崇王道，黜霸术，归本于修身用人，……所援据多《春秋》《论语》之文，汉儒自董仲舒外，未有如是之醇正也’。这也是彦和称《新语》为《典语》，或谓其合于《典》《诰》的原因。”

(23)“陵轶”，超越。“飞兔”，喻骏马。《吕氏春秋·离俗览》：“飞兔、骙褭，古之骏马也。”高诱注：“日行万里，驰若兔之飞，因以为名也。”骙褭，古骏马名，见张衡《思玄赋》。《史记·屈原贾生列传》：“贾生名谊，洛阳人也。年十八，以能诵《诗》属《书》闻于郡中。……廷尉乃言贾生年少，颇通诸子百家之书。文帝召以为博士。是时贾生年二十余，最为少。每诏令议下，诸老先生不能言，贾生尽为之对，人人各如其意所欲出。诸生于是乃以为能，不及也。孝文帝说之，超迁，一岁中至太中大夫。”《汉书·贾谊传》赞：“刘向称：‘贾谊言三代与秦治乱之意，其论甚美，通达国体，虽古之伊、管未能远过也。使时见用，功化必盛。为庸臣所害，甚可悼痛。’”《汉书·艺文志》载其有《贾谊》五十八篇，赋七篇，《五曹官制》五篇。

(24)《汉书·枚乘传》：“枚乘字叔，淮阴人也，为吴王濞郎中。……汉既平七国，乘由是知名。景帝召拜乘为弘农都尉。乘久为大国上宾，与英俊并游，得其所好，不乐郡吏，以病去官。复游梁，梁客皆善属辞赋，乘尤高。孝王薨，乘归淮阴。武帝自为太子闻乘名，及即位，乘年老，乃以安车蒲轮征乘，道死。”

(25)《史记·邹阳列传》：“邹阳者，齐人也。游于梁，与故吴人庄忌夫子、淮阴枚生之徒交。上书而介于羊胜、公孙诡之间。胜等嫉邹阳，恶之梁孝王。孝王怒，下之吏，将欲杀之。邹阳客游，以谗见禽，恐死而负累，乃从狱中上书曰：‘……今人主沈于谄谀之辞，牵于帷裳之制(裴骃《史记集解》：《汉书音义》曰：言为左右便辟侍帷裳臣妾所见牵制)，使不羁之士与牛骥同皁，此鲍焦(裴骃《史记集解》：如淳曰：庄子云鲍焦饰行非世，抱木而死)所以忿于世而不留富贵之乐也。臣闻盛饰入朝者不以利污义，砥厉名号者不以欲伤行，故县名胜母而曾子不入，邑号朝歌而墨子回车。今欲使天下寥廓之士，摄于威重之权，主于位势之贵，故回面污行以事谄谀之人而求亲近于左右，则士伏死堀穴岩薮之中耳，安肯有尽忠信而趋阙下者哉！’……书奏梁孝王，孝王使人出之，卒为上客。”

(26)《艺文类聚》卷三十载有董仲舒《士不遇赋》、司马迁《悲士不遇赋》。扬雄《法言·君子》：“文丽用寡，长卿也。”《汉书·叙传》：“文艳用寡，子虚乌有，寓言淫丽，托讽终始，多识博物，有可观采，蔚为辞宗，赋颂之首。述《司马相如传》第二十七。”

(27)“覆取”，王利器据徐校本改为“核取”，杨明照《增订文心雕龙校注》：“‘核’字是。清谨轩钞本正作‘核’，《铭箴》篇‘其取事也必核以辨’，元本、弘治本、活字本、汪本等亦误‘核’为‘覆’，与此同。”李曰刚《文心雕龙斟诠》：“覆取精意，谓审察择取其精思妙意也。覆，有审察之意。《尔雅·释诂》:‘覆,审也。’《周礼·考工记·弓人》:‘覆之而角至。’郑注:‘覆,察也。’”“覆训审,见《尔雅·释诂》,谓详察之也。以校斟学立场言,凡原文训故可通,改作形似声近之字而其义又未胜者,仍以不改为是。故于《新书》、范注、刘(永济)校之说皆不取。”

(28)“故扬子”,元本、弘治本、王惟俭本等作“政杨子”,今从梅庆生本。

(29)《汉书·王褒传》:“王褒字子渊,蜀人也。宣帝时修武帝故事,讲论六艺群书,博尽奇异之好,征能为《楚辞》九江被公,召见诵读,益召高材刘向、张子侨、华龙、柳褒等待诏金马门。……褒既为刺史作颂,又作其传,益州刺史因奏褒有轶材。上乃征褒。既至,诏褒为圣主得贤臣颂其意。……其后太子体不安,苦忽忽善忘,不乐。诏使褒等皆之太子宫虞侍太子,朝夕诵读奇文及所自造作。疾平复,乃归。太子喜褒所为《甘泉》及《洞箫颂》(《昭明文选》载为《洞箫赋》),令后宫贵人左右皆诵读之。”“以密巧为致”当指其《圣主得贤臣颂》,“附声测貌”,当指其《洞箫赋》。《庄子·逍遥游》:“夫列子御风而行,泠然善也。”郭象注:“泠然,轻妙之貌。”成玄英疏:“姓列,名御寇,郑人也。……得风仙之道,乘风游行,泠然轻举,所以称善也。”

(30)“辞人”,范文澜《文心雕龙注》:“人当作义,俗写致讹。”王利器、杨明照皆从范说,并引梅庆生曰“疑误”。然皆无据。当以元、明各本作“辞人”。牟世金《文心雕龙范注补正》:“窃疑‘人’字不误。‘辞人’为彦和习用词。如‘近代辞人’‘辞人赋颂’‘辞人爱奇’等,全书共有十四次。范注所引《扬雄传》语,适足以证扬雄乃‘辞人(之)最深’者。”《汉书·扬雄传》:“扬雄字子云,蜀郡成都人也。……雄少而好学,不为章句,训诂通而已,博览无所不见。为人简易佚荡,口吃不能剧谈,默而好深湛之思,清静亡为,少耆欲,不汲汲于富贵,不戚戚于贫贱,不修廉隅以徼名当世。家产不过十金,乏无儋石之储,晏如也。自有大度,非圣哲之书不好也;非其意,虽富贵不事也。顾尝好辞赋。”班固《扬雄传赞》引桓谭曰:“今扬子之书文义至深,而论不诡(违也)于圣人,若使遭遇时君,更阅贤知,为所称善,则必度越诸子矣。”范文澜《文心雕龙注》:“子云多知奇字,亦所谓搜选诡丽也。搜选诡丽,辞深也;涯度幽远,义深也。”李曰刚《文心雕龙斠诠》:“涯度幽远:谓造诣深远也,指其立义言。”“涯度”,范围宽广蕴含深厚。

(31)《后汉书·桓谭传》:“桓谭字君山,沛国相人也。父成帝时为太乐令。谭以父任为郎,因好音律,善鼓琴。博学多通,遍习五经,皆诂训大义,不为章句。能文章,尤好古学,数从刘歆、扬雄辩析疑异。……谭著书言当世行事二十九篇,号曰《新论》,上书献之,世祖善焉。《琴道》一篇未成,肃宗使班固续成之。所著赋、诔、书、奏,凡二十六篇。”《淮南子·氾论训》:“唯猗顿不失其情。”高诱注:“猗顿,鲁之富人,能知玉理,不失其情也。”《孔丛子·陈士义》:“猗顿,鲁之穷士也。耕则常饥,桑则长寒。闻陶朱公富,往而问术焉。朱公告之曰:‘子欲速富,当畜五牸。’于是乃适河东,大畜牛羊于猗氏之南。十年之间,其滋息不可计。赀拟王公,驰名天下。以兴富于猗氏,故曰猗顿。”

(32)《后汉书·宋弘传》:“宋弘字仲子,京兆长安人也。……光武即位,征拜太中大夫。建武二年,代王梁为大司空,封栒邑侯。所得租奉分赡九族,家无资产,以清行致称。徙封宣平侯。帝尝问弘通博之士,弘乃荐沛国桓谭才学洽闻,几能及扬雄、刘向父子。”范文澜谓“爰比相如”,“恐误”。李曰刚据《汉书》改为“爰比扬刘”,郭晋稀改为“爰比扬雄”,然皆无依据。

(33)《集灵宫赋》,即《仙赋》,见《艺文类聚》卷七十八。

(34)“论”,王利器《文心雕龙校证》:“‘谕’原作‘论’,徐(𤊹)云:‘论当作谕。’铃木说同。案作‘谕’是,今据改。”杨明照《增订文心雕龙校注》:“按‘论’字不误。‘讽’指其讽谏之疏(见《后汉书》本传)言,‘论’则指《新论》。此以君山之‘讽、论’并举,正如后文评徐幹之以‘赋、论’连言然也。上疏与《新论》皆属于笔类,与辞赋异,故云‘长于讽论,不及丽文’。”今从杨说。

(35)冯衍说辞有《说廉丹》《计说鲍永》《说邓禹书》等,《后汉书·冯衍传》:“冯衍字敬通,京兆杜陵人也。祖野王,元帝时为大鸿胪。衍幼有奇才，年九岁，能诵诗，至二十而博通群书。……衍不得志，退而作赋，又自论曰：'冯子以为夫人之德，不碌碌如玉，落落如石。风兴云蒸，一龙一蛇，与道翱翔，与时变化，夫岂守一节哉？用之则行，舍之则臧，进退无主，屈申无常。故曰："有法无法，因时为业，有度无度，与物趣舍。"常务道德之实，而不求当世之名，阔略杪小之礼，荡佚人间之事。正身直行，恬然肆志。顾尝好俶傥之策，时莫能听用其谋，喟然长叹，自伤不遭。久栖迟于小官，不得舒其所怀。抑心折节，意凄情悲。夫伐冰之家，不利鸡豚之息；委积之臣，不操市井之利。况历位食禄二十余年，而财产益狭，居处益贫。惟夫君子之仕，行其道也。虑时务者不能兴其德，为身求者不能成其功。去而归家，复羁旅于州郡，身愈据职，家弥穷困，卒离饥寒之灾，有丧元子之祸。……夫睹其终必原其始，故存其人而咏其道。疆理九野，经营五山，眇然有思陵云之意。乃作赋自厉，命其篇曰《显志》。显志者，言光明风化之情，昭章玄妙之思也。'……衍娶北地任氏女为妻，悍忌，不得畜媵妾，儿女常自操井臼，老竟逐之，遂埳壈于时。然有大志，不戚戚于贱贫。……所著赋、诔、铭、说、《问交》《德诰》《慎情》书记说、自序、官录说、策五十篇，肃宗甚重其文。"

(36)"二班"，指班彪、班固。"两刘"，指刘向、刘歆。

(37)《王命论》参见《论说》篇注(23)。《汉书·楚元王传·刘向传》："向字子政，本名更生。年十二，以父德任为辇郎。既冠，以行修饬擢为谏大夫。是时，宣帝循武帝故事，招选名儒俊材置左右。更生以通达能属文辞，与王褒、张子侨等并进对，献赋颂凡数十篇。……及采传记行事，著《新序》《说苑》凡五十篇奏之。数上疏言得失，陈法戒。书数十上，以助观览，补遗阙。上虽不能尽用，然内嘉其言，常嗟叹之。"《新序》言春秋战国及秦汉间事。

(38)"璇璧"，美玉瑞璧。"崑冈"，指昆仑山上。元本作"昆岗"，弘治本作"崑岗"，王惟俭本同，梅庆生本为"昆岗"。今从黄叔琳本。

(39)《后汉书·崔骃传》："崔骃字亭伯，涿郡安平人也。……年十三能通《诗》《易》《春秋》，博学有伟才，尽通古今训诂百家之言，善属文。少游太学，与班固、傅毅同时齐名。常以典籍为业，未遑仕进之事。时人或讥其太玄静，将以后名失实。骃拟扬雄《解嘲》，作《达旨》以答焉。……所著诗、赋、铭、颂、书、记、表、《七依》《婚礼结言》《达旨》《酒警》合二十一篇。中子瑗。瑗字子玉，早孤，锐志好学，尽能传其父业。年十八，至京师，从侍中贾逵质正大义，逵善待之，瑗因留游学，遂明天官、历数、《京房易传》、六日七分。诸儒宗之。与扶风马融、南阳张衡特相友好。……瑗高于文辞，尤善为书、记、箴、铭，所著赋、碑、铭、箴、颂、《七苏》《南阳文学官志》《叹辞》《移社文》《悔祈》《草书势》、七言，凡五十七篇。其《南阳文学官志》称于后世，诸能为文者皆自以弗及。……寔字子真，一名台，字元始。少沈静，好典籍。父卒，隐居墓侧。服竟，三公并辟，皆不就。桓帝初，诏公卿郡国举至孝独行之士。寔以郡举，征诣公车，病不对策，除为郎。明于政体，吏才有余，论当世便事数十条，名曰《政论》。指切时要，言辩而确，当世称之。……所著碑、论、箴、铭、答、七言、祠、文、表、记、书凡十五篇。”范晔赞曰：“崔为文宗，世禅雕龙。”“能世”，梅庆生本作“龙世”，引范晔赞为证，当以元本、弘治本、王惟俭本等作“能世”为是。

（40）杜笃著有《论都赋》，《后汉书·文苑传·杜笃传》：“杜笃字季雅，京兆杜陵人也。……所著赋、诔、吊、书、赞、七言、《女诫》及杂文，凡十八篇。又著《明世论》十五篇。”《后汉书·贾逵传》：“贾逵字景伯，扶风平陵人也。……父徽，从刘歆受《左氏春秋》，兼习《国语》《周官》，又受《古文尚书》于涂恽，学《毛诗》于谢曼卿，作《左氏条例》二十一篇。逵悉传父业，弱冠能诵《左氏传》及五经本文，以《大夏侯尚书》教授，虽为古学，兼通五家穀梁之说。……逵所著经传义诂及论难百余万言，又作诗、颂、诔、书、连珠、酒令凡九篇，学者宗之，后世称为通儒。”

（41）“李尤”，按元本、弘治本作“李充”，王惟俭本改“李尤”。黄叔琳注：“原作李充。按《后汉书·独行传》，李充，陈留人，不言有著述；《晋中兴书》，李充，江夏人，著《学箴》。然此在贾逵之后，马融之前，则李尤也。尤在和帝时，拜兰台令史，有《函谷》诸赋，《并车》诸铭。而贾逵仕明帝时，马融仕顺桓时，以序观之，乃李尤无疑。”此依王惟俭改为“李尤”。《后汉书·文苑传·李尤传》：“李尤字伯仁，广汉洛人也。少以文章显。和帝时，侍中贾逵荐尤有相如、扬雄之风，召诣东观，受诏作赋，拜兰台令史。稍迁，安帝时为谏议大夫，受诏与谒者仆射刘珍等俱撰《汉记》。后帝废太子为济阴王，尤上书谏争。顺帝立，迁乐安相。年八十三卒。所著诗、赋、铭、诔、颂、《七叹》《哀典》凡二十八篇。”今存有李尤《函谷关赋》等五篇，《小车铭》铭文数十篇。“沉膇”，谓湿疾足肿，喻文章沉湎滞塞。《左传》成公六年：“（献子）曰：‘不可。郇、瑕氏土薄水浅（土薄地下），其恶易觏（恶，疾疢。觏，成也）。’易觏则民愁，民愁则垫隘（羸困也）。于是乎有沈溺重膇之疾（沈溺，湿疾。重膇，足肿）。”

（42）马融赋作有《琴赋》《长笛赋》《围棋赋》《樗蒲赋》《龙虎赋》等，本传载有《广成颂》。《后汉书·马融传》：“马融字季长，扶风茂陵人也，将作大匠严之子。为人美辞貌，有俊才。初，京兆挚恂以儒术教授，隐于南山，不应征聘，名重关西，融从其游学，博通经籍。恂奇融才，以女妻之。……融才高博洽，为世通儒，教养诸生，常有千数。涿郡卢植，北海郑玄，皆其徒也。善鼓琴，好吹笛，达生任性，不拘儒者之节。居宇器服，多存侈饰。常坐高堂，施绛纱帐，前授生徒，后列女乐，弟子以次相传，鲜有入其室者。尝欲训《左氏春秋》，及见贾逵、郑众注，乃曰：‘贾君精而不博，郑君博而不精。既精既博，吾何加焉！’但著《三传异同说》。注《孝经》《论语》《诗》《易》、三《礼》、《尚书》《列女传》《老子》《淮南子》《离骚》，所著赋、颂、碑、诔、书、记、表、奏、七言、琴歌、对策、遗令，凡二十一篇。”《汉书·艺文志》：“《传》曰：登高能赋，可以为大夫。”“登高”，梅庆生改“识高”，何焯校同，非是。当从元、明各本为“登高”。

（43）《后汉书·文苑传·王逸传》：“王逸字叔师，南郡宜城人也。元初中，举上计吏，为校书郎。顺帝时，为侍中。著《楚辞章句》行于世。其赋、诔、书、论及杂文凡二十一篇。又作汉诗百二十三篇。子延寿,字文考,有俊才。少游鲁国,作《灵光殿赋》。后蔡邕亦造此赋,未成,及见延寿所为,甚奇之,遂辍翰而已。曾有异梦,意恶之,乃作《梦赋》以自厉。后溺水死,时年二十余。"王逸《楚辞章句自序》:"至于孝武帝,恢廓道训,使淮南王安作《离骚经章句》,则大义粲然。后世雄俊,莫不瞻慕,舒肆妙虑,缵述其词。逮至刘向典校经书,分为十六卷。孝章即位,深弘道艺,而班固、贾逵复以所见改易前疑,各作《离骚经章句》。其余十五卷,阙而不说。又以壮为状,义多乖异,事不要括。今臣复以所识所知,稽之旧章,合之经传,作十六卷章句。虽未能究其微妙,然大指之趣略可见矣。"

(44)《后汉书·张衡传》:"张衡字平子,南阳西鄂人也。世为著姓。祖父堪,蜀郡太守。衡少善属文,游于三辅,因入京师,观太学,遂通五经,贯六艺。虽才高于世,而无骄尚之情。常从容淡静,不好交接俗人。永元中,举孝廉不行,连辟公府不就。时天下承平日久,自王侯以下,莫不踰侈。衡乃拟班固《两都》,作《二京赋》,因以讽谏。精思傅会,十年乃成。文多故不载。大将军邓骘奇其才,累召不应。衡善机巧,尤致思于天文、阴阳、历算。……安帝雅闻衡善术学,公车特征拜郎中,再迁为太史令。遂乃研核阴阳,妙尽璇机之正,作浑天仪,著《灵宪》《算罔论》,言甚详明。……著《周官训诂》,崔瑗以为不能有异于诸儒也。又欲继孔子《易》说彖、象残缺者,竟不能就。所著诗、赋、铭、七言、《灵宪》《应闲》《七辩》《巡诰》《悬图》凡三十二篇。永初中,谒者仆射刘珍、校书郎刘騊駼等著作东观,撰集《汉记》,因定汉家礼仪。上言请衡参论其事,会并卒。而衡常叹息,欲终成之。及为侍中,上疏请得专事东观,收检遗文,毕力补缀。"《后汉书·蔡邕传》:"蔡邕字伯喈,陈留圉人也。……少博学,师事太傅胡广。好辞章、数术、天文,妙操音律。……奏求正定六经文字。灵帝许之,邕乃自书丹于碑,使工镌刻立于太学门外。于是后儒晚学,咸取正焉。及碑始立,其观视及摹写者,车乘日千余两,填塞街陌。……邕前在东观,与卢植、韩说等撰补《后汉记》,会遭事流离,不及得成,因上书自陈,奏其所著《十意》(即《十志》)。……其撰集汉事,未见录以继后史。适作

《灵纪》及《十意》，又补诸列传四十二篇，因李傕之乱，湮没多不存。所著诗、赋、碑、诔、铭、赞、连珠、箴、吊、论议、《独断》《劝学》《释诲》《叙乐》《女训》《篆势》、祝文、章表、书记，凡百四篇，传于世。”

(45)《汉书·楚元王传·刘向传》：“向自见得信于上，故常显讼宗室，讥刺王氏及在位大臣，其言多痛切，发于至诚。”

(46)《后汉书·文苑传·赵壹传》：“赵壹字元叔，汉阳西县人也。……恃才倨傲，为乡党所摈，乃作《解摈》。……为《穷鸟赋》一篇。……又作《刺世疾邪赋》，以舒其怨愤。曰：‘伊五帝之不同礼，三王亦又不同乐，数极自然变化，非是故相反驳。……有秦客者，乃为诗曰：河清不可俟，人命不可延。顺风激靡草，富贵者称贤。文籍虽满腹，不如一囊钱。伊优北堂上，抗脏倚门边。鲁生闻此辞，系而作歌曰：势家多所宜，欬唾自成珠。被褐怀金玉，兰蕙化为刍。贤者虽独悟，所困在群愚。且各守尔分，勿复空驰驱。哀哉复哀哉，此是命矣夫！’……著赋、颂、箴、诔、书、论及杂文十六篇。”“体疏”，指赋下系诗，不类。范文澜注谓系诗于《穷鸟赋》后，不确，据《后汉书》乃系于《刺世疾邪赋》后。

(47)《后汉书·孔融传》：“孔融字文举，鲁国人，孔子二十世孙也。……魏文帝深好融文辞，每叹曰：‘扬、班俦也。’募天下有上融文章者，辄赏以金帛。所著诗、颂、碑文、论议、六言、策文、表、檄、教令、书记凡二十五篇。”范晔于传论中言：“若夫文举之高志直情，其足以动义概而忤雄心。故使移鼎之迹，事隔于人存；代终之规，启机于身后也。夫严气正性，覆折而已。岂有员园委屈，可以每其生哉！懔懔焉，皜皜焉，其与琨玉秋霜比质可也。”

(48)《后汉书·文苑传·祢衡传》：“祢衡字正平，平原般人也。少有才辩，而尚气刚傲，好矫时慢物。……刘表及荆州士大夫先服其才名，甚宾礼之，文章言议，非衡不定。表尝与诸文人共草章奏，并极其才思。……(黄)祖长子射为章陵太守，尤善于衡。尝与衡俱游，共读蔡邕所作碑文，射爱其辞，还恨不缮写。衡曰：‘吾虽一览，犹能识之，唯其中石缺二字为不明耳。’因书出之，射驰使写碑还校，如衡所书，莫不叹伏。射时大会宾客，人有献鹦鹉者，射举卮于衡曰：'愿先生赋之，以娱嘉宾。'衡揽笔而作，文无加点，辞采甚丽。"

(49)"潘勖《九锡》""潘勖《锡魏》"，各参见《诏策》篇注(34)及《风骨》篇注(10)。《昭明文选》潘勖《册魏公九锡文》作者"潘元茂"下李善注："《文章志》曰：潘勖，字元茂，献帝时为尚书郎，迁东海相，未发，拜尚书左丞，病卒。《魏锡》，勖所作。"

(50)《三国志·魏书·王朗传》："王郎字景兴，东海郯人也。……文帝即王位，迁御史大夫，封安陵亭侯。……明帝即位，进封兰陵侯。……朗著《易》《春秋》《孝经》《周官传》，奏议论记，咸传于世。"裴松之注："《魏书》曰：'朗高才博雅，而性严整慷慨，多威仪，恭俭节约，自婚姻中表礼贽无所受。常讥世俗有好施之名，而不恤穷贱，故用财以周急为先。'"参见《铭箴》篇注(51)、《奏启》篇注(23)。其序、铭作品今不存。残存《杂箴》数句。

(51)"俊才"，各本皆然。王利器、杨明照据《史通》引文，以为当作"役才"，谓"'俊'于义不属"。此谓自司马相如、王褒以前多天赋俊才，而不严格验证学问。扬雄、刘向虽为西汉末年学者，然实开东汉文坛风气。王、杨说不可从。《史通》所引是凭作者理解，故与原文不一致，把"雄向"写成"向雄"，即是明证。

(52)《尚书·伊训》："圣谟洋洋，嘉言孔彰。"孔安国传："洋洋，美善。言甚明可法。"

(53)时人论曹氏兄弟，可以锺嵘《诗品》为代表，以为五言诗以曹植为最高典范，置于上品，谓："陈思之于文章也，譬人伦之有周孔，鳞羽之有龙凤，音乐之有琴笙，女工之有黼黻。"而曹丕仅为中品，且云："所计百许篇，率皆鄙质如偶语。"沈约《宋书·谢灵运传论》言建安文学谓："子建、仲宣以气质为体，并标能擅美，独映当时。"而不论及曹丕。《三国志·魏书·曹植传》："陈思王植字子建。年十岁余，诵读《诗》《论》及辞赋数十万言，善属文。太祖尝视其文，谓植曰：'汝倩人邪？'植跪曰：'言出为论，下笔成章，顾当面试，奈何倩人？'时邺铜爵台新成，太祖悉将诸子登台，使各为赋。植援笔立成，可观，太祖甚异之。"陈寿评曰:"陈思文才富艳,足以自通后叶,然不能克让远防,终致携隙。"裴松之注引鱼豢曰:"余每览植之华采,思若有神。"

(54)《三国志·魏书·文帝纪》裴松之注引《魏书》:"(文帝)年八岁,能属文。有逸才,遂博贯古今经传诸子百家之书。"陈寿评曰:"文帝天资文藻,下笔成章,博闻强识,才艺兼该。"裴松之注引曹丕《典论·自叙》:"余是以少诵《诗》《论》,及长而备历五经、四部,《史》《汉》、诸子百家之言,靡不毕览。"

(55)刘勰对传统的评价提出异议,足见他不同一般的卓越之处,而且是非常正确的,纠正了历来对曹丕的错误评价,和对曹植的过高评价。

(56)《昭明文选》曹植《王仲宣诔》:"君以淑懿,继此洪基。既有令德,材技广宣。强记洽闻,幽赞微言。文若春华,思若涌泉。发言可咏,下笔成篇。"李善注:"《孔丛子》:'苌弘曰:仲尼洽闻强记,博物不穷。'"《三国志·魏书·王粲传》:"王粲字仲宣,山阳高平人也。……乃之荆州依刘表。表以粲貌寝而体弱通侻,不甚重也。……初,粲与人共行,读道边碑,人问曰:'卿能闇诵乎?'曰:'能。'因使背而诵之,不失一字。观人围棋,局坏,粲为覆之。棋者不信,以帊盖局,使更以他局为之。用相比校,不误一道。其强记默识如此。性善算,作算术,略尽其理。善属文,举笔便成,无所改定,时人常以为宿构;然正复精意覃思,亦不能加也。著诗、赋、论、议垂六十篇。"裴松之注:"《典略》曰:'粲才既高,辩论应机。锺繇、王朗等虽各为魏卿相,至于朝廷奏议,皆阁笔不能措手。'"

(57)《三国志·魏书·王粲传》:"始文帝为五官将,及平原侯植皆好文学。粲与北海徐幹字伟长、广陵陈琳字孔璋、陈留阮瑀字元瑜、汝南应玚字德琏、东平刘桢字公幹,并见友善。……瑀少受学于蔡邕。建安中都护曹洪欲使掌书记,瑀终不为屈。太祖并以琳、瑀为司空军谋祭酒,管记室,军国书檄,多琳、瑀所作也。"裴松之注引《典略》曰:"琳作诸书及檄,草成呈太祖。太祖先苦头风,是日疾发,卧读琳所作,翕然而起曰:'此愈我病。'数加厚赐。太祖尝使瑀作书与韩遂,时太祖适近出，瑀随从，因于马上具草，书成呈之。太祖揽笔欲有所定，而竟不能增损。”曹丕《与吴质书》：“孔璋（陈琳字）章表殊健，微为繁富。……元瑜（阮瑀字）书记翩翩，致足乐也。”

（58）《三国志·魏书·王粲传》裴松之注引《先贤行状》曰：“幹清玄体道，六行修备，聪识洽闻，操翰成章，轻官忽禄，不耽世荣。”曹丕《典论·论文》：“王粲长于辞赋，徐幹时有齐气，然粲之匹也。如粲之《初征》《登楼》《槐赋》《征思》，幹之《玄猿》《漏卮》《圆扇》《橘赋》，虽张、蔡不过也。……琳、瑀之章表书记，今之隽也。”《与吴质书》：“伟长（徐幹字）独怀文抱质，恬淡寡欲，有箕山之志，可谓彬彬君子矣。著《中论》二十余篇，成一家之言，辞义典雅，足传于后。”

（59）《三国志·魏书·王粲传》：“玚、桢各被太祖辟，为丞相掾属。玚转为平原侯庶子，后为五官将文学。桢以不敬被刑，刑竟署吏。咸著文赋数十篇。”《典论·论文》：“刘桢壮而不密。”曹丕《与吴质书》：“德琏（应玚字）常斐然有述作之意，其才学足以著书。……公幹（刘桢字）有逸气，但未遒耳；其五言诗之善者，妙绝时人。”谢灵运《拟魏太子邺中集诗序》：“刘桢卓荦偏人，而文最有气，所得颇经奇。”

（60）《三国志·魏书·王粲传》：“自颍川邯郸淳、繁钦、陈留路粹、沛国丁仪、丁廙、弘农杨修、河内荀纬等，亦有文采，而不在此七人之例。”裴松之注引《典略》曰：“粹字文蔚，少学于蔡邕。……建安初，以高才与京兆严像擢拜尚书郎。像以兼有文武，出为扬州刺史。粹后为军谋祭酒，与陈琳、阮瑀等典记室。及孔融有过，太祖使粹为奏，承指数致融罪，……融诛之后，人覩粹所作，无不嘉其才而畏其笔也。”《三国志·魏书·曹植传》：“太祖（魏武帝）既虑终始之变，以杨修颇有才策，而又袁氏之甥也，于是以罪诛修。植益内不自安。”裴松之注引《典略》曰：“杨修字德祖，太尉彪子也。谦恭才博。建安中，举孝廉，除郎中，丞相请署仓曹属主簿。是时，军国多事，修总知外内，事皆称意。自魏太子已下，并争与交好。又是时临菑侯植以才捷爱幸，来意投修，数与修书。”裴松之注又引《世语》曰：“修年二十五，以名公子有才能，为太祖所器，与丁仪兄弟，皆欲以植为嗣。”曹植《与杨德祖书》:“昔仲宣独步于汉南,孔璋鹰扬于河朔,伟长擅名于青土,公幹振藻于海隅,德琏发迹于此魏,足下高视于上京。当此之时,人人自谓握灵蛇之珠,家家自谓抱荆山之玉。”杨修有《答临淄侯笺》回复,后为曹操所杀。《三国志·魏书·曹植传》:“植既以才见异,而丁仪、丁廙、杨修等为之羽翼。……文帝即王位,诛丁仪、丁廙并其男口。”裴松之注:“丁仪字正礼,沛郡人也。……。(太祖)寻辟仪为掾,到与论议,嘉其才朗,……(仪)与临菑侯亲善,数称其奇才。太祖既有意欲立植,而仪又共赞之。及太子立,……杀之。”《三国志·魏书·王粲传》裴松之注引《魏略》曰:“淳一名竺,字子叔。博学有才章,又善《苍》《雅》、虫、篆、许氏字指。”“足算”,足可称道。

(61)《三国志·魏书·刘劭传》:“刘劭字孔才,广平邯郸人也。……劭尝作《赵都赋》,明帝美之,诏劭作《许都》《洛都》赋。时外兴军旅,内营宫室,劭作二赋,皆讽谏焉。”陈寿评:“刘劭该览学籍,文质周洽。”

(62)《三国志·魏书·诸夏侯曹传》:“晏,何进孙也。母尹氏,为太祖夫人。晏长于宫省,又尚公主,少以才秀知名,好老庄言,作《道德论》及诸文赋著述凡数十篇。”《昭明文选》何晏《景福殿赋》李善注引《典略》曰:“何晏,字平叔,南阳人也。尚金乡公主。有奇才,颇有材能,美容貌。魏明帝将东巡,恐夏热,故许昌作殿,名曰景福。既成,命人赋之,平叔遂有此作。平叔为散骑常侍,迁尚书主选。后曹爽反,为司马宣王斩于东市。”

(63)《三国志·魏书·王粲传》:“(应)玚弟璩,璩子贞,咸以文章显。璩官至侍中。贞咸熙中参相国军事。”裴松之注引《文章叙录》曰:“璩字休琏,博学好属文,善为书记。文、明帝世,历官散骑常侍。齐王即位,稍迁侍中、大将军长史。曹爽秉政,多违法度,璩为诗以讽焉。其言虽颇谐合,多切时要,世共传之。复为侍中,典著作。嘉平四年卒,追赠卫尉。”《昭明文选》应璩《百一诗》李善注引张方贤《楚国先贤传》曰:“汝南应休琏作百一篇诗,讥切时事,遍以示在事者,咸皆怪愕,或以为应焚弃之,何晏独无怪也。然方贤之意,以有百一篇,故曰百一。李充《翰林论》曰:‘应休琏五言诗百数十篇,以风规治道,盖有诗人之旨焉。’又孙盛《晋阳秋》曰:‘应璩作五言诗百三十篇,言时事,颇有补益,世多传之。’据此二文,不得以一百一篇而称百一也。今书《七志》曰:应璩集谓之新诗,以百言为一篇,或谓之百一诗。然以字名诗,义无所取。据《百一诗序》云:时谓曹爽曰:‘公今闻周公巍巍之称,安知百虑有一失乎?’百一之名,盖兴于此也。”

(64)应贞,字吉甫。《三国志·魏书·王粲传》:“(应)贞字吉甫,少以才闻,能谈论。正始中,夏侯玄盛有名势,贞尝在玄坐作五言诗,玄嘉玩之。举高第,历显位。晋武帝为抚军大将军,以贞参军事。晋室践阼,迁太子中庶子、散骑常侍。又以儒学与太尉荀顗撰定新礼,事未施行。泰始五年卒。”《艺文类聚》卷八载应贞《临丹赋》曰:“陟绵冈之迢邈,临窈谷之浚遐,览丹源之洌泉,眷悬流之清波,漱玄濑而漾沚,顺黄崖而荡博。……”当非全文。

(65)《三国志·魏书·王粲传》:“时又有谯郡嵇康,文辞壮丽,好言老、庄,而尚奇任侠。至景元中,坐事诛。”裴松之注:“康字叔夜。……(兄)喜为康传曰:‘家世儒学,少有俊才,旷迈不群,高亮任性,不修名誉,宽简有大量。学不师授,博洽多闻,长而好老、庄之业,恬静无欲。性好服食,尝采御上药。善属文论,弹琴咏诗,自足于怀抱之中。以为神仙者,禀之自然,非积学所致。至于导养得理,以尽性命,若安期、彭祖之伦,可以善求而得也;著《养生篇》。知自厚者所以丧其所生,其求益者必失其性,超然独达,遂放世事,纵意于尘埃之表。撰录上古以来圣贤、隐逸、遁心、遗名者,集为传赞,自混沌至于管宁,凡百一十有九人,盖求之于宇宙之内,而发之乎千载之外者矣。故世人莫得而名焉。’”嵇康以著论最为有名,除《养生论》外,尚有《答向子期难养生论》《声无哀乐论》《释私论》《管蔡论》《明胆论》《难张辽叔自然好学论》《难张辽叔宅无吉凶摄生论》等。

(66)《三国志·魏书·王粲传》:“(阮)瑀子籍,才藻艳逸,而倜傥放荡,行己寡欲,以庄周为模则。官至步兵校尉。”裴松之注:“籍字嗣宗。《魏氏春秋》曰:‘籍旷达不羁,不拘礼俗。性至孝,居丧虽不率常检,而毁几至灭性。……籍口不论人过,而自然高迈,故为礼法之士何曾等深所雠疾。大将军司马文王常保持之,卒以寿终。'"《晋书·阮籍传》:"阮籍字嗣宗,陈留尉氏人也。父瑀,魏丞相掾,知名于世。籍容貌瑰杰,志气宏放,傲然独得,任性不羁,而喜怒不形于色。或闭户视书,累月不出;或登临山水,经日忘归。博览群籍,尤好《庄》《老》。嗜酒能啸,善弹琴。当其得意,忽忘形骸。时人多谓之痴,惟族兄文业每叹服之,以为胜己,由是咸共称异。……籍能属文,初不留思。作《咏怀诗》八十余篇,为世所重。著《达庄论》,叙无为之贵。文多不录。"

(67)张华之《永怀赋》《归田赋》等均较短。"奕奕",神采飞扬貌。《晋书·张华传》:"张华字茂先,范阳方城人也。……华学业优博,辞藻温丽,朗赡多通,图纬方伎之书莫不详览。少自修谨,造次必以礼度。勇于赴义,笃于周急。器识弘旷,时人罕能测之。初未知名,著《鹪鹩赋》以自寄。……华名重一世,众所推服,晋史及仪礼宪章并属于华,多所损益,当时诏诰皆所草定,声誉益盛,有台辅之望焉。……华著《博物志》十篇,及文章并行于世。"《昭明文选》载《鹪鹩赋》序云其寓意曰:"鹪鹩,小鸟也,生于蒿莱之间,长于藩篱之下,翔集寻常之内,而生生之理足矣。色浅体陋,不为人用,形微处卑,物莫之害,繁滋族类,乘居匹游,翩翩然有以自乐也。彼鹫鹗鹍鸿,孔雀翡翠,或凌赤霄之际,或托绝垠之外,翰举足以冲天,觜距足以自卫,然皆负矰婴缴,羽毛入贡。何者?有用于人也。夫言有浅而可以托深,类有微而可以喻大,故赋之云尔。"《鹪鹩赋》与《说难》皆有全身避难之意。

(68)"奇",元本、弘治本、王惟俭本等作"立",徐𤊹校作"奇"。王利器谓"(立)即'奇'之坏文"。"覃思",思虑深长。《晋书·左思传》:"左思字太冲,齐国临淄人也。……貌寝,口讷,而辞藻壮丽。不好交游,惟以闲居为事。造《齐都赋》,一年乃成。复欲赋三都,会妹芬入宫,移家京师,乃诣著作郎张载访岷邛之事。遂构思十年,门庭藩溷皆著笔纸,遇得一句,即便疏之。自以所见不博,求为秘书郎。及赋成,时人未之重。思自以其作不谢班张,恐以人废言,安定皇甫谧有高誉,思造而示之。谧称善,为其赋序。张载为注《魏都》,刘逵注《吴》《蜀》而序之曰:'观中古以来为赋者多矣,相如《子虚》擅名于前,班固《两都》理胜其辞,张衡《二京》文过其意。至若此赋,拟议数家,傅辞会义,抑多精致,非夫研核者不能练其旨,非夫博物者不能统其异。世咸贵远而贱近,莫肯用心于明物。斯文吾有异焉,故聊以余思为其引诂,亦犹胡广之于《官箴》,蔡邕之于《典引》也。'陈留卫权又为思赋作《略解》,序曰:'余观《三都》之赋,言不苟华,必经典要,品物殊类,禀之图籍;辞义瑰玮,良可贵也。有晋征士故太子中庶子安定皇甫谧,西州之逸士,耽籍乐道,高尚其事,览斯文而慷慨,为之都序。中书著作郎安平张载、中书郎济南刘逵,并以经学洽博,才章美茂,咸皆悦玩,为之训诂;其山川土域,草木鸟兽,奇怪珍异,佥皆研精所由,纷散其义矣。余嘉其文,不能默已,聊藉二子之遗忘,又为之《略解》,祇增烦重,览者阙焉。'自是之后,盛重于时,文多不载。司空张华见而叹曰:'班张之流也。使读之者尽而有余,久而更新。'于是豪贵之家竞相传写,洛阳为之纸贵。"《昭明文选》左思《三都赋》李善注引臧荣绪《晋书》:"三都者,刘备都益州号蜀,孙权都建业号吴,曹操都邺号魏。思作赋时,吴、蜀已平,见前贤文之是非,故作斯赋,以辨众惑。"《昭明文选》载其《咏史》诗八首,锺嵘《诗品》评左思诗:"文典以怨,颇为精切,得讽谕之致。""谢康乐尝言:左太冲诗、潘安仁诗,古今难比。"

(69)《晋书·潘岳传》:"潘岳字安仁,荥阳中牟人也。……岳少以才颖见称,乡邑号为奇童,谓终、贾之俦也。……岳才名冠世,为众所疾,遂栖迟十年。出为河阳令,负其才而郁郁不得志。……岳美姿仪,辞藻绝丽,尤善为哀诔之文。"《昭明文选》潘岳《西征赋》李善注引臧荣绪《晋书》曰:"岳为长安令,作《西征赋》,述行历,论所经人物山水也。"《世说新语·文学》篇刘孝标注引《晋阳秋》曰:"(潘岳)夙以才颖发名,善属文,清绮绝世,蔡邕未能过也。"又《文学》篇:"孙兴公云:'潘文烂若披锦,无处不善。'"刘孝标注引《续文章志》曰:"岳为文,选言简章,清绮绝伦。"《晋书·潘岳传论》:"安仁思绪云骞,词锋景焕,前史俦于贾谊,先达方之士衡。……潘著哀词,贯人灵之情性。……岳藻如江,濯美锦而增绚。”“辞自”,何焯谓“自疑作旨”,黄叔琳同,王叔岷《文心雕龙缀补》:“‘旨’,俗书作‘自’,与‘自’形近,又涉下文‘自外’字而误。”张立斋《文心雕龙考异》:“上称敏给,承‘自’字亦是,不烦改从。”“贾余”,《左传》成公二年:“欲勇者,贾余余勇。”杜预注:“贾,卖也。言己勇有余,欲卖之。”“不自外”,指凭借内在天赋而不依靠外在技巧方法。

(70)《晋书·陆机传》:“陆机字士衡,吴郡人也。祖逊,吴丞相。父抗,吴大司马。机身长七尺,其声如钟。少有异才,文章冠世,伏膺儒术,非礼不动。……机天才秀逸,辞藻宏丽,张华尝谓之曰:‘人之为文,常恨才少,而子更患其多。’弟云尝与书曰:‘君苗见兄文,辄欲烧其笔砚。’后葛洪著书,称:‘机文犹玄圃之积玉,无非夜光焉,五河之吐流,泉源如一焉。其弘丽妍赡,英锐漂逸,亦一代之绝乎!’其为人所推服如此。然好游权门,与贾谧亲善,以进趣获讥。所著文章凡三百余篇,并行于世。”《世说新语·文学》:“孙兴公云:……陆文若排沙简金,往往见宝。”“孙兴公云:潘文浅而净,陆文深而芜。”《昭明文选》陆机《文赋》李善引臧荣绪《晋书》曰:“机字士衡,吴郡人。……司徒张华,素重其名,如旧相识,以文呈华(按:据梁章钜《文选旁证》引何焯校改),天才绮练,当时独绝,新声妙句,系踪张、蔡。机妙解情理,心识文体,故作《文赋》。”锺嵘《诗品》:“才高辞赡,举体华美。气少于公幹,文劣于仲宣。尚规矩,不贵绮错,有伤直致之奇。然其咀嚼英华,厌饫膏泽,文章之渊泉也。张公叹其大才,信矣!”

(71)“朗练”,非指文章,而指人品才华,故王更生、沈谦谓指“意境爽朗,文辞洗练”是错误的。本篇重点在论述文人才能品格,并说明其对文章的关系。王利器《文心雕龙校证》:“‘练’元作‘陈’,梅(庆生)据王嘉弼改,徐(㶿)校同。按王、徐改是。”《晋书·陆云传》:“云字士龙,六岁能属文,性清正,有才理。少与兄机齐名,虽文章不及机,而持论过之,号曰‘二陆’。幼时吴尚书广陵闵鸿见而奇之,曰:‘此儿若非龙驹,当是凤雏。’……所著文章三百四十九篇,又撰《新书》十篇,并行于世。”《昭明文选》刘孝标《辩命论》李善注:“《抱朴子》曰：陆士龙、士衡，旷世特秀，超古邈今。”

(72)《晋书·孙楚传》：“孙楚字子荆，太原中都人也。……楚才藻卓绝，爽迈不群，多所陵傲，缺乡曲之誉。……(王济)状楚曰：‘天才英博，亮拔不群。’”沈约《宋书·谢灵运传论》谓“子荆零雨之章”，乃“直举胸情，非傍子史”之作。“直置”，直陈设置。《文镜秘府论·地卷·十体》：“直置体者，谓直书其事，置之于句者是。”《宋书·刘穆之传》刘穆之曰：“公(指刘裕)功高勋重，不可直置。”

(73)《晋书·挚虞传》：“挚虞字仲洽，京兆长安人也。父模，魏太仆卿。虞少事皇甫谧，才学通博，著述不倦。……虞撰《文章志》四卷，注解《三辅决录》，又撰古文章，类聚区分为三十卷，名曰《流别集》，各为之论，辞理惬当，为世所重。”《文镜秘府论·天卷·四声论》：“挚虞之《文章志》，区别优劣，编辑胜辞。”《诗品序》：“挚虞《文志》，详而博赡，颇曰知言。”

(74)《晋书·傅玄传》：“傅玄字休奕，北地泥阳人也。……玄少孤贫，博学善属文，解钟律。性刚劲亮直，不能容人之短。……玄少时避难于河内，专心诵学，后虽显贵，而著述不废。撰论经国九流及三史故事，评断得失，各为区例，名为《傅子》，为内、外、中篇，凡有四部、六录，合百四十首，数十万言，并文集百余卷行于世。玄初作内篇成，子咸以示司空王沈。沈与玄书曰：‘省足下所著书，言富理济，经纶政体，存重儒教，足以塞杨墨之流遁，齐孙孟于往代。每开卷，未尝不叹息也。“不见贾生，自以过之，乃今不及”，信矣！’其后追封清泉侯。子咸嗣。咸字长虞，刚简有大节。风格峻整，识性明悟，疾恶如仇，推贤乐善，常慕季文子、仲山甫之志。好属文论，虽绮丽不足，而言成规鉴。颍川庾纯常叹曰：‘长虞之文近乎诗人之作矣！’”

(75)“桢干”，元、明各本作“杶干”，今从梅庆生本、张松孙本、黄叔琳本。“桢干”，国之栋梁。《尚书·费誓》：“峙乃桢干。”《诗经·大雅·文王》：“维周之桢。”《诗经·大雅·崧高》：“维周之翰。”毛傳：“翰，干(幹)也。”《诗经·小雅·常棣》：“常棣之华，鄂不无以韡韡。”传：“韡韡，光明也。”

(76)《晋书·文苑传·成公绥传》:“成公绥字子安,东郡白马人也。幼而聪敏,博涉经传。性寡欲,不营资产,家贫岁饥,常晏如也。少有俊才,词赋甚丽,闲默自守,不求闻达。时有孝乌,每集其庐舍,绥谓有反哺之德,以为祥禽,乃作赋美之,文多不载。又以‘赋者贵能分赋物理,敷演无方,天地之盛,可以致思矣。历观古人未之有赋,岂独以至丽无文,难以辞赞;不然,何其阙哉?’遂为《天地赋》曰:……绥雅好音律,尝当暑承风而啸,泠然成曲,因为《啸赋》曰:……张华雅重绥,每见其文,叹伏以为绝伦,荐之太常,征为博士。……所著诗赋杂笔十余卷行于世。”

(77)《晋书·夏侯湛传》:“夏侯湛字孝若,谯国谯人也。……湛幼有盛才,文章宏富,善构新词,而美容观,与潘岳友善,每行止同舆接茵,京都谓之‘连璧’。……著论三十余篇,别为一家之言。初,湛作《周诗》成,以示潘岳。岳曰:‘此文非徒温雅,乃别见孝弟之性。’”《世说新语·文学》篇刘孝标注:“《文士传》:‘湛,字孝若,……有盛才,文章巧思,善补雅词,名亚潘岳。历中书侍郎。’《湛集》载其叙曰:‘《周诗》者,《南陔》《白华》《华黍》《由庚》《崇丘》《由仪》六篇,有其义而亡其辞,湛续其亡,故曰《周诗》也。’”《晋书·夏侯湛传论》:“孝若掞蔚春华,时标丽藻。”

(78)《晋书·良吏传·曹摅传》:“曹摅字颜远,谯国谯人也。祖肇,魏卫将军。摅少有孝行,好学善属文,太尉王衍见而器之,调补临淄令。”《昭明文选》曹颜远《思友人诗》李善注:“臧荣绪《晋书》曰:曹摅,字颜远,谯国人。笃志好学,参南国中郎将,迁高密王左司马。流人王逌等寇掠城邑,摅与战,军败而死。”范文澜《文心雕龙注》:“《文选》载其五言《思友人诗》《感旧诗》各一首。《文馆词林》载《赠韩德真》《赠石崇》《赠王弘远》《赠欧阳建》《答赵景猷》五首(按,实为九首),并四言长篇,殆即彦和所指。”

(79)《晋书·文苑传·张翰传》:“张翰字季鹰,吴郡吴人也。父俨,吴大鸿胪。翰有清才,善属文,而纵任不拘,时人号为‘江东步兵’。……(顾)荣执其手,怆然曰:‘吾亦与子采南山蕨,饮三江水耳。'翰因见秋风起,乃思吴中菰菜、莼羹、鲈鱼脍,曰:'人生贵得适志,何能羁宦数千里以要名爵乎!'遂命驾而归。著《首丘赋》,文多不载。……其文笔数十篇行于世。"《世说新语·识鉴》篇刘孝标注引《文士传》:"张翰,字季鹰。……翰有清才美望,博学善属文,造次立成,辞义清新。"《昭明文选》张季鹰《杂诗》李善注引王俭《七志》曰:"张翰,字季鹰,吴郡人也。文藻新丽。""季鹰",元本、弘治本等作"李膺",误。王惟俭本、梅庆生本等作"季鹰",是。

(80)《晋书·张载传》:"张载字孟阳,安平人也。父收,蜀郡太守。载性闲雅,博学有文章。……(张)协字景阳,少有俊才,与载齐名。""景阳",元本、弘治本等作"景福",王惟俭本为"景阳",张松孙本、黄叔琳本均为"景阳",今从王惟俭本。杨明照《增订文心雕龙校注》:"梅庆生于'景福'下注'殿赋'二字。冯舒云:'福当作阳。'按史传未言张载撰有《景福殿赋》,梅误。舍人一则曰'才绮而相埒',再则曰'可谓鲁卫之政,兄弟之文也',则当以作'景阳'为是。""相埒",相同,相等。《论语·子路》:"字曰:鲁、卫之政,兄弟也。"邢昺疏:"此章孔子评论鲁、卫二国之政相似,如周公、康叔之为兄弟也。鲁,周公之封。卫,康叔之封。周公、康叔既为兄弟,康叔睦于周公,其国之政亦如兄弟也。"锺嵘《诗品序》:"晋太康中,三张、二陆、两潘、一左,勃尔复兴,踵武前王,风流未沫,亦文章之中兴也。"三张,谓张载、张协、张亢。《诗品》置张载于下品,评曰"孟阳诗,乃远惭厥弟,而近超两傅"。置张协于上品,评曰:"文体华净,少病累。又巧构形似之言。雄于潘岳,靡于太冲,风流调达,实旷代之高手。词采葱蒨,音韵铿锵,使人味之,亹亹不倦。"评价与刘勰不同,锺嵘专评五言诗,刘勰则为全面评论其才华及诗歌、散文创作。

(81)《晋书·刘琨传》:"刘琨字越石,中山魏昌人,汉中山靖王胜之后也。……初,琨之去晋阳也,虑及危亡而大耻不雪,亦知夷狄难以义伏,冀输写至诚,侥幸万一。每见将佐,发言慷慨,悲其道穷,欲率部曲死于贼垒。斯谋未果,竟为匹磾所拘。自知必死,神色怡如也。为五言诗赠其别驾卢谌曰:'……功业未及建,夕阳忽西流。时哉不我与，去矣如云浮。朱实陨劲风，繁英落素秋。狭路倾华盖，骇驷摧双辀。何意百炼刚，化为绕指柔。'琨诗托意非常，摅畅幽愤，远想张、陈，感鸿门、白登之事，用以激谌。谌素无奇略，以常词酬和，殊乖琨心，重以诗赠之，乃谓琨曰：'前篇帝王大志，非人臣所言矣。'"后被段匹磾所杀。

(82)《晋书·卢谌传》："谌字子谅，清敏有理思，好《老》《庄》，善属文。……(刘)琨为司空，以谌为主簿，转从事中郎。琨妻即谌之从母，既加亲爱，又重其才地。……谌名家子，早有声誉，才高行洁，为一时所推……撰《祭法》，注《庄子》，及文集，皆行于世。"锺嵘《诗品》评刘琨、卢谌曰："善为凄戾之词，自有清拔之气。琨既体良才，又罹厄运，故善叙丧乱，多感恨之词。中郎(卢谌)仰之，微不逮者矣。"《诗品序》："先是郭景纯用俊上之才，变创其体；刘越石仗清刚之气，赞成厥美。然彼众我寡，未能动俗。"

(83)《晋书·郭璞传》："郭璞字景纯，河东闻喜人也。父瑗，尚书都令史。时尚书杜预有所增损，瑗多驳正之，以公方著称。终于建平太守。璞好经术，博学有高才，而讷于言论，词赋为中兴之冠。好古文奇字，妙于阴阳算历。……璞著《江赋》，其辞甚伟，为世所称。后复作《南郊赋》，帝见而嘉之，以为著作佐郎。……璞撰前后筮验六十余事，名为《洞林》。又抄京、费诸家要最，更撰《新林》十篇、《卜韵》一篇。注释《尔雅》，别为《音义》《图谱》。又注《三苍》《方言》《穆天子传》《山海经》及《楚辞》《子虚》《上林赋》数十万言，皆传于世。所作诗赋诔颂亦数万言。"《世说新语·文学》篇刘孝标注引《璞别传》："文藻粲丽，才学赏豫，足参上流。其诗赋诔颂，并传于世。"锺嵘《诗品》："宪章潘岳，文体相辉，彪炳可玩，始变永嘉平淡之体，故称中兴第一。《翰林》以为诗首。但《游仙》之作，词多慷慨，乖远玄宗。其云'奈何虎豹姿'，又云'戢翼栖榛梗'，乃是坎壈咏怀，非列仙之趣也。"《昭明文选》郭璞《游仙诗》李善注："凡游仙之篇，皆所以滓秽尘网，锱铢缨绂，飡霞倒景，饵玉玄都。而璞之制，文多自叙。虽志狭中区，而辞无俗累，见非前识，良有以哉！"《南郊赋》残文见《全晋文》。"穆穆"，庄重华贵之貌。《礼记·曲礼下》:“天子穆穆。”孔颖达疏:“云天子穆穆者,威仪多貌也。天子尊重,故行止威仪多也。”

(84)《晋书·庾亮传》:“庾亮字元规,明穆皇后之兄也。父琛,在《外戚传》。亮美姿容,善谈论,性好《庄》《老》,风格峻整,动由礼节,闺门之内不肃而成,时人或以为夏侯太初、陈长文之伦也。……中兴初,拜中书郎,领著作,侍讲东宫。其所论释,多见称述。与温峤俱为太子布衣之好。”

(85)《晋书·温峤传》:“温峤字太真,司徒羡弟之子也。父憺,河东太守。峤性聪敏,有识量,博学能属文,少以孝悌称于邦族。风仪秀整,美于谈论,见者皆爱悦之。”

(86)《晋书·孙盛传》:“孙盛字安国,太原中都人。……及长,博学,善言名理。于时殷浩擅名一时,与抗论者,惟盛而已。盛尝诣浩谈论,对食,奋掷麈尾,毛悉落饭中,食冷而复暖者数四,至暮忘餐,理竟不定。盛又著医卜及《易象妙于见形论》,浩等竟无以难之,由是遂知名。……盛笃学不倦,自少至老,手不释卷。著《魏氏春秋》《晋阳秋》,并造诗赋论难复数十篇。《晋阳秋》词直而理正,咸称良史焉。”《晋书·干宝传》:“干宝字令升,新蔡人也。……宝少勤学,博览书记,以才器召为著作郎。……著《晋纪》,自宣帝迄于愍帝五十三年,凡二十卷,奏之。其书简略,直而能婉,咸称良史。……又宝兄尝病气绝,积日不冷,后遂悟,云见天地间鬼神事,如梦觉,不自知死。宝以此遂撰集古今神祇灵异人物变化,名为《搜神记》,凡三十卷。以示刘惔,惔曰:‘卿可谓鬼之董狐。’宝既博采异同,遂混虚实,因作序以陈其志曰:‘虽考先志于载籍,收遗逸于当时,盖非一耳一目之所亲闻睹也,亦安敢谓无失实者哉!……群言百家不可胜览,耳目所受不可胜载,今粗取足以演八略之旨,成其微说而已。幸将来好事之士录其根体,有以游心寓目而无尤焉。’宝又为《春秋左氏义外传》,注《周易》《周官》凡数十篇,及杂文集皆行于世。”

(87)《晋书·袁宏传》:“袁宏字彦伯,侍中猷之孙也。父勖,临汝令。宏有逸才,文章绝美,曾为《咏史诗》,是其风情所寄。少孤贫,以运租自业。谢尚时镇牛渚,秋夜乘月,率尔与左右微服泛江。会宏在舫中讽咏，声既清会，辞又藻拔，遂驻听久之，遣问焉。答云：'是袁临汝郎诵诗。'即其咏史之作也。尚倾率有胜致，即迎升舟，与之谭论，申旦不寐，自此名誉日茂。……从桓温北征，作《北征赋》，皆其文之高者。尝与王珣、伏滔同在温坐，温令滔读其《北征赋》，至'闻所传于相传，云获麟于此野，诞灵物以瑞德，奚授体于虞者！疚尼父之洞泣，似实恸而非假。岂一性之足伤，乃致伤于天下'，其本至此便改韵。珣云：'此赋方传千载，无容率耳。今于"天下"之后，移韵徙事，然于写送之致，似为未尽。'滔云：'得益写韵一句，或为小胜。'温曰：'卿思益之。'宏应声答曰：'感不绝于余心，愬流风而独写。'珣诵味久之，谓滔曰：'当今文章之美，故当共推此生。'……撰《后汉纪》三十卷及《竹林名士传》三卷、诗赋诔表等杂文凡三百首，传于世。""发轸"，发车。《昭明文选》曹植《王仲宣诔》："发轸北魏，远迄南淮。"五臣吕向注："轸，车也。""高骧"，高举。《昭明文选》嵇康《琴赋》："参辰极而高骧。"五臣吕向注："骧，举也。……近北斗而高举，谓高也。"《世说新语·文学》篇刘孝标注引《晋阳秋》："宏少有逸才，文章绝丽。曾为《咏史》诗，是其风情所寄。"锺嵘《诗品》："彦伯《咏史》，虽文体未遒，而鲜明紧健，去凡俗远矣。"

(88)孙绰（字兴公）循规滔距，严守成法，叙述事理有条不紊，而缺少对情状的生动描绘。《晋书·孙绰传》："绰字兴公。博学善属文，少与高阳许询俱有高尚之志。居于会稽，游放山水，十有余年，乃作《遂初赋》以致其意。……绰少以文才垂称，于时文士，绰为其冠。温、王、郗、庾诸公之薨，必须绰为碑文，然后刊石焉。"《昭明文选》沈约《宋书谢灵运传论》李善注引《续晋阳秋》曰："许询有才藻，善属文，询及太原孙绰，转相祖尚，又加以三世之辞，而《风》《骚》之体尽矣。询、绰并为一时文宗，自此作者悉化之。"

(89)《晋书·殷仲文传》："殷仲文，南蛮校尉觊之弟也。少有才藻，美容貌。……仲文善属文，为世所重，谢灵运尝云：'若殷仲文读书半袁豹，则文才不减班固。'言其文多而见书少也。"其诗句"独有清秋日，能使高兴尽"（《南州桓公九井作》）可为典范。

(90)《晋书·谢混传》:“混字叔源。少有美誉,善属文。……及宋受禅,谢晦谓刘裕曰:‘陛下应天受命,登坛日恨不得谢益寿奉玺绂。’裕亦叹曰:‘吾甚恨之,使后生不得见其风流!’益寿,混小字也。”如“美人愆岁月,迟暮独如何”(《西池》),亦可为楷模。

(91)《论语·微子》:“滔滔者天下皆是也,而谁以易之?”何晏注:“孔曰:滔滔,周流之貌。言当今天下治乱同,空舍此适彼,故曰谁以易之。”邢昺疏:“长沮言,既是鲁孔丘,是人数周流天下,自知津处,故乃不告。”《世说新语·文学》篇刘孝标注引《续晋阳秋》:“(许)询、(孙)绰并为一时文宗,自此作者悉体之。至义熙中,谢混始改。”殷仲文、谢混均有改变玄言诗风气的作用。沈约《宋书·谢灵运传论》:“自建武暨乎义熙,历载将百,虽缀响联辞,波属云委,莫不寄言上德,托意玄珠,遒丽之辞,无闻焉尔。仲文始革孙许之风,叔源大变太元(孝武年号)之气。”萧子显《南齐书·文学传论》:“江左风味,盛道家之言,郭璞举其灵变,许询极其名理,仲文玄气,犹不尽除,谢混情新,得名未盛。”锺嵘《诗品序》:“爰及江表,微波尚传,孙绰许询桓庾诸公诗,皆平典似《道德论》,建安风力尽矣。先是郭景纯用俊上之才,变创其体。刘越石仗清刚之气,赞成厥美。然彼众我寡,未能动俗。逮义熙中,谢益寿斐然继作。”《诗品》评谢瞻、谢混等曰:“才力苦弱,故务其清浅,殊得风流媚趣。”

(92)“辞翰”,文辞。“鳞萃”,如鱼鳞般聚集荟萃。张衡《西京赋》:“瑰货方至,鸟集鳞萃。”李善注:“奇宝有如鸟之集、鳞之萃也。”

(93)刘勰生于刘宋时代,故不评论同时代作家。

(94)“西京”,即指前汉,因光武帝定都洛阳在东,与西汉之定都长安在西不同,故称前汉为西京。

(95)“邺都”,建安时代曹操所在的邺城。

(96)《诗经·大雅·抑》:“告之话言。”毛传:“话言,古之善言也。”“元封”,汉武帝的一个年号。《汉书·武帝纪》:“夏四月癸卯,上还,登封泰山,降坐明堂。……其以十月为元封元年。”“称首”,称其为首也。《昭明文选》司马相如《封禅文》:“前圣之所以永保鸿名而常为称首者,用此。”五臣吕向注:“言古先圣帝明王所以长保大名,为王者之首者,用此道也。”

(97)“口实”,经常谈说的话题。

(98)“籍甚”,声名极盛。《汉书·陆贾传》:“(陆)贾以此游汉廷公卿间,名声籍甚。”颜师古注:“孟康曰:‘言狼籍,甚盛。’”《昭明文选》刘孝标《广绝交论》:“公卿贵其籍甚。”五臣吕向注:“汉时公卿贵其名声。籍甚,犹名声大也。”

《知音》篇

知音其难哉！音实难知，知实难逢，逢其知音，千载其一乎[(1)]！夫古来知音，多贱同而思古[(2)]，所谓“日进前而不御，遥闻声而相思”也[(3)]。昔《储》《说》始出，《子虚》初成，秦皇汉武，恨不同时；既同时矣，则韩囚而马轻[(4)]。岂不明鉴同时之贱哉[(5)]！至于班固、傅毅，文在伯仲，而固嗤毅云：“下笔不能自休[(6)]。”及陈思论才，亦深排孔璋，敬礼请润色，叹以为美谈，季绪好诋诃，方之于田巴，意亦见矣[(7)]。故魏文称“文人相轻”，非虚谈也。至如君卿唇舌，而谬欲论文，乃称“史迁著书，咨东方朔”，于是桓谭之徒，相顾嗤笑[(8)]。彼实博徒，轻言负诮[(9)]，况乎文士，可妄谈哉！故鉴照洞明，而贵古贱今者，二主是也；才实鸿懿[(10)]，而崇己抑人者，班曹是也；学不逮文，而信伪迷真者，楼护是也。酱瓿之议[(11)]，岂多叹哉！

夫麟凤与麏雉悬绝，珠玉与砾石超殊[(12)]。白日垂其照，青眸写其形[(13)]，然鲁臣以麟为麏[(14)]，楚人以雉为凤[(15)]，魏民以夜光为怪石[(16)]，宋客以燕砾为宝珠[(17)]。形器易征[(18)]，谬乃若是；文情难鉴，谁曰易分！夫篇章杂沓[(19)]，质文交加，知多偏好，人莫圆该[(20)]。慷慨者逆声而击节[(21)]，酝藉者见密而高蹈[(22)]，浮慧者观绮而跃心[(23)]，爱奇者闻诡而惊听[(24)]。会己则嗟讽，异我则沮弃，各执一隅之解，欲拟万端之变。所谓“东向而望，不见西墙”也[(25)]。

凡操千曲而后晓声，观千剑而后识器[(26)]；故圆照之象，务先博观[27]。阅乔岳以形培塿,酌沧波以喻畎浍[28],无私于轻重,不偏于憎爱,然后能平理若衡,照辞如镜矣[29]。是以将阅文情,先标六观[30]:一观位体[31],二观置辞[32],三观通变[33],四观奇正[34],五观事义[35],六观宫商[36]。斯术既形,则优劣见矣[37]。

夫缀文者情动而辞发,观文者披文以入情,沿波讨源,虽幽必显[38]。世远莫见其面,觇文辄见其心[39]。岂成篇之足深,患识照之自浅耳[40]。夫志在山水,琴表其情[41],况形之笔端,理将焉匿[42]?故心之照理,譬目之照形,目瞭则形无不分[43],心敏则理无不达。然而俗监之迷者,深废浅售,此庄周所以笑《折杨》,宋玉所以伤《白雪》也[44]!昔屈平有言:"文质疏内,众不知余之异采[45]。"见异唯知音耳[46]。扬雄自称"心好沈博绝丽之文",其事浮浅,亦可知矣[47]。夫唯深识鉴奥,必欢然内怿[48],譬春台之熙众人[49],乐饵之止过客[50]。盖闻兰为国香,服媚弥芬[51];书亦国华,玩绎方美[52]。知音君子,其垂意焉。

赞曰:洪钟万钧,夔旷所定[53]。良书盈箧,妙鉴乃订[54]。流郑淫人,无或失听[55],独有此律,不谬蹊径[56]。

简析:

本篇论文学的鉴赏和批评。首先优秀杰出的文学批评是很不容易的,因为文学作品千差万别,深浅各异,而文学批评家的水平也各不相同,真正高水平的文学批评家很难遇到。刘勰尖锐批评了三种错误的文学批评态度:贵古贱今,崇己抑人,信伪迷真。他指出正确的文学批评必须要有客观公正的态度:"无私于轻重,不偏于爱憎。"实际上,多数文学批评家都很难做到,而往往是任凭自己的主观喜恶爱好,所以不能科学的、合理的评价作品,这就是真正"知音"千载难逢的重要原因。但是仅仅有客观公正的态度还是不够的,那只是一个前提,要能够科学地深刻评价文学作品,必须要批评家自身有很高的修养。必须要求批评家有广博的学识,特别是对古今众多的文学作品十分熟悉,而且具有各个方面的文化知识,当然最好也能有创作实践经验。文学批评家应当具有深邃透彻的认识能力和分析能力,也就是刘勰所说的要具备"圆照之象",圆照是佛家对人的认识能力的最高要求,能够精深知晓宇宙一切事物,故而必须"务先博观"。没有广博的知识和洞察的能力,是无法去深入评价文学作品的。同时,一个批评家还必须熟悉文学批评的途径和方法,这就是"六观"。六观不是文学批评的标准,而是根据文学创作的构成和特点所提出的,如何具体辨析文学作品优劣的几个基本方面,也就是说要从位体、置辞、通变、奇正、事义、宫商六个角度,去解剖作品优劣得失。至于文学批评的具体标准,则要从刘勰关于"圣文之雅丽""文能宗经,体有六义"等重要论述中去研究。刘勰在本篇中提出了一个非常重要的问题,就是文学创作过程和文学批评过程是相反的,前者从情到辞,后者由辞入情,这是一个极为精确和深刻的定义性理论概括,也是文学批评家进行批评鉴赏必须要懂得的,而六观就是如何由辞入情的具体路径。同时刘勰又十分明确地指出,文学批评成败的关键在于能否"见异",只有能"见异",看出作品区别于其他作品的独特特点,才是真正有识鉴的批评家、鉴赏家。换句话说,文学批评的目的就是要找出每一篇作品不同于以往任何作品的新颖之处,这才是文学批评的关键所在。

语译:

要真正做到知音(懂得文学作品)是很困难的。"音"(文学作品)确实是很不容易理解知晓的,而"知"(真正懂得文学作品的批评家)也是很难遇到的,能够遇到真正的"知音"者,千百年也不一定有一个!自古以来的"知音"者,往往只思念古人而蔑视同时代人(崇敬古人而贱弃今人),就如《鬼谷子》所说"天天出现在眼前的人不加重用,而总是思慕遥闻名声很大却没有见到的人"。往昔韩非的《内外储》《说难》开始撰成，司马相如的《子虚赋》刚刚写出，秦始皇、汉武帝看到后恨不得与韩非、司马相如相处同一时地，可是当（韩非到了秦国、司马相如到了汉廷）已经相处同时同地，结果秦始皇听信李斯谗言而囚禁韩非、汉武帝则对司马相如十分轻视，这就充分证明他们对同时代人都是看不起的。至于东汉的班固和傅毅，文学才华相似犹如伯仲之间，可是班固嗤笑傅毅，说他"拿起笔来写作，不知道到哪里应该停止"。陈思王曹植论文人才士，特别排斥陈琳（字孔璋），丁廙（字敬礼，丁仪弟）请他帮助润色文章，曹植极为赞叹以为是"美谈"。刘修（字季绪）喜欢诋毁别人文章，曹植把他比喻为春秋时齐国善辩的田巴，批评他崇己抑人的意思非常明显。所以曹丕提出"文人相轻"，并非无的放矢。楼护（字君卿）只是口才好，却妄想议论文章美丑，甚至说："司马迁著《史记》，曾咨询东方朔。"于是后来桓谭等学人，互相引为笑谈。楼护实际只是一个低贱赌徒，尚且因言论轻率而被后人嘲讽，何况是正经的文人，岂能随意妄作评论！所以识见丰赡高超深刻，而重视古人轻视今人的，秦始皇、汉武帝两位君主是也；才华横溢博大精深，而推崇自己压抑别人的，班固、曹植是也；学识浅薄不足论文，而相信谎言迷失真实的，楼护是也。这种议论文章只能用来覆盖酱坛子，古人的这种感叹绝不是多余的呀。

高贵稀有的麒麟、凤凰和低贱常见的獐鹿、山鸡差别悬殊，珍珠、宝玉和瓦砾、石块差异极为明显。白天阳光覆盖照耀，眼睛明亮观察形态十分清楚，然而鲁国家臣却把麒麟看做是麇鹿，楚国路人则将山鸡当作了凤凰，魏国田夫误以夜光明珠为怪奇石块，宋国愚人看见燕国砂砾以为是珍珠宝玉。有形状器物很容易辨别其特征，却谬误到如此程度，文学作品情状极其复杂很难鉴别，谁说容易区分优劣？文学作品众多繁杂，质朴与文华交叉错列，对作品的理解和认识多数人有自己爱好和偏见，很少人能有全面客观的圆融评价。慷慨激昂的人迎着高亢声音而敲打节拍，性格含蓄的人看见隐秘之作而手舞足蹈，浮华巧慧的人看见绮丽文章而欢呼雀跃，热爱新奇的人听闻诡瑰新品而惊喜不已。符合自己心意的就感叹赞赏，不合自己兴趣的则沮丧遗弃，各人都执持一隅之见，欲依此衡量变化万千的不同作品，这就是所谓“向东面观望，而看不见西边墙壁”。

要操练过上千种乐曲然后才会真正知晓音乐，要观看过上千把宝剑然后才会识别什么是最锋利宝剑。要周密深邃地洞察作品奥妙，必须先具备广博地观察研究古今作品的经验。只有观看过高山峻岭才能显出土山的渺小，只有亲临过沧海波涛才能体会沟壑的浅陋。文学批评者必须不以私欲好恶去衡量作品优劣，不以爱憎偏向作为判断作品标准，才能像天平那样给出公正合理评价，像镜子一般显示作品的真实面目。所以在开始评阅作品之前，先要标举六个基本途径：一是“位体”——考察文学作品的体裁风格和它所包含的情理是否相契合，二是“置辞”——研究文辞运用能否充分表达内容，三是“通变”——考察文学作品是否做到了在继承基础上有革新创造，四是“奇正”——研究内容是否纯正、形式是否华美，两者关系处理是否恰当，五是“事义”——考察文学作品中所描写的客观内容与作家主观情志是否协调)，六是“宫商”——研究声律能否做到有和、韵之美。这些技巧方法都掌握好了，作品的优劣即能清晰地呈现出来。

文学创作是作家将内在情感激荡转化为文辞的过程，批评家、鉴赏家的文学欣赏则是从接触文辞而逐渐深入到作家的情感世界的过程，顺着水流的波纹去追溯其源头，尽管其内心感情是很幽隐的也会随着对文辞的研究而逐渐明朗。纵然时代十分久远看不到作家当时创作的情况，但是可以通过作品清晰地了解作家的心灵状态。且不要怪罪作品过分深奥，而要明白实在是自己识见太过浅薄。故俞伯牙志向在于山水，其琴声就明白体现出了他的心情，更何况文学作品是用笔墨写出来的文辞，其情理又如何能隐藏得了呢？心灵对于情理的洞察，好像眼睛对于事物形貌的观察，如果眼光雪亮则事物形态没有不清清楚楚的，如果心灵敏锐则没有情理不能认识得明明白白的。然而世俗者迷失正确的鉴别判断，意义深刻的被废弃而内容浅薄的反而被赏识，所以庄子嘲笑那些(不懂《咸池》《大韶》之乐)喜欢俚俗小曲《折杨》《皇华》者，宋玉感叹国中很少人懂得《阳春》《白雪》这样高雅的乐曲。以前屈原曾说:“我内心情思通达而外表质朴木讷,众人都不知道我的特异才华文采。”只有真正懂得作品不同于其他作品特点的,才是真正的“知音”!扬雄自称:“年少时特别喜欢深奥渊博华艳绚丽的文章。”他曾经喜欢浮浅的创作,也可以清楚知道了。只有识见精锐善于鉴别深奥作品的人,自然就会从内心感到欢欣喜悦,犹如熙熙攘攘的游人春日登台观赏无比欢畅,过客在美妙音乐和香甜食物的引诱下止步不前。听说兰花是最香的国花,喜欢佩戴它芬芳无比,好书乃是国家的光华,认真研读玩味方知是最美享受。希望真正的文学批评家,多多加以留意。

总论:洪钟乐器千万斤重,乐官夔、旷共同制定。优良好书满箧盈箱,圣贤鉴别精妙修订。郑声淫人流荡不停,无或失听雅正不兴。辨识清晰确认律则,自可纠谬不离蹊径。

注订:

(1)“音”,以音乐代指文学作品。“知”,前一个“知”(音实难知)指对文学作品的理解;后一个“知”(知实难逢)指知音者,即真正懂得文学作品的批评家。“知音”之说当本于伯牙与锺子期故事,《列子·汤问》篇:“伯牙善鼓琴,锺子期善听。伯牙鼓琴,志在登高山。锺子期曰:‘善哉!峨峨兮若泰山。’志在流水,锺子期曰:‘善哉!洋洋兮若江河!’伯牙所念,锺子期必得之。”《吕氏春秋·本味》:“伯牙鼓琴,锺子期听之。方鼓琴而志在泰山;锺子期曰:‘善哉乎鼓琴,巍巍乎若泰山。’少选之间,而志在流水;锺子期又曰:‘善哉乎鼓琴,汤汤乎若流水。’锺子期死,伯牙破琴绝弦,终身不复鼓琴。”曹丕《与吴质书》:“昔伯牙绝弦于锺期,仲尼覆醢于子路,痛知音之难遇,伤门人之莫逮。”

(2)“贱同思古”,即重古轻今。《淮南子·修务训》:“世俗之人,尊古而贱今。”

(3)《鬼谷子·内揵》篇:“君臣上下之事,有远而亲,近而疏,就之不用,去之反求,日进前而不御,遥闻声而相思。”陶弘景注:“分违则日进前而不御，理契则遥闻声而相思。”“御”，用也。“声”，名声。

(4)《史记·老子韩非列传》：“(韩)非见韩之削弱，数以书谏韩王，韩王不能用。……故作《孤愤》《五蠹》《内外储》《说林》《说难》十余万言。……人或传其书至秦。秦王见《孤愤》《五蠹》之书，曰：‘嗟乎！寡人得见此人与之游，死不恨矣。’李斯曰：‘此韩非之所著书也。’秦因急攻韩。韩王始不用非，及急，乃遣非使秦。秦王悦之，未信用。李斯、姚贾害之，毁之曰：‘韩非，韩之诸公子也。今王欲并诸侯，非终为韩不为秦，此人之情也。今王不用，久留而归之，此自遗患也，不如以过法诛之。’秦王以为然，下吏治非。李斯使人遗非药，使自杀。韩非欲自陈，不得见。秦王后悔之，使人赦之，非已死矣。”《汉书·司马相如传》：“蜀人杨得意为狗监，侍上。上读《子虚赋》而善之，曰：‘朕独不得与此人同时哉？’得意曰：‘臣邑人司马相如自言为此赋。’上惊，乃召问相如。”《抱朴子·外篇·广譬》篇：“秦王叹息于韩非之书，而想其为人。汉武慷慨于相如之文，而恨不同世。及既得之，终不能拔，或纳谗而诛之，或放之乎冗散。”

(5)“明鉴”，明察。刘勰对“贱同而思古”的批评，颇受桓谭、王充、曹丕、葛洪等人影响。《汉书·扬雄传》：“(桓谭)曰：‘凡人贱近而贵远，亲见扬子云禄位容貌不能动人，故轻其书。’”王充《论衡·齐世》篇：“述事者好高古而下今，贵所闻而贱所见，辨士则谈其久者，文人则著其远者。……画工好画上代之人，秦汉之士，功行谲奇，不肯图今世之士者，尊古卑今也。”曹丕《典论·论文》：“常人贵远贱今，向声背实。”葛洪《抱朴子·外篇·尚博》篇：“世俗率神贵古昔，而黩贱同时。”“虽有益世之书，犹谓之不及前代之遗文也。是以仲尼不见重于当时，《太玄》见蚩薄于比肩也。”“重所闻，轻所见，非一世之所患矣。”《抱朴子·外篇·钧世》篇：“其于古人所作为神，今世所著为浅，贵远贱近，有自来矣。故新剑以诈刻加价，弊方以伪题见宝也。是以古书虽质朴，而俗儒谓之堕于天也；今文虽金玉，而常人同之于瓦砾也。”

(6)班固(32—92)，字孟坚，扶风安陵人(今陕西咸阳)人。东汉著名的思想家、史学家、文学家。曾为兰台令史，著有《汉书》，也是著名的辞赋作家。傅毅，字武仲，东汉文学家，以诗、赋著称，章帝时为兰台令史，与班固、贾逵共典校书。曹丕《典论·论文》："文人相轻，自古而然。傅毅之于班固，伯仲之间耳，而固小之，与弟超书曰：'武仲以能属文为兰台令史，下笔不能自休。'""休"，休止。

(7)曹植《与杨德祖书》："以孔璋之才，不闲于辞赋，而多自谓能与司马长卿同风，譬画虎不成，反为狗者也。……昔丁敬礼尝作小文，使仆润饰之，仆自以才不过若人，辞不为也。敬礼谓仆：'卿何所疑难？文之佳恶，吾自得之。后世谁相知定吾文者耶？'吾常叹此达言，以为美谈。……刘季绪才不能逮于作者，而好诋诃文章，掎摭利病。昔田巴毁五帝、罪三王、呰五霸于稷下，一旦而服千人。鲁连一说，使终身杜口。刘生之辩，未若田氏；今之仲连，求之不难，可无叹息乎！"呰，毁。鲁连，鲁仲连。《昭明文选》李善注："《鲁连子》曰：齐之辩者曰田巴，辩于狙丘，而议于稷下。"刘季绪，名修，刘表子，官至乐安太守。

(8)《汉书·游侠传·楼护传》："楼护字君卿，齐人。……为人短小精辩，论议常依名节，听之者皆竦。与谷永俱为五侯上客。长安号曰：'谷子云笔札，楼君卿唇舌。'言其见信用也。""唇舌"，指口才。刘勰引楼护说无考。《史记·太史公自序》司马贞《史记索隐》："桓谭云：'迁所著书成，以示东方朔，朔皆署曰太史公。'"李详《文心雕龙黄注补注》："详案此事无考。《史记·太史公自序》索隐：'谭云：迁所著书成，以示东方朔，朔皆署曰太史公。'此史迁著书咨东方朔之证。惟彦和指此为君卿所称而谭嗤之。不识谭此言上下仍有诋君卿之说否？姑识于此，以俟达者论之。"案刘勰说，桓谭所云乃是嘲笑楼护的。

(9)"博徒"，赌徒，指低贱者。《史记·袁盎晁错列传》："剧孟博徒。"裴骃《史记集解》："如淳曰：'博荡之徒，或曰博戏之徒。'""轻言"，随意之言。"负诮"，被嘲笑。

(10)"鸿懿"，谓才华鸿大深美。"学不逮文"，谓其学识达不到文人水平。

(11)"酱瓿"，即酱坛子。《汉书·扬雄传赞》："钜鹿侯芭，尝从雄居，受其《太玄》《法言》焉。刘歆亦尝观之，谓雄曰：‘空自苦，今学者有禄利，然尚不能明《易》，又如《玄》何？吾恐后人用覆酱瓿也。’雄笑而不应。”

（12）“超殊”，差别超级明显。

（13）徐幹《中论·治学》篇：“譬如宝在于玄室，有所求而不见。白日照焉，则群物斯辨矣。”“青眸”，青黑色眼珠。刘桢《鲁都赋》：“蛾眉青眸，颜若霞雪。”“写其形”，指清晰细致地呈现形貌。《史记·扁鹊列传》：“越人之为方也，不待切脉、望色、听声、写形。”

（14）《公羊传》哀公十四年：“麟者，仁兽也。”《左传》哀公十四年：“春，西狩于大野，叔孙氏之车子钮商获麟，以为不祥，以赐虞人。仲尼观之，曰：‘麟也。’然后取之。”《公羊传》哀公十四年：“春，西狩获麟。……有以告者曰：‘有麕而角者。’孔子曰：‘孰为来哉！孰为来哉！’”

（15）《尹文子·大道》：“楚人担山雉者，路人问：‘何鸟也？’担雉者欺之曰：‘凤皇也。’路人曰：‘我闻有凤皇，今始见之。汝贩之乎？’请买十金，弗与，请加倍，乃与之。将欲献楚王。经宿而鸟死。路人不遑惜其金，惟恨不得以献楚王。”

（16）“魏民”，元本、弘治本等作“魏氏”，此据梅庆生本。《尹文子·大道》：“魏田父有耕于野者，得宝玉径尺，弗知其玉也，以告邻人。邻人阴欲图之，谓之曰：怪石也。畜之弗利其家，弗如复之。田父虽疑，犹录以归，置于庑下。其夜玉明，光照一室。田父称家大怖，……遽而弃之于远野。邻人无何盗之，以献魏王。魏王召玉工相之，玉工望之，再拜而立：‘敢贺王。王得此天下之宝，臣未尝见。’王问价，玉工曰：‘此无价以当之。五城之都，仅可一观。’魏王立赐献玉者千金，长食上大夫禄。”

（17）《后汉书·应劭传》李贤注引《阚子》：“宋之愚人得燕石梧台之东，归而藏之以为大宝。周客闻而观焉。主人父斋七日，端冕之衣，衅之以特牲，革匮十重，缇巾十袭。客见之，俛而掩口卢胡而笑曰：‘此燕石也，与瓦甓不殊。’”

(18)“征”,证验。

(19)“杂沓”,众多。

(20)“圆该”,是圆通该备之意。圆,是佛学常用的语词,体现佛教哲学中不落一端,超越是非两个极端,而深入把握事物本质特点的方法。故《文心雕龙》中用圆字特多,如“圆备”“圆通”(《明诗》)、“事圆而音泽”(《杂文》)、“义贵圆通”(《论说》)、“辞贯圆通”(《封禅》)、“思转自圆”(《体性》)、“骨采未圆”(《风骨》)、“首尾圆合”(《定势》)、“理圆事密”(《丽辞》)、“触物圆览”(《比兴》)、“虑动难圆”(《指瑕》)、“圆鉴区域”(《总术》)、“圆照之象”(《知音》)等等。

(21)“逆”,迎着、对着。“击节”,击打节拍。

(22)“密”,隐秘深沉。

(23)“绮”,文辞华丽。

(24)“诡”,瑰丽奇特。陆机《文赋》:“故夫夸目者尚奢,惬心者贵当,言穷者无隘,论达者唯旷。”刘勰发挥了陆机的思想。

(25)《吕氏春秋·去宥》:“东面望者,不见西墙。”《淮南子·汜论训》:“东面而望,不见西墙;南面而视,不睹北方。”

(26)《太平御览》卷五八一引桓谭《新论·琴道》:“成少伯工吹竽,见安昌侯张子夏鼓瑟,谓曰:‘音不通千曲以上,不足以为知音。’”《意林》引《新论·道赋》曰:“扬子云工于赋,王君大习兵器。余欲从二子学。子云曰:‘能读千赋则善赋。’君大曰:‘能观千剑则晓剑。’”

(27)《圆觉经》:“一切如来本起因地,皆依圆照清净觉相,永断无明,方成佛道。”刘勰《梁建安王造剡山石城寺石像碑》:“况种智圆照,等觉遍知,扬万化于大千,摛亿形于法界。”“圆照之象”,是佛家语,谓周密深邃地洞察宇宙间一切法相之奥妙,这里借指全面深入把握作品优劣的高超鉴赏能力。“博观”,指广博地观察研究一切事物,分析古往今来各种各样的作品。

(28)“乔岳”,高山。《诗经·周颂·时迈》:“怀柔百神,及河乔岳。”毛传:“乔,高也,高岳,岱宗也。”“培塿”,即附娄,或部娄,小土山。《左传》襄公二十四年:“部娄无松柏。”杜预注:“部娄,小阜。”《说文》:“附娄,小土山也。”段玉裁“阜”字注:“土山曰阜。”“沧波”,沧海,大海。“畎浍”,田间小沟。元本、弘治本等作“畎澮”,此据王惟俭本、梅庆生本。《释名·释水》:“注沟曰浍;浍,会也,小沟之所聚会也。”《尚书·益稷》:“浚畎浍距川。”孔安国传:“一亩之间,广尺深尺曰畎。”《史记·夏本纪》引作“浚浍畎致之川”。裴骃《史记集解》引郑玄注:“畎浍,田间沟也。”

(29)“轻重”,对作品评价的高低。“平理若衡”,像秤之秤物那样公平合理。

(30)“观”,指分析观察技巧。六观,是“披文以入情”的具体途径与方法,并不是批评标准。

(31)“位体”,是要考察文学作品的体制是否妥当,亦即其外在风貌和内在情理是否和谐融合。本书《定势》篇:“夫情致异区,文变殊术,莫不因情立体,即体成势也。”“体”因“情”而立,故而要从“位体”的角度来研究它是否能最充分地体现“情理”。

(32)“置辞”,指运用文辞状况,是不是正确充分体现了内容。本书《情采》篇:“是以联辞结采,将欲明理;采滥辞诡,则心理愈翳。”置辞是否妥贴,是和内容密切联系着的,而不是只看是否华丽。

(33)“通变”,指要研究文学作品在处理继承和创新方面亦即“通变”方面是否符合要求。能不能像本文《通变》篇说的那样,“凭情以会通,负气以适变”,并做到“望今制奇,参古定法”。

(34)“奇正”,指内容纯正和形式华美,能不能配合适当,恰如其分。本文《辨骚》篇:“若能凭轼以倚《雅》《颂》,悬辔以驭楚篇,酌奇而不失其真,玩华而不坠其实;则顾盼可以驱辞力,咳唾可以穷文致,亦不复乞灵于长卿,假宠于子渊矣。”“奇正”即“华实”,能“衔华而佩实”,则能得奇正之旨矣。本文《定势》篇中说:“旧练之才,则执正以驭奇;新学之锐,则逐奇而失正。”

(35)“事义”,指要考察文学作品中思想内容的客观因素与主观因素是否统一。刘勰在《附会》篇中说文学作品“必以情志为神明,事义为骨髓,辞采为肌肤,宫商为声气”。事义是要体现情志的,如果事义与情志相乖戾,则文学作品肯定是写不好的。同时,事义本身也有是否真实可信的问题。所以,刘勰在《宗经》篇提出了“事信而不诞”“义贞而不回”的问题。

(36)“宫商”,指文学作品的声律美问题,声律美也能体现作者的感情状态。本书《声律》篇说:“标情务远,比音则近。”情和声是有密切关系的。

(37)“斯术”,即是上面的六观。“既形”,六观既已实施完成。王利器据《广博物志》谓“形”当作“行”,非也。杨明照《增订文心雕龙校注》:“‘行’字误。《情采》篇赞‘心术既形’,句法与此同,可证。”

(38)刘勰在这里明确指出创作是由情到文——“情动辞发”,而批评则是由文到情——“披文入情”,这是两个相反的过程。“缀文者”,即指作家。“观文者”,指批评家、鉴赏家。恰如本书《体性》篇所说,文学创作是“情动而言形,理发而文见,盖沿隐以至显,因内而符外者也”。而文学批评则是由显而探隐,从外而入内,因辞而见理,借文而体情。“波”,指文辞。“源”,指情理。

(39)“觇”,观察、研究。

(40)“识照”,认识鉴别。

(41)“志在山水,琴表其情”,即指伯牙、锺子期的故事,见本篇注(1)。

(42)“匿”,隐藏。

(43)“瞭”,明也。

(44)“监”,与“鉴”通。《庄子 · 天地》:“大声不入于里耳,《折杨》《皇华》,则嗑然而笑。是故高言不止于众人之心,至言不出,俗言胜也。”成玄英疏:“大声,谓《咸池》《大韶》之乐也,非下里委巷之所闻。《折杨》《皇华》盖古之俗中小曲也,玩狎鄙野,故嗑然动容,同声大笑也。”“嗑”,笑声。宋玉《对楚王问》:“客有歌于郢中者,其始曰《下里》《巴人》,国中属而和者数千人;其为《阳阿》《薤露》,国中属而和者数百人;其为《阳春》《白雪》,国中属而和者数十人。引商刻羽,杂以流徵,国中属而和者,不过数人而已。是其曲弥高,其和弥寡。”“属而和”,跟随别人而歌唱。

(45)屈原《楚辞·九章·怀沙》:“文质疏内兮,众不知余之异采。”王逸注:“采,文采也。言己能文能质,内以疏达,众人不知我有异艺之文采也。”洪兴祖补注:“内,旧音讷。疏,疏通也。讷,木讷也。”内有文采,而外表木讷,故一般人不知其才华。

(46)“见异唯知音”,是刘勰提出的十分重要的批评原则。文学批评和鉴赏优劣的关键,在于能不能认识作品不同于其他作品的独特之处,只有懂得作品超越于其他作品的特色,才能算是真正有价值的批评和鉴赏。

(47)《古文苑》载扬雄《答刘歆书》:“雄为郎之岁,自奏少不得学,而心好沈博绝丽之文。”“其事浮浅”,范文澜《文心雕龙注》:“疑当作‘不事浮浅’。”刘永济《文心雕龙校释》:“按‘其’疑‘匪’误,此言雄好深奥之文,匪从事于浮浅可知。故下曰‘深识鉴奥,欢然内怿’也。”杨明照《增订文心雕龙校注》:“‘其’下,《训故》本有一白匡。按今本上下文意不相应。‘其’下疑脱一‘不’字。”按,范、刘、杨等说,无版本依据,对刘勰原文意思理解错误。各本均作“其事浮浅”,不误。扬雄晚年十分后悔他少年时爱好辞赋创作,《法言·吾子》:“或问:‘吾子少而好赋?’曰:‘然。童子雕虫篆刻。’俄而曰:‘壮夫不为也。’”“或曰:‘雾縠之组丽。’曰:‘女工之蠹矣。’”因此,“心好沈博绝丽之文”并非肯定语,而是说年青识鉴浅薄,只喜欢“沈博绝丽”,因此不能理解为他不从事浅薄之事,恰恰相反,他“心好沈博绝丽之文”正是从事浅薄之事。刘勰是赞同扬雄晚年对辞赋批评的。

(48)王利器《文心雕龙校证》:“‘深识’疑当作‘识深’。”可参考。“内怿”,内心欣喜欢畅。《论衡·佚文篇》:“诚见其美,欢气发于内也。”

(49)“熙”,欢快。《老子》二十章:“众人熙熙,如享太牢,如登春台。”“如登春台”,或谓当作“如春登台”,俞樾《诸子平议》:“‘如春登台’与十五章‘若冬涉川’一律。河上公本作‘如登春台’,非是。然其注曰:‘春阴阳交通,万物感动,登台观之,意志淫淫然。’是亦未尝以春台连文。其所据本亦必作‘春登台’,今传写误倒耳。《文选·闲居赋》注引此已误。”范文澜《文心雕龙注》:“案如俞说,则彦和时已误矣。《释藏》卷八释道安《十二门经论序》:‘世人游此,犹春登台。’是晋代尚不误也。”

(50)《老子》第三十五章:“乐与饵,过客止。”王弼注:“乐与饵则能令过客止。”

(51)《左传》宣公三年:“郑文公有贱妾曰燕姞,梦天使与己兰曰:‘余为伯儵。余,而祖也。以是为而子,以兰有国香,人服媚之如是。’”“国香”,国家最香的花。“服”,佩带。“媚”,爱也。

(52)“国华”,国家文明的精华。《国语·鲁语上》:“季文子曰:且吾闻以德荣为国华。”韦昭注:“以德荣显者可以为国光华也。”“绎”,寻绎,有引申发挥之意。王利器《文心雕龙校证》:“‘绎’原作‘泽’,据王惟俭本改。”杨明照《增订文心雕龙校注》:“按训故本作‘绎’,是。绎,寻绎也。”

(53)“洪钟(鐘)”,元本、弘治本、梅庆生本作“洪锺”,此据王惟俭本,大钟,乐器。《昭明文选》卷二张衡《西京赋》:“洪钟(鐘)万钧。”当为刘勰所本,薛综注:“三十斤曰钧。”“夔”,虞舜时乐官。《尚书·舜典》:“帝曰:夔,命汝典乐。”“旷”,晋平公时的乐官师旷。《孟子·离娄上》:“师旷之聪。”赵岐注:“师旷,晋平公之乐太师也。”《吕氏春秋·长见》:“晋平公铸为大钟,使工听之,皆以为调矣。师旷曰:‘不调。请更铸之。’平公曰:‘工皆以为调矣。’师旷曰:‘后世有知音者,将知钟之不调也,臣窃为君耻之。’”

(54)“箧”,箱。“妙鉴”,高妙的识鉴。

(55)《论语·卫灵公》:“放郑声,远佞人。郑声淫,佞人殆。”《礼记·乐记》:“郑声好滥淫志。”“失听”,听错,不能正确辨别音乐,即不能清晰理解文学作品。曹植《与杨德祖书》:“锺期不失听,于今称之。”

(56)“律”,规律、法则,正确的文学批评的原则方法。“蹊径”,路径,方向。

《程器》篇

《周书》论士，方之梓材，盖贵器用而兼文采也[1]。是以朴斫成而丹雘施，垣墉立而雕杇附[2]。而近代辞人，务华弃实；故魏文以为："古今文人[3]，类不护细行[4]。"韦诞所评，又历诋群才[5]。后人雷同，混之一贯[6]，吁可悲矣！

略观文士之疵：相如窃妻而受金[7]，扬雄嗜酒而少算[8]，敬通之不修廉隅[9]，杜笃之请求无厌[10]，班固谄窦以作威[11]，马融党梁而黩货[12]，文举傲诞以速诛[13]，正平狂憨以致戮[14]，仲宣轻脆以躁竞[15]，孔璋偬恫以粗疏[16]，丁仪贪婪以乞货[17]，路粹餔啜而无耻[18]，潘岳诡祷于愍怀[19]，陆机倾仄于贾、郭[20]，傅玄刚隘而詈台[21]，孙楚佷愎而讼府[22]。诸有此类，并文士之瑕累[23]。

文既有之，武亦宜然。古之将相，疵咎实多。至如管仲之盗窃[24]，吴起之贪淫[25]，陈平之污点[26]，绛、灌之谗嫉[27]，沿兹以下，不可胜数。孔光负衡据鼎，而仄媚董贤[28]，况班、马之贱职，潘岳之下位哉？王戎开国上秩，而鬻官嚣俗[29]；况马、杜之磬悬[30]，丁、路之贫薄哉？然子夏无亏于名儒，浚冲不尘乎竹林者，名崇而讥减也。若夫屈、贾之忠贞，邹、枚之机觉[31]，黄香之淳孝[32]，徐幹之沉默[33]，岂曰文士，必其玷欤？

盖人禀五材[34]，修短殊用，自非上哲，难以求备。然将相以位隆特达，文士以职卑多诮，此江河所以腾涌，涓流所以寸折者也。名之抑扬，既其然矣；位之通塞，亦有以焉。盖士之登庸，以成务为用[35]。鲁之敬姜，妇人之聪明耳，然推其机综，以方治国；安有丈夫学文，而不达于政事哉[36]？彼扬、马之徒，有文无质，所以终乎下位也[37]。昔庾元规才华清英，勋庸有声，故文艺不称[38]；若非台岳，则正以文才也[39]。文武之术，左右惟宜[40]。郤縠敦书，故举为元帅，岂以好文而不练武哉[41]？孙武兵经，辞如珠玉，岂以习武而不晓文也[42]？

是以君子藏器，待时而动[43]。发挥事业，固宜蓄素以弸中[44]，散采以彪外，楩楠其质，豫章其干[45]；摛文必在纬军国，负重必在任栋梁；穷则独善以垂文，达则奉时以骋绩[46]，若此文人，应梓材之士矣[47]。

赞曰：瞻彼前修，有懿文德[48]。声昭楚南，采动梁北[49]。雕而不器，贞干谁则[50]。岂无华身，亦有光国。

简析：

本篇论作家的操行、名节和遭遇。历代文人往往有操行名节上的瑕疵，他举出了司马相如、扬雄等十六人的例子，但是这并不影响他们在文学创作上获得巨大成就，所以不能简单地说“文人无行”。例如“相如窃妻而受金，扬雄嗜酒而少算”，“班固谄窦以作威，马融党梁而黩货”等等，他指出不仅文人如此，武将也一样常有人品上的缺陷，例如管仲、吴起、陈平等的人品缺陷，“管仲之盗窃，吴起之贪淫，陈平之污点，绛、灌之谗嫉”等等。因为不论文臣武将都不是完人，“自非上哲，难以求备”。而他们的成就和功绩，则要远远超过他们品节上的不足，决不能因此而贬低他们。然而在当时社会中，还有很多有才华的文人往往遭遇挫折，不能实现宏大理想，此皆由其地位低下而不受重视也。后来鲁迅十分赞赏他的这种看法，在《摩罗诗力说》中曰：“中国汉晋以来，凡负文名者，多受谤毁，刘彦和为之辩曰：‘人禀五材，修短殊用，自非上哲，难以求备。然将相以位隆特达，文士以职卑多诮，此江河所以腾涌，涓流所以寸折者也。’东方恶习，尽此数言。”所以很多文人虽然有理想抱负，只能随顺命运，达则兼济天下，穷则独善其身，空有壮志而潦倒一生，往往只能藉助文章写作来抒发胸襟怀抱。刘勰为此深深感慨，显然也是对他自己遭遇不平的控诉。

语译：

《尚书·梓材》篇论述文人，比喻为木匠制作器物，这是重视实际功用，而又兼重文辞藻采也。素材既已雕琢完成则需涂抹丹漆施以色彩，垣墙既已砌成则需加以粉刷雕饰。当代的诗人辞家，常常务求华艳文采而抛弃充实内容。魏文帝曹丕说："从古到今的文人往往都不注意品行细节。"韦诞评论建安文人王粲、繁钦、阮瑀、路粹等人，都一一加以诋毁。后人亦不认真考核随声附和雷同一响，一贯混淆视听。呜呼！实在可悲也。

大略概观文人的品行瑕疵，如司马相如琴挑卓文君与之私奔、出使四川收受贿赂而丢官，扬雄嗜好饮酒而失于政治算计，冯衍（字敬通）不遵循品行操守，杜笃（字季雅）贪得无厌地向官府请求属托，班固曾谄媚大将军窦宪得势而作威作福，马融依附大将军梁冀为其党羽而贪污受贿，孔融（字文举）骄傲夸诞忤逆曹操很快被诛，祢衡（字正平）狂放憨直以致被黄祖所杀，王粲（字仲宣）轻弱简易急躁争胜，陈琳（字孔璋）钻营竞奔粗略疏阔，丁仪（字正礼）贪婪权势（想作曹操女婿未成与曹植亲善，曹丕为太子欲治其罪，哀求夏侯尚乞免不成被杀）追求财富，路粹（字文蔚）贪图吃喝（诬告贤达为曹操枉状奏孔融）行为无耻，潘岳（字安仁）受贾后指使作书若祷神之文（使太子醉而书之）以欺骗晋惠帝废弃愍怀太子，陆机（字士衡）喜欢结交权门奔走于贾后、郭彰门下，傅玄（字休奕）刚直狭隘因位在卿下而辱骂朝廷重臣，孙楚凶狠刚愎因参奏石苞而陷于公堂诉讼。诸如此类，皆为文人之瑕疵。

文人既常有品行之瑕疵，武将也何尝不是如此呢？古代的将军丞相，他们的缺点弊病其实也是非常多的。齐国管仲被齐桓公尊为仲父实为鸡鸣狗盗之辈，吴起善于用兵然而也是贪财好色之徒，陈平虽有杰出将相之才也有盗嫂贪金之污点，绛侯周勃、颍阴侯灌婴虽为丞相均有诽谤妒忌贤才之弊。沿此而下，不可胜数。孔光身为丞相位列三公，尚且卑躬屈膝谄媚讨好受汉哀帝宠信的董贤，更何况班固、马融不过是名位低贱的小官，潘岳只是地位低下的主簿呢！王戎开国封侯位列三公，而卖官受贿为世俗所垢谤，更何况司马相如、杜笃之类穷困潦倒、家徒四壁，丁仪、路粹等家道衰落贫贱薄瘠之人呢！可是孔光（字子夏）虽然谄媚董贤不损害他成为经学上的名儒，王戎（字浚冲）并不因他贪贿而玷污他竹林名士的风雅，这都是由于声名崇高故而减低了对他们不良行为的讥讽。像屈原、贾谊那样的忠诚贞节，邹阳、枚乘那样机敏警觉，又如黄香的淳厚孝顺，徐幹的深沉静默，怎么能说文人，一定是"不护细行"、必有瑕疵的呢？

人禀赋五材而生，各有长短其用亦异，如果不是上等圣哲贤达，很难以完备全智来要求。然而将相因为地位崇高而官爵显达，文士则因为职位卑贱而招致讥诮，这就是长江黄河之所以奔腾汹涌，而涓涓细流则往往波流寸断也。人的名声或压抑或高扬，既然是如此，而地位之或通达或堵塞，也是有类似原因的。因此文士之被任用，以能否完成事务为标准。鲁国的敬姜夫人，虽只是聪明的女人，但她善于用机织错综的道理，来比喻治国安民，哪里有大丈夫学习文章，而不谙熟政治事务的道理呢！扬雄、司马相如之类，虽有文采才华而无实际政治才能，所以始终地位低下。过去东晋的庾亮（字元规）才思清敏文笔英伟，而勋业彪炳官位隆达，所以并不以文才著称，如果他官职达不到三公四岳的地位，那么就会以文章显赫名传后世了。文才武略双双齐备，左右扶助最为适宜。例如春秋时的郤縠熟悉《诗》《书》，被推举为元帅，难道是他只爱好文史而不熟悉军事吗？孙武的兵法，字字如珠玉，又哪里是只习武而不通晓文学呢！

所以君子深藏才德器识，等待时机有所作为，创建辉煌的功德事业，故而应该积蓄素养以充实内在品德，散发文采以显示外表光辉，务使内里有楩木、楠木般坚韧秉性，外在有豫木、樟木般强固材质。撰写文章必须旨在经邦纬国，担负重任是为了能成为国家栋梁，穷困潦倒时要独善其身治学作文,仕途顺利时则抓住时机驰骋业绩。这样的文人,才符合《尚书·梓材》篇所说的真正优秀之才。

总论:瞻念前圣历代贤哲,修养深邃文德芬芳。声名昭著响彻南楚,文采出众享誉北方。美玉不雕难成宝器,贞干不备怎成栋梁?自身品行若不华美,光宠国家奢望渺茫。

注订:

(1)《周书》谓《尚书》中之《康诰》《酒诰》《梓材》等篇。《尚书·康诰序》:"(周)成王既伐管叔、蔡叔,以殷余民封康叔,作《康诰》《酒诰》《梓材》。"孔颖达《正义》:"既伐叛人三监之管叔、蔡叔等,以殷余民国康叔为卫侯,周公以王命戒之,作《康诰》《酒诰》《梓材》三篇之书也。其《酒诰》《梓材》亦戒康叔,但因事而分之。然《康诰》戒以德刑,又以化纣嗜酒,故次以《酒诰》,卒若梓人之治材为器,为善政以结之。"《梓材》,孔安国传"告康叔以为政之道,亦如梓人治材"。"器用",有用之才。王褒《圣主得贤臣颂》:"夫贤者,国家之器用也。"

(2)《尚书·梓材》:"若作室家,既勤垣墉,惟其涂塈茨。若作梓材,既勤朴斫,惟其涂丹雘。"孔安国传:"如人为室家,已勤立垣墙,惟其当涂既茨盖之。""为政之术,如梓人治材为器,已劳力朴治斫削,惟其当涂以漆丹以朱而后成,以言教化亦须礼义然后治。"陆德明《经典释文》:"马云:卑曰垣,高曰墉。""塈,徐许既反。《说文》云:仰涂也。《广雅》云:涂也。马云:垩色。"茨,以茅苇盖屋。《经典释文》:"朴……马云:未成器也。""雘……马云:善丹也。"丹漆,谓朱红色油漆也。孔颖达《正义》:"又若人为室家,已勤力立其垣墉,又当惟其涂而塈饰茨盖之,功乃成也。又若梓人治材为器,已劳力朴治斫削其材,惟其当涂而丹漆以朱雘乃后成。""杇",或作"朽",非。当依元本、王惟俭本作"杇",涂也。

(3)"文人"下,元本、弘治本有"之"字,当为衍文。王惟俭本无,梅庆生本谓"之字衍"。

(4)曹丕《与吴质书》:"观古今文人类不护细行,鲜能以名节自立。”《南史·颜延之传》：“延之少孤贫，居负郭，好读书，无所不览，文章冠绝当时。好饮酒，不护细行。”传论：“文人不护细行，古今之所同焉。由夫声裁所知，故取忤于人者也。观夫颜、谢之于宋朝，非不名高一代，灵运既以取毙，延之亦踬当年，向之所谓贵身，翻成害己者矣。”《梁书·文学传论》：“陈吏部尚书姚察曰：魏文帝称古之文人，鲜能以名节自全。何哉？夫文者妙发性灵，独拔怀抱，易邈等夷，必兴矜露。大则凌慢侯王，小则慠蔑朋党，速忌离訧，启自此作。若夫屈、贾之流斥，桓、冯之摈放，岂独一世哉，盖恃才之祸也。”刘勰认为不少文人确有行为瑕疵，但不赞成笼统地说“文人无行”。

(5)《三国志·魏书·王粲传》：“陈留路粹。”裴松之注引鱼豢曰：“寻省往者鲁连、邹阳之徒，援譬引类以解缔结，诚彼时文辩之俊也。今览王、繁、阮、陈、路诸人前后文旨，亦何昔不若哉！其所以不论者，时世异耳。余又窃怪其不甚见用，以问大鸿胪卿韦仲将（韦诞字），仲将云：‘仲宣伤于肥戆，休伯都无格检，元瑜病于体弱，孔璋实自粗疏，文蔚性颇忿鸷。如是彼为，非徒以脂烛自煎糜也，其不高蹈，盖有由矣。然君子不责备于一人，譬之朱漆，虽无桢干，其为光泽，亦壮观也。’”

(6)《颜氏家训·文章》篇：“然而自古文人，多陷轻薄：屈原露才扬己，显暴君过；宋玉体貌容冶，见遇俳优；东方曼倩，滑稽不雅；司马长卿，窃赀无操；王褒过章《僮约》；扬雄德败《美新》；李陵降辱夷虏；刘歆反覆莽世；傅毅党附权门；班固盗窃父史；赵元叔抗竦过度；冯敬通浮华摈压；马季长佞媚获诮；蔡伯喈同恶受诛；吴质诋忤乡里；曹植悖慢犯法；杜笃乞假无厌；路粹隘狭已甚；陈琳实号粗疏；繁钦性无检格；刘桢屈强输作；王粲率躁见嫌；孔融、祢衡，诞傲致殒；杨修、丁廙，扇动取毙；阮籍无礼败俗；嵇康凌物凶终；傅玄忿斗免官；孙楚矜夸凌上；陆机犯顺履险；潘岳干没取危；颜延年负气摧黜；谢灵运空疏乱纪；王元长凶贼自诒；谢玄晖侮慢见及。凡此诸人，皆其翘秀者，不能悉纪，大较如此。”

(7)《史记·司马相如列传》：“司马相如者，蜀郡成都人也，字长卿。……是时卓王孙有女文君新寡，好音，故相如缪与令相重，而以琴心挑之。相如之临邛，从车骑，雍容闲雅甚都；及饮卓氏，弄琴，文君窃从户窥之，心悦而好之，恐不得当也。既罢，相如乃使人重赐文君侍者通殷勤。文君夜亡奔相如，相如乃与驰归成都。……其后人有上书言相如使时受金，失官。居岁余，复召为郎。”

(8)《汉书·扬雄传》：“扬雄字子云，蜀郡成都人也。……雄少而好学，不为章句，训诂通而已，博览无所不见。为人简易佚荡，口吃不能剧谈，默而好深湛之思，清静亡为，少耆欲，不汲汲于富贵，不戚戚于贫贱，不修廉隅以徼名当世。家产不过十金，乏无儋石之储，晏如也。……家素贫，耆酒，人希至其门。时有好事者载酒肴从游学，而钜鹿侯芭常从雄居，受其《太玄》《法言》焉。”牟世金《文心雕龙译注》：“少算，《文选·剧秦美新》注引李充《翰林论》：‘扬子论秦之剧，称新之美，此乃计其胜负，比其优劣之义。’少算即讽其美新之失。李善注评扬雄说：‘王莽潜移龟鼎，子云进不能辟戟丹墀，亢辞鲠议；退不能草《玄》虚室，颐性全真，而反露才以耽宠，诡情以怀禄，“素餐”所刺，何以加焉！’”

(9)《后汉书·冯衍传》：“冯衍字敬通，京兆杜陵人也。……显宗即位，又多短衍以文过其实，遂废于家。衍娶北地任氏女为妻，悍忌，不得畜媵妾，儿女常自操井臼，老竟逐之，遂埳壈于时。”章怀太子注引其《与妇弟任武达书》，历数其妇之恶，如云：“五年已来，日甚岁剧，以白为黑，以非为是，造作端末，妄生首尾，无罪无辜，谗口嗷嗷。乱匪降天，生自妇人。青蝇之心，不重破国，妒嫉之情，不惮丧身。牝鸡之晨，唯家之索，古之大患，今始于衍。”注又曰：“衍《与宣孟书》曰：‘居室之义，人之大伦。思厚欢和之节，乐定金石之固。又自伤前遭不良，比有去两妇之名。事诚不得不然，岂中心之所好哉！’观其书意，似此妻又见出之。”“廉隅”，品行端方。《礼记·儒行》：“近文章，砥厉廉隅。”

(10)《后汉书·文苑传·杜笃传》：“杜笃字季雅，京兆杜陵人也。高祖延年，宣帝时为御史大夫。笃少博学，不修小节，不为乡人所礼。

居美阳,与美阳令游,数从请托,不谐,颇相恨。”

(11)《后汉书·班固传》:“永元初,大将军窦宪出征匈奴,以固为中护军,与参议。北单于闻汉军出,遣使款居延塞,欲修呼韩邪故事,朝见天子,请大使。宪上遣固行中郎将事,将数百骑与虏使俱出居延塞迎之。会南匈奴掩破北庭,固至私渠海,闻虏中乱,引还。及窦宪败,固先坐免官。固不教学诸子,诸子多不遵法度,吏人苦之。初,洛阳令种兢尝行,固奴干其车骑,吏椎呼之,奴醉骂,兢大怒,畏宪不敢发,心衔之。及窦氏宾客皆逮考,兢因此捕系固,遂死狱中。”《后汉书·窦宪传》:“(窦宪)与北单于战于稽落山,大破之,虏众崩溃,单于遁走,追击诸部,遂临私渠比鞮海。……宪、秉遂登燕然山,去塞三千余里,刻石勒功,纪汉威德,令班固作铭。”班固于《封燕然山铭》中对窦宪竭力歌颂。

(12)《后汉书·马融传》:“(永初)四年,拜为校书郎中,诣东观典校秘书。是时邓太后临朝,骘兄弟辅政。而俗儒世士,以为文德可兴,武功宜废,遂寝蒐狩之礼,息战陈之法,故猾贼从横,乘此无备。融乃感激,以为文武之道,圣贤不坠,五才之用,无或可废。元初二年,上《广成颂》以讽谏。……颂奏,忤邓氏,滞于东观,十年不得调。……先是融有事忤大将军梁冀旨,冀讽有司奏融在郡贪浊,免官,髡徙朔方。自刺不殊,得赦还,复拜议郎,重在东观著述,以病去官。……初,融惩于邓氏(大将军邓骘),不敢复违忤势家,遂为梁冀草奏李固,又作《大将军西第颂》,以此颇为正直所羞。”传论:“论曰:马融辞命邓氏,逡巡陇汉之间,将有意于居贞乎?既而羞曲士之节,惜不赀之躯,终以奢乐恣性,党附成讥,固知识能匡欲者鲜矣。”“黩货”,即渎货,贪污财物。

(13)《后汉书·孔融传》:“孔融字文举,鲁国人,孔子二十世孙也。……融负其高气,志在靖难,而才疏意广,迄无成功。……时年饥兵兴,操表制酒禁,融频书争之,多侮慢之辞。既见操雄诈渐著,数不能堪,故发辞偏宕,多致乖忤。……曹操既积嫌忌,而郗虑复构成其罪,遂令丞相军谋祭酒路粹枉状奏融曰:‘少府孔融,昔在北海,见王室不静,而招合徒众,欲规不轨,……大逆不道,宜极重诛。’书奏,下狱弃市。时年五十六。”

(14)《后汉书·文苑传·祢衡传》:“祢衡字正平,平原般人也。少有才辩,而尚气刚傲,好矫时慢物。……融既爱衡才,数称述于曹操。操欲见之,而衡素相轻疾,自称狂病,不肯往,而数有恣言。操怀忿,而以其才名,不欲杀之。……衡乃著布单衣、疏巾,手持三尺梲(大杖)杖,坐大营门,以杖捶地大骂。吏白:外有狂生,坐于营门,言语悖逆,请收案罪。操怒,谓融曰:‘祢衡竖子,孤杀之犹雀鼠耳。顾此人素有虚名,远近将谓孤不能容之,今送与刘表,视当何如。’于是遣人骑送之。……后复侮慢于表,表耻不能容,以江夏太守黄祖性急,故送衡与之,祖亦善待焉。……后黄祖在蒙冲船上,大会宾客,而衡言不逊顺,祖惭,乃诃之,衡更熟视曰:‘死公!云等道?’祖大怒,令五百将出,欲加棰,衡方大骂,祖恚,遂令杀之。”

(15)《三国志·魏书·王粲传》:“(王粲)乃之荆州依刘表。表以粲貌寝而体弱通侻,不甚重也。”裴松之注:“貌寝,谓貌负其实也。通侻者,简易也。”《三国志·魏书·杜袭传》:“粲强识博闻,故太祖游观出入,多得骖乘,至其见敬不及(和)洽、(杜)袭。袭尝独见,至于夜半。粲性躁竞,起坐曰:‘不知公对杜袭道何等也?’洽笑答曰:‘天下事岂有尽邪?卿昼侍可矣,悒悒于此,欲兼之乎!’”“轻脆”,王利器《文心雕龙校证》据《王粲传》谓:“‘轻脆’疑作‘轻侻’。”范文澜《文心雕龙注》谓:“疑此处‘脆’字为‘脱’之形误……舍人称‘仲宣轻脱’与刘表之以为‘通侻’同,皆谓其为人简易也。”王叔岷《文心雕龙缀补》:“《广雅·释诂一》:‘脆,弱也。’‘轻脆’犹‘轻弱’也。”王叔岷说较妥。

(16)“憁恫”,钻营竞奔。“粗疏”,粗略疏阔。注(5)、注(6)中引韦仲将、颜之推均谓孔璋(陈琳字)“粗疏”。

(17)《三国志·魏书·曹植传》裴松之注引《典略》:“丁仪字正礼,沛郡人也。……(太祖)闻仪为令士,虽未见,欲以爱女妻之,以问五官将。五官将曰:‘女人观貌,而正礼目不便,诚恐爱女未必悦也。以为不如与伏波子楙。’太祖从之。寻辟仪为掾,到与论议,嘉其才朗,曰:‘丁掾,好士也,即使其两目盲,尚当与女,何况但眇?是吾儿误我。'时仪亦恨不得尚公主,而与临菑侯亲善,数称其奇才。太祖既有意欲立植,而仪又共赞之。及太子立,欲治仪罪,转仪为右刺奸掾,欲仪自裁而仪不能。乃对中领军夏侯尚叩头求哀,尚为涕泣而不能救。后遂因职事收付狱,杀之。""乞货"事未详。

(18)《三国志·魏书·王粲传》裴松之注引《典略》:"粹字文蔚,少学于蔡邕。……及孔融有过,太祖使粹为奏,承指数致融罪,其大略言:'融昔在北海,见王室不宁,招合徒众,欲图不轨,……又与白衣祢衡言论放荡,衡与融更相赞扬。……凡说融诸如此辈,辞语甚多。融诛之后,人睹粹所作,无不嘉其才而畏其笔也。至十九年,粹转为秘书令,从大军至汉中,坐违禁贱请驴伏法。""餔啜",饮食吃喝。

(19)《晋书·愍怀太子传》:"贾后将废太子,诈称上不和,呼太子入朝。既至,后不见,置于别室,遣婢陈舞赐以酒枣,逼饮醉之。使黄门侍郎潘岳作书草,若祷神之文,有如太子素意,因醉而书之,令小婢承福以纸笔及书草使太子书之。……太子醉迷不觉,遂依而写之,其字半不成。既而补成之,后以呈帝。帝幸式乾殿,召公卿入,使黄门令董猛以太子书及青纸诏曰:'遹书如此,今赐死。'""祷",或作"诪"(黄叔琳本),非是,当依元本、弘治本等。

(20)《晋书·陆机传》:"机天才秀逸,辞藻宏丽,张华尝谓之曰:'人之为文,常恨才少,而子更患其多。'……然好游权门,与贾谧亲善,以进趣获讥。"《晋书·郭彰传》:"郭彰字叔武,太原人,贾后从舅也。与贾充素相亲遇,充妻待彰若同生。历散骑常侍、尚书、卫将军,封冠军县侯。及贾后专朝,彰豫参权势,物情归附,宾客盈门。世人称为'贾郭',谓谧及彰也。"

(21)《晋书·傅玄传》:"献皇后崩于弘训宫,设丧位。旧制,司隶于端门外坐,在诸卿上,绝席。其入殿,按本品秩在诸卿下,以次坐,不绝席。而谒者以弘训宫为殿内,制玄位在卿下。玄恚怒,厉声色而责谒者。谒者妄称尚书所处,玄对百僚而骂尚书以下。御史中丞庾纯奏玄不敬,玄又自表不以实,坐免官。然玄天性峻急,不能有所容;每有奏劾,或值日暮,捧白简,整簪带,竦踊不寐,坐而待旦。于是贵游慑伏，台阁生风。”

(22)《晋书·孙楚传》：“楚后迁佐著作郎，复参石苞骠骑军事。楚既负其材气，颇侮易于苞，初至，长揖曰：‘天子命我参卿军事。’因此而嫌隙遂构。苞奏楚与吴人孙世山共讪毁时政，楚亦抗表自理，纷纭经年，事未判，又与乡人郭奕忿争。武帝虽不显明其罪，然以少贱受责，遂湮废积年。初，参军不敬府主，楚既轻苞，遂制施敬，自楚始也。”“佷”，或作“狠”，此依元本、弘治本等。

(23)以上十六家著名文人皆有行为品德瑕疵。

(24)《说苑·尊贤》：“邹子说梁王曰：‘……管仲故成阴之狗盗也，天下之庸夫也，齐桓公得之以为仲父。’”

(25)《史记·孙子吴起列传》：“吴起者，卫人也，好用兵。……吴起于是闻魏文侯贤，欲事之。文侯问李克曰：‘吴起何如人哉？’李克曰：‘起贪而好色，然用兵司马穰苴不能过也。’”司马贞《史记索隐》：“李克言起贪者，起本家累千金，破产求仕，非实贪也；盖言贪者，是贪荣名耳，故母死不赴，杀妻将鲁是也。或者起未委质于魏，犹有贪迹，及其见用，则尽廉能，亦何异乎陈平之为人也。”

(26)《史记·陈丞相世家》：“绛侯(周勃)、灌婴等咸谗陈平曰：‘平虽美丈夫，如冠玉耳，其中未必有也。臣闻平居家时，盗其嫂；事魏不容，亡归楚；归楚不中，又亡归汉。今日大王尊官之，令护军。臣闻平受诸将金，金多者得善处，金少者得恶处。平，反复乱臣也，愿王察之。’”

(27)《史记·屈原贾生列传》：“于是天子议以为贾生任公卿之位。绛、灌、东阳侯、冯敬之属尽害之，乃短贾生曰：‘洛阳之人，年少初学，专欲擅权，纷乱诸事。’于是天子后亦疏之，不用其议，乃以贾生为长沙王太傅。”

(28)《汉书·孔光传》：“孔光字子夏，孔子十四世之孙也。……经学尤明，年未二十，举为议郎。……光凡为御史大夫、丞相各再，壹为大司徒、太傅、太师，历三世，居公辅位前后十七年。自为尚书，止不教授，后为卿，时会门下大生讲问疑难，举大义云。其弟子多成就为博士大夫者。”“负衡”,古称宰相为衡宰,衡,平也。“据鼎”,三公称鼎臣。“仄媚”,同侧媚,《尚书·冏命》:“无以巧言令色,便辟侧媚,其惟吉士。”孔颖达《正义》:“巧言者,巧为言语,以顺从上意,无情实也。令色者,善为颜色,以媚说人主,无本质也。便僻者,前却俯仰,以是为恭。侧媚者,为僻侧之事,以求媚于君。此等皆是谄谀之人,不可用为近官也。媚,爱也。”《汉书·佞幸传》:“董贤字圣卿,云阳人也。父恭,为御史,任贤为太子舍人。哀帝立,贤随太子官为郎。二岁余,贤传漏在殿下,为人美丽自喜,哀帝望见,说其仪貌,识而问之,曰:‘是舍人董贤邪?’因引上与语,拜为黄门郎,繇是始幸。问及其父为云中侯,即日征为霸陵令,迁光禄大夫。贤宠爱日甚,为驸马都尉侍中,出则参乘,入御左右,旬月间赏赐絫巨万,贵震朝廷。常与上卧起。尝昼寝,偏藉上褎(藉谓身卧其上也。褎,古袖字),上欲起,贤未觉,不欲动贤,乃断褎而起。其恩爱至此。贤亦性柔和便辟,善为媚以自固。每赐洗沐,不肯出,常留中视医药。上以贤难归,诏令贤妻得通引籍殿中,止贤庐,若吏妻子居官寺舍。……初,丞相孔光为御史大夫,时贤父恭为御史,事光。及贤为大司马,与光并为三公,上故令贤私过光。光雅恭谨,知上欲尊宠贤,及闻贤当来也,光警戒衣冠出门待,望见贤车乃却入。贤至中门,光入阁,既下车,乃出拜谒,送迎甚谨,不敢以宾客均敌之礼。贤归,上闻之喜,立拜光两兄子为谏大夫常侍。贤繇是权与人主侔矣。”

(29)《晋书·王戎传》:“王戎字浚冲,琅邪临沂人也。祖雄,幽州刺史。父浑,凉州刺史、贞陵亭侯。……(戎)袭父爵,辟相国掾,历吏部黄门郎、散骑常侍、河东太守、荆州刺史,……吴平,进爵安丰县侯。……南郡太守刘肇赂戎筒中细布五十端,为司隶所纠,以知而未纳,故得不坐,然议者尤之。帝谓朝臣曰:‘戎之为行,岂怀私苟得,正当不欲为异耳!’帝虽以是言释之,然为清慎者所鄙,由是损名。……戎以晋室方乱,慕蘧伯玉之为人,与时舒卷,无蹇谔之节。自经典选,未尝进寒素,退虚名,但与时浮沈,户调门选而已。寻拜司徒,虽位总鼎司,而委事僚寀。间乘小马,从便门而出游,见者不知其三公也。

故吏多至大官，道路相遇辄避之。性好兴利，广收八方园田水碓，周遍天下。积实聚钱，不知纪极，每自执牙筹，昼夜算计，恒若不足。而又俭啬，不自奉养，天下人谓之膏肓之疾。”“嚣俗”，嚣谤于世俗。王戎为魏晋名士，“竹林七贤”之一。《晋书·王戎传》：“（王戎）尝经黄公酒垆下过，顾谓后车客曰：‘吾昔与嵇叔夜、阮嗣宗酣畅于此，竹林之游，亦预其末。自嵇、阮云亡，吾便为时之所羁绁。今日视之虽近，邈若山河。’”

（30）“磬悬”，室内空空，但有榱梁，如悬磬也。《国语·鲁语上》：“室如悬磬，野无青草，何恃而不恐？”

（31）屈原、贾谊事迹均见《史记·屈原贾生列传》。《汉书·邹阳传》：“邹阳，齐人也。汉兴，诸侯王皆自治民聘贤。吴王濞招致四方游士，阳与吴严忌、枚乘等俱仕吴，皆以文辩著名。久之，吴王以太子事怨望，称疾不朝，阴有邪谋，阳奏书谏。为其事尚隐，恶指斥言，故先引秦为谕，因道胡、越、齐、赵、淮南之难，然后乃致其意。其辞曰：‘……今天子新据先帝之遗业，左规山东，右制关中，变权易势，大臣难知。大王弗察，臣恐周鼎复起于汉，新垣过计于朝，则我吴遗嗣，不可期于世矣。高皇帝烧栈道，水章邯，兵不留行，收弊民之倦，东驰函谷，西楚大破。水攻则章邯以亡其城，陆击则荆王以失其地，此皆国家之不几者也。愿大王孰察之。’吴王不内其言。是时，景帝少弟梁孝王贵盛，亦待士。于是邹阳、枚乘、严忌知吴不可说，皆去之梁，从孝王游。阳为人有智略，忼慨不苟合。”

（32）《后汉书·文苑传·黄香传》：“黄香字文强，江夏安陆人也。年九岁，失母，思慕憔悴，殆不免丧，乡人称其至孝。年十二，太守刘护闻而召之，署门下孝子，甚见爱敬。香家贫，内无仆妾，躬执苦勤，尽心奉养。遂博学经典，究精道术，能文章，京师号曰‘天下无双江夏黄童’。”

（33）曹丕《与吴质书》：“伟长（徐幹字）怀文抱质，恬淡寡欲，有箕山之志，可谓彬彬君子矣。著《中论》二十余篇，成一家之言，辞义典雅，足传于后。”《三国志·魏书·王昶传》：“王昶字文舒，太原晋阳人也。……遂书戒(子侄)之曰:‘……北海徐伟长,不治名高,不求苟得,澹然自守,惟道是务。其有所是非,则托古人以见其意,当时无所褒贬。吾敬之重之,愿儿子师之。’”《三国志·魏书·王粲传》裴松之注引《先贤行状》:“幹清玄体道,六行修备,聪识洽闻,操翰成章,轻官忽禄,不耽世荣。”

(34)“五材”,按《左传》襄公二十七年言:“天生五材,民并用之,废一不可。”杜预注:“金、木、水、火、土也。”按《六韬·龙韬·论将》言:“将有五材十过。……所谓五材者,勇、智、仁、信、忠也。”此当指后者。

(35)“登庸”,得到大用。《尚书·尧典》:“帝曰:‘畴咨若时?登庸。’”孔安国传:“畴,谁。庸,用也。谁能咸熙庶绩,顺是事者,将登用之。”孔颖达疏:“尧任羲和,众功已广,及其末年,群官有阙,复求贤人,欲任用之。”《周易·系辞上》:“夫易,开物成务,冒天下之道,如斯而已者也。”王弼注:“冒,覆也。言易通万物之志,成天下之务,其道可以覆冒天下也。”孔颖达疏:“此夫子还自释易之体用之状,言易能开通万物之志,成就天下之务,有覆冒天下之道。斯,此也。易之体用,如此而已。”

(36)《列女传·母仪传》:“文伯相鲁。敬姜谓之曰:‘吾语汝,治国之要,尽在经矣。夫幅者,所以正曲枉也,不可不强,故幅可以为将。画者,所以均不均、服不服也,故画可以为正。物者,所以治芜与莫也,故物可以为都大夫。持交而不失,出入不绝者,捆也。捆可以为大行人也。推而往,引而来者,综也。综可以为关内之师。主多少之数者,均也。均可以为内史。服重任,行远道,正直而固者,轴也。轴可以为相。舒而无穷者,摘也。摘可以为三公。’文伯再拜受教.文伯退朝,朝敬姜,敬姜方绩。文伯曰:‘以歜之家而主犹绩,惧干季孙之怒,其以歜为不能事主乎!’敬姜叹曰:‘鲁其亡乎!使童子备官而未之闻耶!居,吾语汝。昔圣王之处民也,择瘠土处之,劳其民而用之,故长王天下。夫民劳则思,思则善心生;逸则淫,淫则忘善,忘善则恶心生。沃土之民不材,淫也;瘠土之民向义,劳也。是故天子大采朝日，与三公九卿组织地德。日中考政，与百官之政事，使师尹维旅牧宣叙民事。少采夕月，与太史司载纠虔天刑。日入监九御，使洁奉禘郊之粢盛，而后即安。诸侯朝修天子之业令，昼考其国，夕省其典刑，夜儆百工，使无慆淫，而后即安。卿大夫朝考其职，昼讲其庶政，夕序其业，夜庀其家事，而后即安。士朝而受业，昼而讲隶，夕而习复，夜而讨过，无憾，而后即安。自庶人以下，明而动，晦而休，无自以怠。王后亲织玄紞，公侯之夫人加之以纮綖，卿之内子为大带，命妇成祭服，则士之妻加之以朝服，自庶士以下皆衣其夫。社而赋事，烝而献功，男女效绩，否则有辟，古之制也。”“机综”，机杼之综缕也。“丈夫”，元本、弘治本作“大夫”，今依王惟俭本、梅庆生本。

(37)《昭明文选》班固《典引叙》引诏因曰：“……司马相如洿行无节，但有浮华之辞，不周于用。”

(38)《晋书·庾亮传》：“庾亮字元规，明穆皇后之兄也。父琛，在《外戚传》。亮美姿容，善谈论，性好《庄》《老》，风格峻整，动由礼节。……元帝为镇东时，闻其名，辟西曹掾。及引见，风情都雅，过于所望，甚器重之。……明帝即位，以为中书监。……及帝疾笃，不欲见人，群臣无得进者。抚军将军、南顿王宗，右卫将军虞胤等，素被亲爱，与西阳王羕将有异谋。亮直入卧内见帝，流涕不自胜，既而正色陈羕与宗等谋废大臣，规共辅政，社稷安否，将在今日，辞旨切至。帝深感悟，引亮升御座，遂与司徒王导受遗诏辅幼主。加亮给事中，徙中书令。太后临朝，政事一决于亮。”“勋庸”，勋劳。

(39)“台岳”，三台四岳。三台即三公，太尉、司徒、司空也。四岳即分掌四岳的诸侯，谓封疆大吏也。

(40)《司马法》：“文与武，左右也。”

(41)《左传》僖公二十七年：“（晋文公）于是乎蒐于被庐（晋地），作三军，谋元帅。赵衰曰：郤縠可。臣亟闻其言矣，说礼乐而敦《诗》《书》。”《正义》：“说，谓爱乐之。敦，谓厚重之。《诗》之大旨，劝善惩恶。《书》之为训，尊贤伐罪，奉上以道。禁民为非之谓义，《诗》《书》义之府藏也。礼者，谦卑恭谨，行归于敬。乐者，欣喜欢娱，事合于爱，揆度于内，举措得中之谓德。礼、乐者，德之法则也。心说礼乐，志重《诗》《书》，遵礼以布德，习《诗》《书》以行义，有德有义，利民之本也。《晋语》云：文公问元帅于赵衰，对曰：'郄縠可。年五十矣，守学弥惇。夫好先王之法者，德义之府也。夫德义，生民之本也。能敦笃，不忘百姓，请使郤縠。'公从之。"

(42)《史记·孙子吴起列传》："孙子武者，齐人也。以兵法见于吴王阖庐。阖庐曰：'子之十三篇，吾尽观之矣，可以小试勒兵乎？'对曰：'可。'"张守节《史记正义》："《七录》云：《孙子兵法》三卷。案：十三篇为上卷，又有中下二卷。"孙星衍《孙子兵法序》："其书通三才五行，本之仁义，佐以权谋，其说甚正，古之名将用之则胜，违之则败，称为《兵经》。比于六艺，良不媿也。"

(43)《周易·系辞下》："君子藏器于身，待时而动。"孔颖达《正义》："犹若君子藏善道于身，待可动之时而兴动，亦不滞碍而括结也。"

(44)"弸中"，元本、弘治本等作"刚中"，梅庆生本等作"绷中"，此据王惟俭本，与扬雄原文合。扬雄《法言·君子》："或问：'君子言则成文，动则成德，何以也？'曰：'以其弸中而彪外也。'"李轨注："弸，满也。彪，文也。积行内满，文辞外发。"

(45)陆贾《新语》："质美者以通为贵，才良者以显为能，何以言之？夫楩枏豫章，天下之名木也，生于深山之中，产于溪谷之傍，立则为大山众木之宗，仆则为万世之用。"《汉书·司马相如传》载《子虚赋》："其北则有阴林巨树，楩枏豫章。"颜师古注："服虔曰：'阴林，山北之林也。豫章，大木也，生七年乃可知。'师古曰：'阴林，言其树木众而且大，常多阴也。楩音便，又音步田反，即今黄楩木也。枏音南，今所谓楠木。'"

(46)《孟子·尽心上》："穷则独善其身，达则兼善天下。"

(47)《尚书·梓材》："若作梓材，既勤朴斫，惟其涂丹雘。"孔安国传："为政之术，如梓人治材为器，已劳力朴治斫削，惟其当涂以漆丹以朱而后成。以言教化亦须礼义然后治。""梓材"，孔颖达《正义》："梓，木名。木之善者，治之宜精，因以为木之工匠之名。"

(48)《周易·小畜》:“君子以懿文德。”

(49)范文澜《文心雕龙注》:“声昭楚南,谓屈、贾;采动梁北,谓邹、枚。”

(50)扬雄《法言·寡见》:“或曰:‘良玉不彫,美言不文,何谓也?’曰:‘玉不彫,玙璠不作器。’”“彫”,同雕。《尚书·费誓》:“峙乃桢干。”孔颖达《正义》:“峙具桢干,以拟筑之用。题曰桢,谓当墙两端者也。旁曰干,谓在墙两边者也。《释诂》云:‘桢,干也。’舍人曰:‘桢,正也。筑墙所立两木也。干,所以当墙两边障土者。’”《论衡·语增篇》:“夫三公,鼎足之臣,王者之贞干也。”“贞干”,喻国家之良臣也。《三国志·吴书·陆凯传》:“皆社稷之贞干,国家之良辅。”

《序志》篇

夫文心者，言为文之用心也[1]。昔涓子《琴心》，王孙《巧心》[2]，心哉美矣，故用之焉[3]。古来文章，以雕缛成体[4]，岂效驺奭之群言“雕龙”也[5]！夫宇宙绵邈，黎献纷杂[6]，拔萃出类，智术而已[7]。岁月飘忽，性灵不居[8]，腾声飞实，制作而已[9]。夫肖貌天地，禀性五才[10]，拟耳目于日月，方声气乎风雷[11]，其超出万物，亦已灵矣。形同草木之脆，名逾金石之坚[12]，是以君子处世，树德建言，岂好辩哉？不得已也[13]！

予生七龄，乃梦彩云若锦，则攀而采之[14]。齿在逾立，则尝夜梦执丹漆之礼器，随仲尼而南行[15]；旦而寤，乃怡然而喜[16]。大哉圣人之难见也，乃小子之垂梦欤[17]！自生人以来[18]，未有如夫子者也。敷赞圣旨，莫若注经，而马、郑诸儒，弘之已精[19]，就有深解，未足立家。唯文章之用，实经典枝条[20]，五礼资之以成，六典因之致用[21]，君臣所以炳焕，军国所以昭明[22]，详其本源，莫非经典。而去圣久远，文体解散，辞人爱奇，言贵浮诡[23]，饰羽尚画，文绣鞶帨[24]，离本弥甚，将遂讹滥[25]。盖《周书》论辞，贵乎体要[26]；尼父陈训，恶乎异端[27]。辞训之异，宜体于要[28]。于是搦笔和墨，乃始论文[29]。

详观近代之论文者多矣：至于魏文述《典》[30]，陈思序《书》[31]，应玚《文论》[32]，陆机《文赋》[33]，仲洽《流别》[34]，宏范《翰林》[35]，各照隅隙，鲜观衢路[36]。或臧否当时之才，或铨品前修之文[37],或泛举雅俗之旨,或撮题篇章之意[38]。魏《典》密而不周[39],陈《书》辩而无当[40],应《论》华而疏略[41],陆《赋》巧而碎乱[42],《流别》精而少功[43],《翰林》浅而寡要[44]。又君山、公干之徒[45],吉甫、士龙之辈[46],汎议文意,往往间出[47],并未能振叶以寻根,观澜而索源。不述先哲之诰,无益后生之虑[48]。

盖《文心》之作也,本乎道,师乎圣,体乎经,酌乎纬,变乎《骚》[49],文之枢纽,亦云极矣[50]。若乃论文叙笔,则囿别区分[51],原始以表末,释名以章义,选文以定篇,敷理以举统[52],上篇以上,纲领明矣[53]。至于剖情析采,笼圈条贯[54],摛神性,图风势,苞会通,阅声字[55],崇替于《时序》[56],褒贬于《才略》,怊怅于《知音》,耿介于《程器》[57],长怀《序志》,以驭群篇,下篇以下,毛目显矣[58]。位理定名,彰乎大《易》之数,其为文用,四十九篇而已[59]。

夫铨序一文为易,弥纶群言为难[60]。虽复轻采毛发,深极骨髓[61],或有曲意密源,似近而远[62],辞所不载,亦不可胜数矣[63]。及其品列成文[64],有同乎旧谈者,非雷同也,势自不可异也。有异乎前论者,非苟异也,理自不可同也。同之与异,不屑古今[65],擘肌分理,唯务折衷[66]。按辔文雅之场,环络藻绘之府[67],亦几乎备矣。但言不尽意,圣人所难[68];识在瓶管,何能矩矱[69]?茫茫往代,既沈予闻;眇眇来世,谅尘彼观也[70]。

赞曰:生也有涯,无涯惟智[71]。逐物实难,凭性良易[72]。傲岸泉石,咀嚼文义[73]。文果载心,余心有寄[74]。

简析:

本篇为全书最后一篇,为解释书名含义以及阐明撰述意图的总序。刘勰说明书名《文心雕龙》的含义是:阐述文章写作中作家苦心经营的经验,并进行理论总结,分析文章写作华丽雕饰的种种技巧和方法。刘勰阐释了他在七岁和刚过三十岁时的两个梦:第一个梦说明他从小就有远大抱负,希望自己以后能够飞黄腾达。第二个梦则表明他十分崇敬伟大圣哲孔子,希望继承他的事业,成为像孔子一样有巨大贡献的人物。他特别钦佩孔子作为圣人的品格,以及他整理六经、教育子弟等不朽功绩,但并不表示他要一切都依据孔子,也不能说明他的文学批评和对事物的评价,全部都以孔子思想为准则。他虽然说崇敬孔子,最好是注释经书,可是已经有马融、郑玄这样的大儒,很难再超越,实际上经学有古文经学和今文经学的巨大差异,经书的阐述自汉代以来众说纷纭,有很多不同歧义,经学的研究和阐述前景广阔,从唐代的孔颖达到清代的许多学者,都有过不少重要的研究著作,很多问题至今未有结论。真实的情况是,刘勰的志向并不在阐释经书、研究经学上,而是对文章写作有着莫大的兴趣,他的理想是成为研究、写作文章的卓越名家。因此不能因为刘勰梦见孔子,就认为他一切以孔子的是非为是非,把他说成是一个正统儒家文人,把《文心雕龙》看成是一部完全以儒家思想为指导的文学理论著作。所以刘勰对文章的意义和作用给予了极高的评价,认为它直接影响到君臣百姓和国家事务,"唯文章之用,实经典枝条,五礼资之以成,六典因之致用,君臣所以炳焕,军国所以昭明"。如何写好文章,非常值得进行深入研究探讨。他对当时文风不正现象极为不满,决定对如何正确地进行文章写作,给予全面的详细阐述。他对历代文学批评的状况进行了综合概括和分析评价,指出他们虽各有成就,但都是"各照隅隙,鲜观衢路",无法令人满意。他几乎对他以前所有的文学批评著作,都作了尖锐的批评,说:"魏《典》密而不周,陈《书》辩而无当,应《论》华而疏略,陆《赋》巧而碎乱,《流别》精而少巧,《翰林》浅而寡要。又君山、公幹之徒,吉甫、士龙之辈,泛议文意,往往间出,并未能振叶以寻根,观澜而索源。"因此更显得全面、客观、深入论文具有迫切性和必要性。

然后,他概要叙述了《文心雕龙》全书的结构。全书分上下两篇，上篇前五篇为“文之枢纽”，总论文章写作的基本原理，后二十篇为文体论，分述各种文体的名称定义、起源发展和演变、选定各类文体的代表性篇章、阐明每种文体的写作特点。下篇为对文学创作和文学批评的理论分析。有关创作理论论述了构思想象、风格气貌、美学标准、继承创新、内容形式、结构布局等，并对镕裁、比兴、夸饰、声律、对偶、事义、章句、练字等艺术技巧，一一作了精细的分析。这些虽然也参考总结了他以前包括《文赋》在内有关文学创作论述，但是他已经远远地超越了前人，有着自己完整的构想，总结了文学创作发展的实际经验，形成全面系统的文学创作理论体系，具有划时代的伟大贡献，为后世文学创作理论发展奠定了坚实的基础，后来的意境论、妙悟说、情景论、神韵说、格调论等等都可以在《文心雕龙》中找到其萌芽和历史渊源，而且很少有人能超越《文心雕龙》。他有关文学批评的理论，则涉及到文学和时代、文学和自然、作家的才能、批评的途径和方法等，非常全面，十分深刻。全书结构严谨，理论系统，分析细腻，发挥深刻。同时刘勰还明确论说了全书的研究方法，提出了从实际出发，以客观自然的“势”和“理”为标准的“折中”论，这是《文心雕龙》之所以取得前所未有的辉煌成果的重要原因。“茫茫往代，既沉予闻，渺渺来世，谅尘彼观。”刘勰早就预测到《文心雕龙》将为后世带来无比深远的影响。

语译：

“文心”的含义，即指为文之用心。以往涓子有《琴心》之作，王孙有《巧心》之篇，表明心是非常伟大而美妙的，文章就是描述人心灵世界的，所以用“文心”之称。从古以来文章皆以辞采华丽构成精美体制，故命名“雕龙”，岂是仅仅仿效驺奭言论像雕饰龙纹一样而被称为“雕龙奭”？宇宙产生历史悠久，黎民百姓中的贤者极为众多，而其中出类拔萃的人士，靠的是高超的智慧和方法。可是岁月如风般流驰，生命有限心灵不能维持很久，要使自己名声和业绩永远流传下去，就必须要依赖文章写作。人的容貌是模仿天地日月风雷的，人的性情禀赋仁、义、礼、智、信五才，人的耳目类似日月，人的声气就像风雷，但是人要远远超出万物，因为人是有灵性、有思想、有感情的。人的形体如同草木一样脆弱，而名声则如金石一般坚固，所以君子仁人立身处世，必须要树德建功并立言传世。这并不是喜好辩论，而是不得不辨说清楚。

我长到七岁的时候，曾做梦看见天空锦绣一般的鲜艳云彩，就攀登上去采摘。我在年过三十的而立之岁，曾夜里梦见自己捧着红漆的祭祀礼器，跟随孔子向南面走去。早上醒来的时候，禁不住十分欣喜，竟能梦见极难见到的伟大哲人孔子，他居然降临在我这个后生小子的梦中！自有人类以来，从没有像孔子这样神圣的人。阐述赞扬圣人的思想主张，没有比注释经书更好的了，然而马融、郑玄等鸿儒，已经在注释中弘扬圣人旨意十分精深，即是再有深刻的见解，很难成为新的杰出专家了。只有文章写作还有很大的空间，是经书的枝叶支流，吉礼、凶礼、宾礼、军礼、嘉礼五种礼仪要依靠它来制定，治典、教典、礼典、政典、刑典、事典六种典则要凭借它来完成，君臣之间礼仪规则的清楚确立，军队国家各种事务的明晰昭著都要运用文章来表现，详细考察其缘由，都是渊源于经典。当今之文章由于距离圣人孔子已经十分久远，所以文体散乱优良传统遭到破坏，辞赋作家喜爱奇特艳丽，追求轻浮诡巧，喜欢在色彩斑斓的羽毛上再加装饰，在华丽的衣带和佩巾上再绣花纹，离开圣人文章的本色愈来愈远，以至于造成错讹谬误风气泛滥不可收拾。《尚书》论说文辞，贵在内容切实抓住要点；孔子陈述训导，特别厌恶鄙弃异端邪说。《尚书》论辞和孔子训导说法虽异，然而强调合适地体察文章要义是一致的，所以我就提笔和墨，开始写作《文心雕龙》论述文章写作。

仔细考察历代论述文章写作的实在是太多了。例如魏文帝曹丕的《典论·论文》，陈思王曹植的《与杨德祖书》，应玚的《文论》，陆机的《文赋》，挚虞的《文章流别论》，李充的《翰林论》。他们都只是从偏狭的局部去论说，很少作全面的高瞻远瞩的阐述：或褒贬当时文士才能的优劣，或诠评前代贤能文人的作品，或泛举作家作品旨趣的雅俗，或概要叙述诗文篇章的大意。魏文帝曹丕的《典论·论文》分析细密而评说不够周全，陈思王曹植的《与杨德祖书》辩驳详尽而观点不够妥当，应玚《文论》广博华美而颇多迂阔疏略，陆机《文赋》曲尽巧妙然而显得细碎杂乱，挚虞的《文章流别论》见解精要而缺少实际功用，李充的《翰林论》浮浅单薄而很少抓住要害。桓谭、刘桢之流，应贞、陆云之类，泛泛议论对文章写作的看法，也往往在他们著作里出现，但是都不能沿着枝叶去寻求根本，依据波澜去追溯源头。论文而不阐述古代圣哲的训导，故对后生之辈文章写作没有什么益处。

《文心雕龙》的写作，以道为根本，以圣人为师，以经典为体制依据，斟酌取舍于纬书，以《离骚》为变革典范。于是文章写作的重要关键，就全都具备了。至于论述有韵之文及无韵之笔，则分门别类各有自己的领域。对每种文体都要叙述它的起源发展，解释它的名称意义，选择有代表性名篇作为例证，从理论上概括每一种文体的创作特点。这样全书的上半部分，纲领就清楚明白了。至于解剖和分析作品的情理和辞采，总括文学创作原理作条分缕析的叙说，陈述《神思》《体性》，描绘《风骨》《定势》，包括《附会》《通变》，检阅《声律》《练字》，论说兴废盛衰于《时序》，褒贬才能优劣于《才略》，感慨优秀文学批评之难遇于《知音》，强调道德修养对作家的重要于《程器》，以深沉情怀阐明撰书缘起于《序志》，并以它作为驾驭全书之总论，本书后半部分二十五篇，也就眉目清晰了。根据文学创作理论体系安排好各篇先后位置、确定各篇的题名，清晰显著地符合于《周易》演绎天地的"大衍之数"，五十篇中实际具体论述文学功用的为四十九篇。

衡量评述一篇文章是很容易的，而综合梳理分析所有文章则是很难的，虽然能轻松驾驭文章写作具体毛发的细微方面，又能深入把握文章写作深奥复杂的本质方面，但是那些曲折意味深密渊源，往往似乎接近了恰又显得遥远，文辞所不能涉及到的地方，还是不可胜数啊！至于我品评文章写作的观点看法，凡是与前人论说相同的，并不是雷同抄袭，而是因为从自然趋势来看，不能与之相异。凡是与前人论述不同的地方，并非故意标新立异，而是从客观真理上说无法与之相同。

相同的和不同的，都不以古今来区别，精细地分析解剖，务必依据客观的“势”和“理”为标准加以“折衷”。驰骋于文坛场屋之地，涉猎于文辞藻饰之所，我所能说的也差不多齐备了。但是言不尽意，这是圣人也感到困难的，我这样识见比较狭窄的人，又怎么能做到完全合乎法度规矩没有一点遗憾呢！回顾遥远的古代，使我的见解深陷其中不足为奇，展望渺茫的未来，也许可以让我的论述能为后人作参考吧！

总论：人生短促生命有涯，杳渺无涯惟有睿智。逐物真情实非易事，凭性任情十分容易。性情高傲隐居山川，潜心学问探索精义。文章果能抒载心灵，情志所托余心有寄。

注订：

(1)“夫文心”两句源于陆机《文赋》序：“余每观才士之所作，窃有以得其用心。”故清代章学诚在《文史通义·文德》篇中说：“刘勰氏出，本陆机氏说，而昌论‘文心’。”

(2)《汉书·艺文志》：“《蜎子》十三篇。”班固自注：“名渊，楚人，老子弟子。”列入道家类。或谓即涓子。黄侃《文心雕龙札记》云：“涓子，盖即《史记·孟子荀卿列传》之环渊。环渊，楚人，为齐稷下先生，言黄老道德之术，著书上下篇。”《昭明文选》王俭《褚渊碑文》：“间以琴心。”李善注引《列仙传》：“涓子作《琴心》三篇。”《昭明文选》嵇康《琴赋》李善注亦引《列仙传》：“涓子者，齐人，……其《琴心》三篇有条理焉。”《汉书·艺文志》：“《王孙子》一篇。”班固自注：“一曰《巧心》。”列入儒家类。

(3)“心哉美矣”，赞美“心”的功用之大之广，在文章写作中起着决定性的作用。“故用之焉”，元本、弘治本作“夫故用之”，王惟俭本作“夫故用之焉”。此据梅庆生本，曰：“(焉)元脱，按广文选补。”

(4)“雕缛成体”，《释名·释言语》：“文者，会集众彩以成锦绣，会集众字以成辞义，如文绣然也。”

(5)“岂效”，王惟俭本、黄叔琳本作“岂取”，此据元本、弘治本、梅庆生本等绝大多数本。杨明照《增订文心雕龙校注》：“‘取’，元本、弘治本、汪本、张本、两京本、王批本、何本、胡本、梅本、凌本、合刻本、梁本、秘书本、谢钞本、汇编本、尚古本、冈本、王本、张松孙本、郑藏钞本、崇文本作'效';读书引十二、莒州志十三同。按《梁书》、活字本、佘本、训故本、四库本并作'取';广文选、经籍类编、广文选删、汉魏六朝正史文选同。《原道》篇'取象乎河洛',《奏启》篇'取其义也',《书记》篇'取象于夬',又'盖取乎此',其'取'字义并与此同,则作'效'非是。"由此否定"效"字非,不妥。此处"效""取"皆可通。元刻本、训故本、王惟俭本"驺"作"邹"。驺奭,齐国学者,其思想学说宗驺衍,其文雕饰之龙纹(《汉书·艺文志》作邹奭、邹衍)。《史记·孟子荀卿列传》:"驺奭者,齐诸驺子,亦颇采驺衍之术以纪文。……故齐人颂曰:谈天衍,雕龙奭。"刘勰说明他的书以《文心雕龙》命名,用"雕龙"并非只是仿效被称为"雕龙奭"的驺奭言论像雕饰龙纹一样,更主要是历来文章皆以"雕缛成体",这是刘勰对他的书为什么以《文心雕龙》为名的说明。

(6)"绵邈",长远。《抱朴子·内篇·畅玄》:"绵邈乎其远也。""黎献",黎民中之贤者。《尚书·益稷》:"万邦黎献。"孔安国传:"献,贤也。万国众贤,共为帝臣。""纷杂",众多。

(7)《孟子·公孙丑上》:"出于其类,拔乎其萃。"

(8)陆机《叹逝赋》:"时飘忽其不再。""性灵",指人的生命。"不居",停留不住。《礼记·月令》:"师兴不居。"郑玄注:"不居,象风行不休止也。"孔融《与曹操论盛孝章书》:"岁月不居。"

(9)"腾声飞实",名声的流传和事业的远播。"制作",文章写作。

(10)"夫"下,元本、弘治本有"有"字,梅庆生天启六次本据曹学佺改为"自",此据王惟俭本。"肖",像。"五才",即五行,金、木、水、火、土。此指由五行而生之五才:仁、义、礼、智、信。《汉书·刑法志》:"夫人肖天地之貌,怀五常之性。"五常谓仁、义、礼、智、信。"五才",元本、弘治本等作"五行",此据王惟俭本。梅庆生本曰"一本作才"。

(11)《春秋繁露·人副天数》篇:"耳目戾戾,象日月也;鼻口呼吸,象风气也。"《淮南子·精神训》:"是故耳目者日月也,血气者风雨也。”“声气乎”之“乎”，元本、弘治本、王惟俭本作“于”，此据梅庆生本。

（12）本书《原道》篇说：人是“性灵所钟”，是有灵性的，有思维活动的。又云：“无识之物，郁然有彩；有心之器，其无文欤？”“形同”，《梁书·刘勰传》作“形甚”。《古诗十九首》：“盛衰各有时，立身苦不早。人生非金石，岂能长寿考？奄忽随物化，荣名以为宝。”

（13）《孟子·滕文公下》：“予岂好辩哉，予不得已也。”“辩”，元本、弘治本、王惟俭本作“辨”，此从梅庆生本。此处“树德”和“建言”其实是一回事，树德要通过建言来体现，而建言的目的则正是树德。刘勰的文章价值观和传统所说“三不朽”（《左传》襄公二十四年：“太上有立德，其次有立功，其次有立言。虽久不废，此之谓不朽。”）中把“立言”放在最后，是完全不同的。刘勰的文章价值观和曹丕说的是一致的，认为真正能不朽的乃是立言。《典论·论文》：“年寿有时而尽，荣乐止乎其身，二者必至之常期，未若文章之无穷。”

（14）梅庆生《文心雕龙》音注本：“《梁书》无‘生七龄’以下十四字。”王利器《文心雕龙校证》：“佘本、《广文选》《梁书》无‘予生七龄’以下十四字。”当依元、明各本，刘勰是说做过两个梦。前一梦是说明自己从小天赋聪慧，具有追求光彩人生、攀登高峰的志向。杜甫《壮游》诗：“七龄思即壮，开口咏凤凰。九龄书大字，有作成一囊。”《九家注杜诗》引赵次公云：“七龄、九龄，字则梁刘勰《文心雕龙·序志》篇曰：‘予生七龄，乃梦彩烟（云）若锦，则攀而采之。’扬雄言其子童乌曰：‘九龄而与我元文。’”皆表示自己年幼才高，十分自负。后一梦是说梦见圣人孔子，以示对圣贤的崇敬，表明自己追随孔子的事业文章，与前“腾声飞实，制作而已”相呼应。

（15）“逾立”，超过三十岁。《论语·为政》：“三十而立。”“尝夜梦”，元本、弘治本作“常梦”，此据王惟俭本、梅庆生本。王叔岷《文心雕龙缀补》：“《梁书》《南史·刘勰传》并无‘则’字，盖涉上文‘则攀而采之’而衍。”王利器《文心雕龙校证》：“元本、冯（允中）本、汪（一元）本、张之象本、两京本无‘执丹漆’至‘观澜而’三百二十二字。徐

(竳)云:‘梦字下脱落三百余字,杨用修补。’”“丹漆”,朱红色漆。“礼器”,祭祀的器具。《史记·孔子世家赞》:“车服礼器。”指笾(竹做的礼器)、豆(木做的礼器)之类。

(16)王惟俭本无“乃”字。“怡然”,愉悦快乐。

(17)“也”,黄叔琳本作“哉”。“大”,伟大。“垂梦”,托梦。“小子之垂梦”,犹垂梦于小子。

(18)“生人”,当作“生民”。杨明照《增订文心雕龙校注》曰:“‘人’,《南史》作‘灵’。按‘灵’字非是。‘人’当作‘民’,盖唐避太宗讳而未校复者也。《孟子·公孙丑上》:‘子贡曰:……自生民以来,未有夫子也。’即此文之所自出。《原道》篇‘晓生民之耳目矣’,亦作生民。”

(19)马融为古文经学家,曾注释《孝经》《论语》《尚书》《诗》《易》《周礼》《仪礼》《礼记》,著有《三传易同说》。郑玄曾师从马融,兼融古文经学和今文经学,是汉代经学家集大成者,注有《论语》《孝经》《尚书》《周礼》《仪礼》《礼记》,并为《毛诗》作笺。

(20)本书《诸子》篇:“述道言治,枝条五经。”张立斋《文心雕龙注订》:“云经典枝条者,言文章之用,辅翼群经,亦学体要之不可忽者,其为效至宏,故下云五礼六典,君臣军国,皆从用字上发挥。”

(21)《礼记·祭统》:“凡治人之道,莫急于礼;礼有五经,莫重于祭。”郑玄注:“礼有五经,谓吉礼、凶礼、宾礼、军礼、嘉礼也。”《周礼·天官冢宰》:“太宰之职,掌建邦之六典,以佐王治邦国。一曰治典,以经邦国,以治官府,以纪万民;二曰教典,以安邦国,以教官府,以扰万民;三曰礼典,以和邦国,以统百官,以谐万民;四曰政典,以平邦国,以正百官,以均万民;五曰刑典,以诘邦国,以刑百官,以纠万民;六曰事典,以富邦国,以任百官,以生万民。”“因”,借助。杨明照《增订文心雕龙校注》:“《论语·八佾》:‘子语鲁太师乐曰:乐其可知也:始作,翕如也;从之,纯如也,皦如也,绎如也,以成。’《易·系辞上》:‘备物致用。’是‘以成’‘致用’皆有所本也。”

(22)“炳焕”,光彩耀眼。“昭明”,清楚明晰。

(23)“文体解散”,谓文章的传统体制被破坏。本书《才略》篇:

“殷仲文之孤兴,谢叔源之闲情,并解散词体,缥缈浮音。”“辞人”,指以汉代辞赋作家为代表的追求华丽繁富之美的文学家。本书《定势》篇:“自近代辞人,率好诡巧,原其为体,讹势所变。厌黩旧式,故穿凿取新。察其讹意,似难而实无他术也,反正而已。故文反正为乏,辞反正为奇。”

(24)“饰羽尚画”,谓在有文采的羽毛上再加修饰,过于华丽了。《庄子·列御寇》:“哀公问乎颜阖曰:‘吾以仲尼为贞干,国其有瘳乎?’曰:‘殆乎圾乎!仲尼方且饰羽而画,从事华辞,以支为旨,……夫何足以上民?’”成玄英疏:“修饰羽仪,丧其真性也。”扬雄《法言·寡见》:“今之学也,非独为之华藻也,又从而绣其鞶帨。”李轨注:“鞶,大带也;帨,佩巾也。”此谓在华丽的腰带和佩巾上再绣以花纹。

(25)“讹滥”,谬误错讹的风气泛滥。

(26)《尚书·毕命》:”政贵有恒,辞尚体要,不惟好异。”孔安国传:“辞以理实为要,故贵尚之。若异于先王,君子所不好。”本书《征圣》篇:“《书》云:‘辞尚体要,不惟好异。’故知正言所以立辩,体要所以成辞。”

(27)“尼父”,即孔子,字仲尼。《论语·为政》:“子曰:攻乎异端,斯害也已!”“异端”,指异于儒家的言论学说。

(28)“辞训之异”,谓《尚书》从正面立论强调“贵乎体要”,孔子从反面指出要“恶乎异端”,两者表示方式不同,而旨意则一。刘永济《文心雕龙校释》:“‘异’疑‘奥’误。《史记·屈原贾生列传》:‘文质疏内兮,众不知予之异采。’《集解》引徐广曰:‘异一作奥。’此异、奥形近易误之证。辞训二句,即总上‘《周书》论辞,尼父陈训’四句之义而言之也。《周书·毕命》曰:‘辞尚体要,不惟好异。’恶异端,即不好异,故此总说奥义,惟举体要耳。”刘说可供参考,然无版本依据。

(29)“搦”,持。

(30)“至于”,王惟俭本作“至如”。曹丕所著《典论》为一部政治、学术著作,共二十篇,但大都已散佚,《论文》是其中所存完整的一篇。《典论》的写作时间在曹丕当太子以后不久,大约在建安二十二年至曹丕即王位的延康元年之间(217—220),此时建安七子均已去世。

(31)曹植的《与杨德祖书》是写给他好友杨修的信,杨修后为曹操所杀。

(32)应玚(?—217)字德琏,汝南(河南汝南县)人。建安七子之一,其《文论》已不传,今存有《文质论》,泛论文质,非专论文之作。参见下注41。

(33)陆机(261—303)字士衡,吴郡(今上海松江)人,西晋文学家,其《文赋》为中国文学批评史上第一篇系统论述文学创作的著作。

(34)挚虞,字仲洽,西晋文学家,著有《文章流别集》,今已佚,集中对各体文章写作有评论,称《文章流别论》,尚有部分留存。

(35)李充,字弘度,黄侃《文心雕龙札记》:"李充,《晋书》字弘度,此云宏范,或其字两行。"东晋文学家,著有《翰林论》,也已散佚,今仅存数条。按:刘勰此处有误,将弘度写为宏范。宏范当是李轨的字。

(36)"隅隙",角落,指非主要方面。"衢路",开阔大路,指文章写作的主要方面。

(37)"臧否",优劣褒贬。《晋书·阮籍传》:"籍虽不拘礼教,然发言玄远,口不臧否人物。""铨品",衡量品评。

(38)"撮题",摘要说明。《南齐书·文学传论》:"若子桓之品藻人才,仲治之区判文体,陆机辨于《文赋》,李充论于《翰林》,张视摘句褒贬,颜延图写情兴,各任怀抱,共为权衡。"按:张视之作已佚。

(39)刘勰对《典论·论文》"密而不周"的批评,各家解释不同。陈锺凡《中国文学批评史》:"以《典论·论文》评人仅及七家,论文止于四体故也。"郭绍虞、王文生《中国历代文论选》:"《典论·论文》分析作家作品不同的气,各种文体不同的特征,比较细密,但仍然只是引了端绪,未能就这些问题作全面周到的阐发,故云'密而不周'。"周振甫《文心雕龙注释》:"评论当时之才,提出文气说,很细致深入,但论文体比较简明,所以'密而不周'。"傅庚生《中国文学批评通论》:"《论文》不过《典论》中之一篇,备一格者,自不同于论文之专著。'不周'

不足为其瑕颣。且创论成篇,能兼及文体、理论与品评诸目,而识多精确,意极平直。文气之论,实祭先河,致足多也。”按:“不周”,指对建安七子的批评虽然细密正确分析了各人的不同特点,而没有对他们作全面的评价,如对王粲只论其辞赋而未论其诗歌,徐幹亦仅论辞赋而未及其《中论》,等等。

(40)刘勰对曹植《与杨德祖书》的批评,各家理解也有差异。陈锺凡《中国文学批评史》:“陈思王《与杨德祖书》中列序当时文士曰:‘今世作者,可略而言;……’所举仅六子,视子桓去阮瑀、孔融而增杨修,对于诸家文学茫无定评。其下又曰:‘仆尝好人讥弹其文,有不善者,应时改定。’是亦重视批评学者。然又曰:‘有南威之容,乃可以论于淑媛;有龙泉之利,乃可以议于断割。刘季绪才不逮于作者,而好诋诃文章,掎摭利病。昔田巴毁五帝,罪三王,呰五霸于稷下,一旦而服千人;鲁连一说,使终身杜口。刘生之辩,未若田氏;今之仲连,求之不难,可无叹息乎!’不知批评文学与文学之区别也。至言‘辞赋小道,未足揄扬大义,彰示来世也。昔扬子云,先朝执戟之臣,犹称壮夫不为’,则不知文学之价值,故谓其‘辩而无当’。”傅庚生《中国文学批评通论》:“陈思王《与杨德祖书》:‘昔仲宣独步于汉南,孔璋鹰扬于河朔,伟长擅名于青土,公幹振藻于海隅,德琏发迹于此魏,足下高视于上京。’赞扬而已,无与于品藻。又云:‘辞赋小道,固未足以揄扬大义,彰示来世也。昔扬子云,先朝执戟之臣耳,犹称“壮夫不为”也。吾虽德薄,位为藩侯,犹庶几勠力上国,流惠下民,建永世之业,留金石之功,岂徒以翰墨为勋绩,辞赋为君子哉?’亦似未知重视文学本身之价值。故杨修复笺以驳之云:‘今之赋颂,古诗之流,不更孔公,风雅无别耳。修家子云,老不晓事,强著一书,悔其少作,若此,仲山周旦之徒,则皆有愆乎!君侯忘圣贤之显迹,述鄙宗之过言,窃以为未之思也。若乃不忘经国之大美,流千载之英声,铭功景钟,书名竹帛,此自雅量素所蓄也,岂与文章相妨害哉!’子建盖长于创作,而绌于批评者。‘辩而无当’,所评甚允。”郭绍虞、王文生《中国历代文论选》:“曹植《与杨德祖书》讥嘲陈琳不长辞赋,刘季绪才不能逮于作者,论好尚不同,不以辞赋为君子等,其言皆闳辩,但破多于立,故彦和认为无当。”周振甫《文心雕龙注释》谓:“论当时之才,论听取意见,都很有理由;但说只有作者才可批评,有轻视辞赋,便不够恰当,所以‘辩而无当’。”当以陈锺凡先生所论较为符合实际。“辩而无当”的关键是关于“有南威之容,乃可以论于淑媛;有龙泉之利,乃可以议于断割”的论断,混淆了文学创作和文学批评之不同。当然对扬雄的论述也欠妥善。

(41)至于应玚文论是否即是他的《文质论》,尚可斟酌。应玚是否另有论文之作,刘勰时代尚可见到,而今已佚,则是正常的。陈锺凡《中国文学批评史》:“应玚《文质论》云:‘丕泰易趋,道无攸一;二政代序,有文有质。’盖言文质之宜,非论文也。不识彦和所谓‘疏略’者,果指此否?”然多家评论均以为即《文质论》。傅庚生《中国文学批评通论》:“应玚《文质论》,泛论文质之宜,似非文论,今即之以求衡文之准,自感其‘华而疏略’矣。”饶宗颐《文心雕龙探原·刘勰文学见解之渊源》:“自应玚著《文质论》(其文多用韵),以为‘二政代序,有文有质’,而归结于‘言辨国典,辞定皇居,然后知质者不足,而文者有余’。此说可与魏文‘文章经国之大业’相表里,而所重则在‘文’也。若彦和之论,则云‘古来文章以雕缛成体’(《序志》篇),而‘篇章杂沓,质文交加’(《知音》篇),‘然悬恻者辞为心使,浮侈者情为文使,繁约得正,华实相胜,唇吻不滞,则中律矣’(《章表》篇)。是则舒文载实之说,所重乃在乎‘质’矣。故彦和责应氏之论为‘华而疏略’,职是故也。”周振甫《文心雕龙注释》:“应玚《文质论》从阴阳初分,日月运其光讲起,讲到陶唐建国,成周革命,赞美焕乎之文,郁郁之盛。认为质是玄静俭啬,不如文,归结到‘然后知质者之不足,文者之有余’。这是泛论文质,没有论到文辞,并且重文轻质,所以是‘华而疏略’。”

(42)刘勰在《文心雕龙·总术》篇也有对《文赋》评论:“昔陆氏《文赋》,号为曲尽,然泛论纤悉,而实体未该。”黄侃《文心雕龙札记》:“碎乱者,盖谓其不能具条贯。然陆本赋体,势不能如散文之叙录有纲,此与《总术》篇所云,皆疑少过。”傅庚生《中国文学批评通论》:

“(陆赋)独以用赋体申明,条贯难明,陆云所指‘文适多体,便欲不清’,殆亦谓此。重以自陈甘苦,有轮扁难言之累,故彦和谓其‘巧而碎乱’也。”周振甫《文心雕龙注释》:“陆机《文赋》探讨作文之用心,讲想象运思,组织结构,修辞,讲文体、音声、写作得失以及文思通塞、文章作用等。是泛举雅俗之旨,撮题篇章之意,远比前人精密。讲谋篇修辞,都较精当。所以是巧。但《文赋》是韵文,不免受形式的限制,不可能像《文心雕龙》那样结构严密,所以不免有些散乱。”

(43)“功”,或作“巧”,此据王惟俭本。杨明照《增订文心雕龙校注》:“巧,黄(叔琳)校云:‘《梁书》作功。’纪昀云:‘功字是。’按《史记·自序》(司马谈《论六家要指》):‘儒者博而寡要,劳而少功。’此‘少功’二字所本(下“《翰林》”句用“寡要”二字)。当以作‘功’为是。张乙本、训故本、谢钞本正作‘功’;《广文选》《经济类编》《广文选删》《汉魏六朝正史文选》同,当据改。”从版本上说,“巧”与“功”皆有根据,元本、弘治本均脱。王惟俭本作“功”,梅庆生本、张松孙本、黄叔琳本等作“巧”。此处当以“功”较善。颜延年《庭诰》:“挚虞文论,足称优洽。”《文镜秘府论》:“挚虞之《文章志》,区别优劣,编缉胜辞,亦才人之苑囿。”周振甫《文心雕龙注释》:“讲文章以及各种文体的起源,所谓精当。但没有讲到各体文章写作的具体要求,所以缺少功效。”挚虞所论虽然精当,然而过于简单,缺少功用。

(44)杨明照《增订文心雕龙校注》:“‘浅’,《玉海》六二引作‘博’。按《诗品序》:‘李充《翰林》,疏而不切。’所评与舍人略同。《玉海》所引,或伯厚意改之也。”李曰刚《文心雕龙斠诠》:“《诗品》论‘《翰林》疏而不切’,所谓‘疏’乃广泛之意,与彦和之所谓‘博’,词异而义同。‘不切’即‘寡要’也。且‘博而寡要’语出《史记·太史公自序传》:‘儒者博而寡要,劳而少功。’此彦和所本,与上句‘精而少功’对文。杨以为‘或伯厚意改’,臆度无据,未可从。审《文镜秘府论》谓‘李充之制《翰林》,褒贬古今,斟酌利病’,则其涉论之广博,可想而知;又黄季刚先生《札记》谓‘《翰林论》所取,盖以沈思翰藻为贵’者,则其非‘浅’明矣。斟酌再四,仍以顺从各句笔序义例,依《玉海》

订正为胜。”郭绍虞《中国文学批评史》上卷:“今就严可均《全晋文》所辑诸条考之,大都是于每体中择其尤佳者,略加评论,以为标准。……此外如锺嵘《诗品》‘潘岳’条称:‘《翰林》叹其翩翩然如翔禽之有羽毛,衣服之有绡縠。’王楙《野客丛谈》‘《百一诗》’条亦引有‘应休琏作五言诗百数十篇,有诗人之旨’。则又就一人之作而加以评论者,惟均嫌琐屑,此刘勰所以讥其寡要欤?”李充评论大都散佚,其论无甚精彩可言,故当以元、明各本为准,杨说可参考。

(45)桓谭,字君山,东汉思想家、文学家,著有《新论》,全书佚,今存有若干条,其中有论文的内容。刘桢(?—217)字公幹,建安七子之一。其论文语今不存,《文心雕龙》中则有个别引用。

(46)应贞,字吉甫,应璩之子,西晋学者,论文语今不存。陆云(262—303),字士龙,陆机的弟弟,论文观点保存于《与兄平原书》三十五首中,其美学见解以“清”为主。

(47)“汎”,同“泛”。“间出”,偶有出现某些较为中肯的论文见解。《史记·太史公自序》:“《诗》《书》往往间出矣。”

(48)“诰”,教诲。“先哲之诰”,指儒家圣人的经典著作。

(49)《文心雕龙》前五篇为总论。《原道》篇论文的本源,《征圣》篇论以圣贤为老师去著述,《宗经》篇论以经书为楷模,《正纬》篇之论如何斟酌取舍纬书,《辨骚》篇论以《楚辞》为继承创新的典范。

(50)“枢纽”,关键。“亦云”,元本、弘治本作“云亦”,此据王惟俭本、梅庆生本。“极”,极致,尽头,顶点。

(51)元本、弘治本、王惟俭本无“乃”字,此据梅庆生本。黄侃《文心雕龙札记》:“六朝人分文笔,大概有二途:其一,以有韵者为文,无韵者为笔;其一,以有文采者为文,无文采者为笔。谓宜兼二说而用之。”范文澜《文心雕龙注》:“论文叙笔,谓自《明诗》至《哀吊》皆论有韵之文,《杂文》《谐讔》二篇,或韵或不韵,故置于中;《史传》以下,则论无韵之笔。”“囿”,和“区”同义,指区域。李曰刚《文心雕龙斠诠》:“囿别区分,谓画定封域,以别白大类;排比品目,以分见各体也。囿,封域之意。《说文》:‘囿,苑有垣也。’段注:‘凡分别区域曰囿。’……《论语·

子张》篇:‘区以别矣。’朱注:‘区,犹类也。’”

(52)《文心雕龙》自《明诗》至《书记》二十篇文体论,每篇均包括四个部分:“原始以表末”——叙述这一类文体的源流和发展演变;“释名以彰义”——阐明这一类问题的名称之含义;“选文以定篇”——选择其最有代表性的作品;“敷理以举统”指出这一类文体的创作特点。“末”,元本、弘治本、王惟俭本作“时”,此据梅庆生本。

(53)前五篇总论和二十篇文体论,共二十五篇,为《文心雕龙》前半部分,称为“上篇”。“上篇”,元本、弘治本作“一篇”,误。

(54)“剖情析采”,解剖和分析文本的内容和形式。“剖”,王惟俭本注“一作割”,梅庆生本作“割”,此据元本、弘治本、王惟俭本。“笼圈条贯”,包举整体逐条分析。元本、弘治本“笼”上有“必”字。

(55)“摛”,发布,陈述。“神性”,元本、弘治本误为“神往”。“图”,描绘、说明。“苞”,即“包”。弘治本“苞会通”作“幽远包会遍”,王惟俭本作“包会通”,此据梅庆生本。“阅”,阅读检查。

(56)“崇替”,王惟俭作“崇赞”,误。

(57)“怊怅”,元本、弘治本作“怡畅”。此据王惟俭本、梅庆生本。“耿介”,耿耿于怀,感慨愤激。

(58)“毛目”,指有关文学理论批评的纲要细目。

(59)“大《易》之数”,演天地之数。《周易·系辞上》:“大衍之数五十,其用四十有九。”王弼注曰:“演天地之数,所赖者五十也,其用四十有九,则其一不用也。不用而用以之通,非数而数以之成,斯《易》之太极也。四十有九,数之极也。”衍,推演也。汉代对“大衍之数五十”的认识,根据孔颖达的《周易正义》所引有两种解释。一是京房的解释:“京房云:五十者,谓十日、十二辰、二十八宿也。凡五十其一不用者,天之生气,将欲以虚来实,故用四十九焉。”“五十”是指十日、十二辰、二十八宿,其一当是指“天一主气”,或“太乙主气”,即北辰。一是马融的解释:“马季长云:易有太极,谓北辰也。太极生两仪,两仪生日月,日月生四时,四时生五行,五行生十二月,十二月生二十四气。北辰居位不动,其余四十九,转运而用也。”《文心雕龙》的篇目有如大衍之数,一篇《序志》为总目,其他四十九篇是具体讲述文学理论各个方面的。

(60)“弥纶”,弥缝补合、经纶牵引,指综合梳理分析。《文心雕龙》之《原道》篇:“弥纶彝宪。”《附会》篇:“弥纶一篇。”《周易·系辞上》:“《易》与天地准,故能弥纶天地之道。”孔颖达《正义》:“弥谓弥缝补合,纶谓经纶牵引,能补合牵引天地之道,用此《易》道也。”

(61)“虽复”,或作“虽或”。“轻采毛发”,指文学创作和批评理论的具体枝节细微的方面。“深极骨髓”,指文学创作和批评理论上重大的、本质的、深奥的方面。

(62)“曲意密源”,指文学创作和批评理论上一些隐蔽微妙、难以言喻的地方。如《文心雕龙·神思》篇所谓:“至于思表纤旨,文外曲致;言所不追,笔固知止。”

(63)“不可胜数”,梅庆生本作“不胜数”,此据弘治本、王惟俭本。

(64)“品列”,《梁书》本传作“品评”。

(65)“不屑”,不顾。《后汉书·马廖传》:“尽心纳忠,不屑毁誉。”

(66)“擘肌分理”,《文选》张衡《西京赋》:“剖析毫厘,擘肌分理。”李善注:“虽毫厘肌理之间,亦能分擘。”“折衷”,即“折中”。《史记·孔子世家赞》:“中国言六艺者折中于夫子,可谓至圣也。”司马贞《索隐》:“《离骚》:‘明五帝以折中。’王师叔云:‘折中,正也。’”但是刘勰的“折衷”含义明显不同于传统儒家所说的“折中”。“折衷”,是刘勰提出的重要批评方法。刘勰所说的“折衷”和儒家的折中于孔子和经书,是完全不同的。他所说的“折衷”,是“折衷”于自然的“势”和“理”,也就是以客观事实作为判断标准,而不是盲目地按照孔子和儒家经书所说作为判断标准。他的“折衷”论明显受到龙树“中论”的影响,正因为这样,他对文学现象的评价和分析,能够采取客观公正的态度,得出符合实际的正确结论。这正是刘勰《文心雕龙》能取得如此伟大成就的关键,而它也是和刘勰深入吸取佛教哲学丰富思想资料分不开的。我在《刘勰及其〈文心雕龙〉研究》一书的“折衷论”部分有详细分析。这一段中“势自不可异也”和“理自不可同也”两句非常重要，自然之势和客观之理，才是他判断是非的依据，也是"折衷"的具体内容。

(67)李曰刚《文心雕龙斠诠》："'按辔文雅之场'，谓折冲于文雅之场屋，即能控引思理之缰辔，左右逢源，应付裕如也。'按辔'，按抑缰辔，使马徐行。""环络藻绘之府"，李曰刚《文心雕龙斠诠》："谓涉猎于藻绘之府库，亦可掌握辞采之笼头，得心应手，优游不迫也。'环络'，收绕笼头，使马驻足。"

(68)《周易·系辞上》："子曰：'书不尽言，言不尽意。'"孔颖达《正义》："意有深邃委曲，非言可写，是言不尽意也。"陆机《文赋小序》："至于操斧伐柯，虽取则不远，若夫随手之变，良难以辞逮。""圣人"，弘治本、王惟俭本作"前圣"，此据梅庆生本。

(69)"瓶管"，形容见识狭小。或作"缾管"。《左传》昭公七年："虽有挈瓶之知，守不假器。"杜预注："挈瓶，汲水，喻小知。"《庄子·秋水》篇："是直用管窥天，用锥指地也，不亦小乎？""矩矱"，法度、规矩。杨明照《增订文心雕龙校注》："元本作'规矩'。按'矩矱(音获)'一作'榘矱'。《离骚》：'求榘矱之所同。'《楚辞·哀时命》：'上同凿枘于伏戏兮，下合矩矱于虞唐。'王(逸)注：'矩，法也；矱，度也。'""矩矱"，弘治本同元本作"规矩"，王惟俭本作"矩矱"；梅庆生本谓"矱"字，"元脱许补"。

(70)"沈(沉)"，《梁书》作"洗"。杨明照《增订文心雕龙校注》："《商子·更法》篇：'夫常人安于故俗，学者溺于所闻。'《汉书·扬雄传下》(《解嘲》)：'使溺于所闻，而不自知其非也。''溺闻'，亦'沈闻'也。其作'洗'者，乃'沈'之形误。"周振甫《文心雕龙注释》谓："沉闻，所见沉没在前代的著作中。……'茫茫'两句，是自谦之辞，指所见既陷于前代，所作将尘污后世观瞻。""眇眇"，渺茫之状。"谅"，黄叔琳本作"倘"，佘诲本、《广文选》本、《梁书》作"傥"。弘治本、王惟俭本、梅庆生本等作"谅"。"尘"，污。

(71)《庄子·养生主》篇："吾生也有涯，而知也无涯。"李曰刚《文心雕龙斠诠》："谓以短促之寿命，追逐无涯之知识，实在困难，但凭天赋之才情,抒写自发之灵感,毕竟容易也。”可作参考,然不太符合原文含义。刘勰与庄子之“绝圣”“弃智”不同,是强调生命虽然短促,而智慧无涯,“出类拔萃,智术而已”,故可充分发挥睿智,创作“腾声飞实”之文章。

(72)“逐物”,追逐事物情实。《庄子·天下》:“惠施之才,骀荡而不得,逐万物而不反。”成玄英疏:“驰逐万物之末,不能反归于妙本。”《昭明文选》谢灵运《过始宁墅》:“束发怀耿介,逐物遂推迁。”

(73)鲍照《代挽歌》:“傲岸平生中,不为物所裁。”《晋书·郭璞传》:“傲岸荣悴之际,颉颃龙鱼之间。”“泉石”,指隐居之处。“咀嚼文义”,反复思考钻研文学创作之精义。

(74)《文心雕龙》寄托了作者“为文之用心”。“文”是“心”的体现,其《原道》篇:“心生而言立,言立而文明,自然之道也”。其《章表》篇:“原夫章表之为用也,所以对扬王庭,昭明心曲。”《练字》篇:“心既托声于言,言亦寄形于字。”《知音》篇:“觇文辄见其心。”《情采》篇:“心术既形,英华乃赡。”

主要参考书目

本书涉及参考书目繁多,均在引用中有说明,现仅将几种重要的《文心雕龙》版本及有关注订翻译著作简列于后,注明出处,以作参考。

主要版本:

唐写本《文心雕龙》残卷

元至正本《文心雕龙》

明弘治甲子冯允中刊本《文心雕龙》

明嘉靖庚子新安汪一元本《文心雕龙》

明嘉靖癸卯佘诲本《文心雕龙》

王惟俭《文心雕龙训诂》

梅庆生《文心雕龙音注》

明天启二年梅庆生第六次校订本《文心雕龙音注》

杨慎批点、曹学佺评《文心雕龙》

日本九州大学藏明本《文心雕龙》

清乾隆六年黄叔琳本《文心雕龙》

清乾隆五十六年张松孙本《文心雕龙》

(以上见中国文心雕龙学会编辑《文心雕龙资料丛书》(均为影印原本)及美国哈佛大学影印原本)

主要注订今译著作:

黄侃《文心雕龙札记》,中华书局,1962

范文澜注《文心雕龙注》,人民文学出版社,1958

刘永济校释《文心雕龙校释》,中华书局,1962

王利器校笺《文心雕龙校证》,上海古籍出版社,1980

杨明照校注拾遗《增订文心雕龙校注》,中华书局,2000

陆侃如、牟世金《文心雕龙译注》,齐鲁书社,1981

周振甫校笺《文心雕龙注释》,人民文学出版社,1981

周振甫《文心雕龙今译》,中华书局,1986

郭晋稀《文心雕龙注译》,甘肃人民出版社,1982

赵仲邑译注《文心雕龙译注》,漓江出版社,1982

李曰刚《文心雕龙斠诠》,“国立编译馆”中华丛书编审委员会,1982

李景濚《文心雕龙新解》,翰林出版社,1968

王更生注译《文心雕龙读本》,文史哲出版社,1991

王叔岷撰《文心雕龙缀补》,艺文印书馆,1975

张立斋编著《文心雕龙注订》,正中书局,1967

张立斋《文心雕龙考异》,正中书局,1974

祖保泉《文心雕龙解说》,安徽教育出版社,1993

詹锳义证《文心雕龙义证》,上海古籍出版社,1989

吴林伯《〈文心雕龙〉字义疏证》,武汉大学出版社,1994

王运熙、周峰撰《文心雕龙译注》,上海古籍出版社,1998

张光年译述《骈体语译文心雕龙》,上海书店,2001

周勋初《文心雕龙解析》,凤凰出版社,2015

《梁书·刘勰传》及注释[1]

刘勰字彦和，东莞莒人[2]。祖灵真，宋司空秀之弟也[3]。父尚，越骑校尉[4]。勰早孤，笃志好学[5]，家贫不婚娶[6]，依沙门僧祐，与之居处，积十余年[7]，遂博通经论[8]，因区别部类，录而序之[9]。今定林寺经藏，勰所定也[10]。

天监初，起家奉朝请[11]，中军临川王宏引兼记室，迁车骑仓曹参军[12]。出为太末令，政有清绩[13]。除仁威南康王记室，兼东宫通事舍人[14]。时七庙飨荐已用蔬果，而二郊农社犹有牺牲，勰乃表言二郊宜与七庙同改，诏付尚书议，依勰所陈[15]。迁步兵校尉，兼舍人如故[16]。昭明太子好文学，深爱接之[17]。

初，勰撰《文心雕龙》五十篇，论古今文体，引而次之。其序曰：

…………

既成，未为时流所称。勰自重其文，欲取定于沈约。约时贵盛，无由自达，乃负其书，候约出，干之于车前，状若货鬻者[18]。约便命取读，大重之，谓为深得文理，常陈诸几案。

然勰为文长于佛理，京师寺塔及名僧碑志，必请勰制文[19]。有敕与慧震沙门于定林寺撰经[20]，证功毕，遂启求出家，先燔鬓发以自誓，敕许之。乃于寺变服，改名慧地[21]。未期而卒[22]。文集行于世[23]。

注释：

(1)有关《梁书·刘勰传》的研究，当以杨明照《〈梁书·刘勰传〉笺注》最为重要，此文原发表于1941年《文学年报》第七期，后经过多次修改，有很大不同，最终定本收入《增订文心雕龙校注》。后有很多家著有刘勰年谱，均以《梁书·刘勰传》为基础，牟世金曾著有《刘勰年谱汇考》(巴蜀书社1988年版)，总结了各家研究成果，提出了自己的新见解。周绍恒的《〈文心雕龙〉散论及其他》也提出了一些新见。台湾方面则有李曰刚、华仲麐、王金凌、王更生等，都在《梁书·刘勰传》的基础上著有刘勰年谱。我在《九州学刊》创刊号上发表过《有关刘勰身世几个问题的考辨》一文。本文注释均参考上述著作，择善而从。

(2)对"东莞莒人"的理解有两种不同说法，一指山东东莞莒县；一认为是指南朝侨立的南东莞郡，在南徐州，镇京口，即今镇江。当以前说为是，台湾学者多从后说。

(3)刘勰祖父刘灵真，是否为刘秀之的亲兄弟，学界亦有争议。《宋书·刘秀之传》仅说兄钦之、弟粹之，未提及灵真。后出的唐代李延寿《南史》在《刘勰传》中又把这句话删除了。所以范文澜、牟世金等学者皆以为刘勰一系并非直属曾位列三公的刘穆之、刘秀之世系，可能是旁系亲属，刘灵真不是刘秀之亲兄弟，而只是远房兄弟。

(4)刘勰父亲刘尚在刘勰更小的时候就去世了，故本传说"勰早孤"。刘尚曾任越骑校尉，属于四品官，本来门第不低，可是刘尚死后，家道中落，故曰"家贫"。刘尚何时为越骑校尉，死于何时，史无明言，不可确考。学者或谓其病死，或谓其战死，均无确证，只是猜测。据我在《有关刘勰身世几个问题的考辨》一文中考证，刘尚出任越骑校尉及至逝世，有可能在泰始二年(466)至元徽二年(474)之间。

(5)刘勰生于何年，各家说法极为分歧。但基本上是以清代刘毓崧《通义堂文集·书文心雕龙后》说考定的《文心雕龙》成书于南齐末年，根据《文心雕龙·序志》篇说刚过三十岁开始写《文心雕龙》来推测的。我们的估计约在公元466年左右,即刘宋泰始二年。

(6)对刘勰的“不婚娶”原因,各家也有不同说法,比较主要的有“家贫”和“信佛”两说,不过都缺乏说服力。我认为可能和刘勰父亲去世、家道中落有关,南朝士族婚娶极为讲究门第匹配,刘勰既为四品官家庭出身,却又贫困艰难,可能极难找到门当户对的婚姻。

(7)刘勰依靠沙门僧祐十余年的原因是什么,学界也有很大分歧。一般都以为和他“不婚娶”的原因是相同的。他何时入定林寺依沙门僧祐?各家也有不同说法,杨明照、张严、王更生等先生,皆以为刘勰入定林寺是受僧祐入吴讲论佛法影响,在此之后,据道宣《续高僧传·明彻传》记载“齐永明十年(492),竟陵王请沙门僧祐三吴讲律”,则僧祐入吴是在永明十年,而据慧皎《高僧传·超辩传》,此年超辩去世,刘勰为之作碑文,当早已入定林寺。牟世金说法也与此差不多,不过他据《略成实论记》认为僧祐入吴在永明八年二月后,即所谓京师讲学“解座”后,故刘勰入定林寺也在此后。然而,他的说法有误,《略成实论记》所说“八年正月二十三日解座”,不是指僧祐在京师讲论佛法到此时结束,而是说僧柔、慧次等“抄比《成实》,简繁存要,略为九卷”到正月二十三日结束。而僧祐入吴上引明确是在永明十年。刘勰之入定林寺依沙门僧祐当在永明五年起僧祐在京师讲学后。这里也涉及到刘勰是否“世居京口”的问题。本传并未说他“世居京口”,而是在《宋书》的刘穆之和刘秀之传中说他们“世居京口”的,杨明照遂依据“祖灵真,宋司空秀之弟也”一句,而说刘勰“世居京口”。如果刘勰祖父和刘秀之为远房兄弟,则不能断定也是“世居京口”,何况刘尚官为越骑校尉,当在京师供职,刘勰也应该是家居京师,所以他能有机会聆听僧祐在京师讲论佛法,并入定林寺“依沙门僧祐”。刘勰为什么要“依沙门僧祐”,我在《北京大学学报(哲学社会科学版)》1981年第六期《刘勰为什么要“依沙门僧祐”?——读〈梁书·刘勰传〉札记》一文中有详细论述。由于僧祐在南齐景陵文宣王萧子良实际掌权时期受到特别尊重,很多权贵包括后来的梁武帝萧衍都是他的弟子,刘勰希望藉此可以获得攀升机会,故而入寺依靠僧祐。事实证明,他正是有此原因，故而梁武帝登基后，他立即获得出仕机会，被提拔为梁武帝弟弟临川王萧宏的记室，后又做了梁武帝儿子南康王萧绩的记室，并兼太子萧统的东宫通事舍人。

(8)佛学分经、律、论三大部分。经为各种佛经，律为佛教律法，论是对佛经的论说和阐述。僧祐是当时佛学的律学专家。刘勰受僧祐影响对佛学有深入研究。

(9)刘勰曾帮助僧祐整理了很多佛经和佛学著作，如署名僧祐的《出三藏记集》，据日本学者兴膳宏研究，应该是刘勰帮僧祐编撰的。见其《〈文心雕龙〉与〈出三藏记集〉》(见彭恩华编译《兴膳宏〈文心雕龙〉论文集》)。其他如《法集总目录序》《释迦谱序》《世界序》等亦很可能出自刘勰之手。

(10)刘勰在定林寺十余年，一直是僧祐的主要帮手，故寺中藏经当亦是刘勰实际负责编辑。惜南京定林寺早已焚毁，藏经当亦无存。

(11)“天监初”，指天监元年或二年。“起家奉朝请”，“奉朝请”指随朝为官而尚未有实衔。可见在梁武帝即位后不久，刘勰也离开定林寺入朝进入仕途。梁武帝于天监元年四月即位，新朝初建，百事繁忙，不可能马上提拔地位低下的刘勰，故系在天监二年比较妥善。

(12)中军临川王萧宏是梁武帝亲弟弟，其进位中军将军在天监三年，刘勰为其记室当在是年。刘勰为车骑建军王茂的仓曹参军，约在天监八年。因萧宏于天监八年四岳任司空、扬州刺史，王茂于天监七年正月进号车骑将军，八年四月接替萧宏开府仪同三司，刘勰当于此时为王茂之车骑仓曹参军。

(13)太末，即今浙江衢州郡龙游县地区。刘勰为太末令的时间，约在天监八年末，可能王茂并不欣赏他，出任仓曹参军不久，就打发他去浙江做县令了。刘勰任太末令约为两年，至天监十年萧绩任仁威南康王，刘勰就去做他的记室了。

(14)萧绩是梁武帝的第四子，刘勰做他记室当在天监十年萧绩(时年七岁)进号仁威将军之后，或在十年，或在十一年。而兼东宫通事舍人，当在天监十年至十六年间，因萧绩于天监十六年征为宣毅将军、领石头戍军事。王金凌、牟世金认为是和任南康王记室同时，然无确据。王更生以为在天监十六年，亦无确据。但在萧绩为宣毅将军后，刘勰当已离开，专任东宫太子舍人。

(15)刘勰上表陈二郊宜与七庙同用蔬果祭祀，应在天监十七年二至五月间。因梁自天监十六年十月七庙祭祀改用蔬果，而南北郊(祭天地)及农社(祭谷神即土地)祭祀仍用牺牲，故刘勰上表当在天监十七年正月北郊祭祀后，与僧祐上奏启内容接近，应为同时，而僧祐在是年五月去世。

(16)刘勰任步兵校尉当在他上表获得梁武帝批准之后，对此各家无异议。此是兼领官职，主要还是在东宫任太子通事舍人。至于他任步兵校尉到何时，难以确考，刘勰是太子步兵校尉，应该只是一虚衔，有可能一直到萧统去世，刘勰离开东宫。

(17)萧统对刘勰十分重视，主要是刘勰深通佛学，而不是其文学才华。因为萧统的母亲也是爱好佛学，而拜僧祐为师。刘勰应是萧统的佛学方面的参谋。萧统爱好文学，是《昭明文选》的主编，但是根据史传记载，帮他编辑《昭明文选》的人并无刘勰，可能主要是王筠、刘孝绰等人。

(18)沈约在齐梁两代皆位高权重，并被誉为“当世辞宗”(《梁书·王筠传》)，刘勰当时并无官职，当然很难接近沈约。

(19)刘勰当时以善写碑志出名，根据慧皎《高僧传》记载，僧柔、僧祐、超辩之碑文均为刘勰所写，据《出三藏记集》有《定林上寺碑铭》《建初寺碑铭》两文也是刘勰所著，但均已佚，今仅存《梁建安王造剡山石城寺石像碑》一篇。

(20)僧祐生前其白黑门徒多达一万一千多人，他所主持的定林寺，以及他所修治的建初寺等等，有他很多学生，其中不少是名僧，如宝唱、正度等等，他死后可能整理佛经工作不太顺利，所以梁武帝命刘勰和慧震到定林寺撰经，此约在梁大通元年(527，此年三月前为普通八年)前后，根据记载梁普通七、八年东宫通事舍人为刘杳，说明刘勰因去与慧震撰经，故离任东宫通事舍人。

(21)刘勰完成撰经约在中大通三年(531),此时萧统已去世,他也不可能返回东宫,遂燔发自誓,启求出家,经梁武帝允许,改名慧地。

(22)“未期而卒”,指不到一年就去世了。故当卒于梁中大通四年(532)。不过对刘勰死于何年,各家说法很不相同。范文澜定于梁普通元年(520)或二年,王更生定于普通三年,他们的说法和杨明照最早的笺注相同,但是李庆甲在《刘勰卒年考》《再谈刘勰的卒年问题》中,依据南宋释祖琇《隆兴佛教编年通论》、南宋释智盘《佛祖统记》、南宋释本觉《释氏通鉴》、元释念常《佛祖历代通载》、元释觉岸《释氏稽古略》之记载,谓刘勰卒于萧统死后,在中大通四年。以后杨明照参考李庆甲文章又加以考证,最后修订《笺注》,改为梁大同四年(538)或五年。不过,新《笺注》考证有些错误,故仍以李庆甲说较为妥善。山东一些学者曾认为刘勰出家后并未很快去世,而是返回山东莒县定林寺,但无确证。

(23)本传说他的文集“行于世”,但《隋书》就没有著录,也没有文学方面的诗文流传下来。可能他的文集主要是“京师寺塔及名僧碑志”一类佛教方面的著作,并未流传下来。

以下略附简要年谱,但因史料欠缺,只能根据现有材料推测,未必完全可靠,仅供参考:

宋泰始二年(466)

刘勰生。

宋泰始四年至七年(468—471)

刘勰父刘尚出任越骑校尉,并卒于任上。

齐永明七、八年(489—490)

刘勰入定林寺依沙门僧祐。

齐永元年、二年(499—500)

刘勰撰成《文心雕龙》。

梁天监二年(503)

刘勰离开定林寺,起家奉朝请。

梁天监三年(504)

刘勰为临川王萧宏记室。

梁天监七年(508)

刘勰仍为临川王萧宏记室,梁武帝命释僧旻等于定林寺抄经,勰与其事。

梁天监八年(509)四月

刘勰离任临川王记室,为车骑将军王茂之仓曹参军。

梁天监八年(509)秋冬

刘勰出为太末令。

梁天监十年(511)

刘勰为仁威南康王萧绩记室,兼领东宫通事舍人。

梁天监十六年(517)

刘勰离任仁威南康王萧绩记室,当于此时入值东宫,为通事舍人。

梁天监十七年(518)

刘勰上表言二郊宜与七庙同,改用蔬果祭祀,得到梁武帝采纳。

梁天监十七年(518)春天以后

刘勰迁太子步兵校尉,继续兼东宫通事舍人。

梁普通七、八年(526—527)

刘勰不再兼任东宫通事舍人,由刘杳代替。

梁大通元年前后(527)

刘勰奉敕与沙门慧震在定林寺撰经。

梁中大通三年(531)

刘勰与慧震完成撰经,时萧统已死,刘勰不可能再回东宫,遂燔发自誓,启求出家,经梁武帝允许,改名慧地。

梁中大通四年(532)

刘勰卒,是年刘勰六十七岁。

二十世纪《文心雕龙》研究的状况和问题

刘勰的《文心雕龙》是中国古代最伟大的一部文学理论批评著作，与西方古代的亚里士多德的《诗学》遥相呼应，在历代的文学批评中都受到大家的关注，并给以了高度评价。它在二十世纪学术文化的发展中有十分重要的地位，是中国古代文学理论批评研究中的一个最主要的热点，它所提出的许多重要文学理论观点，也被许多当代文学批评家所引用，并且受到国际汉学界的重视，在国内外已经发表研究文章约两千八百余篇，研究专著二百多种，成为一门显学，被很多《文心雕龙》研究专家称为“龙学”。

在二十世纪以前，《文心雕龙》的研究已经有将近一千四百年的历史，为了阐明《文心雕龙》研究在本世纪发展的状况，简要地回顾一下这段历史也许是必要的。刘勰刚刚写完这部著作，便受到当时著名文学家和文坛领袖沈约的热烈赞赏，认为它“深得文理”，故“常陈诸几案”(《梁书·刘勰传》)，梁元帝萧绎在其《金楼子》一书中也曾引用过《文心雕龙·指瑕》篇的文字。最早著录《文心雕龙》的是《隋书·经籍志》：“《文心雕龙》十卷，梁兼东宫通事舍人刘勰撰。”隋唐以后，《文心雕龙》一直受到历代文学理论批评家的重视，引用它的内容、吸取它的观点者不胜枚举。唐代著名史学家刘知几的《史通》就是参考刘勰论文的方法来论史的，并在其自序中对《文心雕龙》给予了高度评价。刘勰关于“隐秀”的论述，对唐代文学意境理论的产生和发展也有极为深刻的影响，此点可以从王昌龄《诗格》、皎然《诗式》中看得很清楚(参见拙作《〈文心雕龙〉对意境理论形成发展的贡献》，载《夕秀集》，华文出版社 1999 年出版)。宋代诗话中论诗歌的意境，也都受

《文心雕龙》的影响，如梅尧臣、欧阳修论诗歌要“状难写之景如在目前，含不尽之意见于言外”，张戒在《岁寒堂诗话》中还直接引用了《文心雕龙》的《隐秀》篇文字。敦煌遗书中亦有《文心雕龙》，遗憾的是仅存残卷。刘勰的征圣、宗经思想和以韩、柳、欧、苏为代表的唐宋古文理论，也有着明显的内在联系，不过，唐宋古文家都不直接引用《文心雕龙》，这大概是因为刘勰最后出家为僧，而他的《文心雕龙》又是用古文家所反对的骈文写的缘故。早在宋代就已经有辛处信的《文心雕龙》注本，据南宋郑樵的《通志》中《艺文略》之《文史类》著录：“《文心雕龙》辛处信注十卷。”元代脱脱的《宋史·艺文志》也有同样著录。只可惜辛注没有流传下来。南宋王应麟的《玉海》和《困学纪闻》中曾有多处引用《文心雕龙》，有的下面还附有“原注”，台湾王更生先生认为这“原注”可能就是辛处信的注，但也无确凿根据，有的学者则认为是王应麟的注。《文心雕龙》现存最早的完整本子，是元代至正十五年(1355)的嘉兴郡学本，比较早的明刻本是弘治甲子(十七年，1504)吴门本和嘉靖庚子(十九年，1540)新安本、嘉靖癸卯(二十二年)新安本。明代对《文心雕龙》作比较全面研究的，最早是正德、嘉靖年间的杨慎，他对《文心雕龙》全书作了评点，对刘勰的文学思想、创作理论、批评理论及词语解释等均提出过不少重要的见解，对推动明清两代的《文心雕龙》研究起了很重要的作用。明代后期有梅庆生的音注本和王惟俭的训诂本，是最早的两种完全保留下来的全注本，为后来《文心雕龙》注释本的发展打下了很好的基础。晚明曹学佺的《文心雕龙》评点本是继杨慎之后明代最重要的评点本，在评语之外还有一篇很重要的序，从重性情、重自然的角度，阐发了《文心雕龙》的文学思想。清代最重要的是黄叔琳的注释本，在明代梅庆生音注本和王惟俭训诂本的基础上有新的开拓和发展，作了比较详细的校勘和注释，流传极为广泛，代表着清代《文心雕龙》校勘、注释的最高成就，经过晚清李详的补注，成为二十世纪《文心雕龙》各种新的注释本的基础。黄叔琳的注释本在乾隆初刊出后不久，就有纪昀的很有价值的评点本刊出，对《文心雕龙》的体例、文学思想、创作理论以及《隐秀》篇的真伪、黄叔琳注释的得失等,均提出了很重要的看法。此外,郝懿行等也对《文心雕龙》做过不少有价值的评述。而明清两代参与过《文心雕龙》校勘的则不下数十家,至于转引《文心雕龙》文字的就更不计其数了。明清时期的许多文学理论批评家对《文心雕龙》都有比较高的评价。《文心雕龙》"体大思精"的完整的文学理论体系,为我国传统文学理论的发展奠定了一个深厚的基础,历代一些主要的文学理论批评家差不多都受到过《文心雕龙》的深刻影响。《文心雕龙》中所提出的许多重要文学理论问题,在唐宋元明清的文学理论批评中都得到了进一步的扩展和深化。二十世纪以前的《文心雕龙》研究,总的说来,在版本、校勘、注释方面已经取得了相当不错的成绩,而在理论研究方面则比较零散,虽然有不少深刻、精辟的见解,但缺少系统性和完整性。

对《文心雕龙》的现代的科学研究是从二十世纪初开始的,这是和鸦片战争以后西方学术文化的大量输入分不开的。在东西文化的交流和碰撞中,对中国古代文化的研究也开始尝试运用新的观点、方法。《文心雕龙》研究在继续沿用传统国学路子的同时,也逐渐向系统的、科学的理论研究推进。并在二十世纪的下半期取得了非常辉煌的成就。现在当新的二十一世纪已经来临之际,认真地总结和回顾一下二十世纪《文心雕龙》研究的发展状况,探讨其存在的问题,也许对《文心雕龙》研究的深入发展,对如何继承传统、建设具有中国特色的文学理论是很有好处的,也是很有必要的。

一、二十世纪《文心雕龙》研究的历史轨迹

二十世纪运用新的科学方法研究《文心雕龙》,最早当推辛亥革命后刘师培、黄侃在北京大学的讲授。刘师培对《文心雕龙》的讲授和研究,从现存罗常培根据当时听他讲课的笔记整理的《颂赞》篇和《诔碑》篇来看,虽然还是传统国学研究的路子,但从他的《中国中古文学史》讲义中可以看出,已经有了明显的现代新的科学的文学研究之萌芽,因此受到鲁迅先生的充分肯定,认为"对于我们的研究有很大的帮助。能使我们看出这时代的文学的确有点异采"(《魏晋风度及文章

与药及酒之关系》)。而他的《中国中古文学史》不仅对《文心雕龙》有大量的引用,而且可以说主要是依据《文心雕龙》来写的。至于黄侃先生的讲义《文心雕龙札记》,则又在刘师培的基础上大大前进了一步。《文心雕龙札记》虽是黄侃先生"五四"以前在北京大学讲授《文心雕龙》的讲义,但它公开发表则是在"五四"以后。他对《文心雕龙》各篇所写的题解,是对每篇基本理论内容的精辟而概括的分析,其中也包括了对刘勰及其《文心雕龙》的基本思想的阐发,有许多深刻独到的见解,至今仍是研究《文心雕龙》极有价值的主要参考书。诚如他的学生、台湾李曰刚在《文心雕龙斠诠》中所说:"民国鼎革以前,清代学士大夫多以读经之法读《文心》,大则不外校勘、评解二途,于彦和之文论思想甚少阐发。黄氏《札记》适完稿于人文荟萃之北大,复于中西文化剧烈交绥之时,因此《札记》初出,即震惊文坛,从而令学术思想界对《文心雕龙》之实用价值、研究角度,均作革命性之调整,故季刚不仅是彦和之功臣,尤为我国近代文学批评之前驱。"李氏的这个说法是比较公允的。

从"五四"到中华人民共和国成立的三十年中,《文心雕龙》研究成就最高的学者,当推黄侃先生的学生范文澜。范氏所著《文心雕龙注》出版于二十年代,可以说是近代以来《文心雕龙》文本注释方面的经典之作。它在吸收明清两代校勘、注释成就的基础上,注重从理论方面进行探索,书中收录了很多与研究《文心雕龙》理论直接相关的参考材料,以研究《文心雕龙》文学理论的思想渊源,在注释中也很重视对名词术语、理论范畴含义的阐释,成为在文本解读方面由传统研究向现代研究转型的代表。"五四"以后,我国开始有了文学批评史著作,这也是受西方文学批评史著作的影响而产生的。如陈锺凡、郭绍虞、方孝岳、罗根泽、朱东润等数种《中国文学批评史》,他们对《文心雕龙》都给予了很高的评价,郭著称其为"当时文论之集大成者""条理绵密的文学批评之伟著"。方著称《文心雕龙》"是文学批评界唯一的大法典"。罗著认为"纯粹的、成功的、伟大的批评者只有刘勰与锺嵘"。他们参照西方文学批评的观念,着重于研究《文心雕龙》的文学理论体系和所提出的文学批评标准。在他们的启引下,还出现了不少研究《文心雕龙》的论文和专著。四十年代又有刘永济的《文心雕龙校释》出版,它在黄侃《札记》和范注的基础上,专门致力于《文心雕龙》各篇义理的发挥,是一本研究《文心雕龙》文学理论和文学思想的十分重要的专著。这一时期《文心雕龙》研究所取得的划时代成就,为二十世纪下半叶《文心雕龙》研究的繁荣发展打下了一个非常坚实的基础。

从 1949 年中华人民共和国成立起到二十世纪末,是《文心雕龙》研究的大发展时期,同时也出现了较为复杂的情况。由于海峡两岸的隔绝,《文心雕龙》研究分别在大陆和台湾各自走着不同的道路。

从大陆的研究来说,可以明显地分为三个不同的阶段:

(一)从五十年代初到"文化大革命"前为第一阶段。中华人民共和国成立后,政治思想和学术文化都发生了具有根本性的变革,《文心雕龙》研究要适应这个新形势是有一个过程的。所以在五十年代前期,除了王利器在法国巴黎大学北平汉学研究所出版的《文心雕龙新书》外,几乎没有什么研究论著发表,一直到 1956 年才开始逐渐有少量研究论文刊出,如许可的《读〈文心雕龙〉笔记》、黄海章的《论刘勰的文学主张》、郭绍虞的《关于〈文心雕龙〉评价问题及其他》、刘授松《〈文心雕龙〉初探》等,并对某些问题有了不同意见的争论。相对于当时古代文论研究论著几乎没有的情况来说,《文心雕龙》研究的论著还算是比较多的。这个阶段最为重要的成果,是杨明照先生《文心雕龙校注》一书的出版,它以精确的考证和丰富的资料,为刘勰和《文心雕龙》的研究作出了重要贡献,代表了当时对《文心雕龙》文本研究的最高水平。书中所附录的《〈梁书·刘勰传〉笺注》对刘勰的身世和生平事迹做了详细的考证。他的著作对中国台湾地区的《文心雕龙》研究产生了很大的影响,日本的研究也深受其影响。六十年代前期是大陆《文心雕龙》研究一个比较活跃的时期。由于当时中央主管文化工作的周扬的提倡,《文艺报》组织了关于继承古代文学理论遗产的座谈和讨论,促使古代文论的教学与研究有了很大的发展,作为中国古代最重要的文学理论著作,《文心雕龙》的研究自然也就更加受到人们的重视。当时主持《文艺报》工作的著名诗人张光年先生专门为报社编辑、记者讲授《文心雕龙》,并用现代汉语的诗体骈文形式翻译了《文心雕龙》中论创作的六篇重要文章,译文虽然在当时没有正式发表,但在文艺界、教育界内部流传,影响很大。而郭晋稀、周振甫、陆侃如、牟世金等对《文心雕龙》的译注,也就是在这样的背景下产生的。同时这一时期还出现了大量研究《文心雕龙》的论文,以及陆侃如、牟世金的《刘勰论创作》这样的研究专著,并且对刘勰的世界观、《文心雕龙》文学思想的评价、“风骨”论的含义、《文心雕龙》和《昭明文选》的关系等问题,展开了热烈的讨论,出现了很多有分量的学术论文。但是由于受“左”的思想的影响和干扰,并没有能使研究真正向纵深发展,尤其是关于刘勰世界观和《文心雕龙》文学思想的评价之讨论,套用哲学上的唯心、唯物和文学上的所谓现实主义、形式主义等形而上学的公式,硬是用浪漫主义和现实主义相结合的思想去分析刘勰对《楚辞》的评价,这些都是没有多少价值的,也影响了有些学术论文的质量。不过,对一些具体创作理论问题,如“神思”“体性”“风骨”“熔裁”等的研究倒确是比较深入了。

(二)从“文化大革命”开始一直到七十年代末为第二阶段,这时大陆的《文心雕龙》研究和其他学术领域一样,是一个寂寞沉沦的时期,也是《文心雕龙》遭到可笑的所谓“批判”的时期。“文化大革命”的浩劫虽然在 1976 年 10 月结束了,可是其恶劣影响并没有马上消除,一直到 1978 年后,正常的学术研究才逐渐恢复起来。在这一时期《文心雕龙》的研究可以说是完全停顿了,刚刚兴起的研究热潮一下子被压了下去。

(三)从八十年代初到二十世纪末,是大陆《文心雕龙》研究空前繁荣兴旺的时期,在《文心雕龙》的文本研究、理论研究、专题研究、范畴研究等方面,都取得了非常瞩目的成就。《文心雕龙》研究高峰期的到来,是和中国大陆地区所呈现的各方面蓬勃发展局面相适应的,是和改革开放的政治形势直接相关的,也是和思想文化领域的解禁,西方学术文化思想的输入,以及整个学术界的空前活跃状况分不开的。美学、文学理论、古代文学和古代文论研究的繁荣,大大地促进了《文心雕龙》研究的迅猛发展。王元化《文心雕龙创作论》、杨明照《文心雕龙校注拾遗》、王利器《文心雕龙校证》、周振甫《文心雕龙注释》、陆侃如、牟世金《文心雕龙译注》等高水平的学术研究著作在八十年代前期的陆续出版,使《文心雕龙》研究发展到了一个在深度和广度上远远超越了以往的新阶段,同时也极大地推动了大陆《文心雕龙》研究的蓬勃发展,出现了大批研究《文心雕龙》的中青年学者,出版了大量研究《文心雕龙》的专著和论文,在二十世纪已经发表的大陆的研究文章和著作中,至少有三分之二以上是属于这个时期的。特别是有关《文心雕龙》研究的范围有了极大的开拓,对有关刘勰和《文心雕龙》的方方面面几乎都涉及到了,无论是对刘勰的家庭身世、生平遭遇、仕途经历、基本思想的探讨,还是《文心雕龙》版本校勘、注释翻译、篇章结构的研究,都有许多新的突破,提出了不少有价值的见解。特别是在对《文心雕龙》的理论研究方面,不管是文原论,还是创作论、批评论、作家论;是总体研究,还是专篇研究、范畴研究、比较研究;是从文化学的角度,还是从美学、心理学、艺术学的角度,都有不少有分量的研究论著发表,确实形成了"百花齐放,百家争鸣"的极为热闹的局面。虽然上述所说八十年代这几部重要著作和九十年代出版的詹锳《文心雕龙义证》、牟世金的《文心雕龙研究》等,是二十世纪大陆《文心雕龙》研究学术水平最高、最有代表性的成果,但在其他众多的研究论著中,也在不少问题上对这些研究著作的结论,从不同程度上有新的发展和突破。在有关刘勰身世和《文心雕龙》文本的校勘、注释、今译方面,李庆甲的《文心识隅集》,牟世金的《刘勰年谱》,林其锬、陈凤金的《敦煌遗书文心雕龙残卷集校》,郭晋稀的《文心雕龙注释》,祖保泉的《文心雕龙解说》,冯春田的《文心雕龙释义》,吴林伯的《文心雕龙字义疏证》,韩泉欣的《文心雕龙直解》,周绍恒的《文心雕龙散论及其他》等,都是有较高学术价值的著作。理论研究方面,詹锳先生的《文心雕龙风格学》,王运熙先生的《文心雕龙探索》,张文勋的《刘勰的文学史论》,张少康的《文心雕龙新探》,缪俊杰的《文心雕龙美学》,涂光社的《文心十论》,马宏山的《文心雕龙散论》,蒋祖怡的《文心雕龙论丛》,穆克宏的《文心雕龙研究》,毕万忱、李淼的《文心雕龙论稿》,石家宜的《文心雕龙整体研究》,寇效信《文心雕龙美学范畴研究》,冯春田的《文心雕龙阐释》等,都从不同的角度对刘勰的生平思想、文学观念、美学思想,《文心雕龙》的文学理论体系,《文心雕龙》的创作论、文体论、风格论、作家论、文学发展论、文学批评论以及《文心雕龙》的重要文学理论范畴等,作出了相当深入而有独创见解的论述。对《文心雕龙》中各个专篇的研究也得到了充分的重视,有的研究得是相当深入的。同时,在数以千计的大量研究论文中,虽然也有不少重复的无效劳动,但是确有很多高水平的文章,提出了许多具有相当深度的精辟见解,对《文心雕龙》研究的深度和广度的发展,作出了十分重要的贡献。二十世纪的最后二十年是大陆《文心雕龙》研究最辉煌的时期,其具体成就将在下一部分详细介绍。这里还应该说到的是,这些成就的取得也是和《文心雕龙》研究的学术组织活动的推动分不开的。

在王元化、牟世金的倡导和组织下,中国大陆在1983年成立了民间学术团体"中国《文心雕龙》学会",由周扬任名誉会长,著名的诗人、《文心雕龙》出色的语译学者张光年任会长,王元化、杨明照任副会长,牟世金任秘书长。后来老一辈学者逐渐退出领导岗位,经多次换届选举,先后由王运熙、张少康担任会长,张文勋、缪俊杰、蔡锺翔、刘文忠、詹福瑞、林其锬担任副会长。目前,张光年、王元化、杨明照、王运熙等老会长,均为学会名誉会长,现共有会员将近二百余人。学会编辑的不定期研究论文集《文心雕龙学刊》,共出版七辑。自1993年起改为《文心雕龙研究》,现已出版四辑。学会成立十四年来,共举办过五次国内学术研讨会,并分别与复旦大学、暨南大学、北京大学,在1984、1988、1995年,举行过三次国际学术研讨会,其中以1995年北京国际学术研讨会的规模最大,到会代表约有一百五十余人,包括日本、美国、韩国、加拿大、新加坡、马来西亚等国,以及中国香港、台湾地区的学者共五十多人。1988年国际会议曾出版了会议论文集《文心雕龙研究荟萃》,1995 年国际会议的论文则分别发表在《文心雕龙研究》第二、三辑上。学会还编辑了研究论文选集《文心雕龙研究论文集》,与大型《文心雕龙》研究资料《文心雕龙学综览》。学会的成立和所进行的学术活动,组织了大陆《文心雕龙》研究队伍,互相交流学术研究信息,促进了学术研究的进一步深化,加强了和台、港、澳地区的《文心雕龙》研究的合作与交流,并和日本、韩国、欧美各国的《文心雕龙》研究者建立了广泛的联系。《文心雕龙》研究成为中国古代文论研究的核心。大陆学者研究的成就我们将在第二部分作详细分析,下面着重介绍台湾和香港的研究成就。

从五十年代开始,台、港、澳的《文心雕龙》研究也发展起来了。由于当时台、港、澳与大陆没有学术上的交流,研究的信息也互不相通,因此,在相当长的一个时期内,海峡两岸《文心雕龙》的研究,由于意识形态的隔阂,研究方法的差异,各自有着不同的特色。从《文心雕龙》研究的总体状况来看,从五十年代初到六十年代中,海峡两岸的研究在广度和深度上都显得不够,研究水平大致是接近的。港、台研究《文心雕龙》的人不多,但有几位水平较高的学者发表了一些颇有影响的论著。而大陆则研究的人较多,发表的文章和著作也比较多,并在一些重要问题上开展过学术讨论,然而由于"左"的思想干扰和诸如"唯心""唯物"之类框框的束缚,在理论阐述上受到较大的局限。相比之下,港、台一些学者的研究则没有这种局限,因此在学术上应该给以充分的重视。而后"文化大革命"的十余年中,大陆《文心雕龙》研究基本处于停滞状态,而港、台的《文心雕龙》研究则有了较大的发展,尤其是台湾七十年代的《文心雕龙》研究成就更为突出,从《文心雕龙》研究史的角度看,正好弥补了这一时期大陆研究的空白。应该说,从五十年代到七十年代的三十年中,前十五年的研究中心还是在大陆,而后十五年的研究中心实际上是在台湾。从 1966 年到 1979 年,台湾、香港的《文心雕龙》研究无论在研究的论文和著作之质量上,还是研究的理论深度上,都有了极大的发展,并且为后来台、港地区《文心雕龙》的研究奠定了一个很好的基础。从香港、台湾两地的情况看,五十年代初期,在饶宗颐先生的带动下,香港的《文心雕龙》研究是比较活跃的,但从后来的发展上看,台湾的研究无论在数量和质量上,都远远地超过了香港,成为中国《文心雕龙》研究的中心。

五六十年代香港的《文心雕龙》研究是以饶宗颐先生为中心展开的。饶先生精通佛学与梵文,他十分重视《文心雕龙》和佛教的关系,早在 1952 年,他就在《民主评论》五卷五期上发表了《〈文心雕龙〉与佛教》一文,对《文心雕龙》和佛教的关系作了相当全面的探讨,他指出《文心雕龙》"严密的组织和精细的分析,是取资于佛氏的科条,来建立他的文章规则,在思想方法的运用上是受过佛教影响的"。这个观点后来为很多《文心雕龙》研究者所接受,但此问题的提出实是由饶先生发轫的。饶先生认为刘勰文学上的神理说是和佛教之重神与形神分离思想有关的,《文心雕龙》的"文心的命名"与"征圣的态度",也与佛学有密切关系。饶先生还主编了香港大学中文学会于 1965 年出版的《文心雕龙研究专号》,其中刊登了饶先生的文章《文心雕龙探原》以及他对《文心雕龙 · 原道》篇的注释,并明确提出彦和"原道"之"道",包含有儒、释、道、玄多家内容,超乎各家又与各家之道相通。饶先生主编的《文心雕龙研究专号》还刊登了黄继持的《文心雕龙与儒家思想》《刘勰的〈灭惑论〉》两篇文章,及《文心雕龙》前五篇的集释,书后附有李直方编《近五十年文心雕龙书录》及唐写本《文心雕龙》(景本)与饶先生的说明。《文心雕龙研究专号》中所载《征圣》《宗经》《正纬》《辨骚》四篇,为饶先生的学生黄继持、李直方、徐缘发所注,据李直方《文心雕龙集释稿》所说,是在饶先生的指导下完成的,并经饶先生"直删订定",当时参加注释《文心雕龙》的有饶先生的二十九位学生,"于彦和书五十篇,均曾错意",很可惜的是其他各篇均未见到。此后,香港之《文心雕龙》研究一度沉寂,未能有进一步之发展。至七十年代,香港的《文心雕龙》研究又稍有复苏,台湾学者潘重规、徐复观先后到香港讲学,并在香港发表了研究《文心雕龙》的重要著作,如潘重规的《唐写文心雕龙残本合校》,徐复观的《文心雕龙浅论》(七篇)。另外,比较重要的有石垒的《文心雕龙与佛儒二教义理论集》,1977 年云在书屋出版,其中心是强调佛教思想是《文心雕龙》的根本,但他的观点过于偏激,因此说服力不强,曾遭到台湾不少学者的批评。总的来看,香港的《文心雕龙》研究比较注重佛学的影响,和台湾《文心雕龙》研究重在强调儒家思想影响是很不同的。

台湾的《文心雕龙》研究也是在五十年代兴起的。大陆的一批学者到了台湾,其中像潘重规先生、李曰刚先生等本是黄侃的学生,因此台湾的《文心雕龙》研究和大陆的《文心雕龙》研究属于一棵树上的两个不同分支,本来在研究基本思路上是比较接近的,后来由于社会制度和思想意识形态的分歧,才发生了许多不同的变化。1950 年以前,台湾有关《文心雕龙》研究的文章仅见一篇。但五十年代初期,台湾有些大学就开设了《文心雕龙》的课程,如台湾大学的廖蔚卿教授,师范学院的潘重规教授(后潘先生去香港,由高仲华教授讲授)。比较早就开始研究《文心雕龙》并发表了研究论文的学者有廖蔚卿、张严、徐复观等人。廖蔚卿先生发表的《刘勰的风格论》《刘勰论时代与文风》《刘勰的创作论》,后来都收入他的《六朝文论》一书。他对《文心雕龙》的创作理论、风格理论以及文学和时代的关系等,都作了比较深入的分析,在当时是很有影响的。五十年代后期至六十年代中期,台南成功大学张严先生发表了一系列研究《文心雕龙》的重要文章,后均收入其出版于 1969 年之《文心雕龙通识》一书,对刘勰的身世与文学观,《文心雕龙》的版本、编次、指归、品评,以及后人之序跋得失等均有所阐述,并提出刘勰文学思想渊源是综合了儒、道、释思想的产物。在《文心雕龙》文献考证方面也发表了许多自己的见解。张严先生是台湾老一辈专门研究《文心雕龙》的学者,不仅活跃于五六十年代,而且到七十年代初期又有《文心雕龙文术论诠》专著出版。台湾五六十年代在理论上很有深度并有自己独到见解的《文心雕龙》研究文章,当推研究中国古代思想史和文艺史很有成就的东海大学徐复观教授。他在 1959 年 6 月《东海学报》上发表了长篇论文《文心雕龙的文体论》以及 1965 年所写、收入其《中国文学论集》的《中国文学中的气的问题——〈文心雕龙·风骨〉篇疏补》一文。前者是对《文心雕龙》基本文学观念和创作思想的分析，后者是对《文心雕龙》所提出的最重要的审美标准——“风骨”论的理论内涵之阐述。徐复观先生所说的文体论和一般人的理解不同，实际上指的是整个文学创作问题。他是比较早地对刘勰《文心雕龙》的创作思想作出较为全面、深入分析的一位学者。虽然他在具体的论证上略欠精细，有的看法也过于主观，但他能够从对古代文化发展特点的思考出发，结合对西方文学理论的研究，提出一些很有理论深度和很有启发性的见解，这是非常可贵的，至今对我们研究《文心雕龙》仍很有参考价值。在《文心雕龙》的译注方面，六十年代台湾比较重要的本子有政治大学张立斋先生的《文心雕龙注订》与台南李景溁先生的《文心雕龙评解》与《文心雕龙新解》。张立斋先生的《注订》1967 年由正中书局出版，是台湾最早的一种学术性比较强的《文心雕龙》全注本。张立斋对范注及杨校注之批评，或囿于两岸之偏见，未免有贬斥过头之处，但他也确实在《注订》中指出了范注的很多不当之处，在不少地方提出了自己较为确切的见解。李景溁先生的《文心雕龙评解》与《文心雕龙新解》于 1967 年在台南翰林出版社出版，《评解》不带《文心雕龙》正文，对《文心雕龙》每一篇的主要内容做了概括性的通俗阐述。《新解》包括现代汉语的翻译、简要的语词注释、各篇题解三个部分，是最早的全译本。作者在深入研究的基础上，以通俗普及的形式，向民众传播我国优秀的传统文化，其精神十分可贵。

七十年代是台湾《文心雕龙》研究最为繁荣的时期，并在学术研究水平上达到了比较高的水平。诚如王更生先生在《台湾“文心雕龙学”的研究与展望》一文中所指出的，台湾的《文心雕龙》研究，经过五十年代的艰辛开拓，到六十年代的发展，七十年代进入了一个繁荣的时期。在六十年代不仅有很多老教授在各大学讲授《文心雕龙》课，如廖蔚卿、高仲华、方远尧、李曰刚、张立斋、黄锦鋐、华仲麐等等，而且还培养了一批年青的《文心雕龙》研究学者，如王更生、齐益寿、沈谦、王金凌等，他们是七十年代以后台湾《文心雕龙》研究的非常活跃的学者。七十年代台湾共出版《文心雕龙》研究专著约十四种，发表论文约一百七十多篇，这确是一个相当可观的数字。这一时期台湾的《文心雕龙》研究，从版本校勘、注释翻译、专题研究、理论探讨、范畴分析等各个方面都愈来愈向深入方面发展，有了不少学术价值比较高的著作。所以，王更生先生说："这是台湾'文心雕龙学'研究，成果最辉煌、风气最鼎盛的一段蜜月时光，无论是单篇论文或专门著作，无不蓬勃发展，欣欣向荣。"在版本校勘方面，如潘重规先生的《唐写文心雕龙残本合校》，张立斋的《文心雕龙考异》，王叔岷的《文心雕龙缀补》，都是很重要的著作。注释翻译方面也出现了多种选译本和全译本，王更生有《文心雕龙范注驳正》一书出版。理论研究专著，除王更生很有分量的《文心雕龙研究》外，他如张严的《文心雕龙文术论诠》、沈谦的《文心雕龙批评论发微》、黄春贵的《文心雕龙创作论》、李中成的《文心雕龙析论》也都在不同方面有所建树。在研究论文方面，涉及的范围就更为宽广。王更生先生在此期间一个人就发表了二十多篇文章，成为台湾《文心雕龙》研究方面最具代表性的学者，著名学者如王梦鸥、潘重规、李曰刚、华仲麐、黄锦鋐等也都发表过重要文章。这里特别应该说到的是，黄锦鋐先生于六十年代末主持淡江大学中文研究室工作，专门组织成立了"《文心雕龙》研究会"，"集合每个人的智能，发挥共同研究的精神。一时参加的同仁很多，每周集会一次，寒暑无间，两年之后，先后出版《文心雕龙研究论文集》及《文心雕龙译注》（按：即上述王久烈等的《语译详注文心雕龙》）两书"（黄锦鋐《文心雕龙研究论文集序》）。此外，黄锦鋐先生还编译出版了《文心雕龙论文集》，收入他翻译的日本斯波六郎著《文心雕龙范注补正》、杨明照先生的《文心雕龙范注举正》，以及黄先生自己所写的《空海的〈文镜秘府论〉与〈文心雕龙〉的关系》一文。王更生先生则编辑了《文心雕龙研究论文选粹》收集选刊大陆、台湾、香港及美国、韩国等研究论文八类三十八篇。又著《文心雕龙导读》，为普及推广《文心雕龙》作出了重要贡献。陈新雄、于大成编辑了《文心雕龙论文集》，其中除潘重规《唐写文心雕龙残本合校》（写于 1970 年）、王叔岷《文心雕龙斠记》（写于 1973 年）、饶宗颐《〈文心雕龙〉与佛教》（写于 1952 年）外，专门收集了1949年以前比较难于找到的研究《文心雕龙》论文，如赵万里《唐写本文心雕龙残卷校记》、李详《文心雕龙黄注补正》、陈延杰《读文心雕龙》、刘节《刘勰评传》等。这一时期台湾《文心雕龙》研究呈现出百花齐放的局面，老中青三代学者并起争鸣，许多大学的研究生也都以《文心雕龙》研究作为学位论文的题目。对刘勰及其《文心雕龙》的研究，在版本校勘方面有了相当深入细致的考辨，注释语译方面也比五六十年代有了很大的进展，文本诠释更为确切，资料引用相当丰富，对刘勰的身世也作了多方面的探索，特别是对刘勰文学思想和《文心雕龙》文学理论批评的研究，更为系统和全面，研究了刘勰的文化思想，对经、史、子学的看法，以及关于文学的特殊见解，并对一些重大理论问题，比如六义、神思、风骨、定势、虚静、比兴等，都有了进一步的开掘，还对不少《文心雕龙》的重要篇章作了专门的研究，如《原道》《时序》《知音》《练字》等。此外，对《文心雕龙》与《文赋》《文选》等的关系，也作了不少有价值的探讨，并介绍了美国、日本等国外《文心雕龙》研究的情况，对施友忠的英译《文心雕龙》、兴膳宏的日译《文心雕龙》均有所评论。从总的方面看，台湾这一时期的《文心雕龙》研究，在思想导向上特别以强调儒家经学影响为主，这可能是和针对大陆"文革"的"评法批儒"有关的。在研究方法上还是以传统国学研究的路子为主，受西方研究方法的影响并不大。

八九十年代，台湾的《文心雕龙》研究是在七十年代的基础上继续深入的时期，比较重要的专著有李曰刚先生的《文心雕龙斠诠》，全书分上下卷，长达一百九十余万字，是《文心雕龙》研究中篇幅最为巨大、具有集大成性质的一部著作，《斠诠》在每一篇之前都有长篇"题述"，"阐明全篇旨要及段落结构"，在诠释原文的"文解"部分，又逐段分为"直解""斠勘""注释"三部分，书后附有作者所撰《刘彦和世系年谱》，是据王更生所著增订的，各篇的"题述"连贯起来，则是一部研究《文心雕龙》理论体系的专著。但李著在吸收已有成果上往往不加说明，阐述也过于繁冗。另一部比较有特色的著作是王礼卿的《文心雕龙通解》，它在每篇的《文心雕龙》原文后附黄叔琳注，然后分"题义"

"篇旨""节次""赞"四个部分加以通解,本书和七八十年代台湾研究《文心雕龙》的一般看法不同,比较强调佛学思想对《文心雕龙》的影响,对各篇题义的阐述和重要理论问题的解释也有不少自己的独到见解,是台湾《文心雕龙》文本研究中比较有代表性的一部重要著作。1987年台湾曾经举办过"以《文心雕龙》为中心的中国文学批评研讨会",并出版了研讨会论文集《文心雕龙综论》。在有关刘勰和《文心雕龙》的理论研究方面,这一时期比较重要的著作有王更生先生的《文心雕龙新论》、王金凌的《文心雕龙文论术语析论》、龚菱的《文心雕龙研究》、沈谦的《文心雕龙之文学理论批评》、冯吉权《〈文心雕龙〉与〈诗品〉之诗论比较》、张仁青《文心雕龙通诠》、陈兆秀《〈文心雕龙〉述语探析》、方元珍《文心雕龙与佛教关系之考辨》、吕武志《魏晋文论与〈文心雕龙〉》、王忠林《文心雕龙析论》等,其中以王更生先生的《文心雕龙新论》学术价值最高,对《文心雕龙》的成书、结构、历代注释及一些重要理论问题都提出了自己的独到见解。这一时期台湾还发表了很多《文心雕龙》的专题研究论文,涉及《文心雕龙》的理论体系、枢纽论、文体论、创作论、批评论等各个方面,其中不乏精彩的见解,比如像黄锦鋐关于刘勰文学理论的思想渊源的分析、龚鹏程关于文体论的论述、刘渼关于"势"和"意象"研究、颜昆阳关于"比兴"的研究等,都是颇有新意的,但从总体上看,这些论著中的绝大部分还是沿袭七十年代台湾《文心雕龙》研究的路子,在某些具体方面有所深入,而在指导思想或是理论体系上,基本上还是以儒家经学为渊源,以文章写作理论为基础,缺少有开创性的突破,所以和同时期大陆多姿多态的研究相比,无论在理论深度、资料开掘还是研究范围上,都还是有所不及的。台湾八九十年代《文心雕龙》研究是以王更生先生为代表的老一辈《文心雕龙》研究专家总结和深化自己研究成果的时代,也是由他们所培养的青年研究者比较活跃的时代,我们高兴地看到台湾一大批研究《文心雕龙》的青年学者的茁壮成长,他们的研究虽然还不是太深入,但正在逐渐走向成熟,并不断地在扩大研究的深度和广度,我们相信他们在老一辈专家的指引下将会取得更大的成绩。

二十世纪的前半期,国外的《文心雕龙》研究主要是在日本。日本老一辈的汉学家如铃木虎雄、青木正儿等都对《文心雕龙》研究作出过贡献。在二十世纪的下半期,国外的《文心雕龙》研究成就最高的仍是日本,如户田浩晓、目加田诚不仅把《文心雕龙》全文译成了日文,而且还发表过很多重要的研究论文,斯波六郎的《文心雕龙范注补正》和《文心雕龙札记》,均有较高的学术价值,冈村繁编撰过《文心雕龙索引》,兴膳宏的《文心雕龙》全译本在日本最早出版。兴膳宏的许多重要研究论文,如《〈文心雕龙〉和〈出三藏记集〉》《文心雕龙的自然观》、《〈文心雕龙〉与〈诗品〉的文学关的对立》等,在《文心雕龙》研究中具有相当大的影响,特别是《〈文心雕龙〉和〈出三藏记集〉》一文有很高的学术价值,中国大陆专门出版了彭恩华翻译的《兴膳宏〈文心雕龙〉论文集》。王元化先生还编选了《日本研究〈文心雕龙〉论文集》,曹旭翻译有户田浩晓的《文心雕龙研究》。从八十年代开始,日本有一批中青年《文心雕龙》研究专家崛起,如安东谅、门胁广文、釜谷武志、甲斐胜二等,但目前还缺乏特别有分量的著作。韩国的《文心雕龙》研究起自六十年代,著名的汉学家车柱环先生的《文心雕龙疏证》是有比较高的学术水平的。在七八十年代有崔信浩和李民树翻译的两种韩文本《文心雕龙》,但基本上是参考日本兴膳宏日译本来翻译的。从研究方面说,自车柱环后即无继起者,直至九十年代方有一批年轻的《文心雕龙》研究者崛起,他们有的是从中国台湾留学回国的,如汉城女子大学的金民那有一本专著《文心雕龙的美学》,即是她在台湾的博士论文,有的是从中国大陆留学回国的,如金庆国发表过论《文心雕龙》"风骨论"的文章,有的是在韩国国内成长起来的,如启明大学的彭铁浩即是专门研究《文心雕龙》的,发表过好几篇研究《文心雕龙》的论文。七十年代美国的华裔学者施友忠曾经把《文心雕龙》翻译成英文,到目前为止,它还是唯一的一个英文全译本,但那时真正研究《文心雕龙》的人很少。八十年代以后,欧美各国的《文心雕龙》研究才开始发展起来。意大利米兰大学的兰珊德教授经过多年努力,把《文心雕龙》译成意大利文出版,这是欧洲第一个全译本。法国巴黎第八大学的朱利安翻译过《文心雕龙》中的多篇文章、德国的李肇础翻译了《文心雕龙》的下半部,美国哈佛大学的宇文所安也翻译过《文心雕龙》中的好几篇文章,瑞典、俄罗斯、西班牙等国也都有学者在研究《文心雕龙》。美国伊利诺斯大学的蔡宗齐教授1997年还在美国举办并主持了小型《文心雕龙》国际研讨会,有美国各著名大学和加拿大大学的汉学家以及中国大陆的学者参加,会后编辑了英文的《文心雕龙》论文集,希望不久之后可以出版。欧美各国研究《文心雕龙》的论著也日渐增多,正呈现日渐上升的趋势,这充分说明《文心雕龙》研究已经成为一门具有世界性的显学。

二、二十世纪《文心雕龙》研究的主要成就和存在问题

二十世纪《文心雕龙》研究所取得的成就是非常辉煌的,它集中体现在中国大陆和台湾、香港地区,以及日本等国的研究论著中,尤其以中国大陆的研究成就最为突出。从横向综合国内外有关刘勰和《文心雕龙》的研究状况,大体可以分为以下五个方面:

(一)生平研究

有关刘勰身世和生平事迹的研究专著,已近二十余种,最早的重要研究成果是范文澜《文心雕龙注》中对刘勰身世的论述,而考订最细、引用数据最为丰富、影响最大的则是杨明照先生的《〈梁书·刘勰传〉笺注》,其文初见于1941年之《文学年报》第七期,1958年收入其《文心雕龙校注》,后扩展增补了很多内容,作了较大修改,有些重要观点也有很大变化,1979年刊载于《中华文史论丛》,后收入1982年的《文心雕龙校注拾遗》,又有一些修订。由于杨先生的《笺注》前后两稿相距四十余年,我们可以把杨先生最早发表的称为"旧笺",把后来修订的称为"新笺"。"旧笺"在八十年代以前一直是各家论述刘勰家世生平的基础,包括台湾地区的张严、王更生、王金凌、李曰刚,日本兴膳宏等的年表、年谱、身世考索等,虽也各有所贡献,在某些个别问题上不同于杨笺,但基本上还是因袭"旧笺",并无多少大的突破。至七十年代末、八十年代初,王元化、李庆甲等开始提出了许多新看

法，而“新笺”也在吸收作者自己和其他各家的新的研究成果，大大地丰富和充实了“旧笺”的内容，其中主要的改动是有关刘勰的卒年和后期活动情况。“旧笺”对刘勰卒年基本上采取范文澜说，定在梁武帝普通二三年间（521—522），而“新笺”则参考李庆甲说加以自己新的考订，定在梁武帝中大通五年（533），同意这个卒年说法的人并不很多，而且“新笺”也不是没有值得商榷之处，但它和王元化、李庆甲等的研究体现了一种新的倾向，即对原来研究成果有了重大突破。此后，又有牟世金、程天祜、马宏山、张少康、周绍恒等都发表过很重要的论著，他们从不同的方面对刘勰的家世生平，提出许多新的材料和观点，或阐述自己的系统见解，或对“新笺”作了重要补充，或对“新笺”提出不同看法。尤其是王元化先生的《刘勰身世与士庶区别问题》一文，对刘勰的身世作了相当深入的研究和论述，而稍后牟世金先生所著的《刘勰年谱汇考》一书（巴蜀书社 1988 年），则把上述这些研究成果汇集在一起，在此基础上进行深入的考辨，提出了他自己的许多独到之见，也为我们的进一步研究提供了方便。二十世纪的后二十年可以说是研究刘勰家世生平的百花齐放时代，使研究的深度和广度得到了极大的发展。

目前对刘勰家族谱系、生平事迹的研究大体已经比较清楚，以杨明照的《〈梁书·刘勰传〉笺注》（新笺）为代表，学者们在一些基本问题上没有什么太大的分歧，这主要表现在以下两个方面：一、刘勰祖籍山东莒县，其祖上于永嘉之乱后南下，定居于南东莞郡所镇之京口（今江苏镇江）。刘勰生于刘宋大明、泰始之际，其父刘尚早死，后家景败落。他在南齐永明年间入定林寺依沙门僧祐，达十余年之久，曾帮助僧祐整理佛经，参与编撰《出三藏记集》等佛教法籍，撰写碑文等佛学作品，并于南齐末年完成不朽的《文心雕龙》一书。二、入梁后不久，刘勰即离开了定林寺，依靠僧祐和梁武帝一家的关系进入仕途，曾为王府记室、车骑仓曹参军、太末令，直至太子的东宫通事舍人、步兵校尉。在此期间他还继续从事佛学研究，多次奉梁武帝之命参加撰经等佛事活动，并撰写寺庙碑文。在最后一次与慧震共同撰经完成后，即出家为僧,更名慧地,并于当年去世。但是在很多具体问题上还有很多不同看法,如《梁书·刘勰传》所说"东莞莒人",究竟是指山东还是指南朝侨立的南东莞,台湾学者较多倾向于指南东莞,而大陆学者一般都同意杨明照先生的观点,认为应是指祖籍山东。对刘勰家族谱系最为重要的分歧有二:一是刘勰祖父刘灵真是否与刘秀之为亲弟兄,如程天祜、牟世金等认为刘灵真并非刘秀之亲弟,和刘秀之一系没有直接关系。二是刘勰是庶族出身还是士族出身,王利器先生认为刘勰系出身士族,见其《文心雕龙校证》序录。而王元化先生在《文心雕龙讲疏》中则认为他出身寒门庶族。对刘勰的生年虽然各家所定略有不同,但考定方法是一致的,都是根据《文心雕龙·序志》篇中"齿在逾立,则尝夜梦执丹漆之礼器,随仲尼而南行""于是搦笔和墨,乃始论文"之说,按照清代刘毓崧有关《文心雕龙》成书时间之说推算出来的。对刘勰早年入定林寺的原因也有不同看法,或认为家贫(王元化说)或认为信佛(杨明照说)或认为借僧祐以寻求政治上的出路(张少康说)等,颇不一致。对刘勰在定林寺期间是否曾为僧祐所编佛教典籍(如《弘明集》《出三藏记集》等)"捉刀",学者也颇有争议。范文澜、杨明照、兴膳宏等均持"捉刀"说,此说本为饶宗颐先生最早提出,但近年来饶先生又提出不应剥夺僧祐的著作权。对刘勰在入梁后何时为车骑仓曹参军,任谁的车骑仓曹参军,也有不同看法。牟世金认为是在梁天监四年,是任夏侯详的车骑仓曹参军,而杨明照等则认为刘勰任车骑仓曹参军应在天监八年后,当然也就不是夏侯详的部下了。至于对刘勰卒年的研究,各家的分歧则比较大,范文澜推断为 521 年(见《文心雕龙注》),李庆甲推断为 532 年(见《刘勰卒年考》,载于其《文心识隅集》),杨明照先生推断为 538 年(见其《文心雕龙校注拾遗》)。这些分歧是和对刘勰在梁代入仕以后、特别是任昭明太子的东宫通事舍人后的活动情况的不同考订直接相关的,比如对与刘勰一起奉梁武帝之命撰经的慧震,王达津先生和周绍恒先生都作过考证,认为他可能就是刘之遴《吊震法师亡书》《与震兄李敬朏书》中所说的"震法师",但他们对由此而涉及到的刘勰的卒年的看法并不相同。对刘勰的卒年和晚年事迹的考证，也直接影响到对刘勰后期思想的认识和了解，比如他晚年的政治态度、思想倾向和生活状况，刘勰和昭明太子萧统的关系，昭明太子对他“深爱接之”究竟是缘于他的文学才能呢，还他的佛学才能？刘勰和萧统晚年和其父萧衍之间矛盾的关系，以及刘勰晚年为什么要出家皈依佛门，这是否和萧统之死有关等。如果按范注说法卒于梁武帝普通二年（521），那么，上述很多问题也就不存在了。如果刘勰是卒于萧统死后，那么，上述这些问题就需要进一步研究了。从目前大家所发掘的材料来看，刘勰卒于萧统死后的可能性显然是要更大一些，所以这方面的研究尚需进一步深入。此外，还有学者认为他晚年曾回到祖籍山东莒县，并修建莒县定林寺（苏兆庆说，见《北京大学学报（哲学社会科学版）》1997 年第三期），不过，没有有力的证明，其所依据的材料大都为当地出于光宗耀祖所流传的说法，故多数学者不同意此说。

关于刘勰的著作情况，对刘勰撰有《文心雕龙》和两篇佛学著作是没有疑问的，但对《文心雕龙》的成书年代历来有南齐和梁初两说，绝大多数学者同意清代刘毓崧的看法认为写定于南齐末年，然而近年来也有人提出成书于梁初，或谓修订于梁初（如《文心雕龙研究》第一辑贾树新文）。关于刘勰的著作《灭惑论》的写作时代也还存在不同看法，或谓作于南齐，或谓作于梁代，争论直接涉及到刘勰前后期思想是否有变化，以及佛教思想和《文心雕龙》的关系问题。王元化先生的《〈灭惑论〉与刘勰的前后期思想变化》即是认为《灭惑论》成于梁代，是在他任中军临川王萧宏记室时所撰，故刘勰前期思想“本之儒家”，入梁以后思想发生了重大变化，“趋向玄佛并用”。但有很多研究者，特别是认为《文心雕龙》受佛学思想影响的研究者，则认为《灭惑论》当撰于南齐，并在他撰写《文心雕龙》之前，因此很自然地会对《文心雕龙》有所影响。虽然争论双方始终相持不下，但据牟世金《刘勰年谱》中对《出三藏记集》等法籍的编撰时代和记载内容的考定，作于南齐的说法可以得到充分的肯定。八十年代中还曾有过《刘子》一书是否为刘勰所作的争论，这本来是历史上就存在的问题。自林其锬、陈凤金在整理、校勘《刘子》的过程中，再次提出《刘子》为刘勰所作之说后，虽然大多数学者不同意他们的看法，也提出了比较充分的历史材料根据，并对两书的思想内容和文字风格作了比较，但林、陈之说也是有很多确凿的历史材料作证的，并且也对两书的内容作了比较，有一部分学者是支持林、陈的观点的，如张光年先生、杜黎均先生等，在没有更多新的材料之前，《刘子》的作者究竟是谁，还比较难于得出能为大家所认同的结论。

(二)思想研究

关于刘勰和《文心雕龙》的思想，是《文心雕龙》研究中一个十分重要的关键问题，直接涉及对《文心雕龙》文学理论体系的看法。研究刘勰的思想，当然要从研究他的著作来考察，史书记载他虽有文集传世，但早已散失不存，现在我们可以见到的只有《文心雕龙》和两篇佛学著作：《灭惑论》和《梁建安王造剡山石城寺石像碑》。对刘勰和《文心雕龙》的思想，研究者们历来有不同看法，主要原因是因为刘勰从青年时代就入定林寺随僧祐，长达十余年，是一位博学多识的佛学专家，还擅长写寺庙碑文，但他在定林寺期间所写的《文心雕龙》则极少用佛学术语，又以儒家思想为主，主张积极入世，强调征圣、宗经，而其书首《原道》一篇所说之“道”，又是天地万物所共有的“自然之道”。所以，学者门对刘勰和《文心雕龙》的思想之看法一直有以儒家为主、以佛家为主和以道家为主的不同，这都和《原道》篇对“道”的解释分不开。

本世纪初黄侃在《文心雕龙札记》中认为：“文心之作也，本乎道。案彦和之意，以为文章本由自然生，……此与后世言文以载道者截然不同。”他引《淮南子》的《原道》、《韩非子》的《解老》和《庄子》的《天下》篇，说明刘勰之“道”，其意盖谓近乎道家之道，又说：“此则道者，犹佛说之‘如’，其运无乎不在，万物之情，人伦之传，孰非道之所寄乎?”显然是以老庄“自然之道”为本，而以儒、佛为用也。范文澜基本上承继其师之说，但更加突出以儒家为主，他在肯定刘勰《文心雕龙》和释老思想有关的的情况下，特别说明：“彦和所称之道，自指圣贤之大道而言，故篇后承以《征圣》《宗经》二篇，义旨甚明，与空言文以载道者殊途。”大陆方面，八十年代以前，主张以儒家为主的看法较为突出，但受当时思潮影响，多从唯心唯物角度立论。范文澜在修订本《中国通史简编》第二编中指出“刘勰撰《文心雕龙》，立论完全站在儒学古文学派的立场上”，虽然“精通佛学，但在论文时，却明确表示唯物主义的观点”。吉谷《〈文心雕龙〉与刘勰的世界观》一文认为其思想渊源则是“儒家朴素的唯物主义和儒家的政治观点，特别是荀子、王充的进步思想”。陆侃如、牟世金也认为“刘勰所接受的是古文学派的传统”，他的思想“的确是属于东汉王充以来的唯物主义体系的”（《刘勰的生平和思想》）。杨明照《从〈文心雕龙〉中〈原道〉〈序志〉两篇看刘勰的思想》一文提出“刘勰写作《文心雕龙》时的主导思想应该是儒家思想”，并根据《序志》篇“敷赞圣旨，莫若注经，而马郑诸儒，弘之已精”之说，更为具体地指出：“马融郑玄都是东汉的古文经学大师，刘勰对他们那样恭维，足见他是崇信或倾向古文经学派的。”但也有一些学者认为刘勰的世界观和文学观是唯心主义的，如张启成的《谈刘勰〈文心雕龙〉的唯心主义本质》和曹道衡的《刘勰的世界观和文学观初探》。曹文认为“刘勰是一位儒、佛调和论者，也可以由此看出刘勰的世界观无疑也是一种客观唯心主义”，“因此，他在《文心雕龙》的《原道》《征圣》《宗经》等篇中，就必然地体现出类似于宗教的神秘主义观点”。也有一些学者认为刘勰的思想兼有儒、道、佛三家的影响，如炳章《漫谈刘勰文学观的哲学思想基础》一文也指出刘勰“企图把儒、释、道三家的‘道’沟通”。八十年代后大家已经抛弃了从唯心唯物的观点论刘勰和《文心雕龙》思想的说法，但认为刘勰的思想以儒家思想或儒家古文经学思想为主的观点，仍占有主导地位。杨明照先生《从〈文心雕龙〉中〈原道〉〈序志〉两篇看刘勰的思想》一文认为“从总的倾向来看，刘勰写作《文心雕龙》时的主导思想应该是儒家思想”，而且是古文学派的儒家思想。王元化《文心雕龙讲疏》认为刘勰撰《文心雕龙》时，基本上是站在儒学古文派立场上的，到入梁以后，他的思想才逐渐转向佛学，晚年受佛学思想影响较深。牟世金、穆克宏、祖保泉、李庆甲、周勋初等也都持刘勰以儒家思想为主的观点，但在研究深入之后，多数持儒家思想为主的学者，观点也比较通达。如王元化先生在《一九八四年在上海中日学者〈文心雕龙〉讨论会上的讲话》说："我们应该怎样看待刘勰在《文心雕龙》中所体现的思想？在我们国内，多数人认为《文心雕龙》在思想体系上还是属于儒家思想，尽管他也吸取了、调和了玄佛这些东西。我也是取这种观点。要知道，当时没有不掺入任何其他思想绝对纯粹的儒家，也没有绝对纯粹的玄学和佛学。"在《一九八八年广州〈文心雕龙〉国际研讨会闭幕辞》中，作者分析了《原道篇》的"道"受老子思想影响的特点，"刘勰所说的'自然之道'"，"实际上是与老子的自然观同义"。作者还指出："至于《原道篇》一开头所说的'文之为德也大矣'，其中涉及了'道'与'德'的关系。我认为刘勰所说的'道'与'德'的关系，也同样本之老子。"作者还说："《文心雕龙》把史、论、评糅合起来，成为一部具有系统性的专著。我认为，构成这种重逻辑的特色不能说没有受到因明学的影响。我还认为，刘勰也受到先秦名家乃至玄学家思辨思维的影响。"牟世金《文心雕龙研究》中也说："刘勰的思想属儒家思想，无论就其全人或《文心》全书来看，这都是毫无疑义的。但必须明确，他的儒家思想是六朝时期的儒家思想。"是具有与释、道、玄可以融合的新时期的儒家思想。他说："从当时的时代思潮着眼，不仅可以理解《文心》的融合释道玄诸家是很自然的，更能认清刘勰的儒家思想是六朝时期的儒家思想。"更有一些学者明确提出刘勰的思想是以儒家为主而兼通佛、道，如张少康《文心雕龙新探》在论述《文心雕龙》的文学理论体系及其思想渊源时，指出刘勰的思想是"以儒家为主，而又兼通佛道的"，并具体阐述了刘勰思想所具有的儒道释三教合流的特色。蒋凡《〈文心雕龙〉研究的若干问题》认为刘勰的世界观、《文心雕龙》的思想倾向"除了儒、佛的思想影响外，刘勰同时还接受了其它思想影响"，如"先秦诸子的影响"。

与大陆相比，台湾有关刘勰和《文心雕龙》思想的研究，早期如张严先生认为刘勰文学思想渊源是综合了儒、道、释思想的产物，徐复观认为《原道》篇的“道之文”在“内容上并不止于是儒家之文;因为它把自然界的文也包括在内,但道之文,向人文落实,便成为儒家的周孔之文。于是道的更落实,更具体的内容性格,没有方法不承认是孔子‘熔钧六经’之道”。他以为黄侃把“自然”说成就是“道”,提出“文章本由自然生”,是“对《原道》篇文字的误解,与刘氏之原意,大相径庭”。但后来台湾的《文心雕龙》研究者大都受黄侃、范文澜影响,认为刘勰之“道”以自然为本,而其论文思想则本于儒家,如李曰刚等。七八十年代以后,强调《文心雕龙》以儒家思想为中心、以宗经为根本原则,在台湾成为占有绝对主导地位的观点。如王更生先生在《文心雕龙研究》中强调刘勰《文心雕龙》文学思想的核心是“宗经”,“他的文学思想,渊源于群经。所以我们研读《文心雕龙》,首须了解我国传统的经学,对作者刘勰的影响怎么样?然后才能原始要终,看出刘勰论文发展的轨迹,和他思想之所自来”。并得出“刘彦和是古文经学家”的结论,“经学思想是构成《文心雕龙》的一条大动脉,其他都属旁枝细节;如果我们研究《文心雕龙》能从他的经学思想去贯串了解的话,不啻振衣挈领,举纲提纲,可收事半功倍之效”。他实际上不赞成彦和受佛学思想影响之说,但说得很委婉:“从《文心雕龙》的写作动机,证明刘彦和受我国儒家正统思想的影响。固然由于该书的组织严密,与彦和一生和沙门的关系,而被后人误解;但我们没有理由去接受那些误解,因为他们犯了只看现象,不务实际的毛病。”他认为刘勰在创作论中提倡“正本归末”,“其中所谓之‘本’,指的就是经典。而创作论正是贴着宗经思想设计的。换言之,如果没有宗经思想作主意,其创作论便毫无生机可言”。又如潘重规在七十年代末发表的《刘勰文艺思想以佛学为根柢辨》一文认为,《文心雕龙》“通观全书,辞旨一揆,是刘勰文艺思想以儒学为根柢甚明”。他考证刘勰“在未依僧祐之前,文学已成;知其著作文心之资料,早已蕴蓄于胸中,故《文心》全书之宗旨,皆以儒家为骨干。其全部文学思想,乃涵濡儒书所孕育之成果,而非编撰佛典所滋生之观念”。台湾除了像王礼卿那样肯定刘勰在以儒家思想为主,同时受到佛学思想的多方面影响的少数研究者外,一直到九十年代,基本上都是和潘重规、王更生先生的观点一致的。

认为佛家思想对刘勰有深刻影响的,提出较早的是饶宗颐先生。还在1952年,他就在《民主评论》五卷五期上发表了《〈文心雕龙〉与佛教》一文,对《文心雕龙》和佛教的关系作了相当全面的探讨,首先提出刘勰《文心雕龙》受"佛家逻辑",也就是佛教因明学影响的问题,并认为刘勰文学上的神理说有两个要点:一是"神为文本",二是"神与形别",都是和佛教之重神与形神分离思想有关的。《声律》篇中所说的"和"与"韵",与佛经转读有关。《文心雕龙》的"文心的命名"与"征圣的态度",也与佛学有密切关系。他还在《原道》篇注释中强调融合儒、道、佛、玄为《文心雕龙》之基本思想,"原道"之"道"为超乎各家又与各家相通之道。后来七十年代香港的石垒在《文心雕龙与佛儒二教义理论集》中强调佛教思想是《文心雕龙》的根本,他在本书自序中说:"《文心雕龙·原道》篇所原的道是佛道,即神理、神或'般若之绝境'(《论说》篇)状态中的般若。这是我研讨《原道》的道这个难题时所得到的结论,也是本书各文的立论基础。"其观点较饶宗颐要激进得多,认为《文心雕龙》完全是在佛教思想指导下写的。后来,大陆的马宏山在其《文心雕龙散论》中所持观点更为偏激,认为刘勰指导思想是"以佛统儒、佛儒合一",认为《文心雕龙》前五篇"本乎道、师乎圣、体乎经、酌乎纬、辨乎骚","一以贯之的是作为佛家思想的'道'"。台湾的王礼卿在其《文心雕龙通解》中比较重视佛教对刘勰的影响,认为"彦和邃于文学,精于内典,《文心雕龙》之作,盖撷佛经之体制,综论中国文学之理统,其精旨有二焉。一为见解悉本中国之学术,绝不参以佛典(惟《论说》篇一言般若绝境);二为构体仿自《阿毗昙心》,不复囿于中国论文之旧制(与魏文《典论》、挚虞《流别》、李充《翰林论》等异)"。又说《文心雕龙》"以总摄论文之基本者为'枢纽',以其为通贯全书之关键,要在总管诸相,即阿毗昙分别慧中之'说总相',亦即阿毗昙心'会宗'之义"。"以分论文体之体制源流,及其独具之法则者为'纲领',以其为文笔诸体之析论,要在各已之别,即阿毗昙分别慧中之'说别相',亦即阿毗昙心之'界品'。""以分论文章诸术,及关文之事相者为‘毛目’，以其为情采技巧才性文运之析论，要在各术各相之别，故亦阿毗昙分别慧中之‘说别相’，亦即阿毗昙心之‘问论’。”“纲领各篇大抵按文笔之序，而每篇‘原始以表末’等四目之次第，则错综行之；毛目各篇不悉循文术文事，于摛神性等四目之次第，尤参错列之；而其间皆有制宜之精意，别示相关之妙理，尤见慧观之超妙。即阿毗昙‘不以次弟’之义例也。”“以上四者，并与阿毗昙分别慧品三目（说总相别相为一目）名异理同，可证其立体建例本诸此也。至《序志》篇自标全书体例，盖用阿毗昙‘经论’之法，亦中国著述所鲜遘，并足证立体之旨。”其于“名义”部分释“文心”之名，亦以为源于佛经。他说：“书名文心者，《般若心经略疏》：‘般若等是所显之法，心之一字是能显之喻，即大般若内统摄要妙之义，况人之心藏。’释慧远《阿毗昙心序》：‘阿毗昙心者，三藏之要颂，咏歌之微言，管统众经，领其会宗，故作者以心为名焉。……’准此，是心为统会群要众妙之义。《序志》称：‘文心者，言为文之用心。’文之用心，所涵深广，散而为万相万法，而皆集于总领要妙，管统会众之一心，故称心之旨，殆本诸此。而《序志》谓‘昔涓子琴心，王孙巧心，心哉美矣！故用之焉。’盖名本中国，而义取佛书，不欲移别国之题名，冠宗经之著作，故言之如此，仍其第一精旨之义。”在台湾研究《文心雕龙》的学者中，王礼卿是极少数肯定《文心雕龙》受佛学影响的学者中比较突出的一位。

八十年代后大陆研究《文心雕龙》的学者，有明确主张刘勰的思想以老庄道家思想为主者，如严寿澂《道家、玄学与〈文心雕龙〉》（《重庆师院学报（哲学社会科学版）》1984 年第 3 期）认为：《文心雕龙》“的思想以道家为体而含有名家精神，源出王弼以理为主的新自然观”。漆绪邦《以道为体，以儒为用——从〈文心雕龙·原道〉看刘勰的基本文学观，附论我国古代文学思想的基本线索》（《北京师院学报（社会科学版）》1983 年第 2 期）认为刘勰“以道家所揭示的‘自然之道’为文之根本”。“谈儒谈佛，都未能谈到刘勰之所谓‘道’的根本。以道为体，以儒为用，才是刘勰文学的基本指导思想。”认为刘勰虽然有明显的儒家思想，但道家思想在他思想中的比重也很大，如王运熙先生

《〈文心雕龙·原道〉和玄学思想的关系》中说:“刘勰把自然之道和儒家之道融合起来,归于一致,实际上乃是当时玄学自然与名教合一思想的反映。刘勰在《原道》篇中论述了作为各体文章的渊源和规范的六经,是本于道同时又是用来明道的,这就为文章以及作文必须宗经的合理性和重要性,奠定了理论基础。”蔡锺翔《论刘勰的“自然之道”》一文在肯定刘勰儒家思想同时,认为:“刘勰的‘自然之道’是贯串于《文心雕龙》始末的重要指导思想。‘自然之道’的思想是先秦道家哲学和魏晋玄学中的精华,它推动刘勰去探索文学的内部规律,并取得了高出于同时代人的理论成就。刘勰的哲学思想的高度决定了他的文学理论的深度。”

归纳以上几种对刘勰与《文心雕龙》思想的研究,以儒家为主说的主要根据是《文心雕龙》前三篇(《原道》《征圣》《宗经》)和《序志》中梦见孔子说,以及《程器》篇中强烈的仕进愿望等,同时也与对刘勰的文学创作论之认识及《灭惑论》一文的撰写时间之不同看法有关。以道家为主说主要根据是《文心雕龙·原道》篇中所说的天地万物都是“道之文”,以及全书中以自然为最高美学原则,特别是他在《神思》等篇中所表现的在创作思想上所受的老庄思想的影响。以佛家思想为主说的主要根据是刘勰的生平经历,他的《灭惑论》《石像碑》两篇佛学著作与《文心雕龙》在思想上的联系(如“神理”等),《文心雕龙》和《出三藏记集》的关系,《文心雕龙》中研究方法上不落一端的“圆通”特点,以及全书逻辑严密、体系完整的特征与佛教因明学思想的联系(因明学作为一种逻辑科学传入中国是比较晚的,但是它体现在许多佛教经典中,这些佛经在刘勰时已经被大量翻译过来了)。然而,从八十年代后期开始,随着研究的进一步深化,大家的看法逐渐有所接近,多数人认为刘勰的思想虽然有一个主导的方面,但并不是单一的,而是融会了儒、释、道、玄等多家思想而写成《文心雕龙》的,特别是齐梁时代所出现的三教调合的思想文化特点,对刘勰及其写作《文心雕龙》的思想有明显的影响。但对儒、释、道、玄等各家思想在《文心雕龙》中的比重,看法还是有所不同。有的学者认为刘勰的思想前后期有所不同，前期以《文心雕龙》为代表，以儒家思想为主；后期以《灭惑论》和《石像碑》为代表，佛学思想比较突出，但也有的学者认为刘勰思想并没有这种变化，而且对《灭惑论》的写作时间也认为应该是在南齐，并在《文心雕龙》写作之前。最近一个时期大家比较注意把《文心雕龙》放到当时的历史文化大背景下去研究，考察《文心雕龙》和悠久的中国文化传统的内在联系。同时，有些学者对《文心雕龙》中佛学思想影响之研究有新的进展（如《文心雕龙研究》第二辑汪春泓文和《文心雕龙研究》第三辑丘世友文），也有一些学者开始重视对《文心雕龙》中玄学思想影响的研究。此外，有关刘勰《灭惑论》撰写年代及其与《文心雕龙》思想关系的考论，也受到了某些青年学者的注意，成为他们博士论文的一部分，我们希望不久可以公诸于世。

（三）文本研究

对《文心雕龙》文本的研究，可以包括注释、今译和理论问题研究两个方面。关于文本中的理论问题研究在下一部分再谈，这里着重谈注释和今译的情况。对文本的正确理解是理论研究的基础，本世纪的上半世纪最重要的注本当推范文澜的《文心雕龙注》（1925 年初版名《文心雕龙讲疏》，1929 年修订为《文心雕龙注》）。范注以前，流行的是清代黄叔琳在由明代梅庆生音注本和王惟俭训诂本基础上所作的辑注本（后又有近代李详的补注），范注本出版后代替了黄叔琳本而成为风行一时的主要注释本，它的特点是集校勘、注解、释义于一炉。范注在校勘上搜罗甚广，比黄叔琳本大大前进了一步，吸收了晚清以来李详补注、黄侃《札记》、孙诒让手录顾千里、黄荛圃合校本、日人铃木虎雄《黄叔琳本文心雕龙校勘记》，《敦煌本文心雕龙校勘记》、赵万里《唐写本文心雕龙残卷校记》，以及谭献、孙蜀丞等人的校勘成果，同时又有所驳正。在注释方面继承和发展了传统注释的优点，受黄侃《文心雕龙札记》的影响，具有以注代论的特点，除了注明典故出处以外，对《文心雕龙》的文学理论体系有总体勾勒，在《原道》篇注中有《文心雕龙》上二十五篇的体例图表，在《神思》篇注中有下二十五篇创作、批评体例图表。对刘勰的重要文学思想，比如原道、神思、通变等，在旁征博引、精心考订的基础上，都有很深入的阐述，并在注释《序志》篇的过程中，对刘勰的身世、他的生卒年代以及生平事迹，作了详细的考订。正如他在《文心雕龙注·例言》中所说："昔人颇讥李善注《文选》，释事而忘意。《文心》为论文之书，更贵探求作意，究其微旨。"范注对《文心雕龙》之"作意""微旨"的探究，无论是微观解析还是宏观通论，都是相当精辟，颇有深度的。日本学者户田浩晓在《文心雕龙小史》中称范注"是《文心雕龙》注释史上划时代的作品"，是很有道理的，范注至今仍是研究《文心雕龙》必不可少的最重要的参考书之一。但范注在校勘方面亦有疏漏，而在具体注释方面尚有不确切之处，并且也还不够细致，使读者颇感不足。故杨明照先生有《文心雕龙范注举正》一文，日本斯波六郎也有《文心雕龙范注补正》一文。同时，王利器的《文心雕龙新书》和杨明照的《文心雕龙校注》，台湾张立斋的《文心雕龙注订》，也补充了许多范注的不足。后来台湾王更生先生专门有《文心雕龙范注驳正》一书，将上述几家的补正综合在一起。四十年代后期，比较重要的有刘永济先生的《文心雕龙校释》，其于校勘没有多少重要的成果，但在释义方面则颇多简明扼要而有启发性的见解，对理解《文心雕龙》各篇的理论内容和基本思想是很有帮助的。

从五十年代以来，中国大陆和台湾的学者在文本研究方面都做了大量的工作，取得了很高的成就。其中王利器的《文心雕龙校证》，杨明照的《文心雕龙校注拾遗》，潘重规的《唐写文心雕龙残本合校》，张立斋的《文心雕龙注订》《文心雕龙考异》，王叔岷的《文心雕龙缀补》，陆侃如、牟世金的《文心雕龙译注》，周振甫的《文心雕龙注释》（另有今译本），李曰刚的《文心雕龙斠诠》，王更生的《文心雕龙读本》，王礼卿的《文心雕龙通解》，詹锳的《文心雕龙义证》，林其锬、陈凤金的《敦煌遗书文心雕龙残卷集校》等，是比较有代表性的著作。从《文心雕龙》的版本校勘方面说，当以王利器、杨明照二书成就最高，收集资料十分丰富，考订极为精深。王著是其《文心雕龙新书》的增订本，原书 1951 年由巴黎大学北京汉学研究所出版，除卷首《序录》及《文心雕龙》五十篇文本校勘外，尚有附录六种，即著录、序跋、杂纂、原校姓氏、王惟俭训故本校勘记和杨明照《〈梁书·刘勰传〉笺注》。《校证》采用乾隆六年(1741)黄叔琳辑注养素堂原刻本为底本,校勘所用板本相当宏富,直接所据者即有二十余种,转引者两种,并广泛旁及前人诸书所征引的《文心雕龙》文字材料和前贤校勘成果。从校勘方法上看,作者综合运用对校、本校、他校和理校等方法,对《文心雕龙》文本在钞刻过程中出现的音近而误、文字形讹、颠倒、误衍误夺等现象都予以订正,解决了许多前人所未解或误解的问题。杨著是一部以校勘为主兼作注释,并汇辑历代各种《文心雕龙》研究资料的专著,1958年出版时名为《文心雕龙校注》,《文心雕龙校注拾遗》是此书的增补修订本,于1982年由上海古籍出版社出版,在原书基础上从校勘、注释和研究资料收集方面都作了大量增补和修订,其所使用的对校本包括唐写本残卷在内约有三十余种,校勘周详,考订精审,是本书的最大特点。其中仅雠校元至正本所得,即计一百七十多条。作者总结、辨析各家校勘成果,对原文的讹、脱、衍、误等逐条予以校正。《附录》内容极为充分,作者在"小序"中说:"刘舍人《文心雕龙》,向为学林所重。历代之著录、品评,群书之采摭、因习,前人之引证、考订,与夫序跋之多,版本之众,均非其它诗文评论者所能比拟。惟散见各书,逐一翻检,势难周遍。今分别辑录,取便省览。其别著二篇及疑文数则,亦附后备考。"除王、杨二书外,在《文心雕龙》校勘方面比较重要的著作还有林其锬、陈凤金的《敦煌遗书文心雕龙残卷集校》。《集校》以敦煌遗书《文心雕龙》残卷(斯·五四七八号)为底本(参照台湾黄永玉主编的《敦煌宝藏》等),以元至正十五年(1355)刊本和清黄叔琳辑注本为对校本,汇集了黄叔琳、黄侃、赵万里、范文澜、刘永济、杨明照、郭晋稀、王利器、潘重规、户田浩晓及詹锳等有关唐写本的校勘成果,间或也发表自己的见解。书后有附有《宋本〈太平御览〉引〈文心雕龙〉辑校》,以宋版《太平御览》为辑录底本,以唐写本、元至正本、清黄叔琳辑注本加以对校,正如王元化所说:"有了辑校,就填补了《文心雕龙》版本上所缺的环节,使之上承唐卷,下接元本。并且除可供版本研究外,还有检索之便,而省查找之烦。"这几种有代表性的专著,反映了二十世纪《文心雕龙》校勘方面的最高成果，虽然在许多具体的看法上还有不少的分歧，但是，各种不同版本的文字差异，基本上已经考察得很清楚了，读者自可根据对全书理论内容的理解与训诂的研究择善而从。

从注释方面来看，在范文澜的《文心雕龙注》和刘永济的《文心雕龙校释》后，影响比较大的是杨明照的《文心雕龙校注拾遗》，杨著在注释上补充了很多黄叔琳、李详、范文澜等的不足，但只是限于典故出处和词语解释，而在义理上则没有作什么分析和发挥，这是比较遗憾的。自六十年代开始陆续出现了一大批有关《文心雕龙》注释和今译的著作，其中以陆侃如、牟世金的《文心雕龙译注》影响也最为广泛。《译注》始于六十年代而成于八十年代初，本书以黄叔琳本和范文澜本为底本，参考和吸取了黄侃《文心雕龙札记》、刘永济《文心雕龙校释》、王利器《文心雕龙校证》、杨明照《文心雕龙校注拾遗》、王元化《文心雕龙创作论》、周振甫《文心雕龙注释》等的研究成果，并在此基础上根据自己的深入研究择善而从。本书虽无专门的校勘记，但它实际上已经广泛地吸取了各家的校勘成果，经过自己的认真分析，直接把它体现在原文的异文选择之中，有的还在注释中作了简要的说明。注释严谨扼要，考订要言不繁，力求正确地符合原意；语译清楚明白，生动流畅，是一本既平易通俗而又有较高学术水平的著作。周振甫的《文心雕龙注释》在注释中融会校勘成果，补充了范、王、杨之不足，做得十分精严，考订典故出处极为周详，对其他注本所未涉及的词语，也稍加以白话注释，简明易懂，并且在文义的细致阐述上作了较多的发挥，对我们深入理解文本的正确含义是很有帮助的。周振甫先生还专门有《文心雕龙今译》一书，与其《注释》相配，译文采用分段逐句直译的方法，译笔流畅，文字平实。书后附有《文心雕龙词语简释》，对一百多条术语性词语的本义、引申义等作了比较细致的分析。但上述两种书在对刘勰文学理论体系的全面把握上尚有所欠缺，对一些文艺美学范畴和名词术语的解释，不能尽如人意。台湾李曰刚的《文心雕龙斠诠》篇幅庞大，是比较早的一部注释方面的集大成之作，在范注基础上补其不足,有所拓展,并有不少自己的灼见。不过,《斠诠》也有过于繁琐不够精练的缺点。其后的王更生的《文心雕龙读本》,善能综合上述各家之长,避其所短,以严谨踏实的态度,采用简明的解题、精要的注释、流丽的语译相结合的方式,融入自己的研究心得,也是一部既有较强学术性,又较为平易通俗的著作。此外,台湾王礼卿的《文心雕龙通解》也是一部较好的解读《文心雕龙》的著作,作者对刘勰和《文心雕龙》的基本思想把握得比较正确,对各篇义理的阐发也是比较充分、比较正确的,也有自己的不少独到看法散见于各篇之中。詹锳的《文心雕龙义证》出版于 1989 年,比上述各家较晚,全书共一百三十多万字,收集了极为丰富的资料,引用书目大约二百五六十种之多,包括古代、近现代以及中国台、港地区和日本、匈牙利等国外论著,是本世纪《文心雕龙》研究方面一部带有会注和集解性质的集大成之作,在国内外学术界有重大影响。本书引证广博,按断慎重,在版本校勘、字义疏证方面,对古今中外各家之说,均酌情采录。在理论阐述方面,研究了已出的各种注本以及重要学术专著,对不同见解也有所评述。由于作者早年曾留学美国,研究过心理学,对西方文学理论也比较熟悉,又有十分深厚的国学根底,所以在对《文心雕龙》的理论阐述方面较上述诸书要更为深入。每篇的“义证”采取内证和外证结合的方法,即把《文心雕龙》内部有关论述的比较和各家的研究成果融会在一起,使“义证”内容有比较强的说服力。略感不足的是,在采录各家说法时,选择尚有不够精当之处。译注方面的文本研究除上述重要著作外,尚有大陆的郭晋稀、祖保泉、王运熙、周锋、赵仲邑、张长青、张会恩、韩泉欣、姜书阁、向长青、锺子翱、黄安祯、罗立干等,台湾的李景溁、彭庆环等,都有过对《文心雕龙》全书的译注。

综观各家注释、今译,也还存在一些有待进一步改进的地方,比如注释中有一些难点并没有解决,特别是对一些重要的理论概念和名词术语,各家解释颇多分歧,往往还缺乏既有理论深度,又能为大家所认同的较为妥善的说法。这也许和许多有深厚国学根底的学者对现代文艺和美学理论不太熟悉有关。看来,如果对《文心雕龙》文学理论体系没有深入而确切的全面把握,如果对刘勰所提出的重要文艺美学范畴不能从历史发展的角度和中西比较的角度作出科学的解释并给予准确的分析,文本研究也难以有新的重大突破。在文本研究方面,还有一个值得我们注意的问题是:关于现存《文心雕龙》的篇次是否符合原著的编排,从范文澜开始在《文心雕龙》研究者中一直是有争议的。提出这个问题的主要原因是《文心雕龙·序志》只分上篇与下篇,《隋书·经籍志》《旧唐书·经籍志》《新唐书·艺文志》《直斋书录解题》《郡斋读书志》等,各种目录均作十卷,这究竟是刘勰原作如此还是后人所分,学者们有不同看法。主张今本《文心雕龙》篇次有错乱者主要是根据《序志》篇论及"剖情析采"时对下篇内容的说明,其实是反映了研究者对《文心雕龙》体系的不同理解。这个问题,梁绳祎、范文澜、刘永济等早就提出过,本时期许多学者如王利器、杨明照、周振甫,尤其是郭晋稀、李曰刚等均认为今本篇次有错乱。但也有许多学者认为原书篇次没有错乱,如牟世金、祖保泉等。牟世金在《文心雕龙研究》中提出:从目前各家对所调整篇次的不同观点来看均属臆断,正可反证原书篇次未必有误。他们无任何版本根据,"篇次有误,或需以早于通行本的版本为证,或当以古人引用与今本篇次不一的史料为证,或应明其始误于何时何本,或有古代某人曾见其未误之本。所有这些,自唐宋元明以来,皆无迹可寻"。从敦煌遗书《文心雕龙》残卷本看,可证前十五篇篇次与今通行本相同;现存最早元至正刻本也与今通行本篇次相同。根据现在通行本的篇次,与《序志》篇所论结合起来,完全可以解释其理论结构体系。日本学者安东谅也发表过有关的见解。

(四)理论研究

对《文心雕龙》文学理论的研究,应当说是《文心雕龙》研究中的重中之重,也是我们研究《文心雕龙》的最终目的所在。从某种意义上说,生平研究、思想研究、文本研究都是为理论研究打基础的。与前面几方面的研究相比较,理论研究所取得的成果相对要薄弱一些,但从研究进展的速度来说,在二十世纪的后二十年发展是最快的。理论研究当以黄侃的《文心雕龙札记》为最早最有深度的著作。它在三十一篇《札记》中除对文本作了部分重要注释外,对每篇的主旨都作了相当深刻的阐述,为《文心雕龙》的现代科学的文学理论研究奠定了基础。自五六十年代起,理论研究受到研究者的重视,专著和论文逐渐多了起来。特别是从七十年代末开始,大陆受改革开放形势的鼓舞,理论研究的论著如雨后春笋一般,非常之多,而且出现了不少有精辟见解的专著和论文,《文心雕龙》理论研究的深度和广度都有了极大的开拓。专著方面,大陆如王元化的《文心雕龙创作论》(后改为《文心雕龙讲疏》)、牟世金的《文心雕龙研究》、王运熙的《文心雕龙探索》、詹锳的《文心雕龙风格学》、张文勋的《文心雕龙的文学史论》、张少康的《文心雕龙新探》、缪俊杰的《文心雕龙美学》、穆克宏的《文心雕龙研究》、涂光社的《文心十论》、寇效信的《文心雕龙美学范畴研究》、蒋祖怡的《文心雕龙论丛》等,台湾如王更生的《文心雕龙研究》《文心雕龙新论》、张严的《文心雕龙文术论诠》、沈谦的《文心雕龙之文学理论与批评》,国外如日本兴膳宏的《文心雕龙论文集》、户田浩晓的《文心雕龙研究》等,都是很有学术分量的理论研究著作。他如吴林伯、石家宜、冯春田、毕万忱、李淼、易中天、韩湖初、孙蓉蓉等,台湾的华仲麟、王金凌、黄春贵、冯吉权、张仁青、陈兆秀、方元珍、吕武志等也都出版过有特色的研究专著。在研究论文方面,则更是浩如烟海,不胜枚举。除上述所说这些专著的作者有许多重要的学术论文外,其他如:大陆的王达津、马宏山、罗宗强、周勋初、蔡锺翔、刘文忠、丘世友、蒋凡、郁源、童庆炳、刘凌、汪春泓、陶礼天等,台湾、香港的廖蔚卿、徐复观、潘重规、王梦鸥、黄锦鋐、陈拱、唐亦男、廉永英、郑蕤、吕武志、刘渼等均发表过很有见解的重要论文。理论研究方面的成就,主要表现在以下几个方面:

一是重视了理论体系的研究,如对《文心雕龙》文学理论的整体建构及其理论思想历史渊源的探讨,在已经出版的许多全面研究《文心雕龙》的著作中都有较大篇幅的论述,也有不少这方面的专题研究著作。但相对于以校勘、注释、今译为主的文本研究来说,这种系统的理论研究,其总体水平要比较差一些,似乎还没有多少为大家所认同的权威性著作。以刘勰文学理论体系为中心对《文心雕龙》的全面研究,大陆牟世金先生的《文心雕龙研究》和台湾王更生先生的《文心雕龙研究》,是两部比较有代表性的重要著作。牟著对刘勰《文心雕龙》的文学理论体系作了相当深入细致的分析,立论严谨中肯。他认为《文心雕龙》"由'文之枢纽''论文叙笔''割情析采'和批评鉴赏论(包括作家论)四个互有联系的组成部分,构成一个严密而完整的文学理论体系;这个体系以儒家思想为主导,以'衔华佩实'为轴心,以论述物与情、情与言、言与物三种关系为纲领,把五十篇结成一个有机的整体。这样的文学理论体系,不仅在中国古代文论中是稀有的,在世界文论中是罕见的"。王著视野开阔,从《文心雕龙》的美学、史学、子学论到其文学理论,并从文原论、文体论、文术论、文评论,研究了刘勰的文学理论体系,是比较全面又很有特点的。这两部书都是他们长期研究《文心雕龙》心得体会的理论总结,有许多富有独创性、启发性的精彩见解。此外,如张少康的《文心雕龙新探——刘勰文学理论体系及其渊源》一书,将《文心雕龙》的文学理论体系概括为原道论、神思论、隐秀论、物色论、体性论、风骨论、通变论、情采论、文体论、文术论上、文术论下、时序论、知音论、折衷论等十四个问题,每个问题后加副标题,说明其理论实质,如论文学的本质和起源、论文学的构思和想象、论文学形象的特征、论文学创作的主观和客观等,并对每一个问题都一一细致地探讨其理论的历史渊源。涂光社《文心十论》着重于研究《文心雕龙》的重要理论范畴,它从风骨、定势、物色、体性、比兴、灵感、辨骚、鉴赏等方面分析了《文心雕龙》的文学理论体系。缪俊杰的《文心雕龙美学》从美学的角度论述了《文心雕龙》的作家论、创作论、风格论、审美鉴赏论,考察了刘勰的文学创作原理和艺术表现方法。石家宜的《文心雕龙整体研究》对《文心雕龙》的理论体系及许多重要理论范畴进行了较为全面、深入的分析,提出了不少有创建性的观点。对《文心雕龙》文学理论体系的专题研究,近年来成为一个热点,论著是很多的,如孙蓉蓉、韩湖初等也都有过这方面的专著,但是,从总的方面来说，目前还缺少具有突破性的高水平著作。

二是扩大了理论专题的研究，如对《文心雕龙》创作论、文体论、风格论、批评论、作家论、文学发展论等各方面，都有了不少综合研究的著作。创作论方面最有成就的当推王元化先生的《文心雕龙创作论》（后经修订改名为《文心雕龙讲疏》），他不仅在《刘勰的文学起源论与文学创作论》一文中，着重探讨了刘勰的宇宙观、文学观、文学起源论以及与创作论的关系。而且书中的创作论八说释义，分别就《文心雕龙》中《物色》《神思》《体性》《比兴》《情采》《熔裁》《附会》《养气》等八篇中的主要理论命题进行分析，对创作活动中的主客关系、艺术想象、作家的创作个性、作为表像与概念综合的意象、思想与感情的互相渗透、创作过程的三个步骤、艺术结构的整体与部分、创作的直接性等，都作了十分精辟的阐述，特别是在每一说的几篇附录里，与西方文论中的有关问题作了对照分析，颇有启发意义。风格论方面则以詹锳的《文心雕龙的风格学》一书探讨得较为深入，他对《文心雕龙》中的才思与风格、时代与风格、文体与风格等都作了比较全面的分析，并有自己的独到见解。从研究方法上说，能把理论分析建立在收集丰富数据并加以追源溯流的基础之上，并参照西方的理论加以比较，从美学、心理学的角度探讨刘勰的风格论，因而有相当的理论深度。批评论方面则有台湾沈谦的《文心雕龙批评论发微》，对刘勰《文心雕龙》中的批评原理、批评方法等都从现代文学理论和美学理论的高度，作了全面细致的分析。在文学发展论方面，张文勋先生的《刘勰的文学史论》一书比较系统地论述了刘勰对文学历史发展的基本看法。刘勰的文学史观是由文学的起源、文学发展与社会现实的关系以及文学发展中的断承与革新等部分所构成，这些在本书中得到较为深入的论述。不过，要使《文心雕龙》中这些理论专题研究进一步深化，必须把它放到中国古代文学理论批评发展的长河中去考察，既探索它的形成之历史发展渊源，又指明它对后来文学理论批评发展的影响，给它以正确的历史地位，从这样一个高标准来要求的话，那么，目前的研究也还做得很不够。

三是深化了理论范畴的研究，例如对《文心雕龙》中的神思、体性、风骨、隐秀、奇正、通变、定势、情采、熔裁等重要的文艺美学范畴，已发表了大量的专题研究论文，并开展了不同意见之间的热烈争论。这方面的研究已经有过一些比较有影响的专著，如大陆寇效信遗著《文心雕龙美学范畴研究》和台湾王金凌的《文心雕龙文论术语析论》等，不过，对《文心雕龙》中理论范畴的研究成果主要还是体现在大量的单篇学术论文中。比如关于讨论得最多的“风骨”，对其含义的认识已经愈来愈深刻了。比较有代表性的观点是王运熙先生所提出的，认为“风骨”是指作品的一种风貌，“风是指文章中的思想感情表现得鲜明爽朗，骨是指作品的语言质朴而劲健有力，风骨合起来，是指作品具有明朗刚健的艺术风格”。牟世金、石家宜等则试图把“风骨”置放于《文心雕龙》整体理论框架中去考察其意义与价值，张少康则把视野拓展到齐梁诗文书画领域，综合研究各艺术理论在“风骨”审美思想上的共通性，并强调“从广阔的中国历史文化背景上来考察‘风骨’的意义与价值”，把“风骨”这一美学思想与“中国古代文人崇尚高洁的精神情操、刚正不阿的骨气”联系起来，阐明了“风骨”美与“中国知识分子的高尚人格理想”的关系。陶礼天对此也有比较重要的论述。关于“通变”的研究以前一般都认为是指文学创作的继承和创新而言的，但是在研究深入之后大家又提出了具有创造性的新见解。如刘建国、寇效信、祖保泉、石家宜等都认为“通变”的中心强调革新、独创，是讲的如何通晓变化的问题。蔡锺翔在《释“通变”》一文中说得更为明确，他认为刘勰的“通变”思想是从《易传》来的，《易传》中论“通变”的思想核心是讲革故鼎新，是如何通于变，也就是变而通之，而刘勰并没有改变《易传》的思想，是和《易传》完全一致的。这样就把“通变”的研究大大引向深入了。又比如“定势”，过去一般理解为指文学风格的客观性，而“势”指自然趋势。詹锳先生在《文心雕龙风格学》中说：“《定势》篇的‘势’，原意是灵活机动而自然的趋势。……这种趋势是顺乎自然的，但又有一定的规律性，势虽无定而有定，所以叫作‘定势’。”所以，“在创作过程中，所谓‘定势’，就是要选定主导的风格倾向”。

涂光社不太同意詹锳先生的看法,他在《文心十论》中说:"势""是适应内容和创作体制需要,包含着动态的美感和隽永的韵味,并在作品中有展开过程的表现方式。"郁源在其《〈文心雕龙·定势〉诸家研究之评议》中认为"势"非文体风格,"体势"亦非风格趋向。"'势'是特定内容在一定文体中的规律性表现方式。而所谓'体势',则是一定的文章体制所要求的规律性的表现方式。"这就使"定势"内容的研究前进了一大步。此外,对"神思""隐秀""物色"等其他重要理论范畴,也都有相当精辟独到的研究。对理论范畴含义的热烈论争和众多不同意见的提出,是《文心雕龙》文学理论研究深化的一个重要标志。不过,对这些重要文艺美学范畴的研究,也存在着一些需要改进的地方,这就是如何把文献数据的正确运用和提到现代文艺美学高度来认识真正有机地结合起来,否则往往容易出现或是堆积数据、或是空谈理论的毛病,甚至造成某种理论上的混乱。同时,这些理论范畴其实并不仅限于文学理论中的运用,在其他艺术理论批评(如书、画、乐论等)中也是常用的,但我们还很少能把它们贯穿起来研究,并对它们在不同艺术领域中的差别作出分析比较,所以也影响了对它们研究的深度。有关各个理论范畴研究的专题论文相当多,内容也十分丰富,其中有很多精彩的论述,见解也颇为分歧,但也有许多一般化的平庸之作。因为过于分散和庞杂,无法在这里一一作详细介绍。

四是扩大了对《文心雕龙》中专篇的理论内容的研究。《文心雕龙》一共有五十篇,除《序志》外,每一篇都是一个独立的课题,包括《序志》在内,都值得作专门的研究。现在除文体论方面还有少数篇章没有见到专门研究文章外,几乎都有数量不等的专篇研究论文,特别是涉及到一些重大理论问题的篇章,例如《原道》《辨骚》《神思》《体性》《风骨》《情采》等篇,均有数十篇至上百篇的研究论文。这种微观的研究包括的范围很广,既有助于对文本的深入理解,又加强了对《文心雕龙》中的各个具体的文学理论问题的细致考察,进一步促进了《文心雕龙》文学理论体系研究的深化。不过,目前对《文心雕龙》中单篇的研究还很不平衡,有的篇章研究较多,论述得也比较深入,有的篇章研究则比较少,水平也不太高。

五是加强了刘勰文学理论在中国文学理论批评史上的影响和地位的研究。这方面杨明照先生的《文心雕龙校注拾遗》中的“附录”部分收集了极为丰富的资料,王更生先生的《文心雕龙研究》中有专章论述,在许多研究《文心雕龙》的专著论文中也都有所涉及,此外还有过一些专题研究论文。但是,具体深入地联系中国古代文学理论批评发展状况,来全面地考察刘勰文学理论批评的地位和影响,需要对中国文学理论批评发展的历史相当熟悉,并有较为深入的研究,而多数《文心雕龙》研究者还是局限于《文心雕龙》本身和六朝时期的文学理论批评,对中国文学理论批评史缺少全面的了解,所以这方面的研究还是很不够的,尚有待于进一步加强。

(五)比较研究

对刘勰文学理论和西方文学理论的比较研究,是近二十年来刚开始发展起来的。王元化先生的《文心雕龙创作论》对推动比较研究起了比较大的作用,他在本书下篇“《文心雕龙》创作论八说释义”的附录中,在很多篇后都附有与其内容相联系的西方文艺美学的有关论述,例如在第一篇论刘勰的心物交融说后,附录了《审美主客关系札记》,作者指出“最早提出美学中的人的主观能动性的是黑格尔”,并以黑格尔为例,从理论上深入地阐述了审美主客关系,这对于认识刘勰有关心物关系的论述,有很重要的参考价值。在第三篇论刘勰的才性说后附录了《风格的主观因素和客观因素》,主要分析了德国的理论家威克纳格在《诗学、修辞学、风格论》中对风格的主观因素和客观因素关系的论述,这可以和刘勰的风格理论相比较。在第四篇论刘勰的比兴说后附录了《刘勰的譬喻说与歌德的意蕴说》。在第六篇论刘勰的“三准”说后附录了《文学创作过程问题》,主要分析了别林斯基、黑格尔等关于创作过程的论述,以作为研究刘勰论创作过程的参照。在第七篇论刘勰的“杂而不越”说后附录了《文学创作中的必然性和偶然性》和《整体与部分和部分与部分》,结合现代文学理论、西方文学理论,进一步论证了关于艺术结构的整体与部分的问题。在第八篇论刘勰的“率志委和”说后附录了《创作行为的自觉性与不自觉性》，补充论述了别林斯基、车尔尼雪夫斯基论“创作的直接性”问题。由于王元化先生在中西学术方面都有很深厚的功底，所以，他的比较研究是符合实际而较为确切的。香港中文大学的黄维樑先生在这方面也做了不少努力，取得了可喜的成果（参见他的新著《中国古典文论新探》中有关《文心雕龙》的论文）。他试图从研究《文心雕龙·知音》篇的“六观”出发，来建立具有中国特色的文学批评学，是很有意义的一种尝试。台湾的学者在这方面也做过很多工作，有不少很有启发性的见解。去年北美“从当代眼光看《文心雕龙》”会议从跨文化、跨学科的角度来研究《文心雕龙》，虽然还不能说是纯粹的比较研究，但与会北美汉学家对西方文化和文论都比较熟悉，因此他们的论文都具一定的比较研究的性质，对促进《文心雕龙》的比较研究，起了很重要的作用。会议主持人、伊利诺伊大学蔡宗齐教授近年来主力于《文心雕龙》的比较研究，已经发表了几篇很有价值的文章。不过，从总的方面说，比较研究还刚刚起步，中国大陆有关这方面的不少研究还很粗糙，原因是研究者对比较的双方都还缺乏深入研究和确切了解，特别是有些比较文学研究者对中国古代文论和《文心雕龙》并不熟悉，甚至都没有读懂，因此往往引用的材料就不正确，至于对理论范畴的含义更是差距甚大，再加上他们对西方的文论和美学的了解往往也是很表面的，这样的比较自然难以达到理想的效果。

三、新世纪《文心雕龙》研究的展望

在已经过去的一个世纪中，《文心雕龙》的研究确是取得了很辉煌的成绩，但是为了使《文心雕龙》研究进一步向纵深发展，从一个更高的标准来要求，正如我们上面所说的，也还有不少问题需要认真加以解决。在新的二十一世纪刚刚开始的时候，我们应当为《文心雕龙》研究提出一些新的希望。人类已经进入一个信息化的时代，学术研究也进入了跨学科、跨文化研究的新时期，《文心雕龙》研究在继续深入解决二十世纪尚没有能解决好的许多问题的同时，还应该运用新的研究方法,开拓新的研究领域,努力把《文心雕龙》研究提到一个新的高度。下面,我们想就此谈几点看法。

(一)发展史料与理论并重的研究

从二十世纪《文心雕龙》研究的状况来看,无论是在中国还是外国,实证研究和理论研究结合得很好的仍然比较少,而大多数研究者或是偏重于实证研究,或是偏重于理论研究,这很大程度上限制了《文心雕龙》的研究质量。对刘勰的身世、著作的研究考证,《文心雕龙》的版本校勘、文本注释等都属于实证性研究,也是基础性的研究,不重视这方面的研究,理论研究是不容易真正落实的,往往会流于空泛。比如《文心雕龙》的各种不同版本,在文字上有很多差异,而这些差异直接涉及到对内容的理解,也直接关系到对刘勰文学理论的正确认识。《辨骚》篇的"酌奇而不失其真",唐写本作"酌奇而不失居贞",杨明照《文心雕龙校注拾遗》云:"按'贞'字是,'居'则非也。《楚辞补注》、《训诂》本、《广广文选》作'其贞'。贞,正也(《广雅释诂》一),诚也。"这里是"奇不失正"之意,如果作"奇不失真"解,意义就差得远了。五六十年代提倡两结合,有人就认为刘勰的"酌奇而不失其真",就是浪漫主义和现实主义的结合,这本来也是很勉强的,但如果按照唐写本"真"作"贞",也就不会发生这种问题了。实证研究本身是一个独立的方面,它可以获得有很高学术价值的成果,也是整个科学研究中十分重要的一部分,但实证研究毕竟不是研究《文心雕龙》的最终目的,我们的最终目的还是要深入地探讨《文心雕龙》的文学理论内容及其文化意蕴,研究它的重要历史地位和深远理论意义,研究它对建设当代文学理论的积极作用和巨大价值。为此,我们要把实证研究和理论研究非常紧密地结合起来,以实证研究作为理论研究的基础,以理论研究作为实证研究的最终目的。从一般的科学研究来说,研究者可以偏重于实证研究,也可以偏重于理论研究;但对《文心雕龙》这一个案来说,研究者必须既进行实证研究,也进行理论研究,缺少了哪一方面都是难以达到高水平的。一百年来,为什么我们还没有一本在校勘注释和理论阐述两方面都能达到高水平的研究专著呢？问题就在于从事实证研究的学者在理论素养方面往往有所不足，而从事理论研究的学者则常常在实证研究方面显得基础薄弱。《文心雕龙》研究要有新的重大突破，必须解决好实证研究和理论研究的高度统一问题。

（二）从文化史角度看《文心雕龙》

《文心雕龙》是一部文学理论著作，但又不仅仅是一部文学理论著作，它同时又是一部文化史的著作，它对我国从上古一直到齐梁时期的文化发展作了全面的总结。《文心雕龙》包含的内容非常广泛，经、史、子、集都在他的论述范围之中。在《文心雕龙·原道》篇中所说的“人文”与“天文”“地文”相参，是“心生而言立，言立而文明”的结果，指的是包括一切用语言文字写作的所有各种文章和著作，其含义确是非常广阔的。刘勰所说的“人文”比我们今天所讲的“人文科学”的范围还要宽泛得多。所以，刘勰不仅是文学理论家，而且也是一位非常杰出的文化思想家。对我们今天所说的艺术文学，刘勰把它看作是整个文化中的一个有机组成部分，他比我们早一千五百余年，就已经从文化历史发展的角度来研究艺术文学的发展及其特点，从这方面来说，我们现在研究文学的热门话题，也就是从人类文化的视角和观念来看文学，其实，并不是什么新的发现，而是刘勰早在一千五百年前已经这样做并且已经做得相当不错的了。由于刘勰认识到审美的艺术文学具有文化的品格，因此它首先具有人类文化的普遍共性，也就是说，审美的艺术文学在根本性质上与人类文化的其他方面并无不同，而且也首先要着重研究这种普遍的共性。他提出各类文章源于“五经”说，正是这种思想的具体表现。因为中国古代的“五经”（《诗》《书》《礼》《易》《春秋》），是具有典范性的“人文”之代表，包括了哲学、政治、历史、伦理道德、礼仪制度、文学艺术等各个方面，是中国古代文化的集中代表。由此可以看出刘勰文学观念的起点是很高的，他对艺术文学的认识并没有局限在艺术文学本身。在《文心雕龙》上篇二十五篇中，他对“五经”、史传、诸子和集部的各种文类，都分别研究了它们的发展历史和不同特点。当然，刘勰比较侧重在研究它们的写作方法和写作经验，但他也很全面、很概括地论述和分析了它们的学术内容。从文化的观念来认识艺术文学，同时又要充分认识艺术文学不同于文化领域内其他部分的特殊特点。从《宗经》篇对“五经”异同的分析中，可以看出刘勰对艺术文学和哲学、政治、历史等其他学科的差别是认识得很清楚的。《诗经》是艺术文学，是“言志”的，它的特点是“摛风裁兴，藻辞谲喻”，所以“温柔在诵，故最附深衷矣”。他认识到作为艺术的文学是表达人的情怀的，是抒发作者的思想感情的，它需要有感兴（灵感）的萌发，需要有美丽的文辞，需要有丰富的比喻和想象，这和其他各“经”是不同的。他并没有因为把经、史、子、集都列入“人文”的范围，而模糊或取消了它们各自的特点，更没有模糊或取消作为艺术文学的特征。相反的，正是在比较中使他们各自的共性和个性都得到了更为清晰的呈现，让我们更深刻地了解艺术文学的独特性。以“五经”为文学的源头，并不是取消文学的特征，而是为了把文学放在广阔的文化背景下来考察它的特殊个性，以便于正确把握文学的本质。《文心雕龙》从总的方面说，他所论的是“人文”，属于大文化的范围，但它的目的是要研究其中各个“文类”之间的同和异，而其中更为重要的是要研究以诗赋等为主的审美的艺术文学之创作特征，《文心雕龙》下篇二十五篇都是围绕以诗赋为主体的艺术文学来立论的。由于《文心雕龙》的这种特点，所以我们更必须从广阔的文化背景上来研究《文心雕龙》，认真地探讨《文心雕龙》所提出的一系列文学理论问题的深远文化意蕴，在广泛研究中国思想文化发展、特别是六朝思想文化发展特点的前提下，来研究《文心雕龙》文学理论的意义与价值。

（三）从中西比较的角度来研究《文心雕龙》

《文心雕龙》既然是一部具有世界意义的伟大著作，是可以和亚里士多德的《诗学》相媲美的东方诗学代表作，我们更需要从中西比较的角度来研究《文心雕龙》，考察它在世界文学理论和美学思想发展中的重要地位，这也是研究《文心雕龙》的一个非常重要的方面。文学理论批评的发展是和人们的认识水平、思维能力的发展分不开的，而人们的认识水平、思维能力又常常是和特定的物质文明和精神文明发展状况相联系的，所以在不同国家、不同民族，即使并无直接的文化交流，但在文学理论批评方面，却可以有许多相类似的共识，当然它们在表现形式上又往往是各有特点的。文学理论比文学创作在不同国家、不同民族中有更多相同的东西，比较文论的研究可以使我们更好地把握中国古代文论的基本原理和发展规律，同时也可以使中国古代文论走向世界，把我国古代丰富多彩、具有东方特色的文学理论批评介绍给广大的西方朋友。为此，我们应当努力发展从中西比较的角度来研究《文心雕龙》，这也有助于对《文心雕龙》文学理论的进一步开掘，更深刻地认识它的意义和价值。在二十世纪的《文心雕龙》研究中，王元化先生在这方面为我们开了一个好头，他的《文心雕龙创作论》（后修订为《文心雕龙讲疏》）中的"《文心雕龙》创作论八说释义"，在许多地方都和西方文艺美学中相应的内容作了比较，是非常深刻而富有启发意义的。王元化先生是我国著名的思想家，尤其对中西比较文化有精深的研究。他不仅十分熟悉西方的思想文化，而且国学根基非常之深厚，对中国古代的思想文化也有极高的造诣。非常遗憾的是在我们大陆的比较文论研究中，特别是对《文心雕龙》的比较研究中，却很少像王元化先生这样的学者，有些研究者往往以为只要弄懂了西方文论（其实也未必真正弄懂了），就可以作比较了，而在《文心雕龙》和中国文论研究上下的功夫则很不够，总觉得我是中国人，弄懂《文心雕龙》和中国文论还不容易吗？事实正好与此相反，有好些比较研究之所以不成功，其原因就是对比较的双方并没有真正的了解，特别是对《文心雕龙》和中国古代文论知之不深，其失足处恰恰是在这一方面。比较研究之前提和出发点是对比较双方要有正确的认识和把握，如果对比较的一方（有时甚至是双方）还没有弄懂，那么也就失去了比较的基础，这种比较自然不会有任何意义与价值。我们中国人作《文心雕龙》的比较研究，首先要对《文心雕龙》有确切的了解和深入的研究，而这需要有很好的国学根底，要熟悉中国古代的历史与文化，要熟悉中国古代的文学和艺术，这确实也是不容易的。但在西方文论方面，一般说我们是难于和西方学者相比的，而在《文心雕龙》和中国文论方面，西方学者则大约比我们掌握西方文论要更难，因此，我们应当发挥自己作为中国人的优势，在深入理解和精通《文心雕龙》和中国文论的基础上，同时力求正确地把握西方文论的特点和规律，这样才能作出科学的比较研究。这也是我们在新的二十一世纪中要努力加强的方面。

（四）从理论联系实际的角度，用历史的比较的方法研究《文心雕龙》的理论范畴

理论范畴的研究在二十世纪的《文心雕龙》研究中，已经有了很大的发展，也取得了不小的成绩，这是一件和可喜的事。因为理论范畴的研究是《文心雕龙》文学理论研究中的一个核心部分，它直接影响着《文心雕龙》文学理论研究的深度。但是在已有的对于《文心雕龙》的理论范畴研究中，也存在着一些明显的不足，这就是有些范畴的研究往往流于空泛，而缺少严格的科学的论证，有很大的主观随意性，其原因就是缺乏认真的深入的个案研究基础，也就是我们前面所说的没有实证研究的前提。《文心雕龙》中所提出的一系列重要的文学和美学理论范畴，本身就构成了一个范畴体系，互相之间有十分密切的内在联系，各自都有特殊的理论内涵，如果我们对《文心雕龙》的文本没有深入的研究，对它的理论体系缺乏全面的正确的认识和把握，是很难把这些理论范畴的内容和特点阐述清楚的。同时这些理论范畴从文论史的角度看，大都有一个漫长的历史发展过程，在这个过程中它的含义也是不断丰富发展的，而且往往在不同的历史阶段和不同的语境中有很不同的特定意义，到刘勰在《文心雕龙》中运用它的时候，又有很多新的发挥，因此如果我们不能从这些理论范畴的历史演变中去考察，就很难正确地把它阐释清楚。而这又需要我们对整个文论史有相当深入的研究。此外，《文心雕龙》中所运用的许多理论范畴，往往并不是仅仅局限在文学范围之内的，它们有很多是在哲学史、思想史、宗教史上所普遍运用的范畴，例如道、气、神、心等等，也有很多在绘画、书法、音乐等艺术理论批评中有广泛运用，甚至许多很重要的理论范

畴是从艺术理论批评中移植到文学领域中来的，比如体、势、风骨、神韵等等，它们在不同的学科领域中所体现的内容和意义常常是并不完全相同的，因此，需要我们作十分细致的比较和辨析，而这又需要我们对哲学史、思想史、宗教史、艺术史非常熟悉，有比较深入的研究。这样，才能对这些范畴在不同的领域中的含义之异同作认真的比较研究，从而正确地研究清楚《文心雕龙》中使用这些范畴的含义。范畴本身总是比较抽象的，但作为文学范畴又是从非常具体的创作实践中总结出来的，所以如果我们不能紧密联系创作实践来分析，只是从理论到理论的抽象论证，也是不能真正把握它的确切内涵的，更无法用它来指导创作实践。从目前已有的理论范畴研究来说，很少见到有人能用大量作品的实例来说明这些范畴在创作中的具体体现，这其实是一种很不正常的现象，它也是现在的理论范畴研究不能令人满意的重要原因之一。所以，对我们“龙学”研究者来说，范畴研究如何深入还是一个很大的问题，需要我们花大力气来加以解决。

(五)培养青年“龙学”家，扩大和加强《文心雕龙》的研究队伍

目前，从我们研究《文心雕龙》的队伍状况来看，并不是很理想的。在中国(包括台湾、香港)，许多老一辈专家年事已高，都陆续退出了《文心雕龙》研究领域。而像王利器、詹锳、周振甫等著名的研究《文心雕龙》专家均已去世，中国大陆一些很有成就的中年学者(如牟世金、李庆甲、寇效信等)，也在十余年前相继因癌症去世，在青年学者中专门从事《文心雕龙》的研究，并已取得较好成绩的还很少，缺少很拔尖的人才。如果我们着眼于《文心雕龙》研究发展的前景，应当加紧培养青年“龙”学家的工作，必须要有一大批学风正派、基础扎实的中青年《文心雕龙》研究者，“龙学”研究的发展才会有希望。日本本来是国外研究《文心雕龙》水平最高的国家，但目前正处于低谷时期，原来一些知名《文心雕龙》研究专家，也已经不再从事《文心雕龙》的研究，而专门研究《文心雕龙》的中青年学者则非常之少。韩国的汉学家中，现在专门从事《文心雕龙》研究的老一辈学者比较少，车柱环先生虽然还健在，但也已不再研究《文心雕龙》。不过，近年来韩国研究

《文心雕龙》的青年学者逐渐增多,他们很多是从中国大陆和台湾地区留学回去的,虽然目前的研究成绩还不突出,但是我们希望他们在《文心雕龙》研究方面,会愈来愈繁荣兴旺。欧美各国研究《文心雕龙》的学者相对来说就更少了,我们希望这种情况在二十一世纪中会有根本的改变。《文心雕龙》研究的队伍产生青黄不接的情况,也许是和另外一个问题相联系的,这就是目前研究《文心雕龙》很难有新的突破。近年来虽然研究著作和论文很多,但是多数在学术水平上比较一般,并且无意义的重复研究很多。特别是对《文心雕龙》中的一些基本文学理论问题和概念范畴的研究,有深度的著作确实是太少了,新发现的有价值的数据也不多。所以,如何使《文心雕龙》研究走出现阶段的低谷,需要我们认真地加以思考,总结《文心雕龙》研究发展的历史经验和教训,在一些薄弱点上投入大量的研究力量,同时寻找新的研究角度和切入点,这样才有可能使《文心雕龙》研究跨上一个新的台阶,也才有可能吸引更多的中青年学者加入《文心雕龙》的研究队伍,使《文心雕龙》的研究进入到一个新的繁荣发展高峰。我们热切地期待着。

(六)让“龙学”研究走向世界

《文心雕龙》作为一部杰出的文学理论著作,现在已经受到世界各国学者广泛和充分的注意。《文心雕龙》已经有了英文、日文、韩文、意大利文、西班牙文的全译本,并有某些篇章被译成德文、法文、俄文等,很多国外的汉学家都在研究《文心雕龙》,“龙学”已经成为具有世界性的显学。因此,如何进一步发展《文心雕龙》研究的国际交流和合作,不仅是必要的也是非常重要的,这将有可能使《文心雕龙》的研究,在东西文化的交融中获得新的生命力,进一步向纵深方向发展。这就需要中国学者和世界各国的汉学家、特别是对《文心雕龙》感兴趣的学者,一起作出更大的努力。在这方面,中国的研究《文心雕龙》的学者尤其要担负起自己的光荣职责,为《文心雕龙》研究走向世界做出更大的贡献。《文心雕龙》是一部用精美的骈文所写的理论著作,文字极其精炼,用典也非常多,要真正读懂它是很不容易的,对于外国人来说,就更为困难了。要使“龙学”研究走向世界,首先要做普及的工作，让外国人也能够比较容易地读懂它，然后才说得上作进一步研究。所以，我们中国学者必须要对《文心雕龙》的版本、校勘、注释、今译，特别是对理论概念的阐释，做得非常细致精确，然后外国学者的翻译和研究才会有一个良好的基础。对《文心雕龙》的文学理论，也必须我们自己首先有深入的研究，达到很高的学术水平，然后外国学者才能够发挥他们对自己国家思想文化特点熟悉和了解的优势，把《文心雕龙》的研究和他们国家民族的文艺美学状况联系起来，吸收《文心雕龙》的优点和长处，并且从他们的视角对《文心雕龙》的意义和价值作出新的判断。在二十世纪的后二十年，中国的学者和中国大陆的《文心雕龙》学会已经做了不少的工作，但是从“龙学”发展的前景来看，还是非常不够的，需要我们充分重视这项工作，并为此作出更大的努力。

载陈平原主编《二十世纪学术文存》
之《文心雕龙研究》卷，为全书导言。湖北教育出版社2002年八月版